LA CHAMBRE DES DAMES

JEANNE BOURIN

LA CHAMBRE
DES DAMES

roman

Préface de Régine PERNOUD

LA TABLE RONDE
40, rue du Bac, Paris 7ᵉ

A ma famille — bien vivante — du vingtième siècle, cette histoire de « ma » famille imaginée — ? — du treizième.

J.B.

ISBN 2-7103-0008-7

Remy Doncel. 22 ans. Étudiant en médecine. Protégé de Charlotte.

Yehel ben Joseph. Directeur de l'École talmudique de Paris. Guillaume loge chez lui.

Aubri LOUVET. 49 ans. Apothicaire.

Ysabeau LOUVET. 41 ans. Sa femme.

Gertrude. 25 ans. Fille de Yolande et d'un inconnu. Maîtresse d'école.

Perrine. Nourrice de Florie et de Clarence.

Robert-le-Bigre. Son frère. Récolte du miel.

Tiberge-la-Béguine. Intendante de la maison Brunel.

Maroie. La chambrière.

Yvon. Valet de Guillaume.

Suzanne. Servante de Florie.

Seconde Partie
LA CHAMBRE DES DAMES
1253-1255

Louis HERNAUT. Orfèvre à Tours. 48 ans.

Bérengère HERNAUT. Son épouse. 42 ans.

Bernard FORTIER. Drapier. Frère de Bérengère. 20 ans.

Girard FROMENT. Mari de Charlotte.

Djounia. Jeune Égyptienne. Épouse d'Arnauld.

Blanche BRUNEL, Thomas BRUNEL, Clémence BRUNEL, Renaud BRUNEL, enfants de Bertrand et Laudine.

Agnès. Petite fille orpheline adoptée par Florie. 4 ans.

Denis. Garçon de 8 ans. Messager de Guillaume.

Docteur LAUDEREAU. Médecin de Montlouis.

Thibaud. Fils d'Arnauld et de Djounia.

Gervaisot, Bras-de-Fer, Nicolas, Ameline-la-bien-peignée, compagnons de Rutebeuf.

Charles. Portier et jardinier de Florie.

Marceline. Servante tourangelle.

Marguerite Menardier. Amie de Jeanne.

PRÉFACE

Lorsque Jeanne Bourin me demanda de préfacer son ouvrage, j'ai quelque peu hésité. L'amitié certes me portait à accepter; mais s'il a le respect de l'œuvre littéraire, l'historien ne se sent pas qualifié pour y participer : son travail à lui relève sinon d'une technique, du moins d'une discipline fort éloignée de la création romanesque. Il est vrai qu'en France surtout on a très peu le sentiment des exigences qu'impose le métier d'historien. Ne voit-on pas, très couramment, des directeurs de collections demander à des romanciers ou romancières un ouvrage d'« Histoire »? On croit qu'il suffit de savoir écrire pour pouvoir composer une page d'Histoire. L'exemple de Michelet est toujours plus ou moins implicitement invoqué — et l'on oublie que l'immense talent de Michelet fut servi par sa carrière d'archiviste, et que le décalage certain, quant à la valeur historique, entre ses premières et ses dernières œuvres, vient précisément de ce qu'il cessa, en 1852, d'exercer une fonction qui le mettait en contact direct avec le document d'histoire.

Aussi ne voulions-nous pas, après avoir si souvent déploré que des romanciers se mêlent d'histoire, nous mêler nous-même de roman.

Mais le roman que voici procure au médiéviste un bonheur rare : celui de présenter des images du « Moyen Age » qui rompent tout à fait avec le « Moyen Age » des romanciers (sans parler de celui des journalistes!). A peine croyable : le décor est tout autre que celui de la Cour des Miracles et du Gibet de Montfaucon; il n'est pas question de serfs torturés, écartelés et massacrés par des seigneurs brutaux et avides; la faim, la terreur et la misère ne sont pas le cadre de vie exclusif des gens qui bâtissent des cathédrales; leur existence se déroule autrement que dans une menace quotidienne de fléaux et d'exterminations. Des gens comme vous et moi, occupés de leur travail, de leur entou-

rage familier, de leurs ambitions et de leurs amours, de leurs désirs et de leurs passions. Une humanité semblable à ce que fut depuis toujours l'humanité.

C'est très surprenant si l'on songe que traditionnellement chez nous il était convenu que, parmi les quelque six millénaires que comporte l'histoire de l'homme, l'un d'entre eux, celui qui va du Ve au XVe siècle de notre ère, avait eu ce triste privilège de ne produire que des brutes et des monstres, sous-alimentés, sous-développés et intellectuellement demeurés. Que ce fût le même temps qui ait produit la Merveille du Mont Saint Michel, le portail de Reims, la poésie des Troubadours et le Roman de chevalerie n'entamait pas cette légende d'un « Age de ténèbres » faisant tache dans l'histoire des hommes —, légende soigneusement entretenue par l'enseignement à tous les degrés, de l'école primaire à l'Université (création pourtant de ces siècles obscurs !).

Voilà pourquoi une médiéviste ne pouvait moins faire, à la lecture du roman de Jeanne Bourin, que de saluer une œuvre dans laquelle les personnages sont bien ceux qu'elle rencontre aussi à travers les chartes et les chroniques, les actes de donation et les rôles des comptes, — bref les documents d'histoire. Hors de tout jugement de valeur, elle y retrouve son monde quotidien, et c'est pour elle une heureuse surprise. Le lecteur en sera peut-être déconcerté ; ce n'est pas ainsi qu'on lui a appris à imaginer la vie au XIIIe siècle. Mais quel que soit l'apport de création qui fait la valeur propre du roman, les personnages ici évoqués vivent en fait la vie de leur temps.

Et l'on se prend à penser : pourquoi cette coupure ? Comment, en une époque qui s'est crue rationnelle et scientifique, a-t-on pu poser un postulat aussi absurde que celui qui jetait sur mille années un préjugé de sottise et d'ignorance ? Comment a-t-on pu ériger en axiome le mépris historique ? Aujourd'hui encore où l'opinion a considérablement évolué, n'est-ce pas quotidiennement qu'on entend employer le terme « Moyen Age » pour signifier misère et abrutissement ?

On parle souvent de « France coupée en deux ». Est-ce vrai dans l'espace ? ou dans les statistiques ? Ce n'est pas à nous d'en juger. Mais c'est rigoureusement vrai dans le temps. Faire comme si notre pays n'avait commencé à exister qu'au XVIe siècle, c'est scientifiquement inacceptable. En nous persuadant de son manque d'intérêt, voire de sa non-existence, on nous a frustrés de notre passé.

Régine PERNOUD.

1

L'AMOUR DE MAI

Avril 1246 — Février 1247

PREMIÈRE PARTIE

I

Déchirant la nuit qui déclinait, le cor, soudain, sonnait le jour. Les éclats rauques du cuivre retentissaient du haut des principales tours de la ville pour avertir les bourgeois du guet qu'avec l'aube leur service se terminait, qu'on pouvait relever les postes.

Par-delà les toits de tuiles, les clochers foisonnants, les tourelles, les flèches de pierre, le palais du roi et la cathédrale dédiée à Notre-Dame, par-delà les deux ponts qui enjambaient la Seine sous le faix des maisons qu'ils portaient, les jardins, les vignobles, les vergers enclos entre les murailles, par-delà les remparts trapus, leur cinq douzaines de tours crénelées et leurs portes fortifiées qui protégeaient Paris, l'appel de la trompe se propageait dans l'opulente vallée, sur les collines, les champs, les abbayes, les villages et les forêts sous les branches desquelles allaient se briser ses échos.

La nuit se diluait, les coqs chantaient, la capitale commençait à bruire. La vie s'éveillait.

C'est alors que les étuviers faisaient crier à travers la cité que leurs établissements de bains, abondamment fournis en eau chaude, étaient ouverts et qu'il fallait en profiter.

Maître Étienne Brunel, orfèvre en la place, se levait aussitôt, s'habillait, sortait de chez lui, accompagné d'un valet, pour se rendre aux plus proches étuves où il avait coutume, chaque jour, de prendre, suivant sa convenance, un bain de vapeur ou simplement d'eau tiède, avant de se faire raser.

Sa femme, Mathilde, le rejoindrait un peu plus tard à Saint-Germain-de-l'Auxerrois, afin d'entendre la messe quotidienne en sa compagnie et avec ceux de leurs enfants demeurés au logis.

A cette heure matinale, encore enfouie sous les couvertures de fourrure et la courtepointe matelassée, enfoncée dans la chaleur de sa couette de plumes, Mathilde attendait que son intendante,

Tiberge la Béguine, ait présidé aux préparatifs de son bain. En hiver, un bon feu de fournilles flambait déjà dans la cheminée. Comme on était à la fin d'un mois d'avril fort doux, les chambrières avaient ouvert toutes grandes les deux fenêtres donnant sur le jardin.

La baignoire en bois de châtaignier poli, toujours garnie en son fond et sur ses bords du drap de molleton épais qu'on y mettait pour éviter les échardes, était apportée, trois fois par semaine, du cabinet attenant à la chambre, afin d'être placée au pied du lit carré, fermé de tous côtés par des courtines de tapisserie.

Les servantes vidaient dans la baignoire, avec précaution, pour ne pas éclabousser le plancher jonché d'herbe fraîche, l'eau, chauffée au préalable dans la cuisine et transportée dans des seaux qu'un valet venait de déposer sur le palier.

Lourde et large comme un vaisselier, Tiberge la Béguine, dont la coiffe de batiste empesée faisait saillir les pommettes marquées de couperose, ne laissait à personne le soin de tâter et de humer l'eau du bain afin de s'assurer qu'elle était à la bonne température et convenablement parfumée au romarin ou à la marjolaine, suivant les indications données la veille par la maîtresse de maison.

Alors, seulement, Mathilde s'asseyait d'un coup de rein parmi ses draps et ses oreillers de toile fine, rejetait d'un geste familier, afin de faire avec gravité les trois signes de croix du réveil, les tresses, épaisses comme le poignet, qui s'échappaient de son bonnet de lingerie, et sortait, nue, de son lit pour se plonger dans la baignoire.

La journée commençait.

Les servantes quittèrent la pièce sur les pas de l'intendante. Elles allaient vaquer aux soins du ménage, particulièrement nombreux en ce lendemain de fête. Seule, Maroie, la chambrière qui aidait à la toilette, demeura près de Mathilde au service de laquelle elle était attachée.

Un bien-être fait de tiédeur, du parfum des aromates, de sensualité aussi, glissa sur le corps dru, fermement bâti et charpenté, dont les seins s'étaient alourdis au fur et à mesure des maternités qui avaient aussi élargi les hanches porteuses d'enfants. A peine meurtrie, en revanche, autour des yeux d'un bleu cru, la peau claire du visage contrastait avec sa chevelure d'un noir de suie où nul fil blanc ne se montrait encore.

Avec ses trente-quatre ans, ses six enfants, les trois autres qui étaient morts en bas âge, Mathilde demeurait, en apparence du moins, une femme presque intacte. Pour combien de temps ?

« Si j'étais seulement moitié aussi sage dans mes pensées que je le suis dans mes actes, je me dirais qu'il ne me reste plus qu'à vieillir... mais, Dieu me pardonne, il n'en est rien ! Beaucoup s'y trompent. Sauf Étienne, bien sûr, qui a cependant décidé, par amour, en dépit de la connaissance qu'il a de mon caractère imaginatif, de son expérience de nos échecs, et malgré le tourment qui ne le quitte guère, de me faire confiance. Sauf Arnauld, peut-être, dont la perspicacité est rarement en défaut. Personne n'irait s'aviser d'aller chercher des orages derrière mon front paisible. Pourquoi, d'ailleurs, parler d'orages ? Il ne s'agit que d'un sourd et long combat entre moi et moi-même. Il n'y aura pas d'éclat. Je suis, j'entends demeurer une chrétienne soumise à sa foi, soutenue par sa foi. Une épouse fidèle — à quelque prix que ce soit — une mère attentive. Le reste ne mérite pas, ne devrait pas mériter qu'on s'y attardât. »

— Maroie, prends bien garde à ne pas me mouiller les cheveux. Passe-moi d'abord la décoction de mauves et de violettes qui est sur ce coffre, puis l'huile de noyaux de pêches pour m'aviver le teint.

Ronde, avec de grosses joues, un nez en l'air, la chambrière avait, sous la coiffe de lin, une mine pleine de santé. Son sourire se creusait de fossettes. C'était une fille rieuse, qui s'effrayait d'un rien. Cette poltronnerie, jointe à un penchant naturel pour la futilité, en faisait une aide plaisante, mais point une confidente possible.

Elle tendit à la femme de l'orfèvre un premier flacon et un linge de linon. Mathilde humecta le tissu léger et se tamponna avec précaution les joues, le menton, le front. Puis elle se massa délicatement la face avec l'huile que contenait une seconde fiole. Elle était parfaitement consciente de la vanité qu'il y avait à apporter tant de soins à l'entretien de son visage, tant d'attention à la conservation de sa beauté. Tout en s'en blâmant, elle continuait à employer crèmes, parfums, onguents, partagée qu'elle était, en cela comme en tout le reste, entre une complaisante indulgence envers ses propres faiblesses et son attente de Dieu. Son existence avait-elle jamais cessé d'être autre chose que ce maladroit combat ?

Elle soupira, prit des mains de Maroie un miroir d'étain poli où elle observa un moment ses traits, avant d'y poser, du bout des doigts, une touche de fard blanc, fait de froment broyé, délayé dans de l'eau de rose, qu'elle étala de façon uniforme avec l'habileté que donne l'habitude. Si elle ne portait pas de cicatrices sur sa peau, de façon visible, c'était au fond d'elle-même, en son âme, à des profondeurs où l'œil humain ne pouvait les déceler, qu'il s'en trouvait.

Au demeurant, avec cette tendresse dénuée de fermeté qu'elle vouait au Seigneur, son plus sûr appui demeurait le vaste, l'immense amour qu'elle éprouvait pour ses enfants. Ses autres sentiments ne lui étaient pas d'un grand secours, tant s'en fallait !

« Ils prennent à présent leur vol. Il me faut apprendre à cesser de les couver. C'est amer mais sain. Le départ de Florie vers sa condition d'épouse est chose normale, je n'ai pas à m'en affliger. Et pourtant... en franchissant, hier, le seuil de notre maison pour s'aller marier, notre fille n'a-t-elle pas, malgré mes résolutions, emporté avec elle un morceau de mon cœur ? Le nier serait vain. J'en souffre. Voir s'éloigner, rieuse, en dépit de l'affection qu'elle me voue, mon enfant de quinze ans au bras de son jeune mari, m'a fait mal. Sa joie m'était, en même temps, douceur pour elle, déchirement pour moi. Il faudra s'habituer. Ce n'est encore qu'un début... Après tout, Florie n'habite pas bien loin d'ici, juste sur l'autre rive de la Seine. Ce soir même, elle reviendra, avec Philippe, souper parmi nous. »

Mathilde s'essuya le visage. Elle se sentait plus vaillante. Le bain, qui purifiait son corps, redonnait aussi à son esprit une nouvelle vigueur. Résolue à surmonter un attendrissement dont elle n'acceptait pas la pente molle, elle se refusa à s'apitoyer sur des regrets qu'il fallait surmonter. Ses autres enfants, le travail qu'elle partageait avec son mari, le goût commun qu'ils avaient de leur métier, devaient suffire à la consoler, à l'occuper.

« Un autre danger est de me croire vieillie par l'accession à l'état de belle-mère. C'est là sottise ! Je me sens encore si pleine de forces, avide de tant de choses, douée de tels appétits ! Hélas, Seigneur, Vous ne le savez que trop, Vous que je ne cesse de supplier afin que Vous m'aidiez à y trouver remède ! »

Elle se dressa dans la baignoire de bois, en sortit, toute fumante. De son corps ruisselant, l'eau s'égouttait sur l'herbe fraîche qui jonchait le sol. Maroie l'enveloppa dans un drap molletonné.

— Frictionne-moi plus fort, ma mie, plus fort ! Il convient de m'étriller comme une de nos juments !

Douée d'une imagination du cœur et du corps qui lui échappait pour s'emballer au gré des événements, Mathilde était femme à se méfier de ses propres écarts.

Durant les fêtes données en l'honneur du mariage de Florie, alors qu'elle n'aurait dû se soucier que de sa fille, de leurs destinées désormais disjointes, ce qu'elle redoutait depuis longtemps sans vouloir l'admettre s'était produit : elle s'était soudain trouvée confrontée à la tentation ! Sous le choc, s'étaient éveillés des élans, des désirs, tout un mouvement de sensations, d'images insolites.

Pendant que les invités de la noce festoyaient, dansaient, écoutaient des ménestrels, jouaient à toutes sortes de jeux, un cousin de son gendre, jamais encore rencontré, avait, à l'improviste, surgi dans son existence. Le nouveau venu, jeune pelletier nommé Guillaume Dubourg, arrivait tout juste à Paris. Uniquement préoccupé de son amour pour Florie, Philippe n'avait évoqué qu'en passant ce parent qui habitait Angers d'où il devait venir pour assister à la cérémonie. Dès qu'elle l'avait vu s'avancer vers elle afin de la saluer, dès qu'elle avait entendu sa voix, croisé son regard, Mathilde s'était sentie intéressée, troublée, comme elle ne l'avait plus été depuis ses accordailles avec Étienne. Son attention, plus vive que ses défenses, s'était fixée sur l'arrivant. Pourquoi, en un pareil moment, cet homme-là et pas un autre ?

« Il y a en lui je ne sais quelle présence charnelle, quelle puissance, quel attrait un peu animal, qui se trouvent être, hélas, les ingrédients de séduction les mieux faits pour me toucher. On dirait que sa profession l'a influencé, que le maniement, tout au long du jour, des dépouilles de bêtes sauvages, lui a communiqué quelque chose de farouche, de violent et de libre à la fois, qui est l'apanage des fauves... Quel âge peut-il avoir ? Vingt-huit, vingt-neuf ans ? Je ne dois pas lui paraître bien jeune. Dérision ! Les années pèsent lourd dans ce sens, alors que je n'en ai pas senti le poids quand j'ai voulu, par choix, devenir la femme d'Étienne, ami de mon père et presque son contemporain puisqu'il a vingt-quatre ans de plus que moi ! Tout est confusion. »

Le plus cruel, d'ailleurs, dans cette aventure, n'avait pas été cette constatation, mais une autre découverte. Pendant que Mathilde s'arrangeait, au milieu de la fête, pour se rapprocher le plus souvent possible et sans rien en laisser paraître du jeune Angevin, lui, de son côté, n'avait de regard que pour Florie. Avec une habileté qu'elle n'avait pu s'empêcher d'admirer, bien qu'elle la condamnât, de façon si discrète que ce ne fut perceptible à nul autre qu'à elle-même, qu'il fascinait, il n'avait cessé d'envelopper la nouvelle épousée du réseau de ses allées et venues, croisant et recroisant ses traces, tournant autour d'elle, blonde, éclatante, dans sa robe en toile d'argent, comme un milan autour d'une colombe.

Sur la peau lavée, frottée, séchée, parfumée à la poudre de racine d'iris, la chambrière, après avoir aidé sa maîtresse à maintenir haut, par une bande de toile, sa poitrine un peu forte, et à enfiler des chausses montantes, passait une longue chemise safranée, finement brodée et retenue par un double laçage sur les flancs, puis une cotte de soie épaisse, aux manches collantes, ajustée à hauteur du buste, mais lâche à partir de la taille. Le surcot sans manches, en drap de la même couleur hyacinthe que la cotte sur laquelle il était enfilé, tombait en plis souples jusqu'au sol. Largement ouvert sur la poitrine, il était fermé au col par un fermail d'or. Une ceinture brodée, où pendait une aumônière, soulignait le déhanchement qui était à la mode depuis quelque temps.

— Par pitié, Maroie, ne me tire pas ainsi les cheveux quand tu les brosses ! Aie la main plus douce, plus douce encore !

« Il n'avait d'yeux que pour Florie ! Le jour de ses noces ! Heureusement, qu'étant le centre de toutes les attentions, l'objet de tant de soins, elle ne s'est pas doutée un instant qu'elle venait d'allumer un tel feu par sa seule présence, sa seule beauté. Le bonheur lui donnait encore plus d'éclat que de coutume : elle était dorée comme une pièce d'orfèvrerie de son père, blanche et rose comme nos pommiers, joyeuse comme une alouette, si gaie, si vivante, la grâce même ! »

La chevelure brossée, nouée en chignon sur la nuque, enfermée dans une résille de soie, fut enfin protégée par un couvre-chef de lingerie tuyautée s'attachant sous le menton et enserrée, autour du front, par un cercle d'or ciselé.

« Le jeune mari que notre fille vient d'épouser dans la joie, aura-t-il assez de solidité pour devenir le compagnon dont elle a besoin ? Avec ses dix-sept ans, il est encore si neuf qu'on ne peut savoir ce qu'il en adviendra. Le temps, seul, nous fera juges. Ces enfants partagent les mêmes goûts, exercent tous deux le beau métier de trouvère, déchiffrent la vie dans les prunelles l'un de l'autre. Dieu les garde ! Pour moi, je suis une pauvre femme dont les idées courent dans tous les sens, comme souris au grenier ! Assez rêvé. Il me faut, à présent, aller prier à l'église. J'en ai bien besoin ! »

Des souliers de cuir de Cordoue, dorés et décorés au fer, achevèrent la toilette. Posant sur les épaules de Mathilde un manteau de drap hyacinthe, attaché au ras du cou par une cordelière, Maroie s'inclina devant sa maîtresse qui se trouvait prête à sortir.

Au rez-de-chaussée, où serviteurs et servantes s'affairaient afin d'effacer le désordre des précédents jours de fête et de réception, les trois plus jeunes filles du couple attendaient. Les fils étaient absents. Arnauld, l'aîné, étudiant, était déjà parti pour l'Université où il assisterait à l'office du matin. Bertrand, le cadet, qui travaillait avec son père comme apprenti, avait dû rejoindre celui-ci aux étuves.

— Bonjour, mes filles. Il est temps de nous rendre à la messe.

Clarence, Jeanne et Marie, sous le regard de Perrine, leur nourrice, embrassaient leur mère.

Si Florie, la fille de l'orfèvre qui venait de se marier, était coiffée d'or, sa sœur l'était d'un autre métal. L'argent de ses cheveux blonds évoquait le nord et ses pâleurs. A quatorze ans, Clarence posait sur le monde des prunelles attentives, transparentes comme l'eau, claires et froides comme elle, qui ne trahissaient pas grand-chose de ses pensées ni de ses sentiments. Son corps, en revanche, était plus indiscret : taille déliée, gorge ronde, hanches balancées, provoquaient l'intérêt. Il se dégageait de sa personne une séduction ambiguë et il n'y avait pas jusqu'à sa façon de marcher en souplesse qui ne fît songer à l'amour, à ses balancements.

Jeanne et Marie, tresses de bure, tresses de lin, n'avaient que huit et sept ans. A l'âge des jeux, des fous rires, des menus secrets, elles vivaient dans le monde clos de l'enfance et s'amusaient comme d'ordinaire, à l'écart des aînés, avec deux beaux lévriers de Hongrie que leur père leur avait offerts.

Étienne Brunel et sa famille habitaient rue des Bourdonnais, une maison dont la façade haute et sévère n'avait que peu d'ouvertures sur l'extérieur. Toutes ses grâces étaient tournées vers le jardin clos de murs, débordant de feuillages. Un puits, des treilles, des pelouses, des bosquets, une volière, des plates-bandes où fleurs et légumes voisinaient, un carré bordé de buis pour cultiver les simples, et, enfin, un verger qui, en ce mois d'avril, se parait de la blancheur des cerisiers, des poiriers, des amandiers, des pruniers, et de la roseur des pommiers en boutons.

Franchissant le large portail de bois clouté, bardé de fer, les cinq femmes sortirent, escortées par deux valets.

L'air était allègre, le matin plein de soleil. La rue, déjà animée, était, cependant, moins agitée que beaucoup d'autres. Elle abritait peu de commerces, surtout de belles demeures paisibles, entourées de jardins.

Par les rues du Fossé, de la Charpenterie où on voyait façonner et vendre à fenêtres ouvertes des pièces de bois de toutes tailles, puis par celle de l'Arbre-sec, fourmillante d'activité, pleine de bruit, d'agitation, de cris, encombrée d'une foule de piétons, de cavaliers, de chariots, le petit groupe gagna Saint-Germain-de-l'Auxerrois dont les cloches appelaient à toute volée les fidèles à venir faire oraison.

Pour la première fois de sa vie, Florie ne s'était pas rendue à la messe du matin en compagnie de ses parents. Elle irait, un peu plus tard, avec Philippe, prier pour recommander leur union à Dieu.

Elle en était encore à s'éveiller dans une chambre qui ne lui était pas familière, dans un lit aux draps en désordre, à s'étonner du poids d'un corps sur le sien : « Me voici donc mariée ! »

A demi protégé par la couverture en peaux d'agneaux noirs qui avait été malmenée, couché sur le côté, un bras et une jambe demeurés étendus sur la gorge et les cuisses nues de sa femme, Philippe dormait. Avec régularité, sa respiration frôlait la joue droite de Florie. C'était ce souffle inhabituel qui l'avait réveillée. Tournant la tête, elle contempla avec tendresse la poitrine à la chair blanche, le ventre plat, les jambes longues et osseuses de son jeune mari. Bien que cerné de poils blonds, le visage gardait quelque chose d'inachevé, de gracile, qui aurait pu le faire paraître mièvre, si un nez mince, aquilin, ne l'avait accentué. Un sang vif affleurait aux lèvres gonflées. Florie songea aux baisers reçus, donnés, et sourit d'aise. La veille, en se couchant, l'idée d'émerger du sommeil auprès de Philippe, l'avait, à l'avance, satisfaite.

Elle se souvenait être allée, parfois, embrasser son père et sa mère, dans leur chambre, au réveil. De ces visites, une certitude lui était venue : un couple, c'était, d'abord, un homme et une femme qui ouvraient ensemble les yeux sur le jour naissant, qui, avant toute chose, se contemplaient, en manière de salutation ; pour chacun desquels le visage de l'autre était celui du matin, de la journée, de la vie.

Et voici que ce corps chaud, noué au sien, était celui de son époux ! Une émotion où joie et incrédulité se mêlaient encore, l'envahit. Sa nuit de noces avait eu lieu... Depuis le cri de Philippe :

« Mon Dieu, qu'elle est belle ! » quand il avait ouvert les draps pour
découvrir celle qui s'offrait à lui, jusqu'au moment où la fatigue les
avait assoupis aux bras l'un de l'autre, il n'y avait eu qu'une
mutuelle initiation à des plaisirs qu'elle devinait capables d'une
intensité dont le pressentiment, à peine suggéré, la bouleversait
déjà. Elle était ainsi devenue, dans sa chair, la compagne de ce
poète, de cet être délicat, sensible, aimant, dont le talent de trouvère
lui semblait devoir être la promesse, l'écho, de dons amoureux
qu'elle espérait fort grands.

C'était au Palais, dans le cercle de troubadours que la reine Marguerite, en fine Provençale, réunissait autour d'elle par goût de la
poésie et de la musique, qu'ils avaient appris à se connaître. Florie y
venait souvent présenter à cette assemblée de virtuoses certaines de
ses œuvres. Un jour, elle y avait écouté Philippe quand, à la requête
de la souveraine, il avait improvisé un motet en s'accompagnant à la
viole, et s'en était délectée. L'art du jeune homme n'était, cependant,
pas seul en cause. Élégant, blond, des yeux qui souriaient, un
charme sans tapage, de l'esprit accompagné d'une fort jolie tournure, tel était ce jouvenceau qui incarnait si parfaitement l'amour
courtois et ses raffinements. Il semblait fait tout exprès pour séduire
Florie dont le cœur et les pensées, pleins de romans de chevalerie,
de rêves, de désirs informulés, étaient, par avance, acquis à la première apparition masculine tant soit peu conforme à leurs aspirations.

« Mes parents, la tante de Philippe, tout le monde en somme,
s'est félicité de ce projet, nous a jugés bien assortis, a été consen-
tant. Nous en étions fort aises et en avions grande grâce à Notre Seigneur Dieu. Si certains amants, comme Tristan et Yseult la Blonde,
ont eu tant de difficulté à s'aimer, en ont si cruellement souffert,
pour nous il n'en fut rien. Ce fut une simple histoire, naturelle, sans
traverse. C'est avec la bénédiction de nos familles, de nos amis, que
nous nous sommes avancés vers l'autel, c'est avec l'assentiment
général que nous nous sommes choisis et donnés l'un à l'autre. »

Philippe remuait, s'éveillait à moitié, serrait Florie contre lui,
contre sa peau qui sentait la sueur amoureuse et le vétiver, la caressait, la pénétrait, gémissait.

— Douce amie, je vous aime.

L'étreinte, trop rapide, n'avait guère eu le temps d'émouvoir la
jeune femme qui souriait dans le vague, en serrant son mari sur son
ventre blanc, sur ses seins ronds et fermes dont les pointes roses se
dressaient.

Dehors, la rue s'ébrouait.

Philippe occupait un logement sur deux étages, vaste et propre,
dans la maison de son unique parente, sa tante, Béraude Thomassin,

veuve d'un écrivain public et copiste, dont elle exerçait seule, à présent, le métier. Cette demeure, qui s'élevait rue aux Écrivains, entre la Seine et la montagne Sainte-Geneviève, se composait, au rez-de-chaussée, d'une boutique, d'un atelier, d'une chambre minuscule, réservés à la vieille femme. Le jeune couple s'était installé au premier et au second.

Ce côté sud de la ville apparaissait bien différent de celui d'Outre-Grand-Pont. Florie trouvait que les rumeurs, les bruits, le mouvement, différaient de ceux, plus familiers à ses oreilles de la rue des Bourdonnais, et que les cloches de Saint-Séverin n'avaient pas le même son que celles de Saint-Germain-de-l'Auxerrois.

Le Paris des écoliers, de l'Université, des clercs, des maîtres réputés pour leur science dans toute la chrétienté, était cher à Philippe qui en avait exploré chaque détour. Depuis son enfance, il hantait les rives verdoyantes de la Seine où on se baignait si joyeusement l'été, les rues d'Outre-Petit-Pont, qui avaient noms de la Parcheminerie, de la Foulerie, de la Huchette, du Bon-Puits, Érembourg-de-Brie, et, surtout, la fameuse rue Saint-Jacques, la plus importante, la plus ancienne artère de la capitale. Toutes abritaient des corps de métier ayant trait aux livres : relieurs, enlumineurs, brocheurs, écrivains, rubricateurs, libraires, copistes, parchemineurs, bons compagnons pour la plupart et amis de toujours du jeune trouvère. Ceux qui, comme lui, aimaient les arts, respiraient sur cette rive un air chargé d'effluves intellectuels qui les enchantaient.

Orphelin, élevé par les pères bénédictins, Philippe avait eu également la possibilité de pénétrer dans les autres couvents de la « Montagne » où carmes, jacobins, cordeliers, bernardins, matelins, génovéfains, augustins, travaillaient, priaient, œuvraient, afin de sauvegarder, pour la plus grande gloire de Dieu, l'ensemble des acquisitions de l'esprit humain.

Quand ils s'étaient promis l'un à l'autre, Philippe avait emmené Florie se promener autour des riches hôtels de certains grands seigneurs qui préféraient loger rive gauche pour ses vastes clos, ses cabarets, ses vignobles et, aussi, la plus libre allure de ses occupants. Mais Florie connaissait déjà les vignes où mûrissait le raisin qui donnerait un vin gris qu'on buvait avec tant de plaisir dans toute la région parisienne. Son père, comme beaucoup de bourgeois aisés, en possédait plusieurs, vers Nicolas-du-Chardonnet, et les enfants de l'orfèvre étaient souvent venus participer aux vendanges dont les fêtes duraient plusieurs jours en octobre.

Désormais, le jeune couple habiterait donc de ce côté de la Seine. Il convenait de s'habituer à un changement qui n'était pas, tant s'en fallait, dépourvu de charmes. La tante Béraude, qui vivait à longueur de jour dans sa boutique, proche de ses chers livres, avait déclaré à sa future nièce, au moment des accordailles, qu'elle lui abandonnerait sans regret tout le reste du logis.

— Vous ferez, ma mie, à votre guise. Depuis la mort de mon Thomassin — que le Seigneur le prenne en son paradis ! — je ne suis pas souvent montée aux étages. Je me trouve bien plus à ma place dans la petite chambre près de l'atelier qu'au premier ou au second. Choisissez donc les pièces qui vous conviennent, aménagez-les, transformez, arrangez tout comme vous l'entendez, Philippe et vous. Loin de m'en formaliser, j'en serai ravie. Telle que vous me voyez, je ne suis point femme d'intérieur et l'entretien d'une maison m'assomme !

Menue, avec des os qui saillaient sous un surcot rarement renouvelé, Béraude Thomassin ne se préoccupait que de sa profession. En dehors de la tendresse qu'elle nourrissait pour son neveu dont le talent lui était une fierté, rien ne l'intéressait. Elle demeurait des jours entiers assise devant sa table, aidée dans son labeur par deux compagnons que son défunt mari avait formés, copiant des manuscrits d'une plume que bien des moines auraient pu lui envier, ou interprétant à sa façon les pensées de ceux qui, ne sachant pas écrire, venaient lui demander de rédiger à leur place lettres d'amour ou bien d'affaires.

Sur ses mains sans chair, des veines bleues, des tendons, saillaient. Ainsi que la poussière qui se déposait sur les rayons où on plaçait les livres terminés, son visage était gris, hachuré de rides, signes tracés sur sa peau par la plume grinçante du temps, et tout ratatiné. Entre les pans de sa guimpe de veuve, sa face maigre et sans couleur vivait, cependant, s'animait, grâce aux yeux fatigués par tant de lectures, dont les pupilles commençaient à se décolorer, et au sourire qui la plissait, tout soudain, en approfondissant chaque sillon autour de la bouche où il manquait pas mal de dents.

— Ma fille, vous êtes ici chez vous !

Florie descendait du second étage où Philippe et elle avaient fait installer leur chambre les semaines précédentes. Le premier avait été réservé à la grande salle et à la cuisine. Ses cheveux, libres la veille encore sur ses épaules, mais qu'elle ne pouvait plus porter épandus après ses noces, étaient, pour la première fois, noués en un lourd chignon qu'enveloppait une résille de soie. Un bandeau d'orfèvrerie ornait son front. Vêtue de brocatelle verte brodée de blanc, elle était l'image même de cet avril qui rajeunissait le monde. Ses prunelles couleur de feuilles avaient la fraîcheur du cresson sous l'eau du ruisseau. Une croix d'émeraude brillait entre ses seins.

— Ma femme n'est-elle pas la plus jolie du royaume ?

Philippe pénétrait dans la pièce à son tour, prenait Florie par la taille, riait, baisait la joue aux douces pommettes rondes.

— Certes, mon beau neveu. Elle ressemble à sainte Ursule, la plus avenante des onze mille vierges !

Un apprenti entra, alla ouvrir les fenêtres donnant sur la rue dont les auvents, une fois rabattus, formaient abri contre le vent, le soleil ou la pluie, pour celui du haut, et table d'étalage pour celui du bas. Il commença à y disposer des livres.

Béraude Thomassin s'assit devant son pupitre où une feuille de parchemin à demi remplie l'attendait, tailla une plume d'oie.

— Il faut que je me mette à travailler, à présent, mes enfants.

— Que saint Jérôme en personne vous assiste, ma tante ! A tantôt, nous partons pour Saint-Séverin.

Se tenant serrés l'un contre l'autre, ils sortirent. L'église était à quelques pas. A chacun d'eux, cependant, il fallait s'arrêter, saluer un ami, une connaissance, tous gens des métiers du livre dont les boutiques, les ateliers, les échoppes, se touchaient au long du parcours. L'air sentait le parchemin neuf, l'encre, le cuir. Des paysans, venus des faubourgs, criaient légumes, volailles, fromages à vendre. Un clerc passait, agitant frénétiquement une sonnette, demandant aux passants de prier pour l'âme d'un défunt. A toute force, un colporteur voulut vendre des peignes, des lacets, des épingles ou des rubans aux nouveaux mariés. Philippe l'écarta.

Debout au pied d'une Montjoie où une Vierge jeune et blonde comme Florie souriait à son enfant, un jongleur déroulait, en s'accompagnant d'une vielle, une longue épopée à la gloire de sire Roland.

Au-dessus des toits aigus, dans le ciel où des nuages sans malice demeuraient suspendus, les cloches de Saint-Séverin sonnaient, couvrant les autres bruits.

En l'église ombreuse, où l'odeur de l'encens se mêlait à celle, puissante, de la sueur, à celle, champêtre, de l'herbe piétinée dont on avait jonché le sol, les rayons du soleil, à travers les vitraux, coloraient de teintes vives comme celles des enluminures les piliers du chœur, les statues des saints. Les sièges en bois répartis autour de l'église étaient tous occupés. Au milieu de la nef, les assistants, à genoux, debout, ou bien assis par terre, attendaient le début de l'office.

Florie et Philippe, se tenant par la main, priaient l'un à côté de l'autre.

« Puisque Vous nous avez unis pour toujours, Seigneur Dieu, ne permettez pas que nous soyons jamais séparés, ni que le Mal se glisse entre nous ! »

Ainsi que leurs corps, pendant cette nuit de noces, leurs âmes s'enlaçaient dans la même oraison.

Quand ils sortirent de l'église, la lumière du matin les éblouit. Un moment, ils restèrent immobiles sur les degrés, étourdis de soleil. C'est alors qu'une voix dont on ne pouvait ignorer le timbre grave, chaleureux, les interpella.

— Bonjour, cousins. Que Dieu vous garde !

— Guillaume ! Que fais-tu sur ces marches ?

— Je renoue connaissance avec le Paris où j'ai si souvent baguenaudé du temps que j'étais étudiant.

— N'as-tu pas envie, délaissant les charmes de l'Anjou, de devenir «bourgeois du roi» ?

— Si fait, cousin. Ce n'est pas le désir qui m'en manque, c'est la raison qui m'en écarte. Il vaut mieux que je me tienne éloigné des attraits de cette cité.

Florie, qui écoutait distraitement, surprit, durant l'espace fugace d'un instant, un regard qui se posait sur elle, l'enveloppait d'une attention particulière, violente, comme s'il voulait ne s'adresser qu'à elle, ne se faire comprendre que d'elle, avant de se détourner vers la rue et son agitation. Lorsque Guillaume Dubourg les avait abordés, salués, un moment plus tôt, elle avait déjà remarqué la façon insistante dont il la considérait.

L'observant avec plus d'intérêt, elle remarqua le large front encadré de cheveux sombres, fort épais, les sourcils très noirs, plantés net, droits, soulignant comme un trait l'architecture ordonnée du visage, le nez fait pour humer voluptueusement ce qui passait à sa portée, la mâchoire aux contours presque trop accusés, les dents saines entre des lèvres sensuelles, les prunelles si foncées qu'un reflet bleuté y luisait comme dans les yeux de certains cerfs qu'elle avait vu chasser en forêt de Rouvray. Elle pensa que c'était là un bel homme, certes, mais qu'il devait manquer de douceur envers les autres et de maîtrise envers lui-même. Étrangement, et en dépit de sa haute taille, de sa force physique évidente, il lui sembla tout à la fois puissant et vulnérable.

— La pelleterie est florissante à Paris, cousin, disait Philippe. Rien que pour les fêtes du mariage de ton duc, monseigneur Charles d'Anjou, frère de notre sire le roi, en janvier dernier avec Dame Béatrice de Provence, sœur de la reine, il a été commandé je ne sais combien de milliers de peaux de martre, d'hermine, de loutre et de renard. Si tu t'étais trouvé alors sur place, tu aurais doublé tes bénéfices !

Guillaume eut un geste qui balayait ces arguments.

— Comme premier pelletier d'Angers, je fournis la cour des ducs tout au long de l'année, et Dieu sait que cette cour est fastueuse, dit-il. Je n'ai nul besoin, vois-tu, d'étendre ma fortune.

Ses mains, qu'il avait grandes, tourmentaient la cordelière de son manteau de drap gris.

— Non, je ne saurais demeurer. Il me faut, hélas, partir. C'est une question de devoir.

— Si tu l'affirmes... J'imagine, cependant, que tu ne veux pas t'en aller, comme cela, tout à trac ? Viens donc souper avec nous ce soir, dans notre nouveau logis.

— Vous oubliez, mon ami, dit Florie, que nous soupons ce jour-d'hui chez mes parents.

— Qu'à cela ne tienne ! Guillaume peut fort bien se joindre à nous, n'est-il pas vrai, ma mie ?

— Il le peut en effet. Nous en serons fort honorés !

Une moue, une révérence à peine esquissée, soulignèrent l'accent taquin avec lequel Florie avait parlé. Ces simples mots lui valurent un autre regard où il lui sembla lire autant de reproche, et presque de douleur, que d'intérêt. Elle en ressentit une impression de malaise.

— Je ne sais si je pourrai me libérer...

— Par saint Denis, il n'est pas question de refuser, cousin ! Ce serait une injure. Nous t'attendons ce soir rue des Bourdonnais.

Le pelletier s'inclina sans plus rien dire.

— Je suppose que, selon ton habitude, tu es descendu chez ton ami juif, sire Vives ?

— Chez Yehel ben Joseph, oui. Je préfère, vois-tu, lui donner son nom hébreu. C'est un homme pour lequel j'éprouve la plus grande admiration, du respect, et beaucoup d'affection.

— Je sais. Tu n'es pas le seul, d'ailleurs, puisque notre sire Louis IX également, malgré la répugnance qu'il ressent envers ceux qui ont crucifié Notre-Seigneur, et en dépit du poste de maître de l'École talmudique, qui pourrait l'indisposer, l'honore de son estime. On raconte que le roi se rend parfois chez ton ami, ou bien qu'il le mande au Palais, afin de discuter avec lui certains points de théologie biblique.

— Il est vrai. Souvent, même, notre souverain n'a pas hésité à se déplacer en personne pour venir s'entretenir avec Yehel et il l'a comblé d'honneurs.

Dans la cohue qui remplissait la ruelle devant Saint-Séverin, Florie reconnut tout à coup son frère aîné qui déambulait, flanqué du trio dont il était devenu inséparable depuis quelque temps.

— Arnauld !

L'étudiant se retourna. De bonne taille, souple, sans un pouce de graisse, grâce à une musculature sèche que lui avaient procurée les exercices du corps qu'il pratiquait autant que ceux de l'esprit, il ressemblait à leur mère. Des prunelles moins claires que celles de Mathilde, et comme teintées de gris, transformaient cependant l'expression du visage, plus osseux, le nuançaient de réflexion, de réserve.

— Comment se portent nos tourtereaux ?

Écartant les passants, il s'avançait jusqu'aux marches de l'église. Les trois compagnons qui le suivaient émergèrent avec lui du flot que roulait la rue étroite.

Le plus âgé d'entre eux, sorte de géant vêtu de bure, aux traits taillés à la serpe, avait des bras de lutteur, des mains velues, la démarche prudente et alentie des hommes possédant une force hors du commun qui leur ferait tout briser alentour s'ils n'y veillaient et qui ont besoin d'espace pour se mouvoir. On le nommait Artus le Noir. Étudiant prolongé, un peu clerc, un peu truand, il faisait partie de ces goliards, poètes louches, moines vagants, toujours sur les routes, qui passaient d'école en école, de pays en pays, mobiles comme des colporteurs, aussi peu honnêtes qu'eux, chantant de manière fort païenne amours passagères, beuveries, ripailles, rixes, jeux de hasard. On en rencontrait maints spécimens sur la montagne Sainte-Geneviève. Arnauld le considérait avec amusement, aimait à discuter avec lui, respectait sa force et ne détestait pas s'encanailler un peu en sa compagnie.

Le second des compères, de taille médiocre, avait des épaules de portefaix que contredisait un visage mobile, au nez long, à la bouche sensible, aux yeux sans joie. Franc mais secret, rêveur avec des accès de pétulance, idéaliste et malchanceux, ce garçon de seize ans se nommait Rutebeuf. Il portait à la poésie une passion exigeante qui ravissait le frère de Florie.

Le troisième, enfin, maigre, souple comme une couleuvre, riant de tout, étonné par rien, arborait des cheveux roux et la peau de jambon cuit des gens du nord. Il s'appelait Gunvald Olofsson, était Norvégien et avait quitté son pays de sapins et de fjords pour venir étudier à Paris. Il suivait, comme Arnauld, et avec le même enthousiasme, les cours de théologie qu'Albert le Grand, illustre professeur et savant, idole des quatre amis et de toute la jeunesse estudiantine, donnait à l'Université.

— Les tourtereaux se portent à merveille, mon cher frère, répondit avec vivacité Florie à la question mi-moqueuse, mi-complice d'Arnauld. Ils trouvent la vie magnifique, ce matin !

— C'est bien le moins !

Artus le Noir la considérait avec tant de paillardise dans l'œil, qu'à sa honte, et non sans dépit, elle se sentit s'empourprer jusqu'aux épaules. Cherchant, d'instinct, un appui auprès de Philippe, elle se tourna vers lui. Dans ce geste, elle croisa une nouvelle fois le regard de Guillaume où se lisait un tel trouble qu'elle en ressentit une gêne accrue, comme d'une intrusion dans un univers interdit.

Un instant, elle pensa qu'elle se trouvait en face d'un homme déchiré, le plaignit fugitivement, mais sourit en même temps à Philippe et n'y songea plus.

— Par Dieu, mon beau-frère, disait au même moment celui-ci en serrant le bras de sa femme contre lui, vous devriez vous marier. C'est le meilleur usage qu'on puisse faire de la vie !

— Qui sait ? Permettez-moi d'attendre avant de me prononcer. En spectateur prudent, je tiens à voir la suite des événements pour me faire une opinion, répondit Arnauld. Par mon saint Patron, vous n'en êtes encore qu'aux prémices ! Nous en reparlerons dans quelques années.

— Nous ne changerons point. Sur mon âme, j'en jurerais ! N'est-ce point, ma mie ?

— Que Dieu vous entende, mon cœur, et qu'Il vous exauce ! Pour moi, j'ai faim. Si nous rentrions déjeuner ?

— Volontiers. Adieu, amis. Guillaume, nous comptons sur toi, après vêpres, pour souper chez maître Brunel.

Sans écouter la réponse, après un signe de la main, Philippe, un bras passé autour de la taille de Florie, s'éloigna vers la rue aux Écrivains. Les étudiants se fondirent dans la foule.

Guillaume demeura immobile sur les degrés de Saint-Séverin. Il suivait des yeux une chevelure blonde que la clarté du matin faisait briller comme un chapeau de lumière sur la jeune tête qu'elle couronnait. Un tournant la lui déroba.

Dès qu'il avait pénétré dans la grande salle où la famille, réunie autour de la mariée, attendait le moment de gagner l'église, dès qu'il avait vu la jeune fille parée pour ses noces, il avait été fasciné. Avec un geste plein de grâce, de gaieté, de vie surabondante, elle s'était alors tournée vers lui qui s'était senti foudroyé.

« Je ne pensais pas que la souffrance d'amour fût si cruellement physique, blessant le corps autant que l'âme. A quoi vais-je me décider ? L'éviter ? La poursuivre ? Me rendre à ce souper ? Ne pas m'y rendre ? »

Sans y songer, il descendait les marches de l'église, se mêlait à la foule, se dirigeait vers la rue de la Harpe où habitait Yehel ben Joseph, dit sire Vives, un des hommes les plus savants, les plus estimés du siècle.

Depuis que les Juifs avaient été chassés de Paris par le feu roi Philippe Auguste, puis rappelés par lui un peu plus tard, pour des raisons de finances, leur communauté s'était éparpillée. Groupés autrefois au cœur de la Cité, dans le quartier de la Vieille Juiverie, les membres du peuple élu logeaient à présent non loin des nouvelles Halles, sur la rive droite, ou bien, en plus grand nombre encore, sur la montagne Sainte-Geneviève où on leur avait concédé des terrains autour de la rue de la Harpe. Ils y avaient construit une synagogue, des écoles talmudiques et leur nouveau cimetière.

Originaire de Meaux, Yehel ben Joseph dirigeait l'école rabbinique la plus renommée de Paris. Le père de Guillaume, qui l'avait connu jadis, du temps où ils menaient ensemble dans la capitale une vie studieuse d'étudiants de province, avait gardé pour lui beaucoup d'amitié. C'était donc tout naturellement que son fils était venu loger rue de la Harpe pendant la durée de ses propres études. Guillaume continuait, quand il venait à Paris depuis la mort de son père, à descendre chez cet homme cultivé, érudit, dont l'esprit curieux, tourné vers les quêtes essentielles se consacrait aux sciences les plus ardues avec une austère ferveur. Plus qu'un correspondant, sire Vives était devenu l'ami et le conseiller du jeune homme.

« Vais-je lui parler de ce qui m'arrive ? Je ne le pense pas. Si son jugement, en matière d'érudition, de spéculation intellectuelle, de connaissance, est des plus sûrs, il doit être totalement étranger à tout ce qui a trait à l'amour profane. Peut-être lui arrive-t-il parfois, de s'occuper des rites de Courtoisie, mais cette faim furieuse, ce besoin, qui me tiennent, qui me dévastent, il ne les comprendrait pas.

« J'irai, ce soir, au souper de la rue des Bourdonnais. Pour m'entraîner, d'abord, au rôle qui sera le mien désormais, ensuite, je dois me l'avouer si je ne veux pas devenir ma propre dupe, pour me trouver une nouvelle fois près d'elle. Il me faut la voir, l'approcher. Absolument. »

III

Une fois Jeanne et Marie conduites à la petite école où deux maîtresses leur enseignaient, avec des résultats divers, grammaire et littérature, calcul et musique ; une fois Clarence retournée au couvent de dominicaines où elle parachevait ses connaissances en latin, théologie, langues vivantes, astronomie, et un peu de médecine, Mathilde, au retour de la messe matinale, après avoir déjeuné sobrement dans leur chambre en compagnie de son époux, s'apprêtait à sortir avec lui.

Elle avait donné à Tiberge la Béguine les ordres de la journée, vérifié les provisions de viandes, poissons, épices, achetées de bon matin aux Halles par l'intendante en vue des menus du dîner et du souper, puis, tranquillisée, elle avait pris le bras de maître Brunel pour se rendre rue Quincampoix.

C'était dans cette voie, réservée aux merciers et aux orfèvres, que le grand-père d'Étienne avait fondé, au siècle précédent, puis fait prospérer, sa boutique ainsi que son atelier d'orfèvrerie. Une seconde échoppe, presque exclusivement réservée à la vente, plus élégante aussi que la première, et située sur le Grand-Pont, était ensuite venue la compléter.

Fille de joaillier elle-même, Mathilde travaillait avec son mari quand il se trouvait à Paris, seule, pendant les déplacements qu'il effectuait, au moment des grandes foires, en Flandres, en Champagne, à Lyon, ou dans le midi de la France. Elle aimait ce labeur, elle aimait dessiner des modèles de croix, d'ostensoirs, de bijoux, de plats, de surtouts, de hanaps, choisir les pierres qui les orneraient, surveiller les apprentis, dont son second fils, Bertrand, qui avait seize ans, faisait encore partie, conseiller les compagnons ou les clients, s'associer, enfin, en toute chose au labeur de l'orfèvre. Ce goût, cet effort commun, demeurait, certainement, un des liens les plus solides existant entre les deux époux.

Il arrivait parfois à Mathilde, dans ses mauvaises heures, de regretter l'union contractée, alors qu'elle avait quatorze ans, dans un élan du cœur qui n'était peut-être pas le puissant amour espéré, mais, plutôt, entraînement admiratif voué par une adolescente à un homme d'expérience, ami de son père. Elle n'avait, en revanche, jamais mésestimé les longues heures passées aux côtés d'Étienne dans le travail de l'or.

Par la rue de la Ferronnerie, qui longeait le cimetière des Innocents sur tout un côté, et où s'étaient installés, de l'autre, depuis un certain temps, avec la permission du roi, tous ceux qui travaillaient le fer, Mathilde et Étienne cheminaient.

C'était une artère étroite, encombrée, bruyante, retentissant des coups de marteaux qui frappaient les enclumes, et du grincement des scies à métaux.

Un peu plus grand que sa femme, alourdi par la soixantaine proche, donnant une impression de robustesse lassée, l'orfèvre, dont la démarche était devenue pesante, gardait encore sur ses traits au nez charnu, au menton que l'âge amollissait, à la bouche dont la forme avait perdu de sa fermeté et qu'encadraient deux lourdes rides, le souvenir de ce qui avait été le masque plein de caractère d'un homme aimant la vie, aussi bien dans ses luttes que dans ses plaisirs. A présent, au fond des prunelles grises, montaient parfois une inquiétude, une crainte, que peu de gens avaient le temps ou la curiosité de remarquer, tant la volonté, sans cesse appliquée à ne jamais les trahir, restait vigilante.

Toujours vêtu avec soin, mais discrétion, de velours ou de drap aux teintes assourdies, Étienne Brunel souffrait trop du nombre d'années qui le séparait de sa femme, pour chercher frivolement à se rajeunir.

Ils débouchèrent enfin rue Quincampoix, une des plus élégantes du quartier. Entre ses maisons à colombages, hautes et étroites, dont les rez-de-chaussée, aux fenêtres ouvertes sur l'extérieur, débordaient de marchandises, des gens de toutes conditions s'affairaient. Rue luxueuse, où les merciers, seuls marchands de la ville à avoir le droit de vendre un peu de tout, offraient à la convoitise de leurs éventuels acheteurs mille articles de la parure et de la mode qui séduisaient toujours autant Mathilde. Elle jetait en passant un coup d'œil intéressé aux aumônières brodées, aux tissus en provenance de l'Orient, aux chapeaux de fleurs ou de plumes de paon, aux ceintures rehaussées de soie, aux bourses en cuir de Cordoue, aux guimpes empesées, aux dentelles et gants de peau, et, aussi, aux instruments de musique, fards, poudres et parfums, à l'or en paillettes,

aux peignes en écaille, aux tablettes de cire, aux stylets à écrire, aux
miroirs d'étain poli, et à des quantités d'autres colifichets amusants
à voir et à désirer.

Les orfèvres, de leur côté, offraient à l'admiration des foules et à
l'investigation d'Étienne qui n'entendait pas se laisser distancer par
ses concurrents, tout ce que l'or et l'argent, les pierres fines et les
perles, l'ambre, l'étain, le cuivre, et le corail, venu du fond des mers,
tout ce que les métaux et les gemmes, enfin, fournissaient en moyens
de se manifester à l'ingéniosité et l'habileté de ces artisans qui
étaient les meilleurs de la capitale. Le soleil allumait des reflets, des
éclats, des étincelles, des luisances parmi toutes ces merveilles ainsi
que dans les regards d'envie qui ne se détachaient qu'à regret de tant
de sollicitations.

La boutique de maître Brunel était une des plus importantes de la
rue. Plusieurs apprentis et compagnons y travaillaient. Parmi eux,
Bertrand, fils cadet du couple, apportait à l'affaire de son père un
goût ancestral de l'ouvrage bien fait, de l'activité, une gaieté aimable
qui faisait de lui un garçon plein d'entregent, dont les clients de la
maison appréciaient les offices. Il vint saluer Mathilde qu'il n'avait
fait qu'apercevoir à la messe.

— Dieu vous garde, ma mère !

Seul des enfants à avoir hérité de l'orfèvre un sens du négoce très
sûr, il était également celui qui lui ressemblait le plus. C'était une
nature gaie mais coléreuse, tendre et inquiète à la fois. Il était
capable de la plus réelle gentillesse, mais aussi d'accès de mauvaise humeur et de coups de tête. En dépit de son jeune âge, il aimait
déjà les belles filles, le plaisir, la table. Amoureux de la vie, sen-
suel, et impatient de tout étreindre, il promettait de devenir sans
tarder un commerçant exercé, un homme qui saurait plaire aux
femmes.

Étienne Brunel laissa bientôt son épouse et son fils penchés sur
des croquis de croix ouvragées qu'il leur fallait choisir, et s'en alla
vers le Grand-Pont où il avait rendez-vous avec un marchand de
Bruges.

Mathilde aimait, d'ordinaire, la compagnie de Bertrand, mais elle
lui fut spécialement reconnaissante, ce matin-là, de l'entrain qu'il
manifestait en travaillant avec elle. Grâce à lui, à sa bonne humeur,
elle n'eut pas trop de difficulté à repousser les pensées caracolantes
qui l'agitaient depuis son réveil. Tout en admettant la fragilité d'un
secours venu de l'extérieur, alors qu'il lui aurait fallu trouver en
elle-même la fermeté nécessaire à sa propre défense, il lui était précieux de se sentir réconfortée, aidée, par la seule présence de son
second fils.

Ils repartirent ensuite tous deux, un peu avant onze heures, vers la rue des Bourdonnais où la famille se regroupait toujours pour dîner.

Après le repas, durant l'heure de la sieste, alors qu'elle était étendue dans sa chambre, auprès d'Étienne qui, selon son habitude, s'était endormi sitôt couché, Mathilde s'aperçut qu'elle pleurait.

Depuis quelques années, elle en était arrivée à appréhender les moments où elle se retrouvait ainsi allongée près de son mari et, certains soirs, avant de se mettre au lit, elle était prise de panique.

En silence, pour ne pas réveiller l'homme vieillissant qui sommeillait près d'elle, pour ne pas tirer de ses rêves un époux qui, au début de leur union, avait su se montrer un amant attentif, elle se glissa hors de la couche conjugale. Elle se refusait à accabler à présent celui-là que ses forces trahissaient. Elle savait combien, de son côté, il partageait de façon poignante le tourment qui la faisait souffrir. Écartant les courtines du lit, elle gagna le cabinet attenant où elle prit un manteau pour sortir.

Étienne ne s'étonnerait pas de son absence. Tous les jeudis, elle se rendait à l'Hôtel-Dieu vers une heure de relevée pour visiter et secourir les pauvres malades. En s'acquittant de la sorte d'un devoir de charité, d'entraide, elle avait loisir de rencontrer, tout à son aise, la femme qu'elle estimait le plus au monde, Charlotte Froment, la propre sœur de son mari. Plus jeune que lui de quelque seize ans, celle-ci était devenue la meilleure amie de Mathilde. Douée d'une ferme bonté, sachant faire preuve de caractère sans ostentation ni tyrannie, elle demeurait toujours disponible, attentive aux autres. Indifférente au jugement de ceux que sa vie privée pouvait choquer, elle avait montré ce dont elle était capable au moment le plus critique de son existence : d'une façon aussi incompréhensible que subite, l'homme qu'elle avait épousé, un médecin, avait disparu. Parti pour Saint-Jacques-de-Compostelle à la suite d'un vœu demeuré secret, il n'en était jamais revenu. Ses compagnons de route, interrogés à leur retour, avaient raconté qu'à l'heure du rassemblement des pèlerins, sur la place devant la basilique, on avait, en vain, cherché Girard Froment.

La sœur d'Étienne avait, alors, fait preuve d'un courage tranquille, plein de dignité, impressionnant par sa simplicité même. Après avoir dû abandonner les recherches entreprises tant en France qu'en Espagne, elle s'était décidée à travailler dans la discipline qui avait été celle du disparu. Elle aimait la médecine qu'elle avait étudiée avant son mariage, puis pratiquée en compagnie de son époux. Elle était donc entrée à l'Hôtel-Dieu, afin d'y soigner les femmes qu'on tenait soigneusement séparées des hommes malades. Elle consacrait depuis lors sa vie à leurs maux, avec un dévouement que Mathilde estimait et révérait à sa juste valeur. Près de sa belle-sœur, elle trouvait affection, compréhension, réconfort, et ce rien de complicité sans lequel il n'y a pas d'amitié efficace.

On entrait à l'Hôtel-Dieu par la place du marché Palu où herboristes et apothicaires voisinaient. Des relents de plantes médicinales, d'herbes séchées, de camphre, de fleur de moutarde, d'onguents indéfinissables, flottaient aux alentours.

En passant devant la boutique d'Aubri Louvet, cousin germain d'Étienne, qui était apothicaire, Mathilde jeta un coup d'œil à l'intérieur pour voir si la femme d'Aubri ne s'y trouvait pas à cette heure. Ne les apercevant ni l'un ni l'autre, elle continua son chemin.

On achevait la construction de l'Hôtel-Dieu, commencée presque un siècle plus tôt, sous le règne de Louis VII le Jeune, et les maçons étaient en train de terminer la nouvelle infirmerie qui allait remplacer la précédente, devenue trop petite.

Mathilde dirigea ses pas vers la salle des femmes où elle pensait trouver Charlotte, mais une fille blanche lui apprit que celle-ci était partie vers la salle des accouchées. La sage-femme de service lui avait fait demander d'y venir.

Dans cette pièce, située au sous-sol, rigoureusement propre, comme tout le reste du bâtiment, où, détail qui avait toujours amusé Mathilde, on usait jusqu'à mille trois cents balais par an, les lits, encadrés de rideaux de toile aux plis cassants, s'alignaient le long des murs. Le pavé, brossé chaque matin, était jonché d'herbe fraîche.

Des visiteurs se penchaient sur les couches aux montants de bois où les jeunes mères et leurs enfantelets, étendus côte à côte entre les draps bien tirés, reposaient sous des couvertures de couleur, doublées de fourrure. Posées sur les taies blanches de leurs gros oreillers de plumes, les têtes des accouchées, enveloppées de bandes de toile, s'alignaient bien sagement entre les courtines ouvertes, de part et d'autre de la longue salle. On avait fait les toilettes avant les visites. L'impression d'ordre, de salubrité, était évidente.

Mathilde chercha des yeux Charlotte parmi les novices en surplis blanc, tablier blanc, voile et guimpe blancs, parmi les sœurs en cotte de serge noire, surplis blanc, couvre-chef blanc et voile noir qui surveillaient les futures ou les nouvelles mères, les nourrissons, mais, aussi, les parents et amis dont les démonstrations, les bavardages, auraient pu déranger la tranquillité nécessaire au repos de tous. Elle vit sa belle-sœur penchée sur un lit où gisait une femme dont la grossesse semblait présenter d'inquiétants symptômes. Près d'elle, une des sages-femmes de la salle la regardait d'un œil soucieux palper le ventre distendu.

Mathilde, qui connaissait plusieurs accouchées, préféra attendre la fin de la consultation en se rendant au chevet de certaines d'entre elles. De lit en lit, elle distribua des dragées, des fruits confits, des noisettes, qu'elle avait apportés avec elle, mais aussi son attention amicale, son sourire, sa sympathie. Aidant l'une à boire sa potion, une autre à consoler un nouveau-né en pleurs, une future mère à supporter les premières douleurs qui s'annonçaient en lui expliquant ce qu'il convenait de faire pour faciliter la naissance, elle oublia le temps.

— Bonjour, ma mie. Venez avec moi. J'ai plusieurs cas intéressants dans la salle des malades. Si vous le voulez bien, nous les verrons ensemble.

Charlotte embrassait Mathilde, l'entraînait hors de la salle des accouchées, dans sa tournée quotidienne. De haute taille, bâtie en force, la sœur d'Étienne avait le visage charnu de son frère, la même bouche aux lèvres épaisses, mais un front plus étroit, un nez plus fin. Son regard brun ne recelait aucune angoisse. Son expression, comme sa démarche, était remplie de fermeté, de décision, donnait une grande sensation d'assurance, de tranquillité. Elle alliait l'ironie à la compétence, la lucidité à la bonté.

Mathilde aimait à partager ses préoccupations, ses joies, ses colères, plus généreuses que destructrices, ses émotions, tout au long des minutieuses visites qu'elle faisait de lit en lit. Dans cette salle où on accueillait toutes les malades qui se présentaient, quels que fussent leur âge, leur nationalité, leur état, leur religion, et aussi, la nature de leur maladie, sauf la lèpre, qu'on soignait à Saint-Lazare, on comptait une soixantaine de lits rangés en bon ordre contre les murs. Beaucoup d'entre eux étaient à trois places, car ils étaient fort vastes. Quelques-uns, seulement, à une place, pour les cas les plus graves.

Charlotte prenait le pouls, examinait avec un soin scrupuleux les urines que des sœurs lui présentaient dans de petites fioles, faisait parler les malades, vérifiait l'état des pansements, sondait les plaies, prescrivait des onguents, des emplâtres, des bains, des électuaires, des cataplasmes. Mathilde l'aidait autant qu'elle le pouvait, ce qui soulageait toujours un peu les religieuses soignantes dont le labeur était incessant. Charlotte lui avait expliqué qu'elles étaient, sous la haute direction d'une prieure, entre soixante-dix et quatre-vingts, tant novices que sœurs, dont le dévouement ne faisait jamais défaut. Aidées d'une vingtaine de valets, d'une dizaine de frères, de cinq chapelains, elles œuvraient à tour de rôle, du matin au soir pour les unes, du soir au matin pour les autres.

— C'est une véritable petite cité, disait encore Charlotte, qui en parlait avec fierté. Pensez, ma mie, qu'il y a, bon an, mal an, près d'un millier de malades défilant entre ces murs ! Le grand maître, élu par le chapitre des chanoines de la cathédrale, est, avec notre

prieure, le chef suprême du plus important établissement hospita-
lier de tout Paris ! C'est pourquoi, méthode et discipline y sont indispensables.

Si elle était désireuse d'un ordre, elle avait, par ailleurs, bien trop
de sollicitude envers la nature humaine pour ne pas, également,
saluer avec reconnaissance le courage, l'abnégation, des religieuses.
Une fois encore, après avoir terminé sa tournée de malades, et tout
en conduisant Mathilde vers la petite pièce qui lui était réservée, non
loin de la chambre de la prieure, elle lui parlait avec fougue du
labeur des sœurs et de leur dévouement.

— Faut-il aimer les créatures de Dieu pour s'occuper d'elles de la
sorte ! s'écriait-elle. Nettoyer des malades souvent répugnants, les
lever, les coucher, les baigner, les essuyer, les nourrir, les abreuver,
les porter d'une couche sur une autre, voir s'ils ne se découvrent
pas, faire, refaire les lits, chauffer des linges pour leur mettre aux
pieds, les asseoir sur des seaux ; en hiver, mettre du bois dans les
grandes cheminées qui se trouvent dans chaque salle, y promener
les quatre chariots de fer remplis de charbons incandescents pour
les mieux tenir au chaud, entretenir d'huile et surveiller les mèches
des lampes de verre qui brûlent auprès de chaque lit, sur les autels,
dans les dortoirs, devant les troncs de Notre-Dame ; faire, chaque
semaine, des lessives de près d'un millier de draps, de centaines de
vêtements, d'une quantité incroyable de toiles à pansements, les rin-
cer en eau claire de Seine, les étendre sur les galeries en été, les
sécher à grand feu dès la froidure, les plier, ensevelir les morts,
faire, défaire les pansements, tondre les poils, vider les pots ! Personne ne peut savoir ce qu'est l'existence de ces filles de Dieu qui, le
plus souvent, ne reçoivent en remerciement que rebuffades,
doléances, jérémiades !

Dans la pièce où Charlotte venait, tout en plaidant avec l'élan qui
était un des attraits de son caractère, de conduire Mathilde, régnait
un silence studieux. Meublée sommairement d'un coffre, d'une table
couverte de livres, de trois chaises, d'une petite bibliothèque près de
la fenêtre, on aurait plutôt cru s'y trouver dans une cellule que dans
le bureau d'une physicienne.

— Je suis heureuse de vous voir si ponctuelle dans vos visites, ma
mie, reprit Charlotte. J'aime ces occasions qui nous sont données de
nous retrouver ainsi, toutes deux.

Bien plus que des liens familiaux, c'était une confiance, une tendresse mutuelle qui unissaient les deux belles-sœurs. A cette confidente absolument sûre, Mathilde pouvait parler en tout abandon des
troubles, des secrets déchirements de son existence. De son côté,
Charlotte se laissait aller à évoquer en toute franchise les complications, les étapes, d'une vie privée qui, depuis la disparition de

Girard, avait connu quelques traverses. Éprise, en ce moment, d'un étudiant en médecine de vingt ans son cadet, elle menait de front l'éducation amoureuse et la formation médicale du jeune homme.

— Que voulez-vous, disait-elle, je suis libre, seule, sans personne à qui rendre des comptes sur cette terre. Quant au jugement de Dieu, pourquoi m'en inquiéterais-je ? N'est-ce pas envers la Madeleine, la Samaritaine, la femme adultère, que Notre Seigneur s'est montré le plus indulgent ? Il n'est de péché inexpiable qu'envers l'Esprit. Je ne crois pas, honnêtement, devoir être rangée parmi ceux qui commettent ce genre de faute. Je demeure donc persuadée qu'il est plus important pour moi de soigner mes éclopés avec toute l'attention possible, que de cesser mes relations avec Rémy. Ce garçon me plaît. Il ne semble pas se déplaire avec moi. Que demander de plus ?

Comme chaque fois qu'elle parlait d'un sujet qui la concernait de près, elle lissait du doigt un grain de beauté assez proéminent qu'elle avait au coin des lèvres. C'était, chez elle, geste habituel.

— Que celle qui n'a jamais songé à aimer un bel étudiant vous jette la première pierre, ma mie ! Soyez assurée que ce ne sera pas moi !

Assises face à face sur deux chaises, les plis de leurs robes tombant jusqu'au sol, les mains de Mathilde croisées au creux du tissu, celles de Charlotte toujours en mouvement, elles se livraient ensemble au besoin, si fort dans le cœur des femmes, de se confier l'une à l'autre.

— Où en êtes-vous avec mon frère, ma mie, ces temps-ci ?

— Hélas ! Au même point ! A la fois victimes et bourreaux, nous sommes tous deux nos propres tortionnaires !

— Si Dieu vous inflige une semblable épreuve, ma mie, c'est qu'il n'en est sans doute pas de plus efficace pour vous sauver.

— J'en conviens, mais, voyez-vous, Charlotte, cette sensualité qui me domine, qui me tient, qui a été mon plus chaud espoir, mes plus violentes délices, je ne puis m'habituer à l'idée d'y renoncer pour toujours.

— Je ne sais si vous trouverez une consolation dans ce que je vais vous dire, Mathilde, mais je connais un certain nombre de cas semblables.

— Quelle sinistre farce ! C'est dans la mesure où il avait peur de ne plus pouvoir me prouver son amour que les possibilités de mon pauvre époux se sont amenuisées jusqu'à l'anéantissement !

— Il en est souvent ainsi quand l'homme tient à la femme plus qu'à sa propre jouissance et redoute avant tout de la décevoir.

— Ah ! Charlotte, c'est affreux ! Je vais me consumant auprès de cet homme qui éprouve pour moi le plus sincère, le plus ardent amour, et ne peut plus me le témoigner, ce qui le rend tout aussi malheureux que moi !

Depuis plusieurs années, les manquements d'Étienne avaient amené le couple à des scènes, des rancunes, des explications demeurées soigneusement enfouies au fond de la couche conjugale, des réconciliations, des recherches, des ruses, des soins inutiles, des tourments sans fin. Charlotte ne l'ignorait pas. Au point où ils étaient parvenus, tout avait été dit, tenté, expérimenté, compris, entre eux.

— C'est par la tendresse, par elle seule, que vous pourrez sauver votre union, Mathilde. Vous le savez bien, vous qui apportez tant de détermination à préserver ce qui peut encore l'être, envers et contre vos propres penchants.

— La tendresse... oui, bien sûr. Je n'en manque pas à l'égard d'Étienne, mais elle ne résout pas tout. Combien de fois me suis-je dit que je ne pouvais plus supporter cette abominable continence ? Combien de fois ai-je supplié Dieu de me donner la paix du corps, ou de me faire mourir ? Je ne sais plus. J'ai tant pleuré, je me suis tellement débattue !

Charlotte prit entre les siennes une des mains de sa belle-sœur, la serra fortement. Mathilde soupira, secoua le front.

— Il n'est pas bon de s'apitoyer sur soi-même, ma mie. J'ai tort de céder à ce besoin où entre un peu de lâcheté. Comprenez-moi, cependant : je me sens si mal à l'aise entre les aspirations de ma chair et celles de mon âme !

Elle se tut un instant. Ses lèvres tremblaient.

— Parfois, reprit-elle, il me semble trouver le repos, accepter cette amputation de ce qu'il y a de plus spontané, de plus vivant en moi, mis à part l'amour maternel qui, Dieu merci, ne m'a jamais déçue !

— C'est déjà là une grande grâce, savez-vous bien, ma sœur ? Ne pas avoir d'enfant, se sentir stérile, définitivement, est pour une femme une sorte de condamnation très dure à supporter. Croyez-moi, je ne parle pas au hasard.

Songeant aux mêmes choses et sachant que leurs pensées, fait assez rare pour qu'il fût goûté, suivaient des chemins semblables, elles se turent un moment.

— Je vous ai conté, reprit enfin Mathilde, quelle enfance j'ai eue entre un père et une mère que liait une profonde entente charnelle. Sans que nous y ayons le moins du monde songé, ni eux, ni moi, cet air saturé d'amour qui circulait dans la maison m'imprégnait, me façonnait, orientait mes choix les plus intimes. Si je me suis mariée si tôt, c'était pour connaître plus vite des voluptés dont je rêvais comme du seul bien désirable. Après avoir épousé Étienne, j'ai cru que ce besoin était à jamais satisfait. Hélas ! La chasteté, mon ennemie, me guettait un peu plus loin !

Des larmes cassaient sa voix.

— J'ai prié. Dieu ! que j'ai prié, pour être délivrée de cette idée fixe !

— Nous ne sommes pas toujours exaucés de façon prévisible.

— Écoutez-moi bien, ma mie : pour la première fois depuis que je suis mariée, la tentation vient de prendre à mes yeux visage et allure d'homme. J'ai rencontré voici deux jours celui que j'espérais ne jamais trouver sur mon chemin, tant sa séduction est dangereuse pour moi. Je ne vous cacherai pas qu'il m'a impressionnée.

— Vous ! Ce n'est pas possible !

— Écoutez plutôt.

Mathilde évoqua Guillaume Dubourg, son arrivée au matin des noces, le charme qu'elle lui trouvait, l'émoi ressenti.

Une fois de plus, sa belle-sœur vérifiait combien les amitiés, les amours des autres, y compris de ceux qui nous sont les plus chers, demeurent, presque toujours, incompréhensibles pour nous.

— Soyez sans crainte, Charlotte. Quelqu'un veille sur moi. Je me verrai de nouveau sauvée par force. Le bel Angevin ne m'a pas regardée, pas même vue. De toutes les femmes présentes à ces fêtes, il n'en a remarqué, distingué qu'une, une seule. Savez-vous laquelle ? Florie !

— Florie ! C'est de la démence !

— Peut-être bien. Que voulez-vous, l'amour court sur les chemins les plus inattendus ! Ce qui s'est passé à ce moment-là est folie, incohérence, sottise, délire, de la part de ce garçon comme de la mienne. Cela est, pourtant. L'unique certitude que j'ai à retirer de cette aventure sans lendemain est qu'en aucun cas Guillaume Dubourg ne s'intéressera à moi. En dépit de mon imagination qui s'égare si vite, je suis toujours ramenée à cette vertu dont je ne dois pas me départir. Épouse irréprochable je suis, épouse irréprochable je dois rester. Tel est mon destin. Je ne puis l'ignorer depuis le temps que j'explore chaque recoin de la cage invisible mais hermétique où je me trouve prise. Comme un rat dans un piège.

— C'est un piège divin, mon amie. Faites confiance à Celui qui attend que vous acceptiez de calquer votre volonté sur la Sienne.

— Qu'Il m'aide donc, j'en ai le plus grand besoin !

Les deux femmes s'embrassèrent.

Mathilde quitta l'Hôtel-Dieu un peu rassérénée.

IV

En se retrouvant rue des Bourdonnais, Florie se sentait plus désorientée qu'elle ne l'aurait cru. Partie de l'avant-veille seulement, elle éprouvait cependant cette courte séparation comme une coupure. Les transformations qu'elle avait subies en si peu de temps l'incitaient à songer que, d'une certaine vierge, rendue femme au cours de la nuit par l'amour de Philippe, une créature nouvelle était née, assez différente de celle qui l'avait précédée.

D'un œil neuf, elle considérait la grande salle où des tables étaient dressées et parées pour le souper. C'était de cette même pièce, décorée de tapisseries à mille fleurs, meublée de bahuts, de coffres, de vaisseliers où se trouvaient exposées les plus belles pièces d'argenterie façonnées par son père, les plus précieuses faïences de la famille ; de cette salle garnie d'une vaste huche à pain sous le couvercle de laquelle elle pouvait se cacher quand elle était petite, de cathèdres où, seuls, les adultes avaient droit de prendre place, de tabourets, de bancs, tous meubles, bien cirés, bien lustrés, oui, c'était de là qu'elle s'en était allée vers sa nouvelle vie !

Sur les longues tables étroites, simples planches supportées par des tréteaux pour la durée du repas, disposées en U et recouvertes de nappes blanches, Florie reconnaissait l'orfèvrerie qui étincelait. A chaque occasion tant soit peu importante, et c'était là, ce soir, une délicate attention de la part de ses parents envers eux deux, on sortait la nef personnelle du maître de maison, en argenterie, ainsi que la crédence, les couteaux à manches d'ivoire, les cuillers et les écuelles en argent, les hanaps de cristal cerclés d'or. Tous ces objets ciselés dans les ateliers paternels lui rappelaient des réceptions situées dans un passé qui se détachait déjà d'elle et dont elle découvrait que son mariage, comme une barrière, la séparait.

— Mon Philippe, il va vous falloir remplacer par votre unique présence, par votre seul amour, les absences creusées dans mon cœur par mon départ de cette maison.

— Je m'y emploierai jour et nuit, affirma le jeune trouvère avec un sourire où amour, confiance, chauds souvenirs, se mêlaient. N'en ayez point souci.

Bien qu'il ne fût pas encore six heures de relevée, le soir s'annonçait par une certaine qualité de la lumière qui s'adoucissait, perdait de son éclat blanc, un peu acide, printanier, pour s'estomper. Par les fenêtres et la porte ouvertes sur le jardin, des senteurs de vergers en fleurs, de giroflées, de muguet, de jeune verdure, entraient par vagues, se mélangeant sans se perdre aux fumets qui s'échappaient de la cuisine proche où on s'affairait.

— J'avais bien recommandé : la famille, la famille seule, disait maître Brunel à Bertrand, son fils cadet. Il me semble que c'était clair ! Personne d'autre. J'ai déjà eu assez de peine à évincer, ce matin, Nicolas Ripault que j'ai rencontré sur le Grand-Pont. Il comptait se faire inviter avec sa femme pour ce souper. Vous savez combien il peut se montrer insistant dans des cas comme celui-là ! Je l'ai donc écarté, et voici que votre frère est venu, tout à l'heure, me demander s'il lui était possible d'amener avec lui ce soir un jeune Norvégien, étudiant comme lui, dont j'oublie toujours le nom...

— Gunvald Olofsson, je pense.

— C'est cela même, plus un certain poète de ses amis dont il nous rebat les oreilles depuis quelque temps.

— Rutebeuf ?

— Tout juste. Je n'ai rien contre le jeune étranger, qui est de bonne famille, et point sot, ni contre le rimeur, dont Arnauld vante le talent, le manque de chance et le bel avenir, mais, enfin, ils ne sont pas des nôtres, que je sache !

— Ils sont, l'un et l'autre, si seuls à Paris !

Maître Brunel souffla plusieurs fois, avec bruit, droit devant lui, comme font les chevaux énervés. Toutes les fois qu'il était contrarié, il se laissait aller à ce genre de démonstration.

— En outre, reprit-il, Philippe vient de m'apprendre que son cousin d'Angers, vous savez, le jeune pelletier venu spécialement pour les noces, se trouvera aussi parmi nous ce soir. Il l'a invité. Passe encore pour celui-là : c'est un parent. Bon. Mais voici que votre mère, inspirée à son tour par je ne sais quel démon, s'est rendue chez mon cousin Aubri, en revenant de l'Hôtel-Dieu, afin de le convier à ce souper avec sa bonne femme et sa garce de belle-fille...

— Par ma foi, mon père, vous vous emportez !

— Il y a de quoi ! Tout le monde sait, ici, combien ces deux femelles me déplaisent. Aussi, je ne comprends pas qu'on ait seulement pu songer à les aller chercher !

— Ma parole, Étienne, vous manquez de charité. Cela m'étonne de vous, mon petit-gendre !

Margue Taillefer, grand-mère de Mathilde, vieille femme qui avait survécu à sa fille et à l'époux de celle-ci, noyés tous deux au cours d'une promenade en barque sur la Seine, se retrouvait, aux approches de quatre-vingts ans, avec deux autres filles au couvent et son fils unique tué à Bouvines, sans autre famille que celle de l'orfèvre. Une humeur vindicative, qui ne craignait pas la violence et ses éclats, un besoin tyrannique de possession, un entêtement sans borne, un furieux désir d'indépendance, faisaient d'elle, en dépit d'un cœur plein d'élans insoumis, une solitaire ne se décidant pas à venir vivre chez Mathilde qui lui avait cent fois offert de la loger. Elle préférait à l'hôtel des Brunel une maison mal entretenue, vétuste, située dans la rue Saint-Denis, non loin du Grand-Châtelet, maison où elle était née et qu'elle se refusait de quitter malgré le fracas et le passage incessant qu'il lui fallait supporter en bordure d'une artère de cette importance. Vivant avec deux serviteurs habitués aux aspérités de son caractère, elle voyait, non sans une sorte de satisfaction personnelle, disparaître les uns après les autres tous ceux qui avaient été ses contemporains, et assistait avec agressivité à la montée des jeunes générations. Elle entendait critiquer tout le monde avec une verdeur de ton que l'âge n'affadissait pas. Dans son visage point trop ridé, son regard bleu de glace, son nez et son menton aigus témoignaient de son peu d'indulgence.

— Vous en jugez à votre aise ! Je n'aime pas, ma mère, me sentir contraint à agir par force.

— Allons bon, qu'ai-je encore fait de mal ?

Mathilde entrait. Clarence, tout en blanc, l'accompagnait.

Si l'épouse de l'orfèvre simulait avec tant de naturel une inquiétude qu'elle ne ressentait pas, ce n'était là qu'une coquetterie sans conséquence. Elle connaissait l'indestructible constance des sentiments d'Étienne à son égard et qu'il aimait à lui donner raison parfois même contre lui.

— Vous ne faites jamais rien de mal à mes yeux, ma mie, dit-il comme elle s'y attendait. Je dois, cependant, avouer que je me serais volontiers passé des Louvet, mari, femme et fille !

Des coups frappés au portail de la cour interrompirent la conversation. Quelques instants plus tard, Guillaume Dubourg entrait. Il alla saluer Mathilde, plus troublée qu'elle ne l'aurait cru, Margue Taillefer, qui le toisa, Florie et Philippe, trop occupés l'un de l'autre pour lui prêter longtemps attention, maître Brunel, Bertrand, et, enfin, Clarence qui le dévisagea avec curiosité et un brin d'impertinence. Fidèle à ce qu'il s'était promis, il parvint à cacher les mouvements qui l'agitaient.

L'arrivée de Charlotte, qui s'installa en compagnie de Mathilde sur les coussins d'un banc à haut dossier pour converser plus tranquillement, l'apparition d'Arnauld entre ses deux amis, l'entrée, en dernier, d'Aubri Louvet encadré par sa femme et par Gertrude, la fille de celle-ci, née avant un mariage contesté par la famille, mirent assez de remue-ménage dans l'assemblée pour que Guillaume pût se retirer à l'écart sans être remarqué.

On entourait le jeune couple. Des remarques fusaient.

— Par ma foi, vous n'avez pas changé, ma belle ! s'exclamait Ysabeau de sa voix fortement nasale. Du moins en apparence...

Quarante ans marqués par un passé agité qui avait amolli les chairs, avili le regard, une chevelure teinte avec soin, une certaine prestance, des fards à la dernière mode, un goût sûr pour s'habiller, mais on ne savait quoi de vulgaire dans la démarche, dans la prononciation, faisaient de cette femme d'apothicaire une créature dont les défauts étaient plus voyants que les qualités.

— En dépit de tout, vous conservez votre air angélique, reprit-elle avec délectation.

Assez comparable au hennissement d'une jument, son rire s'élevait.

— Puisque nous voici au complet, nous allons pouvoir nous mettre à table sans plus tarder, dit maître Brunel, qui cachait mal son irritation. Allons, qu'on passe les lave-mains !

L'intendante entra aussitôt, suivie de deux valets porteurs de bassins en argent ouvragé, de serviettes blanches pliées. Sur les mains tendues des convives, ils versèrent à tour de rôle une eau parfumée à la sauge que contenaient de belles aiguières ciselées. Ce ne fut qu'après les ablutions qu'on prît place d'un seul côté des longues tables.

— Comme notre oncle Pierre Clutin, le chanoine, n'a pu venir souper avec nous, retenu qu'il est à Notre-Dame par les préparatifs de la fête donnée demain, vingt-cinq avril, jour de la Saint-Marc, en l'honneur de l'anniversaire de notre sire le roi — que Dieu lui prête longue vie ! — et que nos deux plus jeunes filles n'ont point encore permission de se mêler à si nombreuse compagnie, expliqua l'orfèvre, ce sera Clarence qui récitera le Benedicite.

Avec docilité, l'adolescente se leva pour dire d'une voix égale la prière à laquelle les convives répondirent.

Placé entre Mathilde et Charlotte, Guillaume ne pouvait voir Florie, soigneusement éloignée, par un esprit prévoyant, à l'autre bout de la table. Aux côtés de Philippe, elle ne se souciait d'ailleurs en rien du jeune Angevin qui, loin d'elle, du fait de cette séparation, et sans même qu'elle s'en doutât, se sentait plus seul à ce repas que dans une forêt sans chemin.

Au-dessus de la tête de Clarence, transformée en témoin amusé d'une joute poétique fort gaie, Arnauld et son ami Rutebeuf ne s'exprimaient qu'en vers.

Grand-mère Margue accaparait Aubri, dont le sort semblait d'être ainsi annexé par les femmes autoritaires du groupe où il se trouvait, afin de lui conter, une fois de plus, et en les enjolivant d'appréciable façon, les épisodes marquants de sa jeunesse, au temps du feu roi Philippe Auguste.

Les valets apportaient les premiers plats couverts pour les conserver chauds. D'épaisses tranches de pain, les tailloirs, étaient distribuées en même temps aux convives qui y déposeraient à leur gré les morceaux de viande qu'ils s'apprêtaient à découper avec leurs couteaux.

Chez maître Brunel, la chère était bonne, la table réputée. Ce fut avec satisfaction que chacun vit arriver les différents mets préparés dans une cuisine dont on connaissait les traditions : langues de bœuf à la sauce verte, perdreaux au sucre, brochets au poivre, quartiers de chevreuil piqués de clous de girofle et cuits dans un bouillon de vin épicé, tartes au fromage, pâtés de pigeons, flans, crèmes, cresson pour se rafraîchir la bouche, blancs-mangers, amandes, noix, fruits confits se succédèrent. Du vin vermeil de Cahors, du vin gris des vignes du Chardonnet, de l'hydromel, de la cervoise pour ceux qui en buvaient, circulaient en pots, pichets, cruches et cruchons.

Le ton des conversations montait. Mathilde — était-ce le vin ? — se laissait aller à parler à Guillaume avec plus d'abandon qu'il n'eût fallu pour son repos. En premier lieu, elle l'avait interrogé sur Angers, sur la vie qu'on menait aux bords de la Loire. Faisant effort sur lui-même, désireux qu'il était de se faire une alliée de la mère de Florie, le jeune homme parlait de la cour angevine, de ses fastes, de ses plaisirs, évoquait la douceur du climat, les charmes de l'Anjou.

— Sont-ils plus grands que ceux de notre Ile-de-France ?

— Autres, à ce qu'il me semble. Ni plus ni moins grands, différents.

— Que pensez-vous de la capitale ?

— Qu'elle est, sans doute, unique au monde. Il n'y a certainement pas d'autres villes qu'on puisse lui comparer.

Tant d'ardeur dans la louange ne surprit pas Mathilde. Elle savait quel visage était pour lui celui de Paris.

— Ne songez-vous donc point à venir vous y fixer ?

— Par Dieu ! Dame, ne me tentez pas ! Hélas, je ne le puis !

— Pourquoi donc ?

Penchée vers lui, Mathilde subissait, consentante, cette présence à ses côtés. Ne frôlait-il pas son bras en lui parlant ? Elle avait, à en crier, envie d'un homme et de celui-ci, précisément.

En écho à sa pensée, la voix qui résonnait en elle comme un appel sauvage, répondait à ses questions.

— Pourquoi ? Mais parce qu'à Paris, tout est tentation ! Il se trouve que j'ai encore assez de lucidité, Dieu merci, pour fuir si je n'ai pas d'autre recours.

Il avait raison. Face au Mal, l'unique riposte, quand nos résistances faiblissent, est de couper court, de quitter la place. Mathilde ne l'ignorait pas, mais, plus sensible au demi-aveu que contenait une telle réponse qu'à la sagesse sans pitié qui s'en dégageait, elle ne parvenait pas, ce soir, à suivre Guillaume sur un pareil terrain. Elle ne désirait plus que se perdre avec lui. Poussée par un ennemi qui savait utiliser sa vulnérabilité, elle se risqua un peu plus loin.

— Il est des tentations auxquelles on peut se laisser aller, dit-elle, tout en se reprochant aussitôt cette affirmation. Vous voilà jeune, libre — elle faillit ajouter, beau — quelles convoitises redoutez-vous donc de subir que vous ne puissiez contenter ?

Il se tourna vers elle pour la regarder en face.

— Je vous assure qu'il est des circonstances où un homme d'honneur qui se veut adepte de Courtoisie, qui tient à demeurer fidèle à sa foi, n'a pas le choix. Ne m'en veuillez pas si je ne vous en dis pas davantage. Faites-moi seulement la grâce de me croire : ou je quitte cette ville sans attendre, ou je suis perdu !

La gravité du ton, qui tranchait de façon si insolite sur le fond de propos frivoles s'échangeant autour d'eux, l'accent à la fois fataliste et passionné avec lequel il avait parlé, renseignèrent mieux encore Mathilde sur l'acuité, l'étendue, l'emprise, d'un amour dont elle connaissait l'objet et dont, de façon insensée, elle partageait les effets.

— Bien qu'il soit difficile d'y croire, j'admets votre explication, dit-elle en faisant un grand effort pour contenir les tremblements de sa voix. Cependant, il doit bien y avoir une solution à vos maux ? Ne puis-je vous aider ?

Cette bonne volonté venant au secours d'un penchant sans espoir lui fit horreur au moment même où elle l'exprima. C'était là, pourtant, l'unique moyen, le seul subterfuge, que son instinct avait trouvé pour conserver une raison de s'occuper de lui.

— Hélas ! dit-il en secouant la tête, personne n'y peut rien. Soyez remerciée pour votre intention, mais il est des situations sans issue. La mienne est de celles-là.

Il se tut. Autour d'eux, on continuait à parler, à rire, à se nourrir avec entrain.

— Ne nous entretenons plus de moi, reprit Guillaume au bout d'un moment. C'est un sujet dénué d'intérêt. Vous m'avez fait l'amitié de me convier à une réunion de famille où chacun doit être joyeux. Il ne convient pas que je trouble, par mes confidences, votre légitime plaisir.

Mathilde leva sur lui des prunelles remplies d'orages.

— Ne parlons pas, non plus, de mon plaisir, dit-elle avec plus de rancœur qu'elle ne l'aurait voulu. Je vous en prie, n'en parlons pas ! Il n'y a pas que vous pour éprouver les difficultés, les fondrières du chemin ! Pensez-y : d'autres sont éprouvés, fustigés, blessés en route par des buissons de ronces dont vous ignorez jusqu'à l'existence et où ils laissent une part d'eux-mêmes, la part vive, la part de chair ! Par Notre-Dame, que savez-vous de moi ? Rien, n'est-ce pas ? Comme tout le monde. Que connaît-on jamais de son prochain ? Les apparences, seulement les apparences !

Guillaume considérait avec étonnement, un peu de gêne aussi, la femme qui s'adressait à lui avec une si amère véhémence. Une compassion, où entrait, peut-être, une once de complicité, glissa dans son regard, mais il le détourna aussitôt et ne répondit pas. Que pouvaient-ils se dire encore ?

— Eh bien ! ma mie, vous voici bien songeuse. Vous n'êtes pas triste, au moins ?

Étienne considérait Mathilde avec sollicitude, attention, et ce tendre attachement qu'il ne cessait de lui témoigner. La voyant soudain distraite, après la vivacité témoignée au début du souper, il s'inquiétait. Elle savait combien il était vite en état d'alerte. Non qu'il ait douté d'elle ; il la tenait pour digne de confiance, mais il connaissait aussi la nature humaine, ses incertitudes, ses sautes d'humeur, ses fluctuations. L'amour douloureux qu'il portait à sa femme s'aiguisait à chaque nouvelle tentation subie par elle. Dans les propos échangés entre Guillaume et elle, il pressentait, avec l'instinct très sûr de ce qu'il devait redouter, une tension anormale.

— Non, pas triste, mon ami, répondit Mathilde avec le plus de douceur possible. Nostalgique. Je songeais à Florie.

Depuis des années, elle s'ingéniait à trouver des faux-fuyants, pour apaiser les angoisses de cet homme dont elle respectait la sensibilité.

A ce moment, des jongleurs entrèrent pour animer la fin du repas. Ils se mirent à exécuter des tours d'adresse, chantèrent en s'accompagnant de la harpe ou du pipeau, racontèrent des histoires drôles, lancèrent des couteaux, dansèrent, cabriolèrent, sautèrent à travers des cerceaux.

Assis entre Ysabeau et sa fille, Bertrand écoutait non sans un amusement qu'il jugeait en même temps de mauvaise qualité, les plaisanteries distillées par Gertrude. Née d'un amant de passage qui, plus avisé qu'Aubri, était parti avant sa naissance, douée d'un esprit sarcastique armé de bec et de griffes, elle éprouvait une délectation qu'elle ne cherchait pas à dissimuler chaque fois que les circonstances lui donnaient l'occasion de maltraiter ceux dont elle parlait.

Ne s'étant pas mariée, elle menait ouvertement une existence partagée entre sa charge de maîtresse d'école et une vie d'aventures dispersées.

« Peut-on l'en blâmer ? » se disait Bertrand lorsque celle qui lui suggérait cette réflexion éleva soudain la voix. Un silence relatif succédant au départ des jongleurs qui venaient d'achever leurs tours, elle en profitait.

— Les fêtes de l'Amour de Mai commencent dans deux jours, dit-elle. Avez-vous choisi, chères dames, vos fiancés de libre courtisement ?

Elle avait des prunelles rondes et noires comme des pastilles de réglisse, qui semblaient toujours se moquer, et une bouche à la lèvre inférieure luisante, gonflée ainsi qu'une cerise, qui donnait à son visage étroit une touche de sensualité déconcertante.

— Qu'est-ce que l'Amour de Mai ? s'enquit Gunvald Olofsson en interrompant un instant sa mastication forcenée.

— Ce sont des fêtes qui commencent vers la fin d'avril pour se prolonger tout un mois, répondit Arnauld. Les demoiselles se rendent alors dans les bois proches pour y chercher des rameaux verts, des brassées de fleurs. Elles plantent des arbres symboliques que nous appelons des « Mais », prennent part à des processions pleines de joyeusetés, et ont droit, chose délectable, de se choisir pour trente jours un fiancé fictif qui peut les courtiser en toute liberté. C'est une coutume fort gaie, amusante, et qui plaît à tous les célibataires !

— C'est la raison, voyez-vous, pour laquelle il n'y a pas de noce en mai, confirma maître Brunel.

— Pendant que les jeunes filles se divertissent si aimablement, que font donc les femmes mariées ? demanda encore Gunvald Olofsson.

— Elles ont droit, elles aussi, à de petits avantages, lança Bertrand en se mettant à rire. C'est toujours l'une d'entre elles qui est choisie comme reine afin de présider les fêtes. Durant ce joli mois de mai, les épouses ont également le droit de prendre, pour danser, et pas toujours à cette fin innocente, disent les mauvais esprits, un partenaire autre que leur mari !

— Par saint Olaf ! Si, comme je le crois, les femmes sont les mêmes partout, plus d'une doit profiter de la permission ! Pauvres maris !

— Je dois reconnaître qu'ils critiquent souvent cette coutume ! On riait.

— Nous n'avons plus qu'une fille, maintenant, à se trouver en âge de fêter le Mai, remarqua Mathilde qui avait eu le temps de se ressaisir, c'est Clarence. Je ne pense pas que notre Florie se préoccupe cette année de chercher un ami qui ne soit pas Philippe.

Une exclamation d'assentiment jaillit à l'autre bout de la table. Sans même vouloir le constater, l'épouse de l'orfèvre sut que Guillaume était touché. Consciente de la cruauté de sa remarque, elle s'en excusa en se disant qu'en le blessant elle ne s'épargnait pas non plus. Tous deux vidaient, de façons différentes, mais cependant jumelles, le fond plein d'âcreté de la coupe aux déceptions.

— Vous-même, Gertrude, avez-vous déjà choisi celui qui aura le privilège de vous courtiser pendant les semaines à venir ?

Arnauld s'adressait à la fille d'Ysabeau sur un ton narquois, dénué de tendresse. Poursuivi pendant des mois par les avances, les lettres, les assauts aussi variés qu'ingénieux de cette fille, qui, un temps, s'était éprise de lui, il restait sur la défensive. C'était elle, qui, lassée de se heurter en vain à l'indifférence, à l'ironie du garçon, avait fini par admettre sa défaite. Un autre étudiant l'en avait consolée. Depuis lors, entre eux, croiser le fer était devenu de rigueur. Les escarmouches verbales se multipliaient.

— J'attendais que vous avanciez un nom.

— Par saint Denis ! vous n'avez nul besoin d'aide, et surtout pas de la mienne, pour dénicher un galant !

— Votre ami Rutebeuf ne pourrait-il y prétendre ?

— Vous n'y songez pas ! Avec ses seize ans, il n'est, pour vous, qu'un enfant !

Gertrude venait de coiffer Sainte-Catherine. Elle accusa le coup et haussa les épaules. Elle ne fut pas la seule à mal prendre le propos, cependant, et maître Brunel fronça les sourcils.

— Puisque les femmes mariées peuvent, de leur côté, changer d'écurie pour un mois, disait pendant ce temps Aubri d'un air finaud, dites-nous, belles dames, quels sont vos élus.

— Ainsi que ma mère l'a prévu, pour moi, ce sera Philippe, assura Florie avec élan, je ne veux pas d'autre soupirant.

— Grand merci, ma douce, c'est là une faveur dont je tâcherai de me montrer digne, dit le trouvère en soulevant la main de sa femme jusqu'à ses lèvres et en baisant dévotement les doigts qui s'abandonnaient.

Mathilde, qui ressentait le tourment infligé à Guillaume autant que lui-même, car il était sien, faillit leur crier de se taire. Pouvait-on être, avec plus d'innocence, bourreaux ?

— Je me réserve le droit de dévoiler plus tard mes intentions, annonça Ysabeau d'un air badin. Il sera toujours temps de faire savoir notre choix après l'élection de la reine de Mai.

— Sait-on qui a des chances, cette année, de se voir élue ?

— Des bruits courent. On parle de l'épouse du prévôt des drapiers.

— Dame Ameline est fort belle, mais un peu sotte, remarqua Gertrude.

Dans un flamboiement, le désir prit Mathilde de crier à Guillaume le choix qu'elle aurait voulu être libre de faire. L'inutilité, l'inconvenance, aussi, d'une telle déclaration, la présence de son mari, ce qui lui restait de raison, enfin, la retinrent au bord des mots indicibles. Épouse choyée, respectée, mère d'enfants en âge, eux-mêmes, d'aimer, comment pouvait-elle seulement concevoir de telles pensées ?

C'est alors que Clarence, à qui son arrière-grand-mère, en manière de taquinerie, avait demandé de donner le nom de celui qu'elle avait distingué, reprit de sa voix limpide :

— Si Dieu le veut, si lui-même y consent, je demanderais volontiers à sire Guillaume Dubourg d'être, pour ce mois, mon ami de cœur.

— Pourquoi pas ? dit alors la voix dont Mathilde attendait un refus. Je comptais repartir demain pour l'Anjou, mais, par saint Denis ! puisque tout le monde m'y pousse, je ne résisterai pas davantage à l'envie que j'ai de demeurer. Je reste !

Il y avait du défi, de la douleur, de la rage aussi dans le ton de Guillaume. Une seconde, ses yeux croisèrent ceux de sa voisine. Ce qu'elle y lut de détermination et d'amertume la confondit.

Se détournant, se penchant sur la table pour mieux observer, au-delà de Charlotte qui considérait sa belle-sœur d'un air soucieux, de Rutebeuf, peut-être déçu, celle dont un caprice venait de le décider, en dépit de ses précédentes dénégations, à séjourner dans la capitale et, qui plus est, à garder des relations étroites avec la famille Brunel, Guillaume s'écria :

— Je vous sais gré, demoiselle, de votre choix. Soyez-en remerciée. J'espère ne pas vous le faire regretter.

La nuit tombait. Les cloches de Paris sonnaient l'Angélus. Le jour d'avril finissait avec charme, comme il avait commencé. En même temps que la fraîcheur du soir, l'obscurité gagnait la salle. Des valets fermaient les portes, les fenêtres. D'autres apportaient des candélabres où brûlaient de hautes chandelles parfumées, allumaient un feu de bûches dans la cheminée de pierre autour de laquelle, le repas terminé, les grâces dites, les convives venaient s'installer. On s'asseyait devant de petites tables pour jouer aux échecs, aux dés, au tric-trac. Des servantes déposaient sur les coffres, les bahuts, de larges plats d'argent remplis d'épices de chambre : anis, réglisse, genièvre, coriandre, gingembre, figues sèches et noisettes. Chacun y puisait tout en buvant du vin pimenté, aromatisé à la cannelle et au girofle.

— Voilà qui est bel et bon, dit au bout d'un moment la grand-mère de Mathilde, mais je me fais vieille et il est temps, pour moi, d'aller au lit. Bonsoir la compagnie, je vais rentrer chez moi !

Charlotte, qui s'était entretenue assez longtemps à mi-voix avec Mathilde, proposa d'accompagner chez elle la septuagénaire dont les serviteurs étaient trop peu solides pour lui être d'un quelconque secours en cas de besoin. Elle préférait, elle aussi, être rentrée à l'Hôtel-Dieu avant le couvre-feu.

Autour de Florie et de Philippe, Bertrand, Gertrude, Clarence, Guillaume, formaient cercle. On parlait de la future croisade que préparait le roi, des dangers que les Tartares, en Hongrie, faisaient peser sur la chrétienté, des démêlés du pape et de l'empereur Frédéric II, mais aussi des potins qui couraient la ville. Guillaume, au détour d'une phrase, surprit entre les jeunes époux un échange de regards, lourd de complicité, d'attente, qui le transperça. Cette nuit qui s'annonçait allait les unir de nouveau, dans un même lit, pour quelles étreintes ? Une lame tranchante le fouilla. Sans se soucier davantage de Clarence, de l'engagement qu'il venait de contracter à son égard, il prit congé, s'enfuit.

Rutebeuf, Gunvald Olofsson, après avoir joué aux échecs un certain temps sous l'œil critique d'Arnauld, s'en allèrent à leur tour. Ils regagnaient la montagne Sainte-Geneviève où ils logeaient tous deux.

Aubri Louvet termina la partie de tric-trac qu'il avait entreprise avec Étienne et se plaignit de la fatigue.

— Allons nous coucher ! s'écria Ysabeau avec entrain. Les amoureux doivent encore en avoir plus envie que nous ! Bonne nuit à tous.

Par les rues qui s'assombrissaient, l'apothicaire, une lanterne à la main, s'éloigna avec sa femme, pendant que Gertrude, qui tournait autour du jeune couple, proposait de faire route à trois.

— Nous pourrions deviser de compagnie, tout au long du chemin...

— Grand merci, mais une autre fois, si vous le voulez bien. Non, vraiment, pas ce soir, lança Philippe qui n'était pas d'humeur à accepter une tierce personne entre Florie et lui.

— Comme vous voudrez, murmura Gertrude avec un sourire de commande. A votre guise.

Elle savait attendre. C'était un des tours que la vie lui avait appris.

Florie embrassait ses parents, se retournait encore une fois, s'éloignait enfin au bras de son mari. Des valets porteurs de torches les escortaient.

Dans la demeure de l'orfèvre, on gagnait les lits que des chambrières, sous les ordres de Tiberge la Béguine, venaient de bassiner avec des braises mêlées à de la résine de benjoin. Chaque pièce s'en trouvait imprégnée de l'odeur de toiles chauffées et du parfum balsamique cher à Mathilde.

En dehors des trois éclairages qui brillaient sous la voûte du Grand-Châtelet, au sommet de la tour de Nesle, au cimetière des Innocents, il ne restait allumés dans les rues de Paris que les lumignons brûlant devant les montjoies, les croix des carrefours, les statues de la Vierge et des saints protecteurs de la cité.

La nuit, en silence, enveloppait la ville aux portes closes, ses projets, ses joies, ses souffrances, tandis que les veilleurs du guet s'apprêtaient, une fois encore, à surveiller son repos.

DEUXIÈME PARTIE

I

Après avoir franchi la porte Saint-Honoré, qui verrouillait à l'ouest les remparts de la ville, le groupe de jeunes filles suivait à travers la campagne une route qui menait à la forêt de Rouveray.

Ce premier jour de mai tenait les promesses d'avril : il faisait beau. Dans les champs, le blé, l'avoine, le seigle, verdoyaient. Mêlée aux tendres pousses, la blancheur des aubépines festonnait les haies, les taillis. Le moindre buisson se parait de pétales. Les pommiers en fleurs rosissaient les prés de leur gaieté éclatante, de leur profusion en forme de bouquets. Sous la garde de bergers, moutons et vaches paissaient l'herbe neuve. Partout, avec enivrement, des oiseaux chantaient, sifflaient, roucoulaient, gazouillaient, jasaient.

— C'est un vrai temps de demoiselle ! avait constaté ce matin-là Perrine en réveillant Clarence. Vous aurez de la chance, cette année, pour aller quérir le Mai !

L'adolescente avait embrassé joyeusement les joues de la grosse femme dont le nez, la face, le giron, étaient si ronds, si opulents que toute sa personne faisait songer à une brioche. La comparaison s'imposait d'autant plus qu'elle en avait aussi le moelleux et l'odeur de beurre frais.

Puis, la messe entendue, Clarence s'en était allée chercher Florie qui avait accepté, en dépit de son départ et de son changement d'état encore si récents, de se joindre au cortège.

Les deux sœurs étaient ensuite passées prendre Alix et Laudine Ripault, filles du meilleur ami de leur père.

En ce matin de mai, se tenant par le bras, elles cheminaient en compagnie d'autres personnes du quartier. Tout le monde se connaissait dans cette petite troupe de voisins et de voisines où on parlait entre soi avec cette confiance qui vient d'une longue pratique les uns des autres.

En ce jour de fête, il y avait plus de monde qu'à l'ordinaire sur la route de Saint-Germain-en-Laye qui traversait le village de Ville-l'Évêque pour aller sinuer sous les arbres de la forêt proche. Des paysans à pied, à dos d'âne, ou conduisant des charrettes, quelques étudiants traînant leurs chausses et baguenaudant, des abbés montés sur des mules, des frères prêcheurs portant robe blanche et chape noire, des frères mineurs à la robe grise ceinturée de la corde à trois nœuds, tous affairés ; des seigneurs qui chevauchaient fort souvent avec une dame en croupe, d'autres groupes de pucelles parties, elles aussi, au bois afin d'y quérir rameaux, branches fleuries, feuillages de mai ; sans parler de ceux qui ne faisaient que se promener sans but précis, formaient une foule animée, babillarde, vêtue de couleurs crues, voyantes, bigarrées, qui coudoyait, frôlait, croisait, dépassait, les jeunes filles de la rue des Bourdonnais.

Des propos gaillards saluaient leur passage. Parfois, un geste trop hardi suivait ces apostrophes. Des protestations, des rires énervés, des injures, servaient de réponses, à la grande joie des assistants qui se savaient en compagnie assez bonne enfant pour que rien de fâcheux ne vînt gâcher leur plaisir.

On atteignit l'orée de la forêt. Sous les rameaux encore tout neufs dont les feuilles avaient la fragilité, la transparence, d'une soie fraîchement dépliée, circulait, sensible comme une présence, une odeur d'humus et de mousse. Les groupes se dispersèrent.

Florie et ses compagnes savaient où se rendre pour trouver des genêts en fleurs, des branches d'aubépine, des iris sauvages à foison. Le frère de Perrine, la nourrice, habitait non loin de là. Il élevait des abeilles pour le compte de la reine Blanche de Castille, mère du roi. C'était un brave homme qui connaissait tous les recoins de cette partie des bois. Chaque année, les filles de maître Brunel avaient recours à lui.

Près d'une source qu'ombrageait un tilleul, la chaumière de Robert le Bigre était entourée d'un jardinet plein de giroflées, d'herbes potagères, de salades et de plantes aromatiques. Une treille courait sur la façade étroite, des graminées en coiffaient le faîte. Une truie et ses porcelets, quelques chèvres, un âne, cherchaient pâture dans un clos ceint d'une haie d'épines noires. Des poules y picoraient. Plus loin, à l'appui des premiers hêtres de la forêt, des ruches alignaient leurs capuchons de paille. Une buée dorée d'abeilles voletait alentour.

Comme les jeunes filles s'approchaient de la barrière qui donnait accès au jardin, un chien gris se mit à aboyer en tirant sur la corde qui le tenait attaché au tronc d'un cerisier. Un homme trapu sortit de la chaumière. Des épaules musculeuses, énormes, qui le faisaient paraître presque aussi large que haut, des cheveux de la couleur du gros sel, plantés bas sur le front, une face colorée, des yeux à demi enfouis sous des sourcils en touffes, une bouche aux mauvaises dents, qui s'élargit en un sourire de bienvenue quand il eut reconnu les visiteuses, tel était le frère de Perrine. Il portait des braies de toile rentrant dans des brodequins, une cotte courte s'arrêtant aux genoux, une chape brune munie d'un capuchon qui lui couvrait la tête.

— Dieu vous garde, dames et demoiselles !

— Qu'Il vous conserve en bonne santé, Robert.

— Je gagerais mon âme que vous êtes venues jusqu'ici dans l'intention d'aller au bois quérir le Mai !

Satisfait de sa plaisanterie, renouvelée tous les ans, il souriait d'un air finaud. Comme sa sœur, il avait un cœur et un esprit aussi simples l'un que l'autre.

— Vous gagneriez, Robert, reconnut Florie. Vous savez bien que nous ne pouvons pas nous passer de vous !

— Je vous attendais. Suivez-moi.

Par des sentiers serpentant sous les arbres, il conduisit pour commencer la petite troupe vers un espace déboisé où on avait abattu chênes et hêtres. Sur cette lande, des touffes de genêts avaient pris racine un peu partout.

— Ne vous gâtez pas les mains, demoiselles, avec ces tiges coupantes. Laissez-moi faire.

Dans la ceinture de cuir qui lui serrait les reins, il avait glissé une serpette avec laquelle il se mit à trancher les rameaux en fleurs.

— Prenez garde aux abeilles ! Secouez les genêts avant de les serrer contre vous.

Une odeur de pollen, de miel, flottait dans l'air.

— Nos maisons vont se ressembler, ma mie, puisqu'elles auront les mêmes décorations.

Laudine s'adressait à Clarence. Si leurs aînées se complétaient l'une l'autre, les cadettes, elles, se ressemblaient.

Laudine paraissait, cependant, plus fragile que Clarence. Des tresses de cuivre, des yeux de la couleur des châtaignes, des cils roux, un nez de levrette, des fossettes, une nuée de taches de rousseur, composaient un visage où des restes d'enfance se confondaient encore avec les signes prometteurs d'une sensibilité en éveil.

Clarence tendait des branches de genêt à son amie.

— S'il n'y avait pas tant de choses à y redouter, j'aimerais vivre dans les bois.

— Oui... au fond d'une grotte où on aurait peur la nuit...

Robert le Bigre se redressait, se frictionnait le dos.

— La vieillesse me prend aux reins. Je ne serai bientôt plus bon à rien. En attendant, allons quérir des iris sauvages.

Il fallut de nouveau le suivre sous les branches. Il conduisit le petit groupe vers le ruisseau qui, né de la source près de laquelle il avait bâti sa maison, coulait ensuite à travers prés et clairières. Au creux de l'une d'entre elles, fleurissaient des iris bleus et jaunes.

— Pendant que je vais les mettre en bottes, profitez-en, demoiselles, pour vous tresser des couronnes.

— Faisons-nous des chapeaux de fleurs que nous mettrons ce soir pour danser! s'écria Alix.

Elles étaient tout occupées à se confectionner des coiffures quand des cris, des rires épais, les alertèrent. Surgis du sous-bois, quelques étudiants débraillés, bruyants, puant l'ail et le vin, assez bien excités, semblait-il, interpellaient les jeunes filles.

— Par Dieu ! Les jolies nymphes !

A la tête de cette troupe, Artus le Noir s'avançait de sa démarche de géant.

— Chères belles, nous déposons nos hommages à vos pieds.

Sa bouche aux lèvres grasses semblait celle d'un ogre mis en appétit. On se demandait qui il allait dévorer.

— Que faites-vous dans ces parages, sire Artus ?

— Bonne question, par ma foi, bonne question !

Il saluait Florie.

— Sachant que les jeunes beautés de Paris allaient, ce jourd'hui, quérir le Mai, nous avons pensé, mes amis et moi, que les bois seraient plus plaisants à hanter, à cette heure, que la rue Saint-Jacques. Là gît le secret de notre présence loin des cabarets de la Montagne !

Il riait si fort que Robert le Bigre, inquiet, s'avança de quelques pas, sa serpette à la main.

— Nous venons surtout chercher sous ces ombrages que vous peuplez si agréablement, des sujets de poèmes pour les longues nuitées d'hiver !

Du groupe d'où partaient facéties et gaudrioles, Rutebeuf se détachait à son tour. Il s'inclinait devant Florie, se tournait vers Clarence.

— Avec ce chapeau de fleurs, demoiselle, vous ressemblez plus à la fée Mélusine qu'à une simple mortelle !

— Prenez garde que ce ne soit plutôt à Circé !

Le poète rougit, mais Artus claqua avec bruit sa langue contre son palais.

— Aussi instruite que jolie ! s'écria-t-il. Par saint Séverin, voilà qui est bien dit ! Je vous crois, toutes, autant que vous êtes, fort capables de nous transformer en pourceaux, mes belles ! Il faut avouer que nous serions vite consentants !

— Dis même que nous le leur demanderions !

Les yeux brillaient, le ton montait.

— Allons, il nous faut continuer nos cueillettes. Adieu, messires.

— Nous quitter de la sorte ! Nous qui avons laissé nos illustres maîtres et nos grandes lampées de vin gris pour venir vous admirer dans le sein de dame nature ! Quelle ingratitude ! Il ne peut en être question. Nous vous ferons conduite, là où vous vous rendrez.

— A votre aise, mais, alors, il faut nous aider à porter toutes ces fleurs.

Alix, dont l'esprit de décision venait de se manifester, tendait sa brassée de genêts au goliard.

— Ne laissez pas passer une telle occasion de vous rendre utiles !

— Ce serait volontiers, mais ne craignez-vous pas de nous voir froisser et abîmer ces délicates corolles, demoiselle ?

Artus le Noir riait toujours. Florie haussa les épaules.

— Si vous êtes tellement maladroits, nous n'avons que faire de vous. Robert nous rendra plus de service.

— J'ose dire que tout dépend du genre de service, gente dame.

— On n'est pas plus modeste !

Clarence, avec tranquillité, fixait le géant. Tant d'assurance chez une fille aussi jeune le surprit. Cessant ses pitreries, il considéra l'adolescente.

— Frêle, mais intrépide, grogna-t-il. Vous êtes une lame de dague, demoiselle !

— Si vous entendez par là que je ne romps pas aisément, vous avez raison, messire, mais je ne plie pas non plus.

Artus eut l'air d'apprécier la réponse.

— Vraiment ? dit-il avec un mauvais sourire. Par le chef de saint Denis, voilà une personne digne d'attention. N'est-il pas vrai, mes amis ? Si ses compagnes sont comme elle, nous sommes admirablement tombés !

— Assez de temps perdu ! s'écria Florie qui ressentait plus d'alarmes que les autres en constatant le tour que prenait la conversation. Nous avons encore beaucoup à faire. Laissez-nous aller.

— Vous n'y songez pas ! Vous quitter, alors que nous ne sommes venus jusqu'ici que pour vous tenir compagnie ! Allez, puisque vous le souhaitez, nous allons vous aider à couper des branchages. Pour ce faire, je propose que nous allions, deux par deux, dans les taillis à la recherche des rameaux les plus feuillus.

— Vous vous moquez, messire ! Nous ne nous séparerons les unes des autres sous aucun prétexte. Vous le savez bien. Ne faites pas l'innocent.

— Pourquoi le ferais-je ?

— Pour nous amadouer, mais vous perdez votre temps. Vous voyez que nous ne sommes pas seules, que nous avons avec nous un garde du corps. Robert saura nous défendre, si besoin en est.

Le frère de Perrine se rapprochait des goliards en roulant des épaules de lutteur. Sa serpe bien affermie dans une main, il attendait visiblement le moment d'intervenir.

— Tout beau, chère dame, ne vous fâchez pas ! Notre proposition n'a rien de déshonnête.

— Prouvez-le en retournant d'où vous venez, sire Artus, et ne nous importunez plus.

— Il serait, en effet, plus courtois, Artus, de saluer ces dames avant de nous retirer, proposa Rutebeuf qui semblait moins pris de boisson que ses compagnons. Il est malséant de s'imposer aux belles.

— Le diable soit de ta courtoisie ! Nous sommes jeunes, ces filles sont avenantes et le printemps fleurit. Qu'aller chercher de plus ?

— Une bonne leçon, sans doute ?

Une voix au timbre aisément identifiable s'élevait soudain d'entre les arbres. Un homme surgissait de la forêt.

— Messire Guillaume ! s'écria Florie avec soulagement en reconnaissant le jeune pelletier. Dieu soit loué ! Philippe est-il avec vous ?

— Non point, je suis seul.

La déception que trahit le clair visage, après l'expression joyeuse qui s'y était inscrite à son arrivée, atteignit Guillaume au cœur. Son ressentiment contre les goliards s'en trouva décuplé.

— Il semble que votre présence ne soit pas souhaitée par ces demoiselles, dit-il en s'adressant de nouveau à leur chef. Qu'attendez-vous pour vous en aller ?

— Que l'envie nous en prenne.

— On pourrait l'aider à se manifester.

— Vraiment ?

— Vraiment.

Les deux hommes se défièrent un instant. Artus le Noir rompit le premier. Se détournant sans hâte, il se remit à rire.

— On se retrouvera, dit-il sans s'adresser à personne en particulier. Paris n'est pas assez grand pour qu'on puisse s'y perdre longtemps de vue. Au revoir, vous toutes ! A bientôt !

Il salua avec affectation Florie et ses compagnes, amorça une retraite qu'imitèrent les autres étudiants, mais, en passant près de Clarence, il se pencha brusquement, empoigna la tête blonde, l'embrassa sur la bouche avec une violence si prompte que personne n'eut le temps d'intervenir, et s'élança enfin vers la forêt où son rire énorme se perdit.

— Quelle brute ! cria Florie.

— Laisse, laisse donc, murmura Clarence en s'essuyant les lèvres avec un pan de son voile. C'est là geste sans importance.

S'adressant ensuite à Guillaume, elle reprit :

— Il est galant à vous, messire, d'être venu jusqu'ici pour me rejoindre. Je commençais à me demander si vous vous souveniez du choix que j'avais fait de vous pour ami de cœur.

— Dieu sait que je n'ai rien oublié, demoiselle, mais j'ai eu plusieurs affaires à régler pour mon installation à Paris, ce qui m'a empêché de me libérer comme je l'aurais voulu.

— Vous vous installez à Paris ?

Florie s'étonnait. Elle se rappelait avec précision les raisons données au refus que le jeune homme avait opposé, quelque huit jours auparavant, aux propositions que Philippe lui avait faites en ce sens, le matin qui avait suivi leurs noces, sur le parvis de Saint-Séverin.

— J'ai fini par m'y décider, avoua Guillaume. Tout m'y poussait, voyez-vous : le désir que j'en avais, d'abord, les avis de tous mes amis, ensuite, et jusqu'aux événements. Un de mes créanciers ne peut régler ce qu'il me doit. Je me vois donc contraint de reprendre le local que je lui avais loué. Je profiterai de cette circonstance pour le remettre en état et en faire une boutique élégante afin d'y vendre mes plus belles fourrures. J'ai déjà retenu deux compagnons pour me seconder dans ce commerce que j'entends bien développer dans de grandes proportions. En effet, j'ai appris, voici trois jours, que monseigneur le duc d'Anjou avait choisi de se fixer en Provence. De ce fait, il y aura moins d'affaires à traiter pour moi à Angers. Paris devient donc, à tous points de vue, l'unique centre de mes occupations et de mon intérêt.

— Philippe en sera ravi. Il ne l'espérait plus.

Guillaume fixa sur elle un regard dont elle se refusa, sans même vouloir s'y attarder, à traduire le message.

— Pour moi, je n'en suis point surprise, assura Clarence qui semblait prendre un étrange plaisir à insister sur le lien qui attachait Guillaume à ses pas. N'êtes-vous pas mon fiancé de libre courtisement, et, en tant que tel, obligé de demeurer non loin de moi durant plusieurs semaines ?

— Certes, je le suis et ne m'en dédis pas.

— Tout est donc pour le mieux, conclut l'adolescente. Restant dans la capitale, vous serez à même de me faire votre cour tout autant que vous le voudrez.

Elle souriait sans le regarder, le visage incliné vers les fleurs qu'elle tenait dans ses bras.

Guillaume, que la seule présence de Florie attirait, qui ne s'était déplacé que pour elle, se vit dans l'obligation de cheminer près de Clarence. Devant lui, le surcot de drap incarnat de Florie frôlait des herbes qu'il eût voulu se baisser pour ramasser avec dévotion.

La jeune femme se retournait. Par politesse, elle parlait de la fête à venir, du temps. Il n'écoutait qu'à peine les mots, se repaissant de la rondeur d'une joue que rosissait l'air forestier, du fin duvet qu'y blondissait la lumière, de l'éclat d'une prunelle, de la courbe d'un sourcil, de la grâce du col où frisonnaient quelques petites mèches échappées à la torsade de cheveux, d'une gorge hardie, dont le seul profil faisait trembler ses mains, de la souplesse d'une taille faite pour ployer entre des bras d'homme...

— Il est vrai que ce printemps a des charmes que je n'ai jamais vus ailleurs.

Il ne savait plus au juste ce qu'il disait.

Pourquoi n'était-ce pas Florie qui marchait auprès de lui, Clarence que Philippe avait épousée ? Tout serait alors si bon, si simple...

— Voici les aubépines.

Des haies vives, éclatantes de blancheur, apparaissaient au détour du sentier.

— Je vais vous aider à trancher les rameaux les plus fleuris.

Robert, rassuré, lui souriait, tandis qu'il tirait de sa ceinture un poignard à manche d'argent. A eux deux, ils eurent bientôt coupé une quantité de branches.

A Clarence en premier, comme, hélas, il devait le faire, à Florie ensuite, il tendait les plus belles. Les autres jeunes filles n'existaient pas pour lui. Il n'y prêtait aucune attention. Florie lui adressa un sourire de remerciement, puis, se retournant, tendit à Alix la brassée qu'il venait de lui offrir. Une envie sauvage de la saisir, de la forcer à lui prêter attention, de l'arracher à ses compagnes, à son mari, à cette existence trop simple dont il était banni, le submergea.

D'un geste furieux, il brisa la dernière branche d'aubépine qui lui restait entre les mains. Allons, il n'était pas meilleur que les goliards auxquels il venait de s'opposer puisqu'il éprouvait aussi brutalement les mêmes impulsions qu'eux !

— Pauvres fleurs, dit Clarence en se baissant pour ramasser le rameau malmené.

Florie prenait congé du frère de Perrine.

— Grand merci, Robert. Notre cueillette est encore plus belle qu'à l'ordinaire. C'est grâce à vous. A présent, il va nous falloir rentrer. Noubliez pas, à l'automne, de nous apporter du miel sitôt que l'intendant de la reine Blanche aura fait ses provisions.

— Je n'y manquerai pas, dame, soyez-en assurée.

Le groupe des jeunes filles s'éloignait.

— Venez-vous avec nous, sire Guillaume ?

En dépit de ce qu'elle lui faisait endurer sans le savoir, si Florie le lui avait demandé elle-même, il aurait accepté de la suivre. Mais c'était Clarence qui l'interrogeait.

— Il ne me paraît pas convenable de me trouver le seul homme parmi vous, dit-il en manière d'excuse. Souffrez que je continue une promenade commencée en solitaire.

— A votre guise. Viendrez-vous ce soir danser place de la Grève ?

Sachant à l'avance ce que serait pour lui cette fête, ce qu'il y endurerait, Guillaume, néanmoins, ne se sentait pas le courage de refuser. Comment ne pas y être puisque Florie s'y trouverait ?

— J'y serai.

— Venez donc me chercher à la maison pour voir nos décorations.

Il s'inclina.

— Merci de votre aide... et de votre intervention, messire, dit Florie. Nous sommes, en tout, vos débitrices.

Elle souriait, mais, au fond de ses yeux, il crut lire plus de gravité que d'insouciance. Ce que l'attitude du cousin de son mari avait d'inhabituel venait enfin, sans doute, de la frapper.

II

Le soir était venu. Avec lui, la fête battait les murs de Paris. Au milieu des chaussées, aux carrefours, sur les places, on dansait, on chantait, on applaudissait, on buvait, on riait. Le long des rues tendues d'étoffes aux couleurs vibrantes, courtines et tapisseries ornaient les fenêtres. Des guirlandes de fleurs, de feuillages, décoraient les façades de chaque maison.

Ménestrels, musiciens, jongleurs, conteurs, s'étaient établis un peu partout, jouaient de tous les instruments, apostrophaient les passants, débitaient mille farces, étourdissaient les Parisiens dont les vêtements, tant ils étaient colorés, semblaient tout flambant neufs.

Autour des arbres de Mai, enrubannés, plantés en des endroits choisis, filles et garçons faisaient des rondes. Sur les plus grandes places, on se livrait aux joies de la danse robardoise, à celles de la Belle Aélis, et, bien entendu, à la ballerie de la Reine de Printemps.

Sans hâte, en cadence, une chaîne de jeunes femmes et filles oscillait, place de la Grève, au rythme de la carole.

— Trois pas à gauche, balancement sur place, trois pas à gauche...

Florie, qui conduisait le branle, chantait, tout en marquant les pas, des vers galants composés par elle tout exprès.

Alix, Clarence, Laudine, couronnées de fleurs, vêtues de couleurs tendres, la suivaient avec certaines de leurs amies et reprenaient le refrain pendant le mouvement balancé.

Dans la foule qui les regardait, les hommes s'attardaient, plus émus que leurs compagnes par un tel spectacle.

— Pardonnez-moi, messire, j'ai failli tomber.

Artus le Noir abaissa son regard vers la femme qui venait de le bousculer.

— Tudieu ! vous avez bien fait, ma chère. Il ne sera pas dit qu'une personne du beau sexe aura en vain cherché aide et protection auprès de moi.

Rassurée, la femme se mit à rire.

— Grand merci, messire.

Plutôt maigre, elle avait des traits qui n'auraient pas attiré l'attention s'il n'y avait eu quelque chose d'intéressant dans l'expression des prunelles sombres qui observaient choses et gens avec un curieux mélange d'aplomb et de moquerie. Elle semblait à la fois quémander on ne savait trop quelle aide tout en demeurant, pourtant, sur la défensive.

— Il semble que vous vous préoccupiez assez bien, en effet, des filles qui passent à votre portée, reprit-elle en désignant du menton celles qui dansaient sur la place. Je vous ai observé tout à l'heure, durant cette carole : vous sembliez fasciné !

— Par tous les saints, vous dites vrai ! Ces jeunes créatures sont superbes ! Je les étendrais volontiers entre mes draps !

— Toutes ! Vous vous vantez, messire !

— Peut-être pas toutes, hélas, s'il faut être sincère, mais au moins les deux sœurs qui mènent la danse.

Il eut, tout d'un coup, un sourire vorace.

— Que voulez-vous, elles sont blondes ! Sans doute parce que j'ai le poil noir comme l'enfer, je n'aime que les blondes, moi !

— Celles-ci, cependant, ne sont point pour vous, messire, je le crains fort.

Le goliard se pencha vers sa voisine. Elle lui tenait encore le bras et continuait à se serrer contre lui.

— Les connaîtriez-vous ?

— Il se peut.

Elle riait franchement, paraissant apprécier le renversement de situation qui faisait d'elle, à présent, la meneuse de jeu.

— Vous avez des relations des plus estimables, ma chère, à ce que je vois, reprit Artus, et il doit être plaisant de se compter au nombre de vos amis.

Il passa une main d'ogre sur son menton qu'une barbe mal rasée noircissait.

— Pourquoi ne ferions-nous pas plus ample connaissance ? Après ce que je viens de vous avouer, il ne peut y avoir entre nous de faux semblant : vous n'êtes pas mon genre de conquête mais vous me plaisez comme compagnon. Eh bien ! n'en restons pas là ! Revoyons-nous !

— Allons, il faudra donc nous revoir, dit la femme brune dont la lèvre inférieure était curieusement gonflée comme une cerise. Je loge au-dessus de la boutique d'apothicaire de mon beau-père, sur la place du marché Palu. Passez m'y voir quand vous voudrez.

— Entendu. Qui demanderai-je ?

— Je m'appelle Gertrude et suis maîtresse d'école. C'est pourquoi j'aime la poésie et les belles lettres, expliqua la jeune femme dont les yeux brillaient maintenant d'excitation. Nous parlerons de nos goûts communs, messire. Il y a longtemps que j'ai envie d'entrer en relation avec le plus célèbre des goliards !

— Comment me connaissez-vous, mâtine ?

— Qui ne connaît Artus le Noir ?

Elle riait à nouveau, d'un rire qui grelottait parmi les bruits de la fête.

— Allons, au revoir, mon nouvel ami. Amusez-vous bien ce soir mais ne m'oubliez pas !

Elle s'écarta, fit un geste de la main et se faufila dans la foule qui se referma sur elle, la dérobant aux yeux intrigués du géant.

— Eh bien ! disait au même moment Arnauld Brunel en surgissant de l'autre côté d'Artus, eh bien, que fais-tu là ? Je te cherche partout. Rutebeuf et Gunvald, que j'ai laissés sur le Grand-Pont en admiration devant un montreur d'ours, nous attendent.

— Allons les rejoindre et emmenons-les au cabaret. Il fait soif à cette heure !

— Quelle est l'heure où tu es sans soif ?

Le rire des deux compères se fondit dans la foule.

La carole était terminée. Florie et ses compagnes dénouaient leurs mains.

— La danse vous a mis le feu aux joues, ma douce.

— En suis-je plus laide ?

— Folle ! Rien ne peut vous enlaidir. Durant que vous dansiez, j'avoue avoir été traversé de jalousie à la pensée de tous ces indifférents qui pouvaient vous détailler à leur aise. On ne devrait pas avoir le droit d'être aussi jolie que vous !

— J'aime bien votre jalousie, Philippe.

Le trouvère, qui tenait le bras de sa femme fermement serré contre lui, se pencha pour embrasser la nuque blonde.

— Je suis fou de vous, ma mie !

Il retrouvait sur la peau lumineuse l'odeur qu'avaient leurs nuits.

— Si nous rentrions ?

— Vous n'y pensez pas ! La fête ne fait que commencer !

Elle usait du pouvoir qu'elle découvrait avoir sur ce cœur avec une coquetterie qui la grisait un peu. Une telle emprise sur un homme la surprenait encore, la ravissait déjà. Elle s'en divertissait comme d'un jouet neuf.

— Allons danser.

Se retournant pour demander à Alix de venir avec eux, elle ne vit plus son amie qui s'était éloignée. En revanche, un peu plus loin, arrêtée parmi les badauds devant un équilibriste qui jonglait avec des torches enflammées, elle aperçut Clarence, près de laquelle se tenait Guillaume Dubourg. A demi détourné, le jeune homme ne semblait prêter qu'une attention distraite au spectacle que regardait sa compagne. Une nouvelle fois, Florie fut frappée par l'impression de force élégante que donnaient son corps vigoureux, son visage aux traits si nettement dessinés. De manière fugace, elle se demanda si Philippe pouvait soutenir la comparaison, reconnut que non, se le reprocha aussitôt.

— Au fond, remarqua-t-elle sentencieusement, nous ne connaissons pas grand-chose des sentiments d'autrui. N'est-il pas étrange, mon ami, d'être aussi peu curieux des gens qui nous entourent, aussi mal renseignés à leur sujet ?

— Seigneur ! s'écria Philippe en simulant la frayeur, que vous arrive-t-il, ma chère âme ? Jusqu'à présent, je vous avais crue poète et non pas philosophe !

Le soleil se couchait derrière la forteresse du Louvre. Des traînées où le soufre tournait à l'orangé puis à la pourpre illuminaient son déclin. Les reflets chaleureux du crépuscule teignaient l'eau du fleuve, les pans des toits, les façades, les visages. Une roseur fardait Paris.

— Attendons le défilé aux flambeaux de la Reine de Mai et rentrons ensuite à la maison, disait Mathilde à Étienne qui lui tenait le coude en un geste qu'il affectionnait. Je n'aimerai jamais la foule.

Ils se trouvaient alors au bord de la Seine, face à l'île de la Cité.

— Moi non plus, vous le savez bien, ma mie. Mais, pourtant, cette fête du printemps est si charmante qu'on a envie de s'y attarder.

— Certes. Il y a là tout l'espoir du monde. A chaque mai nouveau, on se laisse prendre à l'allégresse générale. Parce que la nature s'est renouvelée, nos vies, par voie de conséquence, nous paraissent rajeunies !

— Si seulement elles pouvaient l'être ! \

L'accent était d'une grande amertume.

— Mon ami, ne nous chagrinons pas ce soir, je vous en prie !

Un instant plus tôt, Mathilde s'était exprimée dans un élan dont elle ne pouvait pas ignorer qu'il risquait de heurter son mari. Elle le savait, mais elle passait outre. Son appétit de vivre, d'aimer, était parfois si entraînant, si puissant, que la véhémence qui la tenait l'emportait alors sur le soin qu'elle prenait d'ordinaire de ne pas blesser Étienne.

Autour d'eux on s'interpellait, on plaisantait. Des adolescents faisaient des rondes qui, se rompant, s'achevaient en farandoles échevelées. Des garçons et des filles se lutinaient.

— Tant de désirs dans l'air, reprenait sombrement l'orfèvre, et moi qui vous en prive si complètement !

— Ne parlons point de nos ennuis, ce soir. Promenons-nous tranquillement, comme les amis que nous sommes.

C'était bien là une forme d'amour : en dépit de tout ce qu'il lui fallait réprimer en elle, l'idée de la souffrance qu'Étienne éprouvait à cause de lui, d'elle, de tous deux, la tourmentait autant que la sienne propre.

Au bout de quel vieillissement obscur faudrait-il aller pour trouver, enfin, la paix ?

— Vous n'avez pas vu Florie ?

Alix surgissait près d'eux, animée, tenant un garçon par la main.

— Elle menait tout à l'heure une carole, là, au milieu de la place.

— Je sais. J'en étais aussi. Mais je l'ai perdue et je la cherche.

Mathilde regarda avec plus d'attention le compagnon d'Alix. Point de doute. C'était là Rémy, l'étudiant en médecine dont Charlotte parachevait l'éducation. Pourquoi n'était-il pas avec elle en ce jour de fête ? Que faisait-il loin d'elle, de son amour généreux, auprès de cette petite Alix dont le charme acide semblait lui plaire ?

« La trentaine passée, il ne nous reste décidément plus que des maris sans force, des amants inconstants ou des séducteurs que nous n'intéressons plus, songea Mathilde. Nous perdons sur tous les plans ! »

— Bonsoir, belle amie !

« J'oubliais les adorateurs fidèles et platoniques ! C'est sans doute notre ultime recours ! »

— Bonsoir Nicolas, bonsoir Yolande.

L'ami de toujours, tel était, pour Étienne et sa famille, Nicolas Ripault. Un peu plus jeune que l'orfèvre, mais le connaissant tout de même depuis trente ans, le drapier promenait, avec un certain talent à se moquer de soi, son corps replet, sa calvitie, ses dents de lapin, ses prunelles qui roulaient dans toutes les directions.

Mathilde se demandait parfois si Nicolas n'avait pas été réellement amoureux d'elle au début de son mariage, quand elle était une fraîche jeune femme, alors qu'il n'avait pas encore épousé Yolande. Qu'importait, d'ailleurs ?

Au bras du gros homme, s'appuyait sa femme. Rousse comme l'était leur plus jeune fille, Laudine, pâle, pleine de froideur en apparence, visiblement déçue dans son cœur, dans sa chair, elle possédait, néanmoins, un sens du devoir assez strict pour accepter avec fermeté ce mari qu'elle n'aimait pas, qu'elle n'avait, sans doute, jamais aimé. Mathilde savait que, derrière le masque roide, se cachait une sensibilité d'écorchée.

— Nous venons du Palais, où le roi et la reine recevaient fort courtoisement la délégation des Belles de Mai. N'y êtes-vous point passés ?

— Ma foi non. Chacun sait que tu te trouves toujours là où on peut croiser les grands de ce monde, Nicolas ! Il est vrai qu'aujourd'hui, ta corporation était à l'honneur. En la personne de dame Ameline, épouse de votre prévôt, les drapiers étaient distingués du commun des mortels. Mettons que ce te soit une excuse... Pour nous, tu sais bien que nous ne sommes pas autant que toi friands d'apparat.

— Notre sire le roi est la simplicité même !

— Dieu en soit loué ! Mais c'est tout de même le roi. Il lui faut maintenant autour de lui un certain faste, quand ça ne serait que par respect pour sa propre dignité. Bien que certains affirment qu'il n'est pas éloigné de préférer l'humilité monacale à toute gloire terrestre.

— Ces bruits ne me paraissent pas fondés. C'est, bien sûr, un parfait chrétien, mais c'est aussi un souverain conscient de la grandeur, de l'autorité, de la puissance sacrée qu'il incarne. Nous avons, crois-moi, un bon roi qui est aussi un vrai roi.

Mathilde avait pris le bras de Yolande. Elle éprouvait pour l'épouse réservée, presque austère de Nicolas, une sorte d'amitié sans démonstration ni excès qui trouvait son aliment dans une ferveur qu'elles avaient en commun : l'amour maternel. Avivé par la douleur, ce sentiment était, chez Yolande, d'une intensité poignante : son fils aîné, âgé de seize ans, restait paralysé depuis une chute qui lui avait brisé le dos quand il était enfant. Mathilde était la marraine de ce Marc, frêle et blond, aussi peu démonstratif que sa mère, qui jouait du luth comme un ange et passait son temps à égrener des notes sur le fond immobile de ses journées d'infirme.

Alix et Laudine n'étaient pas moins aimées que leur frère, seulement, comme elles se portaient bien, il ne semblait pas nécessaire de s'occuper d'elles avec autant de soin.

— L'exubérance de mes filles en ces jours de fête m'est en même temps douceur et tristesse, disait Yolande. Je suis heureuse de les voir si gaies, mais la pensée de Marc m'obsède.

Elle contemplait les garçons et leurs compagnes qui passaient en riant, en se bousculant. Manifestement, leur santé lui faisait mal.

— Il semble se désintéresser de telles réjouissances.

— A seize ans ! Ce n'est pas possible, Mathilde.

— Il me le disait cependant la dernière fois que je suis allée le voir.

— Sans doute. Il veut s'en persuader. Combien de temps y parviendra-t-il ? La jeunesse est si forte, si bien enracinée en chacun de nous !

— Il y a, pourtant, des artistes, des sages, des saints, qui réussissent à maîtriser la part incontrôlée de leur être pour la surmonter. Pourquoi votre fils ne serait-il pas de ceux-là ?

— Pourquoi en serait-il ?

— Parce que l'espérance est la plus essentielle des vertus, Yolande, et que vous n'avez pas le droit d'en douter.

— Ne vous arrive-t-il pas, vous-même, à certaines heures, de vous demander où elle s'est enfuie en vous laissant si seule ?

— Cela m'arrive, en effet, mais je sais que j'ai tort, dans ces moments de découragement, de me laisser aveugler par ce qui est visible.

Yolande, elle aussi, était dans l'impasse. Elle aussi ne pouvait se sauver que par en haut !

— Voici le défilé ! s'écria Nicolas. Ne le manquons pas !

Souffrait-il autant que sa femme du malheur de leur fils ? Il n'en parlait que rarement. Ce qui ne prouvait pas son indifférence, mais, plutôt, le contrôle qu'il exerçait sur son apparente spontanéité.

Venant du Palais, précédé de porteurs de flambeaux, de musiciens, de danseurs, le cortège de la Reine de Mai traversait la place. Sur les berges du fleuve on venait d'allumer des feux dont la clarté, mêlée à celle, rougeoyante, du soleil qui déclinait, et aux mille lueurs des torches, avivait de reflets le cuivre des instruments de musique, les vêtements de soie ou de velours, les cheveux épandus, les chapeaux de fleurs, le caparaçon de toile d'or dont était recouverte la haquenée gris pommelé que montait dame Ameline. Parée de pourpre, couronnée de violettes blanches, les bras chargés de fleurs en gerbe, l'élue avançait lentement, souriant, saluant, image idéalisée de la Femme au sommet de son pouvoir. C'était la « Dame » des récits courtois sortant tout droit du *Roman de la Rose* !

— Notre prévôt peut être fier de son épouse. Il en est peu de si belles !

Nicolas aimait bien se donner le genre galant. Il ne manquait jamais une occasion d'encenser une jolie personne. Ce qui lui valait alors, de la part de Yolande, un coup d'œil où indulgence et pitié se confondaient inexorablement.

— J'en connais d'autres tout aussi séduisantes, murmura en sourdine Étienne à l'oreille de Mathilde qui lui sourit.

Comment ne pas reconnaître la profondeur, la constance, d'un si délicat, si tenace, si malheureux amour ?

— Voici nos filles !

Dans le sillage de la Reine de Mai, apparaissaient, mêlées aux demoiselles d'honneur, Alix, Clarence, Laudine, radieuses. Des jeunes gens les suivaient de près, riant, chantant, contant fleurette.

— Cette fête est vraiment celle de la jeunesse, constata Mathilde en soupirant.

— Pourquoi ce ton de mélancolie, ma mère ?

Surgie de la foule en compagnie de Philippe, Florie s'emparait du bras maternel, souriait avec tendresse.

— Je veux que vous soyez aussi joyeuse que nous !

— Je n'ai peut-être pas les mêmes raisons de l'être. Ma jeunesse s'en est allée...

— Que dites-vous là ! Vous savez bien qu'on vous nomme « la belle orfèvresse » dans tout notre quartier !

La jeune femme se pencha vers le groupe formé par Étienne, Nicolas, Yolande.

— Demandez plutôt à ceux-ci ce qu'ils en pensent.

— Chacun sait que Mathilde a été le grand amour de ma vie et que sa beauté ne cessera jamais de me charmer, proclama Nicolas avec l'emphase railleuse qu'il adoptait sans y manquer chaque fois qu'il se croyait tenu de faire une déclaration de ce genre.

Tout en parlant, il jetait à droite et à gauche des regards rapides, pleins de curiosité et de malice, comme pour s'assurer de l'effet produit.

— Votre mère se croit vieille ! Que dirait-elle à ma place ?

Étienne secouait la tête avec réprobation.

— Vieille, non pas... mais moins jeune que ces enfants, voilà tout. C'est indéniable.

— Certaines sont plus éclatantes vers la trentaine que d'autres à quinze ans. Vous le savez bien, belle amie !

Le ton démentait les mots sans qu'on pût jamais savoir de qui Nicolas se moquait. De lui ?

— Peu importe, dit Mathilde que ce persiflage agaçait aisément, peu importe. Que faites-vous à présent, vous autres ?

— Danser, danser, encore danser !

Florie quittait le bras de sa mère pour se suspendre de nouveau à celui de son mari.

— Nous voulons, ce soir, nous en donner à cœur joie !

— Nous aussi !

Alix et Rémy, Clarence et Guillaume, Laudine et Bertrand, qui s'étaient retrouvés dans la foule, venaient se joindre au premier groupe.

Vêtu de velours safran, la taille serrée dans une large ceinture de cuir clouté d'argent, la matité de son teint rehaussée par la blancheur de la toile plissée qui apparaissait par l'ouverture de son surcot, Guillaume parut à Mathilde séduisant comme doit l'être le Tentateur quand il veut perdre une créature de Dieu.

— Allez danser, allez, c'est de votre âge ! lança-t-elle plus nerveusement qu'elle ne l'eût souhaité.

— Voulez-vous danser avec nous, ma mère ? Nous en aurions un tel plaisir.

Que Florie pouvait-elle deviner des remous qui agitaient Mathilde ? Certes pas leur cause véritable, mais, sans doute, plus de choses qu'on n'aurait pu le croire.

— Allez-y, ma mie ! Notre fille a raison : il faut vous distraire.

Étienne, vers lequel, d'instinct, elle s'était retournée, la poussait à acquiescer. Meilleur qu'elle, ou plus aimant, lui qui souffrait de la même manière, il s'oubliait pour tenter d'arracher cette femme qu'il vénérait aux maléfices d'une situation dont il se savait reponsable.

— Pourquoi pas ?

La carole s'ébranlait. La main gauche de Mathilde serrait celle de Philippe, la droite, celle de Guillaume.

Après les affres qu'elle venait d'éprouver avec tant d'acuité, une sorte de vertige s'emparait d'elle. Pouvoir oublier, tout oublier, pour ne plus connaître que cette présence à ses côtés ! Il n'avait pas dix-sept ans, lui ! Par l'âge, en somme, il se trouvait plus proche d'elle que de ses filles ! En les unissant tous, la carole créait l'illusion d'une complicité sans discordance. Il suffisait de s'y abandonner. De ces doigts qu'elle serrait un peu plus qu'il n'était nécessaire, une chaleur vivante gagnait sa paume, montait le long de son bras...

La danse, trois pas à gauche, balancement sur place, trois pas à gauche, déroulait ses oscillations. On marquait un temps d'arrêt, on chantait.

Guillaume avait senti la pression de la main qui tenait la sienne. Sortant un moment de ses pensées, il avait considéré avec plus d'attention le profil au nez droit, au front haut sous les bandeaux sombres qu'encadrait la coiffure de lingerie tenue par un cercle d'orfèvrerie, les yeux que faisait briller l'éclat des torches.

Il hésita à serrer les doigts qu'il tenait, à se manifester pour affirmer sa sympathie, puis il y renonça. A quoi bon un semblable témoignage ? Que pouvait-il pour elle ? Rien. Elle lui avait dit que personne ne savait rien de personne. Elle avait eu raison. En voulant lui porter secours, il risquait d'être maladroit, de la blesser davantage, sans profit aucun. Quels qu'ils fussent, les ennuis qui la meurtrissaient ne le regardaient pas.

Après cet effort pour sortir de lui-même, sans savoir qu'il venait de frôler des possibilités inimaginables, il retomba dans le cercle de ses songeries.

Devant lui, Florie dansait, riait, s'amusait avec le naturel de ceux qui sont faits pour la joie. Son corps souple, qu'il devinait sans peine sous la soie diaprée qui le revêtait, se pliait avec une élégance parfaite au rythme de la carole. Philippe la tenait par la main. Ils semblaient, tous deux, heureux avec tant de simplicité ! Près de ce bonheur, lui, Guillaume, n'était que convoitise, jalousie, misère ! A sa passion, venait s'ajouter un sentiment insupportable de honte, de mépris de soi.

Jamais, il n'aurait dû demeurer à Paris. S'y attarder, sous le prétexte de céder aux sollicitations qui l'avaient assailli de divers côtés, avait été d'une grande lâcheté. Comment, par exemple, avait-il pu en venir à envisager la possibilité d'une dégradation dans les relations d'un couple qui aurait dû lui être cher ? Avait-il donc oublié que Philippe était de son sang ? Dans cette aventure désastreuse, il risquait de détruire, sans parler de ses chances de bonheur, jusqu'à son honneur même.

« Honneur d'homme, honneur de chrétien ! Voilà que je suis sur le point de trahir, au nom d'un sentiment qui n'a aucun avenir, ce qu'il y a de plus sacré dans ma vie ! Par Dieu, je suis en train de perdre la raison ! »

A sa droite, Clarence dansait, sans gestes inutiles, avec l'économie de moyens qui lui était propre.

Pourquoi ne pas transformer les fiançailles de fantaisie qui le rapprochaient d'elle en d'autres, véritables ? Dans le sourire de la cadette, il retrouvait celui de l'aînée. Comme un reflet. Ne pourrait-il transférer sur cette tête un peu de l'amour forcené qu'il portait à une autre ?

La danse s'achevait. Les mains se déprenaient.

C'est alors qu'une bande d'étudiants éméchés, braillards, surgit sur la place. Ils avaient dû vider tous les tonnelets, cruchons, pichets de la montagne Sainte-Geneviève en l'honneur du Mai et, pour se distraire un peu, s'étaient transportés, à travers la cité, vers l'autre rive. En un rien de temps, et malgré leur allure titubante, ils eurent encerclé les danseurs.

— Puisqu'on est libre d'aimer à sa guise en ce doux mois de mai, s'écria un grand échalas à la silhouette dégingandée qui n'était autre que Gunvald Olofsson, ne nous en privons pas, amis, fonçons !

Donnant l'exemple, il s'élança vers Alix qui se trouvait être la plus proche. La horde le suivit. Commencé dans les gros rires, l'assaut tourna vite à la mêlée, les danseurs ne trouvant pas à leur gré cette manifestation d'ardeur amoureuse. On commença par crier, puis, très vite, on en vint aux coups.

Une sorte de noir géant s'en était pris à Florie. Philippe se rua sur lui. Ce fut très bref. Quelques instants plus tard, le trouvère gisait par terre, au milieu des piétinements.

— Eh bien ! la belle, voilà ce qui arrive aux freluquets qui se mêlent d'intervenir entre moi et une femme qui me plaît. A bon entendeur, salut ! Dans mes bras, ma poulette !

— C'est mon mari, cria Florie en reculant. Vous êtes fou, messire Artus !

— Je le sais par Dieu bien que c'est votre mari, mais ça ne change rien à rien ! Pas tant de façons, mignonne ! Aujourd'hui est jour de fête : il faut bien s'amuser !

— Vous vous amuserez avec d'autres !

Guillaume, qui, de loin, avait vu la scène, venait de s'élancer. D'un bond, il s'était placé devant Florie, face au goliard. S'il n'était pas aussi grand qu'Artus, il était, cependant, de haute taille, bien découplé, entraîné à tous les exercices du corps et large d'épaules. Ce ne fut pourtant pas son aspect qui impressionna le géant, mais la détermination, l'exaltation, qui animait ses traits. On le sentait capable de toutes les violences, de tous les assauts.

— Quelle fureur, messire ! s'écria Artus en rompant devant un adversaire si déterminé. Rassurez-vous, je ne vais pas forcer cette gente personne sans son consentement. Il s'agit d'un jeu, non d'un attentat ! Un baiser, que je sache, n'est pas chose défendue en un jour comme celui-ci !

— Il peut l'être, répondit Guillaume sans désarmer. Non pour vos ribaudes, sans doute, mais la dame à qui vous vous adressez comme un goujat est tout autre. Chacun lui doit respect et courtoisie.

Le ton était rauque. Un emportement, sans mesure avec la circonstance, entraînait le jeune homme.

— Tout doux, messire, tout doux ! Vous prenez fort mal la plaisanterie, à ce que je vois... et pour la seconde fois de la journée. Faut-il que le sort de cette belle fille que vous protégez toujours si opportunément vous préoccupe !

— Elle est de ma famille !

— Oui-da !

Le goliard haussait les épaules.

— Il me semble bien me souvenir que ce tantôt, dans la forêt de Rouveray, quand j'ai embrassé la petite sœur, vous n'avez pas fait tant d'histoires. A en juger d'après les apparences, vos sentiments familiaux ne paraissent pas de même qualité envers tout un chacun !

Il tourna les talons pour se porter à la rescousse de ses camarades. La mêlée entre danseurs et étudiants s'achevait par la déroute de ceux-ci. Quelques baisers volés, quelques filles effarouchées, avaient suffi à satisfaire l'humeur grivoise des assaillants que le vin assagissait. Attaqués de tous côtés, ils s'enfuyaient non sans brocarder, pour sauver la face, les moins virulents de leurs adversaires.

Après avoir giflé avec vigueur un Gunvald trop ivre pour lui opposer la moindre parade, Alix avait rejoint Laudine et Clarence que leurs parents respectifs s'étaient empressés de prendre sous leur garde dès l'arrivée des énergumènes.

Florie, aidée par Guillaume qu'elle avait remercié d'un mot et d'un sourire, s'occupait à présent de Philippe, toujours étendu sans connaissance sur le sol. Le coup qu'Artus le Noir lui avait assené en pleine mâchoire, l'avait proprement assommé. Peu habitué à se battre et de complexion délicate, il n'était pas fait pour ce genre de confrontation. Penchée sur son époux, Florie lui frictionnait les tempes avec une eau de senteur dont elle avait toujours un flacon dans son aumônière. Guillaume, qui soutenait son cousin, sentait le souffle de la jeune femme sur son front. Plus rien d'autre ne comptait pour lui. La bagarre, la foule, les chants qui continuaient, les illuminations, les cris, les rires, ne l'atteignaient plus. Seuls, existaient une haleine fraîche, le parfum, mêlé à celui des fleurs qui la couronnaient, d'un corps proche du sien, l'effleurement d'un bras contre son épaule.

« Que le monde s'engloutisse ! Florie est là, contre moi, elle m'a souri, remercié, le temps est suspendu ! »

— Il ne revient pas vite à lui. Croyez-vous qu'il puisse être sérieusement blessé ?

Tant de sollicitude pour un autre dans la voix dont la moindre inflexion le bouleversait lui fit du mal et du bien à la fois : elle parlait de Philippe, sans doute, mais c'était vers lui qu'elle se tournait pour être réconfortée.

— Tranquillisez-vous, ma cousine, ce ne peut être grave. Son souffle est régulier.

Dans la nuit trouée de lueurs foisonnantes, elle lui adressa un nouveau sourire, embué de crainte, mais qui comportait, pourtant, sans doute par habitude de jolie fille, un brin de coquetterie.

— Quelle brute ! dit-elle avec précipitation, comme pour effacer l'effet produit, quel sauvage ! Je me demande comment Arnauld peut fréquenter de semblables truands.

— Il n'était point avec eux.

— Dieu merci !

— Je n'ai pas vu non plus son ami Rutebeuf.

— Ils avaient dû rejoindre tous deux, selon leur habitude, quelque assemblée de poètes. C'est bien dommage pour moi. Les autres forcenés n'auraient pas osé m'attaquer en présence de mon frère.

— Je pense qu'ils ne s'y risqueront pas, non plus, maintenant, quand je me trouverai là.

Florie releva la tête, dévisagea un court moment le cousin de son mari. Une hésitation passa dans son regard. Sans doute se rappelait-elle de précédentes observations ainsi que le dernier propos d'Artus

le Noir dont le sens ne l'avait pas frappée au milieu de l'effervescence générale. Mais un mouvement de Philippe ramena son attention vers lui. Après quelques soupirs, quelques frissons incon-
trôlés, il relevait les paupières, reprenait conscience. Le sang
remontait à ses joues.

— N'ayez crainte, mon cœur, ces vauriens s'en sont allés.

Guillaume aidait l'époux de Florie à se redresser, à se mettre
debout.

— Comment te sens-tu à présent ?

— Un peu endommagé.

Il souriait, passait des doigts précautionneux sur son menton,
tâtait sa mâchoire.

— Il faudra que je félicite mon beau-frère au sujet de ses fréquentations !

— Souffrez-vous, mon ami ?

— Presque plus. J'ai encore les jambes en laine, mais ça ne saurait durer. Rien que de vous voir, je me sens mieux.

Tournant la tête, il chercha du regard les étudiants envolés, fit une
grimace douloureuse.

— Comment vous êtes-vous débarrassée, ma douce, de ces gibiers
de potence ?

— Je ne m'en serais pas délivrée facilement si votre cousin n'était
venu à mon secours.

— Dieu te le rendra, Guillaume !

La dérision d'un tel remerciement, frappant Guillaume comme un
soufflet, le rétablit dans son tourment.

Se détournant du couple, de nouveau enlacé, il rejoignit maître
Brunel et les siens. Mathilde parlait à Clarence. En voyant s'approcher le pelletier, les deux femmes se tournèrent vers lui.

— Grâce à Dieu, Philippe semble remis, constata la première. Il
aurait pu être grièvement blessé.

« Si seulement il l'avait été ! » songea Guillaume en un élan qu'il
se maudit aussitôt d'avoir eu.

— J'ai admiré la promptitude avec laquelle vous vous êtes porté
au secours de Florie, assura Clarence. Elle a trouvé en vous un
défenseur plein de zèle.

Lissant de la paume la soie de son vêtement blanc brodé de fleurs,
les yeux baissés, l'adolescente souriait.

— A présent que nous voilà toutes saines et sauves, reprit-elle de
son ton uni, si nous retournions danser ?

Bertrand, qui semblait attendri par Laudine, entraînait déjà celle-
ci. Alix et Rémy avaient rejoint Florie et son mari.

— Allons, dit Guillaume, allons danser, puisque nous ne sommes
pas ici pour autre chose !

Une rancune toute neuve sourdait en lui contre Clarence. Comment avait-il pu songer à épouser cette fille étrange, si différente de sa sœur ? C'eût été se mettre une pierre au cou ! Depuis l'évanouissement de son cousin, un espoir qu'il ne consentait ni à admettre, ni à nommer, s'était levé en lui.

Il lui fallait rester libre pour le cas où Florie le redeviendrait un jour. S'enchaîner serait une erreur peut-être fatale.

Il suivit Clarence vers un coin de la place où commençait une danse de la Belle Aélis, mais son esprit courait sur d'autres voies.

Mathilde prit le bras d'Étienne.

— Rentrons, dit-elle en adressant un sourire d'excuse à Nicolas Ripault et à Yolande. Je me sens lasse.

III

Le jardin de Béraude Thomassin n'était pas dessiné comme celui de Mathilde. C'était plutôt un désordre, un fouillis végétal. Des sureaux, des buis, des lilas dont les fleurs se balançaient au vent du mois de mai, des néfliers, des poiriers aux troncs penchés, dépassaient des buissons d'églantiers, de framboisiers sauvages, des touffes d'ancolies, de sauges, d'oseilles, de camomilles, de chicorées, et même d'orties qui poussaient au hasard sans que personne songeât à s'en occuper.

Sur un banc de pierre en mauvais état, adossé à un noyer aussi vieux que lui, Florie composait une chanson de toile. Assis dans l'herbe, à ses pieds, Philippe cherchait sur les cordes d'un luth la mélodie qui accompagnerait le poème. Les trilles des oiseaux se mêlaient aux notes égrenées et aux rires des jeunes gens.

L'inspiration venait mal. Florie se répétait depuis un moment les premiers vers qu'elle avait trouvés :

« En un verger, près d'une petite fontaine
Dont l'eau est claire et le gravier blanc... »

En vain. Elle ne parvenait pas à fixer son attention sur le thème qui lui avait été proposé, non sans ironie, à la cour de la reine Marguerite : « La mal mariée ». Ce sont là jeux de l'esprit qui demandent une disponibilité totale de la pensée. Or, Florie était préoccupée.

— Ma mère n'est point heureuse, dit-elle tout à coup, en relevant la tête, comme frappée par l'évidence d'une constatation.

— Que dites-vous là, ma mie !

— La vérité. Je le sais, je le sens. Depuis longtemps, je le pressentais. Vivant près d'elle, j'étais trop liée à sa vie pour en distinguer clairement les aspects. A présent que j'ai pris du champ, je distingue enfin ce qui m'avait échappé jusqu'ici. Elle cache tant bien que mal ses soucis, mais, hier soir, sa peine était évidente. Ne l'avez-vous pas remarqué, mon cœur ?

— J'avoue que non.

— C'est sans doute que vous la connaissez moins bien que moi.

Avec un geste de tendresse amoureuse qui était témoignage de confiance, d'abandon, la jeune femme posa les doigts sur les cheveux de son mari, les caressa un moment.

— Ce n'est pourtant pas parce que je vais à tâtons que je renoncerai à trouver la cause d'un chagrin que je puis, peut-être, adoucir. Il ne sera pas dit que je me désintéresserai, sous prétexte que je suis heureuse, du sort de ma mère. Je l'aime trop pour agir si égoïstement. J'en parlerai à ma tante Charlotte qui est de bon conseil et de grande expérience.

Philippe sourit.

— Je commence à vous connaître assez bien, ma mie, pour deviner que vous n'abandonnerez pas si facilement votre idée.

— C'est un reproche ?

Ils se regardaient d'un air malin et complice, comme deux enfants qui partagent le même secret.

— Vous savez bien que non, coquette que vous êtes !

Florie se pencha, posa ses lèvres sur la bouche de son compagnon.

— Vous sentez le printemps !

Elle frottait son nez contre la joue qui piquait un peu.

— Je vous y prends !

Arnauld, qui sortait de la maison, s'avançait sous les branches. Il portait, pendue à sa ceinture de cuir, son écritoire d'étudiant et tenait à la main un cahier de parchemin roulé. Son sourire ironique contrastait avec l'ordonnance rigoureuse, presque ascétique, de ses traits. Florie ainsi que Mathilde regrettaient qu'il ne fût pas entré dans les ordres. Sa finesse, sa bonté, encore que soigneusement tenue secrète, sa culture, en eussent fait un excellent témoin de Dieu, un utile serviteur de la foi. L'heure n'en paraissait pas encore venue. Passionné de rhétorique, de logique, de scolastique, il préférait Aristote à la charité et l'étude des Humanités à celle des misères humaines. Sa mère et sa sœur se demandaient si, un jour, lassé de la dialectique, il ne se tournerait pas vers le cloître. Il n'était que d'attendre.

— Ah ! Voici messire mon beau-frère !

Philippe se redressait, se tournait vers l'arrivant.

— Par ma foi, savez-vous que votre ami Artus le Noir a failli m'assommer, hier au soir ?

— J'en ai ouï parler.

— Vous n'en paraissez pas autrement affecté.

— Affecté, peut-être pas, mais, pourtant, furieux contre Artus qui devait être plus soûl que d'habitude, j'imagine, pour se livrer sur vous à de semblables turpitudes ! Dieu sait qu'à l'égard du vin, cependant, il ne manque pas d'entraînement ! Je l'avais quitté un moment plus tôt, point trop ivre. Il est vrai que la soirée ne faisait que de commencer.

— Si vous étiez resté avec lui, dit Florie, il n'aurait sans doute pas osé nous attaquer.

— Sait-on ? Je le tiens pour doué d'un esprit inventif et original, mais ses mœurs sont dissolues. Rien ne semble pouvoir le discipliner.

— Comment pouvez-vous vous complaire en sa compagnie !

— Holà ! Ho ! beau-frère ! Je ne me mêle en rien à ses orgies ou truanderies diverses, vous savez ! Nous goûtons notre mutuelle conversation et trouvons l'un en l'autre un interlocuteur qui nous convient. C'est tout. Je ne suis pas chargé de veiller sur lui ni de garder sa vertu, ce qui serait hasardé d'après ce que je sais. Tel Ponce Pilate, je m'en lave les mains.

— Par Dieu ! Ce n'est pas là un rôle bien actif !

— J'ai pour habitude de prendre en chacun, selon ma convenance, ce qu'il peut me donner. Pas autre chose. Artus est loin d'être sot. Il se montre imbattable en dialectique, comme dans les exercices du corps. Nous discourons, nous nageons, nous luttons ensemble. Là s'arrête notre amitié. Sa vie intime ne me regarde pas.

— Est-il vrai qu'il loge route de Vanves, dans le vieux château Vauvert, de sinistre réputation ?

— C'est exact. Pour le moment, du moins. Comme tout bon goliard, il ne se fixe nulle part. Sa conception de la vie est tout itinérante.

— D'après ce qu'on dit, cette bâtisse est un repaire de vauriens, de truands, de gens de sac et de corde !

— Comme toujours, il y a un fond de vérité dans ces racontars, mais très exagéré. En réalité, Vauvert est surtout un asile pour ceux qui préfèrent, au guet de Paris, un prudent isolement.

— Donc, pour ceux qui ont quelque chose à se reprocher !

— Ou quelqu'un à fuir.

Tout en mordillant des tiges d'herbe qu'il venait de cueillir, Arnauld s'était appuyé au tronc du noyer.

— Après ce qui s'est passé place de la Grève, continuerez-vous à fréquenter ce goliard ?

— Il était ivre !

Florie réfléchissait.

— Mon frère, vous ignorez sans doute qu'hier après-midi, en forêt de Rouveray, il nous a suivies avec quelques compagnons de son espèce, pendant que nous cueillions le Mai, qu'il a cherché à nous entraîner sous les branches, et qu'il a fini par embrasser Clarence de force.

— Par Dieu ! C'est une manie !

Mécontent, Arnauld arrachait une touffe d'herbe près de lui.

— Personne ne m'avait parlé de ce haut fait, reprit-il au bout d'un instant. Contez-moi cela.

Pendant qu'elle parlait, Philippe écoutait Florie avec autant d'attention qu'Arnauld.

— Par mon âme, remarqua-t-il quand elle eut terminé, nous devons une fière chandelle à Guillaume ! S'il ne s'était trouvé là par deux fois, Dieu seul sait ce qui serait advenu de vous.

— Il est vrai, reconnut la jeune femme qui détourna les yeux pendant que ses doigts tournaient et retournaient le stylet dont elle s'était servie un moment plus tôt. Il est vrai que sa présence nous a été secourable.

— Jugez-vous toujours, beau-frère, votre Artus comme un brave garçon tout juste un peu éméché ?

La véhémence de Philippe se heurta au calme de l'étudiant.

— Le Mai lui était monté à la cervelle, dit celui-ci avec un haussement d'épaules. C'est une grande gueule, je vous l'accorde, mais il n'est pas dénué de courtoisie. Pour s'en être pris de la sorte, avec une telle obstination, à des femmes sans défenseur, et, qui plus est, de la propre famille d'un de ses amis, il fallait qu'il fût hors de son bon sens. Je ne veux pas le condamner sans l'avoir entendu. Nous avons Leçons extraordinaires à l'Université, vers deux heures de relevée. Il y sera. Je lui parlerai. Selon ses dires, j'aviserai.

— Que ferez-vous s'il reconnaît avoir agi en toute connaissance de cause ?

— Je lui flanquerai une bonne raclée.

— Il est plus fort qu'un bûcheron ! s'écria Florie. Il va vous tuer ! Je vous en supplie, Arnauld, pour l'amour de votre sœur, ne vous battez pas avec lui !

Arnauld se prit à rire.

— Ce ne serait pas la première fois que cela se produirait. S'il est bâti comme un chêne, je suis souple comme une liane et vous le savez bien : la liane étouffe le chêne.

— Par la Sainte Mère de Dieu, Philippe, pourquoi avez-vous poussé mon frère à une semblable folie ! Il peut bien avoir les amis qu'il veut. Pourquoi nous en mêler ?

— Tout bonnement parce que ce goliard vous a manqué de respect, ma mie !

— Ce n'est pas une raison suffisante.

— Il me semble que si !

— Allons, allons, dit Arnauld en se levant, je ne tiens pas, que diable ! à devenir la cause de votre première querelle de ménage ! Quand je suis arrivé, vous vous embrassiez. Reprenez cet aimable passe-temps et oubliez-moi. Je m'esquive.

— Je vous en supplie..., commença Florie, mais son frère ne l'écoutait plus.

Il se dirigeait vers la maison où il allait retrouver, penchée sur un manuscrit, Béraude Thomassin, avec laquelle il aimait à s'entretenir. Il goûtait l'esprit de la vieille femme. Depuis qu'il la connaissait, c'est-à-dire depuis les fiançailles de sa sœur et de Philippe, des relations intellectuelles, comme il aurait pu en nouer avec n'importe lequel de ses camarades de l'Université, s'étaient établies entre elle et lui. En dépit de leur différence d'âge, ils s'estimaient assez pour préférer leur mutuelle présence à beaucoup d'autres et puisaient dans leur commun attrait pour les livres matière à des conversations qui les enchantaient.

— Très chère dame, je vous salue !

Béraude sourit de ses mille rides, considéra d'un œil vif et curieux l'étudiant, lui rendit sa salutation.

— En songeant à la licence que vous préparez, cher Arnauld, dit-elle, j'ai mis de côté pour vous un cahier découpé d'un exemplaire de l'*Organon* d'Aristote qui ne manquera pas de vous intéresser.

Sa guimpe n'était pas nette, son surcot avait bien dix années d'usage, mais il émanait de son visage à la peau de parchemin tant d'intelligence qu'Arnauld se sentit, comme toujours, charmé par cette femme hors du temps qui avait l'air d'être formée de la même substance que les feuillets qu'elle maniait tout le jour.

— Je vous sais un gré infini de votre obligeance, dit-il en tirant un escabeau jusqu'à la table où travaillait la tante de Philippe. Tous les exemplaires des œuvres illustres qui sont copiées chez vous sont des modèles de fidélité.

— Que voulez-vous, j'aime ce métier !

Contre deux sous d'or, Arnauld lui louait certaines copies vérifiées et approuvées par une commission déléguée de l'Université et faites d'après les exemplaires officiels par des étudiants impécunieux qui payaient ainsi leurs études.

Il y avait bien, chez maître Brunel, un assez joli choix d'ouvrages, dont certains enluminés, mais le jeune homme avait besoin de textes qui ne se trouvaient pas dans la bibliothèque de son père.

— Le voici. Rien ne pouvait mieux me convenir, s'écria-t-il avec enthousiasme.

Une ombre, qui vint s'interposer entre le jour et lui, le força à lever les yeux. Il reconnut Guillaume Dubourg, penché au-dessus de l'étal, qui feuilletait un manuscrit. En quoi ces livres destinés aux étudiants et à leurs maîtres pouvaient-ils intéresser un pelletier, même doué d'un esprit curieux ?

Arnauld se rappela alors le récit que lui avait fait sa sœur un moment plus tôt. Cet Angevin semblait tourner avec une constance qui pouvait donner à réfléchir autour des endroits où se trouvait la jeune femme. Coïncidence ? Arnauld n'y croyait guère. Il remarqua que le nouveau venu cherchait à voir qui se tenait dans la boutique. Il se leva et se dirigea vers lui.

— Dieu vous garde, messire !

Guillaume salua à son tour en souriant, mais la déception qui avait assombri fugitivement son visage parut révélatrice au frère de Florie.

— J'ignorais qu'on goutât à Angers la philosophie grecque.

— Il y a en Anjou comme partout des personnes qui aiment s'instruire, répondit Guillaume avec aisance. De plus, j'ai fait mes études à Paris, ne l'oubliez pas, et j'en ai conservé un fort penchant pour les Belles Lettres.

— Je vous en félicite. Ce n'est pas chose si courante. Parvenus à l'âge d'homme, bien d'anciens écoliers oublient allégrement les connaissances qu'ils ont pu acquérir autrefois.

— Mettons que je ne suis point de ceux-là.

Il y eut un silence. Dans la rue, l'habituelle bousculade des étudiants qui interpellaient les passants et, surtout, les passantes, des maîtres en bonnets de docteur, des prêcheurs et des mineurs, se mêlait aux allées et venues des parcheminiers, des relieurs, des enlumineurs, des libraires. Des porteurs d'eau, des paysans qui criaient leurs fruits, leurs légumes, ou qui guidaient leurs troupeaux, des cavaliers, dont certains entourés d'une escorte de gens d'armes, y apportaient encore plus de bruit et de mouvement.

Arnauld considérait avec intérêt son interlocuteur qui ne se décidait pas à s'éloigner.

« Par mon âme, songeait-il, ce beau sire attend quelqu'un. Pourquoi ne serait-ce pas Florie ? »

Laissant avec nonchalance tomber la conversation, il attendit de voir les réactions du jeune pelletier.

— Mon cousin se trouve-t-il céans ? demanda enfin Guillaume.

— Il s'y trouve. Je viens de le quitter.

— Je suis venu surtout pour prendre de ses nouvelles. S'est-il bien remis de l'algarade d'hier soir ?

— Il n'y paraît plus. Entrez donc, si, toutefois, vous ne craignez point de troubler l'inspiration poétique qui le tient en ce moment.

— Il compose donc ?

— Ma sœur et lui cherchent de compagnie les rimes et la mélodie d'une chanson de toile commandée, à ce qu'il me semble, par notre dame la reine en personne.

— Ce n'est sans doute pas le moment de les déranger...

« Cet homme est l'image même de la tentation, se dit Arnauld qui continuait à l'observer comme il eût fait d'une mouche prise dans un pot de miel. Il est visible qu'il se débat dans un monde de contradictions où honneur et amour doivent se livrer de rudes joutes ! S'il ne s'agissait pas de Florie et, peut-être, du sort de son union avec Philippe, je serais tenté de l'aider, car il inspire estime et compassion. Malheureusement pour lui, je ne peux que m'opposer à ses desseins. Il faudra, au besoin, entrer en lutte avec eux s'ils se précisent. »

— Je ne crois pas, messire Dubourg, que le moment soit bien choisi pour leur faire visite, reprit-il. Vous savez combien dame Poésie est capricieuse. Une fois effarouchée, elle ne revient pas toujours. Les trouvères abandonnés par elle en veulent alors férocement à celui qui est cause d'une telle éclipse.

— Vous devez avoir raison.

— Par ma foi, voici Guillaume ! Que fais-tu là, cousin ?

Confiant, rieur, Philippe entrait dans la boutique.

— Je songeais à te voir pour prendre de tes nouvelles, mais ton beau-frère, qui estime que je risque de mettre en fuite l'inspiration, me conseillait de remettre ma visite à une autre fois.

— Je ne vous savais pas si soucieux de notre tranquillité, Arnauld, s'écria le jeune homme avec bonne humeur. Grand merci de ce soin. Mais vous vous inquiétiez sans raison : il se trouve que l'inspiration s'est envolée d'elle-même, sans que personne ait eu à l'y aider ! Je ne sais pourquoi, Florie et moi n'avons pas la tête à rimer, ce matin !

— Malheureux au jeu poétique, heureux en amour, remarqua l'étudiant d'un air entendu, sans cesser d'examiner Guillaume dont l'expression, comme sous l'effet d'un mécontentement subit, se rembrunit à ces mots.

« Allons, je ne m'étais pas trompé ! Par Dieu, ce garçon est épris de ma sœur, constata Arnauld. Bien entendu, Philippe, loin de se douter de quoi que ce soit, se fie absolument à lui. »

— Je vais profiter de ce que vous avez à vous entretenir tous deux pour emmener Florie faire un tour, dit-il. Je vous laisse.

Quelques minutes plus tard, sans que personne ait pu s'opposer à une telle décision, Florie sortait au bras de son frère. Comme il l'avait fait passer par la porte du jardin, elle ne rencontra pas Guillaume et continua d'ignorer sa venue.

Elle aimait à se promener avec Arnauld dont l'esprit l'enchantait. Il savait écouter, compatir, deviner, comprendre, dénouer, d'un mot, un état d'âme, mais, aussi, il respectait les replis, les silences des autres et pouvait se retrancher, quand il le fallait, derrière un

égoïsme aimable qui pouvait être pris pour de l'oubli... Elle éprouvait pour lui une tendresse de qualité particulière.

Par la rue de la Harpe, le frère et la sœur gagnèrent les rives de la
Seine qu'ils longèrent en direction de l'hôtel de Nesle, afin de s'éloigner des nageurs bruyants de la baignade de Paris, proche du Petit-
Pont. Le mouvement de la batellerie était intense sur le fleuve. Des
bateaux chargés de blé se dirigeaient vers les moulins à roues situés
sous les arches des deux ponts de la ville ; des barques plates,
bâchées, dont certaines étaient tirées à l'aide d'une corde par un
remorqueur, d'autres halées du rivage, ou bien dirigées à la perche,
transportaient les chargements les plus divers : poteries, céréales,
charbon, vin, bois, métaux, cuirs, légumes et du bétail en grand
nombre ; les bateaux-viviers des poissonniers d'eau douce apportaient à la capitale sa ration quotidienne de poissons : perches,
truites, brochets ; des promeneurs en canots ramaient allégrement
au plus près des rives où des pêcheurs à la ligne, les pieds dans
l'herbe épaisse, parmi les saules, faisaient concurrence à ceux qui
tendaient des filets entre leurs barques. On remarquait le garde du
fleuve qui évoluait d'un bord à l'autre en compagnie de quelque pas-
seur. L'eau, qui reflétait le ciel, coulait librement entre les berges
basses, plantées d'aulnes, d'osiers, de peupliers. Des grèves, quelques plages, trouaient cette verdure de leurs sables, de leurs cailloux,
sur lesquels venaient friser des vaguelettes paisibles.

En bons Parisiens, Florie et Arnauld aimaient leur fleuve, sa
lumière grise et bleue, son libre cours, sa force tranquille, la beauté
de sa vallée, ses îles nombreuses et, surtout, le cœur de la ville, cette
île de la Cité où siégeaient les deux seuls pouvoirs qu'ils reconnus-
sent : celui de Dieu, celui du roi. De la rive qu'ils longeaient, ils
voyaient, juste en face, au-delà de ses murailles, de ses jardins, le
palais du souverain, tout proche, avec ses tours, ses hauts toits, ses
clochetons d'où jaillissait, encore inachevée, en pleine construction,
fine, blanche, précieuse, la Sainte-Chapelle.

Plus loin, vers l'est, les tours de Notre-Dame, toutes neuves elles
aussi, s'élevaient dans la clarté du matin, bien au-dessus des tuiles
carminées des maisons, des clochers d'ardoise, des toits aigus, des
grosses tours, comme les témoins de pierre d'une Présence infinie,
puissante et radieuse comme elles. La Cité était belle, harmonieuse
et gaie.

— Si je vous ai entraînée jusqu'ici, loin de votre mari, dit soudain
Arnauld à sa sœur, c'est que je voudrais vous entretenir d'une
découverte assez surprenante que je viens de faire.

— Je croyais que c'était pour le simple plaisir de vous trouver en
ma compagnie.

Tout en souriant avec une sorte d'amusement nuancé de

reproche, Arnauld secoua la tête. La féminité rieuse de Florie le déconcertait parfois en dépit des rapports fraternels qui les avaient toujours étroitement unis. Dans la famille Brunel, comme partout ailleurs, les enfants s'étaient groupés par affinité. Arnauld et Florie, proches par l'âge, par les goûts, par une certaine conception de la vie, avaient aimé jouer ensemble avant de se passionner ensemble pour l'étude des Lettres, de la musique, de tous les arts. Il leur en restait une complicité, une entente, instinctives.

— C'est, peut-être, plus grave que vous ne le pensez, Florie.

— Dites vite, je suis tout ouïe !

Arnauld cassa une branche de saule dont il fouetta l'herbe qu'ils foulaient à présent. Des prairies avaient succédé au chemin qu'ils avaient d'abord suivi. L'air sentait la verdure, l'eau, et, par bouffées, des senteurs de fleurs sauvages qui croissaient librement.

— Ai-je raison de vous confier ce que je crois avoir deviné ? reprit l'étudiant. J'ai hésité, j'hésite encore, à dire vrai, avant de me décider. Il serait, peut-être, plus sage de me taire.

— Par grâce, ne me faites pas languir de la sorte !

Portant de lourds baquets de bois où s'entassait le linge propre qu'elles allaient étendre sur le pré où le soleil chauffait le plus fort, riant et plaisantant, des lavandières aux pieds nus, aux surcots maintenus dans la ceinture et relevés par-devant sur des cottes claires, croisèrent le frère et la sœur.

— Voici. Je crois pouvoir affirmer que Guillaume Dubourg est épris de vous.

— Ah ! dit la jeune femme dont un sang indiscret enflamma les joues, ah ! c'était donc cela !

Sans s'expliquer davantage, elle s'arrêta pour dégager avec des gestes qui se voulaient tranquilles sa jupe dont l'étoffe en toile de laine se trouvait agrippée par une ronce qui poussait sournoisement au bord d'un mince ruisseau.

— Vous le saviez.

— Sans le savoir.

— Par ma foi, vous ne semblez pas surprise !

— Je ne le suis pas vraiment.

Elle se tourna vers son frère.

— On peut avoir connaissance de certains faits, Arnauld, sans, pour autant, se l'être clairement avoué. On conserve une pareille supposition dans un repli de son esprit. On ne souhaite pas l'amener au grand jour, ni la considérer en face. On ruse avec soi-même, en quelque sorte, on se leurre, sans que rien de déloyal entre pourtant dans cette manière d'être, mais pour ne pas avoir à juger, à trancher, en trop grande hâte.

— Je ne comprends pas.

— Écoutez-moi. Vous avez cru deviner, j'ai cru pressentir, chez le cousin de Philippe, un sentiment qu'il éprouverait à mon endroit. Nous pouvons nous tromper. Que savons-nous de cet homme, de ce qui compte ou ne compte pas pour lui ? Presque rien. Voici quelques semaines, nous ne le connaissions même pas ! Peut-être sommes-nous, vous et moi, dans l'erreur.

— Par tous les saints, vous parlez comme s'il avait déjà commencé à vous plaire ! remarqua Arnauld avec une sorte de gravité alarmée. Que vous arrive-t-il, Florie ? Auriez-vous oublié qu'en amour l'indulgence mène à la faiblesse ?

— Que voulez-vous que je fasse ? Tant qu'il ne m'a pas confié les sentiments que nous lui attribuons, c'est comme s'ils n'existaient pas. Je ne peux tout de même pas lui tenir rigueur de sa courtoisie, de sa parfaite urbanité, de la façon désintéressée dont il est venu à mon secours, par deux fois, dans la seule journée d'hier !

— Justement ! Par deux fois, il a volé à votre aide, alors que c'est Clarence, et non vous, qui se trouve être sa fiancée de libre courtisement !

— C'est moi qui étais menacée, non point elle.

— Ne m'avez-vous pas raconté, vous-même, qu'Artus avait jugé bon d'embrasser Clarence, hier, dans la forêt de Rouveray ?

— Si fait.

— Que faisait le cousin de votre mari pendant ce temps-là ?

— Rien.

— Il a laissé un goliard embrasser sa fiancée de Mai sans broncher !

— Ne mélangeons pas tout. Ces fiançailles, d'abord, ne sont que plaisanteries, chacun le sait. Ensuite, il n'a pas eu le temps d'intervenir, tant votre ami a agi promptement.

— Je continue à penser que, si c'était vous qui aviez été assaillie, il aurait trouvé le temps de s'interposer entre Artus et vous.

— Ne discutons pas sur des hypothèses. Vous savez, Arnauld, que j'attache beaucoup d'importance à votre jugement. Que me conseillez-vous donc en cette circonstance ?

— De vous méfier, de le surveiller, de vous garder.

— Soyez sans crainte, nous sommes deux à me garder.

L'étudiant secoua la tête.

— En êtes-vous sûre ? dit-il avec incrédulité. En êtes-vous si sûre ? Il me semble, à moi, que vos défenseurs se nomment ignorance et faiblesse. Faut-il qu'il soit habile, cet homme insinuant, ou armé d'une séduction active, pour être parvenu à vous intéresser à lui aussi vite !

— Mais je ne m'intéresse pas à lui !

Pour la première fois depuis d'anciennes querelles d'enfants, le frère et la sœur s'opposaient avec vivacité. Florie soupira, promena son regard sur le paysage verdoyant et paisible qui les entourait, se força à sourire.

— Allons, dit-elle, faites-moi confiance, Arnauld, je vous en prie. Ne doutez plus de moi. Dans toute cette histoire, il n'y a que rêveries. Seules, nos imaginations trop fécondes sont coupables. Cependant, je vous promets de veiller. A la première alerte, je m'expliquerai, s'il le faut, avec Guillaume Dubourg. Je demeure, néanmoins, persuadée que ce ne sera pas nécessaire.

— Dieu vous entende ! dit Arnauld qui n'était pas convaincu.

Florie prit son bras.

— Quel paladin ma vertu n'a-t-elle pas trouvé en mon frère !

— Après notre père, quel meilleur défenseur que moi pouvez-vous avoir ?

— Vous oubliez Philippe !

Arnauld plissa le front.

— Est-ce moi qui l'oublie ? demanda-t-il. Je veux croire que ce n'est que moi !

IV

Mathilde attendait son oncle, Pierre Clutin, prêtre et chanoine du chapitre de Notre-Dame.

Poussée par l'inquiétude, elle était venue le trouver, comme chaque fois qu'elle éprouvait le besoin d'un secours spirituel, délaissant son travail et la rue Quincampoix, suivie de la seule Maroie, dans un élan qui ne souffrait pas d'être remis à plus tard.

Elle aimait et révérait ce frère cadet de son père, dont la nature fragile mais ardente lui apportait l'appui et la rigueur dont elle ressentait en même temps la nécessité.

Comme elle n'avait pas annoncé sa visite, il lui fallait attendre que son oncle se fût libéré d'une charge qui le retenait pour un moment encore à la cathédrale. Elle en profitait pour essayer de clarifier ses pensées, de mettre un peu d'ordre dans le chaos de ses sentiments.

Le vrombissement d'une mouche qui voletait à travers la pièce, la fit sortir de ses réflexions. D'un geste brusque, elle voulut la chasser, mais l'insecte bourdonnait de plus belle entre les murs nus, simplement passés à la chaux.

Comme chaque fois que Mathilde entendait ce bruit, en quelque lieu qu'elle se tînt, à condition que ce fût dans un endroit clos, des souvenirs troubles se levaient en elle. Elle se retrouvait, une fois encore, avec une impression de réalité gênante, physique, dans sa chambre d'enfant unique, contiguë à celle de ses parents. L'odeur des roses qui se fanaient dans un pot d'étain, la pénombre derrière les volets tirés sur la chaleur du dehors, redevenaient présentes. Ainsi que, venant de la pièce voisine, des murmures, des soupirs, une plainte heureuse, qui montait peu à peu, s'amplifiait, éclatait enfin en un râle de plaisir déchirant. Debout contre la porte, la petite fille était partagée entre un malaise qui allait jusqu'à l'angoisse et une sorte de jouissance alors incompréhensible. Son cœur s'affolait, son sang battait avec violence dans ses artères, une chaleur intime l'enflammait tandis qu'elle se mettait à trembler sans comprendre pourquoi ce qui se passait de l'autre côté de la cloison avait sur elle un si puissant pouvoir.

Tout ce qui avait fait de son enfance, de son adolescence, la préparation sensuelle la plus constamment poursuivie qu'on pût concevoir, cet enseignement secret que l'amour de ses parents l'un pour l'autre n'avait cessé, à leur insu, de lui distiller, tout cet apprentissage inconscient de la volupté, restait lié dans son souvenir à la touffeur de l'été, au vrombissement d'une mouche.

Elle ouvrit la fenêtre, chassa l'insecte, se pencha pour, d'un coup d'œil, examiner les lieux. La maison de Pierre Clutin incitait à la sérénité. Blanche, à pignons et colombages, cette demeure de paix, de méditation, située dans le cloître Notre-Dame, enclos réservé par l'Évêché aux chanoines et à leurs familles, jouissait du calme de la petite cité retranchée du mouvement, du bruit de Paris, par des murs d'enceinte percés de quatre portes. Comme chaque habitation de cet endroit tranquille, elle possédait un jardin.

Tout en contemplant les poiriers, les planches de salades, les rosiers, les carrés d'herbes médicinales, les plants de sauge et de basilic qui descendaient en pente douce vers la Seine, Mathilde songeait à Héloïse et Abélard dont les amours fulgurantes s'étaient déroulées non loin de là, sous un toit voisin où logeait le chanoine Fulbert, quelque cent trente ans plus tôt... Comme de leur temps, au pied du clos, coulait le fleuve, animé autant qu'une rue d'un trafic incessant. L'eau glisse, le temps fuit, les passions meurent avec ceux qui les ont vécues...

Sur l'autre rive, la femme de l'orfèvre voyait le port de Grève, suite de bassins particuliers alignés le long de la berge, depuis la rue des Barres jusqu'à celle des Lavandières : port au Foin, au Vin, au Blé, aux Grains, au Bois, au Charbon, au Sel. Des moulins à eau les séparaient. A l'arrière-plan, s'élevait insensiblement, bordée de maisons à piliers, grouillante de monde, la place de la Grève que dominait la haute croix de pierre, surmontée de fer forgé qu'on avait dressée au sommet de huit marches afin qu'elle fût visible de loin.

Mathilde baissa la tête. C'était de cette place, justement, qu'elle voulait entretenir son oncle, ou, plutôt, de ce qui s'y était passé la semaine précédente, de l'accès de faiblesse qui l'y avait submergée, l'entraînant malgré elle sur des chemins tortueux qu'elle ne voulait pas suivre en dépit des tentations obsédantes qui ne cessaient de l'assaillir depuis lors.

— Dieu vous garde, ma nièce !

Pierre Clutin entrait. Grand, maigre et pâle, il faisait penser à une lampe d'albâtre dans laquelle aurait brûlé une flamme, dont on aurait vu la lumière seulement en transparence. Son visage émacié, aux tempes dégarnies, au large front osseux que surmontaient des cheveux blanchissants, ne vivait que par le regard qui se posait sur chacun avec une attention, un respect, une joie grave, une bonté, inlassables. Parmi les chanoines de Notre-Dame, on disait de lui qu'il était trop détaché des choses de ce monde, trop mystique, ce qui lui nuisait auprès de certains.

— Voici un certain temps que nous ne nous sommes point vus.
Ce n'était pas un reproche, tout en lui était bienveillance.
— Pas depuis le mariage de Florie.
Il y eut un silence. Des oiseaux chantaient dans le jardin. Au loin, on percevait des rumeurs citadines.
— C'est justement à cause d'un événement qui s'est produit ce jour-là, que je viens vous voir, mon oncle, pour vous demander assistance. Ce n'est point de notre fille, ni de son époux, qu'il s'agit, mais d'un cousin de Philippe, un jeune pelletier venu d'Angers...
Il fallait tout dire, ne rien omettre, porter la lumière dans les coins les plus ténébreux, jusqu'aux tréfonds.
Accoudé à la table, le menton appuyé sur les deux pouces de ses mains accolées devant son visage, le chanoine écoutait. Quand Mathilde se tut, il demeura un moment sans bouger, sans lever les yeux, puis il croisa les bras et fixa son interlocutrice.
— Depuis longtemps, ma nièce, je craignais pour vous une rencontre de ce genre, dit-il enfin. Un jour ou l'autre, elle devait se produire. Vous ne pouvez pas ne pas sentir qu'une semblable épreuve est dans la ligne de celle qui vous est imposée depuis des années. Ce n'en est qu'une manifestation secondaire, un obstacle supplémentaire, en quelque sorte.
Il avait une voix basse mais douce qui rappelait à Mathilde celle de son père, comme, parfois, le discret sourire évoquait celui du disparu qui, pourtant, ne lui ressemblait qu'assez peu.
— Si Dieu vous tente ainsi, Mathilde, c'est qu'Il veut s'assurer de vos forces. Comment vous connaître sans vous éprouver ? Mais vous savez tout cela. Ce n'est pas une justification de vos déchirements que vous venez chercher, aujourd'hui, auprès de moi, j'imagine, mais une aide contre une tentation qui, cette fois, se montre très pressante... bien qu'elle soit sans espoir.
— Oui. Avant cette rencontre, il me semblait déjà, à certains moments, que je craquais de toutes parts, que je n'aurais jamais le courage de continuer à lutter sans fin contre moi-même. Maintenant, je sais qu'à la moindre tentative de séduction, je capitulerai, je sombrerai. L'autre soir, sur la place de la Grève, j'étais à la merci d'un geste, d'un appel. Rien n'aurait pu me retenir.
— Mais personne ne vous a appelée, Mathilde ! Celui qui vous

charme, n'est pas épris de vous. Ainsi que vous l'avez compris là est votre salut. Contrairement à ce que vous croyez, personne, si ce n'est lui, n'a le pouvoir de vous faire tomber, et lui, bien sûr, ne s'en servira pas. Dieu, qui sait votre faiblesse, ne vous exposera pas au-delà des limites acceptables. Il a voulu vous mettre face au péril, afin que vous le mesuriez, non pour vous y laisser choir.

— Ma route, à moi, sera donc, jusqu'au bout, celle de la chasteté !

— Sans doute. Dieu seul sait. Cependant, il nous est octroyé une sorte de sens mystérieux qui nous permet de deviner ce qui est attendu de chacun de nous. En bien comme en mal. Le péché, c'est de franchir un certain seuil, au-delà duquel nous abordons des régions qui ne nous étaient pas destinées et où, alors, nous nous perdons.

— Je suis si peu faite, mon oncle, pour le renoncement aux choses de la chair !

— Qu'en savez-vous ? Cette ardeur à vivre de la vie des sens ne peut-elle être transmuée en élan vers le Seul Amour ? Si Dieu vous demande de demeurer dans la continence auprès d'Étienne, n'est-ce point parce qu'Il veut vous utiliser à d'autres fins que charnelles ? Il est toute pureté. S'Il a choisi pour vous ce retour à l'innocence, c'est à la fois pour vous rapprocher de Lui et parce que la partie animale de notre être est celle qu'il faut discipliner, soumettre, dépasser.

— Je le sais bien, hélas !

— Pourquoi le regretter ? Il est des joies plus hautes que celles auxquelles vous aspirez. Comment pouvez-vous déplorer que ce soit vers elles que vous vous trouviez dirigée ?

— Parce que je suis encore tout enveloppée de mon vêtement de chair, de chair animale, et que je ne suis pas digne des projets que Dieu semble avoir pour moi.

— S'Il vous a choisie pour un tel accomplissement, c'est que vous pouvez y atteindre.

Le prêtre se pencha un peu plus vers sa nièce.

— L'amour que Notre Seigneur Jésus-Christ a prêché durant sa vie terrestre est bien autre chose que l'accouplement, même décoré de mille fleurs comme il l'est à présent dans nos romans de cheva- lerie et dans les règles de la Courtoisie. Il s'agit d'amour absolu, d'une communion d'âme et d'esprit, d'une tendresse universelle, qui nous rapprocherait de celle du Père, qui nous fondrait en une seule adoration, faite de toutes les affections épurées au feu du Seul Amour. Il faut dépasser la chair pour atteindre à une vie plus haute. Voyez, Mathilde, la Quête du Graal telle qu'elle nous est présentée dans le roman de *la Table ronde.* Qu'est-ce d'autre que la recherche de l'absolu divin par le moyen de la pureté absolue ? Tous les héros, par la faute de la chair, trébuchent sur la route qui leur est proposée. Tous. Sauf un. Galaad parvient seul au but, Galaad, le champion céleste, le chevalier immaculé. N'est-ce pas un merveilleux symbole ? Ne devriez-vous pas vous sentir exaltée à l'idée du chemin qui vous est désigné ? Celui de Galaad. Rappelez-vous qu'à la fin du roman il est dit : « En échange de la vie du corps et de la joie qui passe, tu recevras la vie de l'âme et la joie éternelle. » Y a-t-il plus admirable message ?

Devant cet homme qui brûlait et éclairait à la fois, comme la lampe dont l'Écriture dit qu'elle n'est pas allumée pour être mise sous le boisseau, Mathilde se sentait alourdie de honte.

— En moi tout est confusion, dit-elle. Comme saint Paul, je fais le mal que je ne veux pas faire et pas le bien que je veux faire.

— Nous en sommes tous là, ma fille, tous. Tiraillés, divisés, partagés, hésitants, aussi maladroits devant l'exigeant amour de Dieu que désarmés face aux sollicitations du prince de ce monde ! Notre Seigneur n'a-t-il pas proclamé, lui-même : « Je suis signe de contradiction ? » Pour le suivre, il faut renoncer à ce qu'il y a de plus évident en nous : nos instincts. Ce n'est simple pour personne. Vous savez combien de gens, y compris parmi les chrétiens sincères, n'y songent même pas, d'autres se récusent. Si vous pressentez que telle est, pour vous, la volonté de Dieu, vous devez trouver la force nécessaire. Ce n'est pas un passant, si séduisant qu'il soit, qui vous fera échouer.

Il se tut. Une grande tendresse atténuait le dépouillement de ses traits.

— Vous n'êtes pas seule, Mathilde, reprit-il, pour livrer le bon combat. Vous avez près de vous un compagnon aimant et sûr, une famille dont vous êtes la poutre maîtresse, des amis. Chacun d'eux, à sa manière, peut vous aider. L'immense affection que vous portez à vos enfants ne vous est-elle pas d'un grand secours ?

— A certains moments, elle me suffit entièrement.

— Vous voyez que c'est donc possible.

Il passa sur son visage une main où les veines saillaient comme des cordelettes bleuâtres.

— Bâtissez autour de votre faiblesse un donjon dont chaque pierre aura nom : Étienne, Arnauld, Bertrand, Florie, Clarence, Jeanne, Marie, Charlotte, Yolande, Perrine, Tiberge, et beaucoup d'autres, sans oublier Pierre Clutin.

Nouveau sourire, si semblable à celui de son frère.

— Vous avez, ma fille, de quoi élever contre la tentation une solide citadelle. Quand les attaques de l'ennemi seront trop impétueuses, retranchez-vous entre ses murs maçonnés d'amour. Ils résisteront à l'assaut. J'en suis certain.

Mathilde approuva.

— Près de vous, mon oncle, je retrouve la sagesse et la sérénité.

— Que Dieu vous maintienne en de telles dispositions, mon enfant, et qu'Il vous soutienne dans vos efforts.

Sur le front de sa nièce, agenouillée devant lui, Pierre Clutin fit le signe de la croix.

— Allez, Mathilde et restez en paix.

Dehors, bien que le temps fût gris, l'épouse de l'orfèvre se sentit joyeuse, réconfortée. En elle, la lumière avait été avivée, les tentations repoussées, le courage affermi.

Au sortir des calmes rues du cloître Notre-Dame, elle plongea, avec la fidèle Maroie qu'elle avait reprise au passage dans la cuisine du chanoine, au milieu de la foule et du bruit de la Cité. La pluie menaçait, le vent soulevait les voiles des femmes, les manteaux, les surcots, faisait voleter des brins de paille, des feuilles, et obligeait les boutiquiers à rentrer précipitamment leurs marchandises à l'intérieur. Peu importait à Mathilde qui était remplie d'allégresse.

— Vous allez à cette heure d'un pas de jeune fille, dame, remarqua Maroie.

— C'est que je suis débarrassée d'un lourd fardeau, ma mie, grâce à Dieu !

Comme il fallait passer devant le parvis de Notre-Dame pour se rendre place du marché Palu où elle avait à faire, Mathilde entra dans la belle cathédrale neuve où il y avait toujours beaucoup de monde, pour remercier le Seigneur de l'allégement qu'elle ressentait si vivement.

Quand elle en ressortit, quelques gouttes de pluie se mirent à tomber.

— Allons vite chez Aubri Louvet, dit-elle, nous y serons au sec.

Dans la boutique de l'apothicaire, une vieille femme achetait des boîtes d'électuaires, un jeune couple choisissait des sachets de cendal remplis d'aromates, et un enfant demandait des prunes de Damas. Une odeur de plantes séchées, de gingembre, de cannelle, de menthe, d'eucalyptus, épaississait l'air en évoquant la préparation d'onguents et de potions, de sirops ou de cataplasmes.

Ysabeau s'affairait. Un pilon à la main, son mari se penchait sur le contenu de deux grands mortiers de marbre.

— Je venais vous acheter quelques pots de cette confiture de roses blanches cuites dans du sucre blanc de Caïffa dont vous avez la spécialité, dit Mathilde. J'aurais également souhaité voir Gertrude.

— A cette heure, elle doit être chez elle, remarqua Ysabeau tout en prenant sur une étagère deux récipients en grès qui contenaient bien chacun deux livres de confitures, puis en les enveloppant d'un linge. Elle en a sûrement fini avec ses leçons.

Quelques instants plus tard, Gertrude descendait, un sourire de commande aux lèvres, mais avec on ne savait quelle vigilance, quelle défiance, au fond des yeux.

— Vous avez invité Clarence, et aussi Florie, à ce que je crois, dit Mathilde, à venir passer l'après-dîner de dimanche prochain dans votre petite maison des champs, non loin de Saint-Germain-des-Prés. Je tenais à vous en remercier, pour Clarence, du moins, qui s'y rendra assez tôt afin de ne pas rentrer après vêpres. Pour ce qui est de Florie, je ne sais si elle se décidera à y aller sans son mari. Tâchez donc de l'y inciter, dit-elle sans insister. Je venais seulement, en passant, vous assurer que Clarence ne vous fera pas défaut.

— Grand merci, chère dame.

Avoir invité Florie et sa sœur chez elle pour collationner était, de la part de Gertrude, signe d'un désir évident de rapprochement. On se voyait peu, on se recevait rarement entre les familles Louvet et Brunel, mais la fille d'Ysabeau tenait, c'était certain, à rendre la politesse après le dîner où elle avait été conviée rue des Bourdonnais. Rien de plus naturel. Tout en réglant ses achats, Mathilde se reprochait son manque de bienveillance à l'égard d'une parente dont la vie n'était guère drôle.

Maroie prit les pots enveloppés avec soin par Ysabeau et les deux femmes quittèrent la boutique.

Dehors, tombait une pluie légère qui mouillait assez peu. Par l'étroite rue de la Calandre, réservée aux piétons et aux cavaliers, puis par celle, plus large, de la Baillerie où circulaient charrettes et chariots à quatre roues, Mathilde et sa servante traversèrent l'île de la Cité. Les chaussées étaient bordées de hautes maisons à trois ou quatre étages, sur soubassement de pierre. Leurs façades de bois et de torchis étaient enduites de plâtre. Les passants s'y trouvaient à l'abri de l'averse grâce aux encorbellements et aux pignons coiffant les immeubles. Le mauvais temps, d'ailleurs, n'effarouchait pas la foule, toujours aussi dense, qui profitait de l'occasion pour s'attarder sous les auvents des boutiques où on lustrait et pressait le drap, aussi bien que devant celles où on vendait des tonneaux.

Sous les arches du Grand-Pont, chargé de maisons, tournaient, sans qu'on les vît, les roues des moulins dont le bruit se mêlait à celui de tous les badauds qui circulaient entre les échoppes élégantes et les ateliers ouverts aux chalands. Mathilde jeta en passant un regard à la boutique d'orfèvrerie qu'Étienne avait dû quitter depuis peu, mais ne s'y attarda pas.

A travers la cohue où piétons, cavaliers, ânes et mulets bâtés, troupeaux de moutons conduits aux nouvelles Halles, marchands ambulants, religieux, mendiants, baladins, se coudoyaient, s'interpellaient, s'arrêtaient pour bavarder, parmi les cris des jongleurs, les appels à la charité, les ordres lancés par les mariniers qui halaient le long de la Seine leurs barques chargées de vivres, à travers la presse de ces Parisiens agités et moqueurs dont elle acceptait les défauts parce qu'elle se trouvait chez elle au milieu d'eux, Mathilde gagna la rive droite.

Elle déboucha place du Grand-Châtelet. La forteresse construite une centaine d'années auparavant, dominait la berge de sa masse imposante. Sa façade étroite, à deux étages surmontés d'un cadran et d'un clocheton était ouverte au rez-de-chaussée sur une ruelle voûtée, dite rue Saint-Leufroy, qui conduisait à la rue de la Vannerie. Deux tours rondes la flanquaient. L'une d'elles avait un balcon circulaire d'où un veilleur de nuit surveillait, après le couvrefeu, l'entrée du Grand-Pont, les quais, la vaste place. Un mur épais, bordant la cour des prisons, conduisait au donjon encadré de trois tourelles et d'une grosse tour. Mathilde n'aimait guère ce bâtiment où se trouvaient les geôles des prévenus en instance de jugement. Sans s'attarder dans ces parages, elle tourna à gauche, longeant les bords de Seine vers le Port-Pépin, dans l'intention de retrouver un peu plus loin sa tranquille rue des Bourdonnais.

Elle se ravisa soudain.

— Il n'est pas encore bien tard, Maroie, dit-elle, j'ai le temps de passer voir grand-mère Margue avant le souper. Il y a longtemps que je ne suis allée la voir chez elle.

Entre elle et cette vieille femme au caractère difficile, subsistaient des relations équivoques. L'affection malmenée qu'elle continuait à lui porter se trouvait le plus souvent confrontée à des causes sans cesse renouvelées d'exaspération. A l'égard de son aïeule, Mathilde se trouvait partagée entre un très puissant sentiment de devoir, des instants de pitié, des retours de colère, des bouffées d'attendrissement, qui, tous, se juxtaposaient dans la confusion. Leurs deux natures se trouvaient à l'opposé l'une de l'autre, mais Margue Taillefer, qui se considérait, avec une naïveté désarmante, comme le modèle humain le plus réussi de son entourage, l'ignorait.

Faisant un crochet par la rue Pierre-à-Poisson, Mathilde traversa la petite place de l'Apport-Paris où se tenait, malgré la pluie, un modeste marché en plein vent, et prit la rue Saint-Denis.

Elle n'aimait guère cette artère commerçante, fourmillant d'animation, où le bruit et l'agitation étaient à leur comble, mais n'ignorait pas que sa grand-mère, qui y avait passé toute son existence, n'en partirait jamais. Enfant, d'abord, chez ses parents qui étaient joailliers, femme, ensuite, avec son époux, associé de son père. Homme doux et tranquille, Louis Taillefer avait su conserver auprès de son envahissante moitié, une indépendance d'esprit qui lui permettait de subir avec la même gentillesse souriante les assauts amoureux comme les fréquents emportements de Margue. On disait dans la famille qu'il s'était laissé aimer aussi bien qu'il s'était laissé dominer, sans jamais se livrer, en se prêtant seulement à toutes les sollicitations de celle dont il partageait la vie, avec une indifférence essentielle que sa femme n'avait en rien soupçonnée.

A présent, la maison n'était plus entretenue. Les gouttières fuyaient, l'escalier à vis qui menait au premier manquait de propreté.

La salle, de bonne taille, où flottait une odeur de corps mal lavé et de vieux vêtements, était encombrée de bahuts, de coffres, de vaisseliers, de sièges en trop grand nombre, et décorée de tapisseries usagées. Auprès d'une fenêtre ouverte sur la rue, grand-mère Margue se tenait dans un fauteuil à haut dossier, au milieu d'un véritable nid de coussins défoncés. Sa vue étant encore bonne, elle brodait une étole avec des fils d'or.

— Soyez la bienvenue, ma fille, dit-elle en tendant à Mathilde des joues demeurées roses et point trop ridées. Comment se portent votre mari ? Vos enfants ?

— Bien, Dieu merci. Vous-même, grand-mère, vous me semblez fort vaillante.

— Si ce n'était mes jambes qui me soutiennent difficilement, je n'aurais pas à me plaindre de l'âge. Mais cet inconvénient ne m'empêche pas, pour autant, de marcher : vous connaissez mon énergie !

Ses yeux brillaient de satisfaction. Chacun était informé autour d'elle du besoin qu'elle avait de se décerner sans cesse des louanges. Ayant sans doute, au fond de sa conscience, le sentiment qu'on ne l'estimait pas autant qu'elle l'aurait désiré, elle ne cessait de se donner ainsi en exemple à tout venant.

— Hier encore, mon herboriste, qui est venu m'apporter des simples pour mes tisanes, me disait : « Par ma foi, dame Margue, vous êtes extraordinaire ! Il n'y en a pas deux, à votre âge, pour montrer tant de volonté et de caractère ! »

Ce n'était pas un des moindres malaises de Mathilde en face de son aïeule que de constater combien elle aimait à prêter aux autres les appréciations flatteuses que lui inspirait sa propre personne. Son imagination, fort active quand il s'agissait d'elle, avait façonné au fil des ans un personnage valeureux, débordant de courage, presque héroïque, avec lequel elle s'identifiait, qu'elle admirait et défendait avec passion.

— Vous êtes certainement un beau modèle de vaillance, grand-mère, dit-elle, vaincue une fois encore par le besoin férocement enfantin que la vieille femme avait de se faire encenser.

D'expérience, elle savait qu'il était inutile, qu'il serait même cruel, si tant était qu'on pût jamais y parvenir, d'essayer d'amener Margue à des sentiments d'humilité. Cette difficile vertu lui était, de toute évidence, étrangère. Contre le mur de satisfaction et de suffisance élevé par son aïeule entre elle et le reste du monde, Mathilde s'était si souvent heurtée qu'elle avait renoncé depuis un certain temps déjà, à l'espoir d'y ouvrir une brèche.

— Ma fille, dit alors Margue Taillefer, que pensez-vous de ce jeune pelletier d'Angers qui fait la cour à Clarence ?

Avec un manque de clairvoyance qui ne l'empêchait pas de se targuer de la plus fine pénétration, la vieille femme avait coutume d'émettre ainsi des jugements presque toujours aussi définitifs qu'erronés. Une fois de plus, sa maladresse atteignait sa petite-fille de plein fouet. Se sentant rougir, Mathilde changea de place afin de se trouver à contre-jour.

— Je ne peux pas en dire grand-chose, déclara-t-elle sans trop mentir. Nous ne le voyons guère.

— Vous déplairait-il comme gendre ?

— Il a vingt-huit ans, notre fille quatorze. Je préférerais un prétendant qui n'ait pas le double de son âge.

— En tout cas, il m'agrée davantage que cette mauviette de Philippe qui n'est bon qu'à chanter et à rimer ! Ce ne sont pas là occupations sérieuses !

— C'est un garçon sensible, intelligent, qui adore Florie.

— Je ne comprends pas votre fille. A sa place, j'aurais dédaigné un si frêle damoiseau.

— Ils semblent pourtant fort bien s'entendre et se rendre mutuellement heureux.

— De mon temps, on préférait les hommes plus virils. Votre grand-père était aussi fort que beau.

— Vous avez eu de la chance, ma mère, voilà tout.

— Je dois reconnaître que peu de femmes peuvent se vanter d'avoir été aimées comme je le fus. Louis m'adorait. Voilà un homme que mon Louis ! reprit la vieille dame avec une gaillarde satisfaction. Nous ne chômions pas au lit, je vous prie de le croire !

— Tant mieux pour vous, ma mère, tant mieux pour vous.

Mathilde baissait les yeux. Elle ne parvenait pas à écouter ce genre de confidence sans un tressaillement intérieur de bête blessée qu'on frappe à l'endroit même d'une plaie toujours prête à saigner. Elle se retourna vers la fenêtre pour contempler la rue d'où des cris et des bruits fracassants jaillissaient de toutes parts.

— Les cloches ne vont pas tarder à sonner vêpres, dit-elle enfin. Il me faut rentrer à la maison pour le souper.

— Quand viendrez-vous dîner en ma compagnie ?

— Je ne sais pas, grand-mère. Je vais en parler à Étienne qui a, comme vous le savez, beaucoup de travail ces temps-ci. La saison des grandes foires arrive. Il part demain matin pour la Champagne. Bertrand l'accompagne à Provins. Ensuite ce sera, dès son retour, la foire du Lendit. Pendant toutes ces semaines, je vais me trouver seule pour m'occuper des deux boutiques et des ateliers. Je n'aurai pas une minute à moi. C'est tous les ans la même chose.

— Vous trouverez bien un dimanche...

Soudain, dans le regard qui changeait, il y avait de la détresse. Mathilde sentit en elle la pitié prendre la relève de la gêne. Il en était toujours ainsi.

— Nous arrangerons cela, grand-mère. Je vais vous laisser maintenant. Il me faut rentrer.

— A bientôt, ma fille.

En quittant la maison de son aïeule, Mathilde sentait lui peser aux épaules une partie du fardeau qu'imposait à Margue la vieillesse.

La pluie avait cessé, mais des nuages gorgés d'eau stagnaient encore au-dessus de Paris.

— Rentrons vite, Maroie. L'averse ne va pas tarder à reprendre.

Les deux femmes regagnèrent en se hâtant la demeure des Brunel. Comme toutes les fois où le portail clouté se refermait derrière elle, Mathilde, en se retrouvant chez elle, était frappée par l'impression de calme, d'équilibre, qui se dégageait de cet ensemble de bâtiments, de hauts toits, de pelouses, de fleurs. Après la traversée des rues, des ruelles, bruyantes, privées de verdure, son jardin si vert, si éclatant, lui semblait un havre de grâce. Dans sa fraîcheur originelle, la senteur de la terre mouillée, succédant aux relents de la ville, s'imposait avec plus d'intensité.

Le repas du soir était un moment important dans la vie de la famille Brunel. Installés dans la salle où flottait une odeur de viande rôtie et épicée, de pain grillé, de sauces aux herbes, Mathilde et Étienne aimaient à discuter avec leurs enfants. Florie partie, Jeanne et Marie couchées, ils restaient cinq de chaque côté de la table rectangulaire, à parler librement, à s'expliquer. C'était l'heure des conversations, des échanges d'idées, des discussions parfois animées, rarement emportées, entre gens liés par le sang, mais de génération différente. Jugeant essentiels ces moments d'échanges familiaux, chacun y apportait sa bonne foi, en dépit des divergences inéluctables d'opinion, de conception ou de goût. Les uns et les autres défendaient leur point de vue avec véhémence, mais sans hostilité.

En hiver, on se resserrait autour des flambeaux dont la lumière éclairait les visages de façon plus confidentielle, puis, le repas achevé, on se groupait autour du feu. Aux beaux jours, on soupait portes et fenêtres ouvertes afin de laisser pénétrer le plus de clarté possible, puis on achevait la soirée dans le jardin, assis dans l'herbe ou sur des bancs.

Ce soir-là, comme il pleuvait à nouveau, on ne sortit pas, on préféra demeurer dans la salle.

Ce fut au moment où l'on dégustait les fruits, pommes de l'automne précédent, conservées dans le fruitier, prunes séchées au soleil, noix, noisettes, figues et dattes, qu'Arnauld aborda un sujet qui devait le tracasser. Selon son habitude, il avait laissé les autres évoquer leur journée, décrire leurs préoccupations, leurs projets, avant d'élever la voix pour aborder ses propres soucis. Comme il détestait toute ostentation, c'était toujours d'un air paisible, comme sans y attacher d'importance, qu'il traitait les sujets les plus inattendus ou les plus déroutants.

— Je ne sais ce qu'est devenu Artus, dit-il en cassant une noix entre ses paumes. Il a disparu depuis une bonne semaine.

— Comme cela, disparu ?

— Il ne suit donc plus les cours de maître Albert ?

— Non seulement il ne les suit plus, en effet, mais il ne fréquente plus l'Université et ne semble plus loger au château Vauvert.

— Votre ami Gunvald Olofsson doit bien savoir ce qu'il en est.

— Pas du tout. Il m'en parlait ce matin même pour s'étonner de cette absence.

— On ne s'envole pas sans laisser de trace, voyons ! surtout avant la fin des cours.

— Il est peut-être malade ?

— Nous le saurions. Les nouvelles circulent vite par les ruelles de la montagne Sainte-Geneviève.

— N'a-t-il averti personne ?

— Pas que je sache.

Étienne Brumel eut un geste de soulagement.

— J'appellerais plutôt cet escamotage une bonne nouvelle ! dit-il en redressant le buste qu'il tenait assez souvent penché, comme sous le poids des jours, ouf ! Vous m'en voyez tout consolé ! Je suis fâché de vous le dire, mon fils, mais cet Artus ne me plaît pas le moins du monde. La manière inqualifiable dont il a agressé, chacune à leur tour, vos sœurs cadettes n'a, certes, pas aidé à me le rendre plus sympathique ! Son éloignement me rassure plus qu'il ne m'afflige !

— Je sais, mon père, ce que vous en pensez, mais, si je comprends vos raisons, souffrez que je ne les partage pas.

L'étudiant but un verre de vin avec lenteur, en réfléchissant.

— Ce qui me surprend, ce n'est pas qu'il ait fait une fugue. Il n'en est plus à une près ! Les clercs vagants de son espèce sont gens de passage qui ne suivent que leur fantaisie, s'éloignant quelque temps pour revenir à l'improviste. Non, ce n'est pas qu'il s'en soit allé, c'est qu'il ait choisi pour le faire un moment où nous avions, lui et moi, pas mal de choses à régler ensemble.

— Je ne suis pas certain, mon fils, dit maître Brunel, qu'il puisse jamais fournir à ses actes, même s'il réapparaît sans tarder, des excuses qui vous satisfassent. Je ne vois pas quelle cause, autre que l'ivrognerie et la lubricité, il pourrait avancer.

— C'est, justement, pour en être informé que je tiens à lui en parler, mon père !

Le repas était achevé. On récita les grâces.

Étienne alla sur le pas de la porte regarder tomber la pluie sur son jardin.

— C'est un bon temps pour les pelouses et les légumes, constata-t-il. Les printemps pluvieux sont bénis des jardiniers.

— Faisons-nous une partie de tric-trac, mon ami ? demanda Mathilde.

— Si vous y tenez, mon cœur, faisons-en une, mais qu'elle soit courte. Je me lève demain à l'aube pour prendre la route de Provins en compagnie de Bertrand. Il nous faut à tous deux, avant de partir, une bonne nuit de repos.

— Espérons qu'en votre absence tout se passera bien céans.

— Êtes-vous donc inquiète, ma mie ?

— Pas vraiment.

— Arnauld demeure près de vous.

— Heureusement ! dit Mathilde en adressant un chaud sourire à son fils aîné, heureusement qu'il ne s'en va pas, lui ! La maison resterait sans homme.

— Vous avez nos gens.

— Bien sûr. Mais il leur faut un maître.

— Que voulez-vous donc qu'il advienne ?

— Je ne sais.

Mathilde haussa les épaules.

— Ce doit être ce temps orageux, admit-elle avec un soupir. Voyez-vous, mon ami, je ne suis pas comme votre jardinier : en dépit de mon intérêt pour nos plantations, la pluie m'attriste toujours un peu. Ce soir, le mauvais temps me donne de sombres pensées. Ce n'est rien, elles se dissiperont quand le soleil reviendra.

Pour éviter de donner à son mari de nouvelles causes de tourment la veille de son départ, Mathilde, qui avait l'habitude à présent de ces feintes, se força à sourire, à paraître gaie le reste de la soirée. Mais l'allégresse qu'elle avait ressentie après sa conversation avec le chanoine s'était envolée. Il ne lui en restait que le souvenir et la volonté d'en prolonger les effets.

V

Traversant la cour pavée qui précédait sa maison, rue de la Harpe, Yehel ben Joseph raccompagnait Guillaume, venu prendre congé de lui. Les deux hommes marchaient lentement.

— Il me faut six jours pour me rendre à Angers, disait le jeune pelletier, une quinzaine pour régler mes affaires, mettre au courant l'homme de confiance qui va les gérer désormais, louer la propriété de mon père, prendre congé de mes amis, puis, de nouveau, six jours encore pour regagner Paris.

— Au total, un bon mois.

— Certainement. Je ne serai pas de retour avant la fin de juin.

— Je vous souhaite une route sans encombre, mon ami, et que tout s'arrange en Anjou selon vos désirs. Permettez-moi, en plus au nom d'une amitié vigilante, d'ajouter que j'aimerais vous voir revenir avec une humeur plus souriante, moins morose, telle qu'elle était avant ce séjour actuel. Vous avez changé, ces derniers temps, Guillaume ; aussi ne soyez pas surpris, ni choqué, que l'ami de votre père s'en soucie à la place de celui qui n'est plus.

Le maître de l'École talmudique de Paris avait près de cinquante ans. Parvenu à cet âge de la maturité où, après avoir agi, pensé, aimé, vécu, travaillé un peu au jugé, comme on le fait pendant la jeunesse, on parvient enfin au moment où il devient possible de dégager le sens des événements, d'en soupeser les fruits, d'en méditer les enseignements, il ajoutait encore à cet héritage de la vie, le poids d'une culture considérable, de ses recherches de savant, de philosophe, de penseur, de croyant. Auprès de tous les clercs, de tous les érudits de la chrétienté, sa renommée était fort grande. Guillaume ne demeurait pas insensible à un tel prestige. Il vénérait celui qui avait assumé à son égard, depuis qu'il était devenu orphelin, le rôle de conseiller, de soutien, avec la plus subtile finesse, l'affection la plus avisée.

— Je me doute bien que la tristesse qui m'habite, les tourments dont je suis la proie, ne vous ont point échappé, sire Vives, dit-il sans chercher à nier l'évidence. Je sais aussi que vous ne me poserez pas de question. Soyez remercié de votre pénétration comme de votre discrétion. La cause du changement qui vous a frappé doit demeurer inconnue de tous, même de vous. Sachez seulement que, s'il est une personne à laquelle j'ai été tenté de parler, c'est bien à vous, à vous seul. Hélas, je ne le puis. Il y a là une question d'honneur impossible à transgresser.

Yehel ben Joseph approuva de la tête, qu'il avait puissamment modelée, pareille à celle d'un sage de l'Ancien Testament.

— Les raisons de votre transformation, bien qu'aisées à deviner, ne me regardent en rien, Guillaume, reprit-il. En revanche, leurs effets me préoccupent. Croyant bien vous connaître, estimant vos qualités, qui sont solides, à leur juste prix, je n'en mesure pas moins vos faiblesses. Vous êtes orgueilleux, Guillaume, possessif, capable de violence pour assouvir vos désirs, mais également sensible à l'excès, démuni devant vos penchants, mené par eux. Pardonnez-moi une telle franchise, mais elle est justifiée par l'attention que je vous porte, par les craintes que vous m'inspirez, mon ami. Je vous juge donc vulnérable. Ces constatations m'amènent à vous dire ceci : que puis-je pour vous ?

— Rien, hélas, sire Vives, absolument rien.

Yehel ben Joseph avait croisé les bras, enfouissant ses mains dans les larges manches de sa robe de velours noir sur laquelle se détachait le dessin de la roue jaune, marque distinctive de sa race, comme aurait pu l'être, sous un autre signe désignant certaines catégories sociales, celle d'une corporation ou bien d'une confrérie. Sa barbe, à peine filetée de blanc, s'étalait sur sa poitrine. Il considérait son jeune compagnon avec une attention nuancée de la compréhension intuitive, comme blessée, de ceux qui n'ont jamais totalement fini de souffrir.

— La tendresse que je ressens pour vous est trop réelle pour accepter de demeurer inactive, dit-il avec une sympathie dans le ton qui accentuait encore celle de l'expression. Je continue à vous offrir comme vôtres, mon toit, ma protection. Dans un avenir proche ou lointain, il se peut que vous ayez besoin de l'un ou de l'autre, peut-être les deux. Disposez-en en toute liberté. Voici ce que je tenais à vous dire.

— Je sais que je puis compter sur vous sans aucune restriction, sire Vives, répondit Guillaume, touché par la qualité d'une telle amitié. Soyez-en mille fois remercié. Je vous promets de m'en souvenir et de vous alerter si j'ai besoin d'aide au sujet de ce qui m'occupe à présent, ou de tout autre chose.

Les deux hommes se donnèrent l'accolade.

— En selle, Yvon, en selle !

Sous la garde du valet qui allait accompagner Guillaume en Anjou, deux chevaux, attachés à un anneau scellé dans le mur, attendaient le bon vouloir de leur maître.

— Avant de nous engager sur la route d'Angers, nous allons passer chez mon cousin, afin de prendre congé de lui et de son épouse, annonça le jeune homme.

Sans prendre garde à la foule des étudiants qui circulaient autour d'eux, les deux cavaliers descendirent la rue de la Harpe. Comme ils parvenaient rue aux Écrivains, non loin de la maison où ils se rendaient, Guillaume s'entendit appeler. Se retournant sur sa selle, il vit, au milieu des passants, une servante de la famille Brunel qu'il connaissait pour être la nourrice de Florie. Rouge, essoufflée, sa coiffe en bataille, la grosse femme tentait de parvenir jusqu'à lui.

— Par tous les saints ! il se passe quelque chose d'insolite, Yvon. Va me quérir cette matrone, aide-la à approcher.

Grâce à l'entremise du valet qui lui fraya un passage dans la cohue, Perrine fut bientôt à côté de Guillaume.

— Messire, messire, dit-elle tandis que des sanglots agitaient sa lourde poitrine, venez au secours de mes petites demoiselles ! Je vous en supplie ! Venez, vous, puisque messire Philippe est absent !

Sa détresse était si visible que Guillaume comprit aussitôt que Florie devait être en danger.

— Par Notre-Dame ! qu'y a-t-il ? demanda-t-il en se penchant vers la femme dont la face ronde et rougie de sueur grimaçait de chagrin.

— Elles sont perdues, gémit-elle, perdues ! Des goliards se sont emparés d'elles... Ils les emmènent au château Vauvert !

Les pleurs de la nourrice redoublaient, sa voix s'étranglait.

— Pour l'amour de Dieu, cessez de pleurer ! Expliquez-vous. Où sont ces ravisseurs ?

Tout en hoquetant, elle expliqua :

— Sur le Grand-Chemin-Herbu, qui va à Vaugirard, entre le bourg de Saint-Germain et le château Vauvert. C'est, du moins, là que je les ai laissés quand je me suis ensauvée !

Guillaume connaissait la petite vallée boisée, verdoyante, que traversait un chemin au-delà de la porte Saint-Michel. Peu de monde y passait. Il n'ignorait pas non plus la réputation du vieux castel.

— Que diable faisaient-elles là ?

— Elles revenaient de chez la fille de maîtresse Louvet qui les avait invitées à une collation dans sa petite maison des champs. Comme il se faisait tard, elles marchaient devant moi d'un pas vif.

Je m'étais laissé distancer à cause de mes mauvaises jambes... et je me trouvais assez loin derrière elles quand une troupe d'hommes éméchés a surgi d'on ne sait où, interpellant mes jeunes maîtresses et leur faisant des propositions déshonnêtes. Comme ils ne m'avaient pas remarquée, cachée que j'étais par un tournant du chemin, j'ai pu les écouter, comprendre leurs intentions et m'échapper pour venir ici chercher de l'aide.

— Et mon cousin n'est pas chez lui ?

— Sûrement pas ! S'il avait été libre de quitter le Palais où notre dame la reine l'a convoqué ce tantôt, il serait venu au-devant de nous, pour que nous ne rentrions pas seules.

— Par saint Jean, galopons ! Il n'y a pas de temps à perdre !

Malgré les coups de sifflets, les claquements de doigts, les interjections d'Yvon, qui avait vingt ans, une voix de stentor, un certain goût pour la bagarre et une force de jeune paysan, les chevaux n'avançaient que péniblement le long de la grand-rue Saint-Jacques, encombrée, en dépit de sa largeur d'ancienne voie romaine, par une multitude de voitures, de cavaliers et de promeneurs. Parvenus à la porte Saint-Michel par la rue du Palais-des-Thermes, les deux hommes s'y engouffrèrent et franchirent le fossé au galop. Ils obliquèrent alors vers le sud-ouest, par le chemin de Vanves, pour gagner les abords du château Vauvert.

Guillaume, qui n'était plus qu'angoisse, avait pensé que les goliards devaient déjà se trouver tout près de leur repaire. Penché sur l'encolure de son cheval, il scrutait les bouquets d'arbres, les taillis, les buissons où l'on pouvait se dissimuler. La nature exubérante de la petite vallée lui paraissait soudain hostile. Elle méritait bien son nom de « val vert ». Tout y était touffu, feuillu, impénétrable.

Venu d'ouest, un vent froid soufflait sur les bois. Des nuages assombrissaient le ciel de mai, attristant la grâce fragile du printemps. Peu de monde passait sur la route. Les rares promeneurs de ce dimanche maussade s'étaient portés vers les rives de la Seine où étaient organisées des joutes nautiques. Quand les deux hommes quittèrent la chaussée pour prendre le chemin de Vauvert, ils se retrouvèrent seuls. Personne n'osait plus s'y risquer.

Tout d'un coup, ils entendirent des cris, des appels, le bruit d'un engagement proche. Poussant leurs chevaux, ils parvinrent sans tarder sous les murailles, percées en cet endroit d'une porte fortifiée, qui défendaient l'accès de l'antique domaine.

Devant ce portail, en une mêlée hurlante, un groupe d'étudiants affrontaient des goliards. Il était difficile de discerner les raisons d'un combat aussi rude entre des confrères en science aussi bien qu'en débauche, tant qu'on n'avait pas repéré, au centre de ce tourbillon, une sorte de bastion constitué par un colosse se battant d'un

seul bras contre des assaillants qui tentaient de lui arracher le fardeau qu'il portait de l'autre : une jeune fille inanimée dont les cheveux pâles pendaient jusqu'au sol. Une dizaine de goliards l'entouraient, qui gardaient de leur côté une autre jeune femme qui se
débattait avec vigueur.

Florie ! Guillaume ne vit qu'elle. Sans plus chercher à comprendre, il sauta de cheval, s'élança, suivi d'Yvon, au secours de
ceux qui assaillaient les ravisseurs. Alors seulement, il distingua,
non loin de lui, un garçon maigre et roux, qui n'était autre que Gunvald. Un peu plus loin, menant l'assaut, se démenant comme un
enragé, il reconnut Rutebeuf.

L'arrivée de ce renfort inespéré, salué par des hurlements de joie,
décida de la victoire. Aux cris de « Mort aux félons ! » la troupe de
Rutebeuf, se voyant accrue, se rua avec une vigueur renouvelée
contre les hommes d'Artus. A coups de poings, de bâtons, la dague
ou le poignard à la main, chacun s'évertuait.

Guillaume, rendu furieux, les forces décuplées par la rage qui
s'était emparée de lui en apercevant Florie, les vêtements déchirés,
les cheveux épars, tenue avec rudesse par un goliard contre lequel elle
luttait en vain, Guillaume, dont l'amour refoulé trouvait enfin le
moyen de se manifester, Guillaume qui se sentait soudain en droit
de se battre pour sa dame, était plus redoutable à lui tout seul que
tous les autres, moins directement concernés. Frappant de tous
côtés avec son poignard, se protégeant du bras gauche autour
duquel il avait enroulé son manteau, se frayant un chemin, tel un
sanglier, droit devant lui, ignorant le danger, mené par une pensée
unique, il avançait sans que personne pût entraver sa marche.

L'homme qui tenait Florie tenta de s'opposer à cette force
déchaînée : il se retrouva par terre, transpercé d'un coup droit, du
sang plein la bouche.

— Venez, Florie, venez !

Saisie, soulevée, serrée, par des bras puissants, la jeune femme
fut, en peu de temps, arrachée à la mêlée.

Reculant jusqu'à l'abri d'un coudrier sous les branches duquel il
s'immobilisa, pressant toujours contre lui ce corps dont une telle
faim le possédait, Guillaume tremblait autant de fièvre amoureuse
que d'excitation combative. Il tenait à sa merci, livrée, sauvée par
lui, celle dont l'amour le hantait. En dépit de ce qu'il s'était juré, en
dépit de la loi de silence que l'honneur lui imposait, en dépit de sa
parenté avec Philippe, des liens de famille qu'il allait lui falloir
transgresser, il sut qu'il n'était plus en mesure de se maîtriser.

Entre ses bras, Florie, qui sentait, tout proche, battre à coups violents le cœur de son sauveur, lui offrait bien malgré elle le désordre
de sa tenue, ses seins visibles à travers les déchirures de son surcot,

l'odeur de sa peau mise à nu, la profusion de ses cheveux dénoués, un visage en feu, des yeux où peur, colère, reconnaissance, faiblesse, mettaient des étincelles.

— Belle amie, dit-il en lui donnant enfin tout haut le nom dont il la nommait tout bas, belle amie, sachez-le : je vous aime !

Florie vit la tête de Guillaume s'incliner vers elle, sentit les lèvres du jeune homme toucher les siennes, les entrouvrir, les incendier d'un baiser comme elle n'en avait jamais reçu.

Ce fut comme si un brasier, allumé par Guillaume, se propageait à travers tout son corps.

Un peu plus tôt, elle avait résisté avec énergie aux avances des goliards, elle avait combattu autant qu'il était en son pouvoir ceux qui, plus forts qu'elle, étaient parvenus à l'entraîner sans en obtenir le moindre avantage, mais, à présent, l'intensité d'une sensation où sauvagerie et caresse fusionnaient si intimement, l'éprouvant plus que la peur, l'anéantit. Elle était à bout de forces et s'évanouit sous la bouche qui la dévorait.

Guillaume releva un visage de somnambule, considérant sans la voir la lutte qui se terminait à quelques toises de l'endroit où il se trouvait avec Florie.

Artus le Noir avait disparu, entraînant dans sa retraite Clarence qu'il n'avait pas lâchée. A l'abri de ses compagnons qui lui avaient fait un rempart de leur complicité, il avait pu franchir la porte fortifiée. Seuls devant elle, quelques-uns d'entre eux se battaient encore contre Rutebeuf, Gunvald et leurs amis. Yvon, qui avait continué, après la retraite de son maître, à distribuer de solides horions, voyant que les derniers compères d'Artus s'engouffraient à leur tour derrière lui sous le portail qu'ils cherchaient à clore sur eux malgré les efforts que faisaient leurs adversaires pour les en empêcher, abandonna le combat. Il s'en vint vers Guillaume.

Rutebeuf, qui avait vu le lourd vantail de fer se refermer devant lui sans pouvoir s'y opposer, s'approchait à son tour. Il était suivi de quelques étudiants plus ou moins meurtris par la lutte. Un certain nombre de blessés, dont quelques-uns gémissaient, demeuraient étendus sur le terrain. Une odeur de sang, de terre piétinée, montait du sol.

— Vous avez réussi à sauver une des victimes de ces forcenés, dit-il à Guillaume qui venait d'étendre Florie sur l'herbe du talus et qui demeurait penché sur elle, c'est déjà un résultat, mais sa sœur demeure prisonnière d'Artus. Il faut, de toute urgence, intervenir pendant qu'il en est encore temps.

— Nous sommes en trop petit nombre pour avoir la moindre chance de prendre d'assaut cette forteresse, dit le jeune pelletier avec lassitude. Nous devons aller à Paris demander du renfort.

Florie ouvrit alors les yeux. Elle regarda autour d'elle non sans inquiétude, se redressa, vit Guillaume, rougit violemment, baissa la tête. Ses cheveux, qui n'étaient plus retenus, glissèrent comme un voile blond le long de ses joues.

— Il n'y a plus à avoir peur, dame, vous êtes sauvée, dit Rutebeuf qui se méprenait sur les causes de son émotion, tout en s'inclinant devant elle. Vos tourmenteurs s'en sont allés au diable ! Qu'ils y restent !

— Sans vous, messire, nous étions perdues, dit la jeune femme. Soyez béni.

— Comment vous êtes-vous trouvé mêlé à tout ceci ? demanda Guillaume. Je ne m'attendais pas à vous trouver sur place.

— Nous avions reconduit jusqu'à Vauvert, où il loge, un clerc vagant de nos amis, brave garçon toujours entre deux vins, mais point méchant, qui était venu rimer avec nous au cabaret du « Cochon de Lait », rue des Noyers, expliqua le poète. Nous venions de le laisser allongé sur son lit, dormant et ronflant à plaisir, et nous franchissions cette damnée porte, quand nous avons vu arriver une troupe commandée par Artus. Au milieu des goliards une femme se débattait. Une autre, privée de connaissance, était portée par leur chef. Nous les avons interpellés. Ils nous ont envoyés paître ! La dispute s'est envenimée quand nous avons voulu délivrer les captives que j'avais reconnues et nommées. Il a fallu en venir aux mains. Sans votre intervention, je ne sais qui l'aurait emporté.

— Où est Clarence ? dit Florie qui croyait sa sœur délivrée comme elle.

— Hélas, elle est demeurée au pouvoir d'Artus et nous sommes trop peu pour investir le château Vauvert.

— Vous voulez dire qu'elle se trouve à présent entre ces murs ? Livrée à ces criminels ?

Indignée, la jeune femme se relevait, mettait avec nervosité de l'ordre dans ses vêtements, relevait ses cheveux d'une main tâtonnante.

— Comment pouvez-vous l'y laisser, cria-t-elle, l'abandonner à ces vauriens ! Vous devez tout faire pour la délivrer au plus vite !

— Le domaine de Vauvert est protégé par des défenses aussi importantes que celles d'une citadelle, dit Guillaume. Il ne peut être question d'y pénétrer comme dans un moulin. Si nous voulons avoir quelques chances de succès, nous sommes dans l'obligation de retourner à Paris chercher des hommes d'armes pour revenir avec eux prendre d'assaut le château.

— Ce sera beaucoup trop long, s'écria Florie avec agitation, beaucoup trop !

— Il n'y a pas d'autre possibilité, répéta Guillaume avec fermeté.

Voyez vous-même : nous sommes six, à présent, et dans quel état !

Il désignait les compagnons de Rutebeuf, regroupés autour du poète. Pauvre troupe estropiée, meurtrie, aux vêtements déchirés, tachés de sang.

— Deux de mes amis sont assez sérieusement touchés et ont besoin de pansements, ajouta l'ami d'Arnauld. Ils sont allongés là-bas, dans l'herbe, sous la surveillance de Gunvald qui semble avoir quelques lumières en médecine. Les autres sont tous plus ou moins abîmés, ainsi que vous pouvez le constater, dame, et hors d'état de reprendre le combat. Je suis également en piteux état !

Blessé à l'épaule et à la cuisse, il avait déchiré un pan de son manteau pour se confectionner des bandages qui empêchaient son sang de couler.

— Si nous voulons agir aussi vite que possible, voici, à mon avis, ce qu'il nous faut faire, affirma Guillaume avec d'autant plus d'assurance que Florie semblait s'en remettre à lui du soin de décider. Seuls à avoir des chevaux, Yvon et moi allons regagner Paris. Comme vous ne pouvez demeurer ici, nous vous emmènerons avec nous, ma cousine. Sitôt arrivés, nous alerterons les sergents du guet et reviendrons avec eux sans tarder. Pendant ce temps, vous soignerez vos blessés, Rutebeuf, et nous attendrez en vous assurant que personne ne sort d'ici. Nous serons vite de retour.

Yvon s'approchait avec les chevaux. Guillaume sauta en selle, se pencha pour aider Florie, qui détourna la tête, à monter en croupe derrière lui. Ils s'éloignèrent tout de suite.

— Tenez-moi bien, belle amie, ne craignez point de me serrer fort, nous allons galoper bon train, dit le jeune pelletier à sa compagne sans élever la voix afin de n'être entendu que d'elle seule. Que ne puis-je vous emporter ainsi au plus profond des bois où Tristan se réfugia avec Yseult !

Il éperonna son cheval qui prit le galop.

Les bras passés autour de la taille de cet homme qui venait de rompre si délibérément pour elle les liens d'honneur et de parenté qui auraient dû, parce qu'ils étaient sacrés, faire à jamais obstacle entre eux, Florie était en proie à l'affolement. Tout en elle se révoltait. Son époux, sa sœur, seraient-ils donc les victimes de sa faiblesse ? Allaient-ils se voir déshonorés par elle en qui ils avaient la plus tendre confiance ? Quelle démence la tenait ?

Elle ne remarqua rien du trajet parcouru par le cheval qui les emportait, Guillaume et elle, vers un destin qu'elle se refusait à imaginer tant il lui faisait horreur. Cependant, en dépit de sa volonté, elle respirait, senteur forte de cuir, de sueur, mêlée à celle d'un parfum qu'elle ne connaissait pas, l'odeur même de celui qui s'était tout d'un coup imposé à ses sens avec tant de fougue, l'odeur qui l'avait enveloppée quand il la tenait contre lui, dans l'échauffement du combat, dans l'enlacement qui avait suivi. Perçus en de telles circonstances, les effluves de ce corps lui demeureraient à jamais identifiables.

Sur ses joues, coulaient des larmes qu'elle versait en songeant au sort de Clarence, à celui de Philippe, au sien propre, tandis que son sang battait au rythme du galop qui les emportait tous deux, étroitement serrés, unis, quoiqu'elle en eût, par le même désir forcené, mais séparés, pour un temps, par un commun sentiment du bien et du mal, de l'honneur, des devoirs sacrés, par le respect révérenciel qu'ils vouaient l'un comme l'autre au sacrement du mariage.

Ils franchirent à vive allure la porte Saint-Michel. Le soir s'annonçait. A cause de l'heure et du mauvais temps, il y avait moins de monde dans les rues.

Guillaume se retourna sur sa selle.

— Je vous conduis d'abord chez vous, ma douce amour, dit-il, et sa joue où la barbe commençait à repousser avec la vigueur des pigmentations brunes, râpa le front de Florie qui frissonna, puis je vais alerter les sergents du guet. Quoi qu'il arrive, à présent, plus rien ne sera jamais comme avant. Vous le savez comme moi. Les instants que nous venons de vivre ont transformé nos relations, renversé les barrières, révélé nos natures véritables. Nous avons plus appris l'un sur l'autre en quelques minutes qu'en un mois.

— Taisez-vous, taisez-vous ! Pour l'amour de Dieu !

Les tours de Saint-Séverin étaient en vue. Guillaume immobilisa son cheval. Il prit dans une des siennes les mains de Florie, qui tremblaient, cramponnées à sa ceinture, et les serra contre sa poitrine.

— Que vous le vouliez ou non, belle amie, nous voici liés, à partir de ce jour, par une puissance plus forte que tout ce qui nous sépare et que je n'ignore pas, mais dont je sais aussi que nous serons obligés de passer outre. Il y a en vous, il y a en moi, un besoin dévorant, une attirance passionnée, qui nous emporteront, fatalement dans le même tourbillon !

Florie dégagea ses doigts, se raidit, tenta de regrouper ses défenses.

— Je suis l'épouse de Philippe, votre parent, répéta-t-elle avec désespoir. Malgré ce que vous pouvez croire, j'aime mon mari et suis décidée à lui demeurer fidèle. Tout le reste est mensonge. Je ne veux plus jamais en entendre parler.

— Soyez rassurée, ma Florie, je n'aurai plus à vous en entretenir : le feu est en vous. De mon cœur, où il flambait depuis que je vous avais vue, le jour de vos noces, il est passé dans le vôtre. Il ne s'éteindra qu'avec nos deux vies.

Une sorte de joie sauvage vibrait dans ses paroles. Il fit repartir sa monture.

Quelques minutes après, ils parvenaient rue aux Écrivains. Devant la demeure de Béraude Thomassin, le cheval s'arrêta. Florie se laissa glisser jusqu'au sol sans que Guillaume fasse un geste pour la retenir. Elle s'engouffra dans la maison. Il repartit aussitôt.

Ensuite, ce ne fut plus qu'angoisse et agitation.

VI

Pendant les beaux jours de l'été, après qu'il avait entendu la première messe, Louis IX aimait à rendre la justice en plein air, dans le
jardin de son palais de la Cité. Ce matin-là, le soleil luisant de nouveau sur Paris après plusieurs jours de grisaille, le roi avait décidé,
selon la coutume qui lui était chère, de juger simplement ceux de ses
sujets qui souhaitaient son arbitrage.

On avait étendu sur le sol un tapis pour lui et ses conseillers.
Entouré des pairs du royaume, de légistes en renom, le roi, accoté
au tronc d'un arbre, écoutait tous ceux qui, accourus pour lui soumettre leurs requêtes, se tenaient debout autour de lui.

On lui parlait librement, sans empêchement, sans intermédiaire.
Il avait demandé à haute et claire voix s'il y avait des assistants qui
avaient à se plaindre de quelqu'un. On lui avait répondu. Puis il
avait écouté chacun avec attention et respect.

Vêtu d'une cotte de camelot, d'un surcot de tiretaine sans
manches, un manteau de cendal noir sur les épaules, ses cheveux mi-
longs soigneusement peignés et coiffés d'un chapeau de paon blanc,
le roi, dont la renommée d'équité, d'impartialité, de loyauté, de dis-
cernement, était déjà fort grande en dépit de ses trente-deux ans,
montrait sur un visage aux traits harmonieux, une gravité attentive,
réfléchie. On le savait ferme sans dureté, bon sans faiblesse, juste
sans parti pris, mais conscient de la majesté royale et du rôle que
Dieu lui avait réservé : celui d'oint du Seigneur. Beaucoup l'aimaient, tous le respectaient.

Messires Pierre de Fontaines et Geoffroy de Villette l'assistaient
de leur compétence de juristes qualifiés.

Le roi venait de juger le cas d'un petit chevalier de l'Ile-de-France
qui, de son propre chef, avait retenu en otages les fils d'un de ses
créanciers — ce qui lui avait valu d'être condamné à aller lui-même

en prison méditer sur l'égalité des droits de tous à la justice — quand il se fit du bruit du côté d'une des portes du jardin.

Foulant à pas rapides l'herbe de la pelouse, une femme encore jeune, au visage animé de douleur, d'indignation, s'avançait vers le cercle entourant le souverain. Un homme corpulent la suivait de près. Il s'approcha sans hésiter de messire Geoffroy de Villette, qu'il semblait connaître, pour lui parler à mi-voix. L'entretien fut bref. L'éminent légiste eut un geste de compassion envers la femme qu'il salua, puis, se tournant vers le roi, il s'inclina avant de prendre la parole.

— Sire, dit-il, mon ami, messire Nicolas Ripault, maître drapier en votre ville, vous conjure d'entendre la plainte de dame Mathilde Brunel, épouse d'Étienne Brunel, maître orfèvre sur la place et qui, en ce moment, est absent de Paris. Elle vient vous demander justice.

On s'était tu devant les marques de chagrin que donnait la nouvelle venue.

— Dame, je vous écoute, dit le roi.

Mathilde s'avança de quelques pas, fit la révérence. Sous la coiffure de lingerie, ses yeux cernés, creusés, rougis, contenaient à présent plus d'indignation que de larmes.

— Sire, dit-elle d'une voix enrouée, je viens vous requérir de châtier des goliards du château Vauvert qui ont, hier au soir, attaqué, malmené, enlevé, puis outragé mes deux filles aînées !

Louis IX fronça les sourcils. Son entourage s'émut.

— Comment ! s'exclama le roi, comment ! Ce sont donc elles les malheureuses victimes que les gardes du guet sont allés rechercher à Vauvert, au prix d'un véritable combat ? Dès mon réveil, on m'a informé de cet engagement, mais alors, personne ne paraissait connaître l'identité de la femme agressée. Il semblait qu'il n'y en eût qu'une.

— Il est vrai, sire. La plus âgée, que vous connaissez sans doute, car elle fait partie des trouvères de notre dame la reine...

— Ne serait-ce pas cette Florie qui s'est mariée voici peu ?

— C'est elle-même, sire. Eh bien ! Florie, donc, a pu échapper à la troupe des vauriens qui l'avaient capturée avec sa sœur cadette au sortir d'une maison amie, située près du bourg de Saint-Germain, où elles s'étaient rendues toutes deux pour collationner. Mon autre fille, en revanche, n'a pu en faire autant. Enlevée de force, en dépit d'une lutte menée pour les délivrer par des étudiants qui les connaissaient comme d'honnêtes demoiselles, elle a été séquestrée, blessée, violentée, cette nuit, au château Vauvert. Vos sergents, alertés, se sont rendus sur place aussi vite qu'ils l'ont pu... Il leur a fallu mener un véritable assaut contre les anciennes fortifications qui ceignent encore le domaine occupé par les goliards et que ceux-ci défendaient comme des forcenés. Après une action qui fut longue, on put enfin pénétrer à l'intérieur. Ce fut, sire, pour y trouver ma fille cadette abandonnée sur une couche de paille, et dans quel état ! Rompue, ensanglantée, forcée, elle était sans connaissance. On me l'a ramenée à l'aube, à demi morte !

Un sanglot sec déchira la poitrine de Mathilde. Autour d'elle, le silence pesait. Le roi considérait avec compassion cette mère douloureuse.

— A-t-on capturé les malfaiteurs qui sont responsables d'un pareil crime ? demanda-t-il.

— Quelques-uns d'entre eux, simplement, sire, répondit Nicolas Ripault. S'il a été possible, en effet, d'arrêter ceux qui se trouvaient coincés par les sergents, les blessés, et ceux qui se rendaient d'eux-mêmes, pour les conduire au Grand-Châtelet, leur chef, en revanche, un certain Artus le Noir, profitant de la confusion, de l'obscurité, s'est échappé avec les plus décidés et a réussi à disparaître avec eux. Personne n'est parvenu, hélas ! à les rejoindre.

— Qu'on lance des hommes à cheval sur leurs traces, qu'on les rattrape, qu'on me les amène, ordonna le roi en se tournant vers le capitaine de la place. Il faut juger ces bandits. Sans faiblesse. Leur cas est grave. Depuis trop longtemps, ces goliards déshonorent leur état, mais ils viennent de dépasser la mesure. Je patientais, jusqu'ici, espérant les voir s'amender un jour, je ne puis plus, à présent, attendre davantage : ils devront s'éloigner des portes de ma capitale.

Il s'adressa de nouveau à Mathilde :

— Voulez-vous, dame, que je vous envoie messire Jean Pitard, mon médecin, pour s'occuper de votre fille ?

— Sire, grand merci. Ma belle-sœur, qui est également physicienne, soigne tout le jour les malades de votre Hôtel-Dieu. Je l'ai fait prévenir dès que Clarence m'a été ramenée. Elle est auprès de ma pauvre enfant, en ce moment même.

— Florie n'est-elle point blessée aussi ?

— Non, Sire. Grâce à l'intervention d'un cousin de son époux, qui a été prévenu par une servante, elle a réussi à leur échapper à temps.

— La reine va être fort triste en apprenant une si affreuse nouvelle, dit encore le roi.

— Bien que rien ne puisse tirer réparation d'un tel outrage, Sire, je vous supplie de juger ces malfaiteurs comme ils ont, eux-mêmes, traité ma fille : sans pitié.

— Soyez en paix de ce côté, dame. Aussi bien que clément, je sais me montrer rigoureux quand il est nécessaire de l'être. Les scélérats dont vous avez à vous plaindre sont, eux, au service du Mal. Nous sommes, nous, roi de France, au service du Bien, au service de Dieu. Nous ne l'oublions jamais. Justice sera faite.

Mathilde remercia, salua le roi, s'éloigna du cercle silencieux qui, impressionné par sa peine autant que par sa dignité, la regarda partir sans oser lui témoigner sa sympathie.

Accompagnée de Nicolas Ripault qui, dans cette épreuve, s'était institué son mentor, Mathilde quitta le Palais. En l'absence d'Étienne, parti plusieurs jours auparavant à la grande foire de Provins, elle avait ressenti le besoin d'un conseil, d'une protection. Aussi, tout naturellement, avait-elle, dès le petit matin, fait prévenir leur ami de ce qui venait d'arriver à Clarence.

Sans mot dire, ils traversèrent le chantier de construction de la Sainte-Chapelle où s'affairaient depuis deux ans, dans le bruit et la poussière, les ateliers de taille, de sculpture des pierres, les charpentiers, les maçons, les menuisiers, les couvreurs, appelés par Louis IX à bâtir cette châsse monumentale dont l'architecture de lumière abriterait les plus précieuses reliques de la Passion.

Une fois franchie la porte fortifiée qui gardait l'entrée de la demeure royale, ils prirent la rue de la Barillerie qui les mena au Grand-Pont.

Toujours accompagnée de Nicolas Ripault, Mathilde franchit la place du Grand-Châtelet, dans les geôles duquel certains des assaillants de Clarence se trouvaient déjà emprisonnés, gagna le Port-Pépin, la rue des Bourdonnais, et s'immobilisa devant le lourd portail de sa maison dont elle poussa le vantail avec un tremblement intérieur qui la faisait frissonner comme dans un accès de fièvre. En quel état allait-elle revoir sa fille ?

Elle pénétrait dans la salle du rez-de-chaussée, lorsqu'elle croisa Arnauld qui sortait. L'étudiant avait le visage durci, un air farouche.

— Vous sortez, mon fils ?

L'appel contenu dans cette question fut sensible au jeune homme.

— Oui, ma mère, répondit-il néanmoins avec détermination. Il me faut aller débusquer la bête malfaisante qui vient de trahir en même temps amitié et honneur.

— Le roi, notre sire, m'a promis qu'il le ferait prendre et punir. Ne vous en occupez point, Arnauld, je vous en conjure. C'est bien assez que deux de mes enfants soient mêlés à de telles infamies !

— Que penseriez-vous d'un frère qui ne vengerait pas ses sœurs mises à mal ?

— Qu'il obéit à sa mère et craint d'augmenter son chagrin.

Nicolas Ripault intervint.

— Puisqu'un messager est parti pour Provins afin d'alerter votre père, il me semble, Arnauld, qu'il serait plus sage, avant de prendre une décision, d'attendre son retour qui ne saurait tarder. Quand il sera revenu, vous verrez avec lui ce qu'il convient de faire, vous suivrez ses conseils.

— Il ne sera pas ici avant deux ou trois jours, messire. Par Dieu!
je ne vais pas laisser passer tout ce temps sans agir!

— J'ai besoin de vous savoir près de moi jusqu'au retour de votre
père. Au nom de Dieu, mon fils, demeurez avec moi!

— Au nom de Dieu, ma mère, laissez-moi faire ce que j'ai à faire!

Obligée de s'incliner devant une volonté si obstinément affirmée,
Mathilde traça un signe de croix sur le front de son aîné.

— Dieu vous garde, Arnauld, et qu'Il vous protège! Avez-vous, au
moins, pensé à prendre quelques valets avec vous? Vous en aurez
besoin.

— J'y ai songé. Trois parmi les plus robustes m'accompagneront,
car je sais qu'Artus ne sera pas seul, mais, au contraire, bien
secondé. Je pars donc à sa rencontre. Adieu, ma mère!

Il s'élança dehors.

— Ma pauvre amie, dit Nicolas Ripault, je ne puis rien pour l'empêcher de courir à sa vengeance. Il me semble, d'ailleurs, que le
retenir serait maladroit.

— Sans doute, Nicolas, sans doute. Je ne sais que faire. Connaissant sa nature, j'en viens à me dire que ma tendresse, trop craintive,
lui retire peut-être l'unique chance qu'il ait encore de se décharger à
ses propres yeux d'une responsabilité qui lui pèse si lourdement.

Elle retira son manteau, le tendit à Maroie qui venait d'entrer.

— Comment se porte ma fille depuis mon départ?

— Elle grelotte de fièvre, dame, et semble ne voir personne.

— Elle a repris connaissance, au début de la matinée, mais n'en
paraît pas moins absente, gardant les yeux clos, se refusant à parler,
expliqua Mathilde à Nicolas. On dirait qu'elle n'a pas retrouvé ses
esprits.

— Dame Charlotte Froment est toujours avec elle, ajouta la servante dont le visage fait pour le rire était gonflé de larmes.

— Je vais les rejoindre.

Nicolas s'inclina.

— Je vous laisse, Mathilde, navré de ne pouvoir vous aider davantage. Yolande viendra d'ici peu vous offrir ses services.

— Son amitié me réconfortera.

Elle s'arrêta devant la porte de la chambre de ses filles, se força à
respirer profondément. Mais ses doigts étaient agités d'un tremblement incoercible quand elle poussa le battant.

Dans la pièce dont on tenait les fenêtres fermées, on avait allumé
un feu de romarin qui chauffait, éclairait, purifiait l'air tout à la fois.

Penchée au-dessus du lit dont les courtines étaient relevées, Charlotte posait sur le front de Clarence une compresse imbibée d'une
décoction qu'elle venait de préparer avec des simples. Agenouillée
de l'autre côté de la couche, Florie, le visage dans les mains, priait.

Entre les murs recouverts de tapisseries et le sol jonché d'herbe fraîche, tout était silence.

Mathilde s'approcha jusqu'au pied du lit. Creusant l'oreiller, la tête de Clarence s'agitait de droite à gauche, de gauche à droite, en un mouvement spasmodique de négation, de refus. Sous le linge blanc enroulé autour de ses cheveux, les dissimulant, sa face, aux pommettes enfiévrées, aux yeux cernés de bistre, était décomposée, sans âge. Le drap, tiré jusqu'au menton, ne laissait rien voir du corps outragé qu'une converture en peau de mouton enveloppait de sa tiédeur.

Une envie de hurler, de clamer sa douleur, sa révolte, assaillit Mathilde.

« Ma fille, ma petite enfant, partie hier intacte, préservée, te voici donc revenue chez toi, souillée par des individus de sac et de corde ; te voici, là, gisante, à jamais dépouillée de cette grâce limpide qui te faisait ressembler à l'eau d'une fontaine ! Ils se sont servis de toi comme d'une chose ! Ah ! Seigneur ! s'il faut pardonner les offenses qui nous sont faites à nous-mêmes, comment voulez-Vous que je puisse pardonner à ceux qui ont martyrisé mon enfant ? Ils sont le Mal, ainsi que l'a dit notre sire le roi, je ne saurais pardonner au Mal, aux bourreaux de Satan ! Je sais que nous ne pouvons pas discuter du pourquoi ni du comment, que nous ne savons rien des chemins que suit Votre volonté, que les protestations de Job étaient inutiles, que Vous le lui avez montré. Je sais tout cela. Aussi, mon Dieu, je ne proteste pas : je souffre. Je ne cherche pas à percer les raisons d'un mystère qui nous dépasse infiniment, car il est certain que Vous êtes toujours du côté des victimes, que Vous êtes la Victime par excellence, mais je maudis ceux qui se sont faits l'instrument du Maudit ! Je voudrais les torturer de mes propres mains, les pousser moi-même au feu éternel ! »

Charlotte changeait la compresse, essuyait le front moite. Elle avait des gestes précis, mesurés. Sur un trépied, à côté d'elle, près d'un bougeoir où brûlait une bougie de cire odorante, étaient posés des fioles, des onguents, des herbes médicinales, des pansements.

— Pour faire baisser la fièvre, dit-elle à mi-voix, en s'adressant à Mathilde, je lui ai fait boire du vin de reine-des-prés que j'avais apporté avec moi, je lui ai entouré les pieds d'oignons écrasés, serrés par une bande de toile. Ce sont là deux remèdes efficaces en temps ordinaire. Par ailleurs, j'ai pansé ses plaies, qui sont superficielles sur les bras, les jambes, tout le corps, et les ai enduites d'un baume à l'huile de millepertuis qui est excellent.

Elle se tut. Son visage était à peine plus grave qu'à l'accoutumée. Mathilde devinait, cependant, une tension accrue dans son regard.

Elle gratta de l'ongle le grain de beauté qui marquait le coin de ses lèvres, considéra sa belle-sœur avec préoccupation.

— Pour l'autre blessure, reprit-elle, j'ai fait ce qu'il y avait à faire. Je ne pense pas qu'on puisse trouver meilleur traitement que la thériaque de Venise.

Soudain, Clarence ouvrit des yeux fixes qui ne reconnaissaient rien, voulut se redresser, retomba sur l'oreiller. Elle suffoquait, tentait de rejeter ses couvertures avec des mouvements maladroits de ses bras enveloppés de bandages. Une expression de souffrance, d'horreur, marquait ses traits. Des larmes se mirent à couler sur ses joues, mais elle ne prononça pas un mot, n'émit pas un gémissement.

— Ma petite fille, ma toute petite, n'aie plus peur, calme-toi. Tout est fini. Tu es chez toi, avec nous, dans notre maison.

Mathilde avait pris les mains crispées, toutes boursouflées d'égratignures, les pressait contre ses lèvres, parlait avec douceur, précaution, à l'enfant blessée qui la repoussait sans la voir, hypnotisée par la scène intolérable que le délire lui faisait revivre une seconde fois.

— Je vais lui donner à boire un calmant de ma façon, dit Charlotte. Il faut absolument qu'elle repose.

Les deux femmes eurent du mal à faire avaler à Clarence, pendant que sa mère cherchait à l'empêcher de s'agiter, le contenu d'un gobelet tenu par sa tante. Y étant enfin parvenues, elles recouchèrent l'adolescente entre ses draps, demeurèrent debout, de chaque côté du lit, à surveiller ses mouvements, tels deux anges tutélaires de part et d'autre d'un gisant.

Le silence retomba sur la chambre. Seuls, les craquements du feu y mettaient une vie élémentaire.

Toujours à genoux, Florie méditait, évoquait les événements qui venaient de rompre sa paix, réfléchissait...

Des abîmes lui apparaissaient.

« Nous sommes des aveugles, franchissant sur un pont sans garde-fou, le lit tumultueux d'un torrent, se dit-elle. Le danger est toujours plus proche qu'on ne le croit ! »

Elle se mit à prier avec une sorte de frénésie désespérée, comme on crie : « Au secours ! »

Quand elle eut retrouvé un peu de calme, elle se signa, se releva, s'approcha du lit de sa sœur.

Mathilde ne la vit pas venir. Elle était tout entière plongée dans sa souffrance.

La main de Florie, qui se posait sur une de ses épaules, interrompit ses réflexions. Se retournant, elle lut tant de sollicitude, une affection si vivante, dans l'expression de sa fille, qu'elle y décela une réponse, un encouragement, et se sentit un peu plus forte, parce que soutenue.

Elle entendit alors Maroie qui l'appelait. Dans l'entrebâillement de la porte, la servante passait un visage craintif, comme apeuré par le voisinage soudain du mauvais sort.

— Maîtresse Louvet et sa fille demandent à être reçues. Elles viennent prendre des nouvelles de notre pauvre demoiselle...

Laissant Clarence aux bons soins de Charlotte, Mathilde et Florie descendirent côte à côte, en se tenant par la main, dans un geste qui témoignait de la confiance, de l'intimité, qui les rapprochait toutes deux.

Dans la grande salle où le soleil revenu entrait par toutes les fenêtres ouvertes, Ysabeau et Gertrude les attendaient. Elles leur exprimèrent, chacune à sa façon, façons bien différentes, une compassion, bruyante pour l'une, attentive pour l'autre.

Il fallut, comme à la suite d'un deuil, raconter ce qui était advenu, les circonstances, le moment, le pourquoi. En ville, où, à en juger par les racontars d'Ysabeau, les langues allaient leur train, s'étaient déjà répandus les bruits les plus faux qu'il était nécessaire de ramener à l'exacte vérité. Ainsi qu'on pouvait le redouter, la femme de l'apothicaire se montra avide de détails.

— Ces goliards sont des monstres! proclama-t-elle quand Mathilde eut terminé son récit. Je n'aurais jamais pensé que des clercs, même vagants, eussent pu se conduire de la sorte!

Elle avait trop le goût des catastrophes survenues à autrui pour ne pas être suspecte de ressentir une sorte de délectation horrifiée à l'écoute de faits aussi cruels que ceux dont la mère de Clarence venait, le plus succinctement possible, cependant, de lui faire part.

En remarquant les joues enflammées sous la couperose et le fard, les prunelles allumées, la véhémence d'une déploration qui était trop excessive pour ne pas la choquer au vif de sa douleur, Mathilde se sentit envahie d'une rancœur qu'elle dut se retenir d'exprimer. Ce qui lui parut intolérable était que la consternation affichée par Ysabeau ressemblait à la caricature de sa propre peine. Florie cachait sous un masque de politesse courtoise auquel sa mère ne pouvait se tromper, une répugnance toute semblable devant la mauvaise qualité des protestations prodiguées avec une si douteuse complaisance.

Elles avaient pris place, toutes quatre, dans un coin de la salle, autour d'un trépied supportant le jeu d'échecs d'Étienne. Garnies de coussins de velours, des chaises à hauts dossiers l'entouraient. Dans une coupe d'argent posée à côté des pièces en ivoire, on avait mis des dragées. D'un geste, Mathilde en offrit à ses visiteuses qui se servirent prestement, comme pour meubler du craquement des amandes le silence qui s'était soudain établi entre elles.

— Quand je pense, dit alors Gertrude, demeurée assez peu loquace jusque-là, oui, quand je pense que, sans la collation où je vous ai conviées, vous n'auriez pas quitté, hier, Paris, je me sens en partie responsable de ce qui vous est arrivé au sortir de chez moi, et j'en suis toute navrée.

Cette remarque surprit Florie qui, pour sa part, y avait déjà songé vingt fois, mais qui n'aurait pas imaginé un aveu de culpabilité aussi spontané venant de Gertrude. Il fallait donc mettre sur le compte du remords, ce qui était tout à son honneur, la gêne, l'espèce d'anxiété, qu'avait manifestée depuis le début de l'entretien la fille d'Ysabeau.

— Vous n'y êtes pour rien, assura la jeune femme dans le but d'apaiser des regrets qui lui paraissaient sincères, pour rien du tout. Nous aurions aussi bien pu aller voir les régates qui avaient lieu sur la Seine et rencontrer, à notre retour, les goliards. La fatalité est seule en cause.

— La fatalité jointe à l'acharnement d'Artus, reprit Mathilde. Il ne faut pas oublier que, depuis un certain temps, sa bande de mauvais clercs et lui-même vous poursuivaient de leurs avances. Je pense que ce que vous représentiez de pureté, de décence, devait leur paraître d'autant plus attirant qu'ils ne fréquentent d'ordinaire que des ribaudes ! Les victimes du Mal doivent, hélas, être innocentes pour lui convenir. Il les préfère toujours à celles qui sont déjà gagnées à sa cause.

— Vous avez raison, ma chère, il faut insister sur la responsabilité de ces maudits goliards qu'on a beaucoup trop tendance à excuser aujourd'hui ! s'écria Ysabeau. S'en prendre à deux demoiselles comme les vôtres, dont ils connaissaient, en plus, la famille, est la chose la plus inqualifiable qui soit !

Elle agitait sa tête coiffée de mousseline empesée comme elle eût fait d'un panache guerrier.

— Vous voyez, ma fille, que j'avais raison de vous mettre en garde contre l'amitié nouvelle que vous prétendiez entretenir avec ce vaurien, ajouta-t-elle d'un air entendu. Si vous aviez continué à le fréquenter, qui sait ce qui vous serait arrivé ?

En dépit de sa maîtrise habituelle, Gertrude rougit jusqu'à la gorge. Une contrariété, trop vive pour qu'elle pût la dissimuler, fit luire son regard.

— Je ne risque plus de le rencontrer, puisqu'il a disparu, dit-elle d'un ton mécontent. Nul ne sait où il peut bien se trouver à présent !

Elle avait lancé ces mots comme pour se protéger derrière eux.

— Arnauld, qui le considérait, lui aussi, comme un ami, souffre d'une trahison que rien ne peut justifier, soupira Mathilde.

— J'imagine qu'il va chercher à venger sa sœur, suggéra Ysabeau dont on sentait la curiosité en éveil.

— J'ai, tantôt, voulu l'en dissuader, mais en vain, reconnut Mathilde. Il est parti, la menace à la bouche, sur les traces d'Artus et je dois vous avouer que je redoute plus que tout qu'il ait fini par le retrouver.

— Il n'y a que fort peu de chances pour qu'une telle rencontre se soit produite, dit Gertrude qui semblait éprouver tout d'un coup, à l'exemple de sa mère, on ne savait quel échauffement dont elle n'avait pas fait montre au début de la conversation.

— L'arrêtera-t-on jamais ? demanda Florie avec rancune. Ces individus sans honneur peuvent compter la plupart du temps sur des complicités que n'ont pas les honnêtes gens.

— Notre sire le roi m'a promis que ses sergents mettraient tout en œuvre pour débusquer les coupables, reprit Mathilde. J'ai confiance en sa parole.

— Je doute que les gens d'armes soient près de dénicher ces vilains oiseaux qui doivent connaître des repaires ignorés de tout le monde, remarqua Ysabeau.

— En l'absence du chef de famille et de Bertrand, reprit Gertrude, en dehors d'Arnauld qui est en chasse, savez-vous ce que compte faire Philippe ?

— Il lui a fallu, ce matin, se rendre de nouveau au Palais, expliqua Florie, aussi n'a-t-il pas eu le temps de m'informer de ses intentions, mais j'espère bien parvenir à le retenir ici. A quoi servirait qu'il se mesurât à des hommes beaucoup plus forts que lui et capables, nous ne le savons que trop, de toutes les brutalités ? Le pauvret serait battu à l'avance !

Cette exclamation parut surprendre Gertrude, l'amuser, la choquer peut-être, l'intéresser de toute façon.

— Votre époux a dû, en effet, se montrer épouvanté par ce qui est advenu à Clarence et qui aurait, tout autant, pu vous arriver à vous-même, disait pendant ce temps Ysabeau qui n'en finissait pas d'explorer avec une sorte d'avidité insatiable les possibilités infinies du malheur.

— Il est certain que si Artus était parvenu à vous entraîner ainsi que votre sœur à Vauvert, Philippe se trouverait à l'heure actuelle dans une situation qu'on n'ose pas concevoir, remarquait Gertrude, tout en considérant Florie avec une commisération rêveuse.

— Il aurait partagé ma souffrance, dit fermement l'interpellée. Je suis certaine de ne pas me tromper en affirmant qu'il aurait pensé, d'abord, à m'aider de son amour et de sa sollicitude. Il aurait réservé à mes bourreaux horreur et aversion.

— Vous devez être dans le vrai, ma chère, ne le connaissez-vous pas beaucoup mieux que moi, après tout ?

VII

Mai s'achevait dans une flambée solaire. La chaleur, excessive pour la saison, pesait sur la vallée de la Seine, écrasait Paris.

Alors qu'elle rentrait de la rue Quincampoix où elle avait travaillé tout le jour, Mathilde sut, dès le seuil, qu'Étienne était de retour : deux de ses valets sortaient des écuries, transportant un coffre qu'elle connaissait bien. Elle aurait préféré s'être trouvée chez elle pour y accueillir son mari, pour lui parler la première des événements survenus depuis son départ. Elle le rencontra, en compagnie de Tiberge la Béguine, devant la chambre des filles.

— Voici donc le sort que la destinée nous réservait ! s'écria Étienne en s'adressant à sa femme avant qu'elle fût parvenue à sa hauteur, avant qu'elle ait eu le temps de l'embrasser ainsi qu'elle n'y manquait jamais après une séparation. Par Dieu ! vous n'aviez pas tort, la veille de mon départ, de redouter l'avenir ! Il était menaçant ! La fatalité, décidément, nous poursuit sans pitié !

Sur son visage, déjà gravé de rides amères, une expression de ressentiment, de révolte, posait un masque agressif que Mathilde lui avait souvent vu et qu'elle n'aimait pas. Elle savait qu'Étienne, frappé au plus intime de son orgueil, au plus vif de son amour, n'acceptait pas cette épreuve avec la soumission d'un bon chrétien et conservait au fond de lui une rancune, une acrimonie, qui le rongeaient. Le moindre souci venant s'ajouter à ce crève-cœur lui était intolérable, le faisait douter de tout, douter de Dieu !

— Hélas, mon ami, dit-elle, il nous arrive en effet quelque chose d'affreux, mais ne sommes-nous pas deux pour y faire face ? Nous nous encouragerons mutuellement, n'est-il pas vrai ? Nous aurons, d'ailleurs, davantage à nous soucier de Clarence que de nous.

— Retrouvera-t-elle jamais la raison ? Rien, dans son état présent ne permet de le supposer. Je viens de la voir. Elle ne semble pas m'avoir reconnu. Que dis-je, reconnu ? M'a-t-elle seulement vu ? Je n'en suis pas sûr !

— Je sais combien cette... absence est pénible, mon ami. Elle m'éprouve autant que vous, mais il doit toujours rester place en nous pour l'espérance, qui est la plus salvatrice des vertus. Si nous voulons que Clarence émerge un jour du puits où le terrible choc qu'elle a subi l'a précipitée, il est indispensable de croire, nous-mêmes, la chose possible. C'est à ce prix que nous l'en tirerons. Ainsi, par notre fermeté, notre confiance, nous contribuerons à son rétablissement.

Étienne eut un geste d'exaspération.

— Votre éternelle bonne volonté devant les cruautés de la vie n'est donc pas découragée par un tel désaveu ? s'écria-t-il avec emportement. Alors, que vous faudrait-il ? Un pareil aveuglement, à la fin, devient de la provocation ! Ne savez-vous pas, tout aussi bien que moi, que Clarence, même si elle reprend jamais conscience, est, désormais, condamnée, perdue !

— Pourquoi le serait-elle ? Quand nous l'aurons guérie, car nous y parviendrons, je veux le croire, quand elle sera redevenue elle-même, qui l'empêchera de mener parmi nous une existence paisible ?

En attendant son retour, Mathilde avait imaginé qu'elle trouverait en son époux un solide appui, que, cette fois, ils feraient front ensemble contre l'adversité. Sa déception en était d'autant plus cuisante. Des larmes lui montèrent aux yeux.

— Vous ne devriez pas parler si haut près de la chambre de notre demoiselle, dit alors Tiberge la Béguine qui flairait l'orage. Repos et silence lui sont nécessaires.

— Tu as raison. Comment s'est comportée notre fille, ce tantôt ?

— Elle a dormi tout le jour sans trop d'agitation.

— Alors, de quoi nous plaignons-nous ? s'écria Étienne sur un ton de dérision. Clarence a été violentée, torturée, elle gît, à demi morte derrière cette porte, mais elle ne s'agite pas, que demander de plus ?

— Taisez-vous, oh, taisez-vous ! Ne voyez-vous pas le mal que vous me faites, que vous nous faites ? cria Mathilde, à bout de nerfs.

Incapable de demeurer davantage auprès de celui qui incarnait en cet instant tout ce qui était si lamentablement manqué dans sa vie, tous ses échecs, elle lui tourna le dos et s'élança vers le rez-de-chaussée. Au lieu de les rapprocher comme elle l'avait un moment espéré, le destin navrant de Clarence creusait encore un peu plus le fossé qui la séparait d'un homme dont la sensibilité trop éprouvée faisait un écorché vif. Un accablement si lourd s'abattit sur elle qu'elle se laissa aller aux sanglots qui la déchiraient.

C'est ainsi qu'elle se retrouva, pleurant, au pied de l'escalier quand Guillaume Dubourg pénétra dans la salle.

— Vous ! s'écria-t-elle en le voyant. Vous ! Pourquoi faut-il... ?

Il se méprit sur cette exclamation remplie de douleur.

— Dieu m'est témoin, hélas, que je ne pouvais sauver votre seconde fille, dame ! dit-il avec une véhémence qui le trahissait autant qu'un aveu de culpabilité.

Mathilde, qui éprouvait encore, à demi étouffée, l'envie déraisonnable d'appuyer son front contre la poitrine de cet homme, d'apaiser son chagrin entre des bras qui ne lui seraient, pourtant, jamais ouverts, Mathilde désireuse à en crier de protection, d'amour, ne put, recrue d'amertume, que secouer la tête.

— Je ne mets pas en doute votre loyauté à l'égard de Clarence, dit-elle d'une voix sans timbre. Je n'y songe en aucune façon. Personne ne devait pouvoir, sans doute, l'arracher aux mains des goliards, à moins d'être secondé par une troupe nombreuse, ce qui n'était pas votre cas.

— Elle a disparu, enlevée par Artus le Noir, pendant que je déposais Florie en lieu sûr, assez loin des combattants pour qu'elle n'ait rien à en craindre. Après, il était trop tard.

Pour arrêter ses larmes, maîtriser son bouleversement, Mathilde s'efforçait de respirer lentement. Que disait donc Guillaume ? Elle reporta sur lui l'attention qu'un moment plus tôt elle tournait vers elle-même.

— Je savais que vous aviez participé à la lutte qui avait opposé étudiants et goliards, dit-elle, mais j'ignorais que vous eussiez en personne arraché Florie à ses agresseurs.

— C'est elle que j'ai aperçue en premier. Tout naturellement, je me suis élancé, d'abord, à son secours.

— Tout naturellement... bien sûr, bien sûr...

— J'imagine fort bien, reprit-elle avec douceur, comme si elle s'adressait à un grand blessé, j'imagine parfaitement ce que vous avez dû éprouver en découvrant que Florie était enlevée de force par ces brutes, qu'elle se trouvait à leur merci. Je comprends également votre manière d'agir à ce moment-là. Seulement, pensez-y, pendant que vous vous occupiez de la sauver, que vous l'arrachiez à ses ravisseurs, ma seconde fille, elle, était emportée à l'intérieur de la forteresse où l'attendait le sort que vous savez !

— Par saint Jean, dame, je vous jure que je n'avais aucune chance de réussir un second sauvetage. Rutebeuf, qui s'y employait de toutes ses forces, et Gunvald de tous ses poings, n'ont pu, ni l'un ni l'autre, y parvenir.

— Je ne vous reproche rien, messire, absolument rien. Le Mal était à l'œuvre. Il est bien plus fort que nous.

Elle se rapprocha de lui, posa un instant sur son bras une main sans force qui retomba aussitôt entre les plis de son surcot.

— J'ai beaucoup songé, bien entendu, à tout ce qui s'est passé durant cette nuit de violence, dit-elle, et j'en suis venue à la conclusion que nous ne pouvions ni prévoir, ni éviter cette infortune. Du moins, pas en luttant avec nos seules armes. C'était en nous, dans le secret de nos consciences, qu'il fallait opposer à ce qui se préparait la seule défense sûre dont nous disposions : notre foi. Mais une foi sans défaillance, sans souillure. Apparemment, nous n'en étions pas capables. Aussi, le Mal, profitant de notre incapacité, n'a eu qu'à choisir ses victimes. Au demeurant, vous n'avez aucune responsabilité dans cette lamentable affaire. Aucune. Loin de vous condamner, je vous suis reconnaissante d'avoir si vaillamment repris Florie à ceux qui l'avaient enlevée. Je vous en remercie du plus profond de mon amour pour elle.

Que pouvait-elle dire de plus sans se trahir ?

— J'imagine, reprit-elle, j'imagine que vous aviez, en venant ici, l'intention de voir Clarence ?

— Sans doute, admit Guillaume, dérouté par une proposition qui était si loin de ses préoccupations, sans doute...

— C'est, hélas, impossible. Je ne sais si Florie vous a mis au courant de l'état dans lequel se trouve sa sœur ?

— Je ne l'ai pas revue depuis le moment où je l'ai reconduite chez elle, après l'agression dont elle venait d'être victime.

— Apprenez donc que notre fille, privée de conscience, ne pouvant s'exprimer, gît, comme emmurée dans sa peur, sur la couche où nous l'avons déposée après qu'on nous l'eut ramenée. Elle ne reconnaît personne, brûle de fièvre, s'agite, lutte contre des fantômes, mais n'a pas prononcé un mot en quatre jours.

— Les médecins ne peuvent donc rien ? Son cas est-il impossible à guérir ?

— Je ne sais. Ma belle-sœur et le médecin du roi, qui est venu la voir sur l'ordre exprès de notre sire, épuisent leur science sans résultat.

— Qu'en pensent-ils ?

— Ils disent qu'ils ont déjà vu des malades qui sont restés ainsi des semaines sans reprendre connaissance. Certains, cependant, ont pu être sauvés.

— Il me vient à l'esprit que je connais un homme dont le savoir, l'expérience, sont immenses. Voulez-vous que je lui demande de venir au chevet de votre fille, bien qu'il ne soit pas, à vrai dire, médecin ?

— Pourquoi pas ? Tout doit être tenté pour la guérir, tout. Si vous croyez que celui dont vous parlez peut quoi que ce soit pour elle, demandez-lui son aide. S'il parvient seulement à atténuer son mal, nous vous en aurons une profonde gratitude.

— Fort bien. Je vais donc le quérir sans plus tarder.

Mathilde regarda Guillaume s'éloigner. Pourquoi était-il venu ? Par intérêt pour le sort de Clarence ? Certes pas. Pour rencontrer Florie, plutôt. Florie qui n'avait pas jugé utile de parler à sa mère de l'intervention du jeune homme dans un combat dont elle était l'enjeu... Intervention, qui, cependant, semblait avoir été déterminante pour sa délivrance.

Que faire ? Que penser ?

La femme de l'orfèvre sortit de la salle, traversa la cour pavée, gagna le jardin qu'elle aimait, sous les ombrages duquel elle trouvait, au contact de la nature, un apaisement, un réconfort, qui ne lui avaient jamais manqué.

Les bruits de la maison dont on distinguait la façade au-delà des massifs de lauriers, de buis, d'aubépins, de fougères, disposés de façon à composer un rideau de verdure isolant le jardin des mouvements de la demeure, les échos du souper qu'on préparait à la cuisine, les voix de Jeanne et de Marie jouant auprès de leur nourrice, dans le verger voisin où elles passaient le plus clair de leur temps, les aboiements des lévriers, les cliquetis, les hennissements dont retentissaient les écuries, tissaient autour de Mathilde une rumeur éparse, familière, qui l'enveloppait d'une présence rassurante.

C'était en cet endroit, et en nul autre, que se situait sa raison d'être, ici et maintenant, dans une réalité vivante bien que douloureuse, parce que douloureuse !

Les mains croisées sur l'étoffe de toile légère qui la vêtait, l'épouse de l'orfèvre s'obligea à une réflexion dénuée de complaisance. Les cheminements en furent difficiles.

Peu à peu, cependant, une certitude plus forte que la souffrance, que le regret, que l'angoisse, que le découragement, la certitude de pouvoir, quelles que soient les circonstances, compter sur elle-même, sur sa propre fermeté, sur une sorte de solidité, de robustesse, qu'elle connaissait de longue date comme étant une des forces de sa nature profonde, s'imposa à son esprit. La déraison ne l'emportait jamais longtemps chez elle sur la maîtrise de soi. Au cours des déceptions, des douleurs, qui avaient jalonné sa vie, elle était parvenue, jusqu'à présent du moins, à préserver assez de vigueur morale pour combattre l'adversité, assez d'élan pour dépasser les risques de démission. En dépit des trous d'ombre qu'il lui avait fallu franchir, comme toute créature, sa foi, fortifiée d'espérance, était toujours parvenue à soutenir ses efforts, à éclairer sa route. Quand elle s'abandonnait à Lui, Dieu l'aidait.

Émergeant de sa méditation, elle constata, une fois encore, que ce secours ne lui avait pas fait défaut. Qu'était donc sa prétendue force d'âme, si ce n'était une grâce, une présence qu'elle adorait ?

Elle ferma les yeux pour mieux remercier.

Quand elle les ouvrit, on introduisait deux visiteurs dans la cour. Le plus jeune était Guillaume, l'autre, un homme à la barbe de prophète qui portait une roue jaune brodée sur le devant de sa robe noire.

— J'ai eu la bonne fortune, dame, de trouver chez lui mon ami Yehel ben Joseph dont je vous ai parlé tantôt. Il a accepté de venir sur-le-champ voir votre malade.

Sire Vives salua Mathilde. La façon dont il abordait ceux qu'il rencontrait était empreinte d'une si parfaite urbanité qu'ils en oubliaient l'attention avec laquelle il observait êtres et choses, l'acuité de son regard, pour ne garder souvenir que de sa bienveillance. Une impression de sécurité, de paix, émanait de sa personne. Près de lui, on respirait un air chargé de sérénité.

— Grand merci, messire, de votre promptitude, dit Mathilde, tout de suite sensible à la personnalité du nouveau venu. Nous avons bien besoin de vos offices!

Le maître de l'École talmudique inclina sa tête de patriarche.

— Je ne suis point médecin, dit-il avec le souci d'honnêteté qui ne le quittait jamais. Cependant, je pratique assez de sciences diverses pour avoir quelques notions médicales. En plus, j'ai beaucoup étudié le comportement de l'âme humaine et je crois être parvenu à identifier un certain nombre de ses tours et détours. D'après ce que m'en a dit Guillaume, il semble que le cas de votre fille relève plus de cette recherche que de simples remèdes.

— Il se peut, messire. Je pense, en effet, qu'il y a chez cette enfant blessure morale tout autant que corporelle.

— Voulez-vous, je vous prie, avant de me conduire près d'elle, me décrire, de façon précise, ce qui s'est passé dimanche, afin que je connaisse les circonstances exactes de l'agression qu'il lui a fallu subir.

— Si vous le jugez nécessaire, messire, je suis prête à tout vous relater. Mais pas dans ce jardin où le soir tombe. Veuillez m'accompagner au logis, je vous y parlerai plus à l'aise.

Mathilde et sire Vives se dirigèrent vers la maison. Par discrétion, Guillaume demeura près de la fontaine. Il attendait. Il souhaitait comme un forcené revoir Florie.

Il ne fut pas surpris quand, entendant un pas qui se rapprochait et levant les yeux, il la vit se diriger vers lui à travers une allée du jardin.

— Vous! dit-il avec un dévotieux accent de ferveur en lui tendant les mains.

Elle serra les lèvres et s'arrêta à quelques pas.

— Guillaume, dit-elle, et son nom prononcé par cette bouche le remua tout entier, Guillaume, j'ignorais votre présence chez mon père. Je ne me trouve ici que pour visiter Clarence. A la voir si dolente, je ne suis que tristesse...

Elle se remit à marcher. Près d'elle, Guillaume avançait sous les branches. Une odeur de terre assoiffée, de thym, de fraises sauvages, montait des parterres.

— Je veux, en premier, vous demander de vous comporter comme si vous aviez oublié les moments de désordre, de déraison, qui ont suivi, dimanche, le combat durant lequel vous m'avez délivrée.

Elle évitait toujours de tourner la tête vers lui, regardait les plans d'oseille et d'œillets rouges qu'ils longeaient.

Guillaume, lui, ne voyait qu'elle.

— Aucune force au monde ne peut m'astreindre à chasser de ma mémoire les seuls instants de ma vie où j'ai pu approché de si près l'unique bonheur qui m'importe désormais, dit-il avec une fougue retenue qui était puissamment émouvante. J'ai dit que je ne vous en parlerai plus le premier. C'est déjà beaucoup. Vous ne pouvez m'empêcher d'y songer à chaque seconde de ma vie, à chaque battement de mon sang !

— Il ne le faut pas !

— Qu'y puis-je ?

— Faire appel à votre loyauté, à votre sens du devoir familial, à votre honneur de chrétien !

— Autant demander à un homme mourant de faim de ne pas imaginer de festins en vertu d'un idéal ascétique ! L'amour que je vous porte, Florie, parle plus fort, beaucoup plus fort, que tout autre sentiment. Son cri couvre toutes les autres voix !

— Vous savez bien, pourtant, que je ne suis libre ni de moi, ni de mon existence. J'appartiens tout entière à Philippe.

— Par le Christ ! Taisez-vous !

Aucune déclaration ne pouvait contenir plus d'intensité que cette supplique. Florie en frémit. Un flot de sang lui brûla la peau.

— Non, reprit-elle en cherchant à assurer son ton, non, je ne me tairai pas ! Vous devez m'entendre. Je vous ai dit que j'avais beaucoup réfléchi. C'est vrai. De cette réflexion est sortie l'évidence de notre culpabilité.

Guillaume voulut protester, elle l'arrêta d'un geste.

— De notre culpabilité, répéta-t-elle avec plus de force. Dès que je fus mise à l'abri, loin de mes agresseurs, vous auriez dû retourner vers Clarence pour seconder et, au besoin, entraîner ceux qui cherchaient encore à la délivrer. Votre retour eût renforcé leur courage.

— En admettant que je me sois joint à eux, nous n'aurions pas été assez nombreux pour venir à bout de ces goliards !

— Vous m'aviez bien arrachée à eux, un moment plus tôt.

— Il s'agissait de vous ! Pour une autre, je n'aurais pas éprouvé la moitié de cette hardiesse dont vous étiez, seule, cause.

— Je ne puis vous croire ! Nous devions tout essayer, tout, avant de renoncer. La vie, l'honneur de ma sœur étaient en jeu ! C'était à moi de vous pousser à reprendre le combat. Cette passivité fait toute ma faute ! Je le sais. Affolée par ce qui m'arrivait, par le danger dont vous veniez, à peine, de me sauver, par vous, aussi...

Elle se tourna enfin vers lui, s'obligea à soutenir un regard qu'elle redoutait en lui offrant des yeux clairs où la volonté de bien faire l'emportait sur l'émotion, et répéta :

— Oui, Guillaume, par vous également. Il serait vain de le nier, aussi je ne le nie pas. Soyez certain, en revanche, que je veillerai désormais à ce qu'une semblable occasion ne se renouvelle jamais.

Tant de détermination, une pareille honnêteté, un aveu si direct, un courage qu'il ne pouvait pas mésestimer, parurent émouvants, séduisants à tel point au jeune homme, qu'il saisit au vol une des mains de Florie pour y appuyer ses lèvres d'un geste passionné. Comme si elle avait craint quelque contagion, elle retira vivement ses doigts de l'étreinte qui les tenait.

— Ne me touchez pas ! s'écria-t-elle avec un accent de détresse qui la trahissait davantage qu'un consentement. Ne me touchez pas !

— Pourquoi ? Pourquoi cette peur, douce amie ? Ne savez-vous pas, au fond de vous, que, quoi que vous puissiez dire ou faire, vous m'êtes destinée ? Cette frayeur que vous témoignez à mon contact n'est pas répulsion, mais désir, désir essentiel, comme celui que je ressens pour vous.

— Ce n'est pas vrai !

Il était à présent si proche d'elle qu'il pouvait parler bas. Son souffle frôlait le visage enflammé par cette proximité plus que par les rayons encore chauds du soleil couchant.

— Vous ne redouteriez pas tant que je vous touche si vous ne partagiez ma folie, mon besoin, dit-il avec un accent assourdi qui l'atteignit au cœur, au ventre. Ah ! croyez-moi, nous nous aimerons !

Florie se détourna, fit quelques pas au hasard, droit devant elle. Une agitation qu'elle ne parvenait pas à maîtriser la submergeait. Serrant ses paumes l'une contre l'autre de toutes ses forces, elle tentait de calmer les frémissements qui la parcouraient par tout le corps. Il lui fallut plusieurs minutes et un violent effort sur elle-même pour retrouver un semblant de calme. Elle n'en estima que plus urgent de s'exprimer.

— J'affirme, reprit-elle avec l'obstination qui était une de ses forces, oui, j'affirme que nous portons tous deux une part de responsabilité dans le malheur de Clarence. C'est donc à nous, si nous le pouvons, de le réparer. Pour y parvenir, continua-t-elle avec une sorte d'intrépidité qui la lui fit encore plus chérir, nous devons

rechercher ce qui pourra lui apporter un peu de réconfort, un peu
d'aide.

Guillaume avait fermé les yeux. Il n'entendait plus ce que disait
Florie. Il lui fallait calmer la tempête qu'avait déchaînée en lui le
simple attouchement d'une chair dont le désir ne lui laissait plus de
répit. Son sang battait, cognait comme un oiseau fou à ses tempes,
dans ses veines, dans sa poitrine. Il lui fallait lutter contre la tentation démentielle de la saisir, de la coucher, là, dans l'herbe, sous lui.

Quand il rouvrit les paupières, il rencontra le regard vert qui le
fixait. Une appréhension évidente s'y lisait. Sans qu'il eût à prononcer un mot, tout ce qu'il ressentait s'exprima dans cet échange silencieux. Jamais, il n'avait éprouvé un tel désir ; jamais, non plus, une
telle certitude que ce désir était partagé. Le temps, le lieu où ils se
trouvaient, les interdits, les obstacles, n'existaient plus. Pétrifiés à
quelques pas l'un de l'autre, ils savaient tous deux, d'instinct, qu'au
moindre geste, à la moindre sollicitation, ils s'uniraient sur-le-
champ, n'importe où, dans une frénésie sans pareille.

— Non, murmura Florie d'une voix blanche, non !

Guillaume n'avait rien dit.

C'est alors qu'ils entendirent le bruit d'une conversation qui se
rapprochait d'eux. La jeune femme prit une aspiration comme si elle
avait été sur le point de se noyer.

— Je tiens encore, s'écria-t-elle avec une sorte de volonté désespérée qui parut à Guillaume plus flagrante qu'un aveu, je tiens à
vous dire ceci : il me semble que Clarence commençait à vous aimer
avant son malheur. Puisqu'elle est, maintenant, déshonorée, que
nous ne l'avons pas sauvée quand nous le pouvions, qu'entre vous et
moi il ne doit rien se passer, rien, jamais, il ne vous reste qu'une
chose à faire afin qu'on puisse vous pardonner, si, toutefois, elle
guérit jamais : renoncer à la folie qui vous occupe et la demander en
mariage !

Comme si elle ne voulait pas assister aux réactions que ne pouvait
pas manquer de déclencher un tel conseil, elle s'élança aussitôt vers
le verger, sans un regard pour celui qui, saisi, restait cloué sur
place.

Quand Yehel ben Joseph, Mathilde et Étienne survinrent tout de
suite après, devisant tous trois comme des amis de longue date, ils le
trouvèrent fort pâle, l'air absent.

— Je vous sais gré, messire, de nous avoir amené sire Vives, dit
alors l'orfèvre au jeune homme en le saluant. Nul ne me semble
mieux informé des maux de l'âme humaine, ni plus savant que lui.

Maître Brunel paraissait avoir repris confiance en lui-même, et,
tout naturellement, il reportait ce crédit sur les autres.

— Si votre fille a été fort bien soignée dans son corps, dit Yehel ben Joseph, il m'a toujours paru que dans certains cas, comme le sien, il faut également se soucier de retrouver les clefs de l'intelligence égarée que l'on croit perdue. Savoir comment s'adresser à de tels malades est plus efficace que toute une pharmacopée.

— Charlotte Froment, ma belle-sœur, qui est physicienne, partage votre sentiment, assura Mathilde. Elle a souvent tenté, depuis qu'elle soigne notre fille, de lui parler, d'entrer en communication avec elle. Toujours en vain. Il faut croire qu'elle n'est pas aussi habile que vous, messire, dans l'exercice de ce traitement.

— Tout aussi habile, au contraire, j'en suis convaincu, mais plus jeune, moins préoccupée et depuis moins longtemps par cet aspect de la thérapeutique, répondit le savant. Voyez-vous, Dieu a créé l'homme âme et corps étroitement mêlés. Vouloir séparer l'un de l'autre, est, à mon avis, maladroit. Mais ces réparations de l'esprit sont assez longues. Il faudra du temps. Soyez donc tranquille, maître Brunel, je reviendrai aussi souvent qu'il le faudra.

— Grand merci, sire Vives, s'écria Mathilde. Soyez béni pour votre science comme pour votre bonté !

— J'imagine que vous avez beaucoup d'autres besognes à faire que celle qui va consister à tenter de guérir Clarence, reprit Étienne, aussi suis-je confus de vous accaparer de la sorte. Votre temps est des plus précieux. De ce don sans prix soyez, aussi, remercié.

Guillaume, qui avait assisté à cet échange de propos sans intervenir, avait peu à peu recouvré son sang-froid. Il put, alors, se mêler à la conversation, tout en regagnant la cour où son ami et lui prirent congé de leurs hôtes. En sortant, ils croisèrent Charlotte Froment qui pénétrait chez son frère.

Mathilde suivit sa belle-sœur. Dans la chambre close où brûlaient nuit et jour des herbes odoriférantes, régnait un calme apaisant. Une servante cousait auprès du lit, veillant Clarence.

Non sans surprise, Mathilde vit Florie, debout au chevet de la malade. La jeune femme avait les yeux rouges et le visage marqué de qui a pleuré. En voyant entrer sa mère et sa tante, elle alla vers elles.

— Je vous en prie, ma fille chérie, cessez de vous faire du souci en ressassant sans cesse notre malheur, dit affectueusement Mathilde, désireuse de mettre Florie au courant de leur nouvel espoir. Il n'est plus temps de s'affliger. Il y a du nouveau : sire Vives vient de nous assurer, à votre père et à moi, que le mal de Clarence n'est pas sans remède. Il va s'en occuper et affirme avoir déjà tiré d'affaire des personnes qui présentaient les mêmes troubles qu'elle. Sa première consultation, du moins, a porté ses fruits : voyez comme votre sœur est plus calme maintenant.

— Que Dieu vous entende, ma mère ! Je donnerais dix ans de mon existence pour la voir revivre !

Le ton avec lequel avaient été prononcés ces mots surprit Mathilde par une sourde violence qui ne lui parut pas en accord, ni avec la nature de sa fille, ni avec l'espérance qu'elle évoquait.

— En admettant, continuait Florie avec rancune, qu'on parvienne à guérir Clarence, il n'en reste pas moins que les responsables de son martyre courent toujours! Que toutes nos recherches pour découvrir leur refuge se sont montrées vaines!

Arnauld, en effet, après une enquête aussi acharnée qu'inutile, était revenu sans avoir découvert la retraite d'Artus le Noir. Il s'en montrait affecté, mais ne se considérait pas, pour autant, comme battu.

— Nous avons, sans doute, mal orienté nos premières investigations, dit Mathilde d'un air entendu. Mais j'ai idée que tout ça pourrait changer sous peu.

— Tiens, tiens, vous paraissez en savoir plus long que nous, ma mie, remarqua Charlotte qui revenait vers les deux femmes après avoir été constater que sa nièce était moins agitée.

— Ce n'est pas impossible. Passons dans mon oratoire.

Afin de laisser Clarence en paix, elles gagnèrent une pièce exiguë, meublée de quatre escabeaux de bois rangés le long d'un mur, d'un lutrin sur lequel était ouvert un livre d'heures, d'un gros coussin à glands d'or posé aux pieds d'une statue de la Vierge en bois polychrome. Une seconde porte menait chez Mathilde.

— A force de retourner dans ma tête chaque aspect de ce qui nous est arrivé, reprit-elle après qu'elles se furent assises toutes trois, certains faits se sont décantés, ont pris, soudain, de l'importance. Voici : vous souvenez-vous, ma fille, que, lors de leur visite, Ysabeau a reproché à Gertrude l'amitié que celle-ci aurait nouée depuis peu avec Artus?

— Bien sûr. Gertrude en a, même, paru assez gênée...

— Plus que gênée, furieuse!

— Peut-être, mais je ne vois pas...

— Moi non plus, sur le moment, je n'ai pas été frappée par les signes d'une contrariété qui, parce qu'elle était excessive, aurait pourtant dû m'alerter. C'est de façon insidieuse que cette remarque a fait son chemin dans mon esprit. Elle y a tellement progressé depuis que j'en suis arrivée à me dire que je tiens là un indice.

— Un indice de quoi donc, ma sœur? demanda Charlotte.

— De l'endroit où je présume que s'est réfugié Artus!

— Vous croyez que Gertrude sait où il se cache?

— J'en suis persuadée! Je vais même plus loin : rappelez-vous comme elle a appuyé sur le fait que personne ne pouvait connaître son lieu d'asile à l'heure actuelle. L'insistance qu'elle a mise dans cette affirmation avait quelque chose de forcé qui m'a donné à penser. J'en suis venue à me dire qu'une seule raison pouvait expliquer son ton provocant : ou je me trompe fort, ou Artus, qui ne pouvait rêver meilleure cachette, a trouvé abri sous son toit !

— Avez-vous songé, ma sœur, aux risques qu'une semblable complicité impliquerait pour elle ?

— Oui, mais je ne suis pas certaine qu'ils suffisent à en détourner une femme imaginative et sensuelle comme Gertrude. Sa vie sans relief doit lui paraître fade et je la crois capable d'apprécier la saveur puissante d'un piment venu si à propos la relever.

— L'embarras, le trouble, qu'elle a manifestés durant sa visite, et que j'avais remarqués, sans plus, pourraient vous donner raison, ma mère ! Il est certain que son comportement, lundi, n'était pas normal.

— Soit. Avez-vous aussi mesuré combien une connivence de cet ordre la mettait en position de guerre ouverte contre nous tous ?

— Certainement, mais je doute que cette considération puisse plus que le danger couru, l'arrêter. Elle n'est liée à notre famille que par raccroc et nos rapports sont de pure convention. Aucune affection, aucune affinité ne nous rapprochent.

— Aucune ! répéta Florie avec conviction. De plus, j'y pense, elle a fait, l'autre jour, étalage d'une contrition bien étrangère à sa manière habituelle, au sujet de la responsabilité qui lui incomberait dans notre malheur, à cause de son invitation à goûter.

— En admettant que vous ayez raison l'une et l'autre, dit Charlotte, il reste à s'en assurer. Tant que nous ne serons pas certains de la présence d'Artus chez elle, nous ne pourrons rien faire. Comment y parvenir ? Un homme que les sergents du roi recherchent partout, doit s'entourer de mille précautions.

— S'il s'est bien réfugié chez Gertrude, ce ne peut être à Paris, dans le petit logement situé juste au-dessus de celui des Louvet, fit remarquer Mathilde. Il y serait tout de suite repéré. C'est donc à la campagne, dans sa maison des champs, et nulle part ailleurs, qu'elle a loisir de le dissimuler.

— Vous devez être dans le vrai, mais il faut le prouver.

— Je vais m'y employer, dit Florie saisie d'une sorte de fièvre d'action. Je n'ai que trop de raisons, hélas, de m'occuper d'Artus ! Je trouverai bien, par ma foi, un moyen de me renseigner...

VIII

Dans la nuit, un orage digne de l'Apocalypse avait foudroyé et inondé Paris, la vallée de la Seine, la forêt de Rouveray, les bourgs avoisinants. Ses derniers roulements ne s'éloignèrent qu'à l'aube.

Étendue dans son lit, près de Philippe qui ne s'était réveillé que le temps de caresser sa femme à la lueur des éclairs, Florie, incommodée par la chaleur poisseuse que les trombes d'eau n'avaient pas dissipée, ne parvenait pas à s'endormir. Au sortir d'une étreinte hâtive, elle ne pouvait s'empêcher de songer à ce qu'elle aurait pu connaître entre les bras de Guillaume. D'instinct, elle devinait qu'il y avait autant de façons de pratiquer l'amour que d'amants. Avec son mari, on demeurait dans la manière douce, teintée de délicatesse, allégée d'amusement. Avec l'homme dont un simple effleurement l'émouvait, ce ne pouvait être que paroxysme, déchaînements furieux comme ceux de l'ouragan, explosions de félicité... De cette pensée, qui était trahison, elle eut honte aussitôt.

Dans la nuit que l'aube teintait à peine de gris, Florie ouvrit des yeux pleins d'effroi. Voici donc à quels errements, à quels égarements, elle se laissait aller, alors qu'elle était mariée depuis un mois et demi ! Philippe, ce charmant mari qu'elle avait épousé dans la joie, Philippe, qu'elle aimait avec tendresse, dont elle souhaitait le bonheur, allait-il être chassé de son cœur par un sentiment déloyal, éhonté ? Une colère blanche, faite de dégoût de soi, de peur, d'impuissance navrée, de révolte, secoua la jeune femme. Allait-elle accepter d'être menée par sa peau, comme une chatte en chaleur ? N'était-elle rien d'autre qu'une femelle ?

Rageusement, elle se jeta hors du lit pour se mettre à prier à genoux sur le sol. Mais elle n'acheva pas son geste. Elle se sentit faiblir, défaillir, une nausée la tordit, et elle tomba inanimée sur l'herbe qui jonchait le parquet de la chambre.

... Quand, des brumes de l'évanouissement, elle revint à elle, ce fut pour se trouver de nouveau allongée entre ses draps. Deux visages s'inclinaient au-dessus du sien, celui de tante Béraude, dont les innombrables rides se fronçaient en un sourire ému et guilleret à la fois, et celui de Philippe.

— Vous pouvez vous vanter, ma petite âme, de m'avoir causé une fière peur !

— Je ne sais ce qui m'a pris...

— Je crois le savoir, moi, ma chère nièce !

Florie tourna la tête, sourit. Elle le découvrait aussi, tout à coup. Un enfant ! Elle attendait un enfant ! Ainsi donc, elle allait être préservée ! Au plus noir de sa honte, un sauveur lui était envoyé. Entre lui et elle, personne, non, personne, ne pouvait s'interposer. Soutenue par celui-là même qu'elle portait, si faible fût-il, elle se sentait devenir forte, gardée. Cet être minuscule avait tous les droits, y compris celui de la contraindre à vivre sans souillure, à chasser loin d'elle les turpitudes de son imagination. Si chétif, mais, déjà, si puissant !

— Je vais aller chercher votre tante Charlotte, ma douce, dès que le jour sera un peu plus levé. Elle vous visitera et s'occupera de vous.

— Ce n'est pas nécessaire, mon ami. Je me sens tout à fait bien à présent. Ce qui m'arrive est la chose la plus naturelle du monde.

— Sans doute, mais il vous faut du repos.

— Eh bien ! je vais me reposer. Pour commencer, je reste allongée un moment. J'irai plus tard à l'Hôtel-Dieu. Ce n'est pas le plus important... le plus important, c'est ce don du Seigneur, cette fusion de nos deux vies, Philippe, ce petit être qui naîtra de nous !

Avec un regain de fondante et contrite affection, elle contemplait le visage de son époux qu'éclairait une expression où amour, respect, gravité, émerveillement, se mêlaient si étroitement qu'ils produisaient une transformation saisissante : aux traits encore graciles de l'adolescent, ils substituaient un masque d'adulte, empreint du sentiment tout neuf de sa responsabilité.

Une joie fraîche comme une eau de source coula sur le cœur repentant de Florie. Prenant tendrement la tête de Philippe entre ses mains, elle le baisa aux lèvres avec une félicité presque humble, une allégresse qui était reconnaissance et soulagement.

Aussitôt après, elle décida que ce jour serait le premier d'une ère nouvelle dont tout miasme devait être banni.

Comme promis, elle se leva plus tard que de coutume, prit, selon son habitude, un bain dans le cuvier qui remplaçait ici la baignoire en bois de Mathilde, soigna sa toilette, sa parure, et partit à la messe au bras d'un époux débordant d'émotion. Elle pria de toute son âme sous les voûtes de Saint-Séverin, pour remercier Dieu de ce gage de paix qu'Il venait de leur envoyer, gagna ensuite le Palais où la reine Marguerite présidait une assemblée courtoise comme elle aimait à le faire, composa, comme en se jouant, des vers délicats et se rendit, enfin, rue des Bourdonnais, pour voir Clarence, sans avoir perdu un seul instant le sentiment merveilleux de se trouver en état de grâce.

Elle savait ne trouver chez eux ni son père ni sa mère, partis ensemble, ainsi qu'ils le faisaient chaque jour en ce début de juin, à la foire du Lendit, la plus célèbre de la région parisienne, qui se tenait tous les ans le long de la route menant à Saint-Denis.

Pour cette circonstance, et de la même manière que les autres marchands de la capitale, l'orfèvre y avait fait dresser une vaste tente, marquée de son enseigne, qui lui servait de boutique volante. Sa femme, son second fils, l'aidaient à s'en occuper, ainsi que ses apprentis. Pendant les deux semaines que durait la foire, il était en effet interdit, pour ceux qui y participaient, de vendre comme d'habitude à fenêtre ouverte dans les rues de Paris.

Florie et Philippe songèrent un moment à se rendre sans plus tarder auprès de leurs parents afin de leur annoncer la grande nouvelle mais la foule qu'ils savaient rencontrer en un pareil endroit, grouillante et affairée, circulant autour des innombrables étalages dans une presse dont ils connaissaient la densité, les remous, les agglutinations, les accès de fièvre, les en détourna. Il était préférable pour la future mère de ne point se hasarder dans une semblable cohue et de ne point se fatiguer non plus au début de sa grossesse.

— Je vais monter voir Clarence, dit Florie à son mari. Même si je ne puis rien lui dire, je serai contente de l'embrasser. Voulez-vous bien, mon cœur, demeurer un moment dans la salle à boire un verre de vin gris pour faire passer le temps durant mon absence ?

La chaleur du jour n'avait pas pénétré dans la demeure aux murs épais. La jeune femme retrouva avec plaisir, dans la pénombre des volets intérieurs tirés, en même temps qu'une fraîcheur bienfaisante, l'odeur de cire mêlée au parfum des bouquets de roses que sa mère déposait dans des pichets de grès ou d'étain sur les coffres et les bahuts.

La maison, vide du plus grand nombre de ses habitants, était tranquille. Dans la chambre des filles, leur nourrice cousait près de la fenêtre qu'on tenait ouverte sur le conseil de sire Vives. Il tenait en effet pour pernicieuse la coutume qui voulait qu'on tînt fermées les pièces où on soignait des malades.

Florie embrassa Perrine et s'approcha du lit. Sa sœur, soulevée par plusieurs oreillers, se tenait à demi assise. L'état de l'adolescente s'améliorait au fil des jours. Sur le visage d'où s'effaçaient les meurtrissures, on retrouvait les nuances naturelles de son teint.

Autour des yeux, d'où angoisse et terreur s'en étaient allées, les cernes s'estompaient peu à peu. Les cheveux blonds aux reflets d'argent, nattés avec soin, s'échappaient en deux épaisses tresses du serre-tête en lingerie. Les bras et les mains ne portaient plus que de légères cicatrices.

Le corps se remettait. L'esprit, lui, demeurait atteint.

L'expression de Clarence ne traduisait ni peine, ni espérance. Une sorte d'immobilité minérale figeait les traits sans ride, lisses, donnant à sa face aux contours adoucis l'aspect d'un galet poli par les vagues. Si les visites de sire Vives lui avaient apporté un apaisement certain, elles n'étaient pas parvenues pour autant à réveiller l'intelligence que l'affreux attentat d'une nuit de mai semblait avoir anéantie.

Florie se pencha, baisa le front blanc, se redressa.

— Ma mie Clarence, appela-t-elle avec douceur, Clarence !

Aucun signe, aucun mouvement de reconnaissance ne lui répondit. Après avoir posé un instant sur elle, et comme par mégarde, un regard vide, sa sœur fixait à nouveau, droit devant elle, le mur qui bornait son horizon.

— Prend-elle bien les potions qu'on lui donne ? demanda Florie à Perrine qui s'était levée et approchée du lit.

— Dame oui. La pauvre, elle est douce comme un agneau, absorbe tour à tour nourriture et remèdes, sans même avoir l'air de faire la différence !

— A-t-elle, une seule fois, depuis que je l'ai vue, prononcé une parole ?

— Hélas, ma mignonne, pas la moindre !

Florie baissa la tête. Il lui était insupportable de voir sa cadette demeurer dans cet état de non-existence, de se dire qu'il avait, sans doute, dépendu d'elle, durant un moment, qu'une telle épreuve lui fût épargnée. Il était temps d'agir.

Depuis que Mathilde lui avait fait part des suppositions qu'elle nourrissait au sujet de la disparition d'Artus, Florie n'avait cessé de se demander comment réaliser sa promesse, comment parvenir à la certitude dont sa famille allait avoir besoin pour passer à l'action. Mais, à présent, elle ne pouvait plus se permettre de tergiverser. Tant pis s'il y avait des risques à prendre, on les prendrait ! Devant le lit où s'étiolait sa sœur, l'essentiel, seul, demeurait : châtier sans plus attendre l'auteur de ce saccage !

Après quelques mots échangés avec sa nourrice, elle quitta la chambre pour rejoindre Philippe qu'elle trouva, dans la grande salle, en conversation avec Arnauld, qui rentrait de l'Université.

— Je suis bien aise de vous voir tous deux ensemble, dit-elle en se forçant à prendre un ton résolu. J'ai à vous parler.

— A moi aussi ?

— A vous aussi, mon frère. Il s'agit de choses graves. Nous aurons, ensuite, des décisions à arrêter d'un commun accord.

Spontanément, elle leur sourit.

— J'ai souvenir que nous nous sommes trouvés ainsi réunis, il y a peu de temps, rue aux Écrivains, dit-elle pour reculer le moment où il lui faudrait lâcher les chiens de la haine. Comme tout, alors, était différent ! Nous ne songions qu'à rire, qu'à rimer. La vie nous semblait sans ombre, sans piège. Tout était tranquille... ou presque tout, corrigea-t-elle en croisant le regard de son frère, dont elle se souvint tout d'un coup qu'il l'avait, ce même jour, mise de façon très précise en garde contre Guillaume. Déjà !

Elle baissa la tête, croisa les mains sur ses genoux. Un rai de soleil où s'agitaient des poussières passait à travers une fente des volets de bois pour venir se poser sur ses doigts, sur l'étoffe verte où ils reposaient.

— Ce que j'ai à vous révéler maintenant, dit-elle, sera, je le crains, lourd de conséquences, mais je n'ai pas le choix. Quand on revient de la chambre d'où je sors, quand on a constaté, une fois de plus, combien les goliards ont irrémédiablement profané notre sœur, saccagé son existence, ruiné son avenir, souillé son honneur, on en vient à penser que tout est préférable à laisser ses bourreaux impunis.

— Certes, ma mie, mais je ne vois pas ce que nous pouvons faire d'autre que ce que nous faisons. Arnauld était, au moment où vous êtes entrée, en train de me conter les fouilles que son ami Rutebeuf et lui-même effectuaient dans Paris et les environs pour retrouver Artus le Noir. Sans aucun résultat, hélas, jusqu'ici.

— Nous ne cesserons de le traquer qu'après sa capture, affirma l'aîné des Brunel d'un air de menaçante détermination. Je vous jure bien, Florie, par tout ce qu'il y a de plus sacré, que Clarence ne demeurera pas dans l'affreuse condition où vous venez de la quitter sans que nous la vengions !

— Justement, dit la jeune femme, déchirée entre des mouvements contraires, justement, je pense détenir le secret de sa cachette.

— Par le Dieu Tout-Puissant !

— Attendez, mon frère, attendez, je vous en prie !

Elle prit une profonde aspiration. Ses doigts tremblaient sur le tissu de soie de son surcot.

— Voici : il y a quelques jours, notre mère a attiré notre attention, à tante Charlotte et à moi, sur des observations qu'elle avait été amenée à faire et qui peuvent nous conduire tout droit, si, toutefois, elle ne s'abuse pas, au repaire d'Artus.

— Parlez, parlez donc !

— Grâce à des indices qui restent à vérifier, nous pensons qu'il a trouvé refuge dans un endroit où personne n'a songé à l'aller chercher, beaucoup plus près de nous qu'on ne pourrait le croire : tout près, même, chez Gertrude !

— Ce n'est pas possible !

— Il semble bien que si. Écoutez plutôt.

En quelques mots, elle mit les deux garçons au courant du cheminement de la pensée maternelle. Arnauld était tendu comme un arc.

— Ce n'est là qu'une éventualité, remarqua Philippe, qui gardait son sang-froid. Rien ne prouve que votre mère ait vu juste. Elle a fort bien pu se tromper dans ses déductions.

— Elle peut, aussi, avoir raison ! s'écria l'étudiant avec feu. Il me revient à présent avoir vu, le soir de la fête du Mai, sur la place de la Grève, Artus en conversation avec Gertrude. J'étais arrivé comme elle le quittait, et, sur le moment, j'avoue n'avoir pas attaché d'importance à cette rencontre. Je me rappelle cependant qu'ils s'entretenaient tous deux comme de bons amis.

— Si je vous l'accorde, en possèderons-nous davantage des certitudes assez solides pour nous permettre de prévenir les juges seigneuriaux de Saint-Germain-des-Prés dont l'affaire dépendra, à partir du moment où l'accusé se trouvera sur un territoire ressortissant à leur juridiction ? Nous savons tous, ma mie, combien la justice d'Église veille à s'entourer de garanties, combien elle est exigeante quant aux preuves à fournir. Or, nous n'en avons guère ! Nos affirmations ne suffiront pas. On nous demandera d'apporter autre chose que des présomptions.

— Par ma foi, pour en avoir le cœur net, il n'y a qu'une façon de faire : c'est d'y aller voir !

Arnauld s'était levé. Une impatience piaffante comme celle d'un cheval dont on retient la course, l'agitait tout entier.

— Avant de nous lancer ainsi, au jugé, dans une démarche qui aura des conséquences dont nous ne pouvons pas prévoir les prolongements, il faut réfléchir, dit Philippe, moins échauffé que son beau-frère. N'oublions pas qu'Artus est plein de ruse. Il a dû s'entourer de mille précautions afin de n'être ni vu ni remarqué en venant chez Gertrude, en laquelle il a trouvé, par-dessus le marché, une alliée de choix ! Depuis, il est certainement, jour et nuit, sur le qui-vive et je gage qu'il ne dort que d'un œil !

— Nous avons, c'est évident, affaire à forte partie, admit l'étudiant, et je vous concède qu'ils doivent, tous deux, se tenir diablement sur leurs gardes, mais, enfin, il n'est pas facile de cacher quelqu'un chez soi sans qu'on en soit très vite informé à l'entour. En allant rôder auprès du domicile de Gertrude, en enquêtant avec soin, je pense être assez rapidement renseigné. J'y vais de ce pas !

— Non, non, Arnaud! Je vous en prie! écoutez Philippe, ne vous emballez pas! s'écria Florie. L'endroit est isolé, sans voisin, sans maison proche. Il n'y a là-bas ni rue, ni bâtiment où se dissimuler. Vous serez repéré dès votre arrivée sur les lieux, ce qui amènera Artus et son hôtesse à redoubler de vigilance!

— Que faire, alors, d'après vous? Attendre, toujours attendre, perdre encore plus de temps?

— Non, bien sûr... Florie hésitait. J'ai, tout d'un coup, une idée, dit-elle en s'adressant à son mari, mais je ne sais pas si elle est bonne.

— Pourquoi ne le serait-elle pas, ma mie?

— Parce qu'elle vous met en cause.

— Eh bien! ce n'est pas pour me déplaire, je vous assure! De quoi est-il donc question? Je suis prêt à tout braver, à tout risquer, pour diminuer, dans la mesure du possible, les regrets que je traîne après moi. Vous pensez qu'un trouvère n'est pas un bretteur et que je suis plus à ma place à la Cour que sur le pré! Ne le niez pas, je le sais... Pour un homme épris comme je le suis, et plus préoccupé de votre sauvegarde que de sa propre protection c'est là une position humiliante et douloureuse à la fois. Si vous m'avez trouvé à accomplir une action qui me réhabilite à mes propres yeux, et aux vôtres par la même occasion, vous me rendrez le plus grand service!

— Hélas, ce sera, sans doute, un service fort risqué...

— Qu'importe? Dites, dites vite, Florie, je vous en conjure!

Tout en laissant sur le bras de Philippe la main qu'elle venait d'y poser, la jeune femme se tourna vers Arnauld pour le faire juge de son projet.

— Pendant la visite dont je viens de vous parler, Gertrude n'a pas manqué de m'interroger sur ce que vous comptiez faire tous deux afin de nous venger. Notre mère lui a dit combien vous étiez, mon frère, désireux de retrouver Artus parce que vous aviez été le premier à le mettre en relation avec nous. Elle lui a parlé du sentiment de responsabilité que vous éprouviez à cet égard, ne lui a rien celé de votre ressentiment envers celui que vous aviez longtemps considéré comme un ami. C'est pourquoi il me semble impossible que vous vous rendiez à présent là-bas impunément. Vos intentions y sont trop connues. Les deux complices seraient tout de suite alertés. En revanche, continua-t-elle en s'adressant de nouveau à Philippe, j'avais assuré à Gertrude que je vous supplierais, mon ami, de ne pas vous exposer en vain aux violences des goliards, et même que je vous demanderais de renoncer à les poursuivre. Non pas que j'aie jamais douté de votre courage, quoi que vous en pensiez, fou que vous êtes, mais bien par souci de votre vie que je ne voulais pas voir hasardée inutilement...

Elle s'interrompit. Un sourire d'une tendresse à faire fondre un cœur moins amoureux que celui de son mari, passa ainsi qu'un rayon de soleil sur son visage.

— Et je vais vous prouver que je suspecte si peu votre courage que me voici en train de vous proposer de vous rendre chez Gertrude afin d'y prendre le vent! Il me semble, en effet, après ce que je lui ai dit, qu'elle se méfiera moins de vous que de mon frère et ne verra pas d'objection à vous laisser entrer chez elle, non sans avoir, auparavant, caché Artus en quelque coin. Au nom de quoi pourrait-elle, d'ailleurs, vous fermer sa porte? Ne sommes-nous pas parents? Elle est bien trop avisée pour ne pas comprendre que ce serait la pire des maladresses! Non, voyez-vous, ce n'est pas une mauvaise solution. Vous jouerez les innocents et Gertrude sera bien obligée de vous accueillir.

— Qu'aurai-je à faire, au juste?

— Vous rendre à la petite maison des champs, sous couleur de porter à sa propriétaire un livre ou une chanson, et en inspecter les parages. N'oubliez pas qu'elle est à mille lieues d'imaginer que nous la soupçonnons d'héberger notre ennemi.

— Sans doute, mais pensez-vous vraiment que je découvrirai, comme cela, tout naturellement, des traces de la présence d'Artus sous son toit?

— Je n'en serais pas étonnée. Un homme laisse toujours derrière lui des marques de son passage. Surtout chez une femme seule.

— Il se peut, aussi, que votre mari tombe, à l'improviste, sur celui-là même qu'il sera chargé de dépister! dit alors Arnauld qui semblait avoir retrouvé son sang-froid en écoutant Philippe s'exalter. Avez-vous songé à ce qu'il adviendrait de lui en pareil cas?

— Par ma foi, beau-frère, je ne serais pas mécontent de trouver enfin une occasion de montrer que je ne suis pas un'couard!

— Surtout l'occasion de vous faire massacrer! Êtes-vous privé de sens?

En entendant son frère, Florie s'en voulut aussitôt. Comment n'avait-elle pas envisagé les suites d'un projet conçu bien trop à la légère, sous le coup de l'émotion?

— Ignorez, mon ami, ce que je viens de vous proposer! s'écria-t-elle avec contrition. Je vous en supplie, oubliez-le! C'était sottise de ma part! Il ne saurait être question de vous exposer de la sorte et je ne sais pas où j'avais la tête!

Elle s'interrompit après avoir rencontré le regard d'Arnauld qui l'observait soudain avec tant d'attention, d'étonnement pensif, qu'elle sut aussitôt qu'il tirait de son comportement des conclusions déplaisantes. Une douleur semblable à celle d'un coup de fouet la cingla.

A la lumière de ce que son attitude, tout instinctive, venait de lui révéler, elle apprenait en un moment à mieux se connaître : il n'y avait pas de quoi être fière ! Heureusement que son époux n'était pas parvenu aux mêmes conclusions qu'Arnauld !

Relevant le front, elle constata que son frère n'avait pas cessé de l'examiner et que le temps employé à sonder ses propres abîmes avait dû être fort court. Non sans une certaine appréhension, mais dans l'espoir que leur entente, leur accord de toujours, interviendrait en dépit de tout, elle lui sourit. Il lui rendit son sourire. Elle ne s'était donc pas trompée !

— Il y aurait peut-être une autre possibilité, dit-il alors en continuant la conversation comme s'il ne s'était aperçu de rien, et c'était bien le meilleur témoignage qu'il pouvait fournir à Florie du pacte tacite conclu avec elle. Je viens d'y penser tout à coup, c'est une simple question de bon sens : je ne risque d'être reconnu en furetant autour de chez Gertrude que dans la mesure où se trouvera, sous son toit, quelqu'un pour me voir, c'est une évidence ! Si la place est vide, je n'ai plus rien à craindre. Eh bien ! Vidons-la !

— Comment ?

— Ainsi que de braves cousins que nous sommes, voyons ! en conviant Gertrude chez vous, à un dîner ou à un souper, afin de lui rendre son invitation de l'autre jour. Comme le fait ne s'est encore jamais produit, que je sache, depuis votre mariage, elle en sera flattée et y verra la preuve que vous ne lui gardez pas rancune de la triste coïncidence dans laquelle elle se trouve impliquée. Elle jugera donc impossible de refuser un tel geste sans imprudence, s'y rendra, même si elle n'en a guère envie, et me laissera le champ libre.

— Vous oubliez Artus.

— Non point ! Poursuivons notre raisonnement : Gertrude ne peut pas abandonner derrière elle, ouvertement, un homme traqué que n'importe quel visiteur de hasard découvrirait en surgissant à l'improviste. Durant ses absences, elle doit avoir prévu pour lui un lieu de repli où on ne parvienne pas à le dénicher, quelque chose comme une cave, un cellier...

— Fasse le Seigneur Dieu que vous ne vous trompiez pas !

— N'ayez crainte, Florie, tout se passera comme je vous le dis. Il ne peut pas en être autrement, c'est une question de logique. Donc, après avoir fait mon miel de tout ce qui me tombera sous la main, sous les yeux, et je suis déterminé à ne pas rentrer bredouille cette fois-ci, je n'aurai plus qu'à m'éclipser aussi vite que possible.

— Ensuite, nous le tiendrons ! s'écria Florie en se laissant emporter par une vindicte plus puissante que les alertes de sa tendresse fraternelle.

— Préviendrez-vous alors les autorités ou comptez-vous agir sans bruit avec quelques compagnons choisis ? demanda Philippe. Si vous vous arrêtez à la seconde solution, je tiens absolument à être des vôtres.

— Je ne sais pas encore...

— Je vous en supplie, Arnauld, évitez un affrontement qui ne saurait être qu'impitoyable ! Prévenez qui de droit afin qu'Artus soit appréhendé, emprisonné, jugé, condamné et pendu dans la légalité ! En nous comportant de façon régulière, nous mettrons le bon droit de notre côté, ce qui ne serait pas le cas si nous voulions nous faire justice nous-mêmes !

— Eh oui... il n'en reste pas moins que je brûle de participer en personne au châtiment de ce traître ! De toute façon, nous n'en sommes pas encore là. Procédons par ordre. Il faut commencer par inviter Gertrude chez vous.

— A quelle occasion ?

— Les fêtes de Pentecôte, qui tombent dimanche prochain, ne pourraient-elles servir de prétexte à votre geste ? Ces deux jours chômés, avec les plaisirs et les réjouissances qu'ils entraînent, me semblent tout indiqués pour une telle opération. Votre intention paraîtra des plus naturelles.

— Disons samedi. Je préfère que ce ne soit pas le jour saint.

— Parfait. Vous prévenez Gertrude, elle vient, je vais chez elle et je veux bien être pendu à la place d'Artus si je ne déniche pas là-bas de quoi éclairer ma lanterne !

La perspective de l'action à entreprendre, le sentiment de venir en aide à Florie, la satisfaction, surtout, de pouvoir enfin sortir d'une passivité qui lui rongeait les sangs, redonnaient à l'étudiant du mordant et une vitalité nouvelle.

— Dieu vous bénisse, Arnauld, et qu'Il vous garde !

La jeune femme sentit à ce moment une nausée lui tordre l'estomac. Laissant à Philippe le soin d'expliquer à son beau-frère le motif de son départ précipité, elle s'élança dehors.

Dans la cour, où le soleil chauffait les pierres de la façade à tel point que la chaleur réverbérée était à peine supportable, Florie rencontra Tiberge la Béguine qui revenait du verger en compagnie d'une servante portant un panier plein de salades, d'épinards, de bettes, de poireaux.

— Que vous voilà pâle, chère dame, on dirait...

La future mère n'eut que le temps de se précipiter vers un baquet rempli de son, posé dans un coin par un garçon d'écurie.

Quand elle se redressa, Tiberge, qui avait envoyé la servante à la cuisine, se rapprochait d'elle, une lueur de connivence au fond des yeux.

— Par Notre-Dame, il n'y a pas à se tromper sur ce que je viens de voir! Je ne crois pas m'avancer beaucoup en prédisant, pour l'an prochain, la naissance d'un beau petit.

— Il se pourrait bien que tu aies raison, Tiberge.

— Dieu soit loué! Comme vos parents vont être heureux, et tout le monde, céans, avec eux, c'est moi qui vous le dis!

Sur la large face couperosée de l'intendante passait un attendrissement, une satisfaction, qui en adoucissaient l'ordonnance un peu rude. Tout en respirant son eau de senteur favorite, Florie lui sourit. Elle retrouvait ses couleurs, la sensation de nausée s'estompait.

— Je voudrais déjà avoir mon enfant entre les bras!

— Ce n'est pas à souhaiter, ma chère petite, croyez-moi, car ce serait preuve que vous avez fauté! s'écria Tiberge d'un air réprobateur. Prenez patience, c'est la seule chose à faire. Par ma foi, je vais me mettre sans plus tarder à tailler et à coudre langes et petites chemises, afin d'avoir, ensuite, tout mon temps pour les broder. Il faut que votre fils soit mis comme celui d'un baron!

— Tout doux, Tiberge, tout doux! N'en faisons pas un vaniteux, je te prie. J'aimerais qu'il soit, à l'image de notre sire le roi, plein d'humilité et de sagesse, vêtu simplement, et doux de cœur.

— Je prierai Notre-Dame afin qu'elle vous exauce.

— Je t'en remercie, Tiberge, et je suis contente que tu partages mon secret. Cependant, n'en souffle mot à personne, s'il te plaît: je tiens beaucoup à annoncer moi-même l'événement à mes parents.

— Soyez en repos, je n'en parlerai à quiconque.

La même recommandation fut faite à Arnauld qui promit de se taire, lui aussi, et les jeunes époux rentrèrent chez eux pour dîner.

Après le repas, pendant que Philippe composait une ballade, Florie, incommodée par la chaleur, se reposa avant de se mettre, de son côté, à écrire un poème dont le thème lui avait été proposé auparavant à la cour de la reine Marguerite.

Ce ne fut qu'en fin de journée qu'elle se décida à se rendre chez Aubri Louvet afin d'inviter Gertrude pour le samedi suivant. Retenu par son travail, Philippe la laissa sortir en compagnie d'une simple servante.

La touffeur s'atténuait avec l'approche du soir. Les odeurs de la rue, plus insistantes qu'à l'ordinaire, se mêlaient à celles de la Seine dont l'eau chauffée depuis plusieurs jours par un soleil trop lourd pour la saison, dégageait de fades relents de vase et de goudron.

Passée la masse du Petit-Châtelet où l'ombre restait fraîche, et une fois acquitté le droit de péage obligatoire, les deux femmes se trouvèrent sur le Petit-Pont.

Comme toujours, il était encombré par une foule pressée entre les maisons qui le bordaient de part et d'autre. Il fallut se frayer un passage dans la bousculade qui, tout au long du jour, tourbillonnait devant les éventaires de merciers, de pelletiers, de joailliers dont c'était le lieu d'élection.

En passant devant la boutique où, elle le savait, Guillaume s'installerait à son retour d'Angers, Florie ne put se retenir de jeter un coup d'œil vers l'étal que des fourrures de toutes provenances encombraient. Le sachant absent, elle osait enfin considérer l'endroit où il vivait, travaillait, dormait, songeait à elle... Dès que conçue, cette pensée parut dangereuse à la jeune femme qui décida aussitôt de la chasser loin d'elle et se força à s'intéresser exclusivement aux marchands de chandelles, d'œufs, de cresson, de charbon, de chapeaux de fleurs, aux jongleurs, baladins, montreurs de singes (eux seuls ne payaient rien aux receveurs du péage à condition de faire exécuter des tours de leur façon à leurs animaux savants), aux mendiants, religieux, Filles-Dieu, qui se croisaient, se coudoyaient, s'interpellaient en cet étroit espace.

Il fallut donc mettre un certain temps pour gagner la place du marché Palu, dans la Cité.

Il y avait du monde dans la boutique de l'apothicaire que l'odeur de plantes séchées et d'onguents emplissait. Cependant, dès qu'Ysabeau vit Florie, elle s'avança aussitôt vers elle.

— Comment se porte Clarence ? demanda-t-elle d'un air plein d'importance. Va-t-elle mieux qu'au moment où nous nous sommes rendues chez vous ?

Elle n'était pas retournée en personne rue des Bourdonnais de peur d'importuner, précisa-t-elle avec le luxe d'explications qui coulait toujours de ses lèvres dès qu'elle ouvrait la bouche, mais n'avait jamais manqué de faire prendre, chaque jour, des nouvelles de leur jeune cousine. Son mari, de son côté, était passé voir Étienne.

— Ma sœur se remet lentement dans son corps, répondit Florie, mais son esprit demeure absent. Elle reste comme hors d'elle-même.

— J'en suis encore toute retournée !

— Si je suis venue vous trouver à une pareille heure, au risque de vous déranger, enchaîna Florie avec une détermination accrue par le recul instinctif qu'elle manifestait devant toute jérémiade, c'est pour vous demander si Gertrude se trouve chez elle en ce moment.

— Je ne la crois pas encore revenue de la petite école où elle enseigne.

— Tant pis. Voulez-vous avoir l'amabilité de lui dire que nous serions heureux, Philippe et moi, qu'elle vînt dîner avec nous samedi prochain. Ce dimanche étant jour de Pentecôte, nous avons pensé qu'elle serait libre en cette veille de fête.

— Grand merci pour elle. Je lui ferai part de votre invitation et elle vous fera savoir, de son côté, si elle accepte. Je pense, pour ma part, qu'elle en sera ravie.

— Je l'espère également.

— Elle verra, j'en suis sûre, dans ce geste, un témoignage d'amitié et l'assurance que vous ne lui tenez pas rigueur de s'être, bien à son insu, trouvée mêlée à ce qui vous est si malencontreusement advenu en sortant de chez elle.

— Pourquoi lui en voudrions-nous ? Il n'y a là qu'une triste coïncidence et je lui ai déjà dit qu'elle n'y était pour rien.

Florie se sentait mal à l'aise. Elle n'aimait guère le rôle ambigu qu'il lui fallait jouer.

Comme elle sortait de chez l'apothicaire en compagnie de sa servante, des grondements encore lointains se firent entendre. Le ciel se couvrait à l'ouest d'une nuée aussi noire qu'une plaque de cheminée.

— Il va pleuvoir, dame, dit la servante, sauvons-nous !

— Nous avons encore un peu de temps, Suzanne. Avant de rentrer je voudrais passer chez demoiselle Alix que je n'ai point vue depuis plusieurs jours.

Ce n'était pas tant à cause du choc subi du fait des goliards que Florie avait espacé ses rencontres avec Alix, c'était pour ne pas avoir à lui parler de Guillaume, pour ne pas lui laisser entrevoir la place qu'il avait prise dans sa vie. A présent, tout était différent. Elle pouvait de nouveau se présenter devant son amie sans trop se sentir coupable. La nouvelle qu'elle avait à lui annoncer, les résolutions prises le matin, renouvelées à la suite de la conversation qui avait suivi, la soutiendraient assez pour écarter son trouble et le rendre insensible.

Maître Nicolas Ripault et les siens habitaient, près de la place du marché Palu, rue de la Vieille-Draperie, une maison que n'avait jamais cessé d'occuper depuis plus de deux siècles leur famille où on était drapier de père en fils.

A travers l'agitation de la rue de la Juiverie, Florie et Suzanne gagnèrent la respectable demeure. Haute de quatre étages, surmontée d'un pignon en surplomb, avec un rez-de-chaussée comportant la boutique et l'atelier dans lequel on pouvait regarder travailler les apprentis, elle élevait sur la rue sa façade à colombages où ne s'inscrivaient que d'étroites ouvertures alors que se cachait derrière un jardin feuillu. Une large fenêtre sans vitrage, précédée d'une margelle, s'ouvrait sur la rue où se pressaient les chalands. Des draps de toutes couleurs étaient étalés sur les volets de bois. Un vendeur les proposait avec empressement aux passants, tout en interrogeant du regard, avec appréhension, les nuages qui, par-delà les toits pointus, envahissaient le ciel.

Par une porte donnant sur le côté, et qu'on laissait ouverte tout le jour, Florie et sa servante, en habituées, pénétrèrent dans la boutique, saluèrent maître Ripault qui expliquait avec sa faconde coutumière une affaire à un client, et montèrent au premier étage.

Dans la grande salle, richement meublée, Yolande, qui servait de secrétaire à son mari, faisait des comptes. Alix et Laudine, rentrées de l'école du proche couvent de bénédictines où elles achevaient de s'instruire, se tenaient autour d'un lit à colonnes sur lequel était étendu leur frère infirme. Elles brodaient des ornements d'autels. Près d'elles, deux filles de service filaient et cousaient. Toutes quatre écoutaient avec recueillement la mélodie que Marc improvisait sur son luth, au gré d'un talent qui ne manquait pas d'attrait. Le chat allongé contre les jambes de l'adolescent, le lévrier étendu au pied du lit, semblaient également goûter la musique fluide qui égrenait ses notes autour d'eux.

— Par ma foi! voici notre Florie qui se décide enfin à venir nous voir! s'écria Alix avec la pétulance qu'elle tenait de son père. On se languissait de toi, ma mie!

La jeune femme salua la maîtresse du logis, embrassa les deux sœurs, sourit à Marc qui continuait à jouer en sourdine. Il avait un an de plus qu'elle, mais elle ne pouvait s'empêcher de le considérer comme un frère cadet, tant il paraissait frêle. Le manque d'exercice en avait fait un être pâle et gracieux, qui évoquait davantage quelque ange foudroyé plutôt qu'un garçon de seize ans. Ainsi qu'une marque mystérieuse, une cicatrice étoilait en son milieu le front haut et étroit comme un porche. Elle datait du jour de l'accident qui, en le précipitant sur les pierres du chemin, avait fait de Marc une pauvre chose brisée.

— J'avais, aussi, le désir de vous retrouver, dit Florie en prenant place auprès de son amie. Mais les semaines qui viennent de s'écouler ont été si lourdes à porter que je n'ai pas eu le temps de venir jusqu'ici. Nous ne savons plus comment nous vivons ces derniers temps!

Depuis l'affreux matin où Nicolas Ripault avait conduit Mathilde à la cour de justice royale, la famille du drapier s'était, pourtant, beaucoup manifestée.

— Bien sûr, tu as toutes les excuses possibles, aussi te pardonne-t-on, dit Alix d'un air tendre. Où en est ta sœur à présent?

— Un peu mieux quant au corps, sans changement quant à l'esprit!

— Quel tourment pour votre mère, soupira Yolande. Je ne cesse de prier à son intention.

— Moi, je prie pour Clarence, assura Laudine dont les taches de rousseur s'enflammaient sous la poussée de l'émotion. Ne reconnaît-elle toujours personne?

— Personne, hélas!

— Que fait-elle, maintenant qu'elle est en voie de rétablissement ?
A quoi se passent ses heures ? Commence-t-elle à se lever ?

— On lui fait faire quelques pas dans sa chambre, sans qu'elle
semble s'en rendre compte le moins du monde... pas plus que du
reste, d'ailleurs... On dirait qu'elle a perdu son âme !

— Clarence n'a plus ses idées, moi, je n'ai plus mes jambes,
remarqua le jeune infirme qui avait cessé depuis un petit moment de
jouer du luth. Pour certains, la vie est toujours amputée de quelque
chose !

— Nos destinées, mon fils, il est vrai, sont inintelligibles si on
cherche à les appréhender avec le pauvre instrument qu'est notre
raison, dit Yolande en s'adressant à Marc avec une ferme douceur.
Les secrets de la Création sont trop difficiles pour nous. La sagesse,
puisque nous ne pouvons comprendre, consiste à espérer, à nous en
remettre à Celui qui est à l'origine de tout.

— Je sais, ma mère, je sais. Mais, parfois, je n'accepte plus ce que
je sais.

Chacun demeura un instant silencieux. Des mouches bourdon-
naient contre le plafond aux poutres épaisses. Le chat ronronnait,
des murmures de conversations montaient du rez-de-chaussée.

Florie pensa que le moment était mal choisi pour annoncer une
naissance, qu'il lui faudrait attendre une meilleure occasion.

— Voulez-vous venir toutes deux dîner avec nous samedi ? reprit-
elle pour briser un silence qui lui parut cruel. Gertrude sera des
nôtres. Bertrand devant se joindre à nous, nous nous retrouverons à
cinq pour contrebalancer la présence d'un convive que, vous le
savez, nous n'aimons pas à la folie !

— Pourquoi l'inviter, si elle ne vous plaît pas ?

— Par nécessité, ma mie, rien de plus. Je t'expliquerai un jour ce
mystère. En attendant, ta présence et celle de Laudine nous aideront
plus que vous ne sauriez le croire.

— Tu peux compter sur nous, n'est-ce pas, mère ?

— Bien sûr.

— Que ne ferions-nous pas pour te venir en aide ! Je n'éprouve
pas, moi non plus, une passion sans borne pour ton invitée, mais si
cela peut t'être utile, je suis fort capable de me montrer charmante
avec elle !

— Je ne t'en demande pas tant ! Il vous suffira de nous aider à
entretenir la conversation !

IX

« Ainsi donc, dans peu de mois, je serai une aïeule ! »

Depuis deux jours que Florie, au cours d'une visite, lui avait annoncé sa future maternité, Mathilde ne cessait de songer à tout ce que cette naissance allait apporter de changement à leur vie de famille. Une espérance, bien sûr, en premier, puisqu'un enfant est d'abord une promesse, mais une nouvelle étape, aussi, pour chacun d'entre eux. Un apprentissage de plus pour Étienne et pour elle. Également la fin de tout rêve amoureux ! Une fois devenue grand-mère, il n'était plus concevable de se laisser aller à imaginer de folles aventures : ce serait là un ridicule qu'elle n'accepterait pas de se donner.

« Adieu, Guillaume, adieu, mes errements ! Cet enfant, en me reléguant au rang d'ancêtre, me mettra définitivement hors jeu. Je ne me vois pas berçant des rêves sentimentaux en même temps que mon petit-fils dans sa nacelle ! »

Encore une fois, un signe lui était envoyé. Quelqu'un de nouveau allait l'aider à demeurer dans la voie de la sagesse. Comme tous ceux qui l'avaient précédé, ce témoignage d'une attention très précise, la dirigeait avec fermeté vers le chemin sans complaisance du renoncement à soi.

« Eh, bien ! Seigneur, que Votre volonté soit faite ! Pas la mienne, qui s'égare si aisément, mais la Vôtre, la Vôtre seule ! »

Mathilde soupira. Ses doigts, qui tenaient une guimpe qu'elle était en train de broder de soieries aux teintes vives, continuèrent machinalement leur tâche tandis que sa pensée s'évadait.

Il faisait moins chaud. Les orages qui s'étaient succédé pendant plusieurs jours avaient enfin rafraîchi l'air. En même temps, la pluie avait libéré les odeurs puissantes de la terre mouillée, des roses de juin, de l'herbe reverdie, des plantes potagères, des simples du jardin. Odeurs sensuelles qui troublaient Mathilde, qui suscitaient en elle des faims dont elle se serait bien passée et qu'il devenait urgent de contrôler.

En ce samedi, veille de Pentecôte, rentrés vers quatre heures de relevée, plus tôt qu'à l'ordinaire, de la foire du Lendit où ils avaient laissé leurs apprentis sous la garde de Bertrand, Étienne et son épouse avaient d'abord éprouvé le besoin de se reposer un peu des fatigues du jour, de la poussière, du mouvement, du fracas de la foire. Assis l'un près de l'autre sur le banc de pierre proche du bassin, ils prenaient le frais sous les branches légères des noisetiers. Une sensation de répit, d'entente, les unissait au-delà de leurs difficultés coutumières. Ainsi que Mathilde l'avait espéré depuis le début, l'épreuve qu'ils traversaient ensemble les avait enfin rapprochés.

— Eh oui! ma mie, nous allons devenir grands-parents!

Étienne posa sur le bras de sa femme une main tavelée.

— A mon âge, il n'est rien là que de normal. Au vôtre, c'est un peu tôt, sans doute, quoique assez répandu. Vous serez une jeune et belle aïeule, ma mie, que voulez-vous! Je ne pense pas que vous aurez à le regretter. Vos petits-enfants seront amoureux de vous. Ce sera charmant!

D'un geste dont la spontanéité aurait aussi bien été celle d'un jouvenceau, l'orfèvre éleva jusqu'à ses lèvres les doigts qu'il tenait, les baisa avec dévotion.

Mathilde sourit avec un air d'indulgente complicité. Une expression où Étienne décela de l'amusement, un rien d'émoi teinté de mélancolie, une acceptation qui était sagesse et lucidité, mais nulle ironie, éclaira le visage qu'il aimait.

— Vous me verrez toujours avec les yeux de l'amour, mon ami! Croyez bien que j'apprécie cette constance comme elle le mérite. Seulement, nos petits-enfants, eux, me considéreront tout autrement. Que je le veuille ou non, j'aurai beau être une jeune grand-mère, selon vous, je personnifierai pour eux la plus âgée des femmes de la maison.

— Vous oubliez votre propre aïeule et ses quatre-vingts ans.

— Quand les enfants de Florie seront en âge de comprendre ce qu'est jeunesse ou vieillesse, il est probable qu'elle ne sera plus parmi nous. J'aurai, alors, le triste privilège de me trouver doyenne de la famille!

— Dieu merci, nous n'en sommes pas encore là! Vous voici, ma mie, aussi fraîche qu'il y a dix ans.

— J'en ai trente-quatre bien sonnés, Étienne!

— Ce n'est point là nombre canonique, que je sache! Vous ne pouvez d'ailleurs pas ignorer que vous demeurez toujours aussi belle.

« A quoi me sert de l'être? songea Mathilde qu'un regain d'appétits charnels tourmentait soudain. A quoi donc, puisque les joies qui devraient en bonne logique en découler me sont refusées ? »

Depuis le départ de Guillaume, pourtant, elle connaissait un répit, se sentait plus calme, moins souvent sollicitée. Il fallait sans doute porter au compte des effluves d'un mois de mai chaud et alangui, au compte, aussi, des propos galants tenus par son mari, ce besoin d'amour renaissant. Il y avait, de nouveau, un combat à livrer, un de plus ! Il ne fallait pas qu'Étienne s'en doutât, il en aurait trop souffert. Pour une fois où il était détendu, elle s'en serait voulu de troubler sa paix.

— Je ferai de mon mieux pour demeurer avenante le plus longtemps possible, mon ami, afin de vous faire honneur, assura-t-elle en se contraignant à garder un ton badin. C'est une question de coquetterie.

— Quand je songe à vous, et j'y songe maintes fois, vous le savez, ma mie, reprit maître Brunel sur un mode confidentiel, je vous vois en bleu, comme à travers la pierre fine du nom d'aigue-marine qui a la limpidité même de l'eau, comme si toute votre personne se reflétait dans vos yeux, comme si vous étiez pétrie d'azur.

— Voilà une pensée ravissante, Étienne, et qui me plaît, venant de vous, évoquant votre goût des pierreries et la connaissance que vous en avez. Merci de l'avoir eue, de me l'avoir avouée. J'y songerai souvent.

Il était ainsi ! Capable de la plus attentive tendresse et des rebuffades les plus injustes, sensible ou bien tranchant, selon l'heure, délicat ou sarcastique, bon ou agressif, par à-coups. Mathilde était habituée à ces sautes d'humeur, à ce comportement changeant. Elle savait qu'en dépit de ces alternances, au fond de l'âme de son mari, veillait à son égard un attachement sans condition, total, qui ne passerait qu'avec lui.

— Nous marcherons vers la vieillesse en nous appuyant l'un sur l'autre, mon ami, dit-elle sans se permettre de soupirer. Si Clarence se rétablit, comme l'espère sire Vives, nous pourrons, peut-être, cueillir en route quelques joies imprévues. Pourquoi cet enfant à venir ne serait-il pas l'une d'entre elles ?

Le choc du lourd vantail de bois retombant, dans la cour, derrière un nouveau venu, les aboiements des chiens, des bruits de pas, interrompirent le dialogue des époux. Un valet apparut bientôt, précédant le chanoine Clutin. L'oncle de Mathilde avançait à grandes enjambées qui soulevaient sa chape noire comme si le vent s'y était engouffré. Sur ses traits d'ascète, sa bienveillance naturelle semblait assombrie par on ne savait quel souci.

— Dieu vous garde, mon oncle.

— Qu'Il vous assiste, ma nièce !

A eux seuls, ces quelques mots étaient un signal d'alarme. Une visite du chanoine, déjà rare en temps normal, était encore plus insolite en cette veille de Pentecôte, alors que le clergé s'affairait partout pour préparer les offices du lendemain. Que signifiait-elle ?

Mathilde sentit les pulsations de son cœur s'accélérer brutalement.

— Vous semblez préoccupé, mon oncle, remarqua-t-elle avec inquiétude. Pouvons-nous savoir pourquoi ?

— Je ne suis pas venu pour autre chose, ma fille, mais, hélas, ma mission n'en est pas plus plaisante pour autant !

D'un geste instinctif, Étienne s'empara du bras de sa femme qu'il étreignit entre ses doigts, sans qu'elle pût savoir si c'était pour la soutenir ou, au contraire, pour se raccrocher à elle.

— De quoi s'agit-il ? demanda-t-il avec une crispation de la bouche qui était chez lui signe d'émotion et de malaise.

— D'une funeste mésaventure qui vient d'arriver à votre fils aîné.

— Arnauld !

Les traits du chanoine semblaient plus émaciés qu'à l'ordinaire, comme altérés de l'intérieur.

— Il s'est réfugié chez moi, dit-il avec gravité. Il est blessé. Je l'ai aussitôt soigné et puis vous assurer qu'il n'est aucunement en danger. Ce ne sera pas grave. Ce qui l'est bien davantage, c'est la raison même de cette blessure.

Il s'interrompit, serra les lèvres, jeta un coup d'œil autour de lui.

— Pour l'amour de Dieu, mon oncle, dites-nous ce qui s'est passé !

— Je préférerais vous faire part de ce qui lui est arrivé dans un autre endroit que celui-ci, loin des oreilles curieuses qui peuvent toujours se trouver à proximité, dans un jardin, reprit le chanoine. Si nous allions dans votre maison ?

— Montons dans notre chambre, proposa Mathilde. C'est là que nous serons le plus tranquilles pour parler.

Les fenêtres de la pièce, ouvertes sur l'extérieur, laissaient pénétrer les rumeurs du logis et des odeurs végétales qui se mêlaient au parfum de la menthe sauvage, fraîchement cueillie et dont on avait jonché le sol.

Mathilde indiqua au chanoine un siège libre. Étienne prit place sur la chaise à haut dossier qui lui était familière ; son épouse s'assit sur le lit à baldaquin, recouvert de la même tapisserie des Flandres que les courtines qui étaient relevées.

— Arnauld nous a quittés ce matin pour aller dîner chez sa sœur, sans rien nous dire de particulier, déclara maître Brunel. Il ne paraissait pas nourrir de projet inquiétant. Il m'a même paru plutôt joyeux. Quel fait nouveau est donc intervenu ?

— Hélas, mon neveu, il ne peut jamais rien venir de bon de ce qui a commencé dans le mal et votre fils se voit atteint à son tour par un coup dont l'origine remonte au malheur dont sa sœur a eu tant à souffrir.

— Je ne comprends pas, dit Mathilde. En quoi les goliards...

— Ils ne sont pas directement fautifs, cette fois-ci, mais, cependant, ils restent la cause première de ce qui vient de se passer. Voici les faits. J'ai vu arriver tantôt chez moi Arnauld soutenu par un étudiant de ses amis, nommé Rutebeuf, qui l'aidait à marcher. Votre fils avait en effet reçu un coup de poignard et perdait beaucoup de sang. Heureusement, la lame avait glissé sur les côtes sans léser aucun organe. Je lui ai fait un pansement et puis vous assurer qu'il se remettra sans tarder de cette blessure.

— Dieu soit loué! dit Étienne. Dans ces conditions, pourquoi parler à son propos d'un grave malheur?

— Parce que le coup qu'il a reçu n'était que l'ultime parade d'un homme qui allait mourir... mourir de la main de votre fils!

— Lui? Tuer quelqu'un? C'est impossible!

Mathilde croyait avoir crié, mais sa voix sortit comme cassée de sa gorge. Pierre Clutin la considérait avec affliction.

— Le nom de sa victime vous éclairera mieux qu'une longue explication, ma nièce: il s'agit d'Artus le Noir.

— Par Dieu! Je le craignais! gronda Étienne en se redressant sous l'effet d'une telle révélation.

Ses rides s'accentuèrent, creusant son front, encadrant sa bouche d'amertume.

— Mais, enfin, où, comment, avec qui, l'a-t-il rencontré?

— Seul, dans une maison où il s'était rendu en formant le projet de relever des traces...

Mathilde laissait son mari s'étonner, poser des questions. Pour elle, tout était clair. Voilà donc où ses déductions imprudentes avaient entraîné son fils!

— Arnauld, Florie et Philippe étaient tous trois persuadés que Gertrude cachait chez elle le fugitif, disait le chanoine. Mais que, en son absence, il se mettait à l'abri des regards indiscrets. Nanti de cette assurance, votre aîné est parti en fin de matinée vers le vallon où niche la maison en question. Il avait calculé qu'il y parviendrait au moment précis où l'invitée de sa sœur arriverait, de son côté, rue aux Écrivains. Il y fut à l'heure. Tout paraissait désert. Il a sauté par-dessus la haie qui entoure le clos, s'est approché de la porte, a constaté qu'elle n'était pas verrouillée, ce qui n'a fait que le confirmer dans l'idée que le goliard se dissimulait dans un endroit éloigné, est entré... Je tiens chacun de ces détails de sa bouche... Vous savez que le rez-de-chaussée du logis se compose d'une grande salle et d'une cuisine. La pièce principale était vide, ou, du moins, paraissait l'être, mais des odeurs de nourriture, un relent de présence humaine, alertèrent cependant Arnauld. Il perçut alors une sorte de grognement qui venait du lit occupant le coin opposé à la porte par laquelle il s'était introduit dans la demeure. Les courtines en étaient fermées. Sans faire de bruit, il se dirigea vers la couche, souleva un des pans de l'étoffe et aperçut Artus le Noir qui ronflait et puait le vin.

— Par saint Jean ! Je n'arrive pas à comprendre comment Gertrude a pu accueillir ce goliard de malheur !

— C'était aussi ce qui me gênait, mon ami, et c'est pourquoi je n'ai pas jugé utile de vous informer sur-le-champ des doutes où m'avait plongée son comportement quand elle était venue voir Clarence, peu après les événements. J'en étais encore à me demander comment obtenir une confirmation de mes hypothèses ! Nos enfants, hélas ! ont été plus vite en besogne ! J'imagine le désarroi d'Arnauld devant son ancien condisciple endormi...

— Il m'a avoué être demeuré un moment indécis, à se demander, puisqu'il avait obtenu du premier coup le renseignement désiré, s'il devait s'en aller tout de suite, ou, au contraire, profiter de l'occasion sans doute fugitive. Que faire ? Comment ? Il ne s'était pas encore mis d'accord avec son beau-frère et sa sœur sur le sort à réserver au coupable : le livrer à la justice ou le châtier de sa propre main ? Un moment plus tard, il songea même, la colère montant, à frapper sur place, sans le réveiller, son adversaire désarmé ! Dieu merci, il est trop loyal pour agir de la sorte ! Il s'est donc, enfin, décidé à lancer sur le dormeur un coussin qui se trouvait là. Dès que l'autre a ouvert les yeux, il lui a crié son dégoût et s'est précipité sur lui.

— Seigneur ! Ils ont dû se battre comme des forcenés !

— Votre fils, fort de son droit, sentant en lui une énergie décuplée par l'indignation, par la longue attente, la difficile poursuite, qui se terminaient là, en outre, à jeun et parfaitement éveillé, prit assez vite l'avantage sur l'ivrogne noyé dans les vapeurs du vin qui ne parvenait pas à reprendre ses esprits. En dépit de la taille et des moyens physiques d'Artus, que la solitude devait pousser à boire encore plus qu'à l'ordinaire, Arnauld eut vite le dessus. Il m'a dit ne pas avoir ressenti de façon nette la volonté de tuer, mais n'avoir rien fait, non plus, pour maîtriser sa violence. Ce n'est qu'en sentant le gros corps s'affaisser sous ses coups, qu'il a compris ce qu'il venait de faire. La sensation de cauchemar était si puissante qu'elle allait jusqu'à l'empêcher de ressentir sa blessure. Mais en sortant de la maison un peu après, il a vu son propre sang couler, mêlé à celui dont il était éclaboussé. Il a été se laver au puits, a posé sur sa plaie un linge pris dans la salle où le silence, succédant à tant de furie, l'a impressionné, puis, craignant de ne pouvoir traverser Paris seul sans risquer de se trouver mal, s'est rendu chez son ami Rutebeuf pour lui demander de l'accompagner chez moi.

— Il devait, surtout, tenir à se confesser du péché qu'il venait de commettre, murmura Mathilde.

— Il m'est, en effet, arrivé révulsé par le côté sanglant de l'acte accompli et fort désireux d'aide et de conseil. Rien, dans son passé d'étudiant, ne l'a préparé à devenir un jour un justicier acculé au meurtre, à occire ainsi, de propos délibéré, un homme qui, de surcroît, avait été son ami.

— Quelle abominable fatalité! dit Mathilde. Vous le voyez bien: le mal est sur nous!

— Cet Artus était une brute immonde! s'écria alors Étienne qui avait écouté sans intervenir le récit de leur oncle. Il a fait subir à Clarence des outrages dont vous ne pouvez concevoir l'horreur! Et il souhaitait en faire de même à Florie! Je ne le plains pas! Il a été justement châtié et par qui de droit. Je déplore seulement, qu'à ma place, ce soit Arnauld qui se trouve impliqué dans cette nouvelle affaire. Jeune comme il l'est, il peut beaucoup espérer de la vie, alors que je n'en attends plus grand-chose. Mon existence aurait dû, dans cette juste action, se terminer sans dommage pour personne. Ne protestez pas, Mathilde! Je sais ce que je dis!

— Je vous en prie, mon ami...

— J'ai encore à vous apprendre la décision prise par votre fils, continua Pierre Clutin, dont la poitrine étroite semblait se creuser davantage sous le poids de la compassion ressentie, décision qu'il m'a également chargé de vous communiquer. Dès qu'il s'est senti en état de le faire, il a tenu à se rendre auprès du Père Abbé de Saint-Germain-des-Prés, qui a droit de haute justice sur toute la région où est située la maison de Gertrude, afin de s'en remettre à lui pour être jugé.

— Jugé! Mais, de toute façon, Artus aurait été condamné! Arnauld n'a pas commis de crime, il n'a fait que devancer la sentence!

— Sans aucun doute, ma nièce, seulement, la sentence n'avait encore été prononcée par aucun tribunal, et, vous le savez, personne n'a le droit de se faire justice soi-même.

— On ne peut pourtant pas accuser d'assassinat, ainsi qu'un vil meurtrier, le frère qui venge l'honneur perdu de sa sœur!

— Œil pour œil et dent pour dent, Mathilde! Est-ce de cette façon que vous entendez l'enseignement du Christ?

— Non, mon oncle, non! Je voulais dire qu'il ne s'agissait pas là d'un cas ordinaire.

— Je le sais aussi bien que vous, et votre fils, d'ailleurs, ne se considère pas non plus comme un criminel courant, mais bien comme un justicier. En ce moment précis, il doit exposer son cas à l'Abbé avec les motifs de sa conduite.

— Il faut que j'aille le soutenir ! s'écria maître Brunel. Ma caution, le témoignage d'un homme respectable dont une des filles a été violentée, l'autre agressée, et dont le fils vient, justement, d'amener le coupable à payer le prix de son crime, peuvent, dans une affaire comme celle-ci, se révéler de grand poids.

— Je vais avec vous, mon ami !

Le chanoine regagna Notre-Dame, des ordres furent donnés pour qu'on sellât le meilleur cheval, qui franchit bientôt le porche, portant les deux époux sur son dos. Tenant Étienne par les épaules, selon l'habitude, Mathilde montait en croupe.

En cette veille de fête, il y avait beaucoup d'animation dans les rues dont on parait les maisons de feuillages, guirlandes fleuries, tapisseries suspendues aux fenêtres, pendant que, sur les places, on dressait des échafaudages où s'exhiberaient, le lendemain, bateleurs, jongleurs, montreurs d'animaux savants. On compterait sans doute moins de monde qu'à l'accoutumée dans la cité capitale en ce jour de Pentecôte 1246, car le roi avait choisi de donner à Melun, pour cette même date, une cérémonie grandiose en l'honneur de son jeune frère Charles, qui serait fait chevalier, et auquel on conférerait à cette occasion ses apanages du Maine et de l'Anjou. Néanmoins, la presse était encore suffisante pour ralentir la marche du cheval, et Étienne ne cessait de pester contre la foule qui lui faisait prendre du retard.

— Gardez votre calme, mon ami, disait Mathilde. Vous allez certainement en avoir besoin !

Après avoir traversé les deux ponts de l'île de la Cité et suivi la rue de la Vieille Bûcherie, puis celle de la Grand-Rue-Saint-Germain, sur la rive gauche, le couple sortit de Paris par la porte de Buci.

Dans les prés qui, au-delà des remparts, s'étendaient jusqu'à la Seine, des meules de foin fraîchement coupé s'élevaient un peu partout comme des taupinières. Douce et insistante, la senteur de l'herbe séchée au soleil de juin emplissait les poitrines, se faisait présence, pour évoquer les plaisirs et les jeux amoureux.

Enclose en de hauts murs fortifiés, l'Abbaye de Saint-Germain était toute proche. Mathilde et son mari connaissaient bien, pour s'y être souvent rendus, le vaste ensemble dressant au-dessus des prairies voisines les tours de son église abbatiale, les toits aux larges pans de tuiles des bâtiments conventuels qui rassemblaient autour de son beau cloître, des cuisines, des parloirs, une infirmerie, une maison d'hôtes, un réfectoire immense, ainsi que la salle du chapitre, une prison, des jardins et une chapelle de la Vierge qu'on achevait d'édifier. Toute une population vivait sous la protection d'un Père Abbé qui ne dépendait de nul autre que du Pape et dont le pouvoir, de ce fait, était grand.

Comme le couple, après avoir dépassé le pilori de l'abbaye, qui se trouvait à l'extérieur des murs, parvenait à la hauteur du fossé de la première enceinte pour se présenter à une poterne, un groupe sortit par une des portes dont le pont-levis était abaissé.

— Par Dieu! Voici Arnauld! s'écria maître Brunel en mettant une main au-dessus de ses yeux pour les abriter des rayons du soleil qui commençait à descendre vers l'ouest.

— Seigneur! Il est entouré de gens d'armes, murmura Mathilde qu'étreignait une appréhension douloureuse.

— Il était temps d'intervenir, à ce que je vois, remarqua Étienne d'un ton entendu.

En quelques pas, le cheval se porta à hauteur de la petite troupe.

— Eh bien! mon fils, où allez-vous en pareille escorte? demanda l'orfèvre en arrêtant sa monture.

— Nous nous rendons, mon père, à la maison de Gertrude, répondit Arnauld qui, en dépit de ses vêtements déchirés et des taches de sang qui maculaient son surcot sur la poitrine, était juste un peu plus pâle que de coutume, mais qu'on devinait raidi en une attitude volontairement détachée.

— Pour quoi faire?

— Pour constater le meurtre dont s'accuse ce garçon, répondit le sergent qui commandait les gens d'armes.

— Avez-vous bien signifié au Père Abbé que vous n'aviez fait que réparer l'outrage infligé à vos sœurs?

— Je n'y ai pas manqué, mon père. Je dois, d'ailleurs, reconnaître que j'ai trouvé beaucoup de compréhension, tant auprès du Père Abbé que de son bailli. Ils ont décidé de me laisser en liberté jusqu'à mon jugement. Ce n'est que pour aller vérifier mes affirmations que vous me voyez accompagné de la sorte. Une fois le constat établi, je repartirai seul.

— Pouvons-nous accompagner notre fils, sergent?

— Si bon vous semble : personne ne l'a interdit.

— Comment vous sentez-vous, Arnauld? demanda Mathilde, inquiète.

— En paix avec moi-même: j'ai fait ce que j'avais à faire.

Il redressait la tête, mais, encore trop neuf pour pouvoir contrôler son visage, il laissait voir sur ses traits crispés par la volonté de ne pas faillir, ainsi que dans son regard où sa mère lut un trouble profond, quelque chose d'égaré, de douloureux, qui la frappa.

A travers le bourg de Saint-Germain, puis celui de Saint-Sulpice, dont les habitants préparaient aussi leurs logis, leurs rues, leur église neuve, pour la fête du lendemain, ils parvinrent aux champs entourant la maison de Gertrude. L'endroit était toujours tranquille. Des vignes, des pâturages, des cultures maraîchères, quelques bois, se partageaient la vallée bordée à l'est par les contreforts de la montagne Sainte-Geneviève.

La porte du clos s'ouvrit sans difficulté, celle de la demeure également. Un silence, que ne troublaient que les chants des oiseaux, enveloppait les lieux.

— Je croyais avoir laissé les courtines ouvertes, remarqua le jeune homme en pénétrant pour la seconde fois de la journée dans la salle où, de façon évidente, il ne rentrait qu'au prix d'un effort sur lui-même.

Le sergent s'approcha du lit, tira avec détermination les rideaux qui s'ouvrirent sur une couche vide.

— Où est donc votre homme ? demanda-t-il d'un air abasourdi.

Arnauld, saisi, contemplait les draps propres, la couverture de mouton sans tache. Ses lèvres tremblaient, une sueur visible embuait son visage.

— Je ne comprends pas, dit-il enfin d'une voix détimbrée, non, par Dieu, je ne comprends pas. Quand j'ai quitté la pièce, Artus gisait sans vie, au travers du matelas. De nombreuses traces de sang maculaient sa chemise blanche. Je suis certain qu'il était mort.

Un silence suivit cette déclaration. Pour rompre la sensation de gêne qui s'appesantissait sur le groupe, le sergent partit d'un rire brusque.

— Un mort ne s'en va pas tout seul après avoir nettoyé la place, dit-il en levant les épaules. Votre victime n'était point morte mais seulement blessée, voilà la vérité ! L'homme sera parti par ses propres moyens ou bien quelqu'un sera venu, l'aura aidé à s'en aller d'ici, pour l'emmener Dieu sait où !

— Vous ne devez pas avoir frappé ce bandit aussi gravement que vous le pensiez, mon fils, dit maître Brunel.

— Mais enfin, mon père, je n'ai pas rêvé cette lutte sans merci à laquelle nous nous sommes livrés. Ma blessure en porte témoignage.

— Sans doute, mon fils, mais vous n'avez tué personne ! s'écria Mathilde, Dieu en soit remercié ! Quelles que soient les infamies commises par Artus, je préfère que vous n'ayez pas sa fin sur la conscience.

— Quel événement me vaut la surprise d'une pareille visite ?

La voix railleuse de Gertrude rompait soudain l'impression de malaise qui pesait sur chacun des assistants de cette scène : debout sur le seuil de la pièce, la fille d'Ysabeau considérait le groupe qui occupait la salle de son logis. On ne pouvait distinguer l'expression de son visage assombri par le contre-jour.

— Vous allez, peut-être, nous donner l'explication que nous cherchons, dit Étienne qui retrouvait, face à cette femme qu'il n'aimait pas, une agressivité dont le soutien ne lui manquait jamais en de semblables circonstances. Vous devez savoir où se trouve à l'heure présente le corps d'Artus le Noir qui ronflait si agréablement sur votre lit vers l'heure de sixte?

— Je ne sais pas ce que vous voulez dire.

Elle avançait de quelques pas, se rapprochait des autres. Ses doigts jouaient avec l'aumônière pendue à sa ceinture.

— Vous êtes la propriétaire de cette maison? demanda le sergent que la situation dépassait visiblement.

— Sans doute.

— C'est donc vous qui logiez céans ce goliard de malheur qui s'est échappé l'autre nuit du château Vauvert?

— Moi? En aucune façon.

— Mais, enfin, par tous les diables, il dormait, tantôt, sur ce lit!

— Vous l'y avez vu?

— Je... non... non... enfin, je ne l'ai pas vu moi-même, mais il y a un témoin.

— Il était là, endormi, répéta Arnauld avec netteté. J'affirme, sur mon honneur, l'avoir trouvé couché sur ce lit, m'être battu avec lui et l'avoir blessé, sinon tué, avant de m'en aller.

Le rire de Gertrude grinça tout d'un coup.

— Voici une grande merveille! dit-elle. Vous prétendez que je cachais chez moi un homme recherché par les sergents du roi et ceux de l'Abbé de Saint-Germain? Savez-vous que c'est là m'accuser de complicité?

— Il ne me serait pas venu à l'esprit d'inventer une telle histoire, dit Arnauld avec énergie. La blessure qu'il m'a faite prouve bien que nous avons rudement lutté tous deux.

— Pourquoi donc? Cette blessure, vous avez aussi bien pu la récolter dans quelque rixe d'étudiants, bien loin d'ici. Permettez-moi, d'ailleurs, de vous demander ce que vous veniez faire chez moi sans que j'en eusse été avertie? Ne saviez-vous point que j'étais, à la même heure, conviée chez votre sœur, pour dîner?

— Je l'ignorais.

— A qui ferez-vous croire une pareille invraisemblance, Arnauld?

Elle rit de nouveau, avec cette façon particulière de montrer les dents qu'elle avait en commun avec les chiens prêts à mordre.

— De toute manière, je devais le pressentir, voyez-vous, car, après avoir pris congé de mes hôtes, j'ai abrégé les courses qu'il me fallait faire, poussée par je ne sais quel instinct qui m'incitait à revenir ici plus tôt que prévu, sans doute pour voir ce qui se passait chez moi.

— Dites, plutôt, pour venir tenir compagnie à Artus qui devait s'ennuyer à crever, tout seul, en ce coin perdu!

Étienne s'énervait. Mathilde lui posa une main sur le bras.

— Artus n'a jamais mis les pieds dans cette maison! affirma la fille d'Ysabeau. S'il y était venu, je n'aurais pas manqué d'en être informée, il me semble!

— Si ce que vous dites est vrai, qui a bien pu, alors, m'infliger la blessure dont je souffre? répéta Arnauld.

— Je l'ignore! N'importe qui! Tout ce que je sais c'est que ce ne peut être Artus, sous ce toit, puisqu'il ne s'y est jamais trouvé!

En dépit de son teint mat, le visage d'Arnauld rougit de colère, son regard était rempli d'orages.

— Savez-vous, Gertrude, qu'il est aussi dangereux que discourtois de se moquer ainsi, ouvertement, de la justice?

— Je ne me moque de personne, à Dieu ne plaise! Je ne fais que dire et redire la vérité.

— En voilà assez! cria le sergent. Plus vous discutez, plus tout s'embrouille! On ne sait que penser de cette histoire!

— Mais, enfin, protesta l'orfèvre, mon fils est allé, de son plein gré, s'accuser de meurtre auprès du Père Abbé de Saint-Germain! Vous pensez bien, qu'à moins d'être fou, il n'aurait pas entrepris une démarche comme celle-là sans de solides raisons!

— Ma foi, vous parlez avec bon sens, admit le sergent qui, en signe de perplexité, caressait de ses gros doigts le poil mal rasé de sa barbe.

— Voyez-vous la moindre trace de la présence d'un homme ici? questionna à son tour Gertrude avec aplomb.

— Eh non!

— Très bien. Rien ne prouve donc qu'il en soit jamais venu un, si ce n'est les affirmations d'un étudiant qui pouvait fort bien être, ce tantôt, en état d'ivresse, quand il a cru voir là ce qui se trouvait ailleurs.

— Arnauld ne boit jamais, affirma d'une voix posée Mathilde qui s'était tue jusque-là.

— Vous savez comme moi qu'il n'y a point d'étudiant qui ne se laisse aller à vider, de temps à autre, quelques pichets de trop. Il ne serait pas le premier à qui le vin aurait donné des visions.

— Assez! ordonna soudain le sergent, manifestement excédé. Par tous les saints, vos discours ne sont que menteries! Je ne comprends rien à tout ce que vous racontez. Par acquit de conscience je vais faire fouiller cette maison par mes hommes, mais je ne me fais aucune illusion sur les résultats qu'ils vont obtenir! Je gagerais qu'ils ne trouveront rien ni personne.

Pendant la perquisition qui suivit, nul ne parla dans la salle. Chacun attendait. Assez vite, les gardes revinrent, bredouilles.

— J'en étais sûr, dit le sergent. Bien malin, à présent, qui pourrait savoir où se trouve la vérité. Ce qui est certain, c'est qu'il n'y a pas de cadavre, donc pas de criminel et qu'on m'a dérangé pour rien. Je vais aller faire mon rapport à monsieur le bailli de l'abbaye. Il saura mieux que moi que penser d'un cas comme celui-ci.

— Dois-je vous suivre ? s'enquit Arnauld.

— Non point. Si on a besoin de vous, on vous préviendra. Salut à tous !

Précédant ses gens d'armes, il fit demi-tour et quitta la pièce. Un silence hostile suivit son départ. Étienne, qui avait réfléchi en silence, la tête inclinée sur la poitrine, redressa tout d'un coup les épaules. C'était chez lui geste familier, comparable à celui d'un homme qui assure une charge sur son dos.

— Avant de quitter cette maison, dit-il d'un air sévère, maintenant que le sergent est parti, parlons sans fard. Je tiens à vous signifier deux choses, Gertrude : d'abord, qu'il est établi pour moi que mon fils n'a pas eu de vision, qu'il a bien relaté ce qu'il avait vu : à savoir Artus, ici même, vers l'heure du dîner ; ensuite, que je vous trouve étrangement mêlée aux suites de la sinistre aventure dont mes filles ont été les victimes. Il y a, dans le rapprochement de ces deux faits, constitution de lourdes charges contre vous, on ne saurait le nier. Si, comme je le crois, vous avez, froidement, hébergé l'homme responsable de notre malheur, si vous l'avez, ensuite, aidé à fuir, blessé, la justice qui le traque, si, après avoir effacé ses traces, vous n'êtes revenue, le défi aux lèvres, que dans l'intention de nous berner, de nous narguer, sachez que vous jouez là un jeu dangereux où vous ne resterez pas longtemps la plus forte ! Je vous démasquerai, je vous le dis, et, une fois confondue, il vous faudra payer, payer très cher, vos connivences et vos reniements !

En dépit de sa hardiesse et bien qu'elle continuât à faire front, Gertrude montrait par son maintien agressif qu'elle ne sous-estimait pas la menace qui lui était faite.

— Vous ne m'effrayez pas ! assura-t-elle cependant en restant fidèle à son système de défense. Sur quelles attestations fondez-vous vos charges ? Nul n'a pu m'apercevoir en compagnie de celui dont vous parlez, pour la bonne raison qu'il n'est jamais venu chez moi. Quant à la prétendue découverte d'Arnauld céans, je n'y vois que pure calomnie ! Je ne sais si le vin ou l'inimitié est en cause, mais ce que je sais, c'est qu'il n'y a pas un mot de vrai là-dedans !

— Vous oubliez que chacun connaît ma sobriété, Gertrude, et vous devriez bien vous douter qu'entre vos affirmations et les miennes, ma famille, nos amis édifiés par ma blessure et ma confession au Père Abbé, n'hésiteront pas un instant.

Arnauld s'exprimait avec une sorte de feu sombre qui fonçait son teint et durcissait son regard.

— Pourquoi tous ces mensonges ? s'écria-t-il encore. Pourquoi vous comporter envers nous, qui sommes vos parents, ainsi qu'une ennemie ? Pourquoi ?

— Je n'ai pas d'explication à vous fournir, dit Gertrude qui avait pâli, en se dirigeant vers la porte qu'elle ouvrit d'un coup sec : nous n'avons, d'ailleurs, plus rien à nous dire.

— Si ! Ne manquez pas d'informer Artus quand vous le verrez que je reste décidé à le rencontrer où et quand il le voudra. Rien ne sera terminé entre nous tant qu'il respirera sous le même ciel que moi !

— Comment voulez-vous que je parle à un homme dont j'ignore tout ! lança Gertrude dont le visage était resserré par la hargne autour des os, comme si une main l'avait durement pressé entre ses doigts. Je ne sais pas où il se trouve, vous dis-je ! Ah ! et puis j'en ai assez. Allez-vous-en ! Allez-vous-en !

La porte claqua derrière les Brunel. Demeurée seule, Gertrude essuya du revers de la main les larmes qui, depuis qu'on ne pouvait plus la voir, coulaient sur ses joues. Mais son désarroi l'emporta, ses sanglots s'amplifièrent, elle se jeta sur le lit, enfouit la tête dans ses draps, et se laissa enfin dominer par une crise de nerfs qui l'agitait comme une branche dans le vent.

X

— Dans les Flandres, d'abord, en Champagne, ensuite, j'ai crevé de chaleur sur toutes les routes et dans chacune des foires où je me suis rendu, disait Guillaume. Crois-moi, cousin, cet été fut un des plus chauds dont on ait entendu parler !

Accentuée par la touffeur de la saison finissante, l'odeur fauve des peaux de bêtes stagnait dans la boutique du pelletier. En prévision de l'hiver qui allait venir et malgré l'été qui s'attardait, beaucoup de clients, en ce début de septembre, souhaitaient acquérir sans plus attendre fourrures et pelisses. Aussi y avait-il foule dehors, devant l'étalage, aussi bien qu'à l'intérieur, autour des comptoirs.

— J'ai vraiment mal choisi mon jour pour venir te voir, Guillaume, c'est bien certain, mais, vois-tu, j'avais envie de te retrouver. Il y a si longtemps que nous ne nous sommes vus !

— Il est vrai, Philippe, bientôt trois mois.

Durant cette séparation, les traits du pelletier s'étaient accusés. Il avait maigri. Sa mâchoire paraissait plus saillante, son regard plus creux. En dépit de la curiosité qu'un changement aussi rapide suscitait en lui, le trouvère sentit qu'il était préférable de ne pas poser de question. Il savait de longue date combien il était malaisé d'amener Guillaume à parler de lui-même, combien il demeurait discret quant à ses sentiments, plus secret encore quant à ses aventures. On ne connaissait que peu de chose d'une vie privée dont nulle confidence n'était jamais venue alimenter la chronique.

— A ton retour d'Anjou, nous étions déjà partis, Florie et moi, rejoindre la reine à Melun. De là, comme tu sais, la cour se déplaça à Vincennes, à Dourdan, à Saint-Germain-en-Laye, puis à Pontoise, enfin à Poissy que notre sire le roi affectionne tout particulièrement parce qu'il y est né. Tout comme toi, nous ne faisons que rentrer à Paris.

— Je sais. Avant de partir pour Ypres et Cambrai, j'ai eu de vos nouvelles par ta tante Béraude que je suis allé saluer, rue aux Écrivains.

— T'a-t-elle dit que la famille allait s'agrandir, que nous attendions un enfant ?

— Elle me l'a dit. Je pense que tu en es heureux.

Il était difficile de parler à l'aise parmi l'agitation et le brouhaha qui emplissaient la boutique.

— Viens donc souper avec nous, ce soir, tranquillement, reprit Philippe. Nous deviserons de mille choses. J'en ai beaucoup à te conter.

— Je ne sais si je pourrai me libérer...

— Ne prends pas l'habitude de te faire prier chaque fois qu'on te convie à notre table, cousin. C'est là coquetterie de femme !

— Tu vois toi-même ce que j'ai à faire céans.

— Tu en laisseras, mais tu viendras ! Je compte sur toi. Ton absence me désobligerait. En plus, j'ai un service à te demander. Comme tu vois, je ne suis pas entré chez toi dans l'unique but de t'inviter à souper, mais aussi par intérêt. Voici : j'ai envie d'offrir à Florie, pour l'hiver, une chaude et belle fourrure de ta façon. Que me conseilles-tu ?

Guillaume semblait mal à l'aise.

— Je ne sais, dit-il sans parvenir à cacher sa nervosité, je ne sais. Il faudrait connaître les préférences de ta femme.

— Elle porte déjà un mantel doublé de loutre et plusieurs pelissons d'écureuil du nord.

— Je la verrais assez bien dans une longue pelisse fourrée de renard blanc de Caspienne...

— N'est-ce point là trop somptueuse parure pour une simple bourgeoise ?

— Pourquoi donc ? N'est-elle pas appelée à se rendre souvent à la cour ? N'y est-elle pas la plus jolie ?

— Si fait, mais nous ne possédons pas fortune de princes, cousin, si nous les fréquentons, et nos revenus ne sont pas les leurs.

Guillaume arrêta son regard, où luisait on ne savait quelle irritation, sur le mari de Florie qu'il avait évité de fixer jusque-là.

— Qu'importe ? dit-il avec un geste qui rejetait l'objection. Oui, qu'importe ? Tu dois bien penser que je n'ai nullement l'intention de tirer bénéfice de ton achat. Je te vendrai les peaux de renard au prix coûtant. Entre parents, c'est naturel.

— Si tu vas par là..., dit le trouvère qui ne détestait rien tant que de parler finances, qui n'y entendait rien, et traitait avec une maladresse d'enfant les questions pécuniaires.

Il se serait, bien entendu, rebellé devant une proposition qui aurait ressemblé à une charité, mais s'il s'agissait, sans plus, d'arrangements familiaux, il ne voyait pas pourquoi s'y opposer.

— En venant chez toi, ce soir, je t'apporterai quelques belles fourrures, reprit Guillaume qu'une certaine agitation semblait gagner soudain. Nous les soumettrons au goût de ton épouse qui pourra juger sur pièces afin de se décider à loisir.

— Grand merci. Nous t'attendrons après vêpres. Au revoir, cousin.

Philippe quitta la boutique, son odeur de pelleterie, sa presse. Dehors, il faisait un temps lourd, éprouvant.

Le jeune trouvère fendit la foule qui se bousculait, comme d'habitude, sur le Petit-Pont, franchit les voûtes du Petit-Châtelet, et plongea dans la rue Saint-Jacques, avant de retrouver sa rue et sa demeure.

Comme il parvenait au premier étage, il croisa dans l'escalier, Charlotte Froment qui descendait.

— Bonjour, beau neveu. Je viens de visiter Florie.

— Comment l'avez-vous trouvée ?

— Lasse. Vous avez bien fait de me demander de venir la voir dès votre retour de Poissy. Elle a besoin de repos. Les mois vécus à la cour, dans la suite de la reine Marguerite, ont été pour elle à la fois bons et mauvais. Bons pour son esprit, sa distraction et l'éloignement des tristes souvenirs dont le poids lui eût paru plus lourd à Paris qu'ailleurs, mais mauvais, en revanche, pour un état qui, la rendant plus fragile, nécessite précautions et quiétude.

— Les chaleurs de l'été ont dû aussi contribuer à la fatiguer, dit Philippe d'un air soucieux. Juillet et août ont été particulièrement pénibles, cette année.

— Il est vrai, mais ne prenez pas, mon neveu, cet air tourmenté. Je n'ai rien constaté de grave chez Florie. Un peu de surmenage, voilà tout. Elle est jeune, saine, robuste. Tout se passera bien si elle n'abuse pas de ses forces et prend régulièrement à son lever une boisson fortifiante dont je vous donne la composition, bien que je la lui aie indiquée à elle-même, pour que vous la reteniez et puissiez la confectionner au besoin : deux jaunes d'œufs battus dans du malvoisie avec quelques tranches de parricault et un peu d'ambre gris. C'est très efficace.

Comme chaque fois qu'il l'avait rencontrée, Philippe ressentait près de Charlotte une impression de paix et de solidité qui le réconfortait.

— Pardonnez-moi de me montrer anxieux, dit-il, mais, depuis le coup du sort de ce printemps, je flaire le malheur de loin et suis sans cesse en état d'alerte.

— Je sais, Philippe, je sais. Pourtant, il faut conserver confiance.

Clarence se remettra un jour et sa guérison vous fera retrouver à tous l'harmonie perdue.

— En vérité, se rétablira-t-elle jamais ? Je sais combien Florie est frappée par l'inconscience où s'enlise sa sœur.

— Il y a beaucoup de choses que nous ignorons, Philippe, et l'univers est rempli de mystères. Notre pauvre science ne peut pas expliquer grand-chose. La médecine est impuissante en bien des cas, vous le savez tout autant que moi et nos remèdes sont sans effet quand il s'agit du domaine de l'âme. Dans un cas comme celui-ci, le savoir humain doit s'en remettre à une autre forme d'intervention, plus secrète, qui ne relève plus de la connaissance, mais de la foi. Il faut prier, Philippe, prier vraiment, pour être entendu. Savons-nous le faire ainsi que le Christ nous l'a enseigné ?

Le jeune homme réfléchissait.

— Pourquoi ne pas accomplir un pèlerinage ? dit-il. Tant de gens se mettent en route vers ce seul recours...

— Il en est des pèlerinages comme de toute chose, dit Charlotte. Ce qui importe, c'est la manière dont on les fait. Si on y apporte assez de ferveur, tout est possible. Par la qualité de notre foi, nous déterminons nous-mêmes l'aide de Dieu.

— J'en parlerai aux parents de Florie.

— Vous ferez bien. Je vais le leur conseiller également. Au revoir, Philippe. Mes malades doivent m'attendre à l'Hôtel-Dieu.

Dans la chambre conjugale, tendue de tapisseries aux mille fleurs, parée de tapis et de coussins répandus un peu partout, Florie tout en caressant un petit chat blanc qu'elle portait sur un bras, se tenait devant la fenêtre. Elle regardait le jardin étroit dont les arbres poussiéreux semblaient exténués par les ardeurs qu'il leur avait fallu subir si longtemps. Malgré quelques orages d'été, la canicule avait amené avec elle une température de four qui s'était attardée plus de deux mois sans décroître. En ce début de septembre, il faisait encore chaud, le temps restait beau. Les vignerons annonçaient une année de bon vin.

— Par tous les saints ! que vous êtes donc jolie, ma mie, avec cet air alangui que vous donne votre future maternité !

Florie se retourna. Dans ce mouvement, son surcot, en adhérant de plus près à son corps, accusa un épaississement discret des hanches et de la taille. Enceinte de quatre mois maintenant, elle ne pouvait plus dissimuler sa grossesse.

— Votre tante, que je viens de rencontrer dans l'escalier, assure que vous êtes robuste et que ces fatigues qui m'inquiètent tant sont sans aucune gravité.

— Naturellement. Je vous l'ai toujours dit. Si vous m'aviez écoutée, vous n'auriez pas dérangé tante Charlotte pour si peu.

— Je suis cependant content qu'elle soit venue. Grâce à elle, je suis rassuré.

Florie sourit comme elle l'aurait fait à son enfant à venir.

— Plus inquiet, plus sensible que vous, je crois qu'il n'y en a pas !

— Dieu merci : vous ne trouverez jamais personne d'autre pour vous aimer autant que je le fais !

Elle se mit à rire.

— Sensible, mais pas modeste, dit-elle en rendant à son mari le baiser qu'il venait de lui donner. Quoi de neuf, mon ami ?

— Nous aurons ce soir un invité à souper.

— Bon. Qui cela ?

— Guillaume.

Le chaton, soudain déséquilibré, tomba, miaula, fila sous un meuble.

— Je ne sais pas ce que j'ai dans les doigts, ces temps-ci, remarqua Florie, mais je laisse tout choir.

— C'est un effet de votre lassitude. Il n'y a rien là d'étonnant dans votre état.

— Espérons-le. Je serais navrée de devenir maladroite.

Tout en parlant, elle s'était retournée vers la fenêtre, voulut s'appuyer au rebord de pierre que la chaleur du soleil rendait brûlant, s'en écarta aussitôt.

— Vous disiez que votre cousin allait venir souper avec nous ?

— Je l'ai convié tantôt à se joindre à nous car il y a longtemps que nous ne nous sommes vus. Ainsi que vous le savez, j'ai beaucoup d'affection pour lui. Nos mutuels déplacements de l'été nous ayant éloignés pour un temps, je suis à présent désireux d'y remédier.

— Fort bien. Je vais aller voir à la cuisine ce qu'on peut faire pour recevoir dignement votre parent.

— Vous ne semblez pas heureuse de sa venue.

— Moi ? Pourquoi ne le serais-je pas ?

— Je ne sais. C'est une impression.

— Eh bien ! mon ami, votre impression est fausse, ce qui est grave pour un poète !

Elle se mit à rire de nouveau. Mais il y avait, cette fois, moins d'indulgence que de nervosité dans cette gaieté un peu forcée.

— Vous n'êtes point contrariée, ma mie ?

— Pas du tout. Je descends à la cuisine et n'en ai point pour longtemps.

— J'ai cru remarquer, et cela depuis le jour de nos noces où vous l'avez vu pour la première fois, que Guillaume ne vous plaisait pas. Je le regrette. Que lui reprochez-vous donc ?

— Rien. Je le connais si peu.

— Assez, cependant, pour ne l'aimer point.

— Je n'ai pas à l'aimer ou à ne pas l'aimer. Il est de votre parenté, donc de la mienne, et vous lui faites confiance. Je m'en tiens là.

Quand Florie remonta, un moment plus tard, de la cuisine où elle s'était entendue avec ses servantes pour le menu du souper, elle ne cherchait plus, étant seule dans sa chambre, à dissimuler son inquiétude. S'allongeant au milieu des coussins entassés sur les tapis qui recouvraient un coin de la pièce, elle prit une petite chemise de toile qu'elle était en train de broder et laissa faire ses doigts sans y prêter attention. Sa pensée était ailleurs. Guillaume ! Elle ne l'avait pas revu depuis l'explication qu'ils avaient eue dans le jardin de la rue des Bourdonnais. Il était parti aussitôt après pour l'Anjou. Avant qu'il n'en fût revenu, Philippe et elle s'en étaient allés à Melun. Pendant l'été, chacun avait parcouru les routes de son côté. Durant tout ce temps, elle s'était efforcée de ne plus songer à lui, de tourner ses facultés d'attention vers celui-là seul qui allait naître d'elle, d'elle et de son époux. Honnêtement, il lui avait fallu reconnaître que la chose n'était pas facile. Au début de sa grossesse, elle ne se préoccupait que de la naissance à venir. Cette espérance meublait ses heures. La vie de la Cour, la poésie, les déplacements, les histoires qui couraient sur la rivalité des deux reines, Blanche, mère du roi, Marguerite, souveraine en titre, l'avaient, pour un temps, distraite, amusée, éloignée d'autres sujets d'intérêt.

En revenant à Paris, en retrouvant la vie de la capitale, elle avait vite compris que, dans un cadre qui lui rappelait Guillaume à chaque pas, il lui serait plus malaisé d'éviter de penser à lui. Bien décidée, pourtant, à venir à bout d'une obsession qu'elle s'en voulait tant de subir, elle avait pris une décision : chaque fois qu'en elle se lèverait le souvenir redouté, elle reporterait aussitôt son attention, par une sorte de démarche de son esprit, volontaire comme un exercice physique, vers le petit être auquel elle allait donner le jour. Elle interposerait cet enfant sans visage entre elle et celui dont elle se refusait à admettre l'emprise.

« Ce n'était déjà guère commode, alors même qu'il était au loin, que va-t-il advenir, maintenant, quand je vais me retrouver en face de lui ? Dès à présent, j'appréhende de le revoir, j'imagine la façon dont il va me regarder en entrant dans cette chambre... Me dire qu'à l'heure du souper, dans si peu de temps, il se tiendra ici, devant moi, suffit à me faire trembler ! C'est odieux ! Seigneur, Seigneur, aidez-moi, venez à mon secours ! Je ne l'aime pas ! Je ne peux pas l'aimer, puisque j'aime Philippe ! Quelle folie fait-il donc, rien qu'en me dévisageant, éclater en moi comme une tornade ? »

Interrompant son ouvrage, elle ferma les yeux, se força à imaginer son fils, près d'elle, parmi les coussins, se cramponnant à cette vision d'un enfant qui ne serait présent que plusieurs mois plus tard et dont elle se demandait tout à coup s'il parviendrait vraiment à l'exorciser. Elle n'en était plus aussi certaine. Il demeurerait, malgré tout, son plus solide recours, le bouclier qu'elle opposerait à l'ennemi... Elle haussa les épaules : « Il s'agit bien d'ennemi ! Ce n'est pas un adversaire qui me menace, mais un homme qui m'aime, qui me trouble, qui me crie sa passion ! C'est l'amour, non la haine, que j'ai à combattre. Dans la mesure où tant de choses, en moi, semblent prêtes à capituler devant Guillaume, ces engagements que je vais avoir à renouveler sans fin contre son désir, contre le mien, seront bien plus durs à livrer que si je n'avais à m'opposer qu'à un antagoniste ! »

Elle se leva, resta un moment debout à réfléchir, se dirigea enfin vers un crucifix d'argent posé sur un trépied au chevet de son lit, s'agenouilla devant lui, se mit à prier.

Il y avait un long moment qu'elle était ainsi, penchée vers la croix, les épaules fléchies, le front incliné, les genoux meurtris quand Suzanne gratta à la porte, entra.

— Vous plaît-il de recevoir messire Guillaume Dubourg, votre cousin, qui vient, avec un valet, vous apporter des fourrures ?

« Voici donc le moment venu ! Il aura trouvé un prétexte quelconque pour devancer l'heure, pour me voler un moment de tête à tête pour tenter de me décider à lui appartenir... Un peu plus tôt, un peu plus tard... Seigneur, c'est à Vous de me protéger ! »

Elle se redressa, marcha vers la porte.

— Dis-lui de monter.

Précédé par un serviteur qui portait une brassée de pelleteries, Guillaume entra. Avec lui, l'odeur animale des pelages, évocatrice d'existences sauvages, pénétra dans la pièce.

— Dieu vous garde, ma cousine.

— Soyez le bienvenu, mon cousin.

— Il était entendu que je ne devais venir qu'à l'heure du souper, après vêpres, pour passer la soirée avec vous, mais j'ai pensé qu'il vous serait sans doute agréable d'avoir la possibilité de vous décider sans hâte, à votre aise, pendant qu'il faisait encore jour, ce qui vous permettrait d'apprécier en parfaite connaissance de cause les qualités des fourrures que j'ai choisies à votre intention. J'espère ne point avoir mal fait.

— Pas le moins du monde. J'ignorais seulement, voyez-vous, que Philippe ait eu le souci de m'offrir un nouveau mantel fourré, mais j'en suis ravie, bien entendu. C'est une délicate attention.

— Il est vrai.

Le valet disposait son fardeau sur un grand coffre de chêne sculpté placé contre un des murs, saluait, se retirait.

Florie s'attarda à examiner l'amoncellement d'étoffes laineuses, de velours, de pelages lustrés qu'on venait lui soumettre. Elle profitait de ce répit pour regrouper ses forces et s'apprêtait au combat.

— Voulez-vous les essayer sans plus attendre ?

Ce timbre de voix ! Pourquoi fallait-il que la nature l'eût doué d'un accent si profond, où passait l'écho assourdi d'une harmonie cuivrée ? Pourquoi fallait-il que ses moindres paroles en fussent colorées d'une intonation plus chaleureuse, plus obsédante, aussi ?

— Puisque vous vous êtes donné la peine de les faire apporter dans ce but, autant commencer tout de suite.

Il prit une longue cape de velours vert forêt, doublée de peaux de renard blanc, s'avança vers Florie, déposa sur ses épaules, sans l'effleurer, le somptueux vêtement, recula d'un pas, la contempla. Ni l'un ni l'autre ne parla. La façon dont il considérait la femme et la fourrure, cette femme enveloppée de cette fourrure, suffisait. Il n'avait rien à ajouter. Tout était exprimé.

Une veine se mit à battre au cou de Florie, son souffle se précipita.

Un certain temps s'écoula. Pas un geste. Ils semblaient, tous deux, en état d'hypnose.

Comme si la tension était assez forte pour alerter, au fond des entrailles de Florie, le petit être qu'elle portait, elle sentit soudain un tressaillement dans son ventre, comme un sursaut encore faible de son enfant. Deux ou trois fois, déjà, cet éveil s'était produit, les jours précédents. Cette fois-ci, la future mère voulut y voir un signe. Elle ne s'était pas trompée ! C'était bien celui-là qui la défendrait contre la tentation, qui l'en délivrerait !

Elle poussa un long soupir. Il lui sembla que l'air qu'elle rejetait était chargé de tous les miasmes de passion et de folie qu'elle expulsait ainsi loin d'elle. Un courage tout neuf la souleva. Ce fut presque joyeusement qu'elle frappa ses mains l'une contre l'autre pour appeler.

— Suzanne, ma mie, apporte-moi le miroir d'étain poli que mon père m'a offert à mon retour. J'ai hâte de voir comment me va ce vêtement.

La servante disparut, revint, tendit à sa maîtresse le miroir demandé.

— Que vous êtes belle, dame, dans ces atours !

— C'est fort beau, en effet, mon cousin, mais, me semble-t-il, un peu trop riche pour une simple fille comme moi. Ne trouvez-vous point qu'ainsi vêtue, je manque de modestie ?

Ne pouvant deviner les raisons du changement d'attitude de Florie, constatant seulement qu'une fois encore, elle lui échappait, Guillaume sentit une telle détresse l'envahir qu'il fit quelques pas vers le coffre, maladroitement, comme sous l'effet d'un coup. S'em-

parant d'un mantel de drap violet, fourré de castor, il le tendit
à Suzanne, sans trouver la force de répondre. Surprise, la servante le prit, le mit sur les épaules de la jeune femme qui avait retiré
l'autre.

— Celui-là est moins joli, dame. Je le trouve un peu triste.

— Triste? Peut-être. Je n'en veux donc point. Il me faut un vêtement joyeux pour tenir chaud à l'enfant que j'attends.

Guillaume accusa le coup. Ainsi donc, c'était cela!

Il la regarda s'approcher du coffre, plonger ses mains, ses bras
dans les pelleteries devant lesquelles il avait évoqué chez lui, un
moment auparavant, son corps blond, nu, offert, parmi les dépouilles farouches, son parfum au milieu de leurs odeurs de forêts,
de steppes, de bauges, de tanières. Il la vit rire avec sa servante en
essayant d'autres manteaux. Il était difficile d'être plus malheureux.

— J'hésite entre ce velours noir fourré de gris et ce drap olive
doublé de renard noir. A votre avis, cousin, lequel me va le
mieux?

Elle devait se sentir bien affermie dans sa volonté de fidélité conjugale pour se permettre de nouveau envers lui ce ton de coquetterie,
un peu familière et moqueuse.

— Les deux vous vont bien. Le velours sied sans doute davantage
à votre blondeur...

Son désarroi, sa misère, étaient si visibles, que Florie eut pitié
d'une souffrance dont elle était la cause. Parce qu'elle se jugeait plus
forte, elle se permit un élan.

— Je n'ai plus besoin de toi, Suzanne, dit-elle à la servante. Je vais
attendre le retour de mon mari pour me décider à prendre un de ces
manteaux. Il me guidera dans mon choix.

Quand ils se retrouvèrent seuls, elle déposa le vêtement qu'elle
portait encore parmi les autres, désigna de la main un siège à son
interlocuteur, s'assit elle-même un peu plus loin.

— Causons, dit-elle.

Elle rassembla sur ses genoux les plis de son surcot de toile
blanche, sourit.

— Avant que Philippe ne nous rejoigne, reprit-elle, je tiens à mettre au net certaines choses entre nous.

Un jour de septembre, déjà oblique malgré la lourdeur de l'été
finissant, pénétrait par la fenêtre.

— Quand nous nous sommes quittés, en juin, rue des Bourdonnais, j'étais sous le coup d'une émotion que je n'ai jamais cherché à
vous dissimuler, reprit Florie. Depuis, il m'est arrivé une chose
toute simple mais, pourtant, extraordinaire : j'ai appris que j'attendais un enfant.

Elle sourit avec une douceur nouvelle, tendre et grave.

— Ma voie se trouve toute tracée : je passerai ma vie entre Philippe et nos enfants. Il n'y a pas de place pour vous, Guillaume, dans une telle existence.

Les mains passées dans la haute ceinture de cuir clouté qui lui serrait la taille, le buste rejeté en arrière, les épaules solidement appuyées au dossier de bois, celui auquel elle adressait ce discours dicté par un sentiment du devoir qui lui coûtait beaucoup, l'écoutait sans bouger. Elle remarqua son amaigrissement, le cerne de ses yeux, éprouva de la compassion mêlée à une joie violente qu'elle se blâma aussitôt d'éprouver.

— Quand vous avez surgi, tout à l'heure, continua-t-elle en s'accrochant à sa détermination de tout faire pour assainir la situation, oui, quand je vous ai vu entrer céans, le souvenir d'un passé dont je ne suis pas fière m'est remonté à la mémoire. Aussi, ai-je pu vous paraître émue, vulnérable. Il n'en était rien. Simple effet de surprise.

— C'était le premier mouvement, Florie, celui qui nous trahit toujours.

— Non, non. Ne vous bercez pas, je vous en prie, de semblables illusions. Vous n'avez pas à garder le moindre espoir. Pourquoi vous acharner ?

— Vous le savez fort bien : parce que je vous aime de si fort et puissant amour que rien, jamais, ne me détachera de vous.

— Il le faudra bien, cependant.

Guillaume se leva, vint se placer devant la jeune femme, se pencha, l'emprisonnant entre ses bras qui prenaient appui sur les accoudoirs du fauteuil. Ses épaules, dont on devinait les muscles solides sous le drap du vêtement, lui fermaient le monde. Sans s'approcher d'elle davantage, sans la toucher, il se contenta de la considérer avec une telle expression de passion, de désir, que, une nouvelle fois, elle se sentit chavirer.

— Si je vous embrassais là, maintenant, dit-il, prétendriez-vous encore que vous êtes faite pour une vie sage, consacrée à vos devoirs ? Vous ne le pourriez pas. Vous savez bien, malgré toutes vos dénégations, que mon approche fait retentir en vous une autre voix, un autre appel.

— Ce que vous faites là est déloyal, Guillaume !

— Bien sûr, c'est déloyal, mais point à votre égard, à celui de Philippe ! Si je suis, hélas, forcé de me montrer félon envers lui, je ne l'ai jamais été envers vous. Je n'ai cessé de vous crier ma certitude : que nous devions, un jour, fatalement, nous aimer. Cela sera, douce amie, je le sais. Vous aussi. Si vous n'éprouviez à mon sujet qu'honnête et familiale amitié, en quoi mon contact vous produirait-il cet effet ?

Florie ferma les yeux. Était-ce pour ne plus le voir, si proche, était-ce, sans le savoir, en attendant son baiser ? Une odeur de cuir, de sueur, d'ambre gris, l'enveloppait. C'était aussi sa présence.

Il ne l'embrassa pas.

— Vous aurez cet enfant, dit-il encore, mais sa venue ne peut plus rien changer entre nous. Jusqu'à ce qu'il soit né, je saurai m'effacer, je respecterai votre attente. Ensuite, douce amie, ensuite, dites-vous le bien, rien, ni lui ni personne, ne m'empêchera de venir vers vous, de vous prendre, et de vous emporter dans mon repaire, au milieu de mes fourrures, parmi ces pelages où je vous vois, déjà, nue, abandonnée, gémissant sous moi !

Florie n'en entendit pas davantage. Elle se sentait fondre au voisinage de ce brasier. Sans avoir la force d'ouvrir les paupières, elle défaillit et perdit connaissance.

Guillaume demeura un moment immobile, à la considérer ainsi, sans défense, renversée contre le haut dossier. Il hésita, se redressa, appela Suzanne.

— Ta maîtresse est souffrante, dit-il, soigne-la. Dis de ma part à ton maître que l'état de ma cousine me semble interdire que nous prenions ensemble le souper projeté. Je m'en vais donc.

D'un geste, il désigna les fourrures :

— Dis-lui également que sa femme n'aura qu'à choisir parmi ces vêtements. Elle me fera rapporter ensuite ceux dont elle n'aura pas voulu.

La porte s'ouvrit. Mathilde, son travail achevé rue Quincampoix, venait voir sa fille, rentrée de la veille, et dont elle avait su la fatigue.

En pénétrant dans la chambre, elle aperçut Guillaume qui s'apprêtait à sortir. En dépit de la conscience aiguë qu'elle avait de l'absurdité d'une attirance qui n'éveillait aucune réciprocité, son cœur fit un bond dans sa poitrine. Elle s'en voulut. N'en aurait-elle donc jamais fini avec ces égarements ?

D'un coup d'œil, elle fit le tour de la pièce, vit Florie inanimée, se dirigea vers elle. En quelques mots, le pelletier lui répéta ce qu'il venait de dire à la servante.

— Mes enfants vont regretter un départ qui les privera de votre présence.

— Je pense qu'il est préférable de remettre cette réunion à plus tard. La santé de votre fille semble nécessiter du repos. Nous prendrons date à nouveau quand elle sera remise.

Il salua et sortit.

Mathilde restait étourdie par la rencontre qu'elle venait de faire. Elle en était d'autant plus contrariée contre elle-même, que, depuis un certain temps, elle croyait avoir maîtrisé ses révoltes, ses sursauts. Cette folie qui s'était emparée d'elle au dernier printemps était retombée. Elle le voulait ainsi. Pouvait-on être confiant en une si récente sagesse ? N'y aurait-il pas d'autres printemps ?

Sortie avec précipitation, Suzanne rentrait, portant un gobelet rempli d'un liquide foncé.

— C'est un cordial prescrit par dame Charlotte pour des cas comme celui-ci, expliqua-t-elle. Pourriez-vous m'aider à le lui faire boire ?

Mathilde soutint dans ses mains la tête de sa fille qu'elle considérait avec sollicitude pendant que Suzanne faisait couler entre les lèvres sans couleur quelques gorgées du remède. Assez vite, la jeune femme commença de s'agiter, puis elle ouvrit les yeux.

— Vous sentez-vous mieux, ma mie ?

— Oui... je crois...

Elle rougissait soudain, pressait ses joues entre ses paumes.

— A-t-on idée de se trouver mal ainsi, à tout bout de champ !

— Votre état est en cause, mon enfant. Durant une grossesse, il est fort courant de perdre connaissance.

Florie cherchait quelqu'un du regard.

— Votre cousin s'en est allé de crainte de vous fatiguer davantage en restant souper avec vous, dit Mathilde tout en observant la gêne dont témoignait l'attitude de la jeune femme. Il m'a priée de l'excuser auprès de Philippe et de vous.

— Suis-je demeurée longtemps évanouie ?

— Je ne le pense pas. Quand je suis entrée, Suzanne vous donnait des soins et messire Dubourg se retirait. Il m'a dit que vous veniez d'être prise d'un malaise.

Florie se leva avec lassitude, fit quelques pas en s'appuyant au bras de sa mère.

— Je me sens mieux à présent, ce n'était rien, dit-elle, les yeux baissés.

— Allongez-vous encore un moment, ma chère fille, et contez-moi votre séjour à Poissy dont je ne sais pas grand-chose.

Tout au long de l'été, Florie s'était arrangée pour faire parvenir de ses nouvelles à ses parents, sauf pendant les dernières semaines.

— Ce ne furent que joutes, cours d'amour, collations champêtres, promenades en barque sur la Seine, chasses, danses, jeux de toutes sortes. Vous connaissez les goûts de notre jeune reine et son penchant pour les divertissements.

— Notre sire le roi y participait-il, lui aussi ?

— Parfois, pas toujours. Il aime chasser, jouer à la paume, nager. En revanche, danser l'ennuie, ainsi que les amusements plus frivoles. Il leur préfère de longues promenades où il devise gaiement avec ses proches. Il lui arrive aussi de se retirer pour travailler, méditer, s'instruire de tout ce qu'un souverain doit savoir. Il s'occupe de chaque cas, de chaque détail avec une minutie, un sens de l'organisation qui impressionnent ceux qui l'approchent. De plus il est, ces temps-ci, fort accaparé par les préparatifs de la croisade qu'il a décidé, après sa guérison miraculeuse, d'entreprendre le plus tôt possible.

— En effet, ma fille. Votre frère Arnauld nous entretient souvent de ce grand projet qui intéresse tant de gens à présent. Depuis plusieurs semaines, beaucoup d'étudiants ont résolu de se joindre à l'expédition de notre souverain ; aussi en parle-t-on de toutes parts à l'Université.

Florie avait retrouvé ses couleurs et un naturel dont l'absence avait trop frappé sa mère au début de leur conversation pour qu'elle n'en fût pas soucieuse.

— Savez-vous, ma mie, que votre frère Bertrand semble de plus en plus séduit par Laudine ? dit-elle pour faire diversion.

— Durant l'été, où Alix est venue nous rejoindre quelque temps à Pontoise, elle m'a plusieurs fois entretenue des prémices de cet amour. J'avoue en avoir été surprise.

— Votre frère a toujours manifesté un penchant prononcé pour les femmes et filles qui passaient à sa portée.

— Sans doute, mais, justement, Laudine est encore si enfantine.

— Croyez-vous, ma mie ? Menue, gracile, tant que vous voudrez, mais ferme sous son apparente fragilité, douée d'une énergie tranquille qui parviendra toujours à bout des difficultés. Je crois qu'un caractère bien trempé se tient en réserve sous son air de petite fille sage et qu'elle deviendra une femme résolue, du moins pour les choses qui lui tiendront à cœur.

— Vous devez avoir raison, ma mère. Je la connais beaucoup moins bien qu'Alix. Nous n'avons jamais parlé sérieusement toutes deux.

— L'an dernier, c'était encore une enfant. Elle a beaucoup changé depuis lors. Par l'attention qu'il lui porte, votre frère aide à cette transformation.

— Espérons, s'ils vont jusqu'au mariage, qu'ils seront heureux l'un par l'autre.

Il y avait tant de réserve dans le ton de la jeune femme, que Mathilde fut sur le point de prononcer le nom de Guillaume, mais elle remarqua au même moment que les yeux de Florie, tournés vers le tas de fourrures laissées sur le coffre, brillaient d'une fièvre qui l'alarma. Les choses devaient être plus avancées qu'elle ne le craignait. Où en étaient les deux jeunes gens ? L'union de sa fille se trouvait-elle, déjà, en danger ?

Mathilde se dit qu'il lui fallait agir pour aider Florie à se soustraire à une emprise dont elle mesurait, mieux qu'une autre sans doute, les périls. Elle allait parler, dire tout ce qu'elle pressentait, tout ce qu'elle comprenait...

— Je ne cesse, ma mère, de songer à Clarence, reprit la jeune femme en la devançant, et je voulais vous en entretenir. Va-t-elle jamais se remettre ? Elle est dans un si triste état ! Votre chagrin, celui de mon père, me peinent tant... sans parler d'Arnauld dont la blessure corporelle s'est plus vite cicatrisée, il me semble, que celle infligée par les goliards à l'honneur de notre famille ! J'imagine les griefs qui doivent, au fil des jours, s'accumuler dans le cœur de mon pauvre frère !

— Hélas ! Il devient plus nerveux, plus préoccupé, à mesure que les chances de retrouver Artus le Noir s'amenuisent. Votre père et lui se sont livrés, chacun de son côté, à une quête sans merci afin de découvrir le secret d'une retraite d'où notre adversaire a l'air de les narguer. Jusqu'ici, ils ne sont arrivés à rien.

— Les sergents du roi, ceux de Saint-Germain-des-Prés, n'ont donc pas, eux non plus, trouvé trace du goliard ?

— Aucune. Il s'est volatilisé, ainsi que, jadis, le mari de Charlotte, en Espagne. Seulement, cette fois-ci, il est plus facile de comprendre comment les choses se sont passées : certains de ses compagnons de débauche ont dû, après son évasion demeurée mystérieuse, reprendre contact avec lui, sans doute par l'intermédiaire de Gertrude, et se sont arrangés pour lui fournir un autre gîte.

— Il n'est pourtant pas commode de dissimuler un homme gravement blessé.

— On aura déniché quelque cache discrète où il aura eu tout loisir de se rétablir durant l'été. Le diable seul sait maintenant où il peut se trouver... le diable et, probablement, aussi, Gertrude !

— Celle-là...

— Son cas est étrange. Au fond, nous la connaissons très peu, très mal. Depuis la scène pénible qui s'est déroulée chez elle après la disparition d'Artus, j'y ai beaucoup songé. C'est une drôle de fille. Elle ne nous aime pas, c'est certain, mais dans la violence qui la dressait alors contre nous, je suis sûre qu'il y avait un autre sentiment qu'une simple hostilité de circonstance. Lequel ? Je l'ignore. Ce que j'ai ressenti, avec trop de force pour que ce fût imaginaire, c'est que son défi était doublé d'une sorte de désespoir farouche dont la cause profonde me demeure inconnue. Quand il s'agit de Gertrude, nous manquons tous, chez nous, de mansuétude, de bonne volonté. Moi comme les autres. Il fallait que sa détresse fût bien grande pour que je m'y sois montrée sensible, pour que j'en reste touchée. C'est ce qui me permet d'affirmer à présent qu'en hébergeant Artus, elle obéissait à un mobile puissant.

— Elle s'est peut-être éprise de lui ?

— Ce n'est pas impossible. J'ai, d'abord, envisagé moi aussi cette hypothèse, pour finir, ensuite, par l'abandonner. Je ne saurais trop dire pourquoi. Il me semble qu'elle ne parlait pas de lui comme l'aurait fait une femme amoureuse.

— De qui, de quoi, alors, serait-il question ?

— Je ne le sais pas encore, mais j'espère être à même de vous donner une réponse d'ici peu.

— Comment donc ?

— Votre tante Charlotte, que j'ai mise au courant, connaît un étudiant en médecine dont le meilleur ami poursuit, à l'heure actuelle, une aventure galante avec Gertrude. Par son intermédiaire, elle va tenter d'obtenir des renseignements de première main sur les préoccupations intimes de sa maîtresse.

— Et vous croyez apprendre par lui quelque chose d'intéressant ! Pardonnez-moi, ma mère, mais je ne partage pas du tout votre façon de voir ! Gertrude est bien trop avisée pour se confier ainsi, sur l'oreiller, à un amant de passage !

— Charlotte assure le contraire. Sa profession l'a amenée à sonder la nature humaine, ses étrangetés, ses faiblesses. Elle m'a affirmé que l'emprise des sens possède sur certaines natures un ascendant tel qu'elle les dépouille de leurs défenses pour les livrer, sans arme, à leurs vainqueurs, qui en font ce qu'ils veulent.

En dépit de leurs résolutions à toutes deux, Mathilde détourna les yeux en terminant sa phrase et Florie se prit à rougir en l'écoutant.

— Si nous obtenons, grâce à ce procédé dont vous doutez, ma mie, des informations suffisantes pour nous éclairer sur les véritables motifs qui ont incité Gertrude à se fourvoyer dans ce guêpier, reprit Mathilde en s'efforçant de surmonter un trouble qu'elle jugeait humiliant, nous aurons fait un grand pas en avant.

— Peut-être... mais nous serons toujours hors d'état de démontrer sa complicité avec Artus !

— Patience, ma fille ! Elle se trahira sans doute un jour. En attendant, elle ne doit pas, de son côté, elle non plus, se sentir fort à l'aise. Je gage que sa conscience, la peur de la justice...

— Croyez-vous ? D'après vos propres constatations, elle faisait montre de beaucoup de sang-froid quand elle vous a trouvés chez elle. Ni la contrition, ni l'inquiétude ne semblaient la tourmenter.

— Et pour cause : il s'agissait alors, pour elle, de sauver sa vie ! N'oubliez pas que si nous avions été en mesure, à ce moment-là, d'établir qu'elle avait soustrait à ses juges un malfaiteur que toutes les autorités recherchaient, elle risquait d'être pendue ! Elle le savait fort bien. C'est ce qui l'a certainement poussée à accentuer une agressivité sur laquelle elle devait compter pour se débarrasser de nous et de nos investigations !

— Malgré sa connivence certaine avec notre adversaire, vous ne semblez pas, ma mère, en vouloir autant que moi à Gertrude.

— Vous avez raison, Florie. C'est à Artus que j'en veux ! N'est-ce pas naturel ? Le roi lui-même, si préoccupé de vivre chrétiennement, a reconnu qu'on ne comptait plus les mauvaises actions de ces goliards, vrais dangers publics, que leur châtiment importait à tous. Pour Gertrude, c'est différent. Si elle nous a fait du tort, en cachant notre ennemi chez elle, puis en lui permettant de s'enfuir, elle n'est fautive, pourtant, que par défaut, non par action.

Il y eut un silence. On entendait, venant du rez-de-chaussée, la voix de Béraude Thomassin tançant un apprenti qui avait dû gâcher du parchemin.

— Pour savoir à quoi nous en tenir, il faut donc encore attendre ?

— Je ne vois pas d'autre solution.

— Toujours attendre, pour tout ! c'est épuisant !

Le ton était excédé. Cette impatience parut à Mathilde, dont l'attention demeurait en éveil, l'indice d'un état de nerfs alarmant et révélateur à la fois. Du plus profond de son amour maternel, elle aurait souhaité amener son enfant menacé à lui parler avec l'abandon, la confiance, de toujours, à lui révéler ce qui l'agitait tant. Mais, si Florie avait abordé un peu plus tôt le sujet dont elles venaient de s'entretenir un moment, ce ne pouvait être que pour éviter d'en traiter un autre, plus personnel. Il fallait la comprendre et se taire, quoi qu'il en coûtât. Comme pour couper court à toute tentation de confidence, Florie se leva, prit le miroir d'étain poli qui était posé sur une chaise, s'y contempla.

— Allons, ma mine n'est pas trop mauvaise, dit-elle avec un pauvre sourire. Philippe, qui se tourmente pour un rien, n'aura pas de nouvelle raison de s'inquiéter, cette fois-ci !

Elle revint vers Mathilde, toujours assise, appuya ses mains sur les épaules aux courbes douces, se pencha vers le tendre visage.

— Je ne veux pas qu'il ait de nouveaux sujets de souci à cause de moi, ma mère, comprenez-vous ? Depuis notre mariage, il n'a déjà eu que trop de tracas ! Je tiens à lui en éviter tout autre !

Son expression changea, se fit plus solennelle :

— Sachez bien que, de mon fait, Philippe n'aura pas à souffrir. Je l'aime et le respecte assez pour me soucier, avant tout, de préserver son honneur et la paix de son âme !

Mathilde considérait sa fille avec gravité, sans mot dire. Il ne lui était pas nécessaire d'en entendre davantage. Les deux femmes restèrent ainsi, un moment, liées par un muet échange de pensées, par une solidarité plus explicite que des mots. Leur entente de toujours se reconstruisait en silence. Florie savait maintenant que Mathilde était informée de ses déchirements, qu'elle partageait son anxiété. Elle ne le niait pas, ne le dévoilait pas non plus, mais donnait pourtant à sa mère, de façon tacite, l'assurance qu'elle saurait se montrer vigilante, qu'elle défendrait ce qui restait à sauver. C'était tout ce que, honnêtement, elle pouvait faire.

Elle détourna la tête, se redressa, alla vers le coffre.

— Philippe m'aidera à choisir ces fourrures, dit-elle. C'est lui qui me les offre, il est naturel qu'elles lui plaisent. Je me conformerai à son goût.

XI

En or massif, le ciboire semblait capter, pour les réfléchir ensuite, les derniers faisceaux du soleil déclinant. Sommé d'une croix sans ornement, ciselé avec sobriété, le vase sacré posé sur un carré de velours noir, luisait dans la boutique de l'orfèvre, d'un éclat sourd et rayonnant à la fois.

Après l'avoir reçu des mains de Bertrand, Mathilde l'avait posé avec respect sur l'étoffe préparée à cet usage, puis s'était reculée de quelques pas. Parmi les aiguières, les drageoirs, les hanaps, les écuelles, les crédences d'argent et d'or, parmi les bijoux précieux qui scintillaient sur les tables ou les étagères, où ils étaient exposés, le saint récipient, qui abriterait l'humanité du Christ, était d'une pureté de forme, d'une beauté simple mais essentielle, qui s'imposaient à l'âme.

— C'est vous, ma mère, qui l'avez dessiné.

— C'est vous, mon fils, qui avez veillé à sa fabrication.

Mathilde détourna son attention du ciboire pour sourire d'un air complice à Bertrand. Entre eux, une entente toute simple avait toujours existé. Elle aimait l'activité, l'entrain, le goût de vivre qui caractérisait son fils cadet. Ses défauts ne la gênaient pas. Elle les connaissait, les dénombrait en toute lucidité, mais s'en accommodait, jugeant que certains travers, qui ne nous heurtent pas, sont, en fin de compte, préférables à des qualités dont on n'a que faire. Une confiance mutuelle les unissait, qui leur était aussi nécessaire à l'un qu'à l'autre.

Le matin de ce jour, Bertrand lui avait parlé, justement, de Laudine, du projet de mariage qu'il formait en secret depuis quelque temps. Avec abandon, avec confiance, elle lui avait dit ce qu'elle pensait d'une union qui lui semblait pouvoir être bonne à condition que l'attirance éprouvée pour l'adolescente soit autre chose qu'une amourette, que le caprice d'un moment.

— Tant de gens se trompent sur leurs véritables sentiments, lui avait-elle dit, qui en prennent trop tard conscience et le regrettent ensuite, amèrement, toute leur vie ! Assurez-vous de la réalité, de la profondeur, de votre penchant. Éprouvez-le un temps avant de vous engager davantage. C'est la précaution à laquelle il faut s'astreindre si on ne veut pas se marier à l'étourdie. Laudine a certainement des qualités de cœur et d'esprit, je la crois fine, sensible, peut-être un peu enfantine encore, mais capable, pourtant, de fermeté, et douée d'un jugement sain. Elle semble vous aimer, mon fils et cela ne m'étonne point. Cependant, ce n'est pas une femme comme elle que j'imaginais pour vous. Je la voyais plus féminine, plus coquette, si vous voulez, plus épanouie, en un mot. Il se peut que je me sois trompée, mais il se peut aussi que ce soit vous. Pensez-y. Interrogez-vous. Prenez le temps de réfléchir, ne vous décidez pas à la hâte. Vous êtes si jeune...

Il avait accepté d'attendre, de prendre conseil de lui-même, de tenir compte de l'avis maternel. Leur entente s'en trouvait renforcée par un sentiment de complicité affectueuse que Mathilde éprouvait avec satisfaction.

C'était, à présent, dans l'admiration suscitée par la beauté d'une œuvre à laquelle ils avaient participé tous deux qu'ils se rencontraient.

— C'est bien là le plus beau ciboire qui soit jamais sorti de notre atelier, reprit Bertrand. L'abbé de Saint-Martin-de-Tours pourra être satisfait !

Des clients pénétraient dans la boutique. Le jeune homme sourit à sa mère et les rejoignit.

On était à la mi-octobre. Il avait beaucoup plu depuis une semaine, mais le soleil, dans la journée, s'était dégagé des nuées pour venir, tardivement, éclairer le ciel de Paris au-dessus des maisons qui bornaient l'horizon de l'autre côté du Grand-Pont où une foule colorée, ravie de pouvoir sortir à nouveau, se pressait devant les étalages.

Mathilde reporta son attention sur le ciboire d'or commandé, pour l'abbé de Saint-Martin, par un riche mercier dont l'épouse avait été guérie d'une pénible maladie de peau, à la suite d'un pèlerinage accompli dans la capitale de la Touraine au tombeau du saint thaumaturge.

Un pèlerinage... pourquoi n'en ferait-elle pas un, elle aussi, pour demander la guérison de Clarence ? Depuis un certain temps, elle y songeait confusément. Charlotte, puis Philippe, lui en avaient parlé. Voici que, soudain, devant le vase sacré, qui évoquait à ses yeux la quête célestielle du Graal, elle sentait s'affirmer en elle une résolution qui s'imposait. Elle en discuterait avec son oncle, le chanoine. Il

lui donnerait un avis judicieux, mais, déjà, elle se sentait résolue.
Elle irait à Tours demander son aide à saint Martin qui soulageait
tant de misères, physiques ou morales. Elle le prierait, bien dévotement, d'intervenir auprès du Seigneur pour que sa fille recommen-
çât à parler, à vivre.

Depuis plusieurs semaines, Clarence se levait, se laissait habiller,
mangeait sagement, écoutait, semblait-il, ce qu'on disait, s'intéressait un peu plus aux allées et venues de la maison, semblait comprendre, en partie du moins, ce qu'il lui fallait faire, mais demeurait
murée dans une indifférence minérale et dans un silence qui semblait définitif. Quel mur infranchissable barrait la route à sa pensée,
à sa parole ? Sire Vives disait que les progrès réalisés étaient encou-
rageants, qu'il fallait attendre. Mathilde, de son côté, pensait que la
science ne pouvait plus rien, qu'il fallait s'en remettre à Dieu.

Elle s'approcha du ciboire, suivit du doigt son évasement. Ce pèlerinage ne serait pas qu'appel, demande de grâce, mais aussi acte de
soumission. La nuit précédente, auprès d'Étienne endormi, elle
avait, de nouveau, vécu une de ces crises de désespoir où son corps
se révoltait, lui imposait des images précises, lancinantes, qui la
laissaient brisée. Elle pleurait en silence, droite comme un gisant,
sans faire un mouvement, pour ne pas réveiller Étienne, et finissait
par s'endormir au matin, avec la sensation de l'humidité froide que
les larmes non essuyées laissaient en traînées sur ses joues, sur son
oreiller. La navrante conscience que rien, jamais, ne pourrait porter
remède à cette faillite d'une entente charnelle dont elle aurait été
faite, elle le savait, pour longtemps encore goûter les délices, lui
était insupportable. L'impuissance de son mari était un mal sournois qui ruinait leur union, en dépit des efforts qu'ils faisaient tous
deux pour se persuader qu'il n'en était rien. Étienne souffrait, diffé-
remment, mais tout autant qu'elle, elle ne pouvait en douter, de cette
rupture de leur intimité. Comme elle, il devait regretter la douce
complicité des corps et les gratitudes qu'elle entraîne.

« Il faut me pardonner, Seigneur : je suis une âme de mince qualité, Vous le savez. J'irai à Tours pour demander son entremise à
saint Martin, sans me targuer d'une acceptation où je n'ai pas
grande part et aucun mérite, puisque, depuis des années, je lutte
contre ce renoncement auquel Vous voulez m'amener. Voici que je
l'admets, après être allée au bout de ma résistance, parce que je comprends enfin combien il est dérisoire, inutile, de m'opposer au choix
qu'il me faut faire. La paix ? Je ne la trouverai qu'en m'oubliant, en
m'expulsant de moi pour y faire entrer, à la place, l'amour d'autrui,
en une sorte d'accouchement à rebours qui, à l'opposé de ce qui se
produit pendant une naissance où on aide quelqu'un à sortir de soi
pour se refermer sur soi, sera l'éviction de moi-même par moi-

même, afin de laisser le champ libre à Votre présence. Notre couple trouvera alors un équilibre, qui, je le sais, ne dépend que de ce choix. Étienne m'aime douloureusement, mais ne peut en rien m'aider à nous sauver. Son épreuve, à lui, semble être la passivité. Ce n'est pas la moindre pour un cœur comme le sien! La mienne, en revanche, est faite de l'obligation de lutter, chaque jour, à chaque pas... »

— Dame, voudriez-vous venir voir les nouveaux modèles de couteaux que nous allons, cette saison, présenter à nos clients? dit alors près de Mathilde, qui méditait toujours devant le ciboire d'or, une voix qui était celle du chef d'atelier. Il y a ceux à manches d'ivoire que nous venons de terminer pour les Pâques prochaines, ceux à manches d'ébène qui seront vendus, selon la coutume, durant le Carême, et, surtout, ceux à manches écartelés d'ivoire et d'ébène que vous avez dessinés vous-même pour le temps de Pentecôte.

— Je vous suis.

La femme de l'orfèvre, sans vouloir en tirer vanité, appréciait à son juste mérite le respect que chacun témoignait dans la boutique au goût dont elle faisait preuve dans le choix des formes et des dessins. Elle savait qu'il y faisait loi. Étienne étant retenu rue Quincampoix par l'arrivée inattendue d'un riche client florentin, c'était à elle de décider. Eût-il été présent, d'ailleurs, qu'il aurait, comme toujours, fait appel au jugement de son épouse.

Elle rejoignit dans le fond de la pièce le valet qui venait d'aligner sur des carrés de velours cramoisi plusieurs séries de couteaux nouvellement fabriqués, se pencha sur les manches travaillés avec art, loua, critiqua.

Bertrand la rejoignit. Il portait un précieux hanap, taillé dans un cristal limpide, enchâssé en une monture d'argent ciselé et rehaussé de pierres fines.

— Un de nos clients demande qu'on refasse pour lui ce modèle-ci, ma mère. Est-ce possible? Messire Jehan Palée qui nous l'a commandé n'en serait-il pas mécontent?

— Il ne peut être question de reproduire les mêmes ciselures, dit Mathilde. Chaque pièce doit être unique. C'est une règle absolue. Nous pouvons choisir des motifs voisins de ceux-ci, mais jamais identiques.

Elle appuya une main ferme sur le bras de Bertrand.

— Soyez inébranlable, mon fils. Notre clientèle doit pouvoir compter sur nous.

Les cloches de Notre-Dame, de Saint-Merri et de Sainte-Opportune, en sonnant l'angélus, interrompirent le travail et les transactions en train de s'effectuer. C'était une coutume des statuts corporatifs que personne n'aurait transgressée, de suspendre l'ouvrage, suivant les saisons, au dernier coup de vêpres en hiver, de l'angélus en automne et au printemps, du couvre-feu en été. Comme il était défendu à la plupart des gens de métiers de travailler à la lumière des bougies ou des chandelles, car leur façon n'aurait pas été assez bonne, chacun se pliait de bon gré à cette habitude.

Mathilde et Bertrand veillèrent à ce que tout fût en ordre, puis ils fermèrent eux-mêmes la boutique, vide à présent des acheteurs et des apprentis qui l'emplissaient auparavant.

Le soleil, de nouveau, était masqué par des nuages qui s'étendaient en vapeurs menaçantes mêlées aux reflets fauves de l'astre.

— Il va encore pleuvoir cette nuit, dit Mathilde.

Elle prit le bras de son fils pour regagner la rue des Bourdonnais.

A l'approche du soir, chacun fermait ses auvents. La ville s'agitait, s'ébrouait, se préparait en d'ultimes frémissements au long repos de la nuit à venir.

A la sortie du Grand-Pont, Mathilde serra le bras de Bertrand. Parmi les passants qui se hâtaient vers la chaleur d'un feu, l'odeur d'une soupe, Gertrude marchait dans leur direction, pendue au bras d'un garçon maigre. C'était peut-être l'étudiant dont avait parlé Charlotte. Jusqu'à présent, hélas, comme l'avait prévu Florie, il n'avait su fournir aucune information digne d'intérêt sur les agissements, secrets ou non, de son amie.

Comme elles étaient parvenues à s'éviter pendant tout l'été, c'était la première fois que les deux femmes se rencontraient depuis l'affrontement de juin. Elles se saluèrent avec réserve. Mathilde hésita un instant à s'arrêter, mais la mine fermée qu'on lui opposa l'incita à continuer sa route.

— Si nous étions des chrétiens au vrai sens du terme, dit-elle un peu plus loin avec tristesse, nous aurions depuis longtemps pardonné sa trahison à Gertrude et nous ferions oraison pour son salut. C'est à de semblables constatations qu'on s'aperçoit combien peu on met en pratique les enseignements du Seigneur! La foi nécessite toutes sortes d'héroïsmes, mon fils, dont le moindre n'est certes pas le pardon des offenses, surtout lorsqu'elles ont été aussi cuisantes!

— Que voulez-vous, ma mère, nous ne sommes pas des saints et elle nous a joué un bien vilain tour!

En devisant, ils échangeaient des salutations avec des clients, des confrères, des relations, des voisins, mais ne s'attardaient pas.

— Arnauld, Philippe et moi, sans parler de notre père, qui est le plus atteint, sommes décidés à débusquer Artus, en dépit de tout. Nous y parviendrons un jour ou l'autre. On verra ensuite comment se comporter avec sa complice.

— Je redoute ce moment, mais je vous comprends. En présence

de notre pauvre Clarence, il me prend parfois des envies de meurtre ! J'en veux avec sauvagerie à ses bourreaux ! N'oubliez pas, mon fils, dans votre besoin de revanche, que l'attitude la plus digne de louange reste cependant la clémence.

— L'état où est plongée notre sœur n'y incite guère !

— Si Clarence, pourtant, finissait par guérir ?

— Est-ce encore possible ?

Ils parvenaient devant le grand portail de leur demeure.

— Je vais vous faire une confidence, mon fils, dit Mathilde avant que Bertrand ne se soit saisi du marteau de fer forgé avec lequel on heurtait à la porte. Je viens de me décider, ce tantôt, à partir en pèlerinage au tombeau de saint Martin de Tours. Je m'y rendrai au moment de la fête de ce grand saint, en novembre, afin de le prier de nous obtenir la guérison à laquelle nous aspirons tous.

Bertrand se pencha vers sa mère, lui sourit avec la confiance juvénile de l'enfant qu'il n'avait cessé d'être que depuis peu.

— Si vous y allez et que vous le priez comme vous savez si bien le faire, je gage que vous parviendrez sans trop de mal à vous faire entendre du grand saint Martin !

— Ce n'est pas si simple, mon fils, murmura Mathilde tout en pénétrant chez elle.

L'automne roussissait le jardin des Brunel. Des feuilles mortes, que la pluie avait fait tomber en grand nombre, jaunissaient les pelouses. Il y avait encore des roses dans les massifs, mais elles semblaient plus frêles, déjà menacées. Auprès d'elles, des sauges flamboyaient encore.

Jeanne et Marie, qui jouaient dans la cour avec leurs lévriers, accoururent, se jetèrent dans les bras de leur mère, parlant, riant, se chamaillant. Sur les joues de ses filles, Mathilde respira une odeur de sueur enfantine qui fleurait le lait. Elle s'enquit de ce que les enfants avaient fait durant la journée, de leurs travaux, de leurs jeux, puis les quitta pour aller voir à la cuisine où en étaient les apprêts du souper.

Des effluves de nourriture, d'épices, de rôtis, de pâte en train de cuire, l'assaillirent quand elle ouvrit la porte de la large pièce dallée où s'affairaient servantes et cuisiniers. Il y faisait chaud et une buée grasse y flottait. Au milieu du mur d'en face, une vaste cheminée, au manteau profond comme une grotte, abritait un feu de bûches de fortes tailles dont les flammes léchaient les flancs de plusieurs coquemars et marmites. La plus grosse d'entre elles était suspendue à un des crans d'une crémaillère en fer noirci. Une broche sur laquelle étaient enfilés trois chapons tournait entre les doigts attentifs d'une aide de cuisine qui gardait à portée de la main pelle, pincettes et tisonnier. Tout autour des marmites, sur des trépieds, des pots de terre mijotaient doucement au-dessus des braises. Des plats couverts, prêts à être servis, étaient maintenus à bonne température grâce aux corbeilles de fer surmontant les landiers. Dans l'ombre, bien au-dessus du foyer, des quartiers de viande, des jambons, du lard, des filets de poissons, séchaient et se fumaient au fil des heures. De chaque côté de l'âtre, toujours sous le manteau protecteur, deux bancs servaient de sièges aux cuisiniers ou aux servantes qui désiraient, durant les jours d'hiver, se réchauffer.

Contre le mur, proche de la cheminée, on avait poussé une table sur laquelle un pâtissier roulait une pâte à tarte. Accrochés sur des planches de chêne ciré, au-dessus d'elle, hachoirs, râpes, grils, écumoires, poêles, cuillers à pot, moules à gaufre, fourchettes à deux doigts, tamis et passoires, s'alignaient dans un ordre qui témoignait des vertus ménagères des servantes. Non loin de là, une étagère supportait la boîte à épices, la boîte à sel, des mortiers de différentes tailles, une bonbonne de vinaigre, une jarre d'huile.

Dans un coin, un évier près duquel brocs, jattes, cruches et pichets attendaient.

Entre le pétrin et la huche où l'on conservait les miches, Tiberge la Béguine, l'œil aux aguets, veillait à tout. Elle tenait un couteau à longue lame et taillait elle-même des tranches de pain qui serviraient ensuite aux convives pour recevoir leurs morceaux de viande, leurs légumes, leurs fromages.

Mathilde tenait à venir de temps en temps examiner la cuisine. Elle aimait bien la chaleur un peu moite, l'air odorant, le mouvement de cette pièce où elle se rendait parfois, quand elle en avait le temps, pour confectionner de ses mains quelque dessert inhabituel, quelques plats dont elle gardait le secret.

— Je suis rentrée assez tard, ce jourd'hui, Tiberge, il y avait beaucoup à faire dans la boutique du Grand-Pont. Tout est-il prêt ?

— Vous pourrez souper quand vous le voudrez, dame.

— Que nous fais-tu servir comme potage ?

— La cretonnée au lard dont nous avions parlé ce matin.

— La purée de pois, les lardons, le pain, le gingembre et le safran ont-ils été convenablement écrasés puis éclaircis avec du lait bouilli ? demanda Mathilde qui avait à cœur de montrer à son intendante qu'elle s'intéressait de très près aux préparatifs des repas et, qu'en dépit de son labeur d'orfévresse, elle restait soucieuse des moindres détails concernant la marche de la maison.

— Ils l'ont été, dame, et abondamment jaunis avec des œufs frais.

— Parfait. Nous allons souper sans plus attendre, Tiberge.

Dans la grande salle brûlait aussi un feu de bûches énormes, auquel se chauffait Étienne quand sa femme y fit son entrée. Le dos tourné aux flammes, son grand corps voûté, vêtu de velours brun, il lisait un parchemin où s'alignaient des chiffres. Mathilde alla embrasser son mari, dont le regard aimant, anxieux, se tourna vers elle avec cette muette interrogation qu'elle connaissait bien, qui l'émouvait toujours. Elle songea à lui parler de son projet de pèlerinage, mais décida que le moment en était mal choisi et remit cet aveu à plus tard.

Clarence entra à son tour, au bras de sa nourrice, promena sur les êtres et les choses qui l'entouraient des yeux inexpressifs, se laissa installer à sa place, attendit. Elle avait retrouvé son apparence soignée, son air tranquille, cet aspect lisse, un peu froid que ses prunelles trop claires accentuaient, mais rien ne subsistait de la réserve ambiguë, du mystère irritant et attirant à la fois qui émanait d'elle autrefois de si curieuse façon.

En venant rejoindre ses parents, Arnauld jeta à sa sœur un coup d'œil soucieux, puis se détourna d'elle.

Bertrand, bientôt suivi de Jeanne et de Marie, prirent les uns après les autres, place à table. Ce fut Jeanne qui récita le bénédicité. Ensuite, on attaqua la cretonnée au lard.

Avec son mari et ses fils, Mathilde parlait de l'Université, sur laquelle régnait sans partage Albert le Grand qui, du haut de la chaire de théologie, occupée depuis six ans par lui à Paris, répandait parmi ses étudiants passionnés la pensée d'Aristote ; elle s'entretenait aussi des projets de l'orfèvre, des incidents commerciaux de la journée, de leurs soucis professionnels, de leurs principaux clients ; avec ses filles, elle abordait les sujets des classes, des jeux, des petites mésaventures de leurs existences enfantines.

Clarence mangeait en silence. Ses gestes n'avaient pas perdu leur sûreté, mais son esprit demeurait en veilleuse. En dépit des efforts fournis par chacun pour la mêler à la conversation, des tentatives faites pour l'amener à participer à la vie de la famille, au sein de laquelle sa présence muette pesait d'un poids de plomb, elle continuait à se taire comme si elle avait perdu l'usage de la parole. Avait-elle oublié comment on s'exprime ? Rien n'indiquait qu'elle pût un jour renouer le fil si abruptement rompu.

On terminait les chapons, dont l'odeur de peau rissolée se mêlait de façon appétissante à celle du feu de bûches, quand Tiberge la Béguine entra pour annoncer que, en dépit de l'heure avancée, Rutebeuf demandait à voir Arnauld sur-le-champ.

— Que me veut-il ?

— Il ne me l'a pas dit, mais semble tout agité !

— Bon, j'y vais. Terminez le souper sans moi.

Mathilde vit sortir son fils avec une vague appréhension. Elle connaissait assez la réserve, la nature scrupuleuse du jeune poète, pour être certaine qu'il ne serait pas venu sans raison sérieuse troubler leur repas du soir. Que pouvait-il vouloir à son ami ?

Elle n'eut pas à s'interroger longtemps. Rutebeuf sur les talons, Arnauld revint sans tarder dans la salle. Rien qu'à la coloration de son visage, à ses gestes devenus fébriles, elle sut aussitôt qu'un événement insolite, grave peut-être, était intervenu.

— Par tous les saints, mon père, nous avons à vous apprendre une étonnante nouvelle ! s'écria-t-il avec agitation.

— De quoi s'agit-il ? demanda Étienne, lui aussi alerté.

— Il serait préférable que Jeanne et Marie soient tenues à l'écart de tout ceci, reprit l'étudiant. Il me semble inutile de les mêler à cette histoire. Pas plus que Clarence, d'ailleurs.

— Tiberge, dit alors Mathilde que ce préambule achevait d'inquiéter, Tiberge, je te prie, fais terminer aux enfants ce souper dans leur chambre avant de les remettre entre les mains de leur nourrice pour le coucher. J'irai les embrasser plus tard.

— Que se passe-t-il donc ? s'enquit de nouveau maître Brunel dès que ses trois filles eurent quitté la salle sous la majestueuse protection de Tiberge.

Sentant, comme sa femme, qu'ils allaient apprendre un événement d'importance, il s'était levé de table sans se soucier de ce qui restait à servir, s'était rapproché de la cheminée, et se tenait devant le feu, bras croisés, mine attentive. Mathilde, Bertrand, Arnauld et Rutebeuf l'entouraient. Le reflet des bougies, celui des flammes qui s'élevaient haut dans l'âtre, allumaient les prunelles, l'émail des dents, l'or des bijoux, le métal des boucles de ceintures.

— Ce que j'ai à vous dire tient un peu de mots, messire, déclara le jeune poète : j'ai retrouvé Artus le Noir !

— C'est bien ce que j'espérais ! s'écria Étienne.

« C'est bien ce que je craignais ! » songea Mathilde.

— Où est-il ? reprenait la voix pressante du maître de maison.

— Où voulez-vous qu'il soit, mon père ? Chez Gertrude !

— Par Dieu, ce n'est pas vrai !

— Si fait, messire. Je l'y ai vu entrer, de ces yeux que voici !

— Comment ose-t-il retourner là-bas après ce qui s'y est passé, mon fils, entre vous deux, au mois de juin ?

— Comment ose-t-elle le recevoir de nouveau, malgré les avertissements que vous lui avez donnés ? demanda Mathilde.

— Tout ce que je sais, dit Rutebeuf, c'est que je suis sûr de ne pas m'être trompé. J'ai vu, tout à l'heure, Artus frapper à la porte d'une certaine maison des champs que j'ai appris à connaître durant nos recherches, à Arnauld et à moi, dans cette région. Je revenais de Vaugirard où j'avais passé la journée, quand j'ai aperçu, sortant d'un taillis, une silhouette sur laquelle je ne pouvais aucunement me méprendre. Je me trouvais assez éloigné, masqué, Dieu merci, par des arbres, mais j'ai une fort bonne vue et puis m'y fier. L'homme avançait avec prudence, inspectant les environs, se dissimulant autant qu'il le pouvait, ce qui aurait déjà suffi à attirer mon attention : de toute évidence ce n'était pas là un simple promeneur. Je l'ai donc suivi, en prenant bien soin, suivant son exemple, de ne pas me faire remarquer moi non plus. Parvenu devant la haie que vous connaissez, il a jeté un dernier regard autour de lui avant de franchir l'entrée du clos et de s'engouffrer dans le logis.

— Peut-être venait-il tenter sa chance près de Gertrude, au nom de leur brève amitié, sans qu'elle en fût, pour autant, avertie ?

— Je ne le pense pas. J'étais assez près pour apercevoir, tenant la porte entrebâillée, une silhouette féminine qui l'a aussitôt refermée derrière lui. Un feu brillait. Tout laissait entendre qu'il était attendu !

— Par ma foi ! l'occasion est trop belle ! Depuis le temps que nous souhaitons les surprendre tous deux ensemble, la main dans le sac, nous voici enfin exaucés ! Allons-y tout de suite !

— Je vous en prie, mon ami, dit Mathilde en intervenant avec fermeté, écoutez-moi un instant avant de vous lancer dans une aventure périlleuse. Je sais ce que vous éprouvez, je comprends votre impatience, mais je vous demande de prendre le temps de réfléchir. Que comptez-vous faire, au juste ? Participer à une entreprise violente, hasardeuse, et, de plus, illégale, ou bien mettre toutes les chances de votre côté ?

— C'est vrai, reconnut Bertrand, il faut prévenir les sergents du guet et nous en remettre à eux.

Étienne eut un geste qui rejetait toute idée d'atermoiement.

— Il fera bientôt nuit, fit-il remarquer avec impatience, croyez-vous donc que le Père Abbé de Saint-Germain-des-Prés acceptera de nous recevoir à pareille heure ? En admettant, même, que nous parvenions jusqu'à lui, il se souviendra de l'échec auquel ont abouti nos précédentes déclarations et se méfiera. Mettez-vous à sa place ! Il ne va pas risquer une seconde fois son autorité sur des informations que rien ne sera venu confirmer. Il nous parlera de prudence, d'enquête à mener, il évoquera le droit des gens, pour repousser, au mieux, à demain matin la moindre intervention de ses hommes d'armes. D'ici là, Artus sera loin !

Il y eut un flottement. Chacun réfléchissait. Les bûches crépitaient. En pluie de cuivre, des étincelles jaillissaient au-delà des landiers, sur le dallage de pierre.

— Je ne vois qu'une seule solution, reprit maître Brunel, c'est de nous rendre là-bas tous quatre ensemble, de nous saisir de cette brute, de le ligoter, puis, le tenant enfin à merci, de le confronter à

Gertrude. Ils auront pas mal de choses à nous apprendre tous deux. Ensuite nous les garderons à vue jusqu'au matin avant d'aller avertir l'Abbé dont nous ne dérangerons pas, alors, les sergents en vain.

— Vous ne pensez pas qu'il va se laisser prendre sans lutte ! rétorqua Mathilde. Ce soir, il n'est ni en état d'ivresse, ni endormi, ni blessé, je vous le rappelle, mais, au contraire, sur ses gardes et parfaitement rétabli ! Vous aurez affaire à un adversaire redoutable. Aucun de vous, peut-être, ne sortira indemne de ce combat. Il y aura au moins des blessés, sinon des morts. Y songez-vous ?

Étienne entoura d'un bras les épaules de sa femme que l'angoisse faisait trembler.

— Rassurez-vous, ma mie ! Vos fils et leur ami sont jeunes et bien entraînés alors qu'Artus sort à peine d'une retraite où il a dû dépérir pendant des mois ! De mon côté, soulevé par l'exécration que je lui porte, je me sens capable de le combattre et ne le redoute pas. Croyez-moi, nous en viendrons à bout sans trop de mal !

— Partons, lança Arnauld qui rongeait son frein depuis le début de l'intervention maternelle, partons sans plus attendre ! Il ne faudrait pas, une fois encore, qu'il nous glisse entre les doigts !

— Prenons tout de même le temps de passer prévenir Philippe qui nous en voudrait beaucoup, si nous le tenions éloigné de notre règlement de comptes, dit Bertrand, plus calme que son aîné. Il va certainement vouloir se joindre à nous, ce qui ne nous gênera en rien. Plus nous serons, mieux cela vaudra.

— Pensez-vous, mon fils, que le mari de Florie soit une recrue bien intéressante quand il s'agit, non plus de rimer, mais, plutôt, d'en découdre ?

— J'en suis persuadé, mon père. Il ne manque pas de courage et possède la force nerveuse des natures maigres. Dans une expédition comme la nôtre, il me semble préférable, en tout cas, de nous trouver cinq que quatre.

— Vous avez raison, mon fils, assura Mathilde, je suis, comme vous, convaincue que notre gendre participera de toute son énergie à votre action, et, en même temps, vous venez de me donner une idée : je vais vous accompagner rue aux Écrivains où je resterai, durant votre absence, en compagnie de Florie au lieu de me morfondre seule ici à vous attendre en imaginant le pire. Nous aurons bien besoin, l'une l'autre, de nous réconforter mutuellement !

— Comme vous voudrez, ma mie, mais allons-nous-en tout de suite. Chaque minute écoulée est, peut-être, une minute de perdue !

Ordres donnés, chevaux sellés, on se mit aussitôt en marche. Comme d'habitude, Mathilde montait en croupe derrière son mari.

Dans les rues, où il y avait déjà moins de passants, le crépuscule rougeoyait. Vers l'ouest, le ciel prenait un bain de feu. Des lueurs pourprées teintaient le pavé humide, les façades blanches à colombages, les toits pentus de tuiles ou d'ardoises, les parois noircies de la voûte du Grand-Châtelet, déjà éclairée, elle-même, par un fanal, les maisons de l'île, celles qui portait le Petit-Pont, les murs épais du Petit-Châtelet.

Rue Saint-Jacques, des étudiants éméchés braillaient des chansons à boire devant un cabaret d'où ils sortaient par grappes.

Rue aux Écrivains, les jeunes époux, eux aussi, finissaient de souper. Dès qu'il eut entendu les explications données par son beau-père, Philippe se leva, prit sa dague, son manteau, alla embrasser Florie, devenue fort pâle. Surprise dans l'intimité de leur tête-à-tête, elle ne portait aucun voile sur ses cheveux dénoués, retenus sur le front par un simple galon de soie. Le surcot de drap incarnat laissait voir son ventre alourdi. Encore gracile, déjà féconde, elle incarnait à la fois la fragilité des femmes et leur souveraineté.

— Dieu vous garde, Philippe ! dit-elle après avoir rendu à son mari un baiser plein d'appréhension. N'oubliez pas que je vais me tourmenter pour vous !

— Il ne le faut pas, ma mie, nous serons de retour plus vite que vous ne le pensez.

Les hommes partis, la mère et la fille demeurèrent seules dans la salle soudain vidée du bruit qui y avait bouillonné un moment. En dépit de cette agitation si proche d'elle, tante Béraude, tôt couchée, dormait déjà dans le petit réduit du rez-de-chaussée qu'elle affectionnait.

— Montons dans ma chambre, ma mère, nous y serons mieux pour attendre, proposa la jeune femme, agitée par une émotion dont les causes étaient multiples.

Précédées par Suzanne, la chambrière de Florie, tenant haut un candélabre à trois branches qui étirait derrière elles de longues ombres noires, elles gravirent, appuyées au bras l'une de l'autre, les marches qui conduisaient au second. Une fois le feu ranimé, bourré de bûches, les bougies allumées, la servante referma la porte sur elle et son pas décrut dans l'escalier.

Assises de chaque côté de la cheminée, les deux femmes restèrent un moment silencieuses, fixant les flammes, la pensée ailleurs. Une même sensation de menace planait au-dessus d'elles.

— Il fallait sans doute que cette rencontre se produisît un jour ou l'autre, dit enfin Mathilde avec un soupir. Je savais depuis le début que nous aurions à y faire face.

— Je le redoutais aussi...

La voix de Florie s'enrouait. Un sanglot creva comme une bulle au bord de ses lèvres.

— S'il arrivait malheur à Philippe, chuchota-t-elle, malheur en de telles circonstances, je ne cesserais jamais de m'accuser...

— Et de quoi donc ? demanda Mathilde, qui devinait sans peine les motifs d'une contrition dont elle avait suivi la genèse.

Elle ne reçut pas de réponse, mais un regard plein de désolation et de reproche.

— Dans une situation comme celle-ci, vous n'êtes responsable en rien, ma fille chérie, en rien du tout ! continua-t-elle avec assurance. Persuadez-vous bien, je vous en conjure, de cette vérité ! Le seul coupable, l'unique artisan de ce que nous subissons est, et reste, Artus ! N'est-ce pas lui qui a déclenché les événements dont nous ne cessons de subir les détestables suites ? Ainsi que Clarence, au même titre qu'elle, vous êtes, ma Florie, une victime, seulement une victime, n'en doutez pas !

Elle s'était levée, tendait à sa fille des mains secourables.

— Venez. Nous allons, ensemble, prier le Seigneur de protéger ceux que nous n'avons pas su empêcher d'appliquer la loi du talion, ceux qui, de toute façon, ne nous auraient pas écoutées !

Dans la tiédeur de la pièce où l'odeur du feu de bois, jointe à celle des bougies parfumées, créait une impression d'intimité qui éveillait dans la mémoire de chacune d'elles les souvenirs d'une enfance et d'une maternité complices, souvenirs dispensés par un passé commun encore si proche, les deux femmes s'agenouillèrent afin d'abolir, par des oraisons accordées, l'angoisse et le temps.

Plus sereines, ensuite, elles se mirent à broder l'une près de l'autre, en s'entretenant des projets qu'elles caressaient pour l'enfant à naître.

Soudain, il y eut le galop d'un cheval dans la rue, un arrêt devant la maison, des bruits de portes, des pas grimpant l'escalier à toute volée, et Philippe qui apparut sur le seuil de la chambre pour recevoir Florie dans ses bras.

— Dieu soit loué ! dit Mathilde. Vous voici sain et sauf !

— Nous le sommes tous les cinq, ma mère, déclara le jeune homme, par-dessus la tête inclinée de sa femme qui pleurait doucement contre son épaule. Pas la moindre égratignure, pas d'altercation, pas de lutte. Nous revenons comme nous sommes partis !

— Est-ce possible ? Qu'avez-vous fait d'Artus le Noir ? Que se passait-il là-bas pendant que Florie et moi, entre les quatre murs de cette pièce, livrions combat contre la peur et nos imaginations ?

Il conduisit avec précaution la future mère jusqu'à l'une des chaises demeurées près de l'âtre, l'y fit asseoir, et se laissa glisser à ses pieds sur un coussin où il prit place. Mathilde s'installa en face d'eux.

— Vous allez entendre une drôle d'histoire ! dit-il enfin. J'en suis abasourdi ! Il s'est passé tant de choses en si peu de temps, et des choses si surprenantes ! Rien de ce que nous avions prévu ne s'est réalisé, mais, à la fois, plus et moins !

Il s'interrompit, eut un sourire très jeune.

— Le piètre conteur que je fais, pour un trouvère ! s'exclama-t-il, vous ne devez rien comprendre à ce que je vous raconte ! Voyons ! commençons par le commencement, c'est encore la meilleure manière de vous mettre au courant.

Il avait pris entre les siennes une des mains de Florie dont il se mit à caresser amoureusement les doigts.

— Après vous avoir quittées, nous nous sommes tout de suite heurtés à une première difficulté, dit-il en entamant son récit. Si maître Brunel, qui connaissait le sergent de garde à la porte Saint-Michel, n'avait pas assuré avec beaucoup de conviction qu'il répondait à un appel du Père Abbé de Saint-Germain-des-Prés, il ne nous aurait pas été facile de sortir de Paris si tard dans la soirée. Heureusement, cette explication a contenté notre homme et on nous a laissés passer. Nous avons parcouru ensuite aussi vite que possible le trajet que nous avions à franchir. Le soir tombait plus rapidement que nous ne l'aurions voulu, mais il y avait, cependant, encore assez de lumière pour nous diriger sans lanterne quand nous sommes parvenus non loin de la maison de Gertrude. Descendus de cheval à une certaine distance, après avoir attaché nos montures à des troncs d'arbres, nous nous sommes avancés en silence vers la haie. La porte du clos n'était pas verrouillée de l'intérieur et nous avons pu pénétrer aisément dans le jardin. Arrivés devant la façade, nous avons tendu l'oreille. En vain. Nulle rumeur. Les volets intérieurs de la fenêtre étant fermés, nous ne pouvions rien voir. Nous tâchions, sans résultat, de surprendre les échos d'une conversation qui auraient dû filtrer jusqu'à nous, et nous allions nous concerter à voix basse, lorsque votre père, ma mie, d'un geste, éprouva par routine la résistance de l'huis. A notre surprise, il n'en rencontra pas. Le battant de bois s'ouvrit...

Philippe s'interrompit. Il revoyait le feu mourant entre les chenets noircis, le plafond à grosses poutres mal équarries, le dallage de grès, et la pauvre lumière produite par deux chandelles presque consumées. Elles éclairaient assez cependant pour que, du seuil, on pût distinguer, étendu sur le sol, entre la cheminée et le lit, un grand corps renversé. En tombant, il avait dû vouloir se retenir à l'une des courtines qui protégeaient la couche. Elle s'était déchirée sous son poids et il en tenait encore un morceau à la main.

— Artus gisait par terre, reprit le narrateur, immobile. Sous le crâne, posé sur l'angle aigu de la pierre du foyer, une flaque rouge s'élargissait, cernant sa grosse tête chevelue d'une auréole de sang.

— Était-il mort ? demanda Mathilde d'une voix hésitante.

— Nous l'avons d'abord cru, mais nous avons constaté, en nous approchant, qu'il respirait toujours.

— Étrange recommencement... vous vous retrouviez, vous et lui, reportés plusieurs mois en arrière, à ce jour de juin où Arnauld l'avait laissé, à cette place, en guère meilleure condition !

— Nous y avons, bien sûr, tous pensé. Cette répétition avait un aspect hallucinant, il est vrai, mais comportait aussi deux différences essentielles : il n'était plus question, cette fois, de faire disparaître le blessé, et son agresseur n'était plus l'un des nôtres mais, de façon paradoxale, celle-là même qui, dans le passé, s'était, justement, interposée entre Artus et nous ! On ne pouvait s'y tromper. Debout à côté du corps écroulé, penchée sur lui comme pour mieux se convaincre de sa mise hors de combat, Gertrude, armée d'un long tisonnier de fer, contemplait, sans, toutefois, faire le moindre geste pour le secourir, celui qui avait été son ami se vider de sa vie contre le bas de sa cotte. Déchirés en plusieurs endroits et malmenés, ses vêtements témoignaient, par ailleurs, des violences qui avaient dû avoir lieu entre les deux anciens complices. Il s'est produit, alors, un fait bizarre, inexplicable, qui nous a tous mis encore un peu plus mal à l'aise. Après avoir laissé tomber le tisonnier à ses pieds, sans se soucier du bruit de métal qui, en de telles circonstances, prenait une résonance presque indécente, elle a tendu la main droite dans ma direction, me désignant d'un doigt qui m'a paru plus long et pointu que nature, et s'est mise à rire, à rire, mais à rire comme on pleure !

Florie frissonna. Il lui semblait sentir glisser le long de son dos une coulée d'air froid. Philippe baisa avec dévotion le poignet qu'il tenait serré et dont le frémissement lui avait été perceptible.

— Je vous accorde, ma mie, que la scène était aussi pénible que déconcertante. Ce qui a suivi ne l'était pas moins. Après sa crise d'hilarité, reprit Philippe, Gertrude s'est ressaisie. Autant qu'elle le pouvait, elle a remis de l'ordre dans ses vêtements, a redressé sa coiffure de lingerie, s'est, enfin, rapprochée de nous qui étions restés en arrêt à quelques pas d'Artus. Pâle encore, elle s'efforçait, visiblement, au prix d'un grand effort, de retrouver le contrôle de soi. Sans aucune agressivité, cette fois, sans chercher non plus à nier l'évidence, devançant même nos questions, elle nous a mis en quelques phrases au courant des événements qui venaient de se dérouler sous son toit. Artus, qu'elle avait invité pour une entrevue amicale, uniquement amicale, précisa-t-elle à plusieurs reprises, avait tenté d'abuser d'elle au cours de leur entretien. Privé de femmes dans le repaire où il vivait depuis les événements du printemps...

— Où était donc ce repaire ?

— Elle s'est refusée à nous renseigner sur ce point.

— Pourquoi ?

— Je l'ignore. Nous l'apprendrons sans doute plus tard. En tout cas, ce doit être un endroit fort isolé, puisque, à en croire Gertrude, Artus y était demeuré des mois sans aucun contact féminin, ce qui, compte tenu de son tempérament de satyre, l'avait rendu à demi enragé !

— Il sortait aujourd'hui pour la première fois ?

— Eh oui ! Il n'a pas eu de chance ! Quand Rutebeuf l'a aperçu, il se risquait enfin hors de son trou, parce qu'il se jugeait en mesure de se défendre après son rétablissement. Il misait aussi, je gage, sur l'oubli, le temps écoulé, la lassitude de ses poursuivants... erreur qui lui a été fatale ! Il avait donc accepté sans difficulté une invitation sur le motif de laquelle il s'était, également, mépris.

— Que lui voulait-elle, en réalité ?

— Je ne l'ai su que par la suite. Au début, elle s'est contentée de nous relater comment, après un échange de banalités, la conversation avait dévié, comment il lui avait fallu se défendre contre des entreprises de plus en plus pressantes, comment elle s'était regimbée et en était venue à lutter avec un homme déchaîné par une trop longue période de continence. De son côté, elle était bien déterminée, affirmait-elle, à ne jamais céder aux instances de quelqu'un qui ne la désirait en aucune façon par sentiment amoureux, mais, elle l'avait tout de suite compris, sous l'effet d'une privation dont elle trouvait injurieux d'avoir à payer le prix. Parvenue un instant à lui échapper, elle s'était emparée d'un tisonnier posé dans un coin et l'en avait frappé, ensuite, dans un accès de rage qui décuplait ses forces, avec tant de rapidité, qu'il n'avait pu parer le coup. Il s'était effondré d'un seul bloc. Par malchance pour lui, son crâne, pendant sa chute, avait heurté avec violence la pierre du foyer où il s'était fendu. Les choses en étaient là quand nous avions surgi.

— Ainsi, après l'avoir soustrait avec un acharnement farouche à la justice et à nos propres recherches, remarqua Mathilde, après l'avoir abrité, nourri, secouru, à quels risques ! c'est donc Gertrude elle-même qui, en fin de compte, aura livré celui qu'elle avait défendu contre tout le monde ! Curieux retournement de situation, curieuse femme...

— Elle n'avait pas le choix !

— Tel que je le connais, Étienne a dû déplorer une intervention qui le privait au dernier moment d'un rôle dont il espérait bien s'acquitter en personne.

— Il a, en effet, manifesté une grande irritation envers Gertrude, à laquelle il a reproché, en plus d'une trahison familiale qu'elle ne pouvait plus nier, de s'être, une nouvelle fois mise dans une situation impossible tout en nous empêchant de châtier Artus comme nous entendions le faire. A mon avis, il lui en voudra longtemps, en plus du reste, d'être intervenue dans une histoire nous concernant au premier chef et d'avoir assumé à sa place l'emploi de justicier sur lequel il comptait.

— S'occupait-on du blessé durant tout ce temps ? s'enquit Florie. Que faisait-on de lui ?

— Rutebeuf, qui, décidément, possède des dons pour soigner, avait été prendre une cruche d'eau, de la toile, trouvée dans un coffre, et un peu de vin. Après avoir lavé la plaie qui déchirait le cuir chevelu au-dessus d'un trou d'assez vilaine apparence, il l'avait recouverte d'une compresse, puis avait enroulé avec dextérité un pansement autour de la grosse tête inanimée. De leur côté, vos frères s'employaient, avec des cordes apportées dans cette intention, à lier les jambes et les énormes poignets du goliard. Ils l'ont proprement ficelé comme un paquet. Pour plus de sûreté, ils l'ont ensuite attaché à l'un des montants du lit.

— L'avez-vous vu revenir à lui ?

— Non pas. Quand je suis parti il n'avait pas encore ouvert les yeux.

— Qu'avez-vous donc décidé de faire de lui ? Et de Gertrude ?

— Il nous avait joué trop de tours auparavant pour que nous ne prenions pas toutes sortes de précautions avec lui. Pendant que Rutebeuf, Arnauld et Bertrand surveillaient notre prisonnier, maître Brunel est allé, malgré l'heure avancée, prévenir l'Abbé qui, en raison de l'importance d'une telle capture, ne pouvait lui en vouloir du dérangement. Quant à moi, je me suis vu, sur la demande de Gertrude, chargé de la reconduire chez Ysabeau. Cette corvée ne m'enchantait guère, mais elle voulait quitter sans plus attendre une maison où elle ne se sentait plus en sécurité. Par ailleurs, elle nous avait donné l'assurance de se tenir à la disposition du bailli.

— Pensez-vous qu'elle sera poursuivie en justice ?

— Je ne sais. Elle s'est, de façon fort paradoxale, rachetée d'un délit de complicité, par une tentative de meurtre, commise, au surplus, en état de légitime défense, ce qui l'innocentera aux yeux de bien des gens, y compris ceux des juges !

— Pourquoi Gertrude vous avait-elle montré du doigt en éclatant de rire lorsque vous êtes entré chez elle ? demanda Florie à mi-voix. Le savez-vous à présent, mon ami ?

— Hélas !

Le moment qu'il redoutait depuis qu'il avait appris ce qui lui restait à dire, était venu. Comment faire part à sa femme, et, en plus, devant Mathilde, des insanités entendues ? Il décida de parler sans tergiverser davantage.

— Hélas, le secret de Gertrude tenait, en réalité, dans peu de mots. Elle m'a tout avoué, en vrac, au sortir de sa petite maison.

Il serra les lèvres pour rassembler son courage.

— Comme j'allais chercher mon cheval afin de la reconduire à Paris, dit-il, au lieu de m'attendre devant la porte de son jardin, elle m'a suivi et m'a bientôt rejoint. Elle devait se sentir plus à l'aise dans l'ombre de la nuit, venue pendant notre passage chez elle, que dans la lumière, même déclinante, de ses chandelles. Je l'ai vue arriver près de moi sans surprise. J'estimais l'affaire réglée pour elle comme pour nous.

Il soupira, considéra Florie avec une expression de gêne, de contrition, que la jeune femme ne sut pas interpréter.

— Meurtrie par son corps-à-corps avec Artus, elle se déplaçait avec quelques difficultés, et je tenais déjà les rênes de mon cheval, après l'avoir détaché, quand elle est parvenue à ma hauteur. De l'autre main, je tenais levée une lanterne allumée un moment plus tôt aux tisons de sa cheminée. Je la lui tendis afin qu'elle m'éclairât pendant que je me mettais en selle avant de la hisser jusqu'à moi à son tour. Contrairement à mon attente, elle la posa sur l'herbe et s'approcha à me toucher : « Ne savez-vous pas, n'avez-vous pas deviné, pourquoi, depuis des mois, je me conduis comme je le fais ? » me demanda-t-elle alors avec une sorte de rage contenue que je portais au compte du choc subi, lorsque, tout à trac, elle se mit à parler. Dieu Saint ! Je ne suis pas près d'oublier l'intensité du ton, très différent de ce qu'il était d'habitude, avec lequel cette femme dont je distinguais à peine la silhouette dans la nuit, me lança à la face des aveux que j'étais à mille lieues d'imaginer ! Jugez-en plutôt : tout ce qu'elle avait inventé pour sauver Artus était bien le résultat d'un amour, mais, non pas d'un amour pour lui, comme on aurait pu le croire, non, mais d'un amour pour moi !

— Seigneur ! Gertrude vous aimait ! s'écria Mathilde tandis que sa fille demeurait muette. C'est incroyable !

Elle s'interrompit, parut réfléchir.

— Voilà que je me souviens, à la lumière de cette révélation, de la façon dont elle tournait autour de votre couple durant le souper que nous avons donné à la maison après vos noces. Elle y mettait beaucoup d'insistance.

— Je n'en ai aucun souvenir. Je lui prêtais si peu attention !

— Amoureuse de vous, répétait enfin Florie d'un air songeur, elle était amoureuse de vous !

— Eh oui, ma mie ! J'en suis encore confondu.

— Je ne vois pas comment, vous aimant, elle a accepté de cacher Artus chez elle...

Elle s'informait, sans paraître émue, et Mathilde pensa que sa fille prenait avec beaucoup de modération une découverte qui aurait dû l'indigner. Ce calme traduisait un détachement dont aucun des deux époux ne semblait se rendre compte. Il était pourtant certain qu'une femme éprise aurait eu une réaction toute différente. A quelle distance cette mariée de fraîche date se tenait-elle donc déjà de celui qu'elle avait juré d'accompagner durant toute sa vie?

— J'ai le cœur déchiré, ma douce, répondait pendant ce temps Philippe. En secourant Artus, en l'aidant à survivre, sous le respectable prétexte de l'amitié, elle lui donnait une chance de reprendre un jour le cours d'une existence vouée à la paillardise. Qui l'empêcherait par la suite, lui que vous aviez fasciné — il l'avait reconnu devant son hôtesse dont l'imagination s'était alors mise en marche — qui l'empêcherait de s'en prendre une autre fois à vous, de vous mettre à mal ainsi que Clarence? Ce qui aurait eu pour effet, du moins le croyait-elle, elle a eu le front de me le dire, de me détacher de vous à jamais après une pareille souillure! Elle pensait que, prostrée ou non, vous seriez ainsi mise hors d'état de me retenir! Elle vous préparait en secret, mon cher amour, afin de me prendre dans ses filets, un sort identique à celui de votre cadette! N'est-ce pas monstrueux? Je lui ai crié mon horreur, ma répulsion, ma révolte, et l'inutilité de ses espérances comme celle de ses manœuvres! J'ai cru devoir, malgré tout, puisque je l'avais promis, la reconduire chez Ysabeau, mais ce fut sans desserrer les dents, comme si j'avais transporté en croupe un paquet de linge sale.

Il en avait fini. Les échos de son indignation ne semblaient pas atteindre Florie qui fixait les flammes d'un regard perdu.

— La pauvre fille, dit-elle au bout d'un temps de silence. Elle est bien plus à plaindre qu'à blâmer. Voyez-vous, Philippe, je ne partage pas votre réprobation et ne lui en veux pas d'avoir souhaité ma perte. Si elle vous aime de passion, elle doit, à mon endroit, être déchirée de jalousie. Qui peut, dans ces conditions, lui reprocher son animosité, son désir de me voir déconsidérée à vos yeux? L'amour est à la fois la cause et l'excuse de ses excès...

Mathilde contemplait ses mains ouvertes sur ses genoux. Elle se taisait. Si elle éprouvait un certain soulagement à savoir écarté le danger qu'Artus, dans l'ombre, avait représenté pour sa fille, elle n'en mesurait pas moins combien celle-ci était exposée à d'autres périls.

— Allons, mes enfants, dit-elle en se secouant, allons, cette journée a vu la fin d'un cauchemar et celle d'une énigme, espérons, qu'en outre, elle apportera celle de nos ennuis.

On entendit de nouveau du bruit dans la rue, des rumeurs dans la maison. Maître Brunel venait rechercher son épouse.

— Eh bien! dit-il en entrant, nous serons quand même parvenus à nos fins! Je viens de voir arrêter le bourreau de Clarence! Son sort est désormais réglé : il sera emprisonné en attendant d'être pendu!

— Avait-il repris connaissance au moment de sa capture?

— Pleinement. Il écumait!

— Il devait pourtant bien s'attendre à payer un jour ses crimes.

— Je n'en suis pas sûr. Les mécréants de son espèce ne sont pas gens à éprouver des remords de conscience. Mais, plutôt que de lui dont nous voici à jamais débarrassés, j'ai à vous faire part d'un nouveau rebondissement de cette affaire : il s'agit d'Arnauld. Les événements de ces derniers temps l'ont atteint au vif. Après le départ de son ancien condisciple, il m'a déclaré avoir pris, durant qu'il gardait cet ami déchu, une décision fort importante : ayant découvert le noir visage du Mal, il veut désormais le combattre. Partout. En lui, pour commencer. Afin de se régénérer à ses propres yeux, il tient à s'engager à fond sur la route du salut. Pour ce faire, il a choisi un illustre exemple : il partira à la suite du roi pour la croisade.

Mathilde n'était pas surprise. Connaissant la sensibilité, l'âme exigeante que son fils dissimulait par pudeur sous sa désinvolture, elle avait toujours su qu'il ne saurait être attiré que par le pire ou le meilleur. Dieu merci, son choix était bon : il allait porter la croix! Si elle ne se leurrait pas sur la souffrance qu'elle endurerait en le voyant s'éloigner, elle pensait néanmoins que l'épreuve assumée par un seul d'entre eux les rachèterait tous. Ils en avaient besoin. Arnauld deviendrait leur ambassadeur et leur intercesseur auprès du Christ dont il allait aider à délivrer le tombeau.

— Le Seigneur soit loué! dit-elle. Tout ce gâchis n'aura pas été vain!

XII

Le brouillard était tel qu'on voyait à peine les branches basses des arbres sous lesquels on cheminait.

Au sortir d'Orléans, les pèlerins avaient pénétré dans un monde de brume, d'humidité, de grisaille, de tristesse. En novembre, la forêt, dépouillée de ses frondaisons, ne manque pas d'être inquiétante, mais cette chape de vapeurs bruineuses qui la cernait ajoutait encore à sa profondeur devinée un aspect incertain qui oppressait les poitrines. On ne distinguait pas grand-chose au-delà des ornières creusant le chemin. Les buissons du bord de la route se devinaient seulement, tandis que les troncs les plus proches paraissaient se dissoudre à quelques toises au-dessus des têtes. Derrière leurs colonnes, ce n'étaient plus que formes sans couleur, sans réalité.

Mathilde, montée sur une mule blanche, s'était assurée que Clarence, qu'elle portait en croupe, se trouvait bien enveloppée dans sa pelisse. Elle avait ensuite resserré autour de son propre corps, le mantel de drap fourré de castor qui lui tenait chaud. Il ne faisait pas un froid véritable, mais les traînées de vapeur étaient si denses sous la futaie, que chacun se sentait frileux et frissonnant.

C'était donc autant pour vaincre une angoisse, née du sentiment de solitude, de distance, d'éloignement, d'inconnu, qui assaillait les pèlerins poursuivis par le croassement déplaisant de corbeaux invisibles, que pour aider la marche, la progression forcée, qu'on chantait en chœur les cantiques anciens dont le rythme lent s'accordait si parfaitement à l'allure des piétons de Dieu.

Ils étaient une centaine, partis quatre jours plus tôt de Paris, à pied, à cheval, à dos d'âne ou de mulet, qui cheminaient ainsi vers le tombeau de saint Martin pour implorer un miracle, accomplir un vœu, ou rendre grâce d'un bienfait. Ils avaient déjà vu se succéder le soleil, la pluie, les brumes du matin, les crépuscules fauves, la tiède chaleur des derniers jours d'automne précédée et suivie de l'aigre haleine des aubes et des soirs.

Mathilde s'était jointe à eux parce qu'ils étaient tous de sa paroisse et qu'elle en connaissait certains.

Quand elle avait pris la décision de partir pour Tours, décision qu'Étienne avait approuvée, elle n'avait pas envisagé d'emmener Clarence avec elle. C'était son oncle, Pierre Clutin, qui lui avait conseillé de le faire. Il pensait que le dépaysement, le voyage, l'approche personnelle du lieu saint, aideraient à la réalisation des prières adressées à saint Martin pour qu'il guérisse l'enfant murée dans son malheur. A présent, Mathilde s'en félicitait.

Elle sentait sa fille toute proche, bien que silencieuse, et, peut-être, plus attentive à ce qui lui advenait, aux événements du chemin, aux autres, qu'à l'ordinaire.

Avant qu'elle ne partît, le chanoine avait adressé sa nièce à un évêque de ses amis afin qu'il lui signât le sauf-conduit qui lui donnerait les garanties de secours, d'entraide et d'égards auxquelles avaient droit tous ceux qui partaient en pèlerinage.

Une fois ces choses réglées, Mathilde avait mis ses différentes occupations en ordre, confié la maison à Tiberge la Béguine et s'en était allée, le matin du quatre novembre, vers Tours où on fêterait le onze l'anniversaire de la mort de saint Martin. Il y avait six jours de voyage prévus, mais il était préférable d'arriver la veille de la cérémonie afin d'assister à celle-ci l'âme et le corps reposés.

Jusqu'à ce matin de brouillard, tout s'était bien passé.

Mathilde, qui avait déjà suivi des pèlerinages à Chartres et au Mont-Saint-Michel, qui avait, également, bien des fois, accompagné son mari aux grandes foires, qui connaissait Bruges, Lyon, Francfort et Beaucaire, avait retrouvé avec plaisir la sensation d'aventure, de découverte, qu'elle ressentait chaque fois qu'elle prenait la route. S'y ajoutait, cette fois-ci, un espoir qui la portait.

Les pèlerins dont Clarence et elle faisaient partie avaient quitté la capitale par la route d'Orléans, vieille voie romaine bien entretenue par le soin des congrégations qui ne cessaient de s'en occuper, car elle était très fréquentée et toujours utilisée par les « Jacquots » qui s'en allaient tout au long de l'année, en grand nombre, vers Saint-Jacques-de-Compostelle. Aussi y avait-il beaucoup de monde sur la chaussée ravinée, creusée d'ornières et assez boueuse, qui filait, toute droite, bien tracée, à travers champs, pâturages, vignes et forêts. Charrettes, cavaliers, piétons, troupeaux, s'y confondaient.

Les compagnons de Mathilde n'appréciaient guère tout ce mouvement et avaient préféré prendre assez rapidement des chemins de terre au tracé capricieux, à l'empierrage moins robuste, mais qui

passaient plus librement de paroisses en paroisses, de bourgs en ha-
meaux, de villages en monastères toujours accueillants. On n'allait
pas vite, mais on se répétait : « Le chemin en est » tout au long d'un
parcours où l'on prenait le temps de s'arrêter pour prier dans certaines des chapelles ou des oratoires qu'on rencontrait à foison, le
temps de saluer les croix dressées aux carrefours, d'admirer le paysage, de collationner, quand l'envie s'en faisait sentir.

Le soir venu, on ne faisait pas étape aux grands hospices routiers,
aux maisons-Dieu, situées sur la voie romaine, mais dans d'humbles
moustiers, des prieurés, des abbayes, où les voyageurs de la foi
étaient assurés de trouver bon accueil, bon gîte et saine pitance.

A Orléans, on avait rejoint la foule pour aller s'incliner devant les
reliques de saint Euverte, évêque et confesseur, et adorer la patène
sacrée dont le Christ s'était servi durant la Cène. On y avait passé la
nuit, puis, au matin, dans le petit jour plombé, on était reparti.
Encore une fois, on avait quitté la voie antique qui longeait la Loire
au nord de son cours, pour franchir le fleuve dont l'étalement majes-
tueux, le large horizon, bien que voilé de brumes, avaient beaucoup
frappé les pèlerins. Par une route plus étroite, on s'était alors dirigé
vers la forêt que l'on traversait à présent.

On devait approcher de Cléry où on voulait prier la Vierge
avant de gagner Blois. Y parviendrait-on sans encombre ? Ne se
perdrait-on pas en chemin, à cause du brouillard ?

Soudain, la mule de Mathilde se mit à boiter.

— Par Dieu, dame, votre bête est blessée ! s'écria un maître chau-
dronnier qui marchait depuis un moment à côté des voyageuses.

Elles le connaissaient bien, étant, à Paris, de ses clientes.

— Comment pourrait-elle l'être ? La chaussée me paraît en bon
état.

— Descendez, dame, que je puisse voir de quoi il retourne.

Mathilde mit pied à terre, tendit les bras pour y recevoir Clarence,
vint se pencher auprès de l'homme qui inspectait l'une après l'autre
les pattes de la mule.

— Le sabot arrière droit est déferré, dame, constata-t-il avec une
grimace de réprobation. Vous ne pouvez continuer à monter cette
bête. Elle souffrirait. Il vous faut, au plus vite, trouver un forgeron.

— Dans cet endroit perdu...

— Nous serons bientôt à Cléry. D'ici là, marchez à côté de votre
mule en la tenant par la bride. Si vous voulez la ménager, c'est la
seule chose à faire.

Il fallait s'incliner devant ce contretemps. Mathilde prit le bras de
Clarence qu'elle serra fortement sous le sien, saisit de sa main libre
les rênes de cuir, et força le pas pour rejoindre le groupe des pèlerins
qui avaient pris un peu d'avance et dont les derniers, ceux qui fer-

maient la marche, ne se distinguaient déjà plus dans le brouillard qu'à la façon de vagues silhouettes.

C'est alors qu'elle s'aperçut que sa fille faisait, sans fin, glisser entre les doigts de sa main gauche, les grains d'un rosaire d'ivoire qu'Étienne avait accroché à la ceinture de l'adolescente au moment du départ. Priait-elle ? Sa pensée, confuse depuis des mois, autant que le sous-bois où elles cheminaient à présent, s'était-elle assez éclaircie pour que le sens, le besoin de l'oraison lui soient revenus ? Mathilde considéra, avec plus d'attention encore que de coutume, le visage sans expression qu'elle était lasse d'interroger en vain.

On arriva sans tarder à Cléry, bourg rassemblé autour de son église et voué depuis des temps immémoriaux à la vénération de la Sainte Mère de Dieu.

On s'y agenouilla bien respectueusement, on y pria Notre-Dame, on l'implora afin qu'elle vînt en aide aux pèlerins tout au long du trajet qu'il leur restait à accomplir et pour qu'elle éloignât d'eux le malheur, les accidents et les vauriens qui risqueraient de compromettre l'issue du voyage.

Dès que Clarence et elle se furent restaurées avec les provisions achetées à Orléans, Mathilde, laissant ses compagnons à leur sieste, prit sa fille par le bras, sa mule par la bride et se mit en quête d'un forgeron. Une femme, qui logeait près de l'église, lui expliqua qu'il n'y en avait qu'un, au sortir du pays, dans la direction opposée à celle vers laquelle on se dirigeait. Il fallait donc revenir sur ses pas.

Au bout d'un moment, le bruit du marteau sur l'enclume et des gerbes d'étincelles jaillissant à travers la brume, indiquèrent qu'on approchait de la forge.

Ceint d'un tablier de cuir, large et lourd comme un fourneau, boitant assez bas, un homme aux cheveux blancs, au visage recuit, redressait à grands coups de maillet une barre de fer rougie au feu. Mathilde lui expliqua que sa mule était déferrée.

— Par Dieu, dame, je vais vous rechausser cette bête-là mieux qu'elle ne l'a jamais été, promit l'homme. Mais il faut patienter un brin. Je dois terminer l'ouvrage que j'ai commencé.

— Bon, je vais attendre.

Plus très jeune, le forgeron était lent. Il mit beaucoup de temps à façonner la barre, davantage encore à adapter le fer aux mesures du sabot.

Le brouillard qui, à l'avis de tous, ne se dissiperait pas de la journée, s'était, cependant, un peu levé aux alentours de midi. Très vite, il s'épaissit de nouveau.

Une fois la mule referrée, l'homme payé et remercié, la mère et la fille reprirent leurs places respectives sur la selle et s'en retournèrent vers la place où elles avaient laissé leurs compagnons. Ce fut pour la trouver vide. La commère qui avait déjà renseigné Mathilde et qui guettait son passage lui expliqua que les autres avaient voulu profiter de l'éclaircie pour avancer un peu plus. Ils l'avaient chargée de dire à la retardataire de les rejoindre.

— Ils sont partis par là, vers Blois, dit la femme. C'est toujours tout droit. Vous ne pouvez pas vous tromper.

Que faire ? Si on voulait se trouver à Tours pour la Saint-Martin, il n'y avait pas un jour à perdre. Attendre quoi, d'ailleurs ? Personne ne se proposerait pour conduire les voyageuses. Hors les pèlerins, nul ne songeait, par ce temps, à quitter Cléry. Il n'y avait rien à espérer de ce côté. Le seul parti à prendre était donc de se hâter, de suivre le chemin indiqué, en priant Notre-Dame de la Route pour que les autres n'eussent point trop d'avance et que le brouillard cessât de croître.

Franchie la dernière maison du bourg, la mule se retrouva sur un sentier point trop large, bordé de haies où s'accrochaient d'humides traînées grises. Personne. Aucun mouvement. Tout semblait étrangement silencieux, enveloppé d'opacité. Les bruits se perdaient dans la profondeur mate des matelas de brume.

Frappant sa monture du talon, Mathilde la mit au trot. Assez vite, la forêt fut de nouveau là. On sentait sa présence plus qu'on ne la distinguait, à une qualité différente de l'air circulant moins librement, à une pesanteur qui oppressait la poitrine, au sentiment d'être pris sous les branches comme sous les voûtes d'une cathédrale vivante mais hostile, dont le toit invisible retenait les vapeurs comme un couvercle.

Au bout d'un moment, la mule, fatiguée, se remit au pas. Mathilde préféra la laisser aller à son gré plutôt que de l'obliger à forcer l'allure. N'était-elle pas leur unique ressource ? Clarence égrenait toujours son rosaire.

Bien qu'elle tendît désespérément l'oreille, la femme de l'orfèvre n'entendit rien qui pût lui faire penser qu'elle se rapprochait des autres pèlerins. Comme elle ne pouvait discerner quoi que ce fût devant elle à plus de quelques toises, la sensation de solitude, d'isolement absolu au sein de la futaie, devenait de plus en plus pénible.

Si l'on ne rejoignait pas les autres avant la nuit, que faire ? Où loger ?

Pour se réconforter, elle se mit à réciter tout haut l'oraison de la route, celle que tout pèlerin savait par cœur.

« O Dieu, qui avez fait partir Abraham de son pays et l'avez gardé sain et sauf à travers ses voyages, accordez à Vos enfants la même protection. Soutenez-nous dans les dangers et allégez nos marches. Soyez-nous une ombre contre le soleil, un manteau contre la pluie et le froid. Portez-nous dans nos fatigues et défendez-nous contre tout

péril. Soyez le bâton qui évite les chutes et le port qui accueille les
naufragés : afin que, guidés par Vous, nous atteignions avec certitude notre but et revenions sains et saufs à la maison. »

Les heures passèrent. La mule avançait de plus en plus lentement.
Parfois, elle butait sur une pierre, dans un trou. La sentant lasse,
Mathilde descendit, prit la bride, caressa le chanfrein très doux,
flatta l'encolure de l'animal qui la considérait de ses larges yeux où
se reflétait une obscurité comparable à celle du sous-bois.

— Qu'allons-nous faire, ma belle ? Où pouvons-nous aller ?

Elle aida Clarence à prendre place sur le devant de la selle.

Elles repartirent. Les vapeurs d'eau collaient aux vêtements
qu'elles alourdissaient, déposaient sur la peau du visage, des mains,
une fine pellicule de moiteur froide, pénétraient dans les narines,
dans les poumons. On respirait l'humidité comme une fumée vis-
queuse, sans chaleur.

A en juger par l'assombrissement, la nuit venait. On ne voyait rien
du ciel, ni soir, ni crépuscule, mais il faisait plus terne qu'avant, le
gris virait au noir. Tout espoir de retrouver les autres pèlerins était à
présent condamné.

Mathilde s'aperçut que sa mâchoire tremblait, ainsi que ses
mains. La froidure n'y était pour rien, mais, uniquement, la peur.

« Seigneur, Seigneur, ayez pitié de nous ! Protégez-nous durant
que nous cheminons vers la châsse de messire saint Martin, non
dans le seul but de lui demander intercession, mais également, pour
nous affermir dans un renoncement que Vous souhaitez, pour nous
soumettre solennellement à Votre volonté ! »

Avec l'obscurité, il ne pouvait plus être question d'avancer. On
était désorienté. La mule elle-même secouait la tête, comme pour
déconseiller toute progression. Le brouillard, épais ainsi que de la laine
sale, élevait autour des égarées une molle muraille de cauchemar.

— Nous sommes perdues, ma fille, dit Mathilde à haute voix pour
rompre le silence, pour entendre une parole humaine au sein des
vapeurs hostiles. Bel et bien perdues ! Je crois qu'il nous faudra
coucher sous les arbres ! »

Clarence pencha vers sa mère un visage noyé d'ombre, incliné
vers ce bruit qui rompait soudain le silence brumeux, sans qu'on sût
si c'était le sens des mots ou leur écho seulement qui attirait son
attention, son regard qui ne s'étonnait pas.

Mathilde baissa la tête. Elle n'avait jamais craint la mort, dont
elle se faisait l'image d'un passage, désagréable, mais bref, vers un
embrasement de joie, un paroxysme de félicité, qui demeurait son
plus brûlant espoir, son espérance constante. Cependant, si elle
croyait de toute sa foi à cette fusion d'une âme dans la lumière
divine, elle redoutait les trépas accidentels, sournois ou provoqués,

ceux où l'existence nous abandonne sans qu'on ait eu le temps de se confesser, de communier, de recevoir l'extrême-onction, de se mettre en ordre, enfin, pour cet autre voyage qui était l'Unique.

Et voici que, de façon imprévisible, elle se voyait confrontée, dans les pires conditions, à une situation redoutable qui pouvait devenir mortelle !

Elle se signa.

La mule, qui s'était immobilisée, tressaillit soudain. Ses longues oreilles s'agitèrent, s'orientèrent dans une certaine direction, demeurèrent pointées. Frissonnante, Mathilde, elle aussi, écouta. Il lui semblait entendre, loin, très loin, un tintement, comme le son affaibli d'un carillon, d'une cloche.

Elle savait que certaines chapelles, certains oratoires disséminés dans les lieux éloignés de toute habitation, possédaient des cloches de brume qu'on faisait retentir à intervalles réguliers les soirs de mauvais temps. Peut-être se trouvait-elle à proximité d'un de ces asiles ? Dans ce cas, Clarence et elle étaient sauvées.

Raffermie par une pareille attente, Mathilde partit, au jugé, dans la direction d'où venait l'appel. Elle tirait la mule sans plus se soucier du chemin tracé, mais, uniquement, du guide sonore encore incertain, dont l'évidence se précisait à chaque enjambée.

En dépit de son immense désir de sécurité, d'abri, elle ne pouvait progresser que fort lentement, à la manière des aveugles, une main tendue devant elle pour tâter les obstacles. Des troncs, des buissons, des fourrés, qu'elle ne pouvait distinguer, surgissaient sous ses doigts sans qu'elle eût le moyen de les pressentir avant que de les toucher. Des fossés, des trous boueux, se creusaient sous ses pieds. Elle trébuchait, se relevait, repartait.

Les arbres s'espacèrent, le sol se nivela. L'air, toujours aussi opaque sembla, soudain, moins étouffant, un peu plus fluide. Sur un terrain qu'elle sentait à chaque foulée s'affermir, Mathilde pouvait enfin se diriger sans trop grande difficulté. La cloche devait être toute voisine, à présent. Clair, pressé, son battement traversait le brouillard avec l'insistance d'une aide amicale.

Les derniers efforts conduisirent les deux femmes au pied de ce qui devait être un clocher. Les doigts de Mathilde rencontrèrent un mur de pierre.

— Seigneur, soyez-en remercié !

Elle avait parlé tout haut. Comme si Celui auquel elle s'adressait dans l'élan de gratitude qui la soulevait lui répondait directement, une voix aux inflexions patriarcales s'éleva non loin d'elle.

— Soyez vous-même la bienvenue.

— Où suis-je ? demanda Mathilde. Nous sommes, ma fille et moi, perdues dans la forêt depuis fort longtemps.

Une forme indécise, porteuse d'une lanterne dont la lueur jaune n'éclairait pas grand-chose mais trouait cependant la brume, surgit à côté d'elle. Elle distingua vaguement une robe de bure, un capuchon, une barbe fournie et blanche, sous laquelle brillait une croix. La cloche s'était tue.

— Vous êtes, mon enfant, chez un vieillard qui a fait vœu de retraite et de pauvreté, chez un solitaire qui vous recevra le mieux qu'il pourra... à condition que vous ne soyez pas trop exigeante.

— Que Dieu vous bénisse, mon père ! Nous n'avons besoin que de repos et d'un peu de nourriture. Grâce à vous, nous échappons aux dangers qui nous menaçaient. C'est là l'essentiel. Un toit pour nous protéger, un feu pour nous réchauffer, nous ne souhaitons rien de plus !

— Suivez-moi, mon enfant.

Contre le mur de ce qui était un petit oratoire, on avait construit un ermitage guère plus grand qu'une cellule. Une table rudimentaire, deux escabeaux, une couche de fougères sèches entassées sur le sol de terre battue, étaient tout le mobilier qu'un feu de branchages qui brûlait sous une hotte de pierre permettait de découvrir quand, la porte poussée, on surgissait du monde brumeux du dehors pour pénétrer dans l'univers rassurant de la pièce close.

— Votre mule ne peut demeurer dans le froid, dit l'ermite qui était resté sur le seuil. Je vais la conduire en une petite cabane qui se trouve à côté d'ici. J'y ai vécu avant d'avoir édifié ce logis et j'y abrite maintenant une chèvre qui me donne son lait.

Mathilde le remercia. Quand il fut parti, elle se tourna vers Clarence qui l'avait suivie avec docilité, sans manifester ni soulagement, ni satisfaction, ni rien de ce qui aurait dû, normalement, l'agiter.

— Venez, ma mie, près de ce feu.

Elle enlevait des épaules de l'adolescente la pelisse appesantie par l'humidité, la conduisait devant l'âtre.

— Chauffez-vous, ma fille.

Elle-même se défaisait, s'approchait du foyer, tendait ses mains engourdies aux flammes qui léchaient les flancs noircis d'une pauvre marmite où bouillait une soupe d'herbes.

— Je vous rapporte le sac de cuir que vous aviez laissé sur le dos de votre mule, dit en entrant le vieillard qui les accueillait. Vous serez sans doute heureuse d'en disposer. J'ai, de mon côté, si peu de choses à vous offrir !

A la lueur du feu et d'une chandelle de suif qu'il allumait en leur honneur, on voyait mieux ses traits maigres, à forte ossature et comme taillés dans un bois massif. Le barbe dissimulait le bas du visage. Sous des sourcils buissonneux, il avait des yeux creux aux prunelles foncées. Son froc noir accentuait sa haute taille, sa carrure décharnée.

— Voici du lait, du pain, et cette soupe de carottes et de racines sauvages qui doit être cuite à présent. C'est tout ce que j'ai à vous donner pour souper !

— Je n'en espérais pas tant, mon père, quand j'errais, tantôt, dans la forêt !

L'ermite remplissait les écuelles de bois, les poussait devant les deux femmes. Comme Mathilde aidait Clarence à prendre place sur un des escabeaux, lui présentait la cuiller pleine, l'aidait à manger, elle vit que leur hôte observait la jeune fille avec attention.

— Nous nous rendons, ma fille et moi, en pèlerinage à Saint-Martin de Tours, dit-elle, sentant la nécessité d'une explication, afin de demander, par l'intermédiaire de ce grand saint, la guérison de cette enfant qui demeure dans l'état navrant où vous la voyez depuis un lourd malheur qui lui est advenu ce printemps.

— Ce qui compte, dans un pèlerinage, dit le solitaire, c'est moins la requête présentée que l'effort accompli sur nous-mêmes afin de nous rendre dignes de Celui auquel nous nous adressons. C'est en épurant nos cœurs, nos vies, que nous abordons les régions célestes où tout devient possible. Le sacrifice, seul, nous élève.

Mathilde soupira, acquiesça. La devinant lasse, le vieil homme se leva.

— Je vous laisse, dit-il. Considérez-vous céans comme chez vous. Cette couche de fougères est certainement moins confortable que le lit auquel vous êtes habituée, mais elle vous permettra de vous reposer durant la nuit. Demain matin, selon le temps, nous aviserons. Je trouverai toujours un berger ou un bûcheron pour vous servir de guide jusqu'à l'orée de la forêt.

— Vous-même, mon père, où coucherez-vous ?

— Dans l'oratoire. Au pied de l'autel. C'est là que j'ai l'habitude de m'allonger en temps normal entre complies, matines et laudes. Les jours de mauvais temps, comme celui-ci, il me faut, en outre, demeurer sans cesse sur le qui-vive. Ainsi que vous l'avez constaté, je dois sonner la cloche d'heure en heure, afin de porter secours à ceux qui peuvent se trouver égarés dans la brume, et, ce, jusqu'au moment où les nuées dangereuses se seront dissipées. C'est un devoir sacré auquel je ne saurais manquer. Depuis que je vis en cet endroit, il m'a déjà été donné de sauver plusieurs personnes à bout de forces. Vous-mêmes... Ainsi donc, je vous quitte, mes filles. Que Dieu veille sur votre sommeil !

L'ermite parti, Mathilde aida Clarence à s'étendre sur les fougères, la recouvrit, l'embrassa sur le front, regarda se clore au-dessus d'yeux sans clarté les paupières de sa fille, et retourna auprès du feu qu'elle tisonna en pensant à autre chose.

D'un mouvement naturel, sans l'avoir voulu, elle se retrouva à genoux sur le sol. Contre le mur, à droite de la cheminée, un crucifix fait de deux branches de chêne équarries avec soin, était accroché. Ce fut vers lui qu'elle se tourna.

Elle pria longtemps. Le tintement de la cloche qui résonnait avec régularité au-dessus de l'ermitage, rythmait son oraison, accompagnait une méditation dont l'intensité, la profondeur, dépassaient de beaucoup celles auxquelles elle s'était habituée. Comme dans un état second, elle faisait le bilan de son existence, jugeait son passé, les actes accomplis, les fautes commises, sa complaisance envers ses propres penchants, une absence de charité à l'égard des autres commodément camouflée sous des libéralités qui ne lui coûtaient guère, sa vanité, son égoïsme.

La nuit était avancée quand elle reprit conscience. Le feu s'éteignait. Les rougeoiements des braises teintaient de reflets mourants l'ombre qui avait tout envahi. Il faisait presque froid.

Mathilde se releva, jeta quelques branches sur les tisons, mit deux bûches dans l'âtre et vint s'étendre près de Clarence.

Le malheur de cette enfant, le piège tendu par la passion sous les pas de Florie, les soubresauts de sa vie conjugale, l'humeur d'Étienne, son propre renoncement, toutes ces difficultés, ces craintes, ces chagrins, qui lui avaient paru jusqu'alors si écrasants, perdaient soudain une partie de leur pesanteur. Une sérénité comme elle n'en avait jamais éprouvé s'était levée en elle. La certitude d'une aide, d'un appui, si forts, si précieux, que rien ne pouvait plus, grâce à eux, être redoutable, s'imposait à elle. Posant une main sur celle de Clarence, ouverte dans l'abandon du sommeil, elle s'endormit.

Quand le vieillard l'éveilla en pénétrant dans l'ermitage, il faisait jour.

— Le soleil, ce matin, est en train de dissiper le brouillard, dit-il en déposant sur la table un pot de grès rempli de lait. Dans peu de temps, il fera tout à fait clair. Vous pourrez, sans difficulté, et sous la conduite d'un bûcheron auquel j'ai parlé de vous, sortir de la forêt pour rejoindre la route de Blois.

— Dieu soit loué !

Mathilde n'était pas surprise.

— Il l'est dans chacune de ses créatures, ma fille. En vous, en moi, en cette enfant, affirma-t-il en désignant Clarence qui ouvrait les yeux.

— Oui, en elle aussi, en elle surtout, reprit-il avec force. Après avoir longuement prié pour vous deux, j'ai fait, cette nuit, un rêve à son sujet. Transformée en colombe, elle s'envolait dans un doux bruissement d'ailes, en compagnie de beaucoup d'autres, vers des cieux plus bleus que ciel de juillet... et elle chantait, ma fille, elle chantait !

— J'ai aussi rêvé d'elle, dit Mathilde, mais j'ai oublié ces visions. Il ne reste dans mon souvenir que l'écho d'une voix qui psalmodiait le confitéor. C'était la sienne.

— Vous voyez, dit l'ermite. Votre enfant sera sauvée.

— Soyez béni, mon père !

Mathilde s'était levée. Elle alla jusqu'à la porte, l'ouvrit. Un soleil assez pâle finissait de trouer la brume qui s'étirait encore en longues écharpes sous les branches dépouillées de la futaie, sur le cours d'un ruisseau qui traversait la clairière où s'élevait la chapelle, sur la source où il prenait naissance à flanc de talus, et qui s'écoulait, à quelques toises de l'ermitage, dans une auge de pierre.

— Avant de boire votre lait, nous allons faire un peu de toilette et nous laver à la fontaine, mon père, dit Mathilde. Nous avons besoin d'ablutions.

Elles avaient presque achevé de se préparer quand le vieillard, s'approchant d'elles, prit dans le creux de sa main un peu d'onde transparente et pure afin de tracer avec elle un signe de croix sur le front de Clarence.

— C'est le symbole de la renaissance par l'eau, ma fille, expliqua-t-il à Mathilde. En cette âme scellée, la lumière de la grâce peut être, de nouveau, introduite, par le renouvellement du geste baptismal. Ayez confiance.

Mathilde s'inclina sur la main de l'ermite qu'elle baisa avec dévotion.

Après avoir mangé du pain, bu du lait, les deux femmes, enveloppées de leurs pelisses à peine sèches, remontèrent sur la mule et s'éloignèrent de l'asile dont Mathilde avait remercié de tout son cœur l'occupant. Elle avait les larmes aux yeux en lui disant adieu.

Sur les traces du bûcheron qui leur servait de guide, il y eut, ensuite, la marche à travers la forêt où rôdaient encore des traînées de vapeur humide, le chemin retrouvé, puis suivi tout le long du jour, l'étape à Blois où les deux femmes rejoignirent enfin les autres pèlerins, fort inquiets de leur disparition, qui les accueillirent avec une cordialité mêlée de soulagement, et qui les congratulèrent, non sans force protestations d'amitié, pour la protection si manifeste que leur avait accordée le Seigneur.

Après une journée, une autre étape, après Amboise, ils furent, au détour d'un lacet, en vue des remparts de Tours. Quand, de la route longeant la Loire, ils aperçurent, entre les arbres, au-delà des murailles de la vieille cité épiscopale, les quatre tours de la fameuse basilique, célèbre dans toute la chrétienté, qui dominaient, un peu plus loin, la lourde masse du château, ils entonnèrent un cantique d'action de grâces. Mathilde chantait avec une immense ferveur.

On dépassa la ville pour gagner l'enceinte sacrée qui s'était construite autour du tombeau vénéré. Les voyageurs savaient être reçus, réconfortés, nourris, secourus dans l'hospice routier de Saint-Martin. Ces maisons-Dieu, établies sur le parcours des grands pèlerinages, étaient, par excellence, lieux d'asile. A la fois hôtelleries sans frais où les routiers de Dieu trouvaient repos, vivres, soins, accueil attentif dont ils ressentaient le besoin après les tribulations du trajet, ils étaient aussi hôpitaux gratuits. On y soignait les malades, les blessés, on y secourait les affligés. Centres de secours, également, on y distribuait chaque jour aux nécessiteux l'aumône ordinaire, faite de pain, de soupe, de fromage, et, en période de fête, de viande, galettes et fruits en plus. Les frères hospitaliers, aidés par un personnel bénévole tout dévoué, s'y consacraient en même temps au service des pauvres, des affamés, des infirmes, des égarés, et au service de Dieu. C'était le même.

Mathilde et Clarence y furent logées avec leurs compagnons dans une grande salle d'une propreté parfaite où de larges lits, disposés le long des murs et séparés les uns des autres par des courtines de toile rouge qui les isolaient, offraient aux corps fatigués du voyage, aux membres las, fraîcheur des draps et mollesse des couettes de plumes. La mère et la fille allèrent se restaurer dans la salle commune où on les servit à des tables d'hôte prises d'assaut.

Après le souper, les deux femmes gagnèrent le lit où elles se couchèrent côte à côte. Selon son habitude, Clarence ne cessa d'égrener son rosaire qu'à l'approche du sommeil.

Pas plus que les deux nuits précédentes, Mathilde ne dormit beaucoup la veille de la cérémonie. Une attente anxieuse, mêlée de confiance, un espoir, justifié par sa foi, la tenaient éveillée. Elle priait comme on s'adresse à un être présent, aussi bien par des mots que par des silences.

Le matin du jour attendu, elle se leva ainsi que sa fille avant l'aurore, se rendit avec elle aux étuves de l'hospice, où elles prirent toutes deux des bains tièdes et se firent laver les cheveux. Il s'agissait d'être aussi propres en leurs corps qu'en leurs âmes.

Les toilettes achevées, elles revêtirent le linge fin et les surcots de drap blanc qu'elles avaient apportés avec elle, puis Mathilde voulut se confesser. La file des pénitents était déjà longue dans la chapelle de la maison-Dieu, et il lui fallut attendre avant que vînt son tour. Près d'elle, Clarence, lointaine comme une statue, laissait glisser entre ses doigts les grains de son chapelet. En dépit de l'immense espoir qui portait sa mère, son esprit ni sa langue ne se déliaient. Comme une rivière souterraine, la vie de l'âme devait continuer son cours sous cette enveloppe muette qui ne s'animait pas.

Dans les rues décorées et pavoisées de branchages, de fleurs tardives et de tapisseries, que les deux femmes suivirent pour se rendre à la basilique, la foule des pèlerins était grande. Parties longtemps avant l'heure de l'office qui ouvrait les festivités, elles eurent cependant du mal à trouver place dans la nef immense. Le chœur et les cinq chapelles qui l'entouraient étaient déjà pleins. La taille, la splendeur, l'importance, de la vénérable église impressionnèrent Mathilde qui suivit la messe dans un état de ferveur éblouie. Elle priait avec une telle intensité qu'il lui semblait qu'une lumière surnaturelle brillait sous ses paupières closes. Jamais, elle n'avait senti si proche la vérité divine qui était appel et réponse à la fois. En de brefs instants, elle sentait qu'elle atteignait une autre dimension, qu'elle était sur le point de passer de l'autre côté des barrières charnelles, de découvrir le cœur célestiel de la Création.

Après l'office, elle demeura un long moment à genoux, dans les exhalaisons des fumées d'encens qui se dispersaient. Elle était écrasée d'émotion. Des larmes coulaient sur ses joues sans même qu'elle en prît conscience. Elle acceptait d'être envahie par une présence ineffable qui, régnant à la fois au plus profond de son être et la cernant de toutes parts, l'occupait tout entière. En elle, autour d'elle, quelqu'un se tenait, rayonnait.

Quand elle se releva, quand elle prit la main de Clarence afin de la conduire près du tombeau de saint Martin, resplendissant, à la lueur des milliers de cierges, de tous ses ors, ses ornements d'argent, ses joyaux, ce fut d'un pas ferme, avec une certitude inébranlable qu'elle marcha.

Devant la châsse sacrée, les pèlerins se pressaient en foule pour palper, ne fût-ce que du bout des doigts, les métaux précieux ornant les pierres du sépulcre qui contenait les reliques. Avec la patience de ceux pour qui le temps n'existe plus, Mathilde attendit le moment où sa fille et elle pourraient approcher à leur tour. Quand elles purent passer, elle s'avança vers le tombeau, tenant Clarence par le bras. Elles s'agenouillèrent ensemble, tout contre le monument, pressées par la foule, indifférentes à cette bousculade.

Mathilde étendit les doigts pour atteindre les plaques d'argent les plus proches. Elle avait l'intention de prendre, ensuite, la main de sa fille pour la poser sur le mausolée. A sa grande surprise, l'adolescente, sans attendre le geste maternel, se pencha, inclinant de plus en plus bas son front qui vint toucher les pierres sacrées — jusqu'à s'y appuyer. Mathilde n'osait bouger.

Clarence resta un assez long temps ainsi, la tête posée contre le réceptacle des reliques saintes, à l'endroit même où l'ermite, avant leur départ, avait tracé un signe de croix avec l'eau de sa fontaine.

Quand elle se redressa, elle souriait. Elle se releva, s'écarta de la place où elle venait de se prosterner. Mathilde la suivit.

Sans mot dire, elles se frayèrent un passage à travers la foule, quittèrent le chœur, gagnèrent une des chapelles. Près d'un pilier, Clarence, qui s'était instituée le guide de sa mère, s'immobilisa. Il émanait de cette enfant de quatorze ans qui, soudain, avait retrouvé son jugement, une autorité, une décision, toutes nouvelles. Mathilde contemplait avec un sentiment de reconnaissance éperdue le visage de sa fille, redevenu vivant, les yeux qu'éclairait maintenant une gravité joyeuse. Son cœur battait jusque dans sa gorge. Sur le front pur, elle découvrait, ainsi qu'une trace de brûlure, la marque d'un signe de croix qui rougissait la peau. Au contact du tombeau sanctifié, venait de s'accomplir une prise de possession mystérieuse qui était réponse et bénédiction. Émerveillée, elle comprenait tout à coup ce qu'impliquait ce miracle, et que son propre renoncement participait aussi, pour une part dont il ne lui était pas donné de mesurer l'étendue, à la guérison de sa fille.

— Ma mère, dit alors Clarence, qui retrouvait la parole avec la conscience, ma mère, je ne retournerai pas à Paris avec vous. Je vais rester ici dans le couvent de bénédictines devant lequel nous sommes passées toutes deux, tantôt, pour venir. J'y prendrai le voile dès que possible. Je pense que, ni vous, ni mon père, ne vous opposerez à ce que je me fasse la servante du Seigneur.

XIII

A la pointe du sein que venait de quitter la bouche du nourrisson, une goutte de lait affleura, se forma, s'alourdit, tomba sur le lange de toile matelassée.

— Vraiment, ma mie, votre fils vous ressemble chaque jour davantage, remarqua Alix, penchée sur le nouveau-né.

Florie sourit. Elle contemplait avec fierté, tendresse, attention admirative mais déjà familière, le petit être blond, délicat comme un pétale, qu'elle avait mis au monde un mois plus tôt. Il tenait tout entier dans le creux de son bras.

— Il a, cependant, les yeux de Philippe, remarqua-t-elle, du moins pour ce qui est de la forme. En ce qui concerne la couleur, il faut attendre encore quelque temps. Ils n'ont pas encore trouvé leur teinte définitive et le regard de mon fils, encore maintenant, me fait irrésistiblement penser au fond d'un puits...

Elle se pencha, baisa avec précaution les joues à la peau de soie. Satisfaite que l'enfant eût ses traits, elle n'en était pas moins soulagée de constater qu'il tenait aussi de son père. Puisqu'il était le fruit de leur union, le symbole de leur attachement, il était bon qu'il participât de l'un et de l'autre. Elle posa ses lèvres sur le fin duvet, couleur de paille fraîchement coupée, qui couvrait le petit crâne rond.

— Il est ma joie et mon espoir, dit-elle d'un ton léger pour atténuer ce que cette déclaration aurait pu avoir de trop grave, de révélateur aux yeux de son amie.

Alix n'en fronça pas moins les sourcils.

— Votre mari n'est-il donc point une joie suffisante pour vous ? demanda-t-elle avec un intérêt nuancé d'inquiétude.

— Si fait, mais autrement. Ce que je voulais dire, ma mie Alix, c'est que la présence de Gaultier emplit mon existence. Voyez :

Philippe se trouve absent depuis hier, pour plusieurs semaines, peut-être un mois, peut-être davantage. Il s'est rendu à Pontoise avec la cour de notre reine. Eh bien, son absence m'est moins sensible parce que j'ai notre fils à aimer, qui m'occupe sans cesse.

Elle tapotait avec douceur le dos du nourrisson qui, l'air satisfait, digérait le lait absorbé un moment plus tôt. Il fit alors quelques menus rots, sourit d'aise, béat. Le portant avec précaution, Florie alla le recoucher dans le berceau de bois sculpté posé à côté de son propre lit, balança la nacelle, s'assura que le sommeil s'annonçait, revint près d'Alix.

— Voyez-vous, ma mie, je n'ai pas voulu pour lui de nourrice, du moins au début, dit-elle. Nous verrons plus tard. Je suis si contente d'être seule à l'allaiter, à le laver, à le dorloter, que je ne puis supporter l'idée de partager ces soins avec une autre.

— Par ma foi, ce ne sont plus des ballades, motets, ou rondeaux que vous allez nous composer à présent, ma mie, mais des berceuses, si je comprends bien !

— Eh oui ! J'en ai déjà écrit plusieurs, répondit avec élan la jeune femme qui contemplait son fils avec tant de tendresse qu'Alix l'envia tout d'un coup.

— Vous donneriez à un roc le désir d'être mère ! s'écria-t-elle. Il semble que ce soit un trésor que vous possédiez là !

— C'en est un !

L'enfant dormait. Florie s'approcha de la fenêtre, l'entrouvrit.

— Il neige toujours. Ce mois de février trop froid n'en finit plus ! Je suis lasse des frimas et aspire au retour du printemps.

— Dans un mois, ce sera chose faite. Prenez patience, ma mie... Pour moi, contrairement à vous, j'aime assez cette saison.

Elle désigna du menton le paysage saupoudré de flocons.

— Regardez : les toits de Paris sont beaux sous leurs capuchons blancs. Les arbres de votre jardin ont l'air voilés de dentelles... sans compter que, dans les maisons, au coin du feu, dans la bonne et douce chaleur de l'âtre, on se sent bien.

— Il est vrai, concéda Florie. L'hiver a quelques charmes, du moins, quand on a suffisamment de bois pour se chauffer, mais vos descriptions, si séduisantes qu'elles soient, ne suffiront jamais à m'empêcher de soupirer après les beaux jours !

La fin de sa grossesse lui avait semblé pénible. Les fêtes de Noël, des Étrennes, de l'Épiphanie, n'avaient apporté que de brèves éclaircies dans une suite de semaines au long desquelles ses malaises se multipliaient. Elle avait accouché le seize janvier, avec une dizaine de jours d'avance sur le terme prévu. Si sa joie avait été immense à la vue de son fils naissant, les heures qui avaient précédé l'événement lui avaient laissé un cruel souvenir. De la tombée du jour à l'aube, ce n'avait été que déchirements et tortures. Jamais elle n'aurait pensé qu'on pût tant souffrir pour transmettre la vie.

L'habileté de la sage-femme, qui lui avait inlassablement massé le ventre avec des onguents préparés par Charlotte qui présidait elle-même aux opérations, la tendresse, la présence de Mathilde, la gêne attendrissante d'un Philippe horrifié de se trouver à l'origine de ce martyre, ne l'avaient pas empêchée de subir pendant une éternité, la montée terrifiante des vagues, toujours plus rapprochées, d'une douleur inhumaine. La fin de la nuit l'avait laissée à bout de forces, harassée.

Cependant, dès que son fils, frotté de sel, lavé de savon au miel, enveloppé de langes blancs, avait été posé entre ses bras, elle s'était sentie inondée d'un bonheur animal, essentiel, qui, justifiant la souffrance, en avait éloigné le souvenir.

Elle s'était vite remise. A présent, ne voulant plus songer au mal subi, elle constatait, non sans satisfaction, que sa taille retrouvait sa minceur, que ses seins s'étaient développés, épanouis.

Tout en se répétant qu'il ne s'agissait là que d'une apparence, Florie ressentait plaisir et fierté à vérifier une transformation qui la rendait encore plus désirable. Elle soupira. Pour qui ? Philippe avait dû, hélas, s'éloigner un temps, afin de suivre les déplacements de la cour que son épouse, confinée chez elle, ne pouvait rejoindre. Il lui avait fallu, en effet, commencer par attendre ses relevailles. La coutume était formelle. Même pour le baptême de Gaultier, qui avait eu lieu le quatrième jour après la naissance, la jeune mère n'avait pas obtenu le droit de se montrer. Il en était toujours ainsi. Avant la cérémonie de la purification, l'accouchée devait demeurer au logis. Après que Florie eut satisfait à cette exigence, la mauvaise saison, à son tour avait dressé ses barrières de gel. Il s'était mis à faire trop froid pour sortir le nouveau-né dont elle n'acceptait pas de se séparer.

— Je vais m'en retourner, dit Alix. Les jours sont courts en février et on ne marche pas bien vite dans la neige.

Son amie partie, Florie retourna près de son fils endormi. Le menu visage, pas plus gros qu'une pomme, la fascinait. Elle passait des heures, penchée au-dessus de ce sommeil dont on ne pouvait pas imaginer les rêves, suivant de toute son attention les frémissements, les mouvements, les grimaces, les moues, les vagues sourires de son enfant. Elle s'était pris pour lui d'un amour violent, total, qui, la réveillant en pleine nuit, la faisait rire, toute seule, dans le noir, d'aise et d'adoration.

Elle appela Suzanne afin qu'on apportât de nouvelles bûches pour entretenir le feu qui, jour après jour, brûlait dans la cheminée de sa chambre. Puis elle resta un long moment à contempler les gerbes d'étincelles qui jaillissaient en crépitant, comme un essaim d'abeilles cuivrées, des troncs de châtaigniers. L'odeur de la mousse séchée qui s'enflammait sur les écorces, celle, plus âcre, du bois, qui se mêlait à la senteur musquée des bougies parfumées, emplissaient ses narines d'une présence qui était celle-là même des hivers de son enfance et dont elle se disait qu'elle se transformerait dans son souvenir, en celle du premier mois de Gaultier.

Les doigts abandonnés sur sa viole, l'esprit engourdi, Florie suivait mollement le fil de sa rêverie, lorsque, soudain, la porte fut poussée comme par une rafale. Suzanne, qui cherchait à s'interposer, fut écartée. Guillaume entra.

— Bonsoir, ma cousine. Votre servante craint que je ne vous dérange. J'espère qu'il n'en est rien ?

Debout à quelques pas d'elle, il semblait emplir la pièce de sa carrure, accentuée par une épaisse pelisse de drap pourpre, fourrée de loup. Il ne souriait pas. Ses traits étaient tendus, son regard brillant.

Sans bouger, la face incendiée, et la chaleur des flammes n'était pour rien dans ce mouvement de son sang, Florie le considérait en silence. Elle dut faire un terrible effort pour s'exprimer.

— Je ne vous attendais pas, mon cousin.

Elle mentait. Philippe parti de la veille, un instinct, qu'elle écartait autant qu'elle le pouvait, lui laissait prévoir qu'un autre surgirait sans tarder sur ce seuil, comme le vent d'orage, prêt à tout emporter.

Que faire ? D'un geste, où il entrait beaucoup de fatalisme, elle renvoya la servante, puis elle fit front.

— Je ne sais si nous vous avons jamais convenablement remercié pour le mantel que, grâce à votre générosité, j'ai pu porter cet hiver. Il est fort beau.

— Vous avez bien fait de choisir le velours noir doublé de vair. Votre blondeur doit en tirer encore plus d'éclat.

Sa voix était assourdie, étranglée... Il se tut. Le silence les enveloppa. Conscients de ce que pouvaient déchaîner leurs paroles, ils se considéraient davantage comme des escrimeurs qu'autrement.

— Vous composiez ? demanda enfin Guillaume en passant à l'attaque.

— Oui, pour mon fils.

Comme vers un havre, elle se tourna du côté du berceau, marcha vers lui, se pencha sur l'enfant endormi qui reposait, un vague sourire aux lèvres. L'irruption, dans la chambre de sa mère, de l'homme qui la fascinait, ne le dérangeait en rien. Elle se redressa.

— Ainsi, vous vous êtes décidé à venir voir Gaultier !

— Vous savez aussi bien que moi que je ne suis pas ici pour lui. Il m'a causé assez de mal ! Sa présence, son existence même, sont, pour moi, autant de défis ! Me voici confronté au produit d'une union...

— Il est bien autre chose que ça !

— Oui, en effet ! Un nouvel obstacle entre vous et moi... en apparence, du moins.

— Non, Guillaume, en réalité.

Il se rapprochait d'elle.

— Voudriez-vous me faire croire que ce petit paquet de chair est plus important à vos yeux que le désir que vous avez de moi ?

Il était contre elle à présent. Elle respirait sur lui l'odeur fade de la neige qui collait à ses semelles, qui fondait sur ses épaules, celle, beaucoup plus insistante, tenace, des peaux de loup qui le protégeaient du froid, et la senteur retrouvée de cuir et d'ambre gris qu'elle n'avait jamais oubliée. Elle se sentit trembler, faiblir. Comme elle l'avait craint depuis que, dans la lutte soutenue sous les murs de Vauvert, il l'avait tenue dans ses bras, ces effluves suffisaient à faire naître en elle des vagues vertigineuses capables de fracasser en un instant les fragiles digues élevées avec tant de peine.

— Je vous avais dit que j'attendrais, que je saurais attendre votre délivrance avant de revenir, dit-il dans un souffle. Vous ne pourrez jamais savoir, mon amour, au prix de quelle contrainte je suis parvenu à me tenir à ma détermination. Non, ni vous ni personne ne pouvez l'imaginer ! Ce fut du domaine de l'enfer ! J'en suis sorti calciné jusqu'aux os, mais aussi trempé comme l'acier le plus pur. Rien ne pourra me briser, ni me faire renoncer à vous !

— Toute votre passion consiste-t-elle donc à m'entraîner avec vous vers le feu éternel ? soupira Florie qui ne parvenait pas à en vouloir ainsi qu'elle l'aurait dû à son tourmenteur et dont l'accent trahissait le manque de conviction.

Sans répondre, il l'enlaça. Serrée contre lui, la tête perdue, le corps parcouru d'ondes incandescentes, ébranlée tout entière par les battements conjugués de leurs deux cœurs affolés d'être si proches, elle fut prise d'un tel tremblement qu'elle ne pouvait plus s'exprimer.

Quand la bouche de Guillaume força la sienne, elle ne put s'empêcher de gémir comme s'il l'avait déjà prise. A ce gémissement répondit une plainte rauque, douloureuse. Les mains avides, les mains hardies, parcouraient sa chair, ouvraient le vêtement d'intérieur, écartaient la fourrure, la toile, la soie... chacun de leurs attouchements éveillait des sensations inconnues aux sens de Florie, trop sagement aimée jusque-là. Il n'était plus possible d'opposer un refus à l'appel tumultueux qui appelait l'assouvissement. Son surcot défait, sa cotte ouverte, libérèrent ses seins. Guillaume, fermant les yeux

comme s'il ne pouvait soutenir leur vue, s'y plongea. Ses baisers, ses morsures, traçaient des chemins ardents sur la peau
frissonnante. Renversée, offerte, Florie n'était plus qu'attente,
abandon.

Guillaume la souleva, la porta sur le lit, écartant avec une violence
qui la poignait les pans de tissus encombrants. Quand il mit à nu le
ventre blanc, il s'agenouilla, et ce fut à son tour de gémir en y
appuyant ses lèvres.

On entendit alors, distinctement, un pas dans l'escalier. On montait. On allait entrer! D'un mouvement de reins. Florie se redressa.
Elle s'enveloppa de ses vêtements dénoués, bondit hors de la
couche, s'empara d'un surcot de rechange posé sur une perche
placée au chevet afin de supporter les habits qu'on quittait pour la
nuit, le passa en un tour de main.

Ses gestes, maintenant, témoignaient d'une sûreté, d'une rapidité
confondantes. Elle pensa à tirer les courtines pour dissimuler la
couche, et se retrouva, habillée, penchée sur le berceau de son
enfant.

Comme égaré, Guillaume se relevait de sa position adorante. Il
tremblait et dut s'appuyer au dossier d'un fauteuil.

On frappa.

— Entrez.

Tante Béraude glissa son visage ridé dans l'entrebâillement de la
porte.

— Je venais voir mon petit-neveu.

La vieille femme, contre toute attente, témoignait une grande
affection à celui qui était né sous son toit. Elle qui ne songeait
jamais, avant la naissance de Gaultier, à délaisser ses chers livres
pour monter rendre visite à sa nièce, éprouvait à présent chaque
jour le besoin de venir admirer le nourrisson.

Florie parlait, répondait à sa tante. La politesse prenait maintenant le relais de l'improvisation, l'aidait à donner le change. Derrière le masque aimable, c'était pourtant une créature aux abois qui
se débattait.

— Vous êtes bien rouge, ma mie, n'auriez-vous point la fièvre ?

— Je ne crois pas. C'est la chaleur du feu...

Il n'y avait pas que l'affolement, que l'émoi de son corps pour
l'empourprer pareillement, mais aussi une honte affreuse qui montait en elle avec la retombée du désir. Quoi ? si la tante de Philippe
n'était pas intervenue, elle serait, en cet instant même, en train de se
donner de façon démentielle à Guillaume ! Auprès du berceau de
son fils, sur le lit où son mari l'avait possédée le jour de leurs noces,
où Gaultier était né ! Il lui fallait bien constater qu'aucune de ces
considérations ne lui importait un moment plus tôt.

Elle souleva son fils et le prit entre ses bras. Serré contre elle, ce petit être inconscient devenait un bouclier.

— C'est vraiment tout votre portrait, ma nièce.

Chacun l'affirmait à l'envie.

— Sans doute, mais il a les yeux de Philippe.

En répétant, pour la dixième fois, cette phrase, elle se tourna vers Guillaume, trouva le courage de le dévisager.

— Voyez, mon cousin, comme notre enfant tient de nous deux. N'est-il pas le vivant symbole de notre union ?

— Il est vrai qu'il vous ressemble, admit-il à contrecœur, d'un air farouche. On ne saurait le nier.

Il la fixait avec tant de rancune, qu'elle frissonna sous son regard, comme sous des paroles d'injure, et se détourna de lui avec précipitation.

— Prenez place, ma tante, dit-elle en revenant sur ses pas, mettez-vous près du feu. Vous y serez bien au chaud.

Elle-même prenait une chaise basse, s'y installait en berçant l'enfant contre sa poitrine.

— Ma cousine, je me vois obligé de vous quitter afin de rentrer chez moi où j'ai quelques dispositions à prendre. A bientôt !

Il saluait, s'éloignait, franchissait le seuil, laissant derrière lui une femme éperdue à qui n'avait pas échappé l'intention menaçante de ces quelques mots. La porte retomba en claquant sur ses talons. Un courant d'air froid s'engouffra dans la chambre, passa sur les épaules de Florie, se réchauffa aux flammes.

— Ce garçon m'a toujours paru singulier, remarqua tante Béraude. Il y a dans sa façon d'être, je ne sais quelle tension qui rend son approche inconfortable. Je sais que Philippe a de l'amitié pour lui mais je vous avoue qu'il me glacerait plutôt. Qu'en pensez-vous ?

— Il y a en lui, c'est certain, un aspect un peu farouche qui déconcerte, mais il ne me glace pas.

Florie goûta sa réponse au plus secret d'elle-même, puis parla d'autre chose. Le temps coula. Gaultier se mit à pleurer. Il fallut le changer, le laver dans un baquet d'eau tiède apporté par Suzanne, l'allaiter, le recoucher. La vieille femme assista avec un intérêt qui ne se lassait pas, à toutes ces opérations, tenta de faire rire l'enfant, finit par s'en aller.

Florie demeura seule. Elle alla tirer les courtines du lit, remit en état les draps froissés, les couvertures de fourrure qui avaient glissé. En s'affairant à cette besogne, elle ne savait pas au juste, de la honte ou du chagrin lequel l'emportait.

Debout devant son lit, les mains ouvertes le long de ses cuisses en un geste de démission qui était un aveu, elle pleura sur elle, sur ce gentil mari qu'elle finirait par trahir, sur leur amour saccagé, sur tout le désordre qui se préparait. Elle savait maintenant qu'elle ne ferait rien pour l'éviter. L'appel qu'un simple attouchement de Guillaume faisait lever au fond de sa chair était si impérieux qu'elle n'aurait jamais le courage de lui résister. En aurait-elle seulement l'envie ? Il s'agissait d'un ouragan, d'une tornade. S'oppose-t-on à la tempête ?

Elle essuya son visage, se recoiffa, appela Suzanne qui lui apporta son souper, mangea, fit sa toilette de nuit, de façon machinale, sans goût, comme absente de ses actes. Elle aurait souhaité avoir recours à la prière, mais constatait la sécheresse de son âme qui la séparait de la grâce, de ses sources rafraîchissantes. Vidée de larmes, d'énergie, elle se coucha.

Autour de la chambre où Florie, dans les pleurs, se retournait sur sa couche comme sur un gril, la maison était calme. La neige, à l'extérieur, étouffant les bruits, on se sentait environné par un silence d'une qualité particulière, d'une matité un peu oppressante. En son berceau, Gaultier, endormi, ne bougeait pas. Sa mère ne percevait même pas son souffle, trop ténu pour parvenir jusqu'à elle. Le seul murmure était celui du feu qui brûlait doucement, comme on parle à voix basse. Avant de s'en aller coucher, les servantes avaient bourré la cheminée de grosses bûches qui, une fois enflammées, avaient été recouvertes de cendres afin de ralentir leur combustion et de permettre au foyer de rester chaud jusqu'au lendemain matin où, dès l'aube, on le garnirait à neuf. De minces flammes bleues ou orangées couraient sur les troncs entassés, se livrant à des contorsions sans fin qui trouaient l'obscurité de la chambre et projetaient sur le plafond des reflets échevelés, semblables, songeait Florie qui ne dormait pas, à des ombres damnées.

La nuit fut longue et d'une déchirante amertume. Quand le jour se leva, la jeune femme était décidée à aller trouver Mathilde, à tout lui avouer, à lui demander conseil et réconfort. Elle ne se sentait plus apte à conduire seule son existence. Il lui fallait l'appui de celle qui représentait à ses yeux le refuge par excellence, le guide de toujours.

Lavée, baignée, parfumée, chaudement vêtue, après s'être occupée de son fils, confié ensuite à une servante, elle se rendit à la messe en l'église de Saint-Séverin. Suzanne l'accompagnait.

L'office terminé, qu'elle n'avait suivi que des lèvres, elle gagna l'autre rive.

Il ne neigeait plus, mais le ciel sombre demeurait lourd de flocons. Point de couleur. Tout était blanc ou noir. Si les toits, les clochers, les tours de Notre-Dame, celles des remparts, le haut des murs, les encorbellements des maisons, restaient porteurs de leur charge immaculée, qui les décorait de chapes et de bourrelets aussi somptueux que des parements d'hermine, la rue, déjà piétinée, n'était que boue et souillures. On enfonçait dans une couche fangeuse où le pied glissait. On manquait tomber à chaque pas.

L'air sentait la froidure, glaçait les poitrines. Les doigts s'engourdissaient malgré les gants doublés de soie, et les orteils se refroidissaient en dépit des patins à semelle de bois qui tentaient d'isoler de l'humidité le cuir des chaussures.

Il y avait moins de monde dehors qu'aux beaux jours, mais encore assez pour ralentir la progression et créer des encombrements.

Quand Florie et Suzanne parvinrent enfin rue des Bourdonnais, de menus flocons se remirent à tomber dans un crissement de taffetas. Poussés par le vent d'ouest, ils arrivaient de biais et piquaient le visage.

Derrière les hauts murs faîtés de neige, le jardin des Brunel, préservé, était d'une beauté de légende. Les blancs purs s'y ombraient seulement de gris du côté du nord. Sous le poids de l'irréel fardeau qui les recouvrait, des branches s'inclinaient vers le sol sans tache, comme pour saluer la froide splendeur de l'hiver, tandis que d'autres, plus souples, se courbaient jusqu'à terre, s'y éployaient, ainsi que des chevelures de songe poudrées à frimas. Les troncs, blanchis dans le sens du vent, ne se piquetaient que de mouchetures légères de l'autre côté. Les moindres buissons se voilaient de dentelles ou se transformaient en gerbes éclatantes. Les allées, vierges de traces, s'enfonçaient au loin, sous les berceaux, parmi les entrelacs de givre, à l'abri des arbres glacés, pour déboucher, semblait-il, sur quelque paradis du gel.

Florie s'immobilisa, fugitivement heureuse de retrouver le cadre enchanté de ses hivers d'enfant. Elle respira l'air pétrifié, reconnu le silence feutré, uniquement rompu par l'écroulement de certaines charges trop lourdes pour les rameaux qui les soutenaient.

Par un chemin tracé, dès le début de la matinée, à travers toute cette blancheur, par les valets dont la jeune femme se souvenait qu'ils maniaient, jadis, les pelles avec de grands rires, elles parvinrent jusqu'au seuil de la maison. Leurs capuchons parsemés de flocons, leurs jupes, et le bas de leurs manteaux qui avaient balayé la neige crissante, semblaient saupoudrés de sel indien.

Dans la haute cheminée de la salle, un feu ronflant consumait d'énormes troncs bruts. A l'autre bout de la pièce, un chariot de fer, rempli de charbons incandescents, attendait qu'on le promenât dans les couloirs, afin de les tiédir.

— Ma mère n'est point ici ?

Tiberge la Béguine, qui rangeait des serviettes dans un coffre, se redressa en soufflant.

— Elle est partie tout à l'heure chez dame Margue, votre aïeule, qui a glissé sur le pas de sa porte, en sortant de chez elle ce matin pour se rendre à la messe, et qui, à ce qu'on dit, en est tout endo-lorie.

— Elle ne s'est rien cassé ?

— Pas que je sache, Dieu merci.

— Ma mère comptait-elle repasser par ici après sa visite ?

— Je ne le pense pas. Elle a parlé de se rendre directement rue Quincampoix où elle est attendue.

— Tant pis pour moi, je rentre à la maison sans avoir vu ma mère.

De contrariété, d'énervement, les larmes lui montaient aux yeux. Fallait-il qu'elle soit à bout pour si mal se maîtriser, pour conserver si peu d'empire sur elle-même !

Elle repartit, inquiétant Suzanne par sa mine tourmentée.

Comme les deux femmes passaient sur le Grand-Pont, devant la boutique de maître Brunel, elles se trouvèrent face à Bertrand qui en sortait.

— Dieu vous garde, ma sœur. Où courez-vous ainsi, dans la gadoue, l'air soucieux ?

— Je rentre chez moi. Telle que vous me voyez, j'arrive de chez nos parents où Tiberge m'a appris que grand-mère Margue avait fait une chute ce matin.

— Je reviens de chez elle. J'y ai accompagné notre mère voici une heure. Ne vous tourmentez pas trop à son sujet : elle a déjà retrouvé son ton de commandement et a piqué devant moi une assez jolie colère contre un valet qui avait renversé un pot en la transportant dans sa chambre. J'en conclus qu'elle n'a rien perdu, dans le choc, de son agressivité, par conséquent, de sa santé !

Il se mit à rire. Dans ses moments de gaieté, qui étaient nombreux, il avait une façon bien particulière de rejeter la tête en arrière, qui fai-sait saillir sa pomme d'Adam. Cette simple constatation, par ce qu'elle avait de familier, réconforta pour un moment Florie qui ne put s'empêcher de songer en même temps que, pour eux tous, et en dépit de la manifestation divine dont ils avaient été favorisés en la personne de Clarence, les résolutions prises dans un élan d'émer-veillement et de gratitude, restaient bien précaires. Le caractère de son aïeule, pas plus que sa propre faiblesse, ne se trouvaient amélio-rés par un miracle qui aurait dû transformer, jusqu'au tréfonds, leurs façons d'être.

— Vous avez de la chance de rentrer chez vous, ma sœur ! Pour moi, il me faut courir rue Quincampoix. Encore un mot, cependant, mon neveu va-t-il bien ?

En dépit de sa jeunesse, il s'intéressait au nouveau-né presque autant que tante Béraude.

— Fort bien. Il pousse comme un petit champignon.

— Par ma foi, j'en suis ravi.

Il se pencha, baisa sous le capuchon doublé de fourrure, une joue rougie par le froid, sourit encore, s'éloigna.

— Rentrons vite, Suzanne, j'ai les pieds gelés.

Dans la chambre, en même temps que son fils et la tiédeur du logis, elle retrouva son obsession, sa peur.

Elle prit son dîner au premier étage, en compagnie de sa tante qui entendait ne pas laisser seule sa nièce pour le repas du milieu du jour, et qui meublait leur tête-à-tête par un bavardage continuel, souvent drôle, qui faisait diversion. Puis elle remonta chez elle.

Dans la pièce obscurcie par le ciel blafard dont la maigre lumière éclairait si mal, en s'infiltrant à travers les feuilles de parchemin huilé posées aux fenêtres, qu'il avait fallu allumer déjà plusieurs chandelles pour remédier à sa pauvreté, Florie s'immobilisa, le cœur suspendu : le berceau de Gaultier était vide !

Avant que son esprit affolé ait trouvé une explication à cette disparition, la tapisserie qui fermait la porte de sa garde-robe se souleva. Guillaume apparut, le nourrisson entre les bras.

— Vous ! Ici !

— Moi.

Marqué par l'insomnie, son visage était celui d'un homme hors de lui. La fièvre qui l'agitait était encore plus inquiétante que sa seule présence en un tel endroit, en un tel moment.

— Comment vous êtes-vous introduit dans ma chambre ?

Il haussa les épaules.

— Qu'importe !

— Pourquoi avoir pris mon fils ?

— Pour vous forcer à m'écouter. Sans cette précaution, je savais que vous m'auriez fait reconduire aussitôt.

— Auriez-vous l'intention d'abuser d'une situation que vous avez si déloyalement provoquée ?

— Je n'en aurai pas besoin. Vous le savez, Florie, comme vous savez que je suis parvenu à un degré de passion qu'il vous est impossible d'ignorer... et que vous partagez. Aussi, n'aurai-je pas à vous contraindre : il suffit que je vous touche pour que vous vous donniez à moi.

— Je ne le veux pas !

— Puisque vous vous refusez à admettre l'évidence, il faut bien que je vous y astreigne ! Dieu sait, pourtant, que ce n'est pas ainsi que j'avais imaginé cet instant ! Tant pis pour vous, tant pis pour moi. Si je me vois dans l'obligation d'agir d'une manière qui me déplaît autant qu'à vous, croyez-le bien, c'est parce que vous ne voulez pas reconnaître que notre besoin, vous de moi, moi de vous, est mutuel. Nous nous aimons autant l'un que l'autre, Florie, quoi que vous disiez !

Tenant sans le lâcher l'enfant sur un bras, il se rapprocha de la jeune femme. La saisissant par la taille, il la plaqua contre lui.

— Pourquoi ce jeu qui me rend fou ? demanda-t-il à mi-voix. Pourquoi lutter sans espoir contre ce qu'il y a de plus vrai en vous, de plus sincère en moi ?

— Laissez mon fils, vous l'écrasez !

Serré entre eux, Gaultier commençait à pleurer. Son fragile petit visage s'empourprait, grimaçait.

— Écoutez-moi, alors, avant qu'il ne soit trop tard, reprit Guillaume, et, comme la veille, l'excès de son désir lui donnait un air menaçant. Écoutez-moi bien : je ne peux plus attendre, je deviens malade d'amour. Je vous veux. Aujourd'hui, ici, tout de suite.

Il respira profondément.

— Vous allez appeler votre chambrière, lui dire que vous êtes souffrante, que vous ne voulez être dérangée à aucun prix, que vous fermez votre porte jusqu'à demain, qu'elle peut disposer. Caché derrière cette tenture, je garderai votre enfant avec moi. Si vous vous refusez à faire ce que je viens de vous dire, et dont vous avez aussi envie que moi, je pars avec lui et vous ne le revoyez jamais, ou je l'étrangle sur place !

Il saisit de sa main libre la tête de Florie, la maintint penchée, s'inclina sur la bouche tremblante qu'il baisa avec furie. Quand il la relâcha, elle fit un pas en arrière.

— Je vais appeler Suzanne.

Il recula vers la garde-robe, s'y dissimula avec Gaultier. L'enfant avait cessé de pleurer. Indifférent à ce qui se jouait entre sa mère et l'homme qui la pressait si passionnément, il considérait son ravisseur d'un air sérieux, les sourcils froncés.

Suzanne reçut la consigne imposée, admit qu'elle avait remarqué l'état de fatigue de sa maîtresse, promit de veiller à ce que nul ne vînt la déranger, emplit la cheminée de bois, se retira.

La porte à peine fermée sur elle, Guillaume réapparut. Il alla donner deux tours de clef à la serrure, déposa à la hâte le nourrisson dans son berceau, puis il marcha vers Florie demeurée immobile au milieu de la pièce. Sans prononcer une parole, mais avec une sorte de ferveur douloureuse, il saisit de nouveau la tête blonde entre ses mains.

— Non, ce n'est pas ainsi, douce amie, que j'avais rêvé de vous posséder, dit-il tout bas. Ce n'est certes pas en vous y amenant par des menaces ! J'avais espéré, si souvent, tout autre chose : une lente progression, une douce fièvre partagée, beaucoup plus d'harmonie, beaucoup moins de violence...

— A qui la faute ?

— A vous, à vous seule, mon aimée. Pourquoi me repoussez-vous comme vous le faites ? Pourquoi vous dérober sans cesse, alors même que nous vous savons, tous deux, consentante ? Pourquoi m'avoir défié, hier, à peine sortie de mes bras ? Je ne suis pas, vous le sentez bien, de ceux dont on se joue. J'obtiens toujours ce que je désire, et je vous désire, Florie, comme je n'ai jamais désiré qui que ce soit !

Avec moins de brusquerie qu'auparavant, mais de façon irrésistible, il attira de nouveau le corps qu'il savait complice contre le sien. Ses mains le parcouraient, réveillant les appétits, les soifs. Ses lèvres, avides, caressaient le cou, les épaules, les seins dénudés avec la même fougue que la veille.

Quand il l'avait forcée à accepter son marché en utilisant l'enfant comme moyen de pression, elle avait cru que l'indignation ressentie devant un tel procédé lui donnerait l'énergie nécessaire au refus, une fois son fils à l'abri d'une colère dont elle mesurait les dangers. Il n'en était rien. A l'approche de cet homme, et quoi qu'il fît, elle n'était que capitulation.

Une seconde fois, il la portait sur le lit, la dépouillait de ses vêtements. Après avoir jeté le voile qui les recouvrait, il dénoua ses cheveux comme on délie une gerbe, les répandit autour d'elle. Ses mains, ses lèvres, se firent plus audacieuses. Il arracha ses propres habits, les lançant n'importe où. A la lumière des chandelles, se révéla un corps vigoureux, à la peau mate, aux justes proportions, bien charpenté, solidement musclé. Il se pencha. Sur la couverture d'agneau noir, la nudité de Florie, nuancée de reflets mordorés, d'ombres qui palpitaient au rythme de sa respiration, étaient si éclatante, qu'il s'attarda un instant à la contempler, comme on fait d'un chef-d'œuvre, avant de s'étendre contre elle. Bientôt, ils se touchèrent, se joignirent, se pénétrèrent, avec un tel emportement qu'une double plainte jaillit de leurs bouches, un instant disjointes, aussitôt accolées.

Ce ne fut, ensuite, que tourbillon, envahissement, frénésie, déferlement, jouissance, anéantissement.

Jamais Florie n'aurait cru possible de tels gouffres, de tels apogées. Guillaume régnait en elle, la révélant à elle-même, à tous deux, en même temps. Aussi patient qu'insatiable, il l'initiait, avec une science, une virtuosité d'homme rompu aux joutes de l'amour, à des plaisirs que Philippe ne lui avait que suggérés. Elle délirait.

A peine interrompus par quelques accalmies, les assauts reprenaient, les empoignant de nouveau, les faisant soupirer, crier, sur les lèvres l'un de l'autre. Le temps, l'heure, étaient abolis. Les instants coulaient...

Ce fut, dans un moment de repos, la conscience d'un silence trop étale, qui alerta soudain Florie. Au milieu de son extase, elle avait oublié l'univers, jusqu'à l'existence de son fils qui avait dû pleurer un moment, lui semblait-il, puis s'était tu sans qu'elle y prît garde.

Elle songea soudain qu'il était déjà tard, que, depuis longtemps, Gaultier aurait dû se faire entendre pour réclamer sa nourriture.

Repoussant Guillaume, elle se redressa. Il faisait nuit dehors. Aucune lueur ne filtrait plus de la fenêtre. Le feu était assez bas et les deux chandelles posées à la tête du lit s'étaient éteintes. D'un bond, elle fut debout, saisit un candélabre sur la table, s'approcha du berceau. On ne voyait plus le crâne rond de l'enfant. La lourde pelisse pourpre de Guillaume, qu'il avait jetée derrière lui au hasard, en se déshabillant, dans la furie de son désir, était retombée sur la nacelle, recouvrant, étouffant, le nouveau-né.

Traversée par une appréhension qui lui tordait le ventre, Florie écarta le lourd vêtement. Un petit visage grimaçant, bleu, lui apparut. Tendant la main, elle toucha le front sans vie qui n'avait plus de chaleur. Pétrifiée, terrorisée, elle défit les couvertures, prit l'enfant inerte entre ses bras, guetta désespérément un souffle dans l'étroite poitrine. En vain. C'était donc là la raison du silence qui l'avait alertée : le cœur de son fils avait cessé de battre !

Écrasée, elle demeura un moment comme une statue, serrant contre elle le cadavre de celui qui avait été son espérance. C'était fini. Tout était fini. Elle restait sur place, glacée, les yeux secs.

D'un geste, dont l'aspect familier soulignait le côté insoutenable, elle reposa l'enfant dans son berceau. Sans jeter un regard à Guillaume qui, conscient d'un écroulement, d'un désastre irréparable, se sentait rejeté bien loin de celle dont il n'avait su éveiller que le corps, alors que l'excès même de sa passion lui préparait un deuil l'atteignant en plein cœur, Florie ramassa quelques vêtements, les passa. Ses mouvements étaient saccadés, maladroits.

Une fois vêtue, elle retourna vers son enfant mort, le souleva de nouveau, le considéra avec une sorte d'étonnement éperdu, d'horreur qui montait en elle comme une marée, comme une puissance élémentaire, démentielle, le serra contre sa poitrine, ferma les yeux. Elle se tint un moment de la sorte, sans oser bouger de peur de ne plus pouvoir retenir le hurlement qui emplissait sa gorge, immobile, la tête inclinée parmi le glissement de ses cheveux dénoués qui recouvraient d'un voile tiède son déchirant fardeau.

Guillaume fit un mouvement dans sa direction. Elle redressa alors un visage défait, tourna vers l'homme qui, dans un même temps, lui avait révélé le plaisir et le désespoir, un regard où vacillait une lueur d'épouvante, tout en resserrant l'étreinte de ses bras autour du petit corps sans vie qu'elle semblait bercer.

— Il est mort, dit-elle. Mort. Allez-vous-en! Partez! Je ne veux plus vous voir ici. Allez-vous-en! Allez-vous-en!

2

LA CHAMBRE DES DAMES

Septembre 1253 — Août 1255

I

Une fois refermées les courtines du large lit à colonnes, si ce n'avait été les sujets et les coloris de la tapisserie, différents de ceux auxquels on était habitué, l'impression de paix, d'intimité, dont on se trouvait enveloppé était si profonde qu'on se serait cru chez soi.

— Par saint Martin ! je ne suis pas fâché de me coucher, ma mie. Les vins qu'on vient de nous servir au souper, après les fatigues du voyage, m'ont proprement assommé ! constata maître Brunel en se laissant aller avec un soulagement aggravé de lassitude contre les deux oreillers qui lui soutenaient les reins. Je tombe de sommeil. Il est vrai que l'air tourangeau passe pour émollient.

— Croyez-vous vraiment, mon ami, que ses effets puissent si vite se faire sentir ? demanda Mathilde en s'allongeant à son tour entre les draps. Nous ne sommes à Tours que depuis quelques heures, après tout. Ne serait-il pas plus véridique de reconnaître que, où que vous soyez, vous avez coutume de vous endormir sitôt la tête posée sur la plume ?

Étienne, dont elle ne distinguait plus, au creux des toiles, qu'un profil épaissi, tout juste ourlé de lumière par la lueur de la bougie posée sur un escabeau à leur chevet, tourna vers sa femme une mine alarmée. L'ironie familière du ton ne se nuançait-elle pas d'un rien de reproche ? L'humeur de Mathilde demeurait son constant souci.

— Le regrettez-vous, ma mie ? Cette habitude vous ennuie-t-elle ?

— Nullement. Je suis aussi désireuse que vous de me reposer, Étienne, aussi lasse de notre randonnée. Ce que j'en disais n'était pas critique mais simple constatation.

Elle avait posé, dans un geste d'abandon, de confiance, qu'elle savait être précieux à son mari, sa main gauche sur la main droite qu'il tenait toujours ouverte le long de son corps avant de s'endormir. C'était là un gage de bonne entente et d'amitié dont il ressentait, en dépit de toutes leurs années de mariage, un constant besoin. Elle l'avait bien embrassé avant de s'étendre à ses côtés, mais ce baiser du soir aurait paru insuffisant s'il n'avait été suivi et comme confirmé par la pression des doigts fidèles.

— Bonne nuit, ma mie, dormez bien.

— A demain matin, Étienne. Que Dieu vous garde !

Elle se tourna pour souffler la flamme qui les éclairait et la nuit de septembre, douce encore, envahit la chambre.

Tout était silencieux dans la maison de l'orfèvre qui les recevait avec beaucoup de courtoisie à chacun de leurs passages à Tours. Aucun bruit ne venait de la rue, vidée par l'heure tardive de son mouvement diurne.

Pour détacher sa main de celle de son époux, Mathilde attendit le moment où le souffle régulier d'Étienne vint lui prouver qu'il s'était endormi aussi rapidement qu'à l'ordinaire, puis elle s'installa, bien droite, les pieds croisés l'un sur l'autre, les bras à plat de chaque côté du buste, comme une gisante un peu amollie par la recherche de son confort.

Sa pensée suivit un moment la route parcourue depuis Paris, durant une semaine, en compagnie d'une caravane de marchands qui continueraient à descendre vers le Bordelais pendant que les Brunel séjourneraient ici. Il avait fait beau en ce début d'automne. Des odeurs de pommes surissaient l'air aux alentours des vergers, des colchiques parsemaient les prés qu'ils empoisonnaient en beauté. Le raisin prenait couleur dans les vignes dont les feuilles commençaient à rougir.

Arrivés à Tours vers quatre heures de relevée, Étienne et Mathilde étaient aussitôt allés rendre visite à Clarence, dans son couvent. Comme à chacune de leurs entrevues, ils avaient trouvé la jeune bénédictine comblée de sérénité, de paix ardente. Un jour, au bout de l'épreuve, elle avait rencontré la voie montante qu'elle gravissait à présent sans se retourner.

Aussi, une fois terminé le repas offert par leurs hôtes, et après avoir pris congé pour la nuit, les époux avaient-ils, en plus de la prière quotidienne faite à genoux l'un près de l'autre, adressé une action de grâce toute particulière au Seigneur pour avoir sauvé de l'horreur leur seconde fille. Elle, du moins, n'errerait plus !

Mathilde changea de place avec une certaine nervosité. Elle savait bien que sa songerie finirait par la ramener vers l'autre enfant perdue, vers Florie, qui, depuis sept ans, leur était comme une épine enfoncée dans la poitrine... Le lendemain, elle irait, seule, selon l'habitude, visiter la pestiférée... Quel crève-cœur !

Avec l'entêtement, la rancune, de son amour paternel déchiré, Étienne se refusait toujours à rencontrer celle qui les avait trahis.

Aucune prière, aucune supplique, même venant de l'épouse à laquelle d'ordinaire il ne savait rien refuser, n'étaient parvenues à le fléchir, à le faire revenir sur sa décision.

Pour la centième, pour la millième fois, se succédaient maintenant sous les paupières closes les scènes sans rémission de ce mois de février, blanc de neige, noir de deuil, où ils avaient tous tant souffert.

Depuis le moment où une servante épouvantée était venue annoncer rue des Bourdonnais la mort du petit Gaultier, trouvé, au matin, étouffé dans son berceau, le défilé des souvenirs de désolation reprenait dans l'esprit de Mathilde son déroulement inexorable.

Des images se levaient, d'une netteté parfaite en dépit des années et de leur ressassement : tante Béraude, debout auprès du mince cadavre recouvert d'un drap qu'il ne soulevait qu'à peine, pleurant comme on saigne. Des larmes, coulant sans interruption de ses yeux gonflés, suivant le tracé profond de ses rides ainsi que des voies naturelles, s'écrasant, enfin, sur le haut de sa cotte qui en était détrempée...

Florie, ensuite, brûlée de fièvre, se débattant contre la mort, contre la vie, en une mêlée confuse, où la douleur, le remords, la honte, ne lui laissaient pas de repos... Pendant des jours, pendant des semaines... Florie gémissant, criant, pleurant, confessant ses fautes, dans un délire auquel Philippe, revenu en hâte de Pontoise, avait assisté, crispé d'horreur, ainsi qu'à son propre supplice.

Dieu ! le visage du jeune homme quand il avait compris après les premiers épanchements de son chagrin, ce qui s'était réellement passé sous son toit, chez lui, chez eux, dans cette même chambre où il apprenait à la fois, de la bouche de sa femme, l'impardonnable trahison et la façon dont avait succombé leur enfant !

Mathilde avait déjà entendu dire qu'au souffle trop cuisant de certaines douleurs, des malheureux blanchissaient en une nuit. Elle avait vu, sous ses yeux, son gendre vieillir de plusieurs années en quelques heures. Les traits ravagés, la bouche tirée, le regard tourné vers des images intérieures qui le révulsaient, les mains agitées d'un tremblement nerveux, Philippe était un autre quand il était sorti de la pièce où Florie hurlait d'une voix de folle : « Guillaume ! » avec des accents où la terreur et ce qu'il fallait bien appeler passion se confondaient indissolublement. L'aimable trouvère qui avait épousé, dix mois plutôt, dans l'innocence d'un amour frais éclos, une pure fiancée, venait de se muer en un homme écorché dont le masque portait désormais les stigmates du désespoir et du dégoût.

Pendant quelque temps, il s'était terré dans une chambre d'où il se refusait à sortir. Il ne parlait à personne, se nourrissait à peine, repoussait toute sympathie, toute aide familiale.

Quand il avait su, sans qu'on puisse le lui cacher, que Florie avait, de nouveau, failli mourir des suites d'une fausse-couche survenue à la fin de sa maladie, quand il avait mesuré la signification d'un pareil accident, quand il avait compris qu'un autre enfant avait été conçu, au moment même où son fils agonisait par la faute d'une mère oublieuse de son premier devoir, il s'était enfui d'une maison à tel point souillée.

...Mathilde remua, changea de position, se mit sur le côté. Que gagnait-elle à ressasser sans fin ces moments de malheur ? Ne pourrait-elle donc jamais s'en libérer ? Pourquoi y revenir comme un chien à ses vomissures ?

« Seigneur, ayez pitié de Philippe, ayez pitié de Florie, et, aussi, de nous ! »

Elle n'avait pas revu son gendre. Par Arnauld, elle avait appris son départ pour Rome où il avait en vain cherché à obtenir du Saint-Père l'annulation d'un mariage honni, son séjour, ensuite, en Italie à la poursuite d'une paix qu'il n'avait pas dû y trouver puisqu'il était revenu en France au début de 1248 afin de s'y croiser, comme tant d'autres, et de s'en aller avec le roi, en Terre Sainte.

D'après les rares nouvelles, si longues à parvenir, qu'Arnauld, parti en même temps que lui, arrivait tant bien que mal à leur adresser, Philippe avait pris part à l'action militaire tout autrement qu'en spectateur. Avec une vaillance qu'on ne lui connaissait pas, il s'était battu à Damiette, puis à Mansourah, déployant dans ces combats l'énergie forcenée de celui qui, loin de craindre la mort, veut la forcer comme un fauve. Le moindre engagement lui était bon pourvu qu'on eût une chance de s'y faire tuer. Si Dieu n'avait pas voulu qu'il achevât si loin de son pays une existence qui lui pesait, le roi, en revanche, l'avait remarqué. Armé chevalier sur le champ de bataille, il avait suivi le souverain dans sa captivité, en était revenu avec lui, et demeurait, à Saint-Jean-d'Acre, le commensal de Louis IX dont il était resté, en même temps qu'un compagnon d'armes, un des poètes attitrés.

Arnauld ne parlait plus guère de son beau-frère dans les derniers messages envoyés à de longs intervalles vers Paris. Il n'y était question que d'un voyage qu'il devait faire en Égypte pour une mission diplomatique dont il taisait les mobiles. Il faudrait attendre leur retour à tous deux pour savoir à quoi s'en tenir à leur sujet. Le bruit courait que, depuis la mort, en novembre dernier, de la reine mère, Blanche de Castille, régente du royaume en l'absence de son fils, le roi songeait à regagner la France et que l'armée reviendrait avec lui au cours du printemps ou de l'été prochain.

Mathilde se retourna encore. Comme il lui fallait, maintenant, longtemps pour s'endormir ! Non pas qu'elle se sentît, ce soir, de nouveau tourmentée par un appétit charnel qui ne se manifestait plus à présent que par intermittence, mais les soucis causés depuis de nombreuses années par les destins hasardeux de ses enfants l'avaient trop souvent tenue éveillée pour ne pas lui avoir retiré l'usage spontané du sommeil.

Demain, donc, elle irait voir Florie.

Après la maladie dont elle aurait fort bien pu mourir, après la fausse-couche qui avait tout remis en question, la jeune femme, que les soins de sa tante avaient, seuls, arrachée à la mort, ne s'était pas senti le courage de rester à Paris. Son père, ses frères, l'avaient rejetée, son mari s'était enfui, tante Béraude, qui devait, d'ailleurs, mourir peu de temps après, lui montrait un visage si navré qu'il lui était un remords de plus. Les paroles prononcées pendant son délire, entendues, recueillies par des servantes, colportées par elles, avaient fait le tour de la ville où on la jugeait, où on la condamnait sans indulgence. Sa famille, ses amis, tout le monde, la reniait. Alix, elle-même, la fuyait.

De Guillaume, parti au loin après avoir, en une nuit, saccagé plusieurs existences, de Guillaume coupable au-delà de tout ce qu'on pouvait imaginer, elle n'avait rien à attendre, elle ne voulait plus rien savoir, elle se refusait à parler.

Autour de ses seize ans, vidés de leurs promesses, Paris n'était plus qu'une ville peuplée d'ombres où tout lui évoquait, en même temps qu'un bonheur détruit, un déshonneur sans fin, un avenir désertique.

A sa mère, qui ne lui avait pas caché son indignation, sa douleur, sa réprobation, sans toutefois l'abandonner comme les autres ; à sa mère qui l'avait suffisamment aimée pour demeurer seule près d'elle avec Charlotte au plus creux du malheur, elle avait confié, vers la fin de sa convalescence, qu'elle souhaitait aller se réfugier près de Clarence, à Poitiers, où la future religieuse, seul enfant des Brunel à ne pas accabler la coupable, effectuait son noviciat.

Après plusieurs mois passés à l'ombre du couvent poitevin où la prière et la compréhension mutuelle les avaient beaucoup rapprochées, les deux sœurs étaient revenues à Tours. Clarence y avait prononcé ses vœux. Afin de ne pas s'éloigner d'elle, Florie avait alors décidé d'acquérir, non loin de la ville, et en prélevant une part de l'argent de sa dot dont le reste lui procurait les rentes dont elle vivait, une maison proche d'un village nommé Vençay.

Adossée à la forêt de Bréchenay et ceinte d'un jardin pentu d'où on dominait la vallée du Cher, cette retraite était suffisamment isolée pour qu'on y pût vivre dans une solitude presque complète. Suzanne, qui n'avait pas quitté sa maîtresse, deux autres servantes trouvées sur place et un jardinier qui faisait office de portier, étaient ses uniques compagnons. Elle consacrait ses jours à s'occuper des enfants d'un asile pour orphelins, dépendance du Prieuré de Grandmont dont le domaine considérable s'étendait dans son voisinage. N'entretenant aucune relation amicale ni mondaine avec qui que ce fût, ses seules visites étaient pour Clarence qu'elle allait voir chaque semaine à Tours. Elle ne recevait chez elle que sa mère, lorsque celle-ci venait dans la région. Il n'y avait pas jusqu'à sa chère poésie dont elle ne se privât dans un but de mortification.

Mathilde sortit hors du lit un bras en quête d'un peu de fraîcheur. Elle avait trop chaud. Ses fréquentes insomnies l'avaient habituée, selon les heures de la nuit, à passer ainsi d'une chaleur excessive à la poursuite frileuse de sa propre tiédeur. Il était vrai que le souper offert par leurs hôtes ce soir-là avait été fort lourd et faisait battre dans ses veines un sang trop riche. Elle attendit un moment, s'efforçant à l'oubli, mais son esprit, encore plus échauffé que son corps, continuait, en dépit de ses résolutions, à fonctionner.

S'il était vrai que l'existence de sa fille aînée paraissait uniquement tournée vers le rachat de ses fautes, le flair maternel avait cependant perçu depuis quelque temps chez la jeune femme une transformation qu'elle essayait en vain de dissimuler. En cinq années de visites renouvelées, Mathilde avait eu le temps de constater quel mode de vie on menait à Vençay. Elle retrouvait chaque fois, entre les plis empesés de la guimpe blanche, le même visage, affiné par l'ascèse, dépouillé de ses grâces duveteuses de fruit, mais encore lisse, pur, comme lavé par la peine qui sourdait au fond des yeux.

Oui, jusqu'à la Noël de l'année précédente, Mathilde pouvait se dire que Florie se comportait comme il convenait à une créature consciente de ses forfaits. Mais, depuis, quelque chose avait dû se produire. Elle ignorait quoi, mais elle avait décelé, dans le regard plus tendu, dans une agitation mal maîtrisée, dans certaines réactions, un trouble qui ne laissait pas de l'inquiéter.

Épuisée, Mathilde finit par trouver le sommeil tout en continuant à se poser des questions...

Le lendemain matin, sous un ciel où le soleil s'élevait sans parvenir à dissiper les brumes bleutées qui nuancent de douceur, en toute saison, l'horizon tourangeau au-dessus de la vallée de la Loire, parmi les premiers blondissements de l'automne, Mathilde s'en allait sur la mule que lui avait prêtée Bérengère Hernaut, son hôtesse, le long de la route de Loches qu'il lui fallait emprunter pour se rendre à Vençay.

Suivie de Maroie, qui avait pris quelque embonpoint avec les ans, et dont le poids semblait paraître excessif au mulet qui la portait, la femme de maître Brunel quitta la cité de Tours enclose entre ses

remparts. A l'ouest, non loin de la ville, la lumière matinale faisait
briller les coupoles et les flèches de la basilique Saint-Martin, les
toits des maisons avoisinantes, les clochers de plusieurs églises et
abbayes comprises, elles aussi, dans l'enceinte fortifiée qui protégeait le tombeau du saint. Mathilde lui dédia une pieuse pensée ainsi
qu'un remerciement fervent, en souvenir de la guérison miraculeuse
de Clarence, et se promit d'aller le lendemain, ainsi qu'à chacune de
ses visites, faire oraison dans le sanctuaire.

Elle remarqua qu'il y avait toutes les fois de nouvelles construc-
tions neuves alentour, au bord des fossés, sur les chemins qui y conduisaient, tant le prestige du thaumaturge demeurait entier, tant les
pèlerins, dont elle croisait sur son trajet des groupes éparpillés
mêlés aux paysans et aux habitants du pays, affluaient de toute part
pour venir lui demander assistance. On avait eu un si grand nombre
de gens à loger que le terrain compris entre la cité de Tours et la
basilique s'était parsemé, sur toute son étendue, de bâtiments religieux ou profanes qui reliaient presque les deux places.

Une population affairée circulait de l'une à l'autre, sur la longue
butte dominant la Loire. Mais, de la chaussée plus basse suivie par
les deux femmes, on ne pouvait apercevoir le fleuve. Ce qu'elles
avaient, en revanche, sous les yeux, c'était, d'abord, les jardins et les
clos des Tourangeaux, puis des varennes où paissaient quantité de
moutons, des marais infestés de moustiques, des nappes d'eau stag-
nante où se reflétait le ciel et qu'on nommait dans le pays des
« boires », quelques saulaies dont les feuillages apportaient leur frémissement argenté dans tout ce verdoiement. Peu de métairies,
mais, cependant, des troupeaux assez nombreux qui se nourris-
saient paisiblement au cœur de ce milieu humide, gras, herbu, formant la large plaine qui s'étendait de la Loire au Cher.

Au loin, surmontant les rives montueuses de la rivière, une barrière de frondaisons encore vertes fermait l'horizon. C'était pour
Mathilde le bout de la route. Le coteau au flanc duquel était bâtie la
maison de Florie s'inscrivait dans une ligne de crête continue,
dominée par les hautes futaies de la forêt de Bréchenay qui souli-
gnaient d'un cerne plus accentué le décor d'herbages traversé par
les voyageuses.

Après un coude du Cher et jusqu'au pied du coteau, la route s'engageait sur de longs ponts de bois qui enjambaient ruisseaux,
pâtures, cressonnières. On surplombait de la sorte la rivière, ce qui
permettait aux passants de mieux voir l'important mouvement de
batellerie qui la sillonnait. Les deux cavalières pouvaient suivre du
regard les bateaux qui transportaient vers Tours du blé, du seigle,
des pierres, du bois, des légumes, et, à cause de la proximité des
vendanges, énormément de fûts. Les vins de la région étaient aussi

réputés que ceux de la Loire et on en buvait chez les Hernaut qu'É-
tienne prisait énormément.

Franchi le Cher à l'eau verte, on se dirigeait sur Vençay.

Chaque fois qu'elle avait traversé ce village situé à peine à une
lieue de Tours, Mathilde avait été sensible à son aspect avenant et
gai. Il étageait parmi les vignes et les vergers ensoleillés, autour de
son église, au gré de ses rues en pente, des maisons à colombages
dont certaines fleuries. Comme la route de Loches le longeait, on y
trouvait toujours beaucoup de mouvement et les tavernes où on
dégustait le vin du cru, laissaient échapper, en même temps que des
bouffées vineuses, tout un remue-ménage de buveurs.

— Ces pays de vignerons sont pays de bons vivants, dit-elle à
Maroie qui se trouvait en butte à certaines interpellations gaillardes.
Il ne faut pas s'en effaroucher outre mesure.

Les deux femmes quittèrent assez vite le centre du bourg pour
prendre des ruelles plus tranquilles. Le cœur de Mathilde, comme à
chacune de ses visites, se mit à cogner plus fort quand elle aperçut
entre les cimes des arbres, à l'écart des autres, au bout de l'agglomé-
ration, le toit de tuiles qui abritait sa fille.

Il fallait prendre un chemin creux et longer un mur de pierre pour
aboutir à un portail toujours fermé. Selon son habitude, la voyageuse se pencha sur sa selle afin de saisir le butoir dont elle frappa le
vantail de bois. Il s'ouvrit assez vite.

— Ah ! c'est vous, dame ! Entrez donc.

Le jardinier-portier s'effaçait pour laisser pénétrer les arrivantes.

Entourée de quelques châtaigniers, la maison de pierre blanche
s'élevait sans prétention. Mi-demeure paysanne, mi-manoir, avec ses
poutres apparentes et ses fenêtres à meneaux, elle comportait un seul
étage, un grenier, une cave, mais pas de tour. Derrière elle, un peu à
l'écart, une grange, un pressoir couvert, un cellier, des écuries et
quelques autres communs complétaient l'habitation.

Mathilde descendit de sa mule que le jardinier prit par la bride
ainsi que le mulet de Maroie pour aller les attacher plus loin. Deux
chiens, une fine levrette grise et un molosse hirsute, qui avaient commencé par aboyer contre les nouvelles venues, les suivaient à présent en reniflant leurs jupes.

— Je pensais bien avoir le bonheur de vous voir d'ici peu, ma
mère, disait Florie, attirée sur le seuil par le bruit.

Elle achevait d'essuyer ses mains couvertes de farine à un torchon
qu'elle agita pour éloigner les chiens.

— Soyez la bienvenue !

Elle s'approchait de Mathilde, lui tendait un front encadré de
linon blanc, souriait un peu, des lèvres, tandis que son regard
demeurait sans joie au fond des prunelles assombries.

Cette femme de vingt-deux ans qui accueillait sa mère dans un lieu d'exil, ne ressemblait plus que de loin à l'adolescente dont la gaieté fusait, autrefois, avec tant de naturel, rue des Bourdonnais. Amaigris, sculptés par la tourmente, ses traits avaient perdu leur rondeur d'enfance au profit des pommettes, haut placées, dont le relief accusait les méplats accentués. Pas une ride encore, mais, pourtant, comme une usure de la peau, plus fine, plus proche des os qu'elle recouvrait en épousant leur dessin. La taille restait mince, la gorge ronde, mais les épaules se voûtaient un peu, comme sous le poids d'une charge. Florie était devenue l'image même d'une créature rescapée d'un désastre, mais conservant sur toute sa personne le reflet et comme le relent du malheur.

— Je vous dérange, ma mie ?

— Jamais ! Vous le savez bien ! J'étais en train de faire des galettes pour les enfants de l'asile. Elles sont prêtes. Il n'y a plus qu'à les mettre au four. Mariette s'en chargera.

Mathilde avait pris le bras de sa fille. La levrette revenait, se frottait contre leurs jambes, tandis que le molosse avait disparu du côté des écuries.

— Le temps est si doux qu'il serait dommage de nous enfermer tout de suite chez vous, Florie. Si nous allions faire un tour de jardin ?

— Venez plutôt voir ma vigne. Vous pourrez goûter au raisin qui est presque mûr et nous y serons tranquilles.

Au-delà des châtaigniers, on traversait un potager où poussaient ensemble fleurs et légumes, puis un verger, avant de parvenir à un clos séparé du jardin par une haie vive. On poussait une barrière pour pénétrer dans le vignoble qui alignait en bon ordre, sur la pente labourée du coteau, ses rangées de ceps dont les feuilles roussissaient, rougissaient, autour des grains cuivrés de soleil.

Florie en cueillait, en offrait à sa mère.

— Le vin ne sera pas mauvais cette année, malgré la pluie du mois d'août.

— Ce raisin est fort bon. Je vous en demanderai quelques grappes que je ferai goûter à votre père.

Mathilde estimait qu'il fallait continuer à parler d'Étienne à l'enfant qu'il ne voulait plus voir. C'était la façon, artificielle sans doute, mais seule praticable, de maintenir entre eux un semblant de liens. Il leur arrivait de s'entretenir toutes deux assez longuement de l'orfèvre, de sa santé, de ses affaires, de sa vie à Paris. Florie s'y intéressait, ne manquait jamais, au cours des visites de sa mère, de s'informer de l'absent, mais elles avaient renoncé à évoquer ensemble la possibilité d'un revirement sur lequel elles savaient l'une et l'autre qu'il ne fallait pas compter dans l'état actuel des choses.

— Je vous en ferai préparer un panier que vous emporterez avec vous quand vous repartirez.

Pour Florie, non plus, rien n'était comme avant. Devant Mathilde, elle ne pouvait se défendre d'éprouver, au lieu de la confiante harmonie de jadis, une tendresse inquiète, sans cesse en alerte, où subsistaient des traces de culpabilité. Quand elle considérait les rides encadrant la bouche maternelle, les cernes qui creusaient les orbites autour des yeux clairs, les cheveux blancs qui commençaient à apparaître dans la masse autrefois si noire que ne parvenaient pas à masquer complètement le voile et le touret, elle se disait qu'elle était à l'origine de cette dégradation, que la souffrance, plus que l'âge, était responsable d'un vieillissement que la quarantaine ne suffisait pas à justifier.

— On marche avec difficulté dans cette vigne, ma fille. Nous ferions mieux de regagner votre jardin.

Accompagnées par la levrette que des fumets de gibier attiraient derrière chaque motte de terre, appuyées au bras l'une de l'autre, elles s'arrêtaient devant la haie, cueillaient des mûres, allaient jusqu'aux pommiers, aux poiriers, goûtaient des fruits qu'il fallait disputer aux guêpes, examinaient avec compétence les plants de salades, de choux, de potirons, les dernières roses, froissaient entre leurs doigts, ainsi qu'elles aimaient à le faire, jadis, dans leur jardin parisien, des tiges de thym, de sarriette, pour en respirer l'odeur, s'entretenaient de choses qu'elles voulaient familières, afin de ranimer un passé dont la nostalgie les tourmentait également, mais ne parvenaient pas, cependant, et malgré tant d'efforts, à se rejoindre au-delà des apparences.

— Voyez comme les sauges sont encore belles, ma mère. Voulez-vous que je vous en cueille un bouquet ?

Le ton n'était pas forcé, les mots demeuraient ceux de tous les jours, mais où s'en était allé le naturel des années perdues ?

Au moment même où Mathilde s'interrogeait amèrement, elle vit le teint de sa fille s'empourprer, comme sous l'effet d'une émotion dont elle n'était pas maîtresse. En dépit des ans, des épreuves, Florie rougissait toujours jusqu'à la gorge sous le coup de fouet d'une surprise, d'une confusion, d'un bouleversement ou d'un souvenir.

Mathilde hésita à parler de Guillaume, mais, une fois encore, y renonça.

Comment avait-on su, si ce n'est par des racontars, le départ précipité du pelletier qui avait chargé son commis de gérer en son absence la boutique du Petit-Pont ? Il semblait, que, par la suite, importun à lui-même comme à tous, il eût voyagé en Asie avant de revenir dans les Flandres où le bruit avait couru qu'il s'était établi.

C'était là tout ce qu'avaient appris les Brunel. Florie était-elle mieux renseignée ? Comment l'aurait-elle pu ? Était-il imaginable que l'homme qui avait tué son fils et saccagé son existence eût osé la relancer dans sa retraite ? En allant jusqu'à admettre que sa passion démente, ayant survécu à tout, l'y eût incité, quel accueil lui aurait réservé une femme déshonorée, ruinée, dépossédée par lui de ce qui avait été son bonheur et son avenir ? Il ne pouvait en être question.

D'un commun accord, elles s'étaient arrêtées sous un noyer dont les fruits jonchaient l'herbe. L'odeur puissante des feuilles épaisses et des coques vertes à demi écrasées à leurs pieds, les enveloppait d'une fraîcheur âcre, roborative, qui les amenait à songer au temps où on allait gauler les noix, chaque automne, avec des amis, aux environs de Paris. Décidément, tout leur était réminiscence...

— Bien entendu, vous restez à dîner avec moi, ma mère. Je vous ai fait préparer un menu qui doit vous convenir.

— Très volontiers. Vous savez combien j'apprécie les moments passés avec vous en tête-à-tête.

Le cas s'était déjà plusieurs fois présenté et les deux convives de ces simples repas conservaient l'une comme l'autre un souvenir chaleureux des instants de détente où le partage du pain et de la nourriture réussissait presque à recréer l'entente des jours passés.

La salle où elles pénétrèrent était vaste et dallée. Des tentures vertes, couleur préférée de Florie, garnissaient les murs. On avait allumé une flambée qui crépitait sous le manteau de la grande cheminée qui occupait à elle seule tout le fond de la pièce. Une table encadrée par deux chaises à hauts dossiers, avait été dressée devant le feu. Un bahut, deux coffres sculptés, une huche à pain, un vaisselier, des tabourets épars, composaient l'ameublement qu'égayaient des coussins éparpillés un peu partout et des bouquets de fleurs que Florie avait disposés, ainsi que le faisait sa mère, sur le sol et sur les meubles. Une odeur de propreté, de cire, de verdure, de bûches enflammées, une odeur qui était à la fois celle de la rue des Bourdonnais et celle de la rue aux Écrivains, s'imposait dès l'entrée, comme un hommage rendu à ce qui avait été et qu'on n'oubliait pas, mais, aussi, comme le témoignage de la continuité, à travers heurs et malheurs, de vertus ménagères capables de survivre aux catastrophes.

De la cuisine, on ne voyait luire que quelques cuivres au-delà d'une porte entrouverte. A droite, la troisième chambre, était celle de Florie.

— Quand je pense à vous, ma mie, et c'est fort souvent, vous le savez bien, je vous imagine presque toujours, du moins pendant la mauvaise saison, près de cette cheminée, en train de coudre, de bro-

der, ou bien de rimer. Je suppose qu'en le faisant, je ne me trompe
guère.

— Pas beaucoup, en effet, bien que je me trouve moins fréquem-
ment ici qu'à l'asile de Grandmont, où, vous ne l'ignorez pas, se
passe le plus clair de mon temps.

— Parlez-moi donc de ces enfants qui vous sont si chers, ma fille.
J'aimerais les connaître puisqu'ils vous intéressent tant.

— Si vous pouviez venir avec moi les visiter, ils vous attache-
raient bien vite pour eux-mêmes et non pas pour l'affection que je
leur porte, ma mère. Ce sont de petites créatures affamées d'amour.

Suzanne entra, suivie d'une autre servante.

— Le dîner est prêt, dames, si vous le voulez.

Elle salua Mathilde avec respect et lui souhaita la bienvenue. Elle
aussi, avait changé, paraissait plus réservée, moins naïve qu'autrefois. Sa fidélité avait été d'un grand secours pour Florie lorsque tous
se détournaient d'elle. De solides liens, faits d'estime mais, sans
doute également, d'une certaine connivence, s'étaient noués entre
elles deux. A Vençay, elle était à la fois la femme de confiance et l'intendante de sa maîtresse.

— Dînons donc, ma mère.

En partageant les œufs frits aux champignons, puis le rôti de porc
cuit avec des pruneaux, les fruits du jardin, les fromages d'une
ferme proche, on parla des orphelins de Grandmont dont le sort préoccupait et absorbait beaucoup Florie, puis d'Arnauld, dont on avait
si peu de nouvelles, de Bertrand et de Laudine, mariés, parents de
quatre enfants vivants, un cinquième étant mort, et bien disposés à
ne pas s'en tenir là.

— Leur petite Blanche sera, je crois, fort jolie. Elle est déjà très
attachante.

— J'imagine mal Laudine en mère de famille. Je ne la connais
dans cette fonction qu'à travers ce que vous m'en dites. Dans mon
souvenir, elle demeure si jeune encore !

— Elle a changé. A chaque naissance, elle acquiert davantage
d'assurance, s'installe un peu plus dans son rôle maternel, s'y épa-
nouit.

Florie contemplait le feu. Ses mains, ouvertes sur la table, et
comme lassées, ne s'employaient plus à la nourrir. Une tristesse
qu'elle ne faisait rien pour dissimuler à Mathilde courbait ses
épaules, infléchissait son cou. Parler ou entendre parler de maternité lui était un supplice, mais, cependant, elle y revenait toujours
comme pour aviver une plaie, comme pour se punir sans fin, ne pas
laisser s'engourdir ses remords.

— Votre sœur Jeanne vient d'avoir quinze ans, reprit la femme de
l'orfèvre dans l'intention de faire diversion. Elle me ressemble. De

vous tous, c'est elle qui me rappelle le plus ma propre jeunesse, à cela près qu'elle est moins pressée de se marier que je ne l'étais.

— Notre ami Rutebeuf continue-t-il à lui faire la cour ?

— Il n'y manquerait pour rien au monde ! Les vers, les attentions de son poète comblent votre sœur. Elle sait qu'il ne saurait être un mari pour elle, mais s'en moque ! Les délices de l'amour chevaleresque suffisent à Jeanne, du moins jusqu'à présent, pour qu'elle se croie éprise d'un homme, alors qu'elle est seulement amoureuse de l'amour !

— Peut-être ce penchant est-il plus profond que vous ne le pensez. Après tout, pourquoi ne finirait-elle pas par l'épouser ?

— Parce qu'il est pauvre comme Job ! Pas de famille, pas de métier... Votre père n'acceptera jamais pour gendre un gueux sans sou ni maille... fût-il poète !

— Il a sans doute raison, quoiqu'on ne sache jamais...

— Bien sûr, mais il est inutile d'y songer. Étienne est formel.

Le sort malheureux de ses filles aînées rendait maître Brunel à la fois beaucoup plus prudent et plus intransigeant à l'égard de ses cadettes. Bien décidé à ne pas les exposer aux mêmes dommages que leurs sœurs, il veillait sur elles avec une sollicitude qui allait jusqu'à la tyrannie. Mathilde tentait bien de le mettre en garde contre un excès de précautions qui pouvait donner des résultats contraires à ceux qu'il attendait, mais elle se heurtait à une amertume trop proche de la souffrance pour ne pas l'émouvoir et l'amener à capituler. Elle-même n'était pas loin, d'ailleurs, de juger qu'il était dans le vrai.

— Et Marie, toujours férue d'enluminure ?

— Elle y a sacrifié le reste de ses études et ne se consacre plus qu'à cet art. Nous lui avons trouvé un atelier tenu par des religieuses. En compagnie de quatre autres apprenties, elle s'y initie aux secrets des couleurs et de leur préparation.

— C'est un noble art qu'elle a choisi là. Presque aussi beau que celui de trouvère...

Décidément, pour Florie, tout était douleur, tout était regret.

Suzanne s'affairait autour des deux femmes, passait un bassin rempli d'eau tiède, parfumée à la sauge. Elles s'y trempèrent les doigts. Une autre servante apportait un plat de noix fraîches et de noisettes.

— Grand-mère Margue a-t-elle bien passé l'été ? Comment se porte-t-elle ? Elle est si âgée à présent...

— Elle va aussi bien que possible. Ses jambes la font souffrir depuis longtemps, mais elle s'en accommode en disant qu'elle préfère mal marcher et penser droit. Vous la connaissez. Quoi que je dise, elle s'entête à demeurer chez elle comme au temps de sa jeunesse et ne veut toujours pas venir s'installer à la maison.

— Vous me disiez pourtant, à votre dernière visite, que son caractère s'adoucissait.

— Il est vrai. Nous pouvons maintenant parler ensemble sans que j'aie à essuyer la moindre rebuffade. Elle se montre, avec les ans, bien plus affectueuse qu'elle ne l'a jamais été. Voyez-vous, il lui aura fallu devenir bientôt nonagénaire pour désarmer enfin ! C'est curieux : tout comme ces noix, seule, en elle, la coque était rude. En usant cette enveloppe, l'âge met au jour un cœur bien plus tendre qu'on ne l'aurait supposé.

Florie approuvait. De sa famille, dont elle était séparée sans doute à jamais, elle aimait à s'entretenir avec sa mère. Qui d'autre lui aurait donné des nouvelles d'elle ? Ses amies, aussi, étaient passées en revue.

— Alix m'écrit de temps en temps, dit-elle après le repas, comme Mathilde et elle se trouvaient de nouveau dans le jardin. Elle n'a pas l'air heureuse avec Rémy.

— Comment le serait-elle ? Il doit la tromper sans vergogne et affiche à son égard un cynisme dont je ne l'aurais pas cru capable du temps que Charlotte le protégeait.

Tout en marchant, elles avaient longé le mur qui fermait la propriété, du côté de la route, d'abord, puis vers la forêt de Bréchenay dont l'orée faisait suite au jardin de Florie. Une ancienne tour, au toit pointu comme celui d'une échauguette, avait été aménagée à cet endroit en un petit logis pour les hôtes de passage. La levrette flairait le bois de la porte, geignait doucement. Non sans nervosité, la jeune femme la rappela :

— Ici, Finette !

La chienne obéit. On changea de sentier.

Parvenues à l'endroit où le mur faisait place à la haie, la mère et la fille s'arrêtèrent un moment pour contempler le paysage qui se déployait devant elles. L'immense vallée sous son ciel léger, les pâturages, les bois, les vignes à flanc de coteau, et, au bord du fleuve, les remparts, les tourelles, les clochers de la cité et de la basilique.

— Je vous cherchais, dame.

Un jeune garçon de huit ans venait de surgir du chemin qui se trouvait de l'autre côté des taillis au milieu desquels il s'était faufilé avec l'assurance de l'habitude.

Le visage de Florie se figea.

— Que me veux-tu ?

— Je dois vous remettre ceci.

Il tendait, posé sur sa paume point très propre, un anneau d'or assez lourd à ce qu'il semblait.

— Merci. Repars d'où tu viens.

— Au revoir, dame.

— A bientôt, Denis.

Avec la prestesse et l'agilité d'un lézard, l'enfant disparut entre les branches. La levrette n'avait pas même aboyé.

— C'est un des petits de l'asile. Je m'en suis beaucoup occupée. Depuis quelque temps, il a été recueilli par des bienfaiteurs, mais ne m'en demeure pas moins fort attaché et fait assez souvent des courses pour moi.

Florie parlait avec volubilité, semblait en proie à une agitation aussi subite que difficile à contrôler.

Mathilde ne posa aucune question, fit mine de ne s'intéresser qu'à l'institution de Grandmont, s'ingénia à apaiser sa fille, mais la quitta sans y être parvenue, l'esprit rempli de craintes et de suppositions.

II

Bérengère Hernaut écoutait avec attention ce que lui disait le médecin.

— Maître Brunel est dans un état grave. Je peux bien vous le dire à présent que nous voici hors de sa chambre et que sa femme ne se trouve plus à portée de la voix, les douleurs abdominales qu'il endure me paraissent inquiétantes. La couleur de ses urines comme l'aspect du sédiment qui s'y trouve, ne me plaisent pas.

— La fièvre pourrait peut-être les expliquer...

— Qu'expliquerait alors la fièvre ? sans compter les vomissements qui l'épuisent.

— Voici trois jours maintenant qu'il demeure dans cet état.

— Justement ! Ce n'est pas là un simple dérangement de corps. Je ne vois qu'une infection bilieuse pour justifier un mal comme celui-là.

— Il est certain que le vin de reines-des-prés qu'on lui a fait prendre pour calmer son échauffement n'a guère donné de résultats, bien que d'habitude ce soit un bon remède.

— Pour réduire une fièvre tierce ou quarte, sans doute, pas dans le cas qui nous occupe. Nous devons nous trouver devant un débordement de bile noire assez fréquent en automne, mais toujours mauvais.

— Vous ne voulez tout de même pas dire qu'il y ait danger de mort ?

— Je ne peux pas me prononcer, mais ce n'est pas à traiter légèrement, croyez-moi !

Là-dessus, il prit congé, quitta son interlocutrice qui regarda la robe noire disparaître au coin de la rue.

Bérengère referma la porte, refit à pas lents, à travers la cour qui précédait son logis, le trajet qu'elle venait de parcourir, en sens inverse, avec le médecin.

La situation la préoccupait : quel manque de chance cette maladie qui s'abattait sur leur hôte peu de temps avant la date prévue pour son départ ! Être immobilisé chez soi n'est déjà pas plaisant, mais l'être en voyage, chez les autres, est aussi gênant pour l'invité que pour celui qui reçoit.

Pour comble de malheur, on était en pleine saison des vendanges ! Tours se voyait à demi désertée par les propriétaires vignerons partis surveiller leur récolte aussi bien que par les journaliers débordés de travail au-delà de ce qu'ils pouvaient faire. Par voie de conséquence, cette maladie intempestive privait dame Hernaut du déplacement à Montrichard où son mari était parti seul, cette année, contrairement à l'habitude. La maîtresse de maison se devait de rester afin de s'occuper des Brunel, mais le regrettait beaucoup. D'ordinaire, toute la maisonnée se rendait aux vignobles. Chacun participait alors à la cueillette du raisin dans une ambiance où le labeur et les chansons, la gaieté, les rires gras, les maux de reins et les gaillardises se mêlaient dans une sorte de fête qui durait quelques jours avant de se terminer par un banquet où les nourritures et les vins étaient si copieusement distribués que bien des convives roulaient sous les bancs avant la nuit tombée. On s'amusait énormément.

Hélas ! rien de pareil, cette fois-ci !

Bérengère se sentait envahie par un mécontentement teinté d'exaspération. Entre deux âges, mais bien conservée, encore blonde, aimable d'apparence, elle cachait sous des sourires de convenance un solide égoïsme. Une sensiblerie à fleur de peau, une amabilité de commerçante, le goût des fleurs et des animaux, laissaient intacte son âme sèche et positive. Elle préférait ses aises, ses satisfactions, ses plaisirs, au reste du monde. Les malheurs d'autrui ne lui paraissaient pesants à supporter que dans la mesure où elle se trouvait dans la nécessité d'en assumer une partie. Elle avait coutume de recevoir les Brunel avec des démonstrations de grande amitié, parce que le négoce de son mari se trouvait fort bien d'une coopération renouvelée à chaque occasion par les deux marchands. Il ne fallait rien lui demander de plus. Or, les événements l'amenaient pour une fois, à sacrifier une agréable coutume à de fort désagréables obligations. Elle en était excédée.

Devant la chambre du malade, Mathilde attendait son hôtesse.

— Que vous a dit le médecin ? demanda-t-elle à voix étouffée, mais sans chercher, puisque Étienne ne pouvait l'entendre, à dissimuler son inquiétude.

— Il croit que c'est un excès de bile noire, ce qui arrive, paraît-il assez souvent en cette saison. L'électuaire prescrit devrait soulager votre époux.

— Il m'a semblé très soucieux.

— Que voulez-vous, chère dame, maître Brunel n'est plus de la première jeunesse ! Il est certain qu'à son âge on est moins résistant qu'à vingt ans, ou même qu'à quarante. Mais, enfin, en étant bien soigné...

— Oui, oui, dit Mathilde en baissant la tête, je comprends.

Une angoisse affreuse lui serrait la gorge.

— Vous voudrez bien m'excuser, reprit-elle, mais je dois retourner près de lui.

Sous prétexte d'une tâche urgente, Bérengère se dispensa de tenir compagnie à son invitée.

Mathilde referma avec précaution la porte derrière elle, s'assura qu'Étienne somnolait, revint s'asseoir près du lit dont on avait relevé et noué les courtines. Bouffi de fièvre, les yeux cernés de bistre, l'orfèvre respirait avec peine, et, quand il n'était pas assailli par les douleurs qui lui lacéraient le ventre, il demeurait prostré pendant des heures. Que faire ? Le miel rosat qu'il avait pris, pas plus que les lavements composés avec une décoction d'écorce de chêne, ne lui avaient apporté de rémission.

Mathilde savait que l'état du malade était alarmant. Il n'était pas besoin d'être grand clerc pour deviner que le mal qui le tenaillait menaçait sa vie. Elle suivait lucidement, depuis trois jours, les assauts, les recrudescences d'une affection qui épuisait ses résistances.

Elle se leva, essuya avec un linge la transpiration qui mouillait le front, les joues à la peau épaisse, le menton alourdi d'Étienne.

« Seigneur, ne le laissez pas mourir ainsi, dans une maison étrangère, loin de sa famille, loin de chez lui ! Guérissez-le, Vous qui avez guéri, du temps que Vous étiez parmi nous, ceux qui Vous le demandaient avec assez de foi. »

La veille, elle était allée trouver Clarence dans son couvent pour lui recommander de prier, de faire prier, pour le rétablissement de son père. Puis elle s'était rendue à la basilique Saint-Martin supplier le thaumaturge d'intervenir pour eux. Elle était pénétrée de l'efficacité de l'oraison, quand elle est assez confiante, assez forte pour attirer à elle la grâce divine, et elle ne cessait pas d'en appeler à Dieu pour qu'Il vînt à leur secours.

Maroie entra avec un fagot de branches sentant la résine qu'elle jeta sur les grosses bûches qui se consumaient dans l'âtre. Des flammes vives l'embrasèrent aussitôt. Des effluves de forêt envahirent la chambre, avec leurs cortèges de souvenirs et d'évocations.

— Je vais lui monter de la tisane d'ortie blanche et de feuilles de ronce, avec beaucoup de miel, dit la servante avant de s'éloigner. La tasse qu'il en a prise ce matin a paru lui faire du bien.

— Si tu veux, Maroie. Il doit boire le plus possible, en effet, et ta tisane en vaut une autre.

— Qu'a ordonné le médecin ?

— Un nouvel électuaire qu'il va faire préparer et envoyer par l'apothicaire du carroi des Arcis.

Un gémissement du malade les interrompit. Une vague de douleur le soulevait à nouveau. Des nausées le rejetèrent vers la cuvette que Mathilde lui présentait. Les efforts qu'il faisait en vain, chaque fois que le mal se réveillait, pour extirper de ses entrailles les humeurs mauvaises dont il souffrait, le laissaient ensuite brisé, inondé de sueur, tremblant de lassitude.

— Je n'en puis plus, dit-il d'une voix qui halctait. Cette douleur est intolérable. N'y a-t-il donc rien à faire pour l'atténuer ?

Mathilde lui essuyait le front avec une toile très fine imbibée de vinaigre parfumé.

— Vous allez prendre tantôt un électuaire dans la composition duquel entre un peu de poudre de pavot, dit-elle tendrement. Vous devriez en ressentir un apaisement, mon ami.

— Dieu vous entende ! Je suis au bout de mes forces !

L'absorption du remède prescrit n'apporta que peu de répit à Étienne dont les crises reprirent leur rythme suppliciant dès le lendemain matin. Il était clair qu'aucun des soins donnés n'améliorait un état dont on ignorait les causes profondes.

— Rien ne me fait rien, constata le malade vers l'heure de midi. Regardons les choses en face : je suis perdu !

— Je vous en prie, mon ami, ne vous découragez pas. Gardez confiance.

L'orfèvre remua de droite à gauche, en un mouvement lassé de dénégation, sa tête fiévreuse sur l'oreiller.

— Il faut songer à faire venir un prêtre, ma mie, dit-il au bout d'un moment. Je veux recevoir l'extrême-onction, me confesser et communier.

Mathilde se pencha vers son mari, posa ses lèvres sur son front.

— Je ferai ce que vous voudrez, Étienne, dit-elle, surprise de la résignation toute simple dont faisait preuve en un tel moment cet homme qu'elle avait si souvent vu en proie à la révolte dans des situations qui étaient loin d'atteindre la gravité de celle-ci. Ne croyez-vous pas, cependant, qu'avant de vous confesser il serait bon d'aller quérir Florie afin qu'elle vienne près de vous le plus vite possible pour que vous lui accordiez merci ? Vous ne pouvez songer à recevoir un sacrement aussi solennel sans vous être montré miséricordieux envers votre fille.

— Je pensais bien que vous me le demanderiez, Mathilde, et vous devez avoir raison de le faire ; mais, voyez-vous, tout en moi proteste...

— Depuis que vous êtes alité, mon ami, j'ai beaucoup réfléchi à ce qui nous arrive. Ne croyez-vous pas que, si le Seigneur vous a fait tomber malade à Tours et non pas à Paris, c'est, justement, pour que vous vous trouviez proche de notre enfant en ces heures essentielles de votre vie ; que vous l'ayez à portée de vous, en quelque sorte ; qu'il vous soit enfin possible, grâce à cette proximité, de vous réconcilier avec elle ? Faites preuve de clémence, Étienne, je vous en supplie, ayez pitié d'une pécheresse qui vous est restée si chère, en dépit de tout ! Puisque vous avez l'intention de demander pardon au Seigneur pour vos fautes personnelles, commencez par les pardonner à celle qui vous a offensé ! Dieu vous en tiendra compte, soit qu'Il accepte ensuite de vous guérir, soit que vous ayez à lui rendre raison de vos actes plus tôt que nous ne le pensions. N'oubliez pas, je vous en conjure, qu'il est écrit que vous serez jugé comme vous aurez jugé !

Étienne avait fermé les yeux pour écouter sa femme. Un silence assez long suivit ce qu'elle venait de lui dire. Vers quelle conclusion s'acheminait-on ? Le malade frissonna.

— Envoyez donc chercher Florie, dit enfin maître Brunel, mais faites aussi prévenir un prêtre qu'il ait à se tenir prêt.

— Soyez béni, Étienne ! Il en sera fait comme vous le souhaitez.

Les heures qui suivirent furent longues. La souffrance ne cédait pas. Des accès intermittents secouaient le pauvre corps, fouaillaient le ventre, retournaient l'estomac.

« Sueur, sanie et sang, se répétait Mathilde en soignant son mari avec le plus de précautions possible. Sang, sueur et sanie. Voici donc les termes de notre vie corporelle ! Voilà de quoi nous sommes faits ! Et c'est pour cette chair pitoyable, condamnée à la dégradation, que nous risquons de perdre nos âmes, que nous commettons mille folies, que nous renions notre destinée spirituelle ! Faut-il que nous soyons aveuglés par le mal, faut-il que nous soyons faibles devant nos instincts ! »

Elle s'emparait avec ménagement d'une des mains moites abandonnées sur le drap, la serrait dans la sienne.

« Faites, Seigneur, que ma vie passe dans ses veines, faites qu'il me soit possible de partager ma santé avec lui, faites qu'il reste avec moi pour que je puisse lui témoigner l'affection infinie que je ressens pour lui depuis que je le vois menacé ! »

Ce n'était pas frayeur de la mort. Mathilde, qui y pensait souvent et s'efforçait de s'y préparer, ne la redoutait pas pour elle-même.

Non, ce n'était pas la dernière heure qui était à redouter, mais uniquement la séparation ici-bas, l'absence, la rupture de tendres habitudes, de la mise en commun du passé aussi bien que du présent et de l'avenir. Sans Étienne, elle sentait qu'elle serait à jamais amputée d'une part d'elle-même.

Quand Florie pénétra dans la chambre, sa mère, perdue dans ses pensées, ne l'avait pas entendue venir. Tout d'un coup, elle fut là, au milieu de la pièce, coiffée de sa guimpe empesée, enveloppée dans un manteau noir, le visage fouetté par le vent d'automne, un espoir immense, mêlé de crainte et de chagrin, au fond des yeux.

Mathilde se leva vers elle :

— Ma fille !

Elles s'embrassèrent, s'étreignirent avec une intensité douloureuse et heureuse à la fois, se retrouvèrent côte à côte, penchées au chevet du malade.

— Étienne... notre enfant est venue...

Il ouvrit les paupières, considéra les deux visages inclinés vers le sien, détourna un instant la tête. Ses traits se crispèrent. Un tremblement subit l'agita tout entier. Souffrait-il trop pour parler ? Était-ce son corps qui le torturait ou bien la difficulté qu'éprouvaient ses sentiments paternels à se faire jour après tant d'années d'étouffement ?

Mathilde appuya ses doigts sur la main parcourue de tressaillements.

— Mon ami, mon ami...

Les prunelles fiévreuses se posèrent à nouveau sur Florie.

— Ma fille, dit enfin maître Brunel, je ne pouvais pas m'en aller sans vous avoir revue, sans avoir conclu ma paix avec vous. Que tout le mal que nous nous sommes fait mutuellement soit oublié, puisque, pour ce qui est de vos torts, vous vous employez à les racheter. Je vous en absous de tout cœur. Que Dieu veuille me pardonner mes fautes ainsi que je le fais pour les vôtres.

La jeune femme avait glissé à genoux le long du lit. La main du mourant se posa sur son front, y traça, du pouce, un signe de croix.

— Embrassez-moi, à présent, ma chère enfant.

A la racine, humide de sueur, des cheveux, sur les rides amères, Florie posa ses lèvres.

— Mon père...

Elle pleurait trop pour pouvoir parler.

— Votre mère m'a fait comprendre tantôt que Dieu avait bien fait les choses en permettant que je tombe malade tout près de votre logis. C'était pour que nous puissions nous retrouver avant ma fin. Ainsi vous...

Il ne put terminer sa phrase. La douleur s'irradiait encore une fois dans son ventre.

Impuissante, navrée, Florie assista à cette nouvelle crise. Quand

Étienne retomba, vidé d'énergie, sur sa couche, Mathilde, qui l'avait soutenu, se retourna vers leur fille.

— Il faut le laisser reposer maintenant. Je crois qu'il est préférable que vous vous en retourniez chez vous pendant qu'il fait jour. Ici, vous souffririez inutilement de ses souffrances. Que peut-on pour lui ? Vous, mon enfant chérie, pas plus qu'une autre...

La voix se brisa.

— Vous reviendrez demain, acheva-t-elle tout bas.

Le regard qu'elle rencontra alors contenait une interrogation informulée : demain ?

— Je vous ferai tenir au courant de son état, parvint-elle pourtant à ajouter. Quoi qu'il puisse advenir, vous serez prévenue, je vous le promets.

— Avant de m'en aller, laissez-moi vous dire merci. Je n'osais plus compter sur une réconciliation qui me faisait si grand défaut et dont je ne suis sans doute pas digne, mais dont je ressentais un immense besoin. Je n'aurais pu supporter de le voir partir sans qu'il m'ait pardonnée et bénie une dernière fois !

Les deux femmes se quittèrent dans des sanglots.

Comme elle sortait, en compagnie de Suzanne, de la maison des Hernaut, Florie croisa, précédé d'un enfant de chœur faisant tinter une clochette, un prêtre qui apportait au mourant le sacrement d'extrême-onction. Elle s'effaça, se signa, se sentit frissonner de tout son corps.

— Allons, dit-elle à sa servante en montant dans la charrette qui les attendait à la porte, allons, prends les rênes et conduis toi-même. Je ne suis pas en état de le faire et le cheval s'en apercevrait.

Assise à côté de sa servante, elle se laissa ramener chez elle sans plus rien dire, sans voir le paysage familier.

Pourquoi fallait-il que le pardon de son père ne soit pas intervenu du temps où elle le méritait encore par la vie de sacrifices qu'elle s'imposait ? L'année précédente, elle aurait pu recevoir sans arrière-pensée sa bénédiction, dans le seul souci d'une guérison qui assurerait leurs retrouvailles. A présent, ce n'était plus possible ! Durant qu'elle se trouvait dans la chambre paternelle, elle s'était sans cesse interrogée sur le bien-fondé de sa présence auprès du malade. Aurait-il fait preuve de la même mansuétude s'il avait su qu'elle était retombée dans son péché ? Assurément non.

Portée par le choc éprouvé au reçu de l'appel maternel, appel depuis si longtemps attendu, espéré, mais, hélas, pas en de semblables circonstances, elle était partie de chez elle comme une folle, sans prendre le temps de s'interroger, trop bouleversée pour avoir le courage de tout remettre en question.

Quand elle avait dit à Mathilde le besoin qu'elle éprouvait de pareils instants, elle avait été pleinement sincère. Là résidait son unique excuse : depuis sept ans, elle attendait cette heure. Seulement, comme il devait être dans son destin de devoir tout gâcher, cette heure tant souhaitée arrivait alors qu'elle ne pouvait plus la vivre innocemment.

Elle se reprochait maintenant de s'être rendue à Tours... Mais peut-on refuser à un père mourant de répondre à sa demande, quand cette demande lui a tant coûté, a mis si longtemps à venir, devient sa dernière volonté ? Pas davantage. Alors, qu'aurait-elle dû faire ?

Tomber à genoux en pénétrant dans la pièce où il s'éteignait, pour s'accuser de ses nouvelles fautes ? Frapper un peu plus un cœur auquel tant de coups avaient déjà été portés ? Le plonger une fois encore dans la désolation, alors même qu'il était sans doute sur le point de quitter la vie ? Risquer de compromettre les conditions de son passage dans l'au-delà ? Était-ce concevable ?

— Nous voici arrivées, dame.

Le portail s'ouvrait, la charrette pénétrait dans le domaine, les chiens surgissaient en aboyant. Ce qu'il y avait de quotidien dans cet accueil réconforta un peu Florie.

« J'ai fait la seule chose que je pouvais faire, se dit-elle alors, apporter la paix, même si c'était un leurre, à celui qui m'offrait son pardon. »

Le soir d'octobre s'annonçait à la fin d'une journée qui avait été douce. Avec lui, la brume montait de la rivière, envahissait les pentes du coteau. Une odeur de fumée parvenait du côté des communs où on brûlait des feuilles mortes. La jeune femme respira l'automne et se sentit de nouveau au bord du désespoir. Le matin même, elle avait reçu la visite de Denis, porteur de l'anneau d'or. Allait-elle donc, cette nuit, trahir sans désemparer la confiance que son père mourant venait à peine de lui accorder ?

— Venez, dame, l'humidité n'est pas bonne à respirer quand arrive la brune. Rentrons vite à la maison.

Dans la salle, elle s'approcha du feu, tendit les mains vers lui, laissa emporter son manteau par Suzanne.

— Je n'ai pas envie de souper.

— Il faut vous forcer, dame. Ce n'est pas parce que maître Brunel est bien malade que vous devez vous laisser dépérir. A qui ça servirait-il ? Prenez au moins un peu de potage, un fruit cuit, du fromage.

— Comme tu voudras. De toute façon, je n'ai pas faim.

Elle se retrouvait dans le même état d'esprit que jadis, rue aux Écrivains, quand elle savait qu'elle allait à sa perte et ne faisait rien pour intervenir. Par la suite, elle avait pourtant su se montrer énergique quand il lui avait fallu s'imposer un mode de vie rigoureux, austère, sans complaisance, quand il s'était agi de se punir du crime d'infanticide que la loi n'avait pas sanctionné dans la mesure où on l'avait fait passer pour un accident, mais dont elle s'estimait coupable... la mort de son enfant, l'horreur qui avait suivi, sa honte, son accablement... Philippe ! L'expression de Philippe entr'aperçue dans son délire, jamais oubliée, cette figure d'homme exposé au pilori, décomposée... le mépris de tous, l'exil, les années de pénitences voulues, acceptées, tout ce passé si lourd n'avait donc aucun pouvoir sur elle, la laissait aussi démunie qu'à quinze ans devant celui qui annihilait ses défenses ?

— Je vais me coucher, Suzanne.

Elle se laissa déshabiller devant le feu, gagna sa chambre, entra dans le lit bassiné avec soin, dont les draps sentaient la braise chaude.

— Bonsoir, Suzanne.

— Bonne nuit, dame.

La porte se referma derrière la servante.

C'était par un soir comme celui-ci, un soir d'automne, que Guillaume était revenu.

Cette fois-là, après le souper, n'ayant pas les mêmes raisons qu'aujourd'hui pour se cacher sous ses couvertures, elle était sortie avec la levrette pour prendre un peu d'exercice avant la nuit. Il faisait encore clair, il ne faisait pas froid. Pas de brouillard, mais une lune dans son premier quartier qui se levait entre les branches du verger.

Elle se rappelait qu'en passant devant le cellier, elle avait respiré l'odeur du vin nouveau. Les vendanges étaient terminées.

Tout à coup, la chienne avait aboyé à sa manière peureuse. Le molosse étant resté dans la cuisine à laper sa soupe, il ne fallait pas compter sur Finette pour défendre qui que ce soit.

Les troncs d'arbres fruitiers noircissaient dans le crépuscule et, quand une ombre s'était détachée de l'un d'entre eux, on aurait pu croire qu'il se dédoublait.

Elle avait eu peur. Bien plus encore après l'avoir reconnu !

— Vous !

Qu'avait-il dit pour justifier sa présence ? Sa douleur, son errance, sa douleur, son repentir, sa douleur, son amour toujours vivant, sa décision de ne jamais la revoir, son insoutenable douleur, son dévorant amour, ses recherches d'elle, le temps passé, la douleur qui ne le lâchait plus, le besoin d'elle, incessant, qui le tenait...

Quand elle s'était décidée à parler pour lui signifier de s'en aller, de ne jamais revenir, elle ne croyait pas, elle-même, à ce qu'elle disait. Elle savait déjà que six ans de malheur ne l'avaient pas changée, qu'elle demeurait à la merci de cet homme, que le geste qu'il n'avait pas tenté, pas encore, pour la reprendre, il n'aurait qu'à l'esquisser pour qu'elle s'abandonne, que tout allait recommencer !

Elle avait, cependant, tenu quelques semaines. Parce qu'il l'avait bien voulu. S'étant établi pelletier à Loches, quand il avait fini par savoir où elle se trouvait, il avait acheté comme maison des champs, une petite propriété située entre cette ville et Vençay. Après y avoir installé un couple de jardiniers, il y venait fort souvent. C'était de là qu'il menait la reconquête de Florie, qu'il la harcelait. A cheval, il lui fallait une heure pour se retrouver chez elle où il arrivait toujours à la nuit tombante, afin de ne pas être vu de ses gens. Dans une masure abandonnée située dans la forêt, à quelque distance de la demeure de sa maîtresse, il attachait sa monture, pour la protéger à la fois des intempéries, des bêtes sauvages et des regards indiscrets, franchissait le mur, et rejoignait Florie, d'abord dans le verger, puis, le froid venant, dans la tour au toit pointu comme celui d'une échauguette, qui se trouvait toute proche. Elle avait bien essayé, au début, de se claquemurer dans sa chambre, de n'en point sortir, mais il s'aventurait alors jusqu'aux bâtiments d'habitation, frappait doucement, patiemment, à la porte donnant du côté du jardin, et attendait aussi longtemps qu'elle ne se montrait pas, au risque d'être découvert.

C'était donc au bout du domaine qu'elle le recevait. Au commencement, ce n'était que des rendez-vous espacés, durant lesquels elle s'évertuait à lui prouver que rien ne pouvait renaître entre eux, que tout était fini. Elle n'avait pas dû apporter assez de conviction à une démonstration à laquelle elle n'ajoutait pas foi elle-même, puisqu'un soir, il l'avait attirée contre lui, sans un mot, mais avec une expression telle que tout avait basculé d'un coup....

Durant l'hiver, il n'était venu qu'assez peu, mais le printemps les avait jetés aux bras l'un de l'autre avec une frénésie où le reste du monde s'engloutissait. L'été n'avait pas apporté de répit.

La petite chambre aménagée dans leur retraite servait de cadre à un délire dont ils ne pouvaient plus se passer, qui les tenait à merci, enchaînés l'un à l'autre. Jamais rassasiés, ils se livraient à leur avidité amoureuse avec un mélange de fougue et d'alarme qui donnait un goût de poivre amer à leur jouissance.

— Depuis que j'ai posé les yeux sur vous, ma douce amour, j'ai su que vous étiez la seule femme avec laquelle je pourrais connaître des plaisirs pareils, disait-il dans les moments d'accalmie.

— Et moi, Guillaume, j'ai vite compris que nous nous damnerions ensemble, répondait-elle avec un mélange de fatalisme et de défi.

L'automne était revenu sans apaiser ce besoin qu'ils avaient de leurs corps. Pourraient-ils jamais l'assouvir ?

A leur goût l'un de l'autre, s'ajoutait le sentiment de vivre au milieu des périls, qui exaltait encore leurs sensations. Risque d'être surpris, découverts, dénoncés, d'encourir la peine réservée aux adultères, Florie étant toujours mariée, et, qui plus est, à un croisé, au propre cousin de Guillaume ! Danger, aussi, peut-être, et pour elle c'eût été le pire, de concevoir un autre enfant...

Quand elle avait avoué à son amant la fausse couche consécutive à leur nuit criminelle, il avait regretté la disparition d'un petit être qui aurait été un lien de plus entre eux et elle savait qu'il ne lui aurait pas déplu, en dépit du scandale, qu'elle en attendît un autre. Preuve de plus de la folie qui les tenait... mais la sage-femme avait dit à sa patiente, après l'accident, qu'elle ne pourrait plus jamais enfanter. Était-ce vrai ? Qu'en savait-elle, au juste ? Florie doutait de cette affirmation, mais ne s'en livrait pas moins à son amour maléfique avec une audace si délirante qu'elle rejoignait parfois, dans sa démesure, les crises de désespoir autrefois traversées.

Certains jours, pourtant, elle connaissait des troubles de conscience terrifiants qui la laissaient sans force. Elle ne pouvait plus se confesser, n'avait pas communié depuis un an et n'osait plus prier. Qu'aurait-elle pu dire au Seigneur ? Elle avait rompu l'accord tacite qui lui promettait la mansuétude divine envers ses premières fautes, à condition de s'amender. Il ne fallait plus y songer ! Elle se voyait donc glisser, toujours plus vite, vers le gouffre noir de la mort éternelle et ne savait pas à quoi se raccrocher pour ralentir sa chute. D'où la frénésie avec laquelle elle consommait, la nuit, une perdition qui lui semblait inéluctable.

Un anneau d'or leur servait de signe de reconnaissance chaque fois qu'ils pouvaient se retrouver. Le petit Denis, adopté par le couple de jardiniers qui s'occupait de la propriété du pelletier, était le messager de leurs rendez-vous.

« Ce matin, j'ai reçu le signal, songeait Florie dans son lit, après être revenue de Tours. Guillaume va donc m'attendre bientôt, là-bas. Ce n'est pas possible ! Pas maintenant ! Pas cette nuit ! Pas après les moments passés au chevet de mon père ! »

« Comme d'habitude, et une fois la maisonnée endormie, je me rendrai à la tour, décida-t-elle, mais ce sera pour parler à Guillaume, pour le mettre au courant de ce qui se passe. Il faudra bien, alors, qu'il me comprenne ! Cette fois-ci, il ne s'agit plus simplement de plaisir, il s'agit d'un engagement moral vis-à-vis d'un mourant... et de quel mourant ! Un père qui ne m'a jamais témoigné, jusqu'à notre crime, que la plus grande tendresse et dont j'ai obscurci les dernières années. Le tromper une nouvelle fois, ce soir, en toute connaissance de cause, serait la pire des vilenies. Je ne puis y consentir. Si Guillaume n'admet pas mes scrupules, c'est que, décidément, il n'aime que mon corps, c'est que je me suis perdue pour un homme qui ne méritait pas cet holocauste ! »

III

Les taches brunes qui parsemaient les mains de maître Brunel lui paraissaient plus nombreuses, plus visibles, depuis sa maladie.

Installé après le repas de midi dans un fauteuil à haut dossier, confortablement garni de coussins, qu'on plaçait à présent devant la porte de la maison, il contemplait d'un œil critique ces marques du temps que grand-mère Margue nommait sans ménagement « fleurs de cimetière ». Le soleil, point encore trop bas dans le ciel en cette fin d'octobre et à cette heure, permettait au convalescent de profiter de la lumière adoucie qui contribuait à son rétablissement et à son bien-être, mais révélait en plus les signes de vieillissement dont il déplorait la présence.

— J'ai pris dix ans en quelques semaines, remarquait-il, maussade.

— Je vous trouve bien peu raisonnable, mon ami, dit Mathilde qui cousait près de lui. Vous sortez à peine d'une maladie qui vous a mis au plus bas, et vous voudriez retrouver aussitôt votre allant ! Un peu de patience, voyons ! Vous devriez, plutôt que de vous plaindre pour des choses sans importance, passer votre temps en actions de grâces !

— Par ma foi, vous vous exprimez là comme votre oncle le chanoine ! grommela Étienne qui tenait à sa mauvaise humeur. Il est reconnu, cependant, que nous sommes de pauvres créatures imparfaites. Qu'on ne vienne pas, dans ces conditions, nous demander plus que nous ne pouvons donner !

Mathilde souleva les épaules avec indulgence et ne répliqua pas. Elle goûtait encore trop vivement la douceur de la paix retrouvée pour se sentir disposée à entamer une querelle.

— Je crois que nous aurons, au souper, des châtaignes servies avec du cidre doux, dit-elle au bout d'un instant. J'ai demandé à Suzanne qu'on vous fasse, en remplacement, un potage aux légumes. Je crois que ce sera plus léger pour vous.

Les crises d'Étienne avaient d'abord diminué d'intensité, s'étaient espacées, puis avaient disparu, sans qu'on sût pourquoi. La fièvre les avait suivies. Le médecin avait proclamé les bienfaits de ses électuaires, Maroie ceux de sa tisane, et l'orfèvre s'était félicité de sa robuste constitution. Mathilde se contentait de remercier Dieu. Elle était d'autant plus reconnaissante au Seigneur que la maladie de son époux ne semblait pas avoir, quoi qu'il en dît, ni longtemps, ni profondément compromis sa santé. Il se remettait bien et vite. Sa femme portait en plus, au compte des bienfaits reçus, la réconciliation d'Étienne et de sa fille aînée.

— Vous allez encore trouver que je fais trop aisément crédit à la Providence, dit-elle, mais je ne puis m'empêcher de songer que, sans le mal dont vous avez souffert, vous refuseriez toujours d'accorder votre pardon à Florie et que nous ne coulerions pas ici, chez elle, ces jours d'entente familiale qui vous sont, au demeurant, aussi chers qu'à moi.

Étienne ne répondit pas tout de suite. Il regardait les servantes qui ramassaient, sous les châtaigniers entourant la maison, les marrons dont il venait d'être question pour le souper. Afin de ne pas se piquer les doigts aux bogues épineuses, elles les ouvraient dans l'herbe, avec des rires, à grands coups de talon, et ramassaient ensuite, non sans prudence, les fruits bruns et lisses qu'elles jetaient dans les paniers. Autour d'elles, les longues feuilles safranées que le soleil jaunissait encore, tombaient en une sorte de carole hésitante.

Maître Brunel se dit qu'il était plaisant de contempler ces jeunesses environnées de tant de blondeur et que, pour être sincère, le séjour à Vençay se passait aussi bien que possible.

— Il est vrai, ma mie, que votre idée de venir chez notre fille pour ma convalescence est une bonne idée, admit-il en se radoucissant. Florie nous reçoit avec une attention qui me touche beaucoup.

Il n'avait pas toujours été de cet avis ! Il avait fallu que la jeune femme, qui venait fort souvent voir son père, insistât énormément pour parvenir à le décider. Le fait de se sentir chaque jour un peu plus à charge vis-à-vis de leurs hôtes tourangeaux, avait également pesé dans la décision à laquelle ils avaient fini par s'arrêter.

Comme l'orfèvre n'avait jamais voulu, jusque-là, se rendre chez sa fille, Mathilde estimait que la curiosité, qui était une de ses faiblesses, avait joué, sans qu'Étienne voulût l'admettre, son rôle dans cette affaire.

Depuis cinq jours qu'ils étaient arrivés à Vençay, la concorde espérée ne s'était pas démentie. Florie recevait ses parents avec tendresse, respect, beaucoup de gratitude et les entourait de mille soins. Elle ne se rendait plus à l'asile de Grandmont que le matin, afin de consacrer tous ses après-midi à ceux dont l'installation sous son toit signifiait tant de choses.

Le molosse, qu'on tenait à présent la plupart du temps attaché dans sa niche, derrière la maison, se mit tout à coup à aboyer avec fureur. Rompant le calme de l'heure, le bruit qu'il fit empêcha qu'on entendît l'arrivée de plusieurs chevaux qui apparurent soudain entre les troncs des châtaigniers.

— Nos amis tourangeaux viennent nous visiter, annonça Mathilde.

Louis Hernaut, Bérengère et le frère de cette dernière, descendaient de cheval, approchaient.

Tout le monde considérait la guérison d'Étienne comme admirable et on commença par l'en féliciter vivement avant de prendre place autour de lui, sur des sièges apportés par les servantes.

Mathilde envoya chercher Florie. La jeune femme s'était retirée après le repas, dans la tour située au bout du verger, qu'elle occupait depuis qu'elle avait cédé tout naturellement sa chambre à ses parents. Elle vint bientôt rejoindre la compagnie. On lui présenta Bernard Fortier qu'elle ne connaissait pas encore.

Que savait Bérengère des raisons ayant amené une femme de l'âge, de la condition et du charme de Florie à vivre sans époux, loin de ses parents, de toute vie de société, dans un isolement que rien ne semblait justifier ? Les Brunel l'ignoraient. Lors de leurs précédents passages à Tours, Mathilde s'était contentée de parler de Clarence, en ne faisant que de prudentes allusions à l'autre fille qu'elle avait dans la région. La maladie d'Étienne, la réconciliation qui s'en était suivie, les allées et venues de la jeune femme, avaient obligé sa mère à quelques explications assez vagues, qui n'étaient certainement pas suffisantes pour calmer la curiosité de Bérengère. Aucune question gênante, cependant, n'avait été posée.

On servit du cidre, du vin nouveau, des gaufres, des noix fraîches, de la pâte de coing.

Louis Hernaut, gros homme au teint de franc buveur, qui se voulait bon vivant, rond en affaires, et qui ne s'embarrassait pas de subtilités, ne tarda pas à donner à l'orfèvre parisien les raisons qui avaient incité le frère de son épouse à se rendre avec eux à Vençay.

— Bernard est drapier à Blois, dit-il. Son commerce, qui était celui de son père, marche bien, mais aurait besoin de prendre de l'extension. Or, je me suis souvenu d'un ami à vous dont vous m'aviez entretenu un jour et qui exerce le même métier à Paris.

— Voulez-vous parler de Nicolas Ripault ?

— Tout juste ! Ne pourriez-vous lui toucher deux mots de mon jeune beau-frère ? A l'âge de ce garçon, on a toujours besoin d'un coup de pouce et il lui serait fort utile d'entrer en contact avec un des membres parisiens les plus importants de sa corporation. Il est actif, ambitieux, ne craint pas sa peine, et sait plaire à la clientèle. Je pense que vous jugerez comme moi qu'il mérite qu'on s'intéresse à lui.

— Je n'en doute pas et me ferai un plaisir d'intervenir en sa faveur auprès de mon ami Ripault.

Comme il venait de promettre de s'en occuper, Étienne considéra le frère de Bérengère avec plus d'attention.

Une vingtaine d'années, grand, un peu massif, peut-être, mais point lourd, le visage coloré sous des cheveux semblables, tant ils étaient frisés, à des copeaux de chêne foncé, l'œil de la couleur des châtaignes et brillant comme elles, un nez charnu, une grande bouche faite pour rire, pour mordre, aussi, à pleines dents les mets, les filles, les occasions, l'homme eût été l'image même de la cordialité, s'il n'y avait eu, derrière cette apparence de gaieté, de franchise, quelque chose d'un peu trop avide, peut-être, ou de trop empressé, qui pouvait donner à douter de sa sincérité, de son désintéressement.

« Bah ! se dit Étienne. Qui pourrait trouver à y redire ? Un peu d'ambition n'a jamais fait de mal, après tout, et c'est préférable à la paresse ! »

Bernard, qui conversait avec Mathilde, Florie et Bérengère, partit d'un rire sonore, plein d'appétit.

« Il ne me déplairait pas comme gendre, songea encore maître Brunel. N'oublions pas que j'ai, à Paris, deux filles qui restent à marier... Quand il passera par la capitale, pour quelque affaire, je ne manquerai pas de l'inviter à la maison afin de le présenter à Jeanne. Il est grand temps qu'elle se déprenne de son rimailleur, celle-là, pour penser sérieusement à s'établir ! »

— Vous ne vous ennuyez pas, toute seule, dans cette campagne ? demandait pendant ce temps Bérengère à Florie.

— Nullement. Je m'occupe du jardin, des fleurs, et, surtout, des enfants sans famille de Grandmont.

— Tout de même, mener une vie si austère, à votre âge !

— Je mène la vie qui me convient, chère dame, celle qu'il me faut.

Bérengère n'insista pas. On parla d'autre chose.

Quand les visiteurs furent partis, Étienne fit part à sa femme et à sa fille des projets matrimoniaux qui lui étaient venus à l'esprit durant la collation.

— Vous allez vite en besogne, mon ami ! remarqua Mathilde. A peine venez-vous de rencontrer, pour la première fois, le frère de Bérengère, que vous envisagez déjà de le donner pour mari à l'une de vos filles ! N'est-ce point un peu léger de votre part ?

— Un père de famille doit se montrer prévoyant, ma mie. Après tout, il n'y a pas tellement de bons partis de par le monde. Il me semble sage de ne pas laisser s'envoler ceux qui passent à notre portée. Ce Bernard n'est certainement pas sot, il a belle prestance, et exerce la meilleure des professions. Que demander de plus ?

— Qu'on le connaisse mieux et qu'il plaise à Jeanne, répliqua Mathilde. Mais l'air fraîchit maintenant et je crains que vous ne preniez froid. Rentrons, mon ami.

Florie, qui n'était pas intervenue durant cet échange de points de vue, suivit ses parents sans rien dire. Elle aida sa mère à installer le convalescent près du feu dont la présence, tout au long du jour, emplissait la salle d'une tiédeur qui sentait la forêt.

— Je vous laisse pour aller ramasser les dernières poires à cuire du verger.

Depuis que ses parents étaient venus s'installer chez elle pour que son père achevât de s'y remettre, elle ne cessait de trembler. En leur laissant sa chambre, en prenant prétexte des égards qu'elle leur devait, de leur bien-être, pour transporter ses propres affaires dans la tour où elle logeait à présent au vu et au su de tous, elle avait cru s'épargner bien des complications et simplifier son existence. Il n'en était rien. Entre les bras de Guillaume, qui la rejoignait aussi souvent qu'auparavant, elle connaissait à présent, en plus de ses remords de conscience, la peur incessante d'être découverte. Si sa mère venait une nuit la chercher pour quelque soin à donner ou quelque renseignement à fournir, qu'adviendrait-il d'eux quatre ?

Guillaume se plaignait de son air distrait, de ses inquiétudes, de ses tressaillements au moindre bruit inconnu et se refusait à admettre le bien-fondé d'une telle angoisse.

Elle remplit son panier de poires à la peau rugueuse, tout en se disant qu'elle allait cependant connaître un peu de répit. Guillaume devait être parti le matin même pour Blois où il avait des affaires à traiter. Il ne reviendrait pas avant trois ou quatre jours, ce qui lui garantissait quelques nuits tranquilles. Quel étrange attachement la liait donc à cet homme qui la fascinait, et dont, pourtant, le départ lui était soulagement, à condition qu'il fût bref ? De quelle nature était le sentiment qui la retenait à lui ? Elle ne le savait que trop ! et se taxa d'hypocrisie pour s'être posé de pareilles questions, mais décida d'oublier, pendant ces journées de trêve, le mal qui la tenait. Elle ne voulait plus être qu'une fille heureuse d'héberger ses parents enfin réconciliés avec elle !

Jusqu'à présent, s'il avait été relativement aisé de sauver les apparences, Florie ressentait cependant avec douleur la dissonance, la mince fêlure, qui accusait la fragilité des liens récemment renoués. Retrouverait-on jamais la qualité des rapports familiaux dont elle gardait la nostalgie ?

Ce soir-là, elle put le croire et se coucha un peu rassérénée.

Le lendemain, le surlendemain, le vent se leva, se déchaîna, courbant les arbres comme des herbes de juin, arrachant les feuilles par vagues fauves, faisant claquer ainsi que des bannières les draps de la lessive, s'en prenant aux ardoises, brisant deux jeunes pruniers nouvellement plantés auxquels on avait omis de mettre des tuteurs, sifflant à perdre haleine sous les portes.

Tout en pestant contre les bouffées de fumée que les rafales d'ouest qui s'engouffraient dans la cheminée, renvoyaient vers lui, Étienne demeura les deux jours près du feu, à jouer aux échecs avec sa femme.

— On dirait le bruit d'une cavalcade infernale, remarqua-t-il vers le soir de la seconde journée après le passage d'une bourrasque particulièrement violente. Une sorte de galop monstrueux venu du fond de l'espace.

— Je n'aime pas le vent, répéta Mathilde pour la dixième fois. Il y a je ne sais quoi d'inquiétant dans ce dérèglement de forces inconnues.

— Et vous craignez, ma mère, que le toit de la maison n'en pâtisse ! plaisanta Florie qui retrouvait avec délectation, après en avoir été si longuement privée, les traditions et même les tics de ses parents.

— Il est vrai, ma fille. Je n'oublierai de ma vie la tempête qui a dépouillé de ses tuiles la maison de ma nourrice, lorsque j'étais enfant. Dieu ! que nous avions donc été effrayés quand nous avions vu, à la place du plafond, le ciel noir à travers la charpente mise à nu !

— C'était une petite bicoque mal construite, affirma maître Brunel qui connaissait l'histoire par cœur et souriait avec indulgence chaque fois que Mathilde en refaisait le récit. Notre logis, rue des Bourdonnais, pas plus que celui-ci, ne risque pareille mésaventure, ma mie. Dites-vous bien que nous possédons maintenant de solides toitures au-dessus de nos têtes.

— Le Seigneur vous entende, Étienne ! mais il n'en reste pas moins vrai que je n'aime pas le vent !

Dans les heures qui suivirent, tout s'apaisa et, le matin suivant, le calme était revenu. Il ne restait plus qu'à ramasser les feuilles amoncelées, les branches brisées, les pots renversés, à réparer le désordre qui donnait au domaine l'aspect d'un lieu ayant été livré au pillage.

Le soleil brilla de nouveau dans un ciel du bleu pur des faïences fraîchement récurées.

— Si nous allions nous promener un peu au bord du Cher ? proposa Mathilde après le dîner. Il fait doux maintenant, nous jouissons des derniers beaux jours de la saison et vous devez avoir besoin, mon ami, de prendre l'air après toute la fumée que vous venez d'absorber ! Qu'en dites-vous ?

— Vous avez raison, ma mie. Marcher me fera du bien.

— Venez-vous avec nous, Florie ?

— Bien sûr !

Comme ils se trouvaient sur la route de Vençay, ils reconnurent, dans un cavalier qui venait au-devant d'eux, Bernard Fortier, le frère de Bérengère Hernaut. Un valet le suivait.

— Par tous les saints ! voilà notre jeune ami ! s'écria Étienne à qui le drapier plaisait décidément beaucoup. Que faites-vous donc dans nos parages ?

L'interpellé descendit de cheval pour saluer les promeneurs.

— Je me rendais chez vous, répondit-il avec bonne humeur, pensant vous y trouver tous trois, alors que sans cette bienheureuse rencontre, je vous aurais manqués et me serais lamentablement cassé le nez contre votre porte !

— Nous profitons du soleil pour aller faire un tour du côté de la rivière, expliqua l'orfèvre. Si, toutefois, vous n'êtes point pressé, peut-être pourriez-vous vous joindre à nous ?

— Pourquoi pas ?

On se retrouva bientôt sur les berges bordées de saules et d'aulnes. A travers les branches chevelues, on voyait passer des bateaux chargés des marchandises les plus diverses, des barques plates pour la pêche, d'autres pour le halage. On parla de la région, de ses attraits. L'heure était tranquille, les propos à son image. Chacun appréciait ces moments de paix insérés dans la douceur d'un après-midi d'automne.

— A quoi songez-vous, ma chère fille ?

Florie hésita un instant. A quelques pas devant elle, son père et Bernard Fortier s'entretenaient de leurs affaires. Ils ne pourraient entendre sa réponse.

— Je pensais que mon existence aurait dû suivre son chemin aussi paisiblement que cette eau, dit-elle. Au début de mon mariage, tout semblait le laisser prévoir.

— Qui vous prouve qu'au long de son parcours, le Cher n'est pas plus tumultueux qu'ici ? demanda Mathilde en prenant le bras de sa fille. Dans le trajet des rivières, comme dans celui de nos vies, on rencontre des rapides, des cascades et, parfois, même, des chutes. C'est ensuite, seulement, que le flux s'apaise.

— Vous avez sans doute raison, mais il y a toutefois des crues qui submergent et emportent tout sur leur passage.

— Jusqu'au retrait des eaux.

Devant elles, les deux hommes venaient de s'arrêter.

— Il paraît qu'on sert la collation dans le moulin que vous voyez là-bas, dit Étienne. Que diriez-vous d'aller y boire du lait en mangeant quelques galettes ?

A la fin du léger repas servi sous une tonnelle, Bernard Fortier appela le valet qui gardait les deux chevaux afin qu'il apportât les échantillons de drap que le jeune homme souhaitait montrer à maître Brunel. C'était en effet dans l'intention de les lui présenter qu'il s'était rendu à Vençay.

— Je serais heureux de vous offrir à chacune une pièce d'étoffe à votre convenance, dit-il ensuite aux deux femmes qui admiraient la beauté des tissus. Vous n'avez qu'à choisir. Je me ferai un plaisir de vous porter ensuite chez vous celles que vous préférez.

— Eh bien ! remarqua Étienne, la promenade terminée, eh bien ! je ne m'étais pas trompé en jugeant ce garçon charmant. Il vient de nous prouver à la fois son savoir-vivre et la qualité de ses draps. Il réussira certainement à s'imposer dans sa profession.

Florie approuva et prétexta les préparatifs du souper pour s'éloigner. Un nouveau souci l'occupait. Alors que ses parents et elle-même, accompagnés jusqu'à leur logis par leur nouvel ami, avaient, sur le chemin du retour, traversé pour la seconde fois Vençay, il lui avait semblé, à un moment donné, reconnaître dans une rue, parmi les passants, la silhouette familière d'un cavalier. Il avait presque aussitôt disparu à un carrefour, mais l'idée que ses parents eussent pu se trouver soudain devant Guillaume, ou seulement deviner sa présence dans les environs de l'endroit où elle habitait, l'avait bouleversée.

Aussi ne fut-elle pas surprise, mais seulement un peu plus tourmentée, après le passage de Denis, porteur comme à son habitude, de l'anneau de reconnaissance.

Le souper lui fut une nouvelle épreuve et aussi la veillée.

Guillaume était de retour ! Il n'y avait rien d'inattendu dans cette nouvelle, mais les jours qu'elle venait de vivre dans la simplicité des coutumes familiales retrouvées, transformaient sa vision des choses, la rendaient plus sensible à l'aspect choquant d'une liaison qu'elle n'avait jamais menée qu'en dehors de la présence des siens.

Assise sous la hotte de la cheminée, près du feu qu'elle tisonnait sans y penser, elle offrait le spectacle d'une créature partie si loin dans ses songeries que Mathilde, réinstallée en face d'Étienne pour continuer la partie d'échecs commencée, ne manqua pas de s'en apercevoir. Quelle ombre s'appesantissait à nouveau sur le front clair de sa fille ?

Mathilde décida qu'elle ne quitterait pas la Touraine sans être parvenue à percer un mystère qui l'inquiétait à cause du danger qu'il représentait pour Florie. La nervosité manifestée, ce soir, en particulier témoignait de la gravité et de l'imminence du péril. On la sentait beaucoup plus angoissée que les jours précédents.

— Je me sens lasse, dit alors la jeune femme en se levant du banc qu'elle occupait. Si vous le permettez, je ne vais pas attendre davantage pour me retirer.

Son attitude était gênée, manquait de naturel.

— Cette première promenade m'a, je dois l'avouer, un peu fatigué, reconnut Étienne à son tour. Je me mettrais de bon cœur au lit sans plus attendre.

— Fort bien, mon ami, allons.

Mathilde savait ce qu'elle avait à faire.

Une fois leur fille partie, son mari couché, elle prétexta un subit désir de relire les Litanies des Saints avant de se déshabiller et renvoya Maroie en lui disant qu'elle se préparerait seule pour la nuit quand elle le jugerait utile. Elle souhaita à Étienne un bon repos et regagna la salle où elle prit la place délaissée par Florie, sous le manteau de la cheminée, sur un des bancs de pierre latéraux recouverts d'un coussin de velours. Son livre sur les genoux, elle se força à lire longtemps.

Le bruit que les servantes avaient fait en s'allant coucher, cessa bientôt. Seul, le chuintement du bois qui se consumait lentement sous les cendres dont on l'avait recouvert jusqu'au lendemain matin, et le frémissement de la bougie dans le chandelier posé à côté de Mathilde, rompaient le silence nocturne.

Quand elle jugea que tout dormait, elle se leva, passa dans la chambre où son époux ronflait ainsi qu'il le faisait souvent en son premier sommeil, et prit son manteau avant d'ouvrir avec précaution la porte donnant sur le jardin.

La nuit n'était point froide, point noire non plus. La lune, à son dernier quartier, éclairait assez le chemin pour que la femme de l'orfèvre se retrouvât sans difficulté parmi les arbres du verger qu'elle traversa en n'éveillant aucun écho. D'instinct, elle se dirigeait vers la tour où logeait à présent sa fille, certaine d'y découvrir d'un coup le qui et le pourquoi. A peu près sûre de n'y point trouver la jeune femme seule, elle se disait, partagée qu'elle était entre une appréhension grandissante et sa volonté de savoir, qu'elle serait enfin fixée.

Dieu merci, la levrette qui logeait avec sa maîtresse, ne pouvait flairer son approche et le molosse dormait dans sa niche de l'autre côté de la maison, où Florie exigeait qu'on le tînt attaché à partir du coucher du soleil. Cette innovation récente fournissait à elle seule un indice que ne faisait que renforcer la certitude qui s'imposait à la mère inquiète : on n'enchaîne un chien de garde que dans la mesure où on tient à protéger de son zèle quelqu'un dont il pourrait signaler la présence de façon intempestive. Donc, un visiteur inavouable devait se rendre dans la propriété. A la petite tour, naturellement. Quel emplacement plus discret, plus éloigné des lieux d'habitation, plus proche de la forêt, pouvait-on rêver ?

Mathilde allait d'un pas rapide. Elle était trop tendue, trop agitée pour redouter autre chose que les conclusions auxquelles il lui faudrait parvenir. L'envol d'un oiseau nocturne ne l'inquiéta même pas. Qu'importaient les hiboux ! Seul, le salut de son enfant comptait, avait jamais compté pour elle.

Quand elle parvint en vue de la tour, elle s'arrêta pourtant. Une lueur filtrait à travers les volets fermés. Des volets qui avaient été posés à l'extérieur, contrairement à l'habitude, parce qu'on les avait ajoutés bien après la construction de l'édifice. Il devait être possible, en collant un œil à leur jointure, de voir ce qui se passait dans la pièce, si, toutefois, la fenêtre était entrebâillée.

Le cœur de Mathilde cognait dans sa poitrine au point de lui faire mal. Elle n'hésita pourtant pas et s'avança vers la mince source lumineuse. Ce qu'elle vit, quand elle eut appuyé son front contre le bois d'un des vantaux ne la surprit pas vraiment. En elle quelque chose savait. En dépit de ses dénégations, des raisons invoquées pour anéantir cette possibilité, elle connaissait le nom de celui qui, une seconde fois, perdait Florie.

Ainsi donc, il était parvenu à la retrouver ! Changé, mûri, il n'avait pourtant en rien perdu l'attrait redoutable qui émanait de lui. Dans l'éclairage fauve que le feu dispensait au couple, Mathilde jugea qu'il avait même gagné en séduction ce qu'il avait en moins de jeunesse. Pour excuser Florie, elle se dit qu'il aurait fallu être une sainte pour repousser un homme comme celui-là !

A travers les volets, un cri jaillit. Un prénom :

— Guillaume !

Mathilde y retrouva l'accent qui nuançait de transes et de reconnaissance la voix de sa fille quand elle hurlait ce nom dans son délire. Une marée de sang lui brûla le visage. Elle recula, s'éloigna de la fenêtre.

Que faire ? Elle était venue dans l'intention de s'informer, bien sûr, mais surtout afin de sauver son enfant d'un danger qu'elle pressentait. Contre n'importe qui, elle aurait lutté, elle se serait battue, elle aurait tout tenté pour arracher Florie à son suborneur. Pas contre Guillaume. Contre lui, elle savait qu'elle ne pouvait rien. Personne ne pouvait rien. La mort, seule...

« Seigneur, pardonnez-moi ! Pardonnez-leur ! »

Elle se détourna, reprit le chemin entre les arbres, se dirigea vers la maison endormie. Une sensation d'angoisse l'oppressait. Elle respirait avec difficulté...

— Guillaume !

Encore secouée de tressaillements, Florie reprenait conscience au milieu des fourrures éparses. Leur senteur sauvage se mêlait à l'odeur de l'amour qui l'imprégnait, à celle des parfums dont sa peau était saturée, aux relents de sueur et d'ambre gris qu'elle respirait sur la poitrine de son amant. La lueur des flammes qui éclairait seule la chambre, révélait leur nudité à tous deux, le corps plus dense, plus mat, de Guillaume, le visage basané, tanné par les courses au grand air, les cheveux qui s'argentaient aux tempes, l'éclat des prunelles noires... et ses formes, à elle, rondes, souples, moirées de reflets blonds, chauds, qui devenaient lumière dans sa chevelure épandue.

— Je ne me rassasierai jamais de vous, belle amie...

Les doigts forts et doux suivaient les contours de ses joues, de ses lèvres, de ses seins, comme pour les redessiner, les fixer sur une toile imaginaire.

— Ces jours, ces nuits, loin de vous, loin de toi, m'ont paru sans fin ! Je ne saurais plus vivre hors de ta présence !

— C'est folie, Guillaume !

— C'est folie amoureuse...

Il baisait avec dévotion, avec adoration, les épaules aux attaches fines, les veines bleues de la gorge où le sang battait contre sa bouche, la nuque mince où la moiteur du lit faisait friser des mèches folles, les lèvres, avivées par les siennes.

— Vous avoir pour moi seul, ainsi, dans une solitude admirable que je n'aurais pas même osé espérer durant les années d'enfer où j'étais séparé de vous, savoir que vous m'attendez, que tu m'attends chaque nuit, dans cette chambre de délices, c'est pour moi le paradis.

Elle écoutait la voix grave qui l'émouvait, voyait de tout près les rides nées des tourments subis, des souffrances endurées. Guillaume avait trente-cinq ans. La jeunesse triomphante de jadis s'était muée en une maturité porteuse des stigmates qu'y avaient tracés le temps et les traverses. Ces atteintes, ces griffures, ces ombres, paraissaient plus éloquentes pour celle qui les dénombrait que l'intégrité d'autrefois. Ce n'était plus un jeune homme, mais un homme encore jeune, marqué par les rigueurs d'un passé d'errances et de peines, par les tortures d'un amour rejeté, qui lui avouait sa ferveur. C'était son sceau à elle qui se trouvait apposé de la sorte, en témoignage de vassalité passionnée sur les traits de celui qui lui avait donné sa foi.

— Vous me plaisez, dit-elle doucement.

— Ah ! Florie, ma douce, tu ne m'aimes pas comme je t'aime ! Voilà bien mon plus grand tourment !

— Ne pas vous aimer ? Comment appelez-vous, alors, les moments que nous venons de vivre, si vous ne les nommez pas amour ?

— Quand je te prends, oui, une certaine reconnaissance t'incite à la tendresse, mais c'est là gratitude charnelle, rien de plus. Votre âme, ma mie, n'est point à moi !

— Et à qui donc ?

— Si je croyais qu'elle pût appartenir à un autre, je vous tuerais tous deux.

Aucune forfanterie dans le ton de Guillaume. Mais une décision sans appel. Florie savait qu'il disait vrai.

— Ce n'est pas vous qui devriez vous montrer jaloux, reprit-elle en contemplant le feu, mais plutôt ce pauvre mari que j'ai désespéré à cause de vous.

— Ne me parlez pas de lui ! Il est parti depuis si longtemps, et si loin... Reviendra-t-il jamais ? Même s'il lui arrive de revenir, n'a-t-il pas, définitivement, renoncé à vous ?

— Il se peut.

— Vous paraissez le regretter ?

— J'aimais peut-être Philippe...

— Taisez-vous, par le ciel ! Tais-toi !

Il l'avait saisie contre lui, écrasait sa bouche sous la sienne, parcourait de ses mains ardentes, de ses mains habiles, le corps sur la complicité duquel il savait pouvoir compter.

— Il a tenu si peu de place dans votre vie, si mal joué son rôle, ce mari qui n'a pas su vous révéler le plaisir ! C'est moi, souviens-t'en, belle aimée, c'est moi qui t'ai tout appris !

Ses caresses ensorcelaient Florie, l'amenaient à toutes les capitulations. Sous les assauts dont il la comblait, elle oubliait ses interrogations, ses marchandages de conscience, pour en venir, tout simplement, à aimer le dispensateur de tant de sensations enivrantes. Les veines qui se gonflaient sur ses tempes, les dents qu'elle voyait luire entre les lèvres charnues, les prunelles si foncées qu'elle se rappelait les avoir comparées, la première fois qu'elle avait arrêté son attention sur lui, un matin d'avril, devant Saint-Séverin, à celles de certains cerfs de la forêt de Rouveray dont les yeux ont des reflets bleutés à force d'être noirs, lui masquaient le monde.

— Je te posséderai si souvent, si complètement, que tu perdras jusqu'au souvenir de l'époux sans consistance que tu as pu avoir jadis ! Tu es, tu n'as été, tu ne seras jamais qu'à moi, Florie, ne le sais-tu pas ?

Elle n'était plus en état de répondre. Son souffle se précipitait, seuls, lui importaient, désormais, l'approche, la montée, l'éclatement éperdu de sa jouissance.

IV

— Je me nourrissais d'histoires de fées et dévorais les récits de chevalerie, dit Jeanne. Mais je vous ai déjà conté mon enfance !

— Je ne m'en lasse pas, avoua Rutebeuf : elle fut si différente de la mienne.

— Pauvre petit Champenois !

— Riez toujours, demoiselle ! J'ai eu plus souvent froid et faim que confort et réjouissance.

— Je compatis, et ne veux pas que vous puissiez encore vous plaindre d'avoir l'estomac vide, gentil poète. Venez goûter à mes châtaignes.

De ses mains longues, mais point minces, où les doigts et la paume s'équilibraient en signe d'égalité d'humeur, de jugement, l'adolescente saisit quelques-uns des marrons qu'elle avait mis un peu plus tôt à griller. Assise auprès de Rutebeuf, au milieu d'un éparpillement de coussins, dans la grande salle de la rue des Bourdonnais, Jeanne se sentait bien. Faire de la musique, dire des vers, causer sans fin, dans la tiédeur du grand feu qui était, à la fois, chaleur, sécurité, présence, amitié, lui plaisait, lui suffisait.

Elle avait mis à cuire dans les cendres chaudes et les braises, sur la pierre de la cheminée, deux ou trois poignées de châtaignes dont l'écorce se fendait en éclatant avec bruit. Quand elle en eut pris et épluché plusieurs pour les offrir à Rutebeuf, ses doigts, tachés de suie, sentaient le charbon de bois.

Dehors, il pleuvait. Ce début de novembre était fidèle à l'humidité, à la grisaille, à la maussaderie de la saison qui débutait. On n'avait plus envie de s'attarder dans le jardin où les dernières roses pourrissaient sur leurs tiges trop longues, privées de feuilles, mais, au contraire, de retrouver, derrière les portes closes, le bien-être du logis, les odeurs de soupes ou de tartes aux pommes, le goût du vin chaud et des épices de chambre.

L'ami d'Arnauld avait changé. Il s'était alourdi. On aurait pu se tromper sur son compte : celui qui aurait omis de remarquer l'acuité du regard, la mobilité des traits, la qualité de l'esprit, des reparties, de l'attention, l'aurait plus vite rangé, à cause de son corps sans grâce, de sa nuque épaisse, de ses poignes de vigneron, parmi les ouvriers cherchant un emploi place de la Grève que parmi les jongleurs chers aux Parisiens. Sans beauté, sans élégance, sans finesse apparente, il était, cependant, intéressant. Son long nez avait toujours l'air de flairer le vent, comme pour y déceler des ondes sensibles à lui seul, et sa bouche aux lèvres bien dessinées promettait plus de subtilité que le reste de sa personne. Jeanne se disait que l'âme de son soupirant était noble, si son corps était grossier. Aussi, s'enchantait-elle de l'une, sans s'attarder à l'autre.

— Dame Marguerite, notre reine, sera bientôt revenue de Terre Sainte, dit-elle. Avec elle l'éclat et la vie des cours d'amour ne sauraient manquer de reprendre. Les joutes poétiques, qui ne sont plus ce qu'elles étaient, paraît-il, avant son départ, vont connaître un renouveau. Ce sera le moment pour vous de faire briller, dans ces assemblées de connaisseurs, vos mérites, qui ne pourront les laisser indifférents.

— Je voudrais en être aussi sûr que vous, demoiselle ! Hélas, il semble que je sois né sous un signe ténébreux qui assombrit mon horizon. Je crains bien d'être mal aimé de la chance.

— Vous êtes encore beaucoup trop jeune, à vingt-trois ans, pour parler de votre destinée comme si vous aviez toute une vie derrière vous !

— Certes, je ne suis pas encore vieux, mais j'ai déjà suffisamment fréquenté mes ennemis, tant intérieurs qu'extérieurs, pour les dénombrer sans erreur possible. Tout enfant, j'ai commencé à me colleter avec misère, malchance et faiblesse intime. Pour les avoir fréquentées de trop près, je ne puis ignorer leurs faces ingrates, leur dureté, leurs grimaces. Ne me demandez donc pas, demoiselle, d'avancer dans la vie d'un pas dansant, le sourire facile, l'espoir en éveil. Je suis de la race de ceux pour lesquels tout est difficile à conquérir. La célébrité n'y fera pas exception, croyez-moi, ou, alors, il faudrait que le vent tourne en ma faveur dans une saute totalement inhabituelle !

Jeanne se répétait que sans elle, sans son appui, cet homme aurait sombré dans la plus noire amertume. Elle en tirait la satisfaction de quelqu'un qui se juge utile à celui-là même qu'il admire le plus.

Bien trop sensible pour ignorer cet aspect d'une amitié qu'il ressentait comme un don de Dieu, une des rares douceurs de son existence, le jongleur affermissait l'adolescente dans une croyance où il entrait, d'ailleurs, une part de vrai, et qui leur était bénéfique à tous deux.

— Arnauld reviendra à Paris avec le gros de l'armée, disait Jeanne. Dès qu'il vous aura revu, il ne manquera pas, j'en suis certaine, de parler de vous aux souverains dont il est devenu l'un des familiers. Ils lui ont confié plusieurs missions en Égypte dont il semble s'être acquitté à son avantage, ce qui a dû renforcer son crédit à la cour. L'estime qu'il vous a toujours portée, stimulée par moi s'il en est besoin, sa recommandation, vous permettront d'accéder au rang qui vous revient de droit.

— J'aime vous entendre parler de mon talent avec cette belle ardeur, demoiselle ! Vous êtes bien la seule qui ayez foi en moi, la seule qui souteniez mon courage. Et, croyez-moi, j'en ai besoin ! Heureusement, si je ne suis pas chanceux, je suis obstiné. Vous le savez, quelles que puissent être les difficultés à affronter, je suis bel et bien décidé à faire une œuvre, comme on construit une cathédrale, sans épargner ma peine ni mon temps. J'y consacrerai ma vie. On verra toujours si je parviens à mener mon projet à terme, s'il m'est permis de l'achever, mais je sens en moi le besoin de m'y atteler, la nécessité de créer. J'ai tant de choses à dire, à exprimer ! Le métier de jongleur ne me suffit plus. Il n'est que mon gagne-pain, mais je veux écrire des miracles, des dits, des fabliaux, des poèmes lyriques, des complaintes, des satires, des chants pieux à Notre-Dame...

Il avait pris la vielle qui ne le quittait jamais, l'accordait, commençait à jouer en fredonnant, puis, prenant appui sur la musique, improvisait à voix basse.

Accoudée aux coussins, Jeanne l'écoutait, tout en nouant et dénouant, d'un geste qui lui restait de l'enfance, les deux nattes brunes qui encadraient un visage très comparable à celui de sa mère. Plus grande que Mathilde, mais aussi noire de cheveux, claire de peau, avec des yeux bien fendus, plus doux parce que d'un bleu moins intense, comparable au ciel d'Ile-de-France par un matin de demi-saison, belle plus que jolie, elle conservait, jusque dans l'attitude alanguie qui était la sienne en ce moment, une retenue dont elle ne devait jamais pouvoir se départir. En dépit de son caractère enthousiaste, de son goût pour les idées, pour certaines causes, du feu qu'elle apportait dans les discussions, son aspect se nuançait d'une imperceptible froideur qui retenait souvent les mots trop lestes sur les lèvres des garçons qu'elle croisait dans la rue.

— Vous me faites songer à une rose saupoudrée de givre, lui disait parfois le jongleur. On n'ose vous toucher, de peur de faire choir votre capuche de gelée blanche.

— Je ne suis pourtant pas de glace, ami, croyez-le bien ! C'est un cœur fort chaud qui bat dans ma poitrine !

— Je parlais, aussi, d'une rose vermeille, demoiselle, non point d'une blanche !

Ils en riaient tous deux, mais Jeanne se préoccupait secrètement de son allure trop sage.

— Je pourrais bien me promener toute nue sur le Petit-Pont sans que personne s'avisât jamais de me manquer de respect, confiait-elle parfois à sa nourrice avec une once de regret. J'ai une tête de sainte en son vitrail !

— Ne vous y fiez point trop, ma fille, répondait Perrine. J'en sais plus d'un à qui cet air-là fait mieux perdre la raison que les allures provocantes. Certains hommes vendraient leur âme pour une vierge qui les approche les yeux baissés.

— Je n'en connais pas de cette espèce que tu dis, répondait l'adolescente avec impatience. Il ne doit pas y en avoir beaucoup dans nos parages...

La musique de Rutebeuf l'occupait seule en ce moment et elle ne songeait plus à se plaindre de son apparence. Elle s'enchantait d'un rythme, de mots égrenés, d'une rime...

— A vous entendre, dit-elle après que les derniers accords se furent perdus entre les murs de la salle, on se sent tellement ravi qu'on n'a plus qu'un désir : vous imiter.

— Qui vous en empêche ? Il semble qu'on est doué pour les vers dans votre famille. N'avez-vous pas une sœur qui, autrefois, s'adonnait à la poésie ?

— Si fait, mais c'est, justement, à cause d'elle que je me refuse à rimer. Je ne tiens pas à laisser penser que j'imite Florie en quoi que ce soit. Je ne désire, d'ailleurs ressembler à personne, je veux posséder une identité propre qui ne soit qu'à moi seule.

La porte s'ouvrit. Le vent poussa Marie dans la pièce, claqua le battant derrière elle.

— Quel temps ! Je suis trempée !

Elle retirait son manteau à capuche, le secouait, éparpillant autour d'elle une nuée de gouttes d'eau, s'approchait du feu pour s'y réchauffer. Le grand lévrier couché aux pieds de Jeanne, se leva se dirigea vers la nouvelle venue, renifla avec soin le bas de son surcot, puis, en signe de reconnaissance, se dressa ensuite sur ses pattes de derrière afin de poser celles de devant sur les épaules sans rondeur de l'adolescente. Puis il se mit à lécher à grands coups de langue le visage à la peau fragile, rosie par le froid, qu'encadraient des cheveux de cendres blondes. En dépit de sa taille, la cadette des Brunel n'était encore qu'une ébauche de femme ou, plutôt, une enfant trop grande, trop maigre, gauche et mal à l'aise dans tout ce qu'elle faisait. Timide, elle se raidissait à la moindre tentative d'approche, baissait ses paupières sur ses prunelles grises, et s'enfermait dans un silence dont il n'était pas aisé de la déloger.

Les jeunes années partagées, le sentiment de se trouver, par leur âge, isolées toutes deux à l'arrière-garde de la famille, unissaient Jeanne et Marie d'un lien solide, renforcé de complicité. Pourtant, sans le vouloir, la plus âgée des deux écrasait un peu de sa vitalité sa sœur qui en ressentait une sourde gêne.

— J'ai fait griller des châtaignes. En voulez-vous ?

— Non, merci.

Elle reprenait son vêtement mouillé, assurait sous son bras la boîte où elle rangeait ses couleurs, ses pinceaux, des ébauches d'enluminures, se dirigeait vers l'escalier.

— Nos parents ne sont pas encore de retour ?

— Pas encore, mais ils ne sauraient tarder si, toutefois, leur voyage s'est déroulé comme il était prévu.

Marie s'éloigna.

— Puisque votre père et votre mère doivent rentrer sous peu de Touraine, il est préférable que je ne m'attarde pas ici outre mesure, remarqua Rutebeuf. Ma présence gâcherait leur arrivée.

— Pourquoi donc ? Ma mère estime votre talent.

— Je la divertis, sans plus.

— Ne soyez pas si ombrageux, ami ! Ne jugez pas sans savoir. Elle apprécie vos vers ainsi que votre musique, je puis vous l'assurer, et ne blâme pas notre amitié.

— Soit. Il ne saurait en être de même pour maître Brunel.

— Il se méfie des faiseurs de rimes, c'est certain, mais peut-être a-t-il ses raisons pour agir de la sorte. Il ne faut pas oublier qu'il est, avant tout, un marchand obligé de se montrer plus soucieux des réalités matérielles que de poésie. Il est normal, compte tenu de son état, qu'il redoute pour ses filles des entraînements où il ne voit que séductions et dangers. J'en ai souvent parlé avec ma mère qui m'a éclairée sur ce point. Par ailleurs, j'aime bien mon père... assez, en tout cas, pour accepter nos divergences.

— Tant mieux pour vous, demoiselle ! Souffrez, pourtant, que je demeure sur mes gardes... Comment, par ailleurs, avec de telles préventions, maître Brunel considérait-il la vocation de votre sœur aînée ?

— Je ne sais. Quand elle s'en est allée, je n'étais qu'une enfant qui ne s'intéressait pas à ces sortes de choses.

Rutebeuf fixait la vielle posée sur ses genoux comme si elle contenait la réponse à ses questions. Il se souvenait parfaitement, lui, du mariage de Florie auquel il avait assisté avec un trio d'amis éparpillés à présent aux quatre vents. Arnauld, en Terrre Sainte, Gunvald

Olofsson retourné dans sa Norvège natale, Artus pendu. Qu'étaient-ils devenus, hélas, ses compagnons d'antan ? L'un mort, les deux autres disparus... Et l'éclatante épousée à laquelle l'existence semblait tout offrir ? A elle non plus, l'avenir n'avait pas tenu ce qui était promis. Après le malheur qui s'était abattu comme une tornade sur la brève floraison de sa jeunesse, dans quelle solitude sans espoir égrenait-elle ses jours ?

— Allons, je deviens morose, dit-il en se secouant, et ne suis plus un hôte plaisant. Il est temps que j'aille traîner mes chausses, avec mes tristes pensées, hors de cette maison.

Il s'enveloppa dans sa guenille, cala sa vielle sous son aisselle, salua Jeanne qui l'observait sans plus rien ajouter, quitta enfin la pièce et sa tiédeur pour s'enfoncer dans la pluie noire de novembre.

Comme il franchissait le portail, il croisa un homme de son âge qui, se hâtant, répondit rapidement à son bonsoir avant de s'engouffrer dans la cour. Sous le chaperon à bords roulés, il reconnut Bertrand Brunel.

« En voilà un qui marche sur les traces de son père, pensa-t-il. Il engrange une belle fortune, fait du commerce et des enfants, assure l'avenir. Que je me sens gueux, libre et plein de tous les possibles à côté de lui ! »

Bertrand pénétrait dans la salle où Jeanne était restée assise devant le feu.

— Dieu vous garde ! J'étais venu pour embrasser nos parents, dit-il, en s'adossant à la cheminée, jambes écartées, solidement planté comme à son habitude. Je constate qu'ils ne sont point encore là.

— Nous les attendons. Leur dernier message parlait d'aujourd'hui ou de demain. Voulez-vous finir ces châtaignes avec moi ?

— Pourquoi pas ?

Il avait des doigts longs, adroits, qui avaient appris dans le métier d'orfèvre à se montrer habiles dans toutes sortes de manipulations.

— Que deviennent les enfants ?

— Ils vont bien, mais Laudine a du fil à retordre avec Thomas qui sera, si je ne me trompe pas, la forte tête de la famille !

— Pourvu qu'il n'ait pas le caractère de notre grand-mère Margue !

Ils rirent ensemble : c'était la crainte toujours renouvelée à chaque nouvelle naissance.

— On peut avoir du caractère sans qu'il soit tyrannique pour autant, assura Bertrand.

Quand il riait, il renversait loin en arrière la tête, ce qui faisait ressortir sa pomme d'Adam. Resté maigre, il donnait cependant, grâce à une forte charpente osseuse, une impression de robustesse, d'assurance, qui faisait beaucoup pour sa réputation de sérieux. Dégagé des hésitations, des recherches de l'adolescence, moins étourdiment jouisseur qu'autrefois, devenu adulte, il se comportait à présent en chef de famille, en bon commerçant, avec compétence et autorité.

Avec la tranchante certitude de son âge, Jeanne, qui avait le goût de l'absolu, n'était pas toujours tendre. Elle jugeait ses aînés, les classait, ne leur passait rien. Si Arnauld et Clarence, nimbés d'une sorte de Légende dorée, trouvaient non seulement grâce devant elle, mais bénéficiaient d'une admiration due à leur renoncement et au choix qu'ils avaient su faire, si elle aimait bien Bertrand, Florie, en revanche, était condamnée sans appel.

— J'espère que nos parents vont nous revenir en bon état, dit-elle en poursuivant tout haut le fil de sa réflexion. La maladie de notre père a dû les ébranler tous deux.

— A en croire les nouvelles reçues, il semble parfaitement rétabli.

— Je l'espère bien ! mais, en Touraine, ils ont beaucoup d'autres sujets de préoccupation et maintes occasions de se faire du mauvais sang ! Vous savez comme moi ce qu'il en est. Les soucis ne sont pas bons après des troubles de santé graves et je ne serai satisfaite que lorsque j'aurai constaté qu'ils n'ont pas, afin de nous tranquilliser, embelli la réalité.

Il se tut, rêva à cet autrefois, confus pour Jeanne, si présent pour lui. Contrairement à sa jeune sœur, il ne pouvait évoquer Florie sans regret et affliction. Il la revoyait, la veille du soir fatal, traversant comme une hermine dont elle avait la grâce, sans presque se salir, le Grand-Pont boueux, couvert de neige fondue, où tout le monde pataugeait. Sous le capuchon doublé de fourrure grise son visage blond, avivé de rose aux pommettes, levé vers le sien, ses yeux troublés dans lesquels il n'avait pas su déceler l'angoisse des moments à venir, sa silhouette élégante, enveloppée de velours, qui s'éloignait d'un pas souple vers le malheur... Pourquoi, le lendemain, les jours suivants, plongé qu'il était dans l'horreur, la consternation, la honte, le reniement, n'avait-il pas eu le courage de s'opposer à l'opprobre général, de défendre celle que tous accablaient ? Il se l'était souvent reproché par la suite, sans, néanmoins, rien faire pour tenter un geste dont il ne savait pas comment il aurait été accueilli. Ayant cédé une première fois au respect humain, il ne lui avait pas paru possible plus tard, alors qu'il n'y apportait pourtant qu'une conviction relative, de revenir sur une sanction qui semblait justifiée. Il avait manqué de vaillance, manqué de tendresse ! N'était-il pas écrit : « Vous serez jugé sur l'amour » ?

Jeanne, qui, de son côté, suivait son idée, interrompit les réflexions de son frère.

— Il n'empêche que les mécomptes qu'ils ont eu à essuyer naguère rendent nos parents beaucoup plus méfiants à l'égard de

Marie et de moi qu'ils ne l'étaient pour vous, dit-elle en hochant la tête. Père surtout, nous surveille avec une sévérité qui est, bel et bien, le résultat de ses anciennes déconvenues.

— Pauvres martyres ! Vous faites vraiment pitié, toutes les deux !

— Riez toujours ! Vous n'habitez plus ici et ne vous rendez pas compte de la façon dont on nous tient en lisière. Tenez, il n'y a pas jusqu'à mon pauvre Rutebeuf qui, chaque fois qu'il s'y hasarde, est de plus en plus mal accueilli dans cette maison.

— Je viens tout juste de l'en voir sortir ! Il est vrai qu'avec ses habits déguenillés, on a plus envie de lui faire l'aumône que de le traiter en hôte de marque !

— Voilà que vous raisonnez comme notre père ! Vous me décevez, Bertrand ! Je vous croyais plus curieux d'un talent comme le sien qu'aveuglé par de simples apparences !

— Je reconnais bien volontiers que c'est un bon jongleur.

— Un bon jongleur ! Mais c'est un trouvère inspiré, je vous prie de le croire !

— Allons, allons, Jeannette, ne vous fâchez pas ! Je consens à ce que votre soupirant ait un glorieux avenir, mais, avouez, pour être honnête à votre tour, que, présentement, son aspect loqueteux ne parle pas en sa faveur.

— Pour qui juge sur la mine, il n'est guère reluisant, en effet, mais qu'importe ! Seule compte l'opinion de ceux capables de faire passer les richesses de l'esprit avant celles de la bourse !

— Et, bien entendu, vous êtes des leurs !

Tout en riant, Bertrand s'empara des nattes de sa sœur, les éleva au-dessus de la tête brune parée d'un simple galon de soie blanche sur le front, où il les disposa en couronne.

— Voici donc la muse du futur grand poète, dit-il avec pompe. Il n'y a plus, désormais, qu'à attendre l'œuvre promise !

— Laissez-moi, vous ne comprenez rien à rien !

Marie apparut soudain en haut de l'escalier qu'elle se mit à descendre en trombe. Derrière elle, moins rapide, mais tout aussi agitée, le ventre en avant, Tiberge la Béguine se précipitait.

— Vous n'avez pas entendu ? s'écria l'adolescente. On vient de heurter au portail. Il y a du monde plein la rue. Ce ne peut être que nos parents !

C'étaient eux. Ils descendirent d'une litière attelée de solides chevaux. Par souci de prudence, Mathilde avait insisté pour qu'on voyageât de la sorte, plutôt qu'à franc étrier. On allait, certes, plus lentement, mais elle avait craint qu'une longue chevauchée ne compromît le rétablissement encore récent d'Étienne.

— Par Dieu, il était temps de regagner Paris ! remarqua ce dernier après avoir embrassé ses enfants. La pluie rend les routes difficiles et la nuit tombe trop vite en cette saison pour qu'on puisse faire de bonnes étapes. Ce retour m'a paru éternel !

— Pour être tout à fait sincère, je ne suis pas mécontente non plus de me retrouver chez nous, avoua Mathilde à ses filles. J'avais hâte que tout cela finît.

— Heureusement que j'ai fait préparer un bon souper pour vous tenir chaud à l'estomac, dit Tiberge d'un air satisfait. Vous devez être gelés après tant de jours passés sur les grands chemins !

— Nous n'avons pas souffert du froid grâce aux couvertures de fourrure, aux nombreux coussins, et aux briques que nous avions soin de faire réchauffer à chaque relais, grâce, également, au vin épicé que nous buvions brûlant toutes les fois que l'occasion s'en présentait, expliqua Étienne. Il faut convenir que chaque détail du parcours avait été minutieusement préparé.

Pendant que les serviteurs s'affairaient au-dehors, toute la famille réintégrait la salle, se groupait autour de la cheminée.

— En dépit des précautions prises, ce long trajet ne vous a-t-il point trop fatigué ? demanda avec sollicitude Bertrand à son père. Je vous trouve amaigri. Savez-vous que votre santé nous a donné beaucoup de souci ?

— Je n'en suis pas surpris, mon fils : je vous connais ! Il est vrai que je suis passé, cette fois-ci, assez près de ma fin, reconnut l'orfèvre. Dieu merci, je suis de forte constitution. Votre mère, qui a remué ciel et terre pour me garder en vie, a réussi à trouver un médecin qui l'a aidée à me disputer à la mort.

Il jeta à sa femme un de ces regards chargés de reconnaissance et d'attachement que les enfants Brunel lui avaient toujours vu adresser à leur mère.

— Saint Martin, lui aussi, est intervenu, précisa Mathilde. On l'a sollicité de plusieurs côtés.

— C'est bien ce que je dis, ma mie : ciel et terre ! Qui pourra jamais savoir la part qui revient à chacun d'eux ?

— Ici aussi, on a multiplié les oraisons en votre faveur, confia Jeanne à maître Brunel. On a récité plusieurs neuvaines.

— Je n'en attendais pas moins de vous, mes filles ! Grand merci. Je vais, d'ailleurs, faire célébrer sans tarder une messe d'actions de grâces en notre paroisse. Pour ma guérison et pour tout le voyage.

Il y eut un silence durant lequel Tiberge houspilla les servantes qui apportaient aux arrivants du vin chaud, des gobelets, des gaufres.

Personne n'osait encore parler de Florie, de sa réconciliation avec maître Brunel, du séjour à Vençay, de ces retrouvailles qui avaient des chances de transformer la vie de la famille. Mais tout le monde y pensait.

— Venez donc dîner, demain, avec Laudine et les enfants, dit Mathilde à Bertrand qui s'apprêtait à regagner, toute proche, la rue des Lavandières où il demeurait à présent. Nous serons très heureux, votre père et moi, de vous avoir, de nouveau, réunis autour de nous.

La fin du séjour en Touraine s'était déroulée sans heurt. Elle l'avait voulu ainsi. Il fallait, avant tout, qu'Étienne achevât de se remettre. Elle s'était donc imposé de taire à Florie ce qu'elle avait découvert, à travers deux volets mal joints, une nuit dont le souvenir n'était, pourtant, pas près de la quitter. Elle n'en avait parlé ni à sa fille, ni à personne. Durant ce temps du silence, son secret lui avait paru aussi lourd à porter qu'un enfant au terme d'une grossesse. Il l'étouffait. Cependant, sachant combien il était essentiel de tenir son mari, si sensible à la présence, autour de lui, d'une harmonie entre les êtres, entre les choses, à l'écart d'une explication qui aurait compromis ses chances de plein rétablissement, elle était parvenue à ne pas se trahir.

Se retrouver enfin chez elle, loin de celle qui lui était redevenue sujet de souci, lui fut, ce soir-là, un allégement. La présence de ses enfants, l'odeur de son logis, l'accueil familier de ses serviteurs, lui firent du bien.

Après s'être changée, avoir repris possession de ses affaires, avoir considéré d'un œil déshabitué ses meubles, ses tapisseries, ses objets usuels, elle entama son potage avec une reposante sensation de paix. Assise en face de son époux, près de ses filles, elle sentit une chaleur, qui ne devait rien au feu ni à la soupe fumante, se répandre à travers son corps, ranimer son courage, son cœur transi.

— Je suis soulagée, mes enfants, que toutes ces semaines que nous venons de vivre soient maintenant derrière nous, dit-elle à ses filles après le bénédicité. Votre père et moi aspirions plus que nous ne saurions le dire à vous revoir, à reprendre, en votre compagnie, notre existence coutumière.

— Il ne faudra plus nous laisser si longtemps privées de vous, soupira Marie qui ne se sentait à l'abri des autres et de sa propre timidité qu'à l'ombre de ses parents. En votre absence, la maison n'est pas gaie !

— Ou, alors, il faudra vous décider à nous emmener dans vos pérégrinations, dit Jeanne. Il paraît qu'en Touraine le climat est plus doux, les mœurs plus aimables qu'à Paris.

— Il y fait un peu moins froid, sans doute, mais je préfère habiter aux bords de la Seine qu'à ceux de la Loire, dit maître Brunel, c'est plus animé.

— Je ne suis pas de votre avis, mon ami ! protesta Mathilde. On doit pouvoir couler des jours fort plaisants à Tours. Seulement, il s'agit d'y être bien installé. Nous nous sentions, là-bas, surtout cette fois-ci, à cause des circonstances, comme oiseaux sur la branche !

— Je m'y ennuierais vite.

— Pourquoi donc ? Serait-ce parce qu'on y traite des affaires moins importantes que dans la capitale ? insinua malicieusement Mathilde. A ce que je vois, l'intérêt d'une ville dépend pour vous du commerce qu'on y peut faire !

— Nullement ! Vous me prêtez là des motifs bien sordides, ma mie ! A votre place, j'en aurais honte !

Depuis combien de temps n'avaient-ils pas éprouvé, l'un et l'autre, une telle sensation de détente, de bonne humeur, de satisfaction ? Les nuages, pour un temps, étaient écartés.

— Qu'il est donc bon de se sentir chez soi, dit Étienne. C'est une découverte qu'on ne peut faire de façon positive qu'après s'être vu privé, pendant un temps, de son toit. Peu importe, au fond, l'endroit où l'on habite. L'essentiel, je le sais à présent, est de posséder, quelque part au monde, un lieu béni comme celui-ci, où on se sait son propre maître, au sein de sa propre famille, entre ses propres murs ! Tout le reste est vagabondage !

Jeanne se prit à penser que leur père était un vieil homme fatigué, prosaïque, qui se contentait de peu, avait oublié sa jeunesse et la saveur du vent qui passe devant une porte ouverte...

— Et Florie ? avait soufflé Bertrand à l'oreille de sa mère au moment de retourner chez lui.

— Elle va bien et nous a parfaitement reçus. Votre père et elle ont, enfin, fait la paix. Ce n'est là qu'un début. J'espère que nous allons pouvoir reprendre maintenant des relations familiales plus saines.

Le lendemain lui donna raison. Autour de la table où tous les Brunel présents à Paris se trouvaient réunis, on parla de l'absente avec un naturel qui prouvait à quel point les choses avaient évolué en sa faveur.

Transformée par son mariage, l'amour conjugal et les maternités en une petite femme rousse dont l'activité et l'assurance n'avaient plus grand point commun avec la réserve de l'enfant inquiète qu'elle avait été, Laudine restait cependant, de toute évidence, fascinée par les destins heurtés de Clarence et de Florie. Dès qu'elle se fut assurée des bonnes dispositions de son beau-père à l'égard de cette dernière, elle se mit à poser quantité de questions au sujet de l'exilée. Maître Brunel y répondait avec complaisance. Mathilde se sentait moins à l'aise. Elle parla de la maison, du jardin, des orphelins de Grandmont, mais évita de célébrer trop outrageusement des vertus dont elle était la seule à savoir réellement ce que valait l'aune.

Jeanne écoutait ses parents, remarquait certaines différences dans le ton des récits, se taisait.

Ce fut, ensuite, de Clarence qu'on s'entretint. Si Laudine conservait de son amitié passée un souvenir précieux et ne parlait de la jeune bénédictine qu'avec déférence et attachement, ce ne fut pas néanmoins, avec une avidité égale à celle témoignée envers l'existence de Florie, qu'elle interrogea ses interlocuteurs sur les activités de son ancienne amie. Mathilde le remarqua en silence.

— Je donnerais beaucoup pour la revoir, dit alors la jeune femme, comme si elle avait deviné les pensées de sa belle-mère, et tout en surveillant d'un œil attentif la façon dont Blanche, sa fille aînée, se comportait envers le blanc-manger dont il lui était donné pour la première fois de goûter à la table des grandes personnes. Nous étions si proches l'une de l'autre...

— Clarence nous parle de vous chaque fois que nous la voyons, dit Mathilde. Elle prie pour vous, pour nous tous. Elle vous aime toujours autant, c'est certain, mais à travers le Seigneur et en Lui.

— Je sais, ma mère. Elle m'envoie de temps en temps des lettres aussi belles que les épîtres de saint Paul !

— Heureusement qu'elle ne peut vous entendre, ma mie ! s'écria Bertrand. Sa modestie ne souffrirait pas un pareil éloge !

Il s'empara de la main de sa femme, placée à sa gauche, et lui baisa les doigts. Entre eux, régnait une entente qui n'allait pas de soi et connaissait quelques perturbations. Le caractère dominateur, mais cependant inquiet de l'un, celui, têtu, bien qu'assoiffé d'amour de l'autre, les opposaient assez souvent. Aucun dégât grave ne résultait de ces escarmouches, de ces moqueries. Ils s'aimaient sans doute suffisamment pour passer outre et respectaient trop leur union pour songer à la mettre en péril.

— Ainsi, Florie est admise à réintégrer le cercle familial, constata Bertrand. Nous en sommes heureux. Son exclusion nous était douloureuse et ne pouvait durer toujours.

— Si je n'avais pas été aux portes de la mort, pourtant... je ne crois pas que je serais, de sitôt, revenu sur ce qui s'était imposé à nous, voici sept ans, comme la seule attitude concevable. J'aurais probablement eu tort, admit maître Brunel. J'en arrive, avec un peu de retard sur votre mère, qui, elle, l'a tout de suite senti, à considérer comme un bien une maladie qui m'a permis de me réconcilier avec notre fille.

— A-t-elle beaucoup changé ?

— Pas vraiment. Elle s'est un peu émaciée... mais ce n'est pas ce qui frappe le plus. Non. C'est autre chose : elle est différente...

Jeanne et Marie faisaient leur miel de ce qui se disait devant elles. Ainsi donc, la brebis galeuse avait permission de rejoindre le troupeau ! Les deux adolescentes en concluaient que les liens familiaux triomphaient des pires obstacles et qu'il n'y avait pas de si grand péché qui ne finît par être pardonné. Pour des raisons diverses, elles en éprouvaient une obscure satisfaction. Jeanne en déduisait que si elle partait un jour avec Rutebeuf, ses parents ne pourraient pas moins faire pour elle que pour Florie. Marie était un peu choquée dans l'idée qu'elle se faisait de la pureté exigible des femmes qui l'entouraient, mais n'en ressentait pas moins une grande admiration pour un père et une mère capables d'une semblable magnanimité.

On servit des perdreaux au sucre avec des choux. Maître Brunel ouvrit alors le coffre à épices posé devant lui dont il conservait toujours les clefs dans sa poche. Il aimait en être le détenteur et distribuer, comme il se doit, de ses propres mains, le poivre, la noix muscade râpée, ou des graines de cumin.

— Mange-t-on aussi bien en Touraine qu'ici ? demanda Bertrand.

— Assurément, mon fils. C'est un pays de bons vivants. On y prépare, entre autres, des brochets au beurre blanc avec du verjus, qui sont de pures merveilles.

— Par Dieu ! vous me donnez envie d'y aller !

— Pourquoi pas ? Vous pourriez venir avec moi à l'occasion d'un de mes déplacements, au moment des foires, par exemple. Vous m'avez souvent accompagné en Champagne ou dans les Flandres, il est temps de changer de direction. Après tout, vous avez deux sœurs aux bords de la Loire, où nous nous sommes fait, par ailleurs, quelques relations.

— J'aimerais bien m'y rendre aussi, glissa Laudine.

— Je n'y verrais aucun inconvénient, dit maître Brunel en levant son verre pour lorgner la lumière des bougies à travers le vin gris qui provenait de sa vigne parisienne. Changer d'horizon est toujours une bonne chose.

On en était aux beignets de pommes quand on entendit frapper au portail. Des pas claquèrent sur les pavés de la cour, la porte s'ouvrit. Charlotte entra.

— Dieu vous garde, mes bons amis ! Je pensais bien vous trouver chez vous et enfin de retour.

Elle était fort pâle sous sa guimpe plissée, ses lèvres tremblaient, elle paraissait au comble de l'agitation.

Mathilde alla vers elle.

— Que se passe-t-il ? demanda-t-elle en l'embrassant.

La sœur d'Étienne, d'ordinaire si pondérée, si maîtresse de ses nerfs, émit une sorte de plainte sifflante :

— Hélas ! il m'arrive quelque chose d'inouï, gémit-elle.

Elle considéra la famille de son frère, prit son élan :

— Girard est revenu, annonça-t-elle tout d'un trait. Oui, revenu d'Espagne, après une absence de vingt ans !

— Votre mari est donc vivant ?

— Maigre à faire peur, mais tout ce qu'il y a de plus vivant, je vous prie de le croire !

— Depuis combien de temps est-il ici ?

— Il m'est tombé du ciel, tout à l'heure, juste avant le dîner.

— Pourquoi ce retour, après si longtemps ?

— Pourquoi avait-il disparu ?

— Pourquoi vous avoir laissée dans l'ignorance de son sort durant toutes ces années ?

— Que compte-t-il faire à présent ?

— Et vous, ma mie Charlotte, qu'allez-vous devenir ?

La belle-sœur de Mathilde défit la chaînette d'argent qui fermait son manteau au col, le rejeta en arrière.

— Donnez-moi donc un gobelet de ce vin que vous êtes en train de boire, dit-elle. J'en ai besoin pour me remonter, croyez-moi ! Après, seulement, je serai en état de répondre à toutes vos questions.

V

Il gelait depuis trois jours. Ce premier décembre était froid, sec, éventé d'une bise glaciale qui rougissait les visages, piquait les yeux, faisait couler les nez et fumer les haleines.

Au sortir de la chapelle Saint-Éloi où venait d'être dite, en grande pompe, la messe annuelle de la confrérie des orfèvres, Mathilde, en dépit de son manteau d'épais drap rouge fourré de loutre, se sentit frissonner.

— Il fait trop mauvais pour que vous suiviez la procession avec moi, dit-elle à ses deux plus jeunes filles. Regagnez la maison avec Tiberge et Perrine. J'expliquerai à votre père que, par souci de vos santés, je vous ai dispensées de nous suivre.

— C'est dommage, dit Jeanne. J'ai reconnu, durant l'office, parmi tout ce monde, plusieurs de mes compagnes de couvent.

— Vous les retrouverez, après le banquet, au bal où il est entendu que vous assisterez, ma chère fille. Pour le moment, vous ne pourriez guère vous entretenir commodément dans cette presse, en admettant, toutefois, que, grelottante comme vous voilà, vous puissiez faire autre chose que de claquer des dents en leur compagnie !

La petite ruelle Saint-Éloi était comble. Les remous de la foule poussaient les assistants jusque dans les rues de la Barillerie et aux Fèves.

La procession, cependant, s'organisa rapidement. En vertu du droit de marcher les premiers, qui leur avait été accordé et dont ils n'étaient pas peu fiers, les membres de la confrérie prirent la tête du cortège, autour de la statue de saint Éloi, leur patron, portée à bras d'hommes sur un brancard décoré avec profusion. Les huit représentants les plus en vue du métier avaient été choisis pour assurer ce transport. Étienne était l'un deux.

Les bannières peintes ou brodées à l'effigie, aux armes parlantes, au monogramme du saint, ondoyaient au rythme de la marche et, à chaque aigre rafale du vent, se gonflaient, claquaient au-dessus des capuches et des chaperons. Chantant des litanies, le clergé suivait, portant les pieuses reliques dans une châsse d'or fin merveilleusement ciselée. Le reste de l'assistance, composée des familles, des amis, d'un bon nombre de curieux, de mendiants attirés par toute cérémonie, emboîtait le pas, tant bien que mal, en se bousculant, en jouant des coudes, et en bavardant.

La fumée odorante qui s'élevait des encensoirs balancés devant la statue, les chants liturgiques, la richesse des costumes portés par les orfèvres vêtus de leurs plus somptueux atours, agrémentaient de parfum, de musique, de couleur, la lente progression des processionnaires.

Jeanne et Marie, qui aimaient les fêtes et, en dépit de leur quantité, ne s'en montraient jamais lasses, tentèrent en vain de fléchir leur mère afin qu'elle leur permît de rester auprès d'elle. Il leur fallut obéir et retourner, sans enthousiasme, rue des Bourdonnais, sous la garde de l'intendante et de leur nourrice.

Le cortège se dirigeait vers le Grand-Pont et ses boutiques d'orfèvrerie, garnies, pour la circonstance, avec le plus beau soin ; le franchissait et s'engageait dans la rue Trop-va-qui-dure, devant le Grand-Châtelet.

On emprunta ensuite le passage voûté qui permettait d'éviter les défenses de la forteresse et de les traverser de part en part sans perte de temps, afin de déboucher sur la petite place de l'Apport-Paris où s'élevait le bâtiment du Parloir-aux-Bourgeois, maison municipale de la ville. C'était là, en effet, que le banquet offert par la confrérie devait avoir lieu.

Mathilde se trouvait encore dans le passage du Châtelet, qui était assez étroit, quand une main saisit son bras.

— Dieu vous garde, Mathilde !

Elle se retourna pour apercevoir, dans la pénombre, le visage maigre, à l'ossature apparente, de Girard Froment. Depuis qu'il était revenu d'Espagne, elle l'avait rencontré en plusieurs circonstances, mais toujours en compagnie de Charlotte. Pour la première fois, elle voyait son étrange beau-frère sans sa femme.

— Bonjour, Girard. Je ne savais pas que vous vous étiez joint à la procession.

De tout temps, cet homme lui avait produit une curieuse impression. Avant sa disparition, déjà, elle ne se sentait guère à l'aise en sa compagnie. Moins encore maintenant. Dans la manière qu'il avait de dévisager ses interlocuteurs, de les fixer avec une sorte de gravité fiévreuse, presque pathétique, à tout propos et hors de propos, on décelait un élément déroutant qui s'était accentué avec l'âge. En sa présence, Mathilde éprouvait, sans se l'expliquer, une gêne, sans doute produite par le décalage existant entre la forte charpente, os et tendons, de ce corps taillé comme celui d'un bûcheron, le nez saillant ainsi qu'un bec, le front dont la peau tannée collait étroitement au squelette, les cheveux de mérinos grisonnants, la bouche aux lèvres avalées, et la clarté des yeux dilatés, transparents, qui captaient la lumière comme deux globes azurés.

Des prunelles d'innocence dans un masque de justicier !

— Je voudrais vous parler, dit Girard, comme on sortait du passage.

— Au milieu de tout ce monde !

— On n'est jamais plus isolé que parmi une foule épaisse.

— Bon. Soyez bref, je vous en prie : je gèle sur pied !

Girard se pencha vers la femme de l'orfèvre qu'il dominait de plusieurs pouces.

— Charlotte a dû vous raconter que, si j'avais faussé compagnie, voici vingt ans, aux pèlerins de Saint-Jacques, à Compostelle, c'était à la suite d'un vœu prononcé avant mon départ. Vœu rigoureux s'il en fut, puisqu'il m'a contraint à vivre en ermite, loin du monde, pendant tout ce temps !

— En effet.

— Ce qu'elle n'a pas pu vous dire, car elle ne le sait pas, et je ne le lui révélerai jamais, c'est la raison d'une détermination aussi sévère.

Autour d'eux, les gens s'aggloméraient. Une pause avait été prévue sur la petite place, avant l'entrée des convives dans la salle du banquet.

Haussée au-dessus des assistants par ses porteurs, la statue de saint Éloi, qui assisterait ensuite, familièrement, aux réjouissances prévues, bénissait de sa main de bois tous ceux qui se trouvaient réunis en son honneur. Les encensoirs s'agitaient frénétiquement.

L'hymne de la confrérie prenait le relais des litanies.

— Je voulais me persuader qu'une expiation, si pénible, si longue, me laverait de cette faute commise, il est vrai, en intention seulement, mais avec une intensité qui en aggravait beaucoup la portée, et me délivrerait aussi, à jamais, de la trop violente tentation dont je n'étais pas certain de demeurer longtemps encore le maître.

L'abbé de Saint-Éloi prononçait, à la place du saint, les paroles de bénédiction. Les têtes s'inclinaient. Chacun se taisait. Mathilde gardait les yeux baissés. Girard aurait aussi bien pu s'en aller. Il n'avait plus rien à lui dévoiler.

— Vous savez, à présent, à quoi vous en tenir sur ma disparition, reprenait à voix basse l'ancien médecin, après un instant de silence, quand chacun eut relevé le front. Vous venez, également, de saisir de qui il s'agissait. En réalité, ce n'était pas tant à cette découverte que je voulais vous amener qu'à une autre, bien plus lourde de conséquences encore : ces années de souffrance, de solitude indicible, ces années retranchées au monde, à ma vie passée, ces années loin de vous, où j'ai cru, souventes fois, devenir fou, ces années ont été sacrifiées en vain ! Je n'ai pas trouvé le repos de l'âme, même si j'ai fini par vouloir m'en persuader... Il a suffi que je revienne, que je vous revoie, pour que mon amour se mette à flamber de nouveau, à jeter en moi de hautes et cruelles flammes qui me brûlent tout autant qu'avant !

« Dieu merci, se dit Mathilde, chacun est trop occupé par la fête pour prêter l'oreille à ce qui se dit alentour. L'agitation et le bruit auront couvert les mots de cette confession insensée. Personne ne l'aura entendue ! »

— C'est tant pis pour mon salut, c'est tant pis pour moi, continuait le mari de Charlotte. Néanmoins, comme je suis promis à la damnation, aussi bien aller jusqu'au bout de la faute. Vous m'avez entendu, Mathilde. Que me répondrez-vous ?

— Rien.

Levant enfin son regard vers celui qui la dévisageait avec une anxiété qui accentua son malaise, elle posa une main, crispée par le froid plus que par l'émotion, sur le bras de son beau-frère.

— Rien, Girard, répéta-t-elle avec fermeté. Vous êtes l'époux de ma presque sœur, de la femme que j'aime le mieux au monde après mes filles. Vous avez plus de cinquante ans, moi, quarante passés. Il me semble que ces deux évidences suffisent. Restons-en là.

— Mathilde !

— Non. Tout est dit. Quittons-nous.

Fendant la cohue qui commençait à se disperser, elle marcha sans hésiter vers le rassemblement qui se formait à la porte du Parloir-aux-Bourgeois après qu'on y eut fait entrer la statue du saint. Son mari et son fils s'y trouvaient. Elle les rejoignit.

— Par notre saint patron, qu'il fait froid ! J'ai l'épaule gauche, celle qui soutenait le brancard, complètement engourdie, s'exclama Étienne. Et vous, ma mie, n'êtes-vous point gelée ?

— Pas tout à fait autant qu'on aurait pu le craindre.

— Entrons pourtant sans plus tarder, ma mère, dit Bertrand. Nous serons mieux à l'intérieur que dans ce vent.

La fort belle salle où l'on avait dressé les tables en forme d'U, nappées de toile fine, était décorée, sous son haut plafond aux poutres peintes en bleu et rouge, couleurs de Paris, de riches tentures magnifiquement brodées et historiées. A chacune de ses extrémités, deux cheminées de pierre, grandes comme des porches, étaient remplies de troncs d'arbres entiers qui flambaient.

A peine les invités furent-ils introduits que des serviteurs annoncèrent, à son de trompe, qu'on allait donner l'eau pour les ablutions. Des bassins d'argent ouvragé furent apportés par des valets qui les présentèrent aux convives avant de leur verser sur les doigts, avec des aiguières aux formes hardies, une eau tiède, parfumée aux aromates, et de leur tendre ensuite, pour s'essuyer les mains, des serviettes blanches qu'ils tenaient pliées sur le bras.

On prit alors place derrière les tables. Une fois qu'on eut répondu au bénédicité récité par le curé de la paroisse, on s'assit.

Durant le banquet, dont l'abondance traditionnelle dépassa les espérances des plus gros mangeurs, toutes sortes de divertissements offerts par des ménestrels, des acrobates, des conteurs, des montreurs d'animaux savants, aidèrent les moins affamés à passer le temps.

Ainsi qu'elle avait la réputation de toujours l'être, Mathilde se montra aimable envers ses voisins qu'elle connaissait tous deux de longue date. Elle savait qu'ils étaient à mille lieues de se douter, ces braves marchands uniquement préoccupés de leurs affaires, des pensées qui l'agitaient. N'était-elle pas entraînée, depuis longtemps à vivre sur deux niveaux qui se superposaient sans se nuire ?

Son voisin de droite devait l'entretenir depuis un bon moment de ceux qui s'en étaient allés, cinq ans auparavant, pour la Terre Sainte.

— C'est au cri de : « Dieu le veut ! » qu'ils sont partis, terminait-il, qu'ils se sont battus, qu'ils ont lutté contre les Turcs, les Égyptiens et les épidémies. C'est avec le même cri qu'ils vont nous revenir !

— Il est vrai, approuva Mathilde. N'est-ce pas le plus beau, le plus vrai, le plus saint de tous ceux qu'un être humain peut prononcer ? « Dieu le veut ! » Eh oui ! Nos douloureux destins ont un sens. Comment puis-je me permettre de récriminer contre l'ordre qu'Il nous propose, sous le prétexte dérisoire que je ne le comprends pas ? »

D'un geste sec, elle vida le hanap plein de vin paillé qui était devant elle.

— Je ne suis pas mécontent du faste déployé par notre confrérie en ce dîner, remarqua d'un air satisfait le voisin de gauche, qui était, lui aussi, installé rue Quincampoix. Les pièces d'orfèvrerie que nous avons sous les yeux sont des plus belles. Elles sortent de nos meilleurs ateliers.

— J'en reconnais quelques-unes comme nôtres, dit Mathilde. J'imagine qu'il en va de même pour vous et pour chacun d'entre nous.

Dès son entrée dans la salle, elle avait remarqué et admiré la profusion de plats couverts, d'écuelles, de brocs, de cuillers en métaux précieux et, surtout, la nef, posée comme une châsse, au centre de la plus haute table, qui étincelait. Ce chef-d'œuvre d'or ciselé, rehaussé de pierres précieuses, sorti d'un des plus prestigieux ouvroirs de Paris, présidait chaque année, aussi bien que la statue du saint patron, les agapes de la confrérie. C'était le symbole même d'une profession qui se voulait la plus raffinée, la plus somptueuse, la plus opulente de toutes.

Autour de la nef, à la lumière des bougies disposées à foison, le cristal, l'or, l'argent, le vermeil, étincelaient.

— Votre mari est-il content de son année ? s'enquit l'orfèvre qui, décidément, ne semblait pas pouvoir s'intéresser à autre chose qu'à son métier.

— La maladie qui l'a immobilisé cet automne, en Touraine, ne lui a pas permis de se rendre aux foires de Champagne, comme d'habitude. C'est une perte pour nous. A Provins comme à Troyes, nous avons de fort bons clients.

— C'est comme moi, assura le marchand. Je souffre d'un mal des articulations qui m'empêche de me déplacer à ma convenance...

Bien que, par son attitude, elle semblât continuer à y participer, Mathilde n'écoutait plus ce qu'on lui racontait.

La Touraine... Évoquer Florie lui était redevenu douleur et incertitude. Savoir sa fille tant aimée, livrée, par choix, et, une fois encore, en cachette, au délire qui l'avait déjà perdue, sept ans plus tôt, lui paraissait intolérable. D'instinct, quand elle sentait monter en elle l'évidence de la souillure qui maculait de nouveau son enfant, elle s'obligeait à détacher ses pensées de cette blessure, pour les fixer sur n'importe quel autre sujet. Elle y parvenait souvent. Pas toujours. Dans ce dernier cas, elle était alors envahie d'amertume, de fiel et d'un ressentiment qui parvenait parfois à déborder sa tendresse. Au terme de ces débats, elle ne savait plus si c'était à sa fille ou à elle-même qu'elle en voulait le plus. Elle avait beaucoup de mal, ensuite, à retrouver son courage. A quoi bon, d'ailleurs, tous ces tourments ? Pourquoi se faire souffrir, puisque, avec ou sans accord, Florie s'enfonçait, les yeux bien ouverts, dans le noir marais du péché ?

Mathilde fut arrachée à sa songerie par un événement imprévu : les jongleurs choisis pour entamer l'éloge de la confrérie, morceau de bravoure du spectacle, faisaient à cet instant leur entrée dans la salle. L'un d'eux était Rutebeuf ! Ses filles ne cesseraient donc jamais de lui fournir d'incessants sujets de souci !

Étienne, comme elle, avait reconnu le trouvère. Se penchant vers elle, de sa place assez éloignée, il lui fit signe.

« Il arrive bien, celui-là ! se dit-elle avec humeur. Pourvu qu'il ne se trouve pas encore ici à l'heure du bal ! »

Il s'y trouva. Le banquet, aux trop nombreux services, avait duré plus tard que prévu. On eut juste le temps de passer dans la pièce voisine où les musiciens accordaient déjà leurs instruments, afin d'y accueillir les invités arrivant de l'extérieur.

La première personne que Mathilde aperçut en pénétrant dans la salle décorée elle aussi de courtines multicolores, de tapis et de guirlandes en feuillage, fut Charlotte, portée par un flot de nouveaux venus. Elle alla l'embrasser.

— Vous avez donc trouvé le moyen de passer nous voir, en dépit de vos malades, mon amie, lui dit-elle. Je vous reconnais bien là !

— Je ne fais qu'entrer et sortir avant de retourner à l'Hôtel-Dieu, dit la physicienne. Avec un frère et un neveu parmi les notables de la confrérie, je ne pouvais m'en dispenser.

Mathilde se dit que sa belle-sœur était, en définitive, plus à plaindre qu'elle. Après l'indécente déclaration de Girard, comment avait-elle pu se montrer assez égoïste pour ne pas même songer à déplorer le sort d'une créature qui lui était, pourtant, très chère ? Si elle s'estimait sevrée des joies d'amour auxquelles, en dépit de ses promesses à Dieu, il lui arrivait encore d'aspirer, qu'aurait pu dire Charlotte ?

Mathilde aurait voulu serrer, là, tout de suite, sa belle-sœur entre ses bras, l'assurer de sa compréhension, de sa complicité, de son appui. La salle de bal ne se prêtait pas à de semblables démonstrations. Il faudrait attendre, pour s'y livrer, de se trouver dans un endroit plus intime...

— Voici nos filles, dit Étienne, qui venait de rejoindre sa sœur et sa femme.

Jeanne, vêtue de drap de laine blanc broché de fils d'or, les cheveux retenus par une résille de soie, venait en premier, d'un pas assuré. Derrière elle, en surcot bleu tendre brodé de fleurs, les yeux baissés et la démarche maladroite, Marie.

— Plus elles vont, plus elles sont différentes, remarqua Charlotte après que ses nièces l'eurent embrassée. Elles ne peuvent avoir que des destins dissemblables !

Pour ouvrir le bal, les musiciens attaquaient avec vigueur une danse robardoise pleine d'entrain. Les deux adolescentes, priées d'y participer, s'éloignèrent aussitôt.

— Savez-vous où se trouve Bertrand ? demanda Étienne à sa femme. Il a quitté la table avant la fin du dernier service.

— Il a dû aller chercher Laudine qui craignait trop le froid pour suivre la procession mais comptait venir nous rejoindre plus tard.

— Avez-vous aperçu Girard ? s'enquit à son tour Charlotte.

— Il a assisté à l'office, et je crois bien l'avoir vu, de loin, dans la foule qui suivait le cortège, répondit Étienne. Savez-vous s'il a l'intention de faire une nouvelle apparition tantôt ?

— Je l'ignore. Depuis son retour, il est d'une humeur fantasque et me confie peu de chose. C'est à se demander si la longue pénitence qu'il s'est imposée loin des siens a porté ses fruits.

— Pourquoi, dans ces conditions, être revenu ? interrogea Étienne.

— Il m'a confié avoir redouté de mourir en exil, loin de sa famille, loin de sa terre. C'est, d'après lui, la raison de son retour.

— Vous-même, Charlotte, vous habituez-vous à la reprise de la vie conjugale ? dit Mathilde qui se voyait contrainte à participer à une conversation qui l'embarrassait beaucoup.

— Assez mal, je dois l'avouer, ma mie. On n'est pas impunément séparés pendant des lustres ! Nous nous sommes désaccoutumés l'un de l'autre, nous avons pris, chacun de notre côté, de nouvelles habitudes. Ce qui était facile autrefois ne l'est plus à présent.

— Pour avoir une chance de le comprendre, il faudrait, d'abord, savoir ce qui l'a conduit à prononcer un vœu aussi exigeant, reprit Étienne.

— Bien sûr. Là-dessus, il est muet autant qu'on peut l'être. Je crains de ne jamais être mise au courant du fin mot d'une histoire qui, cependant, me touche de près !

— Et dont vous restez la principale victime !

Au grand soulagement de Mathilde, des arrivants les abordèrent, interrompant cet échange de propos. Après ceux-là, d'autres les rejoignirent. On passa de groupe en groupe, de relation en relation. Bertrand et Laudine firent, un peu plus tard, leur apparition.

— Vous ne dansez pas, ma mère ?

— Votre père n'a point encore jugé bon de m'en prier !

— Il est vrai que je manque à tous mes devoirs !

Autour d'eux, la salle bruissait de rires, de bavardages, de cadences...

— Allons, je vais saluer quelques douairières avant de repartir, dit Charlotte.

— Accepterez-vous de faire un pas de danse avec moi, ma tante ?

— Grand merci, mon neveu. Mes malades m'attendent. De toute façon je gage qu'il vous sera plus agréable d'attaquer cette carole avec votre jeune épouse qu'avec votre vieille parente !

Bertrand protesta, avant d'entraîner Laudine, de vert vêtue, vers le centre de la salle où se nouaient et se dénouaient les figures imposées.

Étienne et Mathilde les y suivaient, après s'être assurés que leurs deux plus jeunes filles ne restaient pas pour compte.

Jeanne, qui avait très vite aperçu Rutebeuf dans un coin de la salle, manœuvra pour se trouver le plus naturellement du monde près de lui. Lâchant alors les mains de ses partenaires, elle se dégagea sans se faire remarquer et rejoignit le jongleur qui se tenait appuyé, sa vielle sous le bras, contre le mur du fond.

— Enfin, je vous revois ! s'écria-t-elle en l'abordant. Pourquoi ce long silence et cette disparition ?

— Je vous avais dit, me semble-t-il, demoiselle, que le retour de vos parents me tiendrait éloigné de vous.

— Je ne vois pas pourquoi ! Ma mère s'est étonnée, l'autre jour, de votre absence, qui, plus que votre présence, croyez-moi, lui paraît inexplicable. Ce surcot vous plaît-il ? Comment me trouvez-vous, aujourd'hui ?

— Adorable !

Récompensée de sa coquetterie, l'adolescente prit une des mains du poète.

— Venez danser avec moi.

— Je préfère vous regarder.

— Pendant que je m'amuse avec d'autres ?

Rutebeuf fit une grimace qui sembla allonger un peu plus son grand nez.

— Ne devenez pas provocante, demoiselle. Ce n'est pas dans vos façons.

— Quelles sont donc, d'après vous, mes façons ?

— Beaucoup de grâce dans une certaine réserve.

— Merci pour la grâce, mais la réserve est de trop ! Je suis assez agacée par le respect qu'elle suscite à mon approche !

— Vous préféreriez qu'on vous en manquât ?

La lueur de moquerie, nuancée de paillardise, qui passa dans le coup d'œil du jongleur déplut à Jeanne.

— Fi donc ! Avez-vous oublié les devoirs de Courtoisie ? Vous ne vous adressez pas à une de vos ribaudes ! dit-elle avec une soudaine raideur.

Maître Brunel qui avait fini de danser avec sa femme, venait vers eux.

— Par saint Éloi, il y a fort longtemps que je ne vous ai vu, Rutebeuf ! Où en sont vos œuvres ?

Sans laisser au jongleur le temps de répondre, il s'adressa à sa fille.

— Venez, Jeanne. J'aimerais que nous dansions ensemble.

— Mais, mon père...

— N'êtes-vous point libre ?

— C'est-à-dire...

— C'est-à-dire que vous préférez rester avec un garçon qui vous compromet en vous tenant, seul à seule, des discours mystérieux, loin des jeunes gens de votre âge, reprit l'orfèvre qu'on sentait bien décidé à se faire écouter. Ce ne sont point là des manières convenables pour vous, ma fille, et j'entends que vous en changiez !

— Nous n'avons rien à nous reprocher, maître Brunel ! Je puis vous l'assurer !

— Je l'espère bien ! Il n'en reste pas moins que, de votre fait, cette enfant s'est fait remarquer par son départ d'une compagnie qu'elle n'aurait jamais dû quitter ainsi. Je suis responsable d'elle, moi, savez-vous, alors que vous ne l'êtes pas et ne le serez jamais ! Tenez-vous-le pour dit ! Allons, Jeanne, suivez-moi !

Le ton ne souffrait pas la discussion. Une main tremblante se posa sur le bras de l'orfèvre. Le père et la fille s'éloignèrent.

— Vous m'en voulez pour le moment, ma fille, dit Étienne, et j'en suis malheureux, mais, plus tard, vous me donnerez raison. Sachez que je vous porte une tendresse bien trop grande pour vous laisser gâcher votre jeunesse comme je l'ai, hélas, vu faire à une de vos sœurs. Mon unique souci est de vous protéger contre vous-même. Ce n'est agréable ni pour vous, ni pour moi, mais c'est mon devoir et je n'y faillirai pas !

Ils se trouvaient au bord du cercle des danseurs.

— Donnez-moi la main, petite fille, et prenons rang.

C'était une invitation, mais aussi un ordre. Jeanne ne s'y trompa nullement.

Les musiciens interprétaient une nouvelle carole. Quand elle s'acheva, l'adolescente tenta de voir, à travers les allées et venues de ses voisins, ce qu'il était advenu de Rutebeuf. Il avait quitté sa place. Rien n'indiquait où il avait pu se rendre.

— Vous amusez-vous bien ?

Marie surgissait de la foule. Elle paraissait aussi agitée que sa timidité pouvait le lui permettre.

— Et vous ?

— J'ai fait rencontrer tantôt à votre sœur, le fils d'un de mes plus vieux amis flamands, orfèvre à Bruges, expliqua maître Brunel qui, de toute évidence, s'était donné pour tâche de veiller sur ses filles durant la fête. C'est un garçon plein d'avenir, dont je connais la famille et dans lequel je puis avoir entière confiance, termina-t-il un peu lourdement.

— Il ne m'a pas quittée depuis lors, assura Marie d'un air ravi.

— Avez-vous, également, mon père, un prétendant à me faire connaître ? s'enquit Jeanne d'une voix qu'elle souhaitait incisive, mais qui n'était que troublée.

— Il se pourrait, il se pourrait... mais le moment n'en est pas encore venu.

Sur cette réponse qui réservait l'avenir, l'orfèvre quitta le cercle qui se formait pour une ronde dont les accents lui semblaient trop vifs pour son âge.

— Ne croyez-vous pas qu'en vous montrant aussi autoritaire avec Jeanne, vous la rejetez vers son trouvère ? demanda Mathilde à son mari, après qu'il l'eut rejointe.

Elle avait été saluer certaines épouses d'anciens membres de la confrérie, qu'elle connaissait mais voyait assez rarement.

— Il faut intervenir quand il en est encore temps, ma mie, croyez-moi ! Je n'ai pas l'intention de renouveler avec elle les erreurs commises autrefois envers Florie. Nous les avons payées trop cher !

Rutebeuf avait quitté la salle bruyante, animée, où des odeurs de corps échauffés commençaient à l'emporter sur le parfum de cire aromatisée des bougies, sur ceux de musc, de jasmin, ou de bergamote dont étaient oints les danseurs.

Enveloppé dans son manteau sans gloire, sa vielle sous le bras, il fuyait.

Dehors, l'air glacé l'accueillit ainsi qu'une gifle, mais l'humiliation lui était plus cruelle que le froid. Une honte, d'autant plus pesante qu'elle lui avait été infligée en public, lui glaçait le sang plus profondément que l'hiver. L'affront reçu, dernier soufflet d'une liste déjà longue, lui en paraissait le couronnement.

Fallait-il que ce marchand le méprisât, pour lui avoir parlé comme il l'avait fait ! Jamais, bien sûr, jamais, il n'accepterait que sa fille fréquentât un traîne-musette de son espèce !

De rage, le trouvère envoya, d'un coup de pied, rouler au loin un chien perdu qui lui collait aux talons. Un mendiant qui se trouvait là, l'injuria. Des pêcheurs, qui remontaient de la Seine des paniers remplis de poissons aux écailles encore vives, l'imitèrent.

Il s'en moquait. Ses sentiments bafoués, ses intentions méconnues, son orgueil malmené, lui étaient, seuls, sensibles. Il en aurait hurlé ! Du respect, souvent méritoire, dont il n'avait jamais cessé d'entourer Jeanne, de la pureté d'une amitié irréprochable, il ne subsistait rien. En quelques mots, tout avait été piétiné, saccagé !

Il traversa la cohue des deux ponts, celle de la Cité, avec une mentalité de proscrit. Les objets eux-mêmes semblaient vouloir l'écraser de leur éclat, tant les boutiques des orfèvres, le long de sa route, et en dépit du ciel gris, irradiaient. En l'honneur de la fête de la confrérie, on avait, en effet, astiqué l'or et l'argent avec un soin où Rutebeuf voyait une intention. Les bijoux, les croix, les ciboires, les plats en métal précieux, lui semblaient, du haut de leur opulence, railler et mépriser sa misère.

« Je deviendrai célèbre, se promit-il, soudain aiguillonné par tant de provocation. J'aurai, moi aussi, le pas sur tous ces ventres dorés ! Viendra un jour où maître Brunel regrettera de m'avoir nui auprès de sa fille ! Viendra un jour où mes complaintes, mes satires, mes fabliaux, ma musique, auront plus de valeur que tous leurs joyaux ! »

Ce ne fut qu'en se retrouvant rue de la Huchette qu'il se demanda où aller. Il ne s'interrogea pas longtemps. Non loin de là, au-dessus des têtes d'étudiants venus de tous les coins de la chrétienté, se balançait, parmi beaucoup d'autres, dans un concert de grincements soutenus par le vent d'hiver, une enseigne représentant un grand cheval noir cabré.

Rutebeuf passa la porte de la taverne. Sous les poutres enfumées, autour des tables, il y avait presque autant de monde que dans la rue. Seulement, dans un lieu comme celui-ci, on n'avait pas besoin de parler le même langage pour se comprendre. Le goût du vin, le goût du jeu, suffisaient. Il n'y avait pas jusqu'à la forte odeur stagnant dans la salle, remugle de bauge accentué de relents vineux, qui ne contribuât, en imprégnant uniformément, fraternellement, la peau, les cheveux, les vêtements, en emplissant les poitrines des mêmes miasmes, à donner aux convives venus quérir là chaleur et connivence, l'impression d'avoir trouvé ce qu'ils cherchaient. Une forte majorité d'hommes, quelques ribaudes, des cris, des rires, des imprécations...

— Holà, Rutebeuf ! lança une voix. Viens par ici ! On n'attendait que toi !

Dans un coin de la pièce encombrée, non loin de la cheminée au manteau noirci sous lequel la tavernière surveillait une marmite au contenu fumant, un homme appelait le trouvère. Il était attablé en compagnie d'une fille et de deux acolytes.

Des gobelets, un pichet, les restes d'un pâté, avaient été repoussés au bout de la table où trônaient à leur place des cornets à dés.

— Où étais-tu passé ? Je te cherche depuis ce matin !

— Je perdais mon temps, vois-tu, Gervaisot...

Il prenait place entre la forte fille brune, aux tresses nattées avec soin et entremêlées de rubans rouges, aux gros seins débordants, au rire pointu, et le garçon à la face longue, creusée comme une galoche, qui l'avait interpellé.

— Veux-tu du vin ? demanda le troisième joueur, dont l'apparence soignée et même recherchée, détonnait d'autant plus dans cet endroit que le quatrième compère, au teint bleu à force d'être congestionné, à la tignasse en nid de pie, à la carrure de portefaix, paraissait sortir tout droit de la rue de la Grande-Truanderie.

— Si je veux boire ? Rutebeuf partit d'un rire qui grinçait presque autant que l'enseigne. Je suis venu pour ça, l'ami, et pas pour autre chose !

— Pas pour autre chose, vraiment ? reprit sa voisine, la lèvre moqueuse et gourmande à la fois.

— Pour ce qui est du reste, on verra plus tard, fillette ! Buvons d'abord.

La tavernière, qui ne devait pas être aussi attentive à ce qui mijotait sur le feu qu'on aurait pu le croire, venait vers eux, un autre pichet à la main.

— Quelles sont les nouvelles ?

Le trouvère vidait coup sur coup deux gobelets.

— Bras-de-fer vient de regagner son titre de champion du bâton, annonça Gervaisot. Il s'est battu en combat judiciaire pour le compte d'un pauvre petit clerc maigrelet qu'un vieux notaire accusait et voulait massacrer.

— Mille diables ! Pourquoi donc ?

— Pour une histoire de créance non payée qui, d'après le notaire, traînait depuis des mois. Ce que, bien entendu, niait l'étudiant.

— Tu as bien fait de défendre le plus maigre, approuva Rutebeuf. Il est vrai que c'était, aussi, le plus lettré !

Il s'adressait au truand à la trogne violette qui souriait avec la modestie de la fleur dont il portait les couleurs.

— Je suis surtout content d'avoir reconquis mon titre de champion, avoua Bras-de-fer. Je l'avais perdu voici trois mois, en me battant contre Jean-Peur-de-rien, et en étais tout marri. A présent on me sert de nouveau à boire gratis dans bien des endroits !

La fille partit de son rire aigu.

— Si tu te saoules trop, tu perdras ta force, assura-t-elle. Je sais de quoi je parle. N'oublie pas que tu n'as que tes muscles pour te faire vivre.

— Vivre ne vaut la peine que si on peut boire jusqu'à plus soif, affirma le champion du bâton. Tout le reste est sottises !

— Le beau sermon que voilà ! dit le convive à la mine élégante. Au lieu de vider pichet sur pichet de ce vin de plaine, mange donc un morceau, pour le faire passer. Tiens, je vais commander quelques bons harengs fumés afin de nous remplir la panse d'autre chose que de ton damné liquide !

Il frappa dans ses mains.

— Je me suis toujours demandé ce qu'un fils d'avocat comme toi venait faire dans des coins pareils à celui-ci, remarqua pensivement Gervaisot. Tu détonnes parmi nous, Nicolas !

— Tu sais bien que je suis le mauvais sujet de ma famille, répondit l'interpellé, dont le visage maigre et distingué évoquait le tranchant d'une lame. Rejeté par les miens, il a bien fallu que je me reconstitue une parenté avec ceux qui partagent mes deux raisons de vivre : à savoir, les femmes et le jeu !

D'un mouvement nonchalant, il frôla, sans insister, la poitrine surabondante de la fille aux tresses, puis, se tournant vers les cornets de buis poli, en prit un qu'il fit tourner amoureusement, un instant, entre ses doigts couverts de bagues.

— Je propose que nous expédiions sans trop lambiner notre souper, reprit-il en s'emparant du plat de harengs qu'on venait de leur servir. Dès que nous en aurons fini avec ces honorables poissons et leur suite, nous pourrons passer aux choses sérieuses, c'est-à-dire aux dés !

— Vous feriez mieux de vous occuper de moi, soupira la fille.

— Allons, allons, Ameline-la-bien-peignée, dit Rutebeuf, cesse donc de te plaindre. Tu sais aussi bien que moi, qu'à nous trois, nous ne te laissons guère chômer ! Un peu de patience, que diable ! Après le vin, le jeu ! Après le jeu, le lit !

Il riait, mais il y avait une sorte de défi fiévreux dans son accent qui n'échappa pas à ses compagnons. Toutefois, connaissant sa susceptibilité, ils n'en manifestèrent rien.

On parla des dernières échauffourées entre étudiants qui alimentaient, selon la coutume, toutes les conversations de la montagne Sainte-Geneviève ; on mangea, après les harengs, des gaufres, du fromage, des amandes pelées, des épices. On but ferme.

La nuit était venue. Les cloches de Saint-Séverin avaient sonné l'angélus. Autour de chaque table où brûlait une chandelle, les clients de la taverne s'étaient rapprochés, coude à coude, haleines mêlées, comme pour opposer à l'obscurité et au froid du dehors, leurs petites communautés complices, vivantes ; minuscules îlots éclairés d'une amicale lueur jaune, où ils puisaient fraternité et chaleur.

Une fois la table débarrassée, on se mit à jouer.

— Les dés nous font bien du tort, soupira Ameline-la-bien-peignée. Par leur faute, vous courtisez plus souvent Dame Fortune que nous !

— Tais-toi donc, s'écria Bras-de-fer. Tu ne perds rien pour attendre, crois-moi ! Que je gagne seulement mon loyer, fillette. Ensuite, je te dirai deux mots !

Rutebeuf jouait comme on se détruit. Depuis de longues années, il avait pris le goût, puis le besoin, de ces cures d'espérance d'autant plus alléchantes qu'on y repousse jusqu'à l'aube les limites du possible. Pourquoi n'aurait-il pas fini, un jour, par gagner ? Il lui fallait de l'argent. Pour s'habiller, se mieux loger, tenir le rang que les gens en place lui déniaient, avoir le temps, surtout, de cesser les viles besognes de jonglerie qui l'abaissaient au rang de faiseur de tours, alors qu'il sentait vivre en lui un monde poétique ne demandant qu'à éclore...

Les quelques sous gagnés y passaient, puis il s'endettait, pariant sur l'avenir jusqu'à hypothéquer les prochaines semaines, les payements futurs que lui procureraient, justement, les emplois d'amuseur public qui lui répugnaient tant.

C'était une sorte de cercle infernal, de damnation.

Cette nuit-là, il le ressentit particulièrement comme tel. Mortifié, assombri, furieux contre lui et contre les autres, il sentait d'heure en heure, de perte en perte, monter en lui la vague noire du désespoir et du dégoût de soi. Il joua avec frénésie, il but comme s'il avait voulu noyer son génie dédaigné dans le vin.

Ruiné, ivre de rancœur autant que de boisson, oublieux de ses compagnons qui dormaient sur la table ou ronflaient dessous, il s'éloigna en chancelant, avant l'aube, au mépris des patrouilles du guet, dans la froidure mordante des mauvaises heures de la nuit.

Il vomissait, pleurait, bégayait des injures.

On le retrouva, le lendemain matin, rue Saint-Jacques, gisant dans la boue d'un chantier de construction.

A demi nu sous son manteau, après avoir joué et perdu sa robe rouge à capuche jaune de jongleur, il n'avait plus que ses chausses et, serrée contre sa poitrine, la vielle dont, malgré la furie de sa passion hasardeuse, il n'avait pas consenti à se départir.

VI

Pour s'assurer que le lait de chèvre coulait bien à travers la toile qui encapuchonnait la bouteille de grès, Florie retira avec précaution le biberon de la bouche de l'enfant qu'elle était en train de nourrir. Quelques gouttes blanches tombèrent sur le menton du petit. Elle les essuya avec un linge propre avant d'introduire de nouveau, afin qu'il suçât le liquide qui coulait à travers, le morceau de tissu entre les gencives dépourvues de dents.

— Il est beau, le vôtre, dit une jeune femme qui donnait, non loin de là, le sein à un autre nourrisson de l'hospice. Celui dont je m'occupe est plus chétif.

— C'est pourquoi on a voulu qu'il prenne du lait de femme, précisa la religieuse qui surveillait le repas. Rien ne vaut celui de la mère, bien entendu, mais quand on ne peut pas le donner, nous préférons toujours une nourrice à un biberon !

Dans la grande chambre où s'alignaient les berceaux, il faisait chaud. En plus de la haute cheminée où brûlaient nuit et jour des piles de bûches, on promenait à travers la pièce, un chariot de fer rempli de charbons incandescents.

— Je préfère avoir affaire aux petits plutôt qu'à ceux de quatre ou cinq ans, dit une autre femme qui langeait sur la grande table centrale un enfant qui avait fini de boire. Ils sont plus faciles et plus mignons !

Florie se taisait. Elle songeait que son fils aurait eu bientôt sept ans, que, derrière lui, se seraient profilés toute une théorie de frères et sœurs. A combien d'enfants aurait-elle donné le jour, si les choses s'étaient déroulées comme il l'aurait fallu, si elle était demeurée l'épouse fidèle de Philippe ?

Elle serra doucement contre sa poitrine le corps replet qu'elle abreuvait. S'employer à élever ceux des autres ne lui apportait pas toujours la paix souhaitée. Au contraire, ce travail lui donnait souvent un regain de nostalgie et, bien sûr, ne lui suffisait pas. Elle savait que toutes ces vies fragiles qu'elle aidait à consolider, s'éloigneraient à jamais dès que les orphelins seraient adoptés par des personnes qui les emmèneraient chez elles.

Depuis qu'elle se consacrait à cette tâche, Florie avait déjà vu croître, s'épanouir, disparaître vers d'autres cieux, tous les petits dont elle avait assuré les premiers repas, surveillé les fièvres, nettoyé les couches, admiré la précocité ou déploré le retard.

A chacun d'eux, elle s'était attachée, elle avait cherché une ressemblance avec celui qu'elle avait perdu, puis, un jour, quand on le lui avait retiré afin de le confier à d'autres, elle avait ressenti le même déchirement qui, sans fin, lacérait son âme assoiffée d'une maternité inlassablement poursuivie, toujours remise en question, puisqu'elle n'était que leurre.

Le biberon se terminait. Elle posa la bouteille, éleva en l'air, à bout de bras, l'enfantelet qui avait l'air content. C'était un garçon au teint clair, aux yeux gris. On l'avait trouvé à Tours, au coin d'un porche. On ne savait rien de lui. On ne savait jamais rien de ceux qu'on prenait en charge. Pour la millième fois, Florie se demanda comment une mère pouvait abandonner celui qu'elle venait de mettre au monde, pour la millième fois, elle se répéta qu'il y avait sans doute à plaindre plutôt qu'à critiquer.

Elle attendit le rot, puis changea l'enfant avant de le remettre dans son berceau.

Protégées par de longs rideaux de toile blanche, les minuscules nacelles d'osier s'alignaient en bon ordre autour de la pièce.

Trônant du côté opposé à la cheminée, le lit de la nourrice attachée à l'établissement, semblait les surveiller comme le ferait une poule au milieu de ses poussins.

— Marguerite est parfaite, disait sœur Cécile, qui s'occupait de la chambre des nouveau-nés, mais elle a un peu trop tendance à régenter les femmes qui viennent de l'extérieur nourrir nos enfançons ! On dirait la reine des abeilles au centre de sa ruche !

Sans se cabrer, Florie acceptait conseils et directives. Elle ne participait pas, non plus, à la rivalité, plus ou moins avouée, qui existait entre celles qui allaitaient au sein et celles qui donnaient le biberon. Jugeant normale la différence établie entre nourrices véritables et nourrices sèches comme elle, la suprématie des premières sur les secondes ne lui paraissait pas usurpée.

— Je crois avoir terminé ce que j'avais à faire ici, dit-elle à sœur Cécile. Avant de partir, je vais passer à la salle neuve où je sais quelqu'un qui m'attend !

— Si vous en avez le temps, dame, faites-le ! On a certainement besoin de vous là-bas, sans compter, qu'en effet, vous ferez, en plus, une heureuse !

Florie quitta la pièce tiède, qui fleurait bon la poudre de racine d'iris et le lait frais, pour suivre le long couloir menant à la salle des malades.

L'hospice était d'une propreté parfaite. Chaque année, aux approches de Pâques, on faisait reblanchir à la chaux murs et cloisons. Trois fois l'an, on renouvelait entièrement les literies.

La jeune femme savait que tous les frais de l'établissement étaient assurés par les offrandes considérables que des Tourangeaux charitables faisaient à la fondation. Elle-même donnait, en plus de sa présence, tout ce qu'elle pouvait pour l'œuvre.

Elle parvint dans une salle qui venait d'être ajoutée depuis peu au reste des bâtiments, en remplacement de l'ancienne infirmerie, trop petite. Spacieuse, la pièce contenait une dizaine de lits qui, heureusement, n'étaient pas tous occupés. Comme on ne gardait pas à Grandmont les enfants au-dessus de sept ans, date limite fixée à leur adoption, c'était, ici également, de petites couches de bois qui étaient alignées le long des murs. Des courtines de lin blanc les entouraient, les isolaient.

Des religieuses en longs surplis de toile immaculée, enfilés sur des surcots de serge brune fourrée d'agneau, la tête protégée par un couvre-chef blanc recouvert d'un voile brun, s'affairaient. Quelques novices les aidaient.

Après avoir salué certaines des religieuses présentes, Florie se dirigea vers un des lits occupés. Sous la couverture rouge, doublée de peau de mouton, entre les draps nets, toute menue, une forme gisait. Ses cheveux blonds entourés d'un linge soigneusement disposé et enroulé, une petite fille de quatre ans environ, visiblement en proie à une fièvre trop forte pour elle, demeurait prostrée. Boursouflé, congestionné, le visage puéril ne conservait rien de la fraîcheur de son âge, si ce n'est la lumière bleue du regard.

— Agnès, Agnès... appela doucement Florie.

L'enfant ouvrit les yeux pour les refermer aussitôt. Sur ses traits, d'habitude souriants, se lisait le mélange de détachement, de soumission, d'abattement, propre aux êtres simples touchés par la maladie. Elle tenta de parler, mais se mit à tousser.

— Ce coup de froid m'inquiète, dit la jeune femme à une des novices qui s'approchait.

— La fièvre la fatigue beaucoup, reconnut la future religieuse. Elle a du mal à respirer et se plaint de souffrir de la poitrine.

— Hier, je lui avais posé dans le dos, sur les conseils de maître Aveline, votre médecin, un cataplasme à la farine de moutarde qui semblait l'avoir soulagée.

— Je sais. On lui en a mis un autre ce matin. Malheureusement, le mieux ressenti ne persiste pas.

Sous la couverture, Florie prit un poignet fluet pour en tâter le pouls. Une nouvelle quinte secoua l'enfant.

— Je lui fais boire une tisane de notre fabrication qui donne, d'ordinaire, de bons résultats, dit encore la novice. Nous la préparons avec des plantes de notre jardin à herbes : fleurs d'absinthe, racines de benoîte, feuilles et fleurs d'aigremoine, infusées dans l'eau bouillante et édulcorées au miel. C'est excellent pour la toux.

— Le médecin avait également prescrit un sirop de coquelicot et de guimauve...

— Nous lui en avons donné, mais à faibles doses, car elle est encore bien jeune.

Les deux femmes se sentaient, l'une et l'autre, angoissées devant la responsabilité qui leur incombait au sujet du petit être confiant dont elles seules se souciaient vraiment.

— Nous avons songé à la plonger dans un bain chaud, reprit la novice en montrant d'un mouvement de menton la grande baignoire de métal à roulettes de cuivre qu'on transportait de salle en salle, selon les besoins. Dans certains cas cela aide beaucoup à faire baisser la température. Seulement, maître Aveline le déconseille. Il craint que, au moment où nous la sortirons de l'eau pour l'envelopper dans le sac d'étuve, malgré le feu de reculée que nous entretenons ici, elle prenne froid de nouveau.

— Il doit avoir raison. Que faire de plus que ce que nous faisons ?

Une des religieuses chargées de préparer avec des simples, les remèdes ordonnés, s'approcha à son tour.

— J'ai retrouvé la recette d'un onguent à appliquer en cas de refroidissement, matin et soir, sur le buste du patient, dit-elle. Je suis en train de le confectionner. Dès qu'il sera achevé, j'en oindrai cette pauvre petite.

— Dieu fasse que vous ayez découvert ce qui convient ! murmura Florie en se tournant d'instinct vers l'autel qui s'élevait au haut bout de la salle.

Une lampe à huile, au verre rouge, signe de la Présence, brûlait devant le tabernacle. Elle ne s'éteignait jamais.

Après une prière silencieuse, la jeune femme demeura un moment au chevet d'Agnès. La fièvre, la douleur dont souffrait l'enfant lui causaient peine et tourment.

Au bout d'un moment, comme la petite malade restait les yeux clos, Florie alla se pencher sur chacun des lits où on soignait, en ce mauvais mois de décembre, plus de rhumes et de maux de gorge que les habituelles coliques de l'été. Les connaissant tous par leur nom, elle jouait avec les enfants, leur racontait d'anciennes légendes, leur distribuait du sucre à la violette dont elle avait toujours des morceaux dans sa poche.

Elle quitta ensuite la salle des malades. Avant de repartir chez elle, elle passa au réfectoire où soupaient les plus grands. Ils mangeaient avant les religieuses et étaient servis par des filles blanches que surveillait la sous-prieure.

— Le potage au lait d'amandes a l'air de leur plaire, remarqua Florie.

— C'est un de leurs plats préférés, assura la sœur. C'est pourquoi nous en faisons souvent.

La jeune femme ne s'attarda pas dans un lieu où, ce jour-là, on n'avait pas besoin d'elle. Elle traversa la chambre aux parements où le linge était rangé en piles rigoureuses à l'intérieur de meubles massifs qui, en dépit de leur taille, ne pouvaient tout le contenir. Aussi, en avait-on mis également dans des armoires et des coffres, le long des corridors, dans le vaste ouvroir et jusqu'aux greniers.

Dans la petite pièce où se tenait la sœur portière, Florie prit son manteau fourré.

— Il ne fait pas froid, aujourd'hui, remarqua la religieuse, mais il y a dans l'air une humidité qui n'est pas fameuse pour la santé.

Dehors, une bruine triste tombait du ciel. Le gel qui avait sévi de façon inhabituelle pour la région, au début du mois, n'avait pas duré, mais la pluie s'éternisait à présent. Elle ne cessait plus. Les rivières débordaient. A Vençay, le Cher était sorti de son lit pour inonder les prés à l'entour. La Loire menaçait elle aussi, depuis quelques jours, de submerger ses rives.

Aux beaux jours, Florie regagnait sa maison à dos de mule. En hiver, c'était Charles, portier et homme de confiance, qui venait la chercher avec la charrette bâchée. A l'heure fixée, il l'attendait devant l'hospice.

La route se fit sans encombre. Le soir tombait quand la jeune femme se retrouva chez elle.

Une odeur de soupe au potiron et de poule bouillie l'accueillit. La levrette vint, en bondissant au-devant d'elle. Le molosse tira davantage sur sa chaîne.

— Le drapier de Blois est passé pour vous rendre visite, annonça Suzanne à sa maîtresse pendant que celle-ci avant de s'approcher du feu retirait son manteau dans les plis duquel traînaient des effluves de campagne brumeuse. Il a dit qu'il ne pouvait pas vous attendre mais qu'il reviendrait sans tarder.

— J'espère qu'il me laissera tranquille demain, dit Florie. J'aime bien être en paix le dimanche. D'ailleurs, il vient trop souvent me voir, depuis quelque temps, celui-là !

La servante se mit à rire.

— C'est, sans doute, que vous ne lui déplaisez pas !

— Tais-toi donc ! Tu ne sais pas ce que tu dis !

Elle se demandait depuis des mois ce que ses serviteurs savaient au juste de sa vie intime. Les imprudences commises, au début de leur liaison, par Guillaume, les nuits de la tour, les séparations matinales, avaient-elles pu leur échapper ? Était-il possible de cacher à qui vit si près de vous, ses émotions, ses craintes, les traces que le plaisir laisse sur un visage ou celles des larmes que suscite une conscience troublée ? Malgré l'étroite entente qui régnait entre Suzanne et elle, Florie savait que le respect aurait suffi à fermer les lèvres de sa servante. Celle-ci, en effet, n'avait témoigné aucune surprise, en dépit de l'étrangeté apparente d'une telle décision quand sa maîtresse avait déclaré, après le départ de ses parents, qu'elle allait continuer à coucher dans la tour. Si peu de curiosité paraissait révélatrice à la jeune femme. Quand on ne s'étonne pas, c'est qu'on sait déjà à quoi s'en tenir.

Avec Guillaume, ce n'était pas le bonheur qu'elle connaissait, mais une exaltation sensuelle d'où elle n'émergeait que pour retomber au plus creux de ses regrets. Dans son existence, cet homme était, à la fois, l'incarnation du bien et du mal. Entre ses bras, elle délirait, loin de lui, elle se sentait délivrée. Quelle était la vérité de son cœur ? Elle évitait de se poser une question dont l'obsession ne l'aidait en rien à résoudre ses angoisses.

Après le départ de ses parents, elle avait pensé qu'elle se sentirait moins harcelée par l'inquiétude. Il n'en était rien. Certes, elle ne tremblait plus à l'idée de les voir découvrir ce qui se passait sous son toit, mais elle conservait, à leur égard, mauvaise conscience. Si elle était parvenue à leur dissimuler sa double vie, elle savait ne pas leur avoir témoigné la chaleur à laquelle ils étaient en droit de s'attendre. Vers la fin de leur séjour, sa mère lui avait paru soucieuse, assombrie. Pourquoi ? Se serait-elle doutée de quelque chose ? Impossible ! Pourtant, dans son comportement, s'était produit comme une fêlure...

Florie dormit d'un sommeil traversé de songes amers. Elle se réveilla en sursaut, le lendemain matin, dans la chambre de la tour où se sentir seule n'était guère rassurant. L'emprise d'un rêve affreux durant lequel Agnès lui était apparue, pesait sur son esprit affolé. Elle avait vu, dans le berceau où avait dormi, autrefois, rue aux Écrivains, le petit Gaultier, l'enfant malade qui l'appelait en lui tendant les bras. Se penchant sur elle, elle s'était aperçue que le visage puéril qui la fixait d'un regard vitreux, était devenu violet comme celui de son fils mort... L'horreur l'avait tirée du lit, jetée, grelottante, sur son prie-Dieu, où elle avait pleuré, longuement, la tête entre les mains.

Serait-elle sans fin poursuivie par le souvenir de l'acte criminel dont elle avait partagé avec Guillaume la responsabilité ? N'y avait-il pas moyen d'effacer de sa mémoire ces heures d'épouvante, ces heures monstrueuses ?

Quand Suzanne vint ranimer le feu et lui apporter l'eau chaude nécessaire à sa toilette, elle trouva la jeune femme toujours à genoux.

— J'ai fait un cauchemar, expliqua celle-ci pour justifier ses yeux tuméfiés, son air misérable. Une fois de plus, j'ai revu le cadavre de Gaultier...

— Allons, allons, dame, chassez loin de vous ce pauvre petit ange ! Évitez d'y penser, conseilla la servante, tout en remplissant d'eau fumante la cuve de bois doublée d'un molleton où Florie allait se plonger. Pourquoi y revenir sans cesse ? Pourquoi vous mettre dans des états pareils ? Vous ne le ressusciterez pas pour autant, mais votre teint en sera gâté pendant des heures, sans aucun bénéfice pour personne !

Florie savait que ce n'était pas là manque de sensibilité, mais désir pressant de la voir échapper à ses fantômes.

— Tu dois avoir raison, concéda-t-elle, pour ne pas affliger davantage sa servante, mais je ne suis pas, vois-tu, en état de maîtriser mes songes. Ton bon sens, pas plus que mes résolutions, n'y changent rien.

Il fallait vider plusieurs grands brocs de cuivre afin de remplir la cuve. Charles les apportait de la cuisine pour les déposer à la porte de la chambre. Suzanne allait et venait, du seuil au foyer devant lequel Florie prenait son bain.

Elle se laissa laver, frictionner, parfumer, habiller, coiffer, sans presque y prendre garde, tant elle était occupée d'elle-même.

Quand elle fut prête, elle déjeuna, puis, comme il ne pleuvait plus, elle partit sur sa mule pour Vençay où elle assistait à la messe matinale quand elle n'était pas à Grandmont.

Elle revenait de l'office qu'elle avait suivi d'une âme frileuse, quand elle fut rejointe sur la route par un cavalier.

— Chère dame, bonjour !

Depuis qu'ils avaient fait connaissance, Bernard Fortier entourait Florie de soins qu'elle jugeait excessifs.

— Je venais vous proposer, sur la demande de ma sœur, de vous joindre à nous, ce dimanche, pour dîner.

— Vous remercierez beaucoup dame Hernaut de son invitation, à laquelle je suis fort sensible, mais je ne puis, hélas, me rendre à Tours aujourd'hui.

— J'avais bien dit à Bérengère qu'il fallait vous convier plus à l'avance !

— Ne la blâmez pas. De toute manière, et même si j'avais déjà accepté votre aimable proposition, j'aurais été dans l'obligation de me décommander.

— Seriez-vous souffrante ?

— Nullement. Je vais fort bien. En revanche, une des enfants dont je m'occupe à Grandmont est dans un état alarmant. Aussi, ai-je décidé, contrairement à mes habitudes, de retourner à l'hospice sans tarder afin d'y passer la journée auprès d'elle.

Un instant auparavant, Florie ne savait pas elle-même qu'une semblable détermination mûrissait dans son esprit. Sans la menace d'une réunion à laquelle elle ne souhaitait pas se rendre, aurait-elle formulé si fermement un projet venu d'ailleurs ?

— Combien je regrette que vous ne puissiez accepter mon offre !

Afin de causer plus tranquillement, ils avaient, d'un commun accord, arrêté leurs montures côte à côte.

Bernard Fortier descendit soudain de cheval.

— Puisque hélas, je ne vous verrai pas comme je l'escomptais aujourd'hui, chère dame, puis-je demander, en compensation, de faire quelques pas, avec moi, sur ce chemin ?

Comme elle ne pouvait, sans incivilité, refuser l'offre du jeune drapier, Florie se laissa à son tour glisser de sa selle. Avant qu'elle ait achevé son mouvement, deux bras forts l'avaient saisie pour l'aider à mettre pied à terre. Une seconde, elle se trouva serrée contre la poitrine de Bernard Fortier, dont elle sentit battre le cœur. Sans affectation, elle se dégagea d'une étreinte qu'on pouvait interpréter comme une aide toute simple, et s'éloigna, tirant, par la bride, sa mule derrière elle.

— Il ne fait guère chaud, ce matin, dit-elle. Nous ne pourrons longtemps nous attarder dans ces parages sans risquer de prendre froid.

— Soyez sans crainte, je serai bref.

Ils marchaient à présent l'un près de l'autre, suivis de leurs montures.

— Voici, reprit Bernard, je voudrais vous poser une question. Une seule.

Il prit une inspiration, rassembla son courage :

— Comment votre mari, si peu de temps après vos épousailles, a-t-il pu quitter une femme comme vous pour suivre le roi en Terre Sainte ? Comment peut-on vous laisser derrière soi, quand on a la chance d'être aimé de vous ?

— Ne trouvez-vous pas que vous êtes un peu trop curieux ?

— Si je vous ai contrariée, je vous en demande pardon.

— Vous êtes tout pardonné. Renoncez seulement à chercher des réponses qui ne vous concernent pas. Pourquoi vous soucier de deux vies qui n'ont pas grand-chose de commun avec la vôtre ?

— Parce que rien de ce qui vous touche ne me laisse indifférent !

Florie recula, baissa le front, reprit sa marche.

— Voilà un mot de trop, dit-elle. C'est donc là que vous vouliez en venir !

— En quoi l'est-il ? Vous êtes jeune, belle, délaissée. Vous m'avez plu dès que je vous ai vue. Ne serait-il pas souhaitable, pour vous comme pour moi, d'unir nos solitudes, puisque nous sommes libres de nous ?

La jeune femme s'arrêta de nouveau.

— D'abord, je ne suis pas libre, protesta-t-elle. J'ai un mari. Ensuite, vous rendez-vous compte de ce que vous venez de me proposer ? Vous rendez-vous compte que vous me traitez comme une fille follieuse ?

— Florie !

— Je vous défends de m'appeler par mon prénom ! Je vous défends aussi de me parler, désormais, de vos injurieuses espérances ! Vous n'aurez, d'ailleurs, plus l'occasion de recommencer de sitôt à m'importuner : je vous défends également de revenir me voir tant que vous ne serez pas assagi !

— Je vous en supplie !

— Non. J'appartiens à un homme, sachez-le, même s'il est loin, et je ne suis pas de celles qui cherchent fortune en son absence ! Regagnez Tours, c'est ce que vous pouvez faire de mieux. Demeurez-y ! Vous venez de m'offenser suffisamment pour que je n'aie plus envie de vous rencontrer d'ici longtemps !

Elle le vit hésiter entre le désir de plaider encore sa cause, et la crainte de lui déplaire. Le second sentiment l'emporta sur le premier. Il s'inclina.

— Adieu !

Florie rentra chez elle.

« Le beau sursaut de vertu ! songeait-elle. La belle indignation venant d'une femme qui trompe son mari sans vergogne avec celui-là même qui est cause du malheur ayant séparé l'époux de l'épouse ! Il me va bien de jouer les effarouchées ! Je viens de proclamer que j'appartiens à un seul homme : encore faudrait-il savoir son nom ! Philippe ou Guillaume ? Le sais-je moi-même ? Si le pauvre garçon que je viens de remettre à sa place, se doutait de la manière dont se passent la plupart de mes nuits, ce n'est pas une aventure qu'il m'aurait proposée, il m'aurait, bel et bien, renversée, sans plus de façon, derrière une haie ! »

Une telle constatation n'est pas aisée à accepter, fût-ce de soi-même. Elle se réfugia auprès de son âtre, pleurant.

— Qu'avez-vous, dame ? Que puis-je faire pour vous ?

Suzanne s'alarmait.

— Ce n'est rien. C'est cette petite Agnès, qui est malade, si malade que je ne puis accepter l'idée de la laisser seule là-bas, en perdition, pendant que je suis ici. Je vais repartir vers elle pour essayer de l'aider à survivre...

Sans vouloir prendre autre chose qu'un peu de soupe et du fromage elle reprit la route de Grandmont.

Il bruinait de nouveau. En dépit de la bâche qui recouvrait la charrette, Florie se sentait transie quand elle pénétra dans la chambre des enfants malades. La chaleur qu'y entretenaient cheminée et chariot de fer plein de charbons ardents, lui parut étouffante. Elle se défit de son épais manteau imprégné d'humidité et interrogea la novice :

— Agnès ?

— Son état est toujours le même. On ne peut rien dire. Elle somnole, tousse, s'agite un peu, se rendort et ne va, en définitive, ni mieux ni plus mal qu'hier.

— Je vais rester auprès d'elle.

— Aujourd'hui, c'est dimanche...

— Je ne travaillerai pas. Je me contenterai de prier pour elle, d'être là, de lui parler, de veiller à ce qu'elle soit bien soignée.

— Comme vous voudrez. De toute façon, le Seigneur n'a-t-il pas dit : « Le sabbat est fait pour l'homme et non l'homme pour le sabbat » ?

Florie s'assit au chevet de la petite fille. Elle était décidée à s'occuper d'elle avec toute l'attention, toute la tendresse, qu'aurait pu y apporter la mère qui aurait dû se trouver à sa place.

Sans plus vouloir connaître les raisons qui la menaient, Florie se mit à l'œuvre. De moment en moment, elle donnait à boire à l'enfant le sirop adoucissant de mauves et de coquelicots, frottait la poitrine et le dos fragiles avec l'onguent préparé par la sœur apothicaire, apportait la tisane de simples vantée par la novice, tout en entrecoupant ces soins de chansons douces, d'oraisons silencieuses, d'une présence, enfin, si sensible, que, du fond de sa fièvre, l'enfant malade en sentait le rayonnement.

Autour d'elles, la vie de l'hospice suivait son cours sans troubler l'entente essentielle qui passait de l'une à l'autre. Les cinq petits malades de l'infirmerie qui nécessitaient, eux aussi, un traitement, jouaient, se plaignaient, réclamaient, riaient, pleuraient, jasaient, à tour de rôle. Des religieuses entraient, s'enquéraient de l'état de celui-ci, de celle-là, repartaient. La novice s'affairait, allait de lit en lit, donnait des soins, offrait à boire... Des servantes apportaient des quartiers d'arbres pour alimenter la cheminée, du charbon de bois pour le réchaud. Florie aidait si c'était nécessaire, pour revenir bien vite, ensuite, au chevet d'Agnès.

La journée passa, le soir vint.

— Je vais souper et dormir ici, auprès d'elle. Voulez-vous bien envoyer prévenir chez moi que je resterai à Grandmont tant qu'il le faudra.

Elle savait que, cette nuit-là, il y avait beaucoup de chances pour que Guillaume, rentré de son voyage, se rendît à la tour. Tant pis. Elle lui expliquerait plus tard, après qu'Agnès aurait été tirée d'affaire, pourquoi elle avait, pour la première fois, manqué leur rendez-vous.

Après s'être évertuée à faire absorber un peu de lait battu avec un jaune d'œuf, un doigt de malvoisie et du miel, à la petite fille qui le refusa d'abord, puis finit par l'accepter, elle prit elle-même, sur place, un peu de nourriture, avant de s'étendre sur le matelas qu'une servante avait déposé et garni de draps, de couvertures, et d'un couvre-pied de fourrure, contre le lit d'Agnès.

Pensant à l'homme qui devait se morfondre à Vençay, à celui qu'elle avait renvoyé à Tours, à son fils mort, à sa petite malade, Florie vécut d'étranges heures où elle dormit peu. Obligée de se relever souvent pour surveiller le repos d'Agnès et lui faire prendre ses remèdes, elle ne sombrait, par brefs pans de fatigue, dans le sommeil, que pour en être bientôt tirée par les allées et venues de la religieuse de garde, par les froissements de draps, les toux, les chuchotements, l'agitation contenue, tous les bruits d'une salle commune.

En dépit de quintes qui la secouaient sans toujours la réveiller, l'enfant qu'elle veillait dormit mieux qu'elle. A l'aube, Florie qui avait cru être appelée, se pencha une fois de plus sur le mince corps endormi. Il lui parut que les traits étaient moins gonflés, le souffle plus régulier.

L'amélioration se manifesta nettement dans les heures qui suivirent. Durant la tournée qu'il accomplissait chaque jour à travers l'hospice, le médecin attaché au service des malades le constata lui-même.

— La fièvre a baissé, elle tousse moins, c'est bon signe, dit-il. Allons, cette petite est en bonne voie !

Une action de grâces monta aux lèvres de Florie. Elle fit ensuite la toilette de l'enfant, à la place de la sœur, qui, un bassin dans une main, une serviette dans l'autre, lavait tour à tour les corps dolents.

Après la matinée, le repas, la sieste, les soins fidèlement donnés, les contes recommencés, le jour s'étiola.

— Agnès va beaucoup mieux, remarqua la novice. Vous pouvez, sans crainte, retourner chez vous, dame, afin de vous reposer à votre tour. Vous l'avez bien mérité.

— Il ne semble plus y avoir, en effet, de danger...

— Plus aucun. Soyez tranquille. Dans deux ou trois jours votre protégée pourra de nouveau jouer aux palets ou à cligne-musette avec ses jeunes amis.

— Dieu soit loué! J'ai eu peur que ce ne soit plus grave!

— Nous aussi. Soyez remerciée de tout ce que vous avez fait pour elle.

Comme elle n'avait pas demandé qu'on vînt la chercher, ce fut dans le chariot de l'hospice que Florie regagna sa maison.

En chemin, l'expression employée par la novice s'imposa à elle : « votre protégée ». Elle y réfléchit longuement.

· — Je crois bien que, durant cette nuit de veille, j'ai pris une décision, dit-elle à Suzanne, au cours du souper.

— Méfiez-vous, dame! Le mauvais sommeil donne de mauvaises idées!

— Celle-là est bonne, j'en suis certaine. Juge plutôt : je pense sérieusement à retirer Agnès de Grandmont pour l'installer chez moi. J'élèverai cette enfant comme si elle était mienne. J'y suis très attachée et crois qu'elle m'aime bien. Plus tard, je l'adopterai. J'aurai, de la sorte, quelqu'un à aimer toute ma vie. Agnès est fort attachante, tu verras. Je suis sûre qu'elle te plaira, à toi aussi.

Ce ne fut qu'en pénétrant dans sa chambre de la tour qu'elle se dit que Guillaume, lui, ne considérerait probablement pas d'un bon œil l'installation d'une tierce personne sous le toit de son amie. Cette certitude ne changea rien à sa résolution : elle le convaincrait, voilà tout!

Suzanne l'aida à se préparer, emplit de bois la cheminée, se retira.

Fatiguée, ne sachant si elle passerait la nuit seule ou non, Florie se coucha et s'endormit.

Elle se réveilla avec la sensation qu'on l'observait.

— Est-il tard? demanda-t-elle sans trop savoir ce qu'elle disait.

Guillaume, debout auprès du lit, ne répondit pas à sa question, mais en posa une autre :

— Savez-vous que je vous ai attendue ici, pendant de mortelles heures, hier au soir?

Elle se souleva sur un coude. Il ne devait pas y avoir bien longtemps qu'elle dormait. Les bougies n'étaient qu'à moitié consumées.

— Je suis navrée pour vous, mon ami, mais, en l'absence de Denis que je ne savais comment joindre, je n'ai pas pu vous faire prévenir.

— Je m'en doute!

Elle prit enfin conscience du ton dur, amer, des paroles prononcées.

— Guillaume, je vous le demande, ne m'en veuillez pas. Je vais vous expliquer...

— Croyez-vous que ce soit nécessaire?

C'était plus que du mécontentement. Une sorte de rancune menaçante, assortie d'une violence mal contenue, qui semblait près
d'éclater.

— Pardonnez-moi cette nuit manquée, en faveur de la nouvelle
que je vais vous apprendre, reprit-elle précipitamment, pour conjurer la tempête. J'ai aidé à sauver, peut-être de la mort, en tout cas
d'une maladie fort grave, une enfant de l'hospice. C'est à son chevet
que je suis restée sans désemparer.

— Comment voulez-vous que j'ajoute foi à cette fable ? Je vous ai
vue, dimanche matin, sur la route de Vençay, en compagnie d'un
homme qui vous a tenue dans ses bras, serrée contre lui, quand vous
êtes descendue de votre mule. Vous ne pouvez pas le nier : je vous ai
vue, vous dis-je, du bois où je me trouvais ! Ensuite, vous lui avez
assez longuement parlé. Bien entendu, dans un lieu public, il ne pouvait être question de vous donner en spectacle, aussi, vous êtes-vous
quittés, une fois rendez-vous pris !

— Vous êtes fou !

— Peut-être, en effet, me rendrez-vous fou ! J'ai bien failli, hier,
pendant votre conversation, m'élancer sur vous deux pour tuer sur
place votre nouvel amant !

— Guillaume !

— Les moments que j'ai vécus ensuite dans cette chambre en vous
attendant, ces moments qui s'égrenaient, sans rémission, l'un après
l'autre, sont tombés sur mon âme comme autant de gouttes de plomb
fondu... C'est vous que j'aurais tuée, Florie, si vous étiez revenue à
l'aube !

Rejetant les draps, la jeune femme se leva. Ses cheveux cou-
vraient seuls, jusqu'aux reins, son corps blond. Debout devant Guillaume, et bien qu'elle en fût proche à le frôler, elle ne fit pas un geste
pour le toucher.

— Si une seule des suppositions qui vous occupent depuis hier est
juste, dit-elle sans baisser les yeux, s'offrant tout entière à l'homme
qui l'accusait comme à un juge, dans la vérité de son expression
ainsi que dans celle de sa nudité, alors, tuez-moi ! Vous avez raison
de le vouloir !

— Comment expliquez-vous ce rendez-vous sur la route ?

— Ce n'était pas un rendez-vous ! Cet homme qui vous fait diva-
guer, je vais, pour commencer, vous dire son nom, ce qui serait la
dernière chose que je vous proposerais si j'étais coupable,
reconnaissez-le.

Avec l'assurance de qui dit la vérité, Florie se mit alors à parler de
Bernard Fortier. Elle dit comment elle l'avait connu, cita le nombre
de leurs rencontres, reconnut qu'il lui faisait la cour, répéta mot
pour mot la conversation de la veille.

— Et cette nuit où vous avez découché?

— Je vous l'ai déjà dit: j'étais au chevet d'une enfant qui m'est chère et qui risquait de mourir.

— Comment vous croire?

— Je vais vous en fournir le moyen.

Elle alla jusqu'au foyer, s'adossa à l'un des montants de la cheminée.

— Cette petite fille dont je vous parle, s'appelle Agnès et a quatre ans. Elle est sans famille. Personne. Elle a été abandonnée, comme beaucoup d'autres, sur les marches d'une chapelle. Eh bien! Guillaume, j'ai justement décidé, pendant cette nuit où vous me croyiez livrée à je ne sais quel démon luxurieux, oui, j'ai décidé de la prendre chez moi et de l'élever comme si elle était mienne. Elle a besoin de tendresse. Moi aussi. Elle sera donc bientôt dans cette maison où vous pourrez vous assurer de sa présence et vérifier par la même occasion, puisqu'il vous faut des preuves, que je ne vous ai pas menti en vous parlant des liens qui se sont noués entre elle, qui n'a plus de mère, et moi qui n'ai plus d'enfant!

Elle pleurait. Guillaume essuya d'une main qui tremblait les joues humides.

— Pardonnez-moi, dit-il, pardonnez-moi, mon amour... J'ai souffert à en crever! Vous ne savez pas ce que vous êtes pour moi, vous ne le mesurez pas! Hier, en vous attendant, je me disais que, sans vous, rien n'existait plus dans l'univers, rien n'y avait plus de sens... Ma mort aurait suivi la vôtre de tout près!

Il la souleva entre ses bras, la porta sur le lit, souffla les bougies.

Seule la lueur de l'âtre éclairerait leurs retrouvailles.

VII

— Il a épousé une Égyptienne! Oui, mon oncle, une Égyptienne! Mathilde était déconcertée. Le chanoine Clutin écarta les mains.

— Si cette jeune étrangère s'est convertie de bonne foi, ma fille, pourquoi ne ferions-nous pas crédit à votre fils? Arnauld a vingt-cinq ans, n'est-ce pas? C'est un homme. L'étudiant un peu chimérique qui s'en est allé en Terre Sainte a dû beaucoup apprendre au long des ans passés là-bas, beaucoup changer. S'il a estimé qu'une épouse égyptienne lui convenait, il peut fort bien avoir raison.

— Nous acceptons de nous en remettre à son jugement, mon oncle, mais avouez, néanmoins, qu'il y a de quoi être abasourdis!

— Que dit au juste la lettre que vous venez de recevoir?

— Arnauld nous parle, pour commencer, de son voyage en Égypte, où notre sire le roi l'avait envoyé en vue d'une négociation, et où il a été admirablement reçu. Si bien, même, que beaucoup de personnes de la société l'ont invité chez elles. Un riche marchand avec lequel il s'était lié d'amitié, lui a confié avoir vu notre souverain durant sa captivité à Mansourah, l'avoir souvent approché, s'être senti impressionné par sa dignité, son courage, sa loyauté.

— Il m'est revenu, de mon côté, que la conduite parfaitement chrétienne de notre sire, a, en effet, produit une impression profonde sur certains des musulmans qui se trouvaient dans cette ville pendant qu'il y était retenu.

— Celui dont je vous parle en était parvenu au point de vouloir se convertir. Arnauld, bien sûr, l'y a encouragé. Il a, par la suite, dispensé avec ardeur à son nouvel ami les connaissances théologiques indispensables. Le message des Évangiles a touché cet homme de bien au point de le décider à le répandre parmi les différents membres de sa famille. Entre eux, se trouvait une adolescente d'une quinzaine d'années, qui, au dire de notre fils, s'est montrée fort sensible à l'enseignement reçu. Comme elle était voilée, il ne pouvait admirer que ses yeux, magnifiques, d'après lui, et imaginer seulement le reste du visage et du corps qui lui paraissaient l'un et l'autre parfaits. Après la conversion de tous, et leur baptême, les femmes se sont dévoilées afin d'adopter les coutumes chrétiennes. Ce qui lui a été alors découvert, loin de le décevoir, n'a fait que l'enflammer davantage.

— La beauté qui a inspiré jadis, au psalmiste, les comparaisons féminines du *Cantique des Cantiques*, venait, elle aussi, de ces contrées lointaines, remarqua le chanoine. C'est une référence qui a sa valeur.

Il souriait. Désorientée autant qu'on peut l'être depuis la lecture du message parvenu d'outre-mer après un très long silence, Mathilde se sentait enfin un peu rassurée.

— Vous estimez donc, mon oncle, qu'un tel mariage peut avoir des chances de réussir ?

— Pourquoi pas ? Ce qui compte infiniment plus que la couleur de la peau, que les usages différents, c'est de posséder en commun des goûts, des sentiments, et, surtout, un même idéal, une foi identique. Il semble que ce soit le cas de ces enfants.

— Arnauld le dit.

— Faisons-lui donc confiance. Ce couple est composé de deux chrétiens, ma fille, c'est l'essentiel ! Si, par ailleurs, ils s'aiment tous deux autant que votre fils l'affirme, que craignez-vous ? Je ne vois rien dans tout cela de si alarmant.

— Dieu vous entende, mon oncle ! Je dois reconnaître, qu'à la description enthousiaste qu'il nous fait de son épouse, notre fils joint l'assurance d'un tendre amour. Il paraît heureux. Son seul regret avoué étant que nous n'ayons pu assister à la somptueuse cérémonie d'un mariage qu'il a dû contracter avant le voyage de retour, afin que les parents de Djounia la voient partir sous la protection d'un mari, plus sûre que celle d'un fiancé.

— Eh bien ! Mathilde, ne pensez-vous pas que ces précautions sont témoignages de gens sérieux ? De quoi vous plaignez-vous ?

— De rien, mon oncle, si ce n'est qu'on découvre en soi, à la lumière de circonstances comme celle-ci, à quel point on est régi par des habitudes, des façons de juger, dépendant de notre éducation, de notre lieu d'origine, de nos coutumes. L'idée que la femme d'Arnauld parle notre langue avec difficulté, qu'elle a, tout naturellement, des manières d'être différentes des nôtres, m'effarouche en dépit des beaux raisonnements que je ne cesse de me tenir.

— Née dans une famille honorable où on lui a certainement inculqué de bonne heure les mille raffinements des mœurs orientales, elle doit avoir, sous des apparences sans doute un peu déroutantes, beaucoup d'aspects communs avec vous. Son père est marchand, me dites-vous ?

— Je crois qu'il vend des tissus de coton, de soie, de gaze, de crêpe...

— Vous voyez bien ! Pour peu qu'il s'intéresse aux étoffes tissées d'or et d'argent, ce qui est tout à fait vraisemblable, Étienne et lui sont faits pour s'entendre.

La gaieté légèrement moqueuse du chanoine faisait merveille.

— Vous me connaissez, mon oncle. Je me sens toute prête à aimer l'épouse d'Arnauld, si, toutefois, elle y consent.

— Elle y consentira certainement. N'oubliez pas qu'elle va se trouver déracinée, loin des siens, en pays inconnu où tout lui sera nouveau. Plus qu'une autre, elle ressentira le besoin de votre appui, de votre sollicitude.

— Elle peut y compter, si Dieu veut !

— Il vous entendra, ma fille, croyez-moi, vous qui êtes une mère bienveillante.

— Pas toujours, mon oncle !

— J'espère bien que si !

Mathilde soupira. Elle n'avait encore jamais parlé au chanoine de ce qu'elle avait appris en Touraine au sujet de Florie. Le moment lui en parut venu.

— Depuis quelque temps déjà, je voulais vous entretenir d'une chose qui me préoccupe, reprit-elle. Je n'ai pas trouvé le moment nécessaire, ni le courage, de venir vous consulter avant aujourd'hui. Le bien que vous venez de me faire en aplanissant pour moi les obstacles que je croyais discerner dans le mariage d'Arnauld, en m'amenant à considérer sans anxiété les suites qu'il comportera dans notre vie de famille, m'incite à vous confier un secret qui, pour n'être pas mien, ne m'en touche pas moins au cœur. Il s'agit de Florie.

— Ne vit-elle pas près de Tours, dans la contrition et le renoncement ? Étienne m'a dit avoir fait sa paix avec elle, ce qui était souhaitable et me semble bien. Il m'en a fait part sans manifester de souci excessif.

— Il n'est pas au courant de ce que je sais. Au début, je n'ai pas cru bon de troubler sa convalescence. A présent, je ne pense pas avoir le droit de le plonger à nouveau dans la déception et la douleur.

Elle raconta ses doutes, sa découverte, son accablement.

Pierre Clutin avait écouté sa nièce sans rien dire. Le menton posé sur ses mains croisées, accoudé à sa table de travail, il réfléchissait. Quand elle se tut, il ne parla pas tout de suite.

— Pensez-vous que Florie est durablement éprise ? demanda-t-il enfin avec sobriété.

— Je ne sais... Je ne le crois pas. Son attitude est davantage celle d'une femme qui subit les assauts d'un amour fou que celle d'une femme qui connaît ces mêmes égarements. Il y a je ne sais quoi de soumis dans sa façon de se comporter qui me paraît assez révélateur.

— Alors, tout n'est peut-être pas perdu. Sait-on si, un jour, elle n'aura pas l'énergie de se soustraire à une emprise qui doit, parfois, lui être à charge ?

Il émanait de la pâle et maigre figure du chanoine une connaissance si éclairée, si partagée, de ce qu'il était en train d'entendre, que Malthilde ne fut pas surprise de sa réaction :

— Je vais tenter de provoquer chez Florie la prise de conscience indispensable, dit-il d'un air déterminé. Je suis le seul à pouvoir le tenter.

— Comment vous y prendrez-vous, mon oncle ?

— Je dois me rendre à Poitiers prochainement pour un colloque de théologie où je suis invité. Je vais partir un peu plus tôt que je ne le prévoyais, afin de passer par Tours. J'irai voir votre fille chez elle. Je lui parlerai.

— Fasse notre Seigneur Dieu que vous soyez porteur des mots qui convertissent !

— Dieu peut tout, ma fille, à condition que nous y mettions de la bonne volonté. Si Florie reconnaît s'enliser dans un marécage où le péché l'enfonce chaque jour un peu plus, si elle souhaite vraiment s'y arracher, elle sera secourue. En dernier ressort, comme toujours, sa sauvegarde ne dépendra que d'elle.

— C'est bien ce qui m'inquiète, mon oncle !

— Ayez confiance, Mathilde. C'est la condition essentielle de l'aide que nous recevons, alors même que tout semble perdu !

Une fois de plus, en quittant le cloître Notre-Dame, la femme de l'orfèvre se sentait fortifiée.

Elle se rendit directement rue Quincampoix où elle savait que du travail l'attendait.

Il faisait un froid maussade. Le ciel, comme le couvercle d'une marmite, fermait de partout l'horizon. C'était un mois de janvier humide et gris d'Ile-de-France. Peu de gens s'attardaient dans les rues.

Mathilde pénétra avec soulagement dans la boutique où elle trouva Étienne qui donnait à un de ses apprentis une leçon de ciselure sur or. Elle admirait, chaque fois qu'elle en avait l'occasion, la maîtrise dont son mari faisait preuve dans l'exercice de son métier. Depuis que Bertrand avait pris en main les ventes et les relations avec les marchands étrangers, maître Brunel se consacrait davantage à la fabrication, à la création des belles pièces qui étaient sa fierté. Sa femme savait combien sa réputation d'intégrité, de compétence, était solide. Elle appréciait cet aspect d'une personnalité qui l'attachait autant par son talent que par ses faiblesses.

— Je reviens de chez mon oncle, lui dit-elle quand il en eut terminé avec l'apprenti.

— Lui avez-vous parlé du mariage d'Arnauld ?

— J'y étais surtout allée dans cette intention.

— Qu'en dit-il ?

— Qu'il en sera de cette union comme de toutes les autres : qu'elle évoluera en fonction de la qualité des personnes. Il estime que Djounia, malgré les différences inévitables à deux éducations aussi lointaines, peut fort bien posséder les dons nécessaires à une bonne épouse. Enfin, il m'a répété qu'il dépendra en grande partie de notre accueil qu'elle s'acclimate en France, s'y plaise et nous adopte.

— Il doit avoir raison. Nous verrons. De toute façon, je préfère savoir mon fils aîné marié à la fille d'un honnête marchand égyptien, que voir sa sœur s'amouracher d'un débauché comme Rutebeuf !

— Quand je pense, dit Mathilde avec une sorte d'amère férocité tournée contre elle-même, oui, quand je pense avoir proclamé, durant des lustres, que les joies de la maternité l'emportaient de beaucoup sur ses tourments, j'ai l'impression d'être passée, comme une aveugle, à côté des réalités les plus évidentes !

Tout en parlant, les époux s'étaient penchés sur des croquis de bijoux dont ils avaient déjà discuté ensemble.

— Cette fois, il va falloir choisir les modèles qui vous paraîtront le plus aptes à tenter les gens de la cour qui vont nous revenir sous peu de Terre Sainte, dit l'orfèvre. On annonce le départ du roi et de la flotte pour le mois d'avril prochain. Si nous voulons être prêts pour leur retour, il faut nous mettre à l'ouvrage sans tarder.

Ils avaient beaucoup vendu pour les fêtes de Noël, des Étrennes, de l'Épiphanie. La Chandeleur et le Carnaval, tout proches, finiraient de vider les boutiques de ce qu'elles contenaient encore de présentable. Il paraissait urgent de renouveler les approvisionnements, de prévoir d'importantes réserves, afin de pouvoir faire face aux demandes qui seraient nombreuses l'été venu.

— Nous aurons également à lutter contre la concurrence des produits orientaux, affirma Mathilde. Il en est de même à chaque rentrée des croisés. C'est à la fois stimulant et dangereux pour nous.

— Plus stimulant que dangereux, ma mie. Voyez combien de denrées venues d'outre-mer nous sont devenues à présent familières, indispensables, alors que nos ancêtres en ignoraient l'existence.

— En étaient-ils plus malheureux pour autant ? Je n'en suis pas certaine. Peu importe, d'ailleurs. On ne revient pas en arrière. Les tapis, les soies de Damas, les oranges, les abricots, font maintenant partie de notre existence. Vous avez raison, mon ami. Ce que je voulais dire est qu'il ne faut pas nous laisser distancer par les modes sarrasines.

— J'aime en vous, Mathilde, parmi beaucoup d'autres traits, ce sens du réel qui voisine si naturellement avec une belle imagination. Choisissez d'après votre goût. En le suivant, vous ne pouvez pas vous tromper.

Mathilde se mit en devoir de dessiner des projets de bijoux. Douée pour le graphisme, elle savait, d'un trait ferme, projeter sur le parchemin les inventions de son esprit. Travailler de la sorte lui plaisait. Près d'Étienne, dont la confiance lui était un don constant, elle se sentait bien. Les manquements charnels qui l'avaient tant fait souffrir jadis, qui perturbaient encore, de temps en temps, leur entente, s'oubliaient sans difficulté dans des moments comme celui-ci.

Depuis le départ, les erreurs, les désastres de leurs enfants, il lui arrivait, plus souvent qu'autrefois, de souhaiter se retrouver seule avec Étienne. Ainsi qu'aux heures amoureuses du début de leur mariage, ils ressentaient profondément la joie d'être deux et de se compléter. Une paix, une sécurité tendre, qu'elle appréciait de plus en plus, régnait dans leur couple. Si elle levait les yeux de son ouvrage, elle rencontrait, presque à coup sûr, le regard attentif, toujours en alerte, aimant autant qu'on peut l'être, de son mari.

Ils œuvrèrent l'un près de l'autre jusqu'à la tombée du jour. Les cloches des églises parisiennes se mirent à sonner l'interruption du travail. Les apprentis s'en allèrent. On ferma la boutique.

Dans les rues, soudain tirées de la froide somnolence de l'hiver par l'afflux de ceux qui quittaient échoppes, ateliers, ouvroirs, pour rentrer chez eux, les époux Brunel regagnèrent leur logis.

— Savez-vous, mon ami, à quelle date le jeune drapier de Blois doit venir à Paris ? demanda Mathilde, tout en prenant grand soin de ne pas laisser traîner son manteau de velours fourré sur les pavés fangeux.

— Je crois qu'il sera ici pour le Carnaval. Louis Hernaut, lors de son passage dans la capitale, pour la fête des Innocents, m'en avait touché deux mots. Il m'avait, d'ailleurs, assuré que son jeune beau-frère nous préciserait le jour de son arrivée dès qu'il le connaîtrait lui-même.

— J'ai hâte de le présenter à Jeanne. Puisque, parmi les fils de nos amis, elle ne trouve personne à sa convenance, et, en dépit de ses frasques, continue à ne jurer que par Rutebeuf, il nous faut lui fournir une diversion. Ce garçon fera l'affaire. Il devrait lui plaire. Je compte sur lui, je vous l'avoue, pour éloigner le dangereux mirage dont elle se nourrit encore.

Depuis le scandale qui avait suivi la nuit où il avait joué jusqu'à sa robe de jongleur avant qu'on ne le ramassât ivre-mort dans la boue, Rutebeuf avait paru se complaire à multiplier les esclandres. On parlait beaucoup trop de lui, de ses beuveries, de sa passion du jeu, des fréquentations louches qu'il affichait avec ostentation. Les divertissements triviaux de la mauvaise saison, fête de l'Ane, fête des Fous, lui avaient permis de donner libre cours à son penchant pour la dépravation.

A la suite de ces éclats, maître Brunel avait interdit à Jeanne de revoir le trouvère. L'adolescente ayant fort mal pris cette défense, une scène pénible avait eu lieu entre le père et la fille, la veille de la Noël, alors qu'on venait de placer dans la plus grande cheminée de la maison, l'énorme bûche, préparée à cette fin, dont on comptait, selon la coutume, conserver les débris charbonneux afin de les rallumer en été, les jours d'orage, dans l'espoir d'éloigner la foudre.

— J'espère, avait lancé Jeanne d'une voix blanche, que cette précaution restera sans effet. Le feu du ciel est bien le seul à pouvoir attendrir les cœurs endurcis de ceux qui logent sous ce toit !

Étienne s'était retourné comme si une flèche venait de le frapper.

— Qu'est-ce à dire ? avait-il demandé sans vouloir tenir compte des gestes d'apaisement de sa femme.

L'accrochage avait été sévère. Réduite assez vite au silence, l'adolescente était remontée en sanglotant vers sa chambre.

La messe de minuit en avait été gâchée pour chacun des membres de la famille. Durant l'office célébré en grande pompe, accompagné des chants du clergé et des fidèles, pendant qu'on représentait, à l'heure sacrée, la gésine de Notre-Dame à l'endroit où on chantait la Généalogie, l'attention des Brunel avait été détournée du saint mystère par les traces visibles de la guerre clandestine qui se livrait parmi eux. Les yeux rougis de l'une, le visage fermé de l'autre, consternaient tout le monde. Les trois jours de fête chômés en avaient été assombris.

Il y avait pourtant eu une éclaircie au moment de la fête des Étrennes. Cet allégement des humeurs s'était maintenu jusqu'à l'Épiphanie où on avait tiré les Rois au milieu des rires habituels, sans autre complication.

Jeanne paraissait admettre le bien-fondé des raisons que son père, revenu sur sa froideur, lui avait exposées avec beaucoup de bonté et de patience.

L'euphorie des festivités dissipée, la jeune fille avait de nouveau parlé du jongleur. Elle désirait reprendre avec lui des relations qu'elle estimait innocentes et bénéfiques à la fois.

— Je reconnais que Rutebeuf s'est conduit en dépit du bon sens, avait-elle confié à sa mère, mais il y était poussé par le désespoir. Au fond, c'est mon père qui est la cause de ses extravagances. Si, le jour du bal de la confrérie, il ne l'avait pas chassé comme un gueux, rien n'aurait été pareil. Il faut comprendre la susceptibilité d'un poète et l'aider à se retrouver. Si on ne lui tend pas la main, à quoi va-t-il pouvoir se raccrocher ?

— Je ne pense pas que ce soit à vous de le faire, avait répondu Mathilde. Je vois bien ce qui vous attire dans le rôle, toujours séduisant, d'intermédiaire salvatrice entre le Mal et ses victimes, mais c'est trop dangereux pour une jeune fille comme vous !

— Vous n'avez aucune confiance en moi !

— Je n'ai plus confiance, il est vrai, en ce qu'affirment les innocentes de votre sorte. Non pas que je doute de votre sincérité. Seulement, voyez-vous, la sincérité ne suffit pas. Elle couvre souvent bien des erreurs, bien des méfaits. De toute mon affection pour vous, ma petite fille, je veux vous éviter les conséquences désastreuses qui finissent, parfois, par en découler.

C'était là un dialogue sans issue. Mathilde en avait conscience. Elle se répétait qu'elle ne parviendrait pas à convaincre Jeanne, et en souffrait.

— C'est pourquoi, mon ami, conclut-elle comme Étienne et elle arrivaient rue des Bourdonnais, c'est pourquoi je souhaite la venue de Bernard Fortier dans nos murs.

Il lui fallut attendre jusqu'au moment du Carnaval pour se voir exaucée.

Un drapier de Paris apporta un matin une lettre du jeune homme annonçant son arrivée quelques jours avant le Mardi Gras. Devant loger chez des amis, il se présenterait le dimanche suivant chez les Brunel, afin de les saluer.

— Faut-il préparer Jeanne à cette entrevue ? demanda Étienne à sa femme, après avoir lu la missive.

— Je ne le pense pas, mon ami. Notre fille a une nature indépendante, orgueilleuse, qui la pousse à se vouloir, seule, organisatrice de ses heurs et malheurs. Laissons-lui l'illusion de découvrir par elle-même l'objet d'une rencontre qu'elle ne saura pas être organisée. Je crois que c'est préférable.

Ce fut donc sans avoir été avertie que l'adolescente pénétra ce dimanche, en fin de journée, dans la grande salle où ses parents s'entretenaient avec un inconnu.

— Venez ici, ma fille, que je vous présente le frère de dame Bérengère Hernaut qui nous reçoit toujours si amicalement en Touraine, à chacun de nos passages dans sa ville, dit Étienne avec naturel. Il est drapier de son état.

Jeanne salua, sourit, s'enquit de la façon dont s'était passé le voyage.

Des servantes apportèrent de l'hydromel, du vin aux épices, des brioches, des pâtes de fruits.

Marie revint de son cours d'enluminure, rougit, balbutia, se fit oublier le plus vite possible.

La conversation roulait sur Paris, sur les fêtes qui se préparaient.

— La coutume veut que le bal du Mardi Gras se donne dans la grande galerie du Palais royal, transformée pour une nuit en salle de danse, dit Étienne. L'absence du roi et de la reine n'y change rien. Pour un garçon de votre âge, ce n'est certes pas un divertissement à dédaigner, aussi vais-je m'employer à vous y faire inviter.

— Grand merci, maître Brunel. J'ai fort envie d'y aller !

— Aimez-vous danser ? s'enquit Jeanne.

— Beaucoup. J'y vais chaque fois que je le peux. N'est-ce pas la meilleure manière d'approcher de près des jeunes filles, par ailleurs trop bien gardées ?

Il riait, avec ce mélange de cynisme juvénile et de bonne humeur qui lui donnait un charme un peu facile, mais assez engageant.

— Alors, il faudra venir mardi, dit Mathilde, sans oublier de vous costumer.

— En quoi serez-vous ? demanda Jeanne.

— Je n'y ai pas encore songé... Vous-même, demoiselle, sous quelle forme nous verrons-vous ?

— Comme mon frère aîné vient d'épouser une Égyptienne, ce que vous ne savez sans doute pas, j'ai songé à m'inspirer de cet événement familial pour choisir un déguisement : je serai en sultane !

— C'est une merveilleuse idée ! s'écria Bernard Fortier.

Il partit de son grand rire.

— Vous m'en donnez une autre, reprit-il. Si vous le permettez et pour n'être pas trop dépaysé, je me costumerai moi-même en sultan !

« Allons, se dit Mathilde, en les voyant s'esclaffer de compagnie, allons, la rencontre se passe fort bien. Espérons que la suite des événements ne nous décevra pas. »

Le lundi et le mardi furent consacrés aux préparatifs indispensables. Le jeune drapier trouva pourtant le moyen de venir rue des Bourdonnais. Une première fois, pour y prendre Étienne qui lui avait promis de le mener chez Nicolas Ripault afin de le présenter à son ami. Celui-ci pouvait se montrer des plus utiles à un débutant ambitieux comme l'était Bernard, dans une profession où il y avait beaucoup de rivalités. Une seconde fois, pour apporter à Mathilde un drap broché de soie dont elle avait regretté devant lui de n'avoir pas pu se procurer une coupe.

Le sort voulut qu'à chacun de ses passages il rencontrât Jeanne.

En l'honneur du Mardi Gras, et la fête devant durer toute la nuit, il y avait suspension traditionnelle du couvre-feu. Malgré la grisaille et un ciel toujours quinteux, une animation, un grouillement de fourmilière en folie, remplissaient les rues décorées de courtines et de draperies, éclairées de lanternes multicolores, de torches fichées sur des piquets, tout au long des principales voies. C'était, dans toute la chrétienté, avant l'austérité du carême, le gai remue-ménage du plaisir et des jeux.

Quand Jeanne, sous son déguisement, entra dans la chambre de ses parents, Étienne en reçut un choc. Fardée pour la première fois, vêtue de soie couleur d'azur, enveloppée d'un manteau neigeux, voilée de gaze brodée, chaussée de brodequins dorés à la manière des musulmanes, elle était à la fois apparition d'Orient et fantôme de Mathilde dans sa verte jouvence.

— Dieu! que vous êtes belle, ma fille!

— Je vous plais?

Plus fort que sa bouderie, son besoin de séduire la conduisait à jouer les coquettes auprès d'un père auquel, durant les dernières semaines, elle avait pourtant battu froid.

— Je suis fier de vous! Vous ressemblez tellement à votre mère quand elle avait quinze ans!

Selon la coutume, l'orfèvre et sa femme accompagnaient leurs filles au bal. Marie avait choisi un costume de Mélusine qui lui permettait de déployer sur ses épaules ses abondants cheveux blonds.

Des valets escortaient le groupe.

On dansait sur les places, aux carrefours, jusque dans les cours. Des bateleurs, des dresseurs d'animaux savants, des musiciens ambulants criaient, racontaient des facéties, chantaient. Un sautillement coloré, un trémoussement de masques, de faces enluminées, de perruques grotesques, de bouches ouvertes sur d'énormes rires, emplissaient la nuit de fête.

Dans l'île de la Cité, la galerie marchande du Palais était le centre de tous les mouvements de foule. On n'y pénétrait que sur invitation, mais, à en juger par la presse, beaucoup de gens étaient parvenus à s'en procurer! Il fallait attendre un moment dehors avant de pouvoir entrer dans l'immense local.

D'ordinaire, la galerie, lieu de rendez-vous des élégants, était vouée au commerce de luxe. Les merciers y vendaient les articles de la parure, les fards, les parfums, les soieries du Levant, l'hermine, le vair, l'or en paillettes, l'argent ciselé, les joyaux, les aumônières, les couvre-chefs, les gants, les bas, les bourses de cuir, les instruments

de musique, les plumes de paon, les guimpes et jusqu'aux fausses
tresses que certaines femmes ajoutaient à leur chevelure.

Pour l'occasion, on avait clos les volets des boutiques, décoré les
murs de draperies, de tapisseries, de guirlandes de houx, de gui, de
feuillage piqué de roses de Noël et de flots de rubans. Une multitude
y tourbillonnait. Somptuosité des étoffes, richesse des broderies,
profusion d'ornements en or et en argent, les vêtements rivalisaient
d'éclat, de faste, d'imagination.

Si un grand nombre d'invités étaient masqués et costumés, ils ne
l'étaient cependant pas tous.

— Comment discerner quelqu'un dans cette cohue? soupira
Mathilde qui ne voyait pas de quelle façon Bernard Fortier pourrait
rejoindre Jeanne.

— Ne vous faites aucun souci, ma mie. Qui veut, peut. Croyez-
moi.

Des amis, des relations, passaient, bavardaient, s'éloignaient. On
se déplaçait lentement, en contournant des groupes, en s'arrêtant,
en repartant. On riait des masques, on cherchait à reconnaître des
visages, des silhouettes, on s'extasiait sur l'invention, l'élégance, la
drôlerie des costumes.

Nicolas Ripault et sa femme émergèrent soudain de la foule. Le
frère de Bérengère Hernaut était avec eux.

— Vous voyez bien! souffla Étienne. N'avais-je pas raison?

— J'ai tenu à accompagner jusqu'à vous votre jeune ami blésois
que tout ce monde inquiétait, dit le drapier en glissant un œil malin
en direction des adolescentes. Il se sentait un peu perdu au milieu de
la bousculade et craignait de ne pas avoir la possibilité de vous
rejoindre avant la fin de la soirée!

Alix et son mari, ce Rémy qui avait, autrefois, su plaire à Charlotte, suivaient leurs parents. L'amie de Florie n'avait plus la vivacité ni la spontanéité rieuse des années d'antan. Il y avait quelque
chose de crispé dans son sourire, une ombre, celle des illusions
envolées, au fond de ses prunelles.

— Allez danser, mes enfants, conseilla Mathilde.

Des rondes, des farandoles, ondoyaient au milieu de la masse
mouvante. On se bousculait, on se coudoyait, on chantait, on se con-
tait fleurette, on profitait des ondulations de la foule pour se serrer
plus qu'il n'était nécessaire les uns contre les autres.

Sous couleur de la conduire vers les anneaux perpétuellement formés puis déformés d'une ronde, Bernard, à qui le turban, la robe et
le burnous de laine blanche allaient bien, s'était emparé d'une main
de Jeanne. Il lui parlait de près, l'œil brillant.

— Plutôt que pour une sultane, on pourrait vous prendre pour une
houri, disait-il à la jeune fille.

— Et pourquoi donc ?

— Parce que les houris sont des beautés parfaites que le Coran promet aux musulmans quand ils seront au paradis d'Allah !

Il élevait le ton afin qu'elle pût l'entendre au milieu du fracas que la musique, les conversations, les refrains repris en chœur, les frappements de pieds, multipliaient autour d'eux.

— Je croyais que c'étaient des sortes de fées orientales...

— Beaucoup mieux que des fées, demoiselle ! Des créatures divines dont le charme est sans pareil... Je ne pensais pas en rencontrer jamais, et voici que vous êtes devant moi, si belle, pour donner raison au Coran et pour me donner tort !

Ce compliment direct ne déplut pas à la jeune fille, s'il la décontenança un peu.

La danse changea de rythme. On repartit d'un pied léger. Comme elle passait devant une des estrades où étaient installés les musiciens, Jeanne, levant les yeux, aperçut Rutebeuf. Il jouait de la vielle comme à l'accoutumée, mais avait, lui aussi, remarqué la jeune fille. Tout en interprétant sa partie, il la suivait du regard. Elle se sentit rougir, s'en voulut, dédia un sourire et un signe de tête au jongleur qui ne lui rendit ni l'un ni l'autre.

« Quel mauvais caractère ! se dit-elle. Il m'en veut parce que je m'amuse avec un autre. Est-ce ma faute si son métier le tient à distance de moi ? »

Les doigts de Bernard serraient les siens. Elle songea furtivement qu'il était bien plus agréable d'être courtisée par un garçon comme le jeune drapier que par un baladin, importun à ses parents. Sitôt formulée, cette distinction lui fit honte. Elle se la reprocha, se sentit mal à l'aise, mit cette gêne au compte de Rutebeuf, et, enfin, perdue parmi des remous de conscience inextricables, se décida à ne plus songer qu'à son divertissement.

Nicolas ramenait à sa place Marie, qu'il couvrait à son habitude de louanges excessives, puis, sans désemparer, invitait aussitôt Mathilde.

Yolande s'adressa à l'adolescente :

— Ce n'est pas mon époux qui aurait dû vous faire danser, Marie, mais mon fils, s'il n'était cloué pour toujours sur son lit d'infirme !

En elle, la souffrance maternelle demeurait plaie vive.

— La dernière fois que je l'ai vu, dit la jeune fille, il composait une aubade, en fredonnant la mélodie, et paraissait content.

— Il fait de nécessité satisfaction, soupira Yolande. Certains jours, pourtant, s'il m'arrive de pénétrer à l'improviste dans la pièce où il compose, je lui trouve les yeux rouges et l'air chagrin.

— Je vais aller plus souvent lui rendre visite, proposa Marie dans un élan de compassion. Nous parlerons musique ensemble.

— Ce ne sera pas bien gai pour votre jeunesse, mais, pour Marc, un tel témoignage d'amitié n'aura pas de prix !

Mathilde et Nicolas achevaient une carole. Comme ils s'acheminaient, en fendant la presse, vers leur groupe, un grand diable au masque cornu, vêtu de rouge, mit une main sur le bras de la femme d'Étienne.

— Accepteriez-vous de danser avec moi ?

Voyant qu'elle hésitait, Nicolas intervint :

— Satan n'est à craindre que lorsqu'il cherche à nous persuader qu'il n'existe pas, belle amie ! Quand il se promène ainsi, ouvertement, en s'exposant sous son aspect le moins discret à tous les regards, il n'est plus à redouter, croyez-moi !

— Allons donc, dit Mathilde, intriguée.

Son compagnon l'entraîna vers une farandole qui passait. Ils ne s'y attardèrent pas. Au premier prétexte, l'inconnu, entraînant sa cavalière avec lui, quitta les autres. Il la conduisit près d'une échoppe dont l'auvent clos était dissimulé par une draperie.

— Il fallait que je vous parle, dit-il en se démasquant.

— Girard !

— Qui vouliez-vous que soit ce démon ?

— Vous tenez absolument à vous faire plus mauvais que vous n'êtes, mon pauvre ami ! Repartons, s'il vous plaît.

— Non pas. Vous m'entendrez !

— Avez-vous donc l'intention de m'annoncer que vous acceptez de renoncer à votre folie ?

— Comment le pourrais-je ?

— Alors, vous n'avez rien à m'apprendre de nouveau. Je suis au fait de vos chimères et vous ai déjà dit ce que j'en pensais. Adieu !

— Vous ne me quitterez pas ainsi !

Il voulut la saisir dans ses bras.

— Non !

La gifle claqua. Girard recula. Mathilde s'échappa. Elle revint vers les siens. Une saine colère l'habitait.

— Décidément, il n'est pas recommandé de frayer avec Satan, dit-elle à Nicolas qui la considérait d'un air interrogateur, même un soir de Carnaval !

— Que s'est-il passé ?

— Rien. Mais ce diable est un fou !

Étienne s'approchait.

— Si nous allions boire quelque chose ?

A l'un des bouts de la galerie marchande, on avait dressé des tables chargées de mets et de boissons.

Comme ils y parvenaient, Mathilde aperçut Jeanne qui dansait un touret avec Bernard. Ils avaient l'air de fort bien s'entendre.

VIII

— Il faut rompre, Florie, il n'y a pas d'autre solution.

Depuis plus de deux heures que durait leur conversation, les arguments du chanoine convergeaient tous vers cette alternative : ou continuer la vie de péché qui perdait l'âme en souillant le corps, et en compromettant l'avenir, ou se décider à une séparation qui sauverait aussi bien les chances de vie éternelle que celles d'ici-bas.

— Je ne nie pas, mon père, que vous ayez raison, répéta Florie qui avait, plusieurs fois déjà, acquiescé aux dires de son interlocuteur. Je suis arrivée, moi aussi, à cette conclusion. Mais, hélas, c'est une chose d'admettre la nécessité d'une rupture, c'en est une autre de la réaliser ! J'ai peur, je le reconnais devant vous, oui, j'ai peur de la violence d'un homme dont toute la vie s'est nouée et comme ramassée autour de notre liaison.

— Ce que vous me dites prouve, cependant, que vous ne l'aimez plus, ma fille. En admettant qu'on ait jamais pu nommer amour l'état de soumission sensuelle auquel il vous avait réduite.

— Puisque je vous parle en confession, mon père, je vous avouerai que je n'ai jamais su si je l'aimais ou non. Dès le début de nos relations, je me suis sentie subjuguée par lui, mais, en dépit de l'ascendant qu'il exerçait sur moi, je n'ai jamais été sûre de partager sa passion. Il y a en lui je ne sais quel trop avide appétit de jouissance qui le rend redoutable autant que séduisant.

— Il m'est parfois arrivé, au cours de mon ministère, de rencontrer de ces natures serves de leur instinct et de lui seul, qui feraient douter des fins dernières de l'espèce humaine, si, grâce à Dieu, nous n'en avions pas, par ailleurs, tant de preuves ! Je sais combien ces gens-là sont difficiles à convaincre.

Il passa une main aux articulations saillantes sur son visage, se redressa. La volonté qui l'animait n'était pas de celles auxquelles on se heurte, mais de celles, qui, parce qu'elles sont désintéressées, mues par le seul souci de servir, ont le pouvoir d'entraîner à leur suite celui auquel elles s'adressent.

— Tant pis pour vous, ma fille ! reprit-il. Ne m'en veuillez pas de vous parler avec cette rudesse apparente, mais je vois, dans la dureté même de l'effort demandé, la condition mise au rachat d'une faute dont nous ne pouvons pas nous dissimuler qu'elle est grave.

— Je ne le conteste pas.

— Allez donc jusqu'au bout de votre raisonnement, Florie, efforcez-vous d'être lucide si vous ne voulez pas rester sans défense au moment critique : vous aurez à livrer combat à un homme dont la force réside, non dans la hardiesse, la fougue ou l'autorité dont il peut faire preuve, mais, plus dangereusement, dans la sincérité des sentiments qu'il vous porte.

— Je n'y parviendrai jamais. Ce n'est pas de lucidité que j'ai besoin, mais de bravoure. J'en suis lamentablement dépourvue !

— Même pour vous libérer de liens qui vous pèsent, qui vous condamnent à mener sans fin une existence flétrie ?

— Je le crains.

— Même s'il s'agit de retrouver un honneur qui, seul, peut vous permettre d'envisager sainement l'éducation d'une enfant comme Agnès ?

— Là, mon père, vous me touchez au vif !

— Vous voyez bien que tout n'est pas perdu ! Cette petite fille que Dieu a placée sur votre route va vous obliger à vous montrer digne de la confiance qu'elle a mise en vous. Vous ne pouvez pas la décevoir.

Florie se taisait. Autour de son visiteur et d'elle, s'écoulaient les heures d'un jour de février. La saison était prématurément douce. Les oiseaux se reprenaient à chanter, les violettes à fleurir sur les talus, la lumière à égayer les coteaux. Une saison ambiguë, qui n'était plus l'hiver mais pas encore le printemps, déconcertait les Tourangeaux. On faisait toujours du feu dans la salle de la maison, alors que, dans la journée, du moins, ce n'était plus vraiment nécessaire.

Sous la surveillance de Suzanne, Agnès jouait au soleil, dans le jardin. C'était d'elle que le chanoine, dès son arrivée, s'était d'abord entretenu avec Florie. Pour la féliciter de son entreprise. Autant à cause du bien procuré que du tendre bénéfice à en retirer. Ce n'avait été que par la suite, et ainsi que d'une conséquence naturelle de l'adoption, qu'il avait abordé la rupture.

— Je redoute la façon dont Guillaume va se comporter après m'avoir entendue, soupira la jeune femme.

— Ce sera un moment difficile, ma fille, je vous le concède. Mais c'est justement en cette appréhension à vaincre, en cette lutte à soutenir, que résidera l'essentiel de l'épreuve.

Les coudes posés sur ses genoux, les mains soutenant sa face d'ascète, le chanoine offrait à Florie une qualité d'attention exceptionnelle.

— Vous m'avez dit ne pas avoir communié depuis plus d'un an, ne pas avoir fait vos Pâques l'année dernière. Envisagez-vous de continuer à vous tenir loin des sacrements ? Pourrez-vous, longtemps encore, vivre comme une païenne ?

— Vous ne me donnerez pas l'absolution ?

— Le puis-je ? Vous savez aussi bien que moi ce qu'il en est.

Les flammes dévoraient les troncs d'arbres, la désolation l'âme de Florie.

Le chanoine et sa petite nièce demeurèrent un moment silencieux, l'une à se débattre, l'autre à prier.

— Tout est à craindre de Guillaume, reprit la jeune femme, tout ! Vous ne le connaissez pas, mon père ! Il se montre déjà rempli de jalousie à l'égard de la tendresse que je porte à cette enfant dont il n'admet que par force la présence près de moi... Il est jaloux de n'importe qui, de tout le monde, de son ombre même !

— Vous n'êtes donc pas heureuse ! Par le Dieu vivant, reprenez-vous ! Ne vous laissez pas enliser dans toute cette boue !

Le ton avait changé. Le confident plein de compréhension et de bonté s'effaçait devant le serviteur frémissant de la justice divine. Florie avait en face d'elle un homme inspiré.

— Je vous donne un mois, ma fille, un mois, pas plus, pour sortir de ce bourbier ! Relevez-vous ! Redressez-vous ! Avez-vous oublié que vous êtes une libre créature du Seigneur ?

Debout devant la jeune femme, silhouette à la fois frêle et indestructible, masque émacié brûlant d'amour spirituel, il se dressait comme une torche.

— Je reviendrai à Vençay dans un mois, reprit-il. Je veux pouvoir, à cette date, vous donner l'absolution !

— Alors, mon père priez pour moi, priez sans cesse, puisque vous tenez à me retrouver affranchie, délivrée, à votre retour : sans aide, je ne parviendrai à rien !

Longtemps après le départ du chanoine, Florie resta prostrée. Si sa liaison lui paraissait chaque jour plus lourde, la décision à prendre lui semblait encore plus écrasante !

Depuis qu'elle avait ramené Agnès chez elle, depuis qu'elle avait cette enfant à aimer, à soigner, à surveiller, depuis qu'elle s'était sentie responsable de cette vie légère, ses sentiments envers Guillaume avaient beaucoup évolué.

Aimant cet homme, autrement qu'avec son corps, peut-être chez elle la tendresse aurait-elle, sans difficulté, pris le relais de la passion. Mais il n'en était rien.

Aussi, la venue du chanoine, ses conseils, ses exigences spirituelles, ne l'auraient pas révoltée, mais plutôt confortée dans une décision qu'elle n'attendait qu'une occasion pour prendre, si la frayeur ne l'avait pas habitée.

Un mois! Il lui faudrait, dans un tel laps de temps, découvrir la vaillance nécessaire à l'initiative, à l'exécution, à l'accomplissement d'une manœuvre dont les difficultés lui paraissaient, à l'avance, insurmontables! Comment s'y prendre?

— Florie, Florie, regardez, regardez!

Agnès entrait dans la pièce, se précipitait vers la jeune femme, posait sur ses genoux deux crocus jaunes, maladroitement cueillis, un peu écrasés.

— Grand merci, ma mie. Ils sont fort beaux. Je vais les mettre dans une timbale en argent, avec de l'eau, pour les conserver le plus longtemps possible.

Elle se penchait, embrassait les joues rondes, fermes et douces, à la transparence délicate de pétale. L'odeur duveteuse, tiède, printanière, de la peau enfantine était celle-là même de l'innocence, de la verdure, de toute la fraîcheur du monde.

— Vous sentez le grand air et le soleil, Agnès, comme une fleur que vous êtes!

Suzanne paraissait à son tour.

— Le temps se refroidit. Je crois que c'est le moment de rentrer.

— La petite s'est-elle bien amusée?

— Beaucoup! Nous avons couru dans le verger, ramassé de petits cailloux dans la vigne, tout en racontant des histoires, et enfin, fabriqué des pâtés avec le sable de Loire que vous avez fait déverser aux pieds des châtaigniers.

— Et cueilli des crocus! compléta Agnès.

— Elle les a vus avant moi et a tenu à vous les apporter.

Grimpée sur les genoux de la jeune femme, l'enfant jouait avec la croix d'or que celle-ci portait autour du cou.

— N'avez-vous pas faim, ma mie?

— Si. Je veux un gâteau.

— On ne dit pas je veux, demoiselle, mais je voudrais.

— Je voudrais des gâteaux!

Florie acquiesçait, serrait l'enfant contre elle. Bien que son fils fût mort, en partie, par sa faute, il lui était donné de pouvoir, à nouveau, goûter les joies si tendres de la maternité. Elle mesurait l'importance d'une telle grâce, tenait à la conserver. Même si, pour ce faire, il lui fallait sacrifier une liaison dont elle commençait à se sentir lasse, ce qui était peu, mais, en plus, affronter le désespoir d'un homme dont elle connaissait la déraison, ce qui était terrifiant. Courage ! Agnès l'aiderait.

Tout en embrassant, sur la nuque mince, des frisons qui bouclaient, elle se répétait que la rencontre qu'elle avait faite à Grandmont avait été voulue par Dieu, qu'Agnès était l'intermédiaire choisie pour ramener le respect du Seigneur sous un toit où, cependant, il avait été bafoué...

— Suzanne, va me chercher les biscuits qui sont dans le grand pot de grès, sur le bahut de la cuisine. Ce sont ceux qu'Agnès préfère. N'oublie pas d'apporter en même temps un gobelet de lait d'amandes.

S'occuper de sa protégée lui était douceur, réconciliation avec elle-même. Comment aurait-elle pu, désormais, s'en passer ?

Si elle continuait, le matin, à donner ses soins aux orphelins de l'hospice, elle réservait ses après-midi à celle qu'elle considérait comme sa fille, sur la tête de laquelle s'était reportée la somme des attentes, des regrets, des espérances, des besoins, dont elle n'avait jamais cessé d'être assaillie depuis sept ans. Au centre de sa vie, elle aspirait davantage à cette présence qu'à celle de Guillaume. Personne ne pouvait rien contre une telle certitude. Il restait à la faire admettre à l'amant qu'elle souhaitait éconduire.

Elle y songea toute la soirée, puis la nuit, entre les bras de celui dont, justement, elle méditait la perte. Cette idée ne la quitta plus. Elle se mit à la couver comme une maladie.

Avec le flair de ceux qui aiment, Guillaume s'aperçut vite d'un changement dont on ne lui parlait pas.

— Qu'avez-vous, ma belle ? lui demanda-t-il un soir. Depuis quelque temps, vous me semblez lointaine.

— Lointaine ?

Elle prit la main posée sur sa gorge.

— Je vous trouve tout proche, au contraire !

— Ne jouez pas avec les mots. Vous savez fort bien ce que je veux dire.

— Non, mon ami, je ne sais pas.

Dès qu'elle le contredisait, il s'assombrissait, son humeur changeait. Blessé dans son amour aussi facilement que dans son amour-propre, il ripostait avec dureté. Elle s'en plaignait. La scène s'aggravait jusqu'aux larmes de l'une, aux repentirs de l'autre, à l'étreinte inévitable qui terminait chacune de leurs altercations.

Une fois de plus, tout se déroula comme à l'ordinaire. Après la réconciliation, alors que son amant s'était endormi contre elle, Florie, cette nuit-là, demeura éveillée, les yeux ouverts dans la demi-obscurité que le feu couvant sous les cendres entretenait dans la chambre. Elle n'en pouvait plus.

Le château de sable s'écroulait sur le cœur de Florie. Les amours mortes l'étouffaient. Elle pleura sans fin, s'endormit en sachant que rien ne viendrait la consoler.

Février passa, mars vint. Le temps gris, le carême, l'incertitude pesaient.

La jeune femme avait déclaré à Guillaume, que, par mesure de mortification, elle entendait vivre chastement durant les quarante journées de pénitence que le Seigneur s'était imposées. Après avoir admis la nécessité d'une continence qu'elle sollicitait avec de tels arguments, après s'être éloigné d'elle pour aller s'occuper de ses affaires en Champagne, il était revenu, une nuit, à l'improviste, oublieux de ses promesses. Furieux de la résistance qu'elle lui avait opposée au nom de leur accord précédent, il l'avait prise de force sur le lit saccagé.

Après l'affrontement, après les cris qui avaient fini par se muer en gémissements, ce que Guillaume avait lu dans le regard de sa maîtresse, bien loin de l'apaiser, n'avait fait qu'aggraver les tourments dont il était dévoré.

— Florie, Florie, vous ne n'aimez plus ! Mon amour, vous vous éloignez de moi !

Elle n'avait pas répondu, gardant un visage clos, autant par crainte d'un regain de fureur, que par dépit d'avoir cédé une nouvelle fois.

Il l'avait reprise contre lui, l'étreignant, la couvrant de baisers, tentant de rallumer l'incendie, de faire renaître le sortilège. En vain. Ce n'avait plus été qu'une femme indifférente, froide comme la cendre d'un foyer éteint, qu'il avait tenue dans ses bras. Après la violence, après le plaisir, il avait essayé l'émotion, lui avait parlé bas, l'avait suppliée, priée... Elle était demeurée silencieuse, en allée...

C'était cette nuit-là qu'elle avait découvert la pitié en même temps que l'incompatibilité qui existe entre ce sentiment et l'amour.

A la mi-mars, excédée de ses propres tergiversations, elle décida, faute de mieux, de se rendre à Paris. Elle avait écrit à ses parents afin de leur parler de son projet d'adoption, et jugea, tout à coup, qu'il était indispensable d'aller leur présenter l'enfant dont elle comptait faire sa fille.

Guillaume ne put l'en dissuader. Ils se quittèrent à l'aube d'un jour nouveau, après la querelle et le raccommodement de rigueur entre eux. Florie vit, sans regret, son amant s'éloigner dans le petit matin. Elle se sentait vidée de tout élan, asséchée.

Il était entendu qu'elle resterait à Paris, avec Agnès, durant les fêtes de Pâques, pour ne revenir à Vençay qu'après le dimanche de Quasimodo. Le mois imposé par le chanoine à sa pénitente comme terme à ses errements serait donc largement écoulé. Il se verrait même prolongé par un stratagème dont la jeune femme ne se cachait pas le peu d'honnêteté.

Agnès, qui ne comprenait pas bien pourquoi il fallait partir, accepta pourtant le voyage avec amusement. Elle avait quatre ans et le monde à découvrir.

Par Blois, Orléans, Montlhéry, à travers les blés qui verdissaient, les pruniers en fleurs, les buissons frais éclos de prunelles sauvages, les bois bourgeonnant, en dépit du vent, des giboulées, des alternatives de froid et de soleil, le groupe de voyageurs auxquels s'étaient jointes Florie, Agnès et Suzanne, parvint à Paris.

Combien de fois, depuis son exil, Florie avait-elle imaginé, désiré, espéré ce retour ? Si longtemps cru impossible, le voilà qui s'effectuait ! En soulevant le heurtoir de la porte paternelle, la main de l'enfant prodigue tremblait d'émerveillement autant que de respect.

Un flux de réminiscences, de tristesses et de joies, de honte et d'espérance, se nouait, se dénouait, montait, s'éloignait, revenait, marée d'angoisse, du plus lointain, au plus immédiat d'elle-même...

— Ma fille, vous voici donc !

Si elle avait pu redouter la moindre réserve dans l'accueil que lui destinaient ses parents, elle fut tout de suite rassurée.

Cependant, en dépit de ces précautions, quand elle se revit dans la salle où son père et sa mère l'avaient attendue selon leur habitude, de chaque côté de la vaste cheminée, ainsi qu'ils l'avaient toujours fait, qu'ils continuaient à le faire dans son souvenir, elle ne fut pas loin de s'effondrer.

Mathilde s'était levée, avait tenu un moment sa fille contre elle, avant de s'en écarter pour se pencher vers la silhouette menue qui se blottissait dans son ombre.

— Soyez la bienvenue, petite Agnès !

L'enfant rougissait, baissait la tête, se réfugiait plus étroitement encore entre les plis du surcot de Florie.

— Elle est assez timide.

— Elle est si jeune encore !

Redevenues complices par la grâce d'une présence enfantine, elles se prenaient l'une et l'autre à sourire.

Mathilde alla chercher sur la crédence une boîte en argent travaillé qu'elle ouvrit.

— Ce sont des dragées que j'ai achetées à son intention.

Étienne qui avait embrassé l'arrivante avec émotion, considérait Agnès d'un œil critique.

— Votre protégée est jolie, remarqua-t-il d'un air approbatif. Je redoutais que vous n'ayez cédé, en vous occupant d'elle, en décidant de l'élever, à un mouvement de pitié plutôt qu'à celui du cœur. Il semble qu'il n'en soit rien.

— Vous le voyez par vous-même, mon père, elle charme sans effort ceux qui l'approchent. J'ai été conquise comme les autres, me suis attachée à cette enfant et l'aime à présent de toute ma tendresse !

— J'en suis heureux. Donnez-moi la main, Agnès, j'ai un présent à vous faire.

Il prit d'autorité les doigts qui desserraient peu à peu leur étreinte de l'étoffe à laquelle ils s'étaient d'abord agrippés, afin de conduire la petite fille vers un panier d'osier posé entre son fauteuil et la cheminée. Une levrette grise, fine comme celles peintes sur les livres d'heures, pointait son délicat museau vers ceux qui l'approchaient.

— Elle est pour vous. Je vous la donne.

— Elle est à moi ! Elle est à moi !

L'enfant se précipitait vers l'animal qui la regardait venir de ses doux yeux bombés.

— Doucement, ma mie, doucement ! Touchez-y avec ménagement ! Ce n'est pas un jouet, mais un être vivant. Ne lui faites pas de mal !

Agnès s'accroupissait près de la corbeille, tendait une main devenue hésitante vers la tête soyeuse.

Maître Brunel montra par l'exemple comment caresser le pelage de velours gris, comment s'y prendre pour ne pas inquiéter la bête de race.

— Elle s'appelle Cendrine, à cause de sa couleur. Comme elle est de nature tranquille vous pourrez la faire coucher au pied de votre lit, dit-il. Nous avons pensé que ce cadeau aiderait votre protégée, Florie, en lui rappelant Finette, à s'acclimater chez nous.

— C'est une merveilleuse idée, mon père ! Soyez-en remercié.

Le séjour à Paris commençait bien. Tout ce qui aurait pu évoquer un passé aux cicatrices encore sensibles avait été évité avec soin.

La pièce qu'on mit à la disposition de Florie et d'Agnès se trouvait être l'ancienne chambre des fils, transformée et décorée à neuf. Aucun mauvais souvenir ne traînait entre ses murs. Les sœurs d'Arnauld et de Bertrand y venaient peu, jadis, et la vue qu'on y avait du jardin était assez différente de celle des autres fenêtres.

En rangeant, avec l'aide de Suzanne, visiblement contente de se retrouver rue des Bourdonnais, ses affaires, ses vêtements, ceux d'Agnès, dans des coffres mis à leur disposition, Florie se sentait plus légère.

Prévenus de son arrivée, Bertrand, Laudine, et leur progéniture, ne tardèrent pas à s'annoncer. Avec eux aussi, les effusions furent discrètes. On sut éviter les pièges des excès de langage pour n'échanger que des nouvelles feutrées, dépourvues de résonances trop vives.

— Il faudra aller embrasser grand-mère Margue sans tarder, dit Mathilde au bout d'un moment. Que diriez-vous de demain matin ?

— Comme vous voudrez, ma mère. Je m'en remets à vous.

Elles se méfiaient l'une et l'autre des déclarations intempestives de l'aïeule, mais on ne pouvait repousser cette visite. Ce serait un pas malaisé à franchir.

Ce que Florie, en revanche, n'avait pas prévu, fut la façon dont Jeanne et Marie se comportèrent à son égard. Ses deux plus jeunes sœurs demeuraient pour elle des enfants. Elle resta plus surprise qu'il n'était sensé en les voyant pénétrer, peu avant le souper, dans la salle où on se tenait en attendant de passer à table.

Si elle avait embrassé sans arrière-pensée, dans les moments qui avaient suivi son installation, Tiberge la Béguine, Perrine sa nourrice, et jusqu'à Maroie, qui s'étaient, toutes trois, montrées, d'instinct, pleines de tact, elle ne sut quel maintien adopter devant les deux adolescentes, plus grandes qu'elle, et bien différentes des petites filles laissées sur place lors de son départ. Pour la première fois depuis son retour au bercail, elle sentit peser sa faute.

Marie, dont la gêne était sans doute réprobation autant que timidité, ne savait où poser son regard. Jeanne, quant à elle, fixait avec assurance, curiosité et sans aucune chaleur celle dont la chronique familiale lui avait permis de se faire une représentation qu'elle comparait à la réalité.

Troublée par la gaucherie de l'une, par l'examen auquel la soumettait l'autre, Florie chercha quoi leur dire. Elle ne trouva que banalités.

Heureusement, Agnès, qui avait tout de suite fait amitié avec les enfants de Bertrand, fit innocemment diversion en se mettant à jouer avec eux à cache-tampon au milieu de la pièce. Il fallut intervenir, faire comprendre que ce n'était ni le lieu, ni le moment de se livrer à un amusement comme celui-là, confier, enfin, la petite bande aux nourrices.

Mathilde, qui avait remarqué la contrainte existant entre ses filles, s'arrangea, pendant le souper, pour les placer loin les unes des autres. La conversation roula sur le mariage d'Arnauld, grande nouvelle pour tous, qui occupa les esprits pendant une partie du repas. Florie s'étonna un peu, sans insister, du choix de son frère, reconnut que personne ne pouvait juger sans plus ample informé une union aussi inhabituelle, et convint qu'il fallait attendre d'avoir rencontré la jeune étrangère pour se faire une opinion à son sujet.

Tout alla bien jusqu'à ce qu'on évoquât les fastes du dernier Carnaval. On y vint par le biais du costume porté par Jeanne.

— Qui n'a pas vu notre fille en sultane, n'a rien vu! proclama avec complaisance Étienne qui éprouvait la bonne humeur des consciences pacifiées. Elle était magnifique!

— Vous n'étiez pas seul, mon père, à le penser, assura Bertrand. Certain sultan de ma connaissance partageait votre admiration !

— Quel était donc ce sultan enthousiaste ? demanda Florie tout en se félicitant de tenir enfin un sujet susceptible de la rapprocher de sa sœur.

— Un jeune homme qui...

— Vous le connaissez, ma fille ! intervint Mathilde. Il s'agit de Bernard Fortier, le frère de notre Bérengère tourangelle !

— Comment ? Il est venu ici ?

Son étonnement comportait un relent de suspicion qui n'échappa à personne.

Mathilde intervint :

— Je me souviens que vous le jugiez un peu trop ambitieux pour votre goût, dit-elle, conciliante. Ce trait de caractère, voyez-vous, était beaucoup moins apparent durant son séjour à Paris.

— Je ne trouve pas que l'ambition, à condition, toutefois, qu'elle reste mesurée, soit un mal pour un homme qui débute dans un métier, remarqua maître Brunel. J'ai même poussé notre jeune ami à solliciter de Nicolas Ripault des introductions chez plusieurs drapiers de sa connaissance. Ce sont gens d'importance qui pourront l'aider. Je crois, qu'avant de repartir pour Blois, il en a déjà retiré quelque profit.

— Tant mieux pour lui, murmura Florie.

La soirée se termina sans incident. Florie s'entretint longuement de Clarence avec Laudine, puis la conversation devint générale. On parla du retour de l'armée partie avec le roi en Terre Sainte, d'Arnauld qui était attaché au service de Louis IX, des affaires qui seraient plus actives dans les mois à venir.

On se sépara.

— Je suis content de vous voir de nouveau parmi nous, glissa Bertrand à l'oreille de sa sœur.

Quand elle referma derrière elle la porte de sa nouvelle chambre, elle alla vers le petit lit installé au pied du sien, où dormait Agnès, et se mit à pleurer. Sur son passé, sur sa jeunesse détruite, sur ce retour qui soulevait tant d'ombres et ne se passait pas aussi simplement qu'elle avait voulu le croire, sur la douceur, aussi, de se savoir aimée malgré tout, sur l'étonnement, enfin, de sentir la solidarité familiale se reformer autour d'elle. Elle s'endormit bien plus tard, sans savoir si la tristesse l'emportait dans son cœur sur la satisfaction, l'encouragement sur l'amertume.

Le lendemain, elle se rendit avec sa mère rue Saint-Denis, où logeait toujours Margue Taillefer.

Paris, sa lumière grise et rose, ses hautes maisons aux toits pentus, ses bruits, l'agitation de ses artères commerçantes, de ses ponts, de ses places grouillantes de monde, l'émurent et l'étourdirent à la fois.

— Je ne suis plus habituée à tant de mouvement, reconnut-elle. Comme le serait n'importe quelle femme de nos campagnes, je me sens effarouchée par tous ces gens!

— Vous êtes née sur les rives de la Seine, ma fille! Je ne vous donne pas deux jours pour avoir repris vos habitudes et ne plus vous plaindre de rien!

En dépit du désir qu'elle avait de mettre Mathilde au courant des avances que Bernard Fortier lui avait faites, elle dut y renoncer. La traversée de la ville ne s'y prêtait pas.

Vivant immuablement dans sa maison mal entretenue, parmi ses meubles abîmés et ses tristes coussins en désordre, grand-mère Margue lui sembla avoir rétréci plutôt que changé. Recroquevillée autour d'un squelette dont on devinait sous la peau amincie, le dessin des os frileux, la vieille femme offrait une impression de vétusté extrême. Si elle n'était pas trop ridée et demeurait, grâce à son ancienne carnation de blonde, encore fraîche en dépit de sa décrépitude, ses cheveux, en revanche, se faisaient rares et les hideuses croûtes brunâtres qui avaient commencé, bien des années auparavant, à envahir sa face ainsi que ses mains, s'y étaient élargies et la défiguraient. Seules, ses prunelles bleues gardaient leur clarté familière.

— Ma petite fille, dit-elle, je ne pensais plus vous revoir jamais en ce monde.

Des larmes coulaient sur ses joues. Quelle part en revenait à l'affection, quelle part à la sénilité?

— Je me demande bien pourquoi je suis encore sur terre, mon enfant! On devrait pouvoir mourir avant d'en être réduit à un état aussi misérable... Pensez donc: j'aurai quatre-vingt-huit ans l'automne prochain! A ce que je crois, le Seigneur notre Dieu m'a oubliée ici-bas!

Elle prenait les mains de Florie, les embrassait.

— Merci, merci, d'être venue!

Les deux femmes la quittèrent sans avoir eu à parer le moindre coup, mais impressionnées par le délabrement de celle qu'elles avaient connue si intrépide, si brutalement forte. N'en restaient que vestiges perclus autour d'un esprit vacillant comme la flamme d'une bougie presque consumée, un pauvre esprit las de vivre, avide d'amitié.

Florie fut sur le point de parler de la visite de Pierre Clutin à Vençay, visite dont elle ignorait que sa mère avait été l'instigatrice, mais elle y renonça, sans se douter qu'elle la laissait ainsi sur une douloureuse faim.

Elles rentrèrent donc rue des Bourdonnais sans avoir, ni l'une ni l'autre, abordé aucun des sujets qui leur importaient le plus.

Après le repas, alors que ses parents étaient retournés à leur travail, elle décida de se rendre rue aux Écrivains. Acre pèlerinage auquel, cependant, elle se sentait contrainte.

Depuis la mort de tante Béraude, la maison où elle avait commencé sa vie d'épouse et de mère passait de locataire en locataire. Elle appartenait par héritage à Philippe qui, du fait des circonstances, était empêché de s'en occuper, et devait, d'ailleurs, avoir bien d'autres soucis en tête !

Suivie de Suzanne, tenant par la main Agnès qu'elle emmenait avec elle comme écran entre son passé et un avenir qui demeurait incertain, la jeune femme traversa le Grand-Pont, la Cité, le Petit-Pont, sans jeter un regard à la boutique de pelleterie devant laquelle il lui fallut bien passer, parvint rive gauche, s'engagea enfin dans son ancienne rue. Les odeurs de parchemin neuf, d'encre, de librairie, s'imposèrent tout de suite à elle, raréfièrent l'air dans sa poitrine.

— Par Dieu, dame, ne me reconnaissez-vous pas ?

Rutebeuf la saluait.

— Je ne vous savais pas à Paris.

— Je n'y suis que depuis peu.

Ce témoin de sa jeunesse lui parut, lui aussi, malmené par les ans. Alourdi, mal vêtu, serrant sous son bras une vielle qui devait être son gagne-pain, il avait perdu la saine apparence que lui conférait autrefois l'adolescence. Une mine plombée, des cernes sous les yeux, avaient remplacé la santé dont elle se souvenait. Pas encore vieux, déjà marqué !

— La vie est dure, vous savez, dame ! N'empêche que vous revoir me fait du bien.

Agnès tirait sur la main qu'elle tenait. Cette rencontre ne lui plaisait pas. Les gens qui passaient autour du petit groupe ne lui prêtaient pas attention, sauf quelques-uns, qui détournaient la tête. Si Florie était devenue étrangère au quartier, Rutebeuf devait y être un peu trop familier...

— Moi aussi, je suis heureuse de vous revoir, assura la jeune femme. Il m'est revenu que vous aviez composé, durant mon absence, de fort jolies chansons.

Il eut un geste de mépris.

— Ce ne sont que broutilles !

Il fit la grimace.

— J'ai de plus vastes projets, dame, reprit-il. Oui, en vérité, beaucoup plus vastes !... Du moins, j'en avais.

Son accent se fit plus âpre.

— Je ne sais pas si je pourrai jamais les réaliser... Je suis tombé si bas...

— Vous allez retrouver vos amis, reprit Florie. Mon frère sera bientôt de retour. Vous pouvez compter sur lui. Il connaît vos travers, mais aussi votre talent, et vous aime tel que vous êtes. Il vous apportera cette compréhension dont vous ressentez le besoin. Dont nous avons, tous, besoin, pour travailler.

Le trouvère sembla sortir d'un songe.

— Vous-même ?

— Oh ! moi, je n'écris plus que des chansons pour enfants, et, tout spécialement, pour celle-ci.

Elle avait posé une main sur la tête blonde d'Agnès.

— Elle est à vous ?

— Par le choix, non par le sang !

Le poète approuva :

— Bon choix, dame, oui, par le ciel, vous avez fait ce qu'il fallait faire !

— Je le pense également. Que Dieu vous garde, Rutebeuf !

— Qu'avait-il sous le bras ? demanda la petite fille après le départ du jongleur.

— Un instrument de musique, ma mie. Pour faire danser, mais, aussi, pour faire rêver certaines filles !

Le trouble causé par cette rencontre aida Florie à contempler sans trop de bouleversement les murs de son ancienne demeure. Un nouvel écrivain public y occupait l'atelier de tante Béraude. La jeune femme ne s'attarda pas devant la boutique. Elle était plus préoccupée de l'avenir de sa sœur que de son propre passé.

Le soir même, avant le souper, elle alla rejoindre sa mère qui rentrait de la rue Quincampoix. Elle la trouva en train de se recoiffer, près de la fenêtre ouverte de sa chambre.

Le mois de mars se terminait avec grâce. Le jardin reprenait vie, les merles sifflaient, les arbres fruitiers paraient le verger de blancheur.

— Le printemps est là, dit Mathilde. C'est la douce saison qui vient à nous.

— La saison des amours, murmura Florie.

Elle s'assit près de sa mère.

— Êtes-vous sûre que Bernard Fortier soit le mari qui convienne à Jeanne ? demanda-t-elle avec un intérêt qui justifiait la brusquerie de son attaque.

— Pourquoi ne le serait-il pas, ma fille ?

La jeune femme s'expliqua. Elle conta la façon dont le drapier s'était comporté envers elle, l'obligation où il l'avait mise de l'éconduire.

— C'est tout ? Ce n'est pas bien grave, ma mie. Ce garçon est
jeune, plein d'ardeur. Son attention se porte tour à tour sur les
femmes qui passent à sa portée. Je ne vois là rien que de fort banal.

— Ne vous paraît-il pas léger ?

— Un peu... si peu ! Il n'a pas beaucoup plus de vingt ans, vous
savez. Il va de fleurette en fleurette. C'est sans conséquence. Quand
il aura fixé son choix, il s'y tiendra. Du moins, je l'espère !

— Vous voyez bien que vous n'en êtes pas certaine !

— L'est-on jamais en pareille matière ?

— Plaît-il vraiment à Jeanne ?

— Je le crois.

— Vous le croyez ou vous voulez le croire ?

— Je me suis posé cette question, Florie, avant que vous ne la sou-
leviez. Votre père et moi souhaitons, il est vrai, voir s'établir une
enfant romanesque, qui pourrait s'engager, si nous n'étions pas là
pour l'en garder, sur de mauvais sentiers. De là à la jeter dans les
bras du premier venu, il y a un immense pas à franchir. Pour vous
prouver que nous ne l'avons pas franchi, sachez que nous avions
songé, auparavant, à d'autres jeunes gens, fils d'amis ou de relations, qui nous semblaient pouvoir se montrer, un jour, bons époux
et bons compagnons. Elle les a tous écartés. Nous n'avons pas
insisté. Bernard Fortier, lui, ne paraît pas lui déplaire. C'est tout ce
que je puis en dire.

Il y eut un silence. On entendait en bas les cris des valets qui soignaient les chevaux dans l'écurie et une voix de femme fredonnant
une comptine.

— L'enfance, seule, est innocente, dit Mathilde. Ensuite, il faut
bien jouer avec le jeu qu'on a !

Florie regardait par la fenêtre.

— Tantôt, j'ai rencontré Rutebeuf, déclara-t-elle au bout d'un
moment. Il était de triste humeur et en triste état.

— Il vous a parlé ?

— Oui. Il semblait désemparé. Pourquoi l'avoir chassé d'ici ?

— Votre père redoute si fort un malheureux destin pour Jeanne
qu'il n'accepte pour elle aucune compromission.

La jeune femme s'assombrit.

— Il a eu tant de déboires avec ses filles aînées, qu'il est excusable
de se montrer intransigeant, reconnut-elle, non sans mélancolie.
Nous devons lui servir d'épouvantails...

— Clarence mène une vie de sainteté, ma fille ! Vous, de votre
côté...

— Oh ! ma mère ! Moi, je suis retombée dans mon péché !

Elle sanglotait. Ses résolutions cédaient au dévorant besoin de
confidence qui la rongeait.

Elle dit tout. Guillaume, la passion revenue, la passion déchaînée, la passion déclinante, les remords, les rechutes, l'arrivée du chanoine, les promesses faites, combien il était difficile de les tenir...

Mathilde avait pris entre les siennes une des mains de sa fille, la retenait, la serrait contre ses paumes moites.

— Je savais, en partie du moins, ce que vous venez de me confier, mon enfant chéri, dit-elle enfin. Je vous raconterai une autre fois comment je l'ai appris. L'important n'est pas là. L'important, c'est votre confiance retrouvée! J'ai tant souffert en croyant l'avoir perdue!

— Nous souffrions donc chacune de notre côté, ma mère!

— N'y revenons pas. Maintenant, tout va changer: nous allons œuvrer ensemble, Florie. Vous ne serez plus seule pour vous colleter avec vos faiblesses, pour vous débattre contre celui dont la folie risque de vous perdre! Croyez-moi, mon enfant chérie: mon oncle est dans le vrai: il faut rompre!

DEUXIÈME PARTIE

I

Le roi et son armée avaient débarqué à Hyères en juillet.

Les galères, les nefs, les galions, avaient déversé sur la côte de Provence, fief de Charles d'Anjou, frère du souverain, une foule bigarrée, agitée, bruyante, où turbans, burnous, hauberts, cottes d'armes, surcots et chaperons se mêlaient le plus naturellement du monde.

Débordant des caisses innombrables, des bagages de toutes tailles, de tous formats, qui encombraient le port, l'Orient, se répandait sur le littoral qu'il submergeait, qu'il envahissait : drap d'or d'Égypte, soie grège de Chypre, taffetas de Tyr, brocarts d'Antioche, coton tissé sur les métiers de Damiette, sucre fin de canne, gingembre, poivre, muscade, cannelle, clous de girofle, produits de la pharmacopée arabe dont les médecins des pays francs faisaient grand cas : laudanum, aloès, camphre ; teintures renommées comme le vermillon, la pourpre, l'indigo ; encens, pierres précieuses, perles, or, argent, ivoire, bois de santal, ambre gris, tapis sarrasinois, vins de Chypre, de Lattaquié, de Tortose, de Jéricho, faïences syriennes, verreries de Damas, cuivre du Soudan, jusqu'à des plants d'essences exotiques : grenadiers, orangers, citronniers, pêchers, figuiers, ainsi que des légumes : melons verts de Saphet, asperges, échalotes, aubergines...

Une puissante odeur d'épices, de suint, de relents musqués, flottait au-dessus de la rade.

Installés au château d'Hyères, le roi et sa maison attendirent quelque temps l'arrivée des chevaux qu'on devait leur envoyer de France et qui tardaient.

Chacun en profita pour refaire connaissance avec un sol quitté plus d'un lustre auparavant, pour se réacclimater. Après toutes ces années d'absence, il y avait beaucoup à réapprendre, beaucoup aussi à oublier.

Puis commença la lente remontée à travers le royaume en paix, le royaume sans chef depuis deux ans qu'était morte la reine Blanche de Castille, mère du roi et régente, le royaume qui avait, sagement, attendu le retour de son suzerain.

Arnauld Brunel et sa jeune épouse faisaient partie de la suite royale. Djounia découvrait une terre, des coutumes, un ciel nouveaux. Par les routes où sinuait la longue file de l'escorte, de l'armée, des serviteurs, des bagages, dans la chaleur d'un été de France, elle apprenait ce qu'était cette contrée inconnue où l'amour l'avait conduite. Elle observait, méditait, parlait peu en public, mais posait mille questions en privé à son mari. Deux servantes égyptiennes, qui ne savaient pas un mot de la langue qu'on employait dans l'étrange pays où il leur faudrait vivre désormais, l'entouraient, dans sa litière ainsi qu'aux étapes, de leurs soins familiers. Elles lui permettaient de préserver, grâce à leurs présences, avec le parler de sa race, des pans entiers d'habitudes laissées derrière elle. Quelques autres jeunes femmes turques, arabes ou noires, épousées et ramenées chez eux par des croisés, lui tenaient également compagnie.

Promenade triomphale à travers les provinces de la couronne, le voyage avait beaucoup d'agréments. Les cités, villages, bourgades, châteaux, manoirs, abbayes, monastères, se disputaient l'honneur d'héberger Louis IX et les siens. Ce n'étaient qu'entrées solennelles dans les bonnes villes, fêtes, défilés, danses (Djounia aimait infiniment danser), discours et festins. Aucun témoignage plus éclatant de fidélité ne pouvait être donné au souverain. Une part en revenait à ceux de sa suite, et ce premier contact avec un État dont Djounia était devenue sujette par son mariage, était bien le plus souhaitable pour la jeune Orientale qui s'appuyait au bras d'Arnauld.

Le samedi 5 septembre, on arriva à Vincennes. Le 6, le roi se rendit à Saint-Denis où il procéda à des prières d'actions de grâce et aux très libérales offrandes apportées avec lui.

Le lundi 7, eut lieu l'entrée à Paris. Le roi, la reine enceinte, et les trois enfants qu'ils ramenaient de Palestine où ils étaient venus au monde, franchirent en grande pompe les fortifications de la capitale.

Le clergé, en procession d'apparat, et toute la population vêtue de ses plus riches atours, chantant, criant « Noël ! », « Saint-Denis ! », « Vive notre sire ! », accueillirent le cortège. Parce qu'il retrouvait son roi, le peuple exultait.

La nuit qui suivit, on rit, on but, on dansa, dans les rues, sur les places, décorées à profusion de fleurs, de tentures, de guirlandes, à la lueur des torches et des feux de joie allumés un peu partout.

C'est au milieu de ces transports que la famille Brunel fit la connaissance de Djounia.

A l'approche d'une entrevue qu'elle appréhendait, la jeune femme n'avait cessé, avec l'accent qu'Arnauld trouvait charmant, de répéter à son mari : « Je ne vais pas plaire à vos parents... Je sais que je ne vais pas leur plaire ! »

Aussi, quand elle franchit le portail de la demeure où on les attendait avec une émotion qui, sans qu'elle s'en doutât, était égale à la sienne, tremblait-elle comme l'agnelle promise au sacrifice.

La porte du logis ouverte, ils entrèrent. Mathilde s'avança aussitôt. Elle adressa un regard chargé de tendresse à son fils, mais se dirigea en premier, sans hésiter, vers sa nouvelle belle-fille, restée paralysée par l'angoisse à quelques pas du seuil.

— Soyez la bienvenue dans cette maison qui est aussi la vôtre, dit-elle en entourant d'un geste maternel les épaules agitées de tressaillements comme il en court sur les robes moirées des chevaux de sang.

Elle reçut contre sa poitrine une créature en larmes dont les longs yeux dignes de la Sulamite, la beauté, la grâce et le parfum de fleur, la séduisirent sur-le-champ.

Après un échange confus de propos, d'exclamations, d'embrassades, entre le couple de jeunes mariés, leurs parents, les frères et sœurs venus les accueillir, les serviteurs curieux, on se retrouva tous ensemble dans la grande salle.

Djounia fit déballer aussitôt les somptueux présents qu'elle apportait, de la part de son père, à chacun des membres de la famille. Ce n'était que bijoux d'or fin ou d'argent ciselé, soies brochées, flacons d'arômes inconnus, coffrets de jade, d'ivoire... On se confondait en remerciements, en émerveillements, en ravissements...

Plus encore que par la générosité de la jeune Égyptienne, Mathilde restait éblouie par la perfection de chacune de ses attitudes. Les comparaisons du psalmiste prenaient vie devant elle : une taille souple comme le tronc du palmier, une gorge épanouie de colombe, une chevelure épaisse et drue comme une forêt nocturne, un visage d'ambre, des yeux de gazelle... Racée jusqu'au bout de ses doigts si fins qu'ils semblaient ceux d'une enfant, Djounia, sous son voile de gaze bordé d'une large bande d'or, sa longue robe de mousseline à manches évasées, le collier d'or à triple rang, les longues perles baroques qui pendaient à ses oreilles, les multiples bracelets composés de réseaux de perles, d'or cloisonné, de pierres fines, qui tintaient à ses bras, Djounia était la séduction, la parure, la féminité mêmes.

— Mon fils, dit Mathilde à Arnauld, dès qu'on voit votre femme, on comprend votre choix.

— Je suis heureux qu'elle ait su vous plaire, ma mère.

— Je ne suis pas la seule à être charmée : voyez comme votre père se met en frais pour elle !

En quelques instants, par l'unique grâce de sa personne, l'épouse venue de si loin conquérait les parents, la famille, jusqu'aux enfants qu'elle comblait de cadeaux et prenait dans ses bras avec respect et tendresse.

— Vous devez être fatigués par un aussi long voyage, dit Étienne. On va vous conduire dans votre appartement afin que vous puissiez prendre un peu de repos.

Depuis le printemps, on avait transformé et refait plusieurs pièces de la maison pour y loger convenablement Arnauld et Djounia. Ils habiteraient sous le toit paternel en attendant d'avoir choisi et aménagé le futur domicile qu'ils pourraient louer ou acheter, selon leur convenance.

Après le départ des jeunes époux, on approuva le choix d'Arnauld, on se félicita d'une union qui avait déjà fait parler d'elle, mais dont le sujet se trouvait à présent renouvelé.

L'impression laissée par la jeune femme était si favorable, même sur des esprits critiques comme ceux de Jeanne et de Marie, elles aussi charmées, que Bertrand s'interrogea en riant sur les défauts que pouvait avoir cette enfant des hommes, nécessairement imparfaite de par sa condition humaine, mais qui semblait avoir miraculeusement échappé à l'antique malédiction.

— L'avenir se chargera bien de nous l'apprendre, remarqua Laudine, avec le réalisme qui était devenu sien depuis qu'elle s'était éloignée de son enfance. Elle n'est pas faite autrement que nous.

On en convint presque à regret. Mathilde se demandait ce que Florie, si elle avait encore séjourné rue des Bourdonnais, aurait pensé de la jeune épouse d'Arnauld. Elle aurait sans doute apprécié la finesse, l'élégance, la sensibilité certaine de la nouvelle venue. Une fois de plus, la femme de l'orfèvre regretta le départ de sa fille aînée...

Après les aveux que celle-ci lui avait faits au mois de mars, elles avaient envisagé ensemble les possibilités de séparation qui pouvaient être retenues. Elles étaient limitées. Aussi, la mère avait-elle conseillé, compte tenu du caractère de Guillaume, de lui faire parvenir une lettre où seraient exposées les raisons d'une rupture que Florie n'aurait jamais de meilleure occasion de consommer. L'amant éconduit serait empêché, par la distance, de se laisser aller aux extrémités qu'on pouvait craindre de lui.

La proposition était sage, mais impitoyable. La jeune femme, qui était pourtant venue quérir une solution de ce genre auprès de ses parents, lutta pied à pied avant de s'y résoudre. Certains vestiges des ardeurs d'antan devaient couver sous les cendres qui recouvraient son cœur.

La missive partit enfin. Pour s'assurer que la décision si difficile-ment acquise demeurerait sans appel, Mathilde proposa à Florie de demeurer à Paris plus longtemps qu'elle ne l'avait primitivement escompté.

Tentée, encouragée dans ce sens par tout le monde, elle accepta de prolonger son séjour rue des Bourdonnais. Pour la distraire d'une obsession qui n'était que trop aisée à concevoir, pour qu'elle n'ait pas loisir de se reprendre, Mathilde entoura sa fille retrouvée de toutes les attentions possibles. On revit les amis de jadis.

Alix vint presque tous les jours. Charlotte se multiplia. Si elles ignoraient toutes deux la reprise puis l'achèvement d'une liaison qu'elles supposaient terminée depuis belle lurette, elles n'en appor-taient pas moins dans les plis de leurs voiles, avec les relents d'expé-riences conjugales manquées, une solidarité que la jeune femme res-sentait comme un compagnonnage.

On renoua également avec des condisciples de classe perdues de vue. Jeanne et Marie s'amadouèrent, participèrent, sans le savoir, à l'opération de sauvetage entreprise par leur mère.

Le chanoine, revenu de Poitiers, avait approuvé la façon dont ses consignes avaient été suivies. Par de longs entretiens avec sa péni-tente, il l'avait encouragée et soutenue dans sa résolution. Le mélange de prestance et de fragilité qui se dégageait de ce serviteur de Dieu, brûlé par l'amour, exerçait une influence considérable sur l'âme troublée de Florie. Elle s'en était remise à lui.

Les mois passèrent. Au début de l'été, la jeune femme s'avisa qu'Agnès, fort bien acceptée, cependant, et reçue partout, était fati-guée, qu'un changement d'air lui ferait du bien. En vérité, l'emprise familiale commençait à lui peser. Après les années d'indépendance qu'elle venait de vivre, même marquées par une austérité ou des remords qui lui avaient souvent paru intolérables, elle ressentait un très vif besoin de liberté.

La voyageuse s'en était donc retournée, vers la fin du mois de juin, en Touraine.

Depuis, des nouvelles étaient parvenues, où il était dit que tout allait bien à Vençay. Agnès se portait de nouveau à merveille. On évoquait fort souvent, avec Suzanne et l'enfant, les joies et les plai-sirs du séjour parisien. De Guillaume, rien, pas un mot. Au détour d'une phrase, simplement, il avait été question du calme qui régnait aux alentours comme à l'intérieur de la maison.

De façon plus espacée, mais avec une constance qui touchait beaucoup sa mère, Arnauld avait repris l'habitude de venir, parfois, en fin de journée, avant le souper, quand elle rentrait de la rue Quincampoix, causer avec elle dans sa chambre. Il s'asseyait sur le lit pendant qu'elle se préparait pour le repas, et l'entretenait de mille choses. Au fil de ces causeries, elle s'apercevait qu'il était plus transformé en apparence qu'en réalité. Si son mariage l'avait épanoui, si, moralement et physiquement, il avait mûri, si l'amour qu'il portait à sa belle épouse lui était bénéfique, il n'en demeurait pas moins en proie au goût, au besoin, des discussions intellectuelles, à la merci des idées qui peuplaient son esprit.

— J'ai découvert là-bas que nous avions plus de ressemblance avec les infidèles qu'on ne le pense communément en France, disait-il. Il y a parmi eux, des sages et des lettrés qui s'entendaient fort bien avec certains d'entre nous. Leur civilisation est des plus raffinées. Nous avons à apprendre d'eux tout un art de vivre. Leur influence sur nos mœurs est déjà considérable depuis la première expédition de Godefroi de Bouillon, au siècle dernier. Entre eux et nous, il est souhaitable que les échanges se multiplient. Tout le monde y gagnerait !

— Vous oubliez, mon fils, que ce sont des mécréants !

— Chez eux, comme chez nous, ceux dont la foi est vraiment pure sont rares. La plupart de ceux que j'ai rencontrés admettent que nous n'ayons pas la même religion qu'eux. Quelques-uns, en petit nombre, il est vrai, se sont convertis, comme le père de Djounia. On peut imaginer, sans déraison, une tolérance mutuelle de nos deux fois sur une terre où tout parle de Dieu !

— Il m'est pourtant revenu que le Prophète recommandait à ses fidèles d'occire les chrétiens.

— Nous nous sommes déjà tellement combattus, eux et nous ! Il me semble que, des deux côtés, on est las de ces carnages. Puisqu'il n'y a qu'un Dieu, ma mère, pourquoi tous les croyants du monde ne parviendraient-ils pas, un jour, à se rejoindre pour l'adorer ?

— Nous n'en sommes pas encore là !

— Sans doute, mais ne nous faut-il pas œuvrer afin que ce moment vienne le plus vite possible ?

— C'est ce que vous avez fait, mon fils, en convertissant, puis en épousant Djounia !

Plus elle connaissait sa belle-fille égyptienne, plus elle s'y attachait.

Éloignée de sa terre natale, de sa famille, de ses amis, de ce qui avait peuplé son univers si longtemps, la jeune épouse d'Arnauld faisait preuve d'une grande bonne volonté vis-à-vis des habitudes et des façons de vivre françaises. Il était, néanmoins naturel que, par moments, une certaine nostalgie l'emportât sur les raisons qu'elle avait de se plaire dans son nouveau pays. L'amour fort vif, évident, que son mari et elle éprouvaient l'un pour l'autre, pouvait combler bien des manques, mais pas tous. Jamais, devant sa belle-mère, elle n'avait fait la moindre allusion à ses regrets, mais Mathilde en avait deviné quelques-uns.

Aussi, s'employait-elle de son mieux à distraire l'enfant exilée. Elle n'y serait qu'imparfaitement parvenue sans l'aide de Jeanne qui ressentait une attirance très profonde pour Djounia. Avec l'enthousiasme dû à sa jeunesse autant qu'à son tempérament, l'adolescente s'était prise d'affection pour cette belle-sœur ensorcelante qui avait son âge.

L'entêtement de Rutebeuf qui se refusait encore à la revoir, en dépit de ses retrouvailles avec Arnauld dont l'amitié, demeurée fidèle par-delà le temps et l'espace ne s'était pas désavouée, le départ pour le Piémont de Bernard Fortier, occupé à consolider en Italie ses connaissances professionnelles ainsi que ses affaires, la laissaient libre d'elle-même et de ses sentiments. Elle en profitait pour se consacrer à Djounia. Elle s'était instituée la conseillère, l'amie, le cicérone et le mentor de la jeune femme qui s'en montrait heureuse.

Depuis qu'elles avaient découvert leur commun penchant pour les choses de l'esprit, Jeanne emmenait, suivant les occasions, l'épouse de son frère visiter des ateliers d'enlumineurs, de peintres, assister à des concerts ou à des cours d'amour.

Ce fut ainsi, qu'un jour où elles avaient été conviées par une amie de Jeanne, fille d'un maître orfèvre bien connu des Brunel, chez sa mère qui, se piquant de poésie, organisait des joutes courtoises, on leur annonça la participation d'un ménestrel devenu célèbre en Palestine grâce à l'attention que le roi et la reine lui avaient portée Anobli à la suite d'actes renouvelés de bravoure, il était attaché à la cour des souverains.

— Il se nomme Philippe Thomassin. C'est à la fois un trouvère et un chevalier, avait dit l'hôtesse. Je crois que vous jugerez l'homme aussi intéressant que le poète : il est beau et solitaire comme un des compagnons du roi Arthur !

Jeanne se souvenait assez bien du mari de Florie. Leurs noces avaient été une des fêtes de son enfance.

Celui qu'elle vit entrer lui sembla bien différent de l'image qu'elle en avait gardée : de plus haute taille, mieux découplé, il n'avait pas grand-chose de commun avec le pauvre adolescent qui s'en était allé. Bien qu'il ne dût pas avoir beaucoup plus de vingt-cinq ans, il en paraissait davantage. Sa peau tannée, ses yeux clairs, ses cheveux décolorés par le soleil d'outre-mer, lui donnaient l'aspect d'un barde celtique qui aurait quitté ses forêts natales pour aller chercher une autre lumière. Ses traits, dépouillés de toute mollesse, amaigris, s'étaient épurés, durcis, comme si le vent du désert les avait polis par de dures frictions de sable. Son attitude, ses gestes, sa façon de s'exprimer, donnaient une impression de calme, de réflexion, aussi éloignée que possible de la tendre insouciance perdue.

— On dit qu'il s'adonne à l'étude de l'astronomie, chuchota la fille de la maison, Marguerite, l'amie de Jeanne, qui se montrait très excitée. Il paraît qu'il a rencontré en Terre Sainte des savants musulmans qui l'ont initié à d'étranges secrets se rapportant aux astres !

On se pressait autour de Philippe. Il répondait avec bonne grâce, se prêtait au jeu des questions et des réponses, mais conservait une réserve à l'abri de laquelle il ne livrait rien de lui-même. Il décrivait Saint-Jean-d'Acre, Césarée, Tortose, Jaffa, évoquait les paysages qu'il avait connus : terres de l'intérieur, sèches, parsemées quelquefois d'oliviers chétifs, le plus souvent de gros quartiers de roches, de sable, de dunes, de monts pelés ; côtes lumineuses, luxuriantes, bordées de plages infinies, de villes opulentes, de riches cultures où poussaient la canne à sucre, les bananiers, les orangers, les figuiers, les vignes gorgées de suc, des fruits admirables, du blé, du colza... Il parlait du krak des Chevaliers, la plus puissante des forteresses bâties par les croisés, qui avait été agrandie, embellie sur ordre du roi. Il dépeignait le château de mer, à Saïda, dont l'épaisse silhouette franque baignait si étrangement dans l'eau de la Méditerranée, les murailles, flanquées de vingt-quatre tours, qui ceignaient le bourg de Jaffa et aboutissaient des deux côtés à la mer, les églises de Chypre aux silhouettes familières qui se paraient, là-bas, d'on ne savait quel charme inhabituel dû au ciel d'Orient, aux chaudes pierres ocrées, aux eucalyptus, aux palmiers dont les rameaux mouvants se balançaient à l'entour ainsi que d'immenses éventails, la cathédrale de Nicosie, édifiée sur le plan de Notre-Dame de Paris, l'abbaye de Lapaïs, avec ses vastes bâtiments semblables à ceux qui s'élevaient en Provence...

Parmi ceux qui en étaient revenus, beaucoup avaient déjà tenté de faire revivre pour leur plaisir et celui de leurs auditeurs les sortilèges de la Terre Sainte. Ils y parvenaient plus ou moins. Philippe, lui, s'exprimait en poète. Il avait regardé, rêvé, compris, aimé, métamorphosé, à travers son art, cette région originelle où l'ombre de la Croix et celle du Croissant s'étendaient sur un sol fécond en miracles.

Djounia écoutait avec passion, ses lèvres tremblaient... Elle seule voyait ce que les autres ne pouvaient qu'imaginer, les beautés et les pièges, les douceurs et les cruautés de cette Chrétienté d'Orient, si chère au roi, si chère aux cœurs de tous ceux qui s'y étaient rendus, où des gens venus des rives de Seine ou bien de Loire avaient laissé tant de compagnons, de témoignages, d'œuvres...

Philippe chanta ensuite, en s'accompagnant du luth, des poèmes inspirés par la Palestine : mirages du désert, rives du Jourdain, senteurs des pins d'Alep, roses nées du sang répandu d'Adonis, myrtes et cèdres du Liban...

Jeanne n'avait confié à personne quels liens de parenté l'attachaient à l'homme dont le talent ravissait l'assemblée. Elle le regardait, l'écoutait, songeait à Florie, cherchait à comprendre. Trahir un être comme celui-là lui semblait inconcevable. Son opinion à l'égard de sa sœur avait pourtant subi de grandes modifications depuis qu'elles avaient vécu toutes deux côte à côte.

En écoutant Philippe, elle songeait que ce mari charmant avait dû réfléchir la face claire d'une femme dont un autre homme, sans doute, reflétait la face d'ombre. Pour trancher, il aurait fallu connaître ce Guillaume dont on ne parlait jamais chez les Brunel. Qui était-ce ? Une seule fois, Mathilde avait laissé échapper une remarque à son propos : « Votre sœur avait des excuses, ma fille. Il ne faut pas la condamner sans savoir. Celui qui est responsable de tant de malheurs détenait un dangereux pouvoir de séduction. »

Mûrie par la découverte du penchant qui la faisait rêver à Bernard Fortier comme à un mari possible, alors que, si peu de temps auparavant, elle ne jurait que par Rutebeuf, Jeanne se disait que l'amour est mouvant, que le cœur n'est pas sûr, qu'il faut être bien naïve pour croire que les créatures de Dieu sont blanches ou noires, alors que tout le monde est gris !

Avant de partir pour la Lombardie, le jeune drapier lui avait envoyé une lettre jointe à celle qu'il adressait, par ailleurs, à maître Brunel et à sa femme. Elle avait vu là une délicatesse qui avait beaucoup avancé les affaires de Bernard. Il lui expliquait qu'il devait s'absenter pour de longs mois afin de parfaire sa formation professionnelle et d'affermir son entreprise. L'avenir dépendrait en grande partie du résultat obtenu. Alors, seulement, il serait à même de savoir quelles responsabilités il pourrait, plus tard, assumer...

Cette pause ne déplaisait pas à la jeune fille. Elle lui permettrait de mettre à l'épreuve du temps une inclination trop subite pour ne pas être suspecte. Ce qui survivrait, dans quelques mois, de cette flambée, déterminerait sa réponse. Ou Bernard lui serait devenu indifférent, et il faudrait chercher ailleurs le compagnon de sa vie, ou la flamme se ranimerait et son avenir changerait de visage.

Philippe terminait son dernier chant. Pendant qu'il officiait, son regard s'était plusieurs fois posé sur son auditrice.

— Il semble que vous ayez été remarquée par notre poète, souffla Marguerite en se penchant vers son amie. Quelle chance vous avez !

— Détrompez-vous, ma mie, dit Jeanne. Il se trouve que Philippe Thomassin est le mari d'une de mes sœurs dont il vit séparé.

— Seigneur! Se sépare-t-on d'un homme comme celui-là?

— Il faut croire.

— S'agirait-il de Florie?

— Eh oui! Vous avez dû en entendre parler.

Marguerite était une fille saine, bien plantée, au jugement droit, qui éprouvait une amitié véritable pour Jeanne.

— N'en soyez pas gênée, je vous prie! Tout le monde autour de moi a été charmé de revoir Florie. Cette vieille histoire est maintenant sans importance. Comptez-vous aller trouver tout à l'heure votre beau-frère?

— Je ne sais.

— Ses yeux sont sans joie, dit Djounia qui avait écouté les propos des deux amies. Il ne doit pas être heureux.

La femme d'Arnauld avait été mise par son mari au courant des traverses subies jadis par la famille Brunel. Avec le tact qui la caractérisait, elle n'en parlait que si quelqu'un d'autre y faisait allusion devant elle. Jamais, elle ne se mêlait de rien à moins qu'on ne l'en priât.

— Dois-je y aller?

— Allez-y! s'écria Marguerite.

— N'y allez pas, protesta Djounia. Pourquoi raviver les vieilles blessures?

Se dégageant du cercle de ses admiratrices, Philippe apporta sa réponse à la question posée. Il s'approcha du trio.

— Ne seriez-vous pas Jeanne Brunel? demanda-t-il.

Il s'efforçait à l'amabilité, mais une certaine tension était perceptible dans son maintien.

— Si fait. Je suis étonnée que vous m'ayez si facilement reconnue. Je croyais avoir beaucoup changé!

— Vous ne vous trompiez pas : je vous trouve fort différente de la petite fille que j'ai quittée. Certains traits, pourtant, demeurent qui permettent de se repérer... et puis, vous ressemblez beaucoup à votre mère!

— Il paraît. C'est une des joies de mon père!

La conversation se nouait. Jeanne présenta Philippe à Djounia.

Le trouvère avait fui de façon très déterminée, semblait-il, quand il était en Terre Sainte, son beau-frère, comme tout ce qui pouvait lui rappeler un malheur honni. Par la suite, les circonstances l'avaient d'elles-mêmes éloigné de lui. Il ne connaissait donc pas la jeune épouse d'Arnauld, mais avait été mis au courant d'un mariage au sujet duquel on avait beaucoup jasé.

Il félicita la belle Égyptienne, évoqua en quelques mots son lointain pays, salua ses interlocutrices, et s'éloigna sans avoir fait la moindre allusion à une visite possible rue des Bourdonnais.

Par ouï-dire, on apprit quelques jours plus tard qu'il avait reçu du roi, en récompense des services rendus à Mansourah, et sur la manifestation de son désir de s'éloigner de Paris, le don d'un important domaine en province. Il s'y était rendu, sans attendre davantage, tant était grande, sans doute, sa répulsion pour une ville entre les murs de laquelle il rencontrait de trop amers souvenirs pour avoir quelque chance de s'y plaire.

— Des bruits courent, reconnut Clarence.

La jeune moniale avait croisé les mains sur ses genoux. La robe noire des bénédictines n'était éclairée que par la guimpe et le voile blancs.

Florie se pencha vers sa sœur :

— Je ne connaîtrai donc jamais la paix ! soupira-t-elle. Quand il occupe ma vie, Guillaume la bouleverse, quand il s'éloigne de moi, je ne cesse de me tourmenter pour ce qu'il peut entreprendre !

— Cette fois, les choses se compliquent du fait de ses imprudences, dit Clarence. Il semble avoir perdu la raison. Toutefois, n'oubliez pas que c'est vous qui avez rompu ce cœur en même temps que votre liaison. Non pas que je vous blâme de cette décision ! Vous ne pouviez agir autrement. Mais il fallait s'attendre à des suites.

Clarence était la seule personne à laquelle Florie s'était toujours confiée. Depuis leurs années de vie commune à Poitiers, durant le noviciat de sa cadette, elle avait pris l'habitude de lui parler en toute liberté. La lucidité et la fermeté de la plus jeune aidaient l'aînée à suivre la route sans merci qu'il lui avait fallu prendre.

— J'avais pensé qu'il partirait au loin, comme il l'avait fait voici sept ans.

— C'était une possibilité. Il a sans doute préféré rester sur place afin de se sentir plus proche de vous, à la fois pour vous surveiller et dans l'attente d'un revirement.

— Je lui avais écrit qu'il ne devait conserver aucun espoir.

— Le moyen de s'empêcher d'espérer !

— J'aurais mieux compris, voyez-vous, qu'il se précipitât chez moi dès mon retour, certain de me plier à son désir... pour être sincère, je m'y attendais. Mais ce silence, cette présence sans cesse devinée, jamais affirmée, autour de Vençay, devient obsédante. Les hennissements de son cheval, la nuit, dans la forêt, derrière nos murs, la silhouette de cavalier que j'aperçois à l'improviste quand je sors de chez moi, cette espèce de surveillance, muette mais sans défaillance, exercée jour et nuit à mes dépens, n'est plus supportable. On croirait les cercles, de plus en plus étroits, du gerfaut au-dessus de sa proie, juste avant qu'il ne se laisse tomber!

Clarence faisait à présent glisser entre ses doigts les grains de buis du chapelet qui pendait à sa ceinture. Autour des deux sœurs, le parloir du couvent n'était que recueillement et grisaille. Octobre finissait dans le pluie.

— Que dois-je faire? Par Notre-Dame, conseillez-moi! Je ne sais plus où j'en suis et j'ai peur!

— Peur... Clarence réfléchit un instant. Je ne pense pas me tromper, ma mie, pardonnez-moi, en estimant que c'est autant de vous que de Guillaume que vous vous défiez.

— Je ne sais...

La jeune bénédictine posa sur sa sœur un regard d'eau, transparent et pur.

— Mais si, vous le savez, Florie! Ne vous leurrez pas! Songez comme, à chaque occasion, votre volonté s'est montrée défaillante devant la sienne! Ce que vous redoutez, au fond, c'est de capituler, une fois encore, entre des bras qui n'auraient qu'à se rouvrir pour que vous vous y jetiez!

— Plus maintenant, ma sœur, non, plus maintenant, les choses ont changé entre nous... Mais, même en admettant que vous ayez raison, ce n'est pas d'une rechute de cette espèce que je me méfie le plus, mais plutôt d'une vengeance dont je ne vois pas au juste qui elle pourrait frapper. Je me souviens avec horreur des menaces proférées, naguère, à l'encontre de mon pauvre petit Gaultier, dont il s'était, si déloyalement, servi pour m'amener à lui céder.

— Vous craignez qu'il ne s'en prenne, maintenant, à Agnès?

— Pourquoi pas?

— Parce qu'elle n'est votre fille que par le choix, non par la chair!

— La surveillance inlassable qu'il resserre autour de moi, autour de nous, devra bien, pourtant, aboutir!

— Peut-être s'en lassera-t-il le premier?

— Dieu vous entende!

— Pour qu'Il m'entende, Florie, il faut le prier mieux que vous ne le faites! De l'intensité de la prière dépend sa réussite. Non seulement nous devons apprendre à prier, mais nous devons nous réunir pour le faire. Notre Seigneur n'a-t-il pas dit : «Si deux d'entre vous demandent ensemble quelque chose à mon père, ils seront exaucés »?

— Je sais, Clarence, je sais... Mais quand je me fourvoie sur les mauvais chemins, mes oraisons s'en ressentent ! Je sens alors ma foi se dessécher comme les fleurs par les étés torrides. Je me transforme en un sépulcre blanchi et les mots que je peux adresser à Dieu retombent comme de la poussière dans le vide de mon âme !

— Il faut donc Lui demander en premier de rafraîchir votre pauvre âme, de lui rendre vigueur. Quand vous vous sentirez affermie de ce côté, le reste vous sera donné par surcroît. Venez avec moi à la chapelle. Nous allons tenter de parler au Seigneur d'une seule voix.

Elles restèrent un long moment agenouillées côte à côte sous les voûtes où flottait, parmi les exhalaisons d'encens, une paix presque palpable. Des silhouettes noires glissaient sur les dalles, dans un bruissement de robes et de patenôtres. Devant les statues de la Vierge et des saints, les lumières des cierges tressaillaient à chaque passage, à chaque battement de porte. Le rideau d'or du tabernacle luisait sur l'autel...

Florie songeait tout en priant, priait au sein de ses réflexions. Elle constatait combien la certitude d'un soutien spirituel se dégage de l'oraison de manière sensible à la conscience, mais inintelligible à la raison.

— Ne craignez rien pour votre Agnès ni pour vous, dit Clarence, un peu plus tard, en accompagnant sa sœur jusqu'au parloir. Guillaume ne vous fera jamais de mal. Il vous aime bien trop pour en arriver là !

— Vous devez être dans le vrai, ma mie. Pendant que je joignais ma méditation à la vôtre, il m'a semblé sentir venir à moi une assurance semblable. Une fois de plus, soyez remerciée pour votre aide !

Elle avait quelques achats à faire à Tours. Elle les expédia le plus vite possible, afin d'être rentrée chez elle avant la nuit.

Du ciel gris, des rives du fleuve gorgées d'eau, montait une tristesse humide contre laquelle il lui fallut lutter en se remémorant les paroles de Clarence, les instants bénis de la chapelle.

Comme elle longeait, montée sur sa mule, les murailles du château, elle fut dépassée par un cavalier suivi de deux valets. Tournant à gauche, ils prirent au trot la route de Saint-Pierre-des-Corps. Elle n'eut pas le temps de distinguer le visage de l'homme, mais, sans qu'elle comprît pourquoi, quelque chose en elle fut alerté. L'inconnu ne pouvait pas être Guillaume : ni la tournure, ni les serviteurs n'étaient siens. Puisqu'elle n'avait reconnu personne, pourquoi s'en soucier ? Peut-être parce qu'il lui avait semblé percevoir un rappel familier dans la manière de monter qu'avait le gentilhomme. C'en était un. Elle avait rapidement aperçu, comme il passait à sa hauteur, sur le tapis de selle, sur les livrées, un blason rouge et noir où flambait un peu d'or. Ces armes ne lui disaient cependant rien, ne lui rappelaient rien. Elle était certaine de ne les avoir jamais vues auparavant. Allons, tout cela n'était qu'imagination !

Elle se jugea trop émotive, trop nerveuse. Il lui faudrait demander à l'apothicaire de Grandmont quelque poudre calmante pour apaiser ses nerfs.

Chez elle, tout était tranquille. Agnès accourut pour lui annoncer que Cendrine, sa levrette parisienne, avait été mordue par le molosse qui ne l'aimait pas et lui faisait la guerre depuis son arrivée chez Florie.

— L'avez-vous soignée ?

— Suzanne lui a fait un pansement avec des feuilles de lis confites dans de l'eau-de-vie.

— C'est très bien. On ne pouvait pas faire mieux. Vous verrez, ma chérie, que votre petite chienne sera vite guérie. Mais le molosse devient dangereux pour elle. Il faudra, désormais, veiller à les tenir éloignés l'un de l'autre sous peine d'accident. Heureusement pour tout le monde que Finette s'est montrée plus accueillante que son compère !

Elle embrassait la petite fille, riait avec elle, relevait les mèches blondes qui auréolaient le visage rougi par l'émotion. Ici était la douceur de sa vie...

Elle se le répétait un moment après en changeant son surcot de drap violet dont le bas était alourdi par la boue des chemins.

Réinstallée dans sa chambre initiale, qu'elle avait retrouvée avec satisfaction, elle ne retournait plus dans celle de la tour. Elle l'évitait même avec soin.

Depuis son retour de Paris, à mesure que coulaient les jours, elle se sentait de plus en plus mal à l'aise vis-à-vis d'un passé qu'elle avait cru possible de rayer d'un trait de plume, mais qui n'acceptait pas de se laisser si aisément anéantir.

Revenue à Vençay en juin, elle avait d'abord imaginé que Guillaume s'en était allé en Flandres ou ailleurs, pour chercher l'oubli, ou, tout au moins, pour endormir sa peine en se livrant avec la ténacité dont elle le savait capable à ses affaires de pelleterie. Elle avait vite été détrompée. La surveillance à laquelle elle s'était aussitôt sentie soumise, dissimulée, mais constante, lui avait semblé, au début, une délicatesse de la part de son amant. Là encore, il lui avait fallu renoncer à ses illusions. Ce n'était pas par souci de discrétion que Guillaume ne s'approchait jamais trop près de la maison, ni d'elle-même, sinon de loin, mais, au contraire, dans l'intention de peser sur sa destinée, de la harceler. Il y était, hélas, parvenu ! Durant l'été, elle avait constaté le lent effritement de l'équilibre retrouvé à Paris, auprès des siens. La sensation éprouvante d'être sans cesse épiée, l'insécurité qui en résultait, minaient son humeur et ses forces nerveuses. Elle ne pouvait plus sortir sans se retourner dix fois, à la recherche d'une ombre. Dans son propre jardin, dans sa vigne, alors qu'elle jouait avec Agnès ou qu'elle cueillait les premières grappes mûres de son raisin, elle sursautait au moindre bruit inhabituel. Il lui semblait qu'un regard la suivait partout, observait chacun de ses gestes. Elle ne parvenait plus à se défaire d'une crainte qui tournait à l'obsession.

Pour comble de souci, elle avait su qu'on parlait à Vençay et dans les environs du manège de Guillaume qui n'était pas passé inaperçu.

Autant Guillaume avait pris de précautions, du temps de leurs amours, afin qu'on ne le remarquât pas, autant il apportait, depuis leur rupture, de négligence dans l'exercice de ses errances solitaires. Négligence ou provocation?

Les restes d'attachement qu'elle ressentait pour celui qui avait si totalement modifié son existence, achevaient de se dissoudre au milieu d'alertes trop souvent répétées. Elle n'en pouvait plus.

Ce soir-là, après avoir baigné et couché Agnès, elle se dit qu'il fallait qu'un changement se produisît, qu'une solution intervînt, qu'elle ne se sentait plus capable de vivre davantage dans les transes.

Il fallait trouver un moyen de le forcer à s'incliner et l'amener à quitter la Touraine sans esprit de retour.

Comment ? Une autre missive ne servirait à rien. Une explication de vive voix, peut-être...

Il était souvent arrivé à Florie de comparer Guillaume à un ouragan... et voici qu'elle s'apprêtait à se rendre, benoîtement, auprès de lui, afin de lui demander d'acquiescer à un renoncement dont la seule idée le rendait furieux! Si elle connaissait son influence sur cet homme, elle n'en ignorait pas les limites. Elle pouvait, sans doute, attendre encore beaucoup de lui. Obtiendrait-elle jamais qu'il consentît à trancher des liens auxquels il tenait de tout son être? Cette démarche hors du sens commun, il la lui fallait entreprendre!

Si elle n'avait pas eu le courage de lui annoncer son désir de rompre quand elle le voyait chaque nuit, quand ils goûtaient ensemble aux mêmes joies, où puiser, après des mois d'une séparation voulue par elle, imposée à distance, alors qu'il ne pouvait s'y opposer, où puiser l'audace de l'affronter? Elle imaginait les abîmes de désespoir, de fureur, de malédictions, où avait dû se débattre Guillaume, elle se disait que la passion bafouée avait fort bien pu se muer en une sorte de haine amoureuse, et elle songeait que tout était à craindre...

Les jours passèrent. Florie ne parvenant pas à se fixer une ligne de conduite, continuait à se déchirer aux aspérités qui jalonnaient le chemin à prendre, et serait sans doute demeurée encore longtemps dans l'indécision, si un événement n'était intervenu pour lui forcer la main.

Depuis un mois, Agnès se rendait chaque jour, sous la conduite de Suzanne, à la petite école de Vençay où elle apprenait à lire, à écrire, à compter. Elle y travaillait bien et manifestait une intelligence qui promettait beaucoup.

Un matin, Suzanne ayant pris froid et s'étant alitée, ce fut Charles, l'homme de confiance du domaine, qui conduisit l'enfant en classe et alla l'y rechercher.

Peu après leur retour, comme la petite fille jouait avec Cendrine et Finette dans la salle où Florie préparait sa collation, elle dit incidemment :

— Regardez ce qu'on m'a donné, ma petite mère. N'est-ce pas joli ?

Elle tendait son poignet autour duquel, sous l'étoffe de la manche, s'enroulait un mince bracelet d'argent.

— Qu'est-ce que c'est que ce bijou ? Qui vous l'a donné ?

— Un cavalier qui a parlé, sur la route, avec Charles.

— Vous le connaissiez ?

— Non... je ne crois pas. Il avait un beau cheval qu'il tenait par la bride.

Florie tendit à Agnès la tartine de rillettes qu'elle venait de lui préparer et sortit à la recherche de son jardinier. Elle le trouva dans le potager, en train de charger sur une charrette des potirons d'un jaune orangé éclatant.

— La petite me dit qu'un homme lui a donné un bracelet après avoir causé avec vous à la sortie de Vençay. Qu'est-ce que c'est que cette histoire ?

— Par saint Martin, dame, j'osais pas vous le dire ! avoua Charles. Un cavalier fort bien mis nous a abordés à la Croix Verte. Il m'a demandé le chemin de Grandmont. Ensuite, il est resté un moment à me parler du temps et des vignes. Ce qui ne m'a pas plu c'est la manière qu'il avait de regarder Agnès. Il lui faisait la conversation comme à une demoiselle avant de finir par lui offrir ce bracelet.

— Vous n'avez pas empêché la petite de le prendre ?

— J'savais pas comment faire.

— Il fallait dire à l'enfant de refuser. On n'accepte pas un cadeau d'un inconnu.

— J'voulais pas le contrarier. Il avait pas l'air commode, dame, vous savez !

— Bon, dit Florie. Passe pour cette fois. Si jamais cet homme revenait, envoyez-le promener, Charles ! Vous n'êtes pas une femme-lette, voyons, et je compte sur vous pour protéger Agnès, ne l'oubliez pas !

Ainsi, Guillaume précisait sa menace! Il n'avait jamais abordé Suzanne qui l'aurait reconnu, mais il avait profité de l'absence de la servante pour passer à l'attaque. Quelle science de ce qui se déroulait chez la jeune femme cette tentative ne révélait-elle pas, au surplus!

Parce qu'elle tremblait à présent pour la petite fille, Florie se décida tout d'un coup à surmonter sa terreur et à provoquer l'explication devenue indispensable.

Après une nuit d'insomnie où elle ne cessa de lutter contre sa propre faiblesse, elle n'hésita plus et établit son plan.

Rencontrer Guillaume, il le fallait, mais où? Elle exclut toute possibilité de rendez-vous dans la chambre de la tour où l'entretien se serait terminé, qu'elle le voulût ou non, de la façon dont chacune de leurs querelles s'achevait invariablement. Dans la campagne, ils risquaient d'être surpris par le premier passant venu. Il était souhaitable de trouver un endroit discret et protégé. Elle connaissait, sur le domaine du Prieuré de Grandmont, un vieux lavoir abandonné depuis qu'on en avait construit un plus vaste sur le petit Cher qui coulait au pied du coteau. Entouré de bois, ceint d'un mur, ouvert sur une mare où on ne rencontrait d'ordinaire que des sauvagines, le bâtiment à demi ruiné offrait un abri contre les curiosités intempestives, alors que les orties et les ronces qui l'avaient envahi depuis des années écarteraient toute velléité d'accommodement voluptueux.

Elle ferait parvenir à Guillaume, par Denis, leur messager habituel, une lettre où elle lui dirait qu'elle se voyait dans la nécessité de le rencontrer, qu'il leur fallait avoir un entretien rendu indispensable par des faits nouveaux. Il ne refuserait pas de venir. Elle exécuta sans plus attendre ce qu'elle avait résolu et fit partir le message.

Comme elle l'avait pressenti, Denis lui apporta le lendemain, en signe d'assentiment, l'anneau d'or des retrouvailles secrètes. En le serrant entre ses doigts, elle tremblait de nouveau, mais autrement.

Pour leur rencontre, elle avait fixé, dans un besoin dérisoire de reculer un peu l'échéance, le matin du troisième jour suivant l'envoi de la missive. C'était un jeudi. Il faisait beau. L'automne flamboyait dans la forêt, le long des coteaux vineux, sur toute l'immense vallée de la Loire où la blondeur cendreuse des saules adoucissait la rousseur des chênaies, la rougeur des arbres fruitiers, réfléchissait la tendresse du ciel.

Des odeurs de glaise humide, de feuilles tombées, de fumées, aussi traînaient dans l'air. Comme s'il voulait dissimuler l'hiver qui le talonnait, l'automne se montrait charmeur, en dépit d'une fraîcheur révélatrice qui montait du sol et le trahissait.

En parvenant devant le mur du lavoir, Florie n'était qu'angoisse, palpitations, effroi. Elle se sentait aussi misérable qu'on peut l'être et aurait beaucoup donné pour pouvoir faire demi-tour et s'enfuir, mais elle poussa la porte...

Dans le petit enclos qui précédait la vieille bâtisse, un cheval sellé était attaché au tronc d'un sureau.

La jeune femme pénétra dans le lavoir.

Des exhalaisons de vase, des relents encore perceptibles de lessive, de charbons de bois éteints, stagnaient sous l'auvent de tuiles fortement incliné qui protégeait le local des intempéries.

Florie referma la porte derrière elle. S'y appuya. Des clapotis, des éclaboussures, révélaient l'eau noire présente sous les planches disjointes qui formaient le plancher mouvant du lavoir relié à un treuil par de grosses chaînes rouillées. Une avancée pavée le surplombait de quelques pouces. C'était sur ce rebord, assis à même une botte de paille abandonnée là par quelque lavandière, que Guillaume attendait. Tournant le dos à l'entrée, il contemplait la surface ensoleillée de la mare que cernaient des bois.

Au cours des événements qui avaient façonné la trame noueuse de leur double existence, il avait été donné à Florie, chaque fois qu'elle revoyait cet homme, de constater les ravages causés par le temps et les traverses sur un visage qu'elle avait connu si beau. Non pas qu'il devînt laid. Seulement, l'âge sculptait ses traits comme pour mettre en relief le caractère qu'ils exprimaient plus que leur propre architecture. Pour souligner la sensualité des lèvres, la dureté du menton, la saillie des mâchoires, la barre des sourcils, les ans avaient creusé les rides, les avaient accentuées.

Guillaume s'était retourné, la considérait sans complaisance.

— Faut-il que ma présence sous le même ciel que le vôtre vous soit à charge, Florie, pour que vous vous soyez décidée à me faire venir ici! remarqua-t-il sombrement. Je suppose que vous allez me demander de quitter la région. J'ai eu beau chercher un motif moins sordide à ce rendez-vous, je n'ai pu, après votre précédente lettre, en trouver d'autre.

— Je vous en prie, Guillaume, ne commençons pas ainsi!

Appuyée au bois vermoulu, pâle, ses deux mains accrochées comme si elle manquait d'air, à la chaînette d'argent qui fermait au col son manteau, la jeune femme avait fermé les yeux. Par lassitude ou pour ne plus être blessée par l'expression de l'autre visage?

— Comment souhaitez-vous donc entamer notre dernière conversation? Car il s'agit bien de la dernière, n'est-il pas vrai? Je ne pense pas m'être abusé sur le sens de votre message. Il n'y avait pas à s'y tromper!

Elle secoua la tête d'un mouvement navré.

— Ne pouvons-nous tenter, pour une fois, de nous comporter en amis ?

— Vous ai-je jamais traitée comme une amie ? Avez-vous oublié notre passé ? Ce que vous êtes, ce que vous avez sans cesse été pour moi, dès la première seconde, l'avez-vous oublié ? Paradis et damnation ! Est-ce de ce bois brûlant qu'on construit les calmes séjours de l'amitié ?

— Mais enfin, Guillaume, pourquoi me persécutez-vous ? Je vous ai écrit que j'avais été, dans l'aventure sans nom que nous avons connue, jusqu'au bout de moi-même. J'ai atteint mes propres bornes. Mon cœur est un désert. J'ai perdu le goût d'aimer...

— Vous voulez dire que vous ne m'aimez plus !

— Ni vous, ni un autre.

— Mensonge ! Vous êtes encore jeune, toujours belle... si, à mon égard, vous n'éprouvez plus que désintérêt, un autre viendra qui saura réveiller les battements endormis dans votre poitrine. Je le sais et suis en train d'en devenir fou !

— Vous me connaissez bien mal, mon ami ! Aura-t-il donc fallu que vous vous soyez toujours méfié de moi ?

— M'avez-vous jamais rendu un amour comparable à celui que je vous portais ?... Que, pour ma perte, je continue à vous porter !

Il détourna la tête, considéra d'un air absent la surface de la mare qui réfléchissait le soleil dont les moirures dansaient sur le velours gris de son surcot, sur ses mains passées dans la haute ceinture de cuir qui lui serrait la taille, sur le plancher et les pavés du lavoir.

— A Paris, où je me suis rendu, reprit-il enfin, j'ai pu me renseigner sans me faire connaître. J'ai vite acquis la certitude que vous viviez sagement.

— Vous êtes allé m'espionner jusque là-bas ! Comment avez-vous pu vous résoudre à une action aussi déraisonnable ?

— La raison n'a rien à voir avec ce que j'éprouve pour vous !

Il eut un geste las.

— Jusqu'au bout, vous aurez minimisé mes élans... Qu'importe ? Un peu plus, un peu moins de gâchis... Je suis donc revenu ici. J'ai cherché à comprendre. Je n'y suis pas parvenu.

Il la saisit par les épaules, se pencha sur le visage sans couleur.

— Comment pouvez-vous rester insensible à tant d'amour ? Ne savez-vous pas que je vous aime comme très peu d'êtres sont capables de le faire ? Que mon existence ne tourne plus qu'autour de vous, n'est plus que l'ombre de la vôtre ? Que, pour vous, je tuerais, que je renierais Dieu ?

— Guillaume !

— Je vous fais peur ! Au lieu de la partager, ma frénésie vous fait peur! C'est à pleurer! Je vous parle avec ce qu'il y a de plus fort, de plus vrai en moi, et je ne provoque que votre réprobation horrifiée!

Elle s'écarta un peu de lui, assura sa détermination, fixa toute son attention sur ce qu'elle avait à dire.

— Je vous en prie, mon ami, tâchez de m'écouter sans vous emporter. Notre aventure à goût de péché m'a entraînée bien plus loin que je ne l'aurais voulu, Guillaume! Je m'aperçois à présent que je n'étais pas capable de soutenir longtemps l'épreuve sulfureuse, l'épreuve flamboyante, à laquelle vous m'avez soumise.

Elle s'interrompit. Les larmes qu'elle refoulait enrouaient sa voix.

— Ne croyez surtout pas que je sois parvenue de gaieté de cœur à une pareille constatation! C'est au prix de bien des luttes, de beaucoup de peines, que je me suis vue forcée d'admettre l'évidence. Je sais, qu'en vous parlant comme je le fais, je vous déçois atrocement, mon ami, mais je dois à l'authenticité de votre foi de me montrer loyale envers vous. Nous avons été trop longuement, trop intimement, mêlés l'un à l'autre, pour qu'il soit possible de nous mentir là où nous voici rendus : au bout de notre route...

Aurait-elle la force de terminer sa confession ? La haute silhouette de son amant se découpait devant elle à contre-jour sur le décor d'automne dont les rousseurs teintaient l'eau. Redoutant de lire, sur les traits qu'elle connaissait trop bien, une condamnation sans appel, elle évitait de le dévisager.

— Vous n'avez pas tort de parler de gâchis, continua-t-elle pourtant. Qu'ai-je jamais fait d'autre, au reste, depuis des années, que de détruire les chances de bonheur ou de réussite qui m'étaient proposées ? Je n'ai dû être créée que pour dispenser autour de moi, regrets, déceptions, catastrophes... Ceux qui m'aiment ne manquent jamais de souffrir, et moi avec. Tout se passe en dehors de ma volonté, ou, tout au moins, sans que je sache comment la manifester... Voyez-vous, Guillaume, je ne suis pas assez forte, assez combative, pour partager plus longtemps les affres d'une liaison comme celle-ci. Je ne saurai plus où trouver l'audace de prolonger un si dangereux amour. Il me brise, me torture, et a fini par user la trame des sentiments qui me portaient vers vous... Voilà, j'en ai terminé. Honnêtement, je ne puis rien ajouter. L'échec est aussi cruel pour moi que pour vous, je vous prie de le croire!

— Il ne broie pas votre unique espérance, à vous, puisque vous en avez de rechange!

— Il m'a meurtrie jusqu'au fond de l'âme!

— Ce qui ne vous empêche pourtant pas d'envisager pour avenir une suite de jours sereins, d'où ma présence destructrice sera enfin écartée!

— Je vous supplie, mon ami, de ne pas détruire par vos sarcasmes, non plus que par votre incompréhension, l'expérience hors du commun qui fut la nôtre!

— Il s'agissait bien d'expérience! C'était ma vie que je vous donnais! L'avez-vous jamais su?

— Quel que soit le nom mis sur ce que nous avons partagé, Guillaume, c'est un bien que nous nous devons de sauver du désastre.

— Partir loin de vous, Florie, c'est la mort lente, la folie ou la déchéance!

— Ne pas vous en aller serait pire. Je ne peux pas, je ne veux pas, reprendre nos relations de l'an dernier. Je ne m'en sens plus le goût, ni la force. Pour l'amour de Dieu, regardez la vérité en face : renouer serait l'enfer!

— Je vous verrai, je vous posséderai peut-être encore...

— Vous n'auriez plus dans vos bras qu'un corps privé d'âme, qu'une créature douloureuse, qui vous deviendrait sans doute hostile. Est-ce donc là que vous voulez en venir?

— J'ai besoin de vous!

— Vous vous trompez. Je n'ai plus rien à vous offrir!

— Je ne puis me convaincre de votre indifférence à mon approche!

Il la saisit à pleins bras, chercha sa bouche.

— Non!

Plus qu'un refus, c'était un cri de révolte. Guillaume le comprit bien ainsi. Il se demanda s'il allait la violer, là, sur les pavés du lavoir, ou la tuer pour mettre un terme à ce qu'il endurait. Sans se débattre, mais le visage froid comme une lame, elle le repoussait. Il porta les mains autour de la gorge si souvent caressée, où battait, sous la peau tendre, le sang qui était sa vie, ferma les yeux, commença à serrer... s'immobilisa bientôt, pénétré d'un respect révérenciel, relâcha son étreinte, laissa retomber ses mains.

— Pardonnez-moi, ma mie, je deviens fou, dit-il dans un souffle.

Puis, ensuite :

— Tout est donc accompli!

Florie rajustait avec des gestes maladroits les plis de son voile. Un tremblement nerveux l'agitait, mais elle n'avait pas faibli, pas demandé grâce à l'instant du danger, ce qui lui permit de trouver, avec une certaine confiance revenue, le moyen d'imposer sa volonté.

— Vous venez de me donner raison, Guillaume, dit-elle, avec l'implacabilité des faibles poussés dans leur dernier retranchement, je ne vois pas, après ce qui vient de se passer, ce que nous pourrions faire d'autre que de nous séparer.

Pour se défendre, elle avait frappé au point sensible, en ignorant une souffrance dont la vision, soudain révélée, lui tordit le cœur. Dans un mouvement inverse à celui qui l'avait poussée un instant plus tôt à trancher dans le vif, elle sentit une compassion irrépressible s'insinuer à la source même de sa décision, la dépasser.

— Accepteriez-vous, Guillaume, de tenter une expérience nouvelle ? proposa-t-elle sans l'avoir prémédité, dans le seul but de reculer elle ne savait quelle affreuse échéance. Je regrette de vous avoir parlé comme je viens de le faire. Entre vous et moi, ce n'est pas si simple ! Donnons-nous plus de temps : celui de la réflexion. Par votre insistance à rester dans les parages, par votre implacable surveillance, vous m'avez forcée à agir sans ménagement. Si vous consentez à vous éloigner pendant les mois nécessaires à la pause à laquelle j'aspire, rien n'est peut-être irrémédiable. Laissons nos dissentiments s'apaiser, se décanter, se clarifier. Ensuite, nous verrons que décider.

Guillaume avait l'air de revenir de très loin. Il reprenait pied. Tout était préférable à ce qu'il venait de frôler. Il s'inclina.

— Je me soumets, dit-il, et partirai dès demain matin pour me rendre loin d'ici, aussi loin que vous le désirez. J'attendrai autant qu'il faudra. Quoique, pour ma part, il n'y ait aucune chance que je change d'attitude à votre égard... Enfin, je ferai comme il vous plaira. Le voyage, les affaires, les soucis étrangers à nous deux, ne combleront que très imparfaitement la plaie que creuse en moi, à chaque séparation, votre absence. Ce ne sont pas là des remèdes, Florie, tout au plus des palliatifs... cependant, je m'efforcerai de patienter, puisque vous me laissez un espoir...

Il se pencha, prit une des mains de la jeune femme, qu'il porta à ses lèvres, avec une dévotion, une ferveur d'orant, les y appuya longuement, puis, d'un seul arrachement, s'éloigna, franchit l'espace qui le séparait de la porte, disparut.

Presque aussitôt, Florie entendit le galop du cheval.

Des larmes mouillaient ses joues. Elle avait obtenu ce qu'elle voulait, mais au prix d'une découverte terrible : elle tenait encore à cet homme, le voir partir la déchirait !

Elle se laissa tomber sur la paille où il l'avait attendue un peu plus tôt. Le sursis qu'elle lui avait accordé quand elle avait mesuré le désarroi qui le ravageait, n'était-ce pas autant à elle qu'à lui, en définitive, qu'elle avait senti le besoin d'en faire don ?

De sa victoire, elle ne retirait que sensation d'abandon, de faillite... Elle allait jusqu'à se dire, qu'elle attendrait, elle aussi avec impatience le moment des retrouvailles...

Elle rentra chez elle épuisée, vidée de sentiment, sans communier à la douceur de l'automne, sans rien voir, perdue dans la contemplation hébétée de l'horizon gris qui serait, jusqu'au bout, le sien.

Les jours qui suivirent furent affreux. Elle savait Guillaume au loin. Soulagée de son joug, elle ne s'en consolait pas, et allait, se

répétant que, s'il revenait, elle se retrouverait éternellement en face
de la même alternative : la reprise d'une vie de contradictions, de
remords, de sursauts, ou la continuation d'une existence solitaire,
sans autre terme que celui de sa propre fin.

Pour essayer de reconquérir, néanmoins, un semblant de calme,
elle se livra, selon son habitude, à la prière et aux tâches quoti-
diennes : présence plus fréquente à Grandmont où elle ne cessait de
s'affairer, soins plus méticuleux encore envers Agnès, achats pour
l'hiver, visites à Clarence, aux rares personnes avec lesquelles,
depuis son retour de Paris, elle avait lié des relations. Tout lui était
bon pour remplir ses journées, pour s'interdire de songer.

Au cours d'un de ses passages à Tours, elle rencontra chez une
vieille amie dont une des filles était bénédictine au couvent de Clarence, quelqu'un de bien délaissé durant les derniers mois : Bérengère Hernaut. La femme de l'orfèvre lui fit toutes sortes de compli-
ments, mais aussi de reproches amicaux. Elle se plaignait de l'avoir
si peu vue, elle espérait que la jeune femme se montrerait plus
sociable durant la saison qui s'annonçait.

— Notre sire le roi et sa cour étant de nouveau en France, dit
Bérengère, la vie de société va refleurir de plus belle. Parmi les
absents se trouvaient des personnages d'importance ou de talent qui
vont de nouveau nous inciter à mener bonne vie !

— Il paraît que le roi et la reine songent à venir célébrer Noël ici,
en hommage à saint Martin, assura dame Cartereau qui, malgré des
douleurs qui l'empêchaient de se déplacer aisément, se tenait au
courant des moindres nouvelles. Ils séjourneront au château, ce qui
nous vaudra toutes sortes de réjouissances et de festivités.

— Voilà qui promet ! s'écria Bérengère avec entrain. Par ma foi,
nous nous encroûtons dans cette province et avons grand besoin
d'être un peu secoués !

— Le séjour du roi à Tours regroupera autour de lui beaucoup de
ses compagnons, reprit dame Cartereau. Il a distribué aux meilleurs,
aux plus valeureux d'entre eux, nombre de fiefs dans notre région.
Nos terres, si fertiles, si belles, ont été jugées comme particulièrement dignes de récompenser les prouesses accomplies en Terre
Sainte, ce qui, en définitive, est un honneur pour tout le monde.

— Dieu garde le roi ! Voilà une excellente idée, qui va nous valoir
bien du plaisir ! Notre notaire avait déjà laissé entendre à mon mari
que plusieurs domaines d'importance s'étaient vus impartis de la
sorte.

Florie acquiesçait, tout en restant étrangère à tant d'agitation.

III

L'office terminé, le roi et la reine, à travers l'épaisse foule des assistants, qui s'écartaient sur leur passage, allèrent s'agenouiller devant le tombeau de saint Martin. Proches à la toucher de la châsse resplendissante d'une profusion d'or, d'argent, de pierres fines, où reposaient les précieuses reliques, les souverains prièrent longtemps côte à côte.

L'immense nef, les chapelles rayonnantes, le chœur magnifique et son déambulatoire, étaient combles. On s'écrasait, on s'étouffait, mais on voyait le roi, on invoquait saint Martin : on était content !

Certains avaient dormi dans la basilique, d'autres y étaient arrivés dès l'aube, beaucoup y avaient pris un premier repas. C'était là chose courante en temps de pèlerinage ou de grande fête, et, ce matin-là, c'était Noël.

Célébrer en même temps la naissance du Sauveur et la présence du roi en Touraine était si remarquable que la population de la cité, celle des bourgs et des villages, fort loin à la ronde, celle des campagnes avoisinantes, s'y étaient toutes rendues.

— On ne trouve plus la moindre chambre, pièce, soupente, à louer, avait dit, la veille au soir Bérengère Hernaut à Florie qu'elle hébergeait pour cette nuit mémorable. Le moindre recoin est pris d'assaut. Tous les lits sont occupés. La ville est pleine à craquer !

« Comme Tours, la basilique n'aurait pu contenir un œuf de plus, songeait Florie tout en considérant Louis IX et Marguerite de Provence qui faisaient oraison. Je n'ai pourtant pas à m'étonner de cette ruée : comme les autres, j'avais grande envie de voir le roi ! »

En l'honneur de cette cérémonie exceptionnelle, elle avait laissé Agnès à Vençay, sous la garde de Suzanne, tout en promettant de revenir dès que possible auprès de l'enfant. Ne pas commencer la journée de Noël avec la petite fille lui avait coûté, mais sa protégée

était encore trop jeune pour supporter un aussi long office et Florie
éprouvait un impérieux désir d'approcher les souverains.

Elle contemplait enfin, avec avidité, ce prince qu'elle n'avait pas
revu depuis huit ans. Du temps qu'elle fréquentait sa cour, elle
l'avait toujours admiré. Plus encore pour son caractère de ferme
bonté et sa sagesse que pour sa prestance, cependant indéniable. De
haute taille, élancé, peut-être un peu frêle, il n'avait guère changé en
apparence, mais, dans son visage aux traits réguliers, le pur regard
avait acquis une qualité d'attention encore plus intense. Le triomphe
de Damiette, les combats contre les infidèles, l'effondrement de
Mansourah, la captivité, la mort de tant de ses preux, la maladie, les
dures épreuves subies en Terre Sainte, avaient, de façon visible,
accentué sa propension naturelle au souci des autres, au don de soi.
Il était aisé de constater qu'il ne tirait nulle vanité de se voir le
maître d'un des plus beaux royaumes du monde, qu'il n'en prenait
en considération que les devoirs, non les droits.

Tout comme autrefois, Florie le devinait plus féru des choses de
l'âme que de celles du corps, plus préoccupé d'assurer le rayonnement de sa foi que celui de sa puissance. On savait qu'il ne dédai-
gnait pas, pour autant, les soins du pouvoir et qu'il s'y consacrait
dans le respect de sa charge autant que dans celui de ses sujets. Dieu
l'avait placé sur le trône de France, il y œuvrait pour Lui, c'est-à-dire
pour le bien de tous.

Florie en était là de ses réflexions lorsque Louis, relevant la tête,
se tourna vers la reine, lui sourit. La jeune femme se souvint alors
de la simple gaieté du roi, de son goût pour les conversations ami-
cales, les discussions libres et franches, les repas pris en commun et
les rires des convives. Elle se rappela aussi qu'il détestait le péché
de tristesse, dont il soutenait qu'il était incompatible avec la joyeuse
confiance qui doit émaner d'un chrétien.

Elle fut interrompue dans le déroulement de ses pensées par des
signes qu'on lui adressait de loin. Elle reconnut Rutebeuf, lui répondit d'un geste de la main, mais ne put, tant la presse était grande, se
rapprocher du trouvère dont des dizaines de personnes la séparaient. Après s'être étonnée de la présence du poète à Tours, elle
songea qu'Arnauld avait dû parler à Marguerite de Provence du
talent de son ami qui s'était sans doute vu, par la suite, intégré au
petit cénacle dont elle-même, jadis, avait fait partie. L'ancien jongleur semblait en effet appartenir maintenant à la suite royale : son
costume aux couleurs de la souveraine en témoignait, aussi bien que
son entourage, composé de compagnons que Florie avait fréquentés
auparavant à Paris.

Peu soucieuse d'être reconnue par eux, elle se félicita de ne pouvoir aller auprès de Rutebeuf, comme elle en avait tout d'abord eu

l'intention et chercha, au contraire, à passer inaperçue. Dans ce but, elle se mit en devoir de se glisser derrière un des piliers qui soutenaient l'énorme voûte de la nef.

Séparée, dès le début de la cérémonie, de Bérengère venue avec elle à l'office, mais que des amis avaient appelée et retenue parmi eux, Florie se sentait libre de ses mouvements, dans la mesure où ses voisins se prêteraient à son changement de place. Au prix de beaucoup d'efforts, elle venait d'accomplir le déplacement souhaité, quand elle s'immobilisa, pétrifiée.

A quelques pas de l'endroit où elle était parvenue, de profil, se tenait Philippe !

A une sensation d'effroi, qui lui sembla familière, elle comprit que c'était lui qui l'avait dépassée, un jour de l'automne précédent, non loin des murailles du château de Tours. Sans qu'elle l'ait reconnu alors, le même frisson l'avait secouée. Elle ne pouvait s'y tromper.

Elle n'avait pas revu son mari depuis qu'il s'en était allé, insouciant, un matin de février, pour Pontoise où son service auprès de la reine le requérait, laissant derrière lui sa jeune épouse et leur enfant... Quand il s'était tenu, par la suite, à son chevet, elle n'avait fait que l'apercevoir du fond de son délire...

Prête à défaillir, elle s'appuya à la pierre du pilier. Dieu ! Elle allait perdre connaissance ! Elle tomberait, on s'occuperait d'elle, et sa présence serait révélée à celui qui ne devait même pas la soupçonner !

Il ne la voyait pas. Tourné vers le tombeau du saint, il semblait absorbé dans une méditation pleine de gravité. Pour qui, pour quoi, intercédait-il ? Se souvenait-il du miracle qui, à cette même place, avait rendu esprit et langage à Clarence ? Évoquait-il un passé dont chaque événement, en lui rappelant l'anéantissement de ses espérances les plus légitimes, ne pouvait lui être que blessure ?

Florie n'osait pas faire le moindre geste. Elle se contentait d'observer avec détresse l'homme qu'elle avait, d'un seul coup, dépouillé de tout ce qu'il possédait : femme, enfant, foyer... Jamais elle ne s'était pareillement rendu compte de sa propre responsabilité, de son écrasante culpabilité. La transformation de Philippe, qui avait frappé Jeanne à Paris, l'atteignait de plein fouet. Qu'était devenu le charmant trouvère qui lui dédiait ses meilleures rimes, qui comparait ses prunelles à la feuille du cresson, qui l'entourait de joie, de tendresse, de rires amoureux ? Qu'avait-elle fait de lui qui s'était abandonné à elle avec la plus absolue, la plus heureuse confiance ?

Elle aurait voulu que la terre se fendît pour l'engloutir.

La cérémonie se terminait.

Le roi et la reine se relevaient de leur agenouillement. Ils se dirigèrent ensuite, au milieu des chants, de l'encens, de l'affection que
tous leur témoignaient, vers le grand porche de la basilique. On les
approchait librement. Les plus avertis les saluaient, les plus simples
s'efforçaient de toucher le manteau de velours fleurdelisé que portait Louis sur un surcot fourré sans aucun ornement.

Florie demeurait sur place.

Une seule chose lui importait désormais : ne pas se faire voir, disparaître avant que Philippe n'ait pu la remarquer.

C'était compter sans Bérengère ! Gênée d'avoir abandonné la
jeune femme à elle-même, dame Hernaut entendait bien la rejoindre
le plus vite possible après la cérémonie. La cohue lui faisant obstacle, elle se mit à faire de grands signes pour attirer l'attention de
Florie. Son manège fut remarqué par quelques personnes qu'il intrigua. Philippe tourna la tête...

Florie sentit une brûlante ondée de sang envahir, inonder, son
corps, puis se retirer, refluer au cœur. Elle glissa sur le sol.

Quand elle revint à elle, ce fut pour voir Bérengère qui l'éventait
avec un pan de son voile.

— Ah ! la voilà qui reprend vie ! Chère dame, vous pouvez vous
vanter de m'avoir fait une fière peur !

Couchée sur la paille qui jonchait le dallage de la basilique, la
jeune femme était entourée de gens qui parlaient tous à la fois.

Où était Philippe ? Elle n'osa pas, d'abord, regarder autour d'elle.
Quand elle s'y décida, ce fut pour constater que son mari n'était pas
de ceux qui s'intéressaient à son sort. Il était parti.

Avec l'aide de dame Hernaut, elle se remit debout, rajusta le touret de lingerie qui couvrait ses cheveux, épousseta son manteau
fourré de loutre.

— Je vous prie d'excuser cette faiblesse, dit-elle, je ne sais ce qui
m'a pris...

— Sortons, proposa la femme de l'orfèvre. L'air vous fera du
bien.

La foule s'écoulait par plusieurs portails. On se mouvait plus à
l'aise.

Dehors, il faisait un temps piquant d'hiver. La nuit, il gelait un
peu, pas trop. Dans la journée, le soleil faisait fondre le givre.

Florie frissonna.

— Venez chez moi prendre du vin chaud avec des épices. Vous en
avez besoin.

Florie accepta. Que faire d'autre ? Elle se sentait perdue : Philippe
l'avait vue, l'avait reconnue !

Chez l'orfèvre, elle but le breuvage réconfortant sans savoir ce
qu'elle faisait, échangea avec maître Hernaut et son épouse des pro-

pos quelconques sur les festivités prévues pour la journée qui commençait, déclara enfin qu'il lui fallait regagner Vençay.

Avant de rejoindre la chaussée qui reliait la Loire au Cher, il y avait à traverser des rues, des places, en fête, où tout était prétexte à rires, à danses, à réjouissances. Au long de ce parcours, Florie ne cessa de trembler dans la crainte de voir soudain surgir Philippe. Il n'en fut rien.

Hors les portes, on retrouvait le calme. Peu de monde cheminait sur la route, mais, de la ville, portée par le vent, montait une rumeur joyeuse. En se retournant pour s'assurer qu'elle n'était pas suivie, la cavalière ne put se retenir d'admirer, sous la blanche lumière de décembre, la cité pavoisée, les remparts décorés, les tours de la basilique et celles du château, sommées d'étendards, de banderoles, d'oriflammes, qui claquaient dans le vent.

— J'ai jamais rien vu d'aussi joli ! affirma la servante qui suivait sa maîtresse au petit trot de son âne.

— Tu as raison, Marceline, après Pâques, le jour de Noël est le plus beau de l'année et, aujourd'hui, grâce à la présence du roi, il est encore plus splendide qu'à l'ordinaire.

Noël ! La fête de l'espérance pouvait-elle coïncider, dans son existence malmenée, avec la tristesse, la confusion, l'opprobre ? Pourquoi avait-il fallu que le mari bafoué et l'épouse infidèle fussent mis en présence, sous l'égide de saint Martin, le jour qui, par excellence, commémorait la Nouvelle Alliance ? Y avait-il là un signe ? Lequel ?

Elle fut à Vençay sans avoir rien vu du chemin. Heureusement, chez elle, quelqu'un l'attendait qui allait l'aider à se reprendre en forçant son attention. Comme elle l'avait prévu, Agnès vivait dans la fièvre. Suivie des levrettes qui gambadaient, l'enfant se précipita en courant au-devant de l'arrivante.

— Bonjour, bonjour, ma mère !

Des petits doigts impatients s'accrochaient à son manteau, des bras dansants se nouaient à son cou...

— La messe était belle ?

— Fort belle, ma chérie.

— Avez-vous vu notre sire et la reine ?

— Comme je vous vois.

— Vous avez de la chance !

La petite fille ne s'attardait pas à des politesses qu'on lui avait recommandées, mais qu'elle jugeait sans intérêt. Elle leva vers Florie un visage dévoré de curiosité :

— Voulez-vous bien que j'aille, maintenant, voir la crèche ?

— Bien sûr, Agnès, venez.

Suzanne qui cousait auprès du feu sans cesser de surveiller l'enfant, intervint :

— Je peux y aller aussi ?

— Viens donc.

Florie prit dans son aumônière la clef de sa chambre dont elle ouvrit la porte avec solennité.

— Attendez un instant.

Elle alla chercher le chandelier posé près de son lit, vint l'allumer aux braises de l'âtre, retourna dans la pièce. Sur une table adossée au mur, elle avait, selon l'exemple donné par François d'Assise et suivi par toute la chrétienté, installé une crèche recouverte d'un toit de chaume. Une étoile dorée la surmontait. De petites statuettes peintes y représentaient la nativité. Des bergers, des agneaux, des chiens, l'entouraient.

Florie alluma, de part et d'autre, les cierges de cire parfumée qui ornaient deux lourds candélabres d'argent. Au pied de la table, enveloppé dans un tissu blanc, était posé un gros paquet.

La petite fille, en entrant, jeta un regard brillant d'excitation vers le cadeau inconnu, mais, obéissante, s'approcha d'abord de la crèche.

— Elle est bien plus belle que celle de Grandmont ! affirma-t-elle tout en examinant chaque personnage de bois sculpté avec l'attention intense mais vite lassée des petits. Jésus est très mignon et la Sainte Vierge vous ressemble, conclut-elle ingénument.

Florie, transpercée, garda le silence. Suzanne jugea utile de faire diversion en s'extasiant sur les agneaux.

Le moment était venu de satisfaire la curiosité d'Agnès qui avait su ne rien réclamer jusque-là.

— Ceci est pour vous, ma chérie, dit enfin la jeune femme en désignant le paquet blanc. Vous pouvez le prendre.

Avec précaution, comme pour faire durer l'attente, l'enfant écarta l'étoffe protectrice. Depuis qu'elle s'en occupait, Florie avait remarqué que sa protégée témoignait d'une science innée du plaisir en savourant chaque détail des moments heureux qui s'offraient à elle. Contrairement à beaucoup d'autres de son âge, elle ne se précipitait jamais sur une surprise pour lui arracher d'un coup son secret, mais prenait le temps de goûter la joie à venir en repoussant tant qu'elle le pouvait l'instant de la découverte. N'était-ce pas, chez un être si neuf, un trait de caractère curieux, révélateur d'un tempérament plein de raffinement ?

En dépit de sa lenteur voulue, la petite fille avait défait le paquet. Elle retira de l'enveloppe un berceau en osier, garni de draps minuscules dans lesquels reposait une poupée de bois, peinte et habillée avec soin.

Rendue muette par l'émotion, Agnès joignit les mains, comme

pour une prière. Rouge jusqu'à la racine des cheveux, elle restait immobile.

— Contente? demanda Florie avec douceur.

— Oh, oui! oh, oui!

Bavarde à l'ordinaire, l'enfant ne trouvait, dans l'excès de sa joie, rien à dire. C'était son premier Noël de petite fille choyée.

A Grandmont, bien sûr, à l'occasion de la naissance du Seigneur, on distribuait des jouets, des menus présents. Mais il n'y avait là rien de personnel. Chaque orphelin recevait un cadeau, mais aucun d'entre eux ne pouvait avoir le sentiment d'un privilège singulier. Comment se sentir soustrait au sort commun quand on n'est pas l'objet d'une attention particulière, attentive, aimante?

Pour la première fois, Agnès découvrait la différence essentielle qu'il y a entre l'anonymat de la bienfaisance, et la tendresse maternelle, soucieuse de nos désirs secrets.

— J'en avais tellement envie, avoua-t-elle enfin, tout bas, comme pour ne pas rompre un état de grâce que son instinct d'enfant abandonné pressentait fragile.

— Je pensais bien qu'une fille de ce genre vous plairait, ma chérie. C'est une grande chance que je ne me sois pas trompée!

Dans un élan où entrait une sorte de voracité, l'enfant se saisit de la poupée qu'elle serra contre elle avec frénésie. Quand elle releva son visage empourpré de plaisir, ce fut pour aller se jeter en riant dans les bras de Florie. Pendant un instant, celle-ci retrouva le goût du bonheur. Poupée, petite fille, mère adoptive, demeurèrent nouées dans une étreinte où tout se confondait : les affres de la solitude, celles de l'abandon, le regret du passé, la peur de l'avenir, et, triomphantes, les simples joies d'un matin extasié.

Un peu plus tard, comme Agnès berçait avec enivrement le poupon de bois coloré, on sonna au portail.

Suzanne vint prévenir que Rutebeuf demandait à être reçu.

— Lui? Ici? Florie s'étonnait.

— A l'en croire, il apporte avec lui, sur son cheval, un coffre qu'on lui a remis à Paris pour vous.

— Fais-le entrer.

Ainsi qu'elle l'avait remarqué pendant la cérémonie du matin, le trouvère avait changé de mine. D'impécunieux, son aspect était devenu sinon prospère, du moins plus satisfaisant. Aussi neufs l'un que l'autre, son costume et son assurance témoignaient tous deux de la place qu'on avait enfin reconnue à son talent.

— Je suis heureuse de vous voir, Rutebeuf, d'autant plus que j'ignorais que vous étiez en mesure de me dénicher dans mon repaire!

— Arnauld, qui est à l'origine de ma nouvelle fortune, m'a, également, renseigné sur votre résidence ! reconnut le poète avec bonne humeur.

Il portait un coffre assez volumineux qu'il déposa aux pieds de Florie.

— Arnauld, toujours lui, m'a demandé de vous apporter de sa part cet objet, chère dame. Je crois qu'il contient des cadeaux de Noël à votre intention et à celle de l'enfant dont vous vous occupez.

— Grand merci. Nous verrons plus tard. Venez d'abord près de ce feu. Chauffez-vous, je vous prie, en attendant de boire à notre réunion sous mon toit.

Suzanne apporta de la cervoise, de l'hydromel, des fouaces et des craquelins.

— Je vous ai cherchée partout à la sortie de la messe, reprit le trouvère après s'être désaltéré. En vain. Vous aviez disparu.

— J'ai été prise d'un malaise vers la fin de l'office et me suis évanouie.

— Ce n'est pas étonnant : j'ai rarement vu tant de monde pareillement compressé !

— Il est vrai que nous étions nombreux autour du tombeau de notre saint Martin !

Rutebeuf mangeait avec application une part de fouace.

— Vous devez être surprise de ma transformation, dit-il quand il en fut venu à bout.

Il avait un sourire désarmant, qui creusait mille petites rides au coin de ses yeux. Sous le velours, il restait aussi lourdaud que sous la laine, mais, si la chance ne l'avait pas rendu élégant, elle ne semblait pas, non plus, avoir gâché son esprit. Au coin de l'œil, il conservait un éclat singulier et on le sentait bouillonnant de projets.

— Savez-vous que je suis devenu à la fois vertueux et raisonnable ? dit-il en riant. J'ai renoncé, du moins pour un moment, aux dés, à mes peu recommandables fréquentations, et, de façon définitive, à votre jeune sœur.

— Elle doit le regretter, car elle vous tenait en grande estime.

— Peut-être, mais, par Dieu, elle n'était pas pour moi ! Je m'en suis enfin convaincu et le lui ai dit.

— Vous vous êtes revus ?

— Nous avons eu une longue conversation chez Arnauld.

— Je croyais qu'il vivait toujours, avec Djounia qui est enceinte, rue des Bourdonnais.

— Ils y sont, en effet. De façon définitive. Dès qu'on a appris la prochaine naissance, votre père a fait installer, tapisser, meubler, un appartement de bonne taille dans la partie de sa maison qui est orientée au couchant. Arnauld peut s'en satisfaire, je vous prie de le croire ! Plus tard, sa femme et lui succéderont à vos parents dans leur demeure, alors que Bertrand assurera, de son côté, la continuité de la profession.

— Oui, admit Florie, non sans nostalgie, oui, les choses semblent bien s'arranger à Paris...

— Vous ne pouvez savoir la joie de maître Brunel et de votre mère à l'annonce de cette future maternité ! Ils espèrent un garçon comme héritier de leur fils aîné.

— Bien sûr. Ce n'est pourtant pas la première fois qu'ils sont informés d'un événement de ce genre... Les enfants de Bertrand assurent déjà la relève...

« Vous vous êtes donc mis d'accord, Jeanne et vous, pour cesser vos relations, reprit-elle sur un mode amical.

— C'est mieux ainsi. J'étais en passe de devenir amoureux de votre sœur qui n'éprouve pour moi que de la sympathie. Après m'être débattu comme un poisson hors de l'eau, j'ai fini par me rendre à l'évidence : elle aimait mes vers, non ma personne. Elle a accepté de l'admettre.

— Comme notre mère, Jeanne est une femme de devoir, sensible aux raisonnements, remarqua Florie. Elle n'est pas fille à s'engager à l'aveuglette sur des chemins peu sûrs...

Un temps. Le feu brûlait mal. Le soleil devait encore donner sur la cheminée ou bien le bois n'était pas assez sec.

— Ce matin, à la messe, j'ai revu mon mari, dit soudain, comme dans un rêve, la jeune femme.

— Je l'y avais également aperçu, reconnut Rutebeuf. J'avais, toutefois, espéré que vous ne le sauriez pas.

— C'est à cause de lui, non de la presse, que je me suis trouvée mal.

— Qu'allez-vous faire ?

— Rien. Peut-être ne restera-t-il que peu de jours en Touraine.

— Détrompez-vous : je me suis renseigné. Il s'est fait octroyer par le roi, en récompense de ses hauts faits outre-mer, le fief de Thuisseau qui n'est pas bien loin de Tours, sur la route d'Amboise. Se refusant à résider à Paris, il s'y est installé à demeure.

— Seigneur ! Voilà bien ce qui pouvait m'arriver de pire !

Rutebeuf s'en voulait de ce qu'il venait de révéler.

— Votre mari ne doit pas savoir où vous logez.

— Il lui sera facile de s'en informer.

— Peut-être ne le souhaite-t-il pas ?

Le trouvère s'était levé. Mal à l'aise, il faisait mine d'être frileux, se chauffait avec ostentation. Florie secoua le front.

— Par Notre-Dame ! ne me dites pas que vous croyez aux coïncidences ! s'écria-t-elle, véhémente. Vous comprenez bien que, s'il a choisi ce fief et pas un autre, c'est qu'il était au courant du lieu de ma retraite. Sans aucune difficulté, il aura pu se renseigner à Paris auprès de quantité de gens. Je suis sotte de ne pas y avoir songé plus tôt !

— Mais, enfin, dans quel but serait-il venu se fixer dans votre voisinage ?

— Le sais-je ? Pour se venger ?

— J'ai peu fréquenté Philippe avant son départ pour la Palestine, assez, cependant, pour estimer qu'il n'appartenait pas à l'espèce vindicative des justiciers.

— Sa transformation physique s'est peut-être doublée d'un changement de caractère.

— Les dispositions naturelles des êtres n'évoluent pas à ce point. Les apparences peuvent se modifier, pas les âmes.

— Croyez-vous ?

Elle se reprocha de se raccrocher à la moindre lueur d'espoir, comme quelqu'un qui se noie à la plus mince branche. C'était déraison.

— Le pardon des offenses, reprit-elle comme si elle se parlait à elle-même, est un des premiers devoirs du chrétien. Mais mon cas est si grave, mon crime tel, que je ne vois pas comment celui qui en a été victime pourrait se montrer clément envers moi.

— Huit ans ont passé depuis l'événement dont vous parlez. Les croisés ont connu mort et passion en Terre Sainte. N'oubliez pas que le fleuve Nil charriait tant de cadavres qu'ils ne pouvaient passer sous les arches de certains ponts, que les feux grégeois et les hommes du Soudan ont décimé l'armée, que la famine et la maladie se sont abattues sur les survivants, qu'on a cru tout perdre quand notre sire le roi a été fait prisonnier, qu'il n'y a pas un des nôtres qui n'ait estimé sa dernière heure venue... Des épreuves comme celles-là effacent bien des griefs. En admettant qu'on ne parvienne pas à les oublier complètement, on en arrive, par la force des choses, à les considérer sous un tout autre angle. Croyez-moi, on change de point de vue en changeant de paysage et, du pays, chère dame, votre époux en a parcouru !

Florie ne jugea pas utile de répliquer. Elle conserva par-devers elle sa conviction et se mit en devoir d'ouvrir le coffre apporté par le trouvère.

Son père y avait déposé un fermail d'or pour elle et une bague pour Agnès, sa mère y avait mis deux surcots de soie verte brodés de fleurs vermeilles, Marie et Jeanne, un exemplaire de ses premiers poèmes, copiés par l'une, enluminés par l'autre, Bertrand et Laudine, des cuillères en argent, Arnauld et Djounia, enfin, des parures de boucles d'oreilles en perles, l'une grande, l'autre petite, toutes deux d'un bel orient.

La poupée serrée sur son cœur, Agnès, non sans un émerveillement nuancé de surprise, était venue assister au déballage des cadeaux. Comment était-il possible qu'à Paris on se souvînt encore d'elle ? Qu'on ne l'ait pas oubliée, elle, si menue, si insignifiante ? Constater que toute une famille s'occupait d'elle, lui envoyait des présents, procurait à l'enfant sans parent une satisfaction indicible. Elle ne s'en rendait pas clairement compte, mais elle vivait là sa première revanche sur un destin qui avait fait d'elle, à l'aube de sa vie, une créature dont on n'avait pas voulu.

Florie vit luire dans le regard bleu une espérance si neuve, si fraîche, qu'elle saisit la petite fille dans ses bras, la serra contre sa poitrine.

— Dieu soit béni, dit-elle à Rutebeuf qui les regardait en plissant les yeux, comme il aurait fait d'un tableau, la vie recèle de simples joies qui n'ont pas de prix ! Vous avez sans doute raison, mon ami, rien n'est jamais aussi bon ni aussi mauvais qu'on l'imagine. Je me suis peut-être tourmentée à tort... Nous verrons bien !

Quand le trouvère fut reparti pour Tours où l'appelait sa charge, la jeune femme s'efforça de préserver la confiance qu'elle avait manifestée devant lui. Ce n'était pas facile !

La réapparition de Philippe l'avait ébranlée beaucoup plus intensément qu'elle ne l'aurait cru. Si, depuis huit ans, il lui était souvent arrivé de songer à lui, c'était davantage pour le plaindre que pour le redouter.

Il s'était toujours montré si charmant, si gaiement amoureux, le jeune époux de ses quinze ans, qu'elle ne pouvait concevoir, à partir de cet aimable passé, l'homme au visage de pierre qui avait soudain surgi, en ce matin de Noël, près du tombeau de saint Martin.

« Je vais devenir folle, se disait-elle, la nuit, dans son lit où elle dormait de moins en moins bien. A peine ai-je obtenu le départ de Guillaume dont la présence m'était devenue à charge, que Philippe, à son tour, s'avance, menaçant, à l'horizon ! Je serai donc sans fin partagée entre ces deux hommes ? »

Elle en venait à se dire, qu'au fond, son amant était moins redoutable que son mari. C'était pour lui qu'elle avait trahi, renié, avili, l'amour de Philippe. Elle en tirait avantage auprès de celui qui se sentirait jusqu'au bout son débiteur. Vis-à-vis de celui qu'elle avait dépouillé de tout, quel argument invoquer pour sa justification ? Aucun. Sous le regard de l'époux trompé, du père dépossédé, elle se présentait comme parjure, déloyale, criminelle, sans qu'on pût lui reconnaître la moindre excuse. Avec l'un, elle se savait en position de force (ne lui avait-elle pas, en définitive, imposé sa volonté ?), avec l'autre, en position de coupable. Son pouvoir sur Guillaume était grand, sur Philippe, nul. C'était lui, à présent, qui détenait la possibilité d'imposer sa loi, de la soumettre, sans condition, aux représailles, aux châtiments, qui bons lui sembleraient...

Il y avait de quoi passer des nuits blanches !

Rien, pourtant, ne se produisit. Décembre s'acheva. Janvier parut.

Pour l'Épiphanie, comme il faisait moins froid qu'on aurait pu le craindre et qu'elle avait promis à Agnès de l'emmener à Tours où étaient venus se faire admirer, en l'honneur du roi et de la reine, les meilleurs montreurs d'animaux savants du royaume, Florie se décida à retourner en ville. Ce n'était jamais de bon cœur qu'elle se résignait à décevoir l'enfant et le calme des jours écoulés depuis Noël l'avait un peu rassurée.

Il faisait gris, mais doux. Dès la première heure, on monta dans la charrette bâchée conduite par Charles. Florie, Agnès, Suzanne, s'y serrèrent en prenant soin de ne pas froisser leurs beaux atours. La petite fille tenait dans ses bras la poupée dont elle n'acceptait pas de se séparer. Comme elle n'était allée qu'une fois ou deux en ville, tout l'y enchantait.

Le spectacle des animaux savants était donné, deux fois par jour, sur la place des Arcis, au pied du château. Drapée de courtines, décorée de houx et de banderoles, une estrade avait été dressée contre la muraille sud de la forteresse.

Beaucoup de badauds s'étaient rassemblés devant elle. On se bousculait pour être bien placé. Grâce à l'aplomb, à la hardiesse de Suzanne, elles parvinrent toutes trois à gagner le premier rang. Florie fit passer Agnès devant elle.

Des chiens, drapés de robes longues, coiffés de chaperons, exécutèrent des tours. On en força d'autres à sauter à travers des cerceaux enflammés. On aurait pu croire que certains savaient compter : sans se tromper, ils s'asseyaient devant des chiffres dessinés sur le sol. Un troupeau d'oies à la démarche alourdie leur succéda. Elles défilaient gravement, tirant derrière elles une légère charrette où l'une d'entre elles, couchée dans un petit cercueil, faisait la morte. Un ours brun fut amené par la suite. Il jongla avec des boules, des anneaux, des bougies allumées. Sur un air de flûte, son maître le fit danser un bon moment. Ses dandinements déchaînèrent les rires et les quolibets de l'assistance parmi laquelle on voyait beaucoup d'enfants aux joues aussi rouges de plaisir que celles d'Agnès.

Pour terminer, un baladin fit son entrée sur l'estrade, conduisant par une grosse chaîne un gorille d'Afrique, noir comme la nuit et farouche comme elle. Il mesurait bien six pieds et devait peser entre quatre cent cinquante et cinq cents livres ! Ce monstre produisit une forte impression sur les spectateurs. Des murmures le saluèrent. Florie fut frappée par la tristesse de son regard. Pendant quelques minutes, il considéra d'une mine méprisante ceux qui l'observaient, puis avec détermination, il leur tourna le dos. On le siffla. Brutalement, le dresseur tira sur la chaîne pour forcer le grand singe à faire face. Il s'y refusa. Des huées s'élevèrent de tous côtés. L'homme se buta, s'énerva, tira plus fort sur les liens de l'animal, fit claquer un fouet qu'il tenait à la main. Des grognements de mécontentement lui répondirent. Il s'acharna. Une lutte confuse s'ensuivit entre eux. On sentit monter la colère de la bête asservie.

— Il va casser ses fers! cria-t-on.

Il les cassa. D'un mouvement d'une violence inouïe, il écarta les bras au maximum. Les anneaux se tendirent, mais ne purent résister à la fureur du singe, et se rompirent avec un bruit d'éclatement.

— Attention, attention! Sauvez-vous! Il est dangereux!

Avec une sûreté de geste où la souplesse et la force déchaînée se donnaient libre cours, le gorille, d'un bond, s'élança vers la foule. Il avait dû préméditer son acte. Sans la moindre hésitation, il se précipita sur Agnès, l'arracha aux bras qui cherchaient à la retenir, la souleva, recula jusqu'à l'estrade contre laquelle il s'accota. Entre ses deux énormes mains levées au-dessus de sa tête, ainsi qu'un projectile prêt à être lancé, il tenait la petite fille. Ceux qui s'apprêtaient à intervenir se figèrent sur place.

Dans le silence qui succéda aux cris, une voix retentit :

— Il va la jeter comme une pierre! hurlait Suzanne.

— Seigneur, épargnez-la! suppliait Florie, priant comme on appelle au secours. Notre-Dame, secourez-la! Ne laissez pas s'accomplir une pareille abomination!

Couronnant la masse noire qui défiait tout le monde, le corps frêle, noyé de cheveux blonds, demeurait suspendu. L'enfant ne pleurait pas, ne se débattait pas, se taisait. Blanche comme si elle s'était déjà vidée de son sang, elle semblait à demi morte.

Glacée, Florie, que son entourage, en reculant, avait laissée seule en première ligne, s'adressait à Dieu. Derrière elle, un murmure horrifié renaissait, s'amplifiait, mais personne ne bougeait.

Hors de portée, le dresseur s'époumonait, gesticulait, faisait claquer son fouet, menaçait, sans résultat.

Combien de temps cette scène de cauchemar allait-elle durer?

Soudain, un objet métallique trancha l'air de son sifflement, de son reflet luisant. Lancé d'une poigne exercée, une dague alla se planter, avec un bruit mat, au cœur même de la statue de chair sauvage. L'animal oscilla, chancela, poussa une sorte de plainte rauque, fléchit les genoux...

Devançant la chute, un homme bondit, passa près de Florie, parvint auprès de la bête agonisante juste à temps pour recevoir le corps de l'enfant qui échappait aux doigts que la mort desserrait.

— Tenez, voici votre fille. Elle est saine et sauve, dit Philippe à Florie.

Dans une sorte d'inconscience, elle avait tendu les bras pour reprendre l'enfant, s'en emparer, la serrer contre elle.

Philippe s'éloigna aussitôt.

La foule refluait, entourait les deux héroïnes de l'affaire, se répandait en commentaires, se portait ensuite vers l'énorme cadavre qui gisait à présent sur le sol. Au milieu du bruit, de l'agitation, la silhouette vêtue de velours noir s'était fondue sans difficulté.

Agitée de sanglots ainsi que l'enfant qu'elle berçait d'un mouvement machinal, Florie demeurait paralysée.

Pendant les courts instants où son mari et elle s'étaient trouvés face à face, elle avait eu le temps de faire une constatation qui la laissait confondue : dans l'expression qu'avait le regard de Philippe alors qu'il lui rendait Agnès, elle avait retrouvé la même tristesse, mais aussi le même mépris, perçus un moment auparavant au fond des orbites du grand singe captif.

IV

« Je vais mourir à la fin de l'été ! » se dit Mathilde.

Elle venait de se réveiller en pleurant. Pourquoi ces larmes, puisqu'elle ne craignait pas la mort ? Elle s'en voulut, s'essuya les yeux sans faire de bruit, pour ne pas troubler le sommeil de son mari.

Dans le silence de la nuit, tout était tranquille. Pas un murmure ne montait de la maison endormie. A son côté, Étienne reposait.

Elle se força au calme, s'imposa un rythme de respiration plus régulier, se prit à réfléchir. Le rêve dont elle sortait était le second du même genre, comme le rappel d'un premier avertissement. Vers la fin du mois de novembre, elle avait, en effet, eu un songe où tante Béraude, le feu aux joues, comme du temps de son vivant quand elle était en proie à une vive émotion, s'était adressée à elle : « Ce sera pour la fin de l'été, avait annoncé la vieille femmme. Votre mort pour la fin de l'été ! »

Mathilde avait retenu la date, sans savoir si cette alerte était prémonitoire ou imaginaire. Cette fois-ci, le sens du message s'était précisé. Elle s'était vue courant vers une demeure inconnue, pénétrant sous un grand porche. Comme elle parvenait au milieu du vestibule, une femme vêtue du deuil le plus rigoureux s'était avancée vers elle. Sous son voile noir, l'apparition avait un visage décoloré, verdâtre, creusé de cernes profonds. D'instinct, Mathilde avait su que c'était la mort qui marchait à sa rencontre, qui lui ouvrait les bras, qui l'attirait contre elle, la serrait sur ses os, dans un froissement de linceul et une odeur de glaise.

Parce que les pleurs versés alors qu'elle n'était pas encore revenue à la conscience l'humiliaient, elle songea que le Christ lui-même, au jardin des Oliviers, avait répandu des larmes humaines sur l'agonie qui l'attendait. N'y avait-il pas, dans cette détresse sacrée, avec la prise en compte de toute faiblesse charnelle, une excuse, donnée par avance et par amour, aux défaillances qui ne cesseraient pas d'assaillir les hommes à l'instant de vérité ? La part terrestre qui s'était alors manifestée dans le Verbe incarné disculpait une fois pour toutes les créatures de leur dernier tremblement.

Mathilde fit le signe de la croix, sourit dans l'obscurité.

Les éblouissements de la vie éternelle, bien qu'indescriptibles, n'étaient pas, pour elle, tout à fait inconcevables. Si l'amour humain incite les amants à vouloir la présence constante de l'autre, à ne pas s'en lasser, quel besoin ne doit-on pas ressentir du Seul Amour quand on est parvenu près de Lui ? Nos sentiments, qui semblent parfois si forts, ne sont que d'infimes reflets de l'embrasement qui nous attend ailleurs. Mathilde se disait encore qu'elle ne doutait pas de la félicité suprême qui serait sienne le moment venu. Elle se savait indigne d'une pareille béatitude, mais elle savait aussi qu'il ne s'agit pas de notre indignité, irrémédiable face à Dieu, mais de sa miséricorde, à Lui, qui est infinie...

Elle se rendormit en priant.

Le lendemain matin, il neigeait. L'hiver, qui avait tardé à se manifester, s'imposait tout d'un coup.

En se rendant à la messe quotidienne, puis en repartant, un peu plus tard, pour la rue Quincampoix où elle alla, selon son habitude, travailler toute la matinée, Mathilde eut à lutter contre la chute des flocons pressés, piquants, crissants, qui aveuglaient Paris.

Djounia, qui n'avait jamais rien vu de pareil, s'en montra troublée.

Mathilde le constata quand, de retour sous son toit encapuchonné de blanc, elle alla rendre visite à sa belle-fille. Chaque jour, un peu avant l'heure du dîner, elle avait ainsi coutume d'aller voir la future mère, afin de s'informer de son état. Bien que devenue normale après des débuts difficiles, la grossesse de la jeune femme n'en continuait pas moins à susciter la plus vive sollicitude parmi tous les membres de la famille.

En entrant dans la chambre du nouvel appartement, Mathilde vit une forme imposante qui regardait par la fenêtre. En dépit du froid qu'elle appréhendait, Djounia, enveloppée dans un manteau fourré, s'était accoudée à l'appui. Comme fascinée, elle contemplait la chute dansante du blanc rideau qui voilait le décor habituel de la cour et du jardin.

— Eh bien, ma fille, voilà une merveille qui vous restait à découvrir !

Entre les deux femmes, qui s'embrassaient à chacune de leurs rencontres, des rapports spontanés, affectueux, empreints d'une tendre gaieté qui leur convenait à l'une et à l'autre, s'étaient instaurés le plus naturellement du monde.

— On m'en avait beaucoup parlé, ma mère, mais je n'imaginais tout de même pas pareille blancheur et pareille abondance!

— Il faut avouer que, pour une première fois, vous avez de la chance. La neige ne tombe pas toujours aussi drue dans nos régions! Je vois là un cadeau du ciel qui a voulu vous montrer que, si nous n'avons pas ici les triomphants couchers de soleil sur le Nil dont vous nous avez parlé, nous ne sommes pas, pour autant, dépourvus de phénomènes remarquables!

Elles rirent, mais Djounia fit la moue.

— Ne trouvez-vous pas qu'il y a, pourtant, un peu de tristesse dans ce silence, cette humidité et la façon dont cette couche immaculée recouvre tout, ainsi que pourrait le faire un immense linceul?

Mathilde se sentit touchée par cette phrase innocente.

Elle avait décidé de ne parler à âme qui vive de ses rêves, de leurs messages.

L'éventualité d'une fin prochaine, de sa fin, devait rester enfouie au plus profond de son âme. C'était un secret entre Dieu et elle, un secret qu'il ne convenait pas de divulguer. Si elle s'était trompée, si elle survivait à l'été, il serait toujours temps de s'en ouvrir à quelqu'un de confiance. Par exemple, Charlotte.

La remarque de Djounia l'impressionna pourtant.

— Il est vrai que la neige peut incliner les pensées vers des images funèbres, concéda-t-elle. Ma grand-mère déteste en voir tomber et prétend se sentir glacée jusqu'aux os les jours où il y en a.

La jeune femme frissonna.

— Il fait très froid, dit-elle avec un sourire qui voulait excuser sa constatation. Voyez-vous, ma mère, en réalité, j'aimerais mieux que ces flocons soient plus chauds!

Elle ferma la fenêtre, se dirigea vers le feu qui flambait dans la cheminée.

— Je suis bien trop frileuse, dit-elle encore, vous m'en voyez navrée!

— Vous êtes une fleur de soleil, Djounia! Il n'est pas surprenant que nos frimas vous soient difficiles à supporter.

La jeune Égyptienne retirait son manteau. Vêtue de soie écarlate, avec son teint ambré, ses cheveux et ses yeux de nuit, elle ressemblait à quelque sultane égarée loin de son sérail natal.

— Je préférerai toujours l'été à l'hiver, reconnut-elle en se penchant vers les flammes auxquelles elle tendit ses mains précieuses, couvertes de bagues.

— L'été... oui, c'est une heureuse saison, murmura Mathilde.

De combien de temps disposerait-elle pour connaître l'enfant que portait sa belle-fille? On l'attendait en avril. Elle compta. Elle aurait

quatre ou cinq mois pour... allons, il ne fallait pas se laisser entraîner sur une telle pente, tomber dans la sensiblerie !

Elle verrait le fils d'Arnauld. N'était-ce pas l'essentiel ? Elle assisterait à la naissance, aurait cette ultime joie...

Elle se secoua.

— Vous avez raison, ma mie. La neige porte à la mélancolie. Peut-
être, dans notre cas, est-ce à cause des souvenirs qui restent, dans
nos mémoires, liés à sa présence ?

Djounia était au courant de la mort du petit Gaultier. En une pression affectueuse, elle posa ses doigts sur le bras de Mathilde.

— Ne pensez plus à celui qui est parti, ma mère, mais espérez en
celui qui va venir.

Entre ses cils épais comme ceux des faons, ses prunelles, si
foncées que le blanc de l'œil en était teinté de bistre, contenaient une
telle attention, tant de sollicitude, que Mathilde en fut réconfortée.

— Vous êtes dans le vrai, ma fille. Seul compte l'avenir et l'enfant
que vous nous donnerez.

— Il bouge de plus en plus souvent, dit la future mère en appli-
quant sur son ventre distendu ses paumes bien à plat. J'en reçois
sans cesse de petits coups qui sont, entre lui et moi, comme autant
de signaux. C'est déjà un compagnon.

— Vous le portez haut, ma mie. Certains voient là l'annonce que
vous aurez un garçon.

— Je le souhaite.

— Moi aussi. Bien qu'à vrai dire, son sexe me soit assez indifférent. J'attends, voyez-vous, tout simplement un petit être de plus à
aimer. Je ne demande rien d'autre.

— Arnauld tient à un fils !

— Étienne aussi. Ces hommes sont incorrigibles !

Elles riaient encore quand Charlotte entra. Elle venait une fois par
semaine afin de suivre l'évolution d'une grossesse dont elle faisait
une affaire personnelle.

— Je vois qu'on s'amuse ici, dit-elle en embrassant tour à tour les
deux femmes. Ce n'est pas comme chez moi !

— Girard se montre toujours aussi désagréable ?

— J'ai perdu tout espoir de le voir un jour redevenir prévenant à
mon égard, ma mie. Non, il ne s'agit plus de son comportement,
mais d'une décision dont il m'a fait part hier au soir : il entend
repartir pour l'Espagne dans un but de mortification, et n'en plus
revenir !

En parlant, elle s'était défaite de son manteau et s'emparait des
petites fioles que Djounia, sur sa prescription, tenait à sa disposition
dans une boîte fermée. Elle en mirait les urines à la lumière des
bougies allumées sur la table.

Mathilde se félicita de ce que la perspicacité de sa belle-sœur fût ainsi détournée sur un autre objet et maudit une fois de plus en silence la folie de Girard. Elle s'était arrangée pour ne pas le revoir seule à seul depuis le bal du carnaval précédent, mais n'avait pu éviter de le rencontrer lors des réunions de famille auxquelles il ne manquait jamais de participer. En plus, elle avait reçu des lettres délirantes qui la laissaient fort mal à l'aise. Dans l'esprit du pauvre homme, qui se cramponnait à sa chimère avec un entêtement de forcené, il y avait quelque chose de rompu, de dérangé... Le savoir en Espagne serait pour elle un soulagement appréciable.

Charlotte prenait à présent le pouls de Djounia.

— Tout va bien, constata-t-elle au bout d'un moment avec un air satisfait. Vous nous donnerez un beau petit.

Elle fit encore étendre la jeune femme sur le lit à colonnes qui occupait un angle de la pièce, lui tâta le ventre d'une main experte, en une sorte de massage lent et circulaire.

— Allons, il est toujours bien placé et remue comme il convient, ajouta-t-elle en hochant la tête. Les choses ont repris leur déroulement normal.

— Resterez-vous à dîner avec nous, ma sœur ? Nous allons nous mettre à table sans tarder.

— Vous savez combien j'aime me retrouver parmi vous, ma mie. Par ailleurs, je n'ai pas à me rendre à l'Hôtel-Dieu avant none.

Depuis qu'elle visitait Djounia avec régularité, l'habitude s'était instaurée de ces repas pris en commun où la physicienne était heureuse de se retremper chez son frère dans une ambiance confiante dont elle était privée chez elle. En son honneur, Arnauld et sa femme se joignaient à leurs parents afin de meubler davantage ces instants consacrés au partage de l'ordinaire familial.

On en était au pâté de pigeons quand maître Brunel parla de Bernard Fortier.

— J'ai reçu ce matin une lettre d'Italie m'informant du prochain retour de ce garçon, dit-il, tout en rajoutant du poivre sur la viande à laquelle il venait de goûter. Il semble avoir pris de l'importance là-bas et m'entretient de ses affaires sur un ton qui laisse à penser qu'elles le satisfont.

— Précise-t-il la date de son arrivée à Paris ?

— Non point. Il est question du mois de février, sans plus.

— Nous y voilà depuis déjà deux jours, remarqua Marie.

— Peut-être ne viendra-t-il pas ici en premier, dit Mathilde. Après tout, c'est à Blois qu'il habite.

— Je présume qu'il s'agit du jeune drapier dont j'ai entendu prononcer plusieurs fois le nom depuis mon retour ?

Une fois de plus, Arnauld constatait combien l'absence vous

coupe de tout un ensemble de faits, de relations, de références, devenus familiers aux autres pendant qu'on se trouvait ailleurs.

— C'est un garçon fort plaisant, dit Charlotte en reprenant du
pâté. Il a plu à tout le monde ici.

Jeanne rougit et s'en voulut beaucoup. Elle n'avait reçu que peu
de nouvelles de Bernard depuis un an et se répétait que les Piémon-
taises passent pour de très jolies femmes...

— Si j'ai bien compris ce qu'il m'a écrit, c'est à Paris qu'il compte
venir directement, reprit Étienne. Il ne fait aucune mention d'un
séjour préalable à Blois.

— C'est sans doute qu'il a des choses d'importance à vous dire,
avança Marie d'un air innocent, tout en jetant à sa sœur un regard
qui l'était beaucoup moins.

— Il se peut. Nous verrons bien.

Étienne, lui non plus, ne se sentait pas aussi sûr des intentions du
jeune homme qu'il l'avait été un an plus tôt. Dans les quelques mis-
sives expédiées depuis lors, le drapier parlait beaucoup de son
métier, de ce qu'il avait appris à Turin, mais aucun indice, aucune
allusion, ne permettait de supposer que le voyageur ait gardé un souvenir particulier de Jeanne, ni qu'il s'y intéressât encore.

— Savez-vous qui j'ai rencontré ce matin rue Saint-Jacques?
demanda Arnauld tout d'un coup.

Il se pencha vers Djounia, qui mangeait délicatement du poulet au
safran spécialement cuisiné pour elle. Elle ne parvenait pas à s'habituer aux viandes porcines et aurait préféré jeûner plutôt que de se
nourrir de cet animal impur.

— Encore une personne de la famille que vous ne connaissez pas,
ma mie! On n'en finit jamais, voyez-vous, avec notre parenté!

Il enlaçait la taille déformée de sa femme, posait un baiser sur la
tempe brune. Les satisfactions de l'amour rendaient gai et taquin
l'étudiant tourmenté qu'Arnauld avait été autrefois.

— De qui s'agit-il? s'enquit Mathilde.

— De Gertrude, ma mère, ni plus ni moins!

— Je la croyais en allée loin de Paris en compagnie d'Aubri et
d'Ysabeau.

— Ils sont partis tous trois après le procès. J'en suis certain. J'y
avais personnellement veillé, dit maître Brunel.

On ne parlait jamais, rue des Bourdonnais, du trio mêlé de si
malencontreuse façon au malheur de Clarence. Après la pendaison
d'Artus le Noir, Gertrude, n'avait été condamnée qu'à une peine
légère: six mois de prison. Devant le tribunal qui avait eu à la juger,
elle avait à merveille joué les victimes. Adroitement utilisée, la
menace de viol qu'elle avait subie lui avait permis de proclamer bien
haut son innocence. Le délit de complicité qui pesait sur elle s'était

alors vu atténué en raison de la part qui lui revenait dans l'arrestation d'un malfaiteur recherché pour crimes. Présentée, en outre, comme une fille innocente abusée par un vaurien, elle avait fait intervenir la notion de légitime défense pour justifier une tentative de meurtre, qu'au demeurant, on ne lui reprochait guère. C'était donc sans grand dommage qu'elle s'était sortie de cette affaire. Tout au moins devant la loi. L'opinion publique avait réagi autrement et les apothicaires s'étaient vus obligés de fermer boutique, de quitter la capitale, afin d'apaiser d'assez violents remous.

Ils étaient donc partis, avec Gertrude, s'installer dans un petit village des bords de l'Oise où on les croyait fixés à demeure.

— Que peut-elle bien faire ici ? soupira Charlotte. Elle n'a plus le droit d'enseigner après l'interdiction qui lui en a été officiellement signifiée. Je pensais qu'elle aidait son beau-père à préparer les potions et autres préparations dont les braves gens du coin peuvent avoir besoin pour se soigner.

— Elle n'est peut-être à Paris que de passage.

— Je supposerais plutôt le contraire, dit Arnauld. Elle déambulait en compagnie de quelques individus louches que fréquentait Rutebeuf avant mon retour. Elle m'a paru fort à son aise parmi eux et je ne serais pas étonné qu'elle caressât l'intention de tenter une seconde fois sa chance en notre ville.

— Les mauvais garçons ne lui ont jamais fait peur : son histoire avec Artus le Noir l'a amplement prouvé, remarqua Étienne. Si je ne me trompe, l'existence campagnarde à laquelle on l'avait obligée a dû assez vite lui peser. Dès qu'elle a jugé calmés les échos de ses aventures, elle n'aura eu qu'un but : renouer avec ses anciennes fréquentations.

— N'oublions pas qu'elle se piquait de dons poétiques et composait des vers qu'elle était bien la seule à estimer de qualité.

— Je me demande ce que sont devenus Ysabeau et Aubri...

— Heureusement qu'il y a parmi nous des éléments nouveaux, affirma Arnauld en se penchant derechef vers Djounia dont il baisa la joue.

— Et que, bientôt, il y en aura un autre ! renchérit maître Brunel en adressant à sa belle-fille un sourire complice.

Comme tout le monde, il subissait le charme de la jeune femme. Entre eux, s'était instauré un ton d'affectueuse estime qui se nuançait, parfois, d'un soupçon de coquetterie. Étienne aimait à faire rire Djounia, ce qui contribuait à mettre en relief le côté plaisant de son caractère, dont l'autre versant, pensait Mathilde, était toujours assez visible !

« J'ai épousé Janus, se répétait-elle pour la centième fois. Il peut être, dans la même journée et sans qu'aucun événement à prendre en considération ne soit intervenu, enjoué pendant un moment, amer tout de suite après... Une face claire, une face d'ombre... je ne me ferai jamais à ces sautes d'humeur incompréhensibles ! »

On avait fini de dîner. On se levait, Mathilde s'approcha de son mari, lui prit le bras, s'y appuya.

— Venez-vous avec moi rue Quincampoix ? s'enquit-elle d'un air léger, en prenant bien garde de ne rien modifier à son comportement habituel.

S'il avait décelé la moindre anomalie dans l'attitude de sa femme, Étienne se serait aussitôt inquiété et c'en aurait été fini de sa bonne humeur... de beaucoup plus que sa bonne humeur !

Allons ! Il était urgent de chasser au loin ce genre de réflexion ! Leur reflet sur son visage alerterait ses proches. Si son sort était bien de s'éteindre vers la fin de l'été, époque des cueillettes et des engrangements, époque où il lui convenait de rejoindre les vergers du Père, elle avait encore du temps devant elle pour envisager et préparer son départ.

— Hélas, ma mie, vous m'en voyez navré, mais je ne puis vous accompagner tantôt, répondit maître Brunel. Je ne sais si vous vous souvenez que je dois me rendre aujourd'hui à une assemblée de notre confrérie.

— Il est vrai ! Je l'avais oublié. Pardonnez-moi, je deviens de plus en plus distraite !

Elle se montrait naturelle, tranquille, et s'étonnait de l'aisance avec laquelle elle donnait le change. Savoir qu'on va, peut-être, mourir bientôt, à condition de l'avoir accepté d'une âme confiante, n'apporte donc pas de transformation sensible à l'écoulement des jours, des moments ?

Dehors, il ne neigeait plus. Ainsi qu'elle le fait toujours dans les villes, la boue remplaçait la blancheur initiale. On marchait malaisément sur les pavés devenus glissants.

Charlotte quitta sa belle-sœur sur le seuil de la maison. Elle prenait à droite, vers l'île de la Cité, alors que Mathilde tournait à gauche. A peine celle-ci s'était-elle engagée dans la rue de la Ferronnerie, qu'une haute silhouette sortit de sous un porche.

— Je vous attendais.

Les yeux globuleux de Girard avaient un regard fiévreux, rien moins que rassurant.

— Charlotte a dû vous parler de mon prochain départ ?

— En effet.

Ils marchaient l'un près de l'autre, longeant, dans le bruit du fer battu et la froide tristesse qui suintait du ciel blafard, le long mur du cimetière des Innocents.

— Je n'aime guère être vue en compagnie d'un autre homme que mon mari, remarqua Mathilde. Pourquoi venir me parler ici de vos projets de voyage ?

— Parce que je ne suis jamais parvenu à vous rencontrer seule depuis près d'un an et que je ne puis plus attendre ! Il ne s'agit pas d'ailleurs, comme vous le dites par dérision, de voyage, mais, hélas, de vous quitter sans esprit de retour !

— Ce n'est pas moi que vous laisserez derrière vous, Girard, c'est votre pauvre femme à laquelle vous n'aurez, en définitive, apporté pour tout potage que chagrin et déception.

— Vous savez bien qu'elle ne compte plus à mes yeux !

— Par Notre-Dame, je vous en prie, réveillez-vous ! Votre prétendu amour pour moi ne tient pas debout ! Un peu de bon sens, voyons !

— Vivre rejeté par vous m'est odieux !

— Mais enfin, Girard, je ne vous ai jamais rien promis ! Loin de vous encourager dans votre folie, je n'ai cessé de repousser vos avances, de vous dire, clairement, mon mécontentement, ma réprobation. Vous ne pouvez en rien prétendre que je me sois, même un moment, complu au jeu déloyal que vous entendez me faire jouer.

— Je ne le prétends pas non plus. C'est pourquoi je pars.

— Au bout de votre route vous ne rencontrerez que vous-même, mon pauvre ami ! Vous et votre hantise. Ce ne sont pas les lieux qui nous entourent que nous devons changer, mais notre cœur. Le vôtre s'est fourvoyé sur des voies de traverse. Ramenez-le sur le bon chemin, qui, pour une fois, n'est pas celui de Saint-Jacques, mais celui, beaucoup moins lointain, de votre foyer !

— Vous ne comprenez rien, rien, à ce que j'endure !

Il avait haussé le ton. Son exaltation devenait inquiétante.

Les passants se retournaient, les ferronniers interrompaient leur travail, pour dévisager l'homme hors de lui qui gesticulait et parlait trop fort. Mathilde était au supplice.

— C'est bien, reprit Girard. Je vous quitte, mais, croyez-moi, vous n'emporterez pas votre dureté de cœur au paradis !

Il eut une sorte de ricanement plein de sous-entendus et s'éloigna à grands pas d'échassier.

— Ne vous sentez-vous pas bien, dame ? demanda l'artisan devant l'échoppe duquel venait de se terminer cette scène.

Attiré dans la rue par les éclats de voix, il tenait encore à la main une tige de fer qu'il avait commencé à marteler.

— Grand merci de votre obligeance. Ce n'est rien. Je vais continuer mon chemin.

Mathilde se sentait furieuse et navrée à la fois. Fort sensible au ridicule de la situation, elle n'en était pas moins désolée de se sentir responsable, même en toute innocence, de l'égarement dans lequel sombrait son beau-frère. Se voir impuissante à chasser loin de lui les démons de l'extravagance, l'affligeait.

Elle parvint rue Quincampoix dans un état de profonde agitation. Elle n'eut, cependant, guère le temps de s'appesantir sur ce qui venait de lui arriver. Bertrand, dont les apparitions à l'atelier se faisaient rares, s'y trouvait ce jour-là.

— Une grande nouvelle, ma mère! La reine qui est de retour à Paris, nous a envoyé son chambellan afin de nous commander une chaîne en or ciselé pour la petite princesse Marguerite, sa dernière née. Elle la désire sans tarder et la souhaite parfaite.

— Avez-vous confié au chambellan des modèles de ce que nous pouvions exécuter?

— J'ai préféré lui proposer tous nos croquis. Sa Majesté choisira parmi eux.

— Aurons-nous bientôt la réponse? Pour quand la chaîne doit-elle se trouver prête?

Reprise par son métier, elle oubliait la lourde journée, si étrangement commencée, si désagréablement continuée, pour ne plus se préoccuper que de la commande royale qui rajouterait encore du lustre au renom de leur maison.

Auprès de Bertrand d'abord, dont elle partageait l'excitation, seule après son départ, elle travailla jusqu'à ce que les cloches de Saint-Magloire se missent à sonner l'arrêt du labeur.

L'approche de la nuit assombrissait déjà le ciel lourd de neige. Des flocons se remirent à tomber pendant que Mathilde se hâtait de rentrer chez elle. Elle tenait serrés autour d'elle les plis de son manteau et prenait bien soin de ne pas glisser sur les patins à semelles de bois qui protégeaient ses chaussures.

L'odeur du feu de bûches qui l'accueillit chez elle lui fut d'un grand réconfort.

— Eh bien! ma mie, s'écria Étienne en la voyant entrer, vous pouvez vous vanter d'avoir bel et bien rendu un homme fou!

Assis auprès du foyer, il devisait avec Arnauld au moment où sa femme pénétrait dans la salle.

— Que voulez-vous dire?

— Ce que je dis, ma mie: de votre fait, Girard, notre beau-frère, vient de sombrer dans la folie.

— Totalement?

— Je vois que vous étiez déjà au courant de son état et que, seul, le degré où il est parvenu vous intéresse!

— Hélas, mon ami, comment aurais-je pu l'ignorer? Pas plus tard que cet après-midi, il m'a tenu, dans la rue, des propos absurdes qui ont failli ameuter les populations!

— C'est bien ce que j'avais cru comprendre.

— Vous l'avez vu ?

— Je l'ai vu, en effet : un couteau à la main !

— Que dites-vous ?

— La vérité. Rendu furieux par la fin de non-recevoir que vous veniez de lui signifier, votre amoureux avait résolu de supprimer l'obstacle que je constituais entre lui et vous.

— Seigneur !

— Eh oui ! Embusqué dans l'ombre de notre porche, il attendait, les pieds dans la neige, que je rentre chez moi à seule fin de m'immoler à sa folle passion.

— Étienne ! Vous plaisantez !

— Pas le moins du monde, ma mère ! Notre oncle a bien essayé, ce tantôt, de poignarder mon père !

— C'est impossible !

Sans prendre le temps de se défaire de son manteau, Mathilde, qui se sentait confondue, se laissa tomber sur un coffre, près de la porte. Pendant qu'elle brodait de complaisants motifs sur le thème sans doute imaginaire de sa propre mort, son mari se voyait, lui, menacé par Girard, et à cause d'elle, d'un danger véritable !

— Mon Dieu, mon Dieu, si j'avais pu me douter...

— Qu'auriez-vous donc fait, ma mie, si vous aviez su que l'époux de Charlotte comptait me sacrifier à vos charmes ?

Il souriait. Prenant entre ses mains le visage défait de sa femme, il l'embrassa sur le front, au coin des lèvres, sur la joue.

— Allons, remettez-vous, ma douce, mon heure ne devait pas être venue. Vous n'avez pas à regretter votre mouvement de vertu.

Mathilde interrogea :

— Que s'est-il passé au juste ?

— Girard avait négligé mon valet qui s'est précipité sur lui avant qu'il ait eu le temps de frapper. J'ignore, d'ailleurs, s'il aurait été jusqu'au bout de son geste. Sa main tremblait autant que tout le reste de son corps pendant qu'il me criait qu'il allait en finir avec moi.

— Hélas ! Charlotte est-elle au courant ?

— Il a bien fallu l'y mettre.

— Une fois Girard hors d'état de nuire et gardé à vue ici même, reprit Étienne, j'ai envoyé notre fils trouver ma sœur à l'Hôtel-Dieu pour lui demander de venir, toutes affaires cessantes. Le plus délicatement possible, il s'est chargé, en route, de lui expliquer de quoi il retournait. Elle n'a pas manifesté, à ce qu'il semble, une surprise démesurée.

— Dix fois, j'ai eu l'intention de lui en parler... c'était si difficile...

— Vous savez, ma mie, il aurait fallu être aveugle, ces derniers mois, pour ne pas se douter de quelque chose lors de nos réunions de famille.

— Vous-même, Étienne... ?

— Bien sûr. Néanmoins, je comprenais parfaitement votre discrétion et votre répugnance à m'informer de divagations dont, pas plus que vous, je n'imaginais les suites. Ma pauvre sœur devait juger comme moi.

— Quelle lamentable histoire... Qu'avez-vous décidé de faire, Charlotte et vous ?

— L'état de prostration qui a succédé, chez Girard, à sa crise de démence, nous a simplifié la tâche. Elle lui a administré une potion calmante à base de suc de pavot, puis elle l'a fait monter, encadré par deux valets, dans notre litière. On l'a ensuite conduit avec elle à l'Hôtel-Dieu où elle veillera sur lui et sur le traitement à suivre.

— N'est-elle pas trop malheureuse ?

— Vous la connaissez : ce n'est pas une personne à se laisser aller. Elle est décidée à lutter. Il paraît que certains fous guérissent. Elle a l'intention de consulter à cet égard sire Vives qui a fait des études approfondies sur les cas de ce genre. Vous savez combien il nous a été utile pour soigner Clarence, après ce qui lui est arrivé.

— Sire Vives... décidément, remarqua Mathilde, les uns après les autres, les témoins de notre passé se regroupent autour de nous, comme pour une parade...

Le lendemain, une lettre de Florie, délivrée en mains propres, parvenait à Mathilde. La jeune femme s'y livrait sans détour. Elle racontait le départ de Guillaume, obtenu de haute lutte, l'installation de Philippe non loin de Tours, leur rencontre dans la basilique, son intervention le jour de l'Épiphanie, son silence depuis lors. Partagée entre l'espoir et la crainte d'une autre manifestation de son mari, de cet homme devenu pour elle un inconnu, Florie avait en vain attendu, depuis près d'un mois, de le rencontrer sur sa route. Les nerfs à vif, elle appelait au secours, demandait à sa mère de venir, en dépit de la saison, des obstacles, des difficultés de tous ordres qu'elle imaginait fort bien.

« Je vous attends. Ne m'abandonnez pas en une telle conjoncture, je vous en supplie, écrivait-elle en terminant. J'ai besoin de vous, de votre présence. Ne me laissez pas seule en face de périls dont je ne puis même pas soupçonner la nature. Il faut m'aider. Trop éprouvée depuis des mois, je suis à bout de forces. Vous seule pouvez me secourir, me redonner courage. Votre affection reste mon ultime recours. »

V

— Pour personne d'autre au monde, ma fille, je n'aurais accompli un pareil voyage! reconnut Mathilde en descendant de litière. Vingt fois, j'ai cru mourir de froid en route! Jamais encore, il ne m'avait été donné de mesurer à quel point l'hiver rend inconfortables les moyens de transport.

Elle se mit à tousser. Ses yeux étaient rougis, brillants.

— Mais vous êtes malade!

— Un rhume. En dépit des chaufferettes renouvelées à chaque étape, de la boule remplie de braises que je tenais à longueur de journée entre mes mains, des accumulations de coussins et de couvertures fourrées, je n'ai pu éviter les courants d'air glacé qui se faufilaient entre les rideaux de cuir. J'espère que ce ne sera pas grave. Il faut, par ailleurs, admettre que je n'ai pas eu de chance : depuis longtemps, nous n'avons pas connu un temps comme celui-ci. C'est bien le mois de février le plus rigoureux dont je me souvienne.

On traversa le plus vite possible le jardin pelé, dénudé, sans joie sous le ciel de fer. La terre était gelée en profondeur. Toute végétation paraissait morte, hormis quelques choux haillonneux qui s'entêtaient seuls à survivre.

— Installez-vous près de ce feu, ma mère. Je vais vous faire préparer une boisson réconfortante, dont je détiens la recette : vin rouge chaud, hysope, bourrache, tilleul et miel. Vous m'en direz des nouvelles. Elle fait merveille auprès des enfants de Grandmont.

Avec la curiosité timide de son âge, Agnès s'approchait de la voyageuse, l'embrassait.

— Bonjour, mignonne. Vous rappelez-vous de moi?

— Oh! oui! Vous venez de Paris!

— Vous n'avez pas oublié non plus Paris?

— Je m'y suis trop bien amusée avec Blanche, Thomas et Clémence.

Visiblement, elle était fière de dévider ce chapelet de prénoms.

— Cette petite possède une excellente mémoire : elle se souvient des noms des enfants de Bertrand !

— Elle m'en parle très souvent. Vous savez, ma mère, notre séjour chez vous fut, pour elle comme pour moi, un havre de joie ! Un soupir.

— Vous n'avez guère bonne mine, ma fille chérie.

— Ce doit être le froid.

C'était autre chose. Elle avait de nouveau maigri. Ses traits reflétaient une détresse profonde et beaucoup de désarroi.

— Voici la boisson chaude.

Suzanne entrait, offrait à Mathilde, qui le but aussitôt à petites gorgées, le breuvage fumant. La réaction ne se fit pas attendre : des frissons irrépressibles l'assaillirent.

— Il faut vous coucher, ma mère. Je suis navrée de me savoir cause du mal que vous avez contracté en venant jusqu'ici à travers la mauvaise saison. Pardonnez-moi d'avoir insisté pour que vous preniez la route en de semblables conditions. C'est pur égoïsme de ma part ! Laissez-moi, à présent, vous soigner comme vous vous entendiez si bien à le faire quand j'étais une petite fille...

— Je crois, en effet, que je n'ai rien d'autre à tenter qu'à me mettre au lit. Une bonne nuit au creux de vos couettes me fera le plus grand bien.

Dans la chambre de Florie, on avait dressé un second lit à colonnes pour Mathilde.

Une fois étendue entre les draps bassinés avec soin, une bouteille de grès remplie d'eau chaude sous les pieds, enfouie sous les couvertures de fourrure, la femme de l'orfèvre, qui aurait dû se sentir mieux, continua à grelotter.

Elle ferma les yeux, s'abandonnant à la montée de la fièvre qui l'agitait d'ondes frissonnantes. Tout semblait tourner, chavirer, ondoyer, autour d'elle. Elle était rompue, avait mal aux os, souffrait de tout son corps malmené pendant des jours sur les routes enneigées, creusées d'ornières profondes, rendues parfois impraticables par les congères qu'il fallait déblayer avant de passer. Dieu ! que le trajet de Paris à Tours lui avait semblé long ! N'ayant pas voulu que Maroie l'accompagnât à cause des conditions pénibles du trajet, elle s'était contentée du cocher et d'un valet dont les courageux coups de pelle avaient beaucoup aidé à la progression de la lourde voiture.

En dépit des chemins verglacés, des bas-côtés remplis de neige durcie, du vent du nord qui pénétrait à travers les meilleurs vêtements, du givre qui recouvrait, chaque matin, de sa carapace translucide et craquante, toitures, arbres, buissons et jusqu'à la moindre touffe d'herbe, en dépit des difficultés de tous ordres qui semblaient devoir paralyser la circulation, la litière avait rencontré, croisé, dépassé, pas mal de voyageurs, tout au long de son parcours. Des gens à cheval, à mule, à dos d'âne, en charrette, des gens à pied.

Étienne, qui se déplaçait par tous les temps pour ses affaires, répétait à satiété n'avoir jamais vu déserte une seule route de sa connaissance.

Dans le cerveau embrumé de Mathilde, défilaient des visages entr'aperçus, des phrases échangées, des incidents sans lendemain. Elle revoyait, proche d'Orléans, la Maison-Dieu où elle s'était arrêtée dans l'intention d'y passer une nuit paisible. Hélas! aucune des femmes étendues dans les vastes lits aux draps blancs de la chambre commune n'avait pu trouver le repos à cause d'une d'entre elles qui avait été prise, au début de la soirée, des douleurs de l'enfantement! La salle réservée aux accouchées étant remplie, il avait fallu la laisser sur place jusqu'aux premières lueurs de l'aube où elle avait enfin mis au monde son enfant, entre les mains d'une sage-femme secondée par toutes celles qui avaient renoncé à fermer l'œil pour venir prodiguer conseils et réconfort à la jeune mère.

Une autre fois, on avait failli heurter, au beau milieu de la chaussée, un ivrogne couché dans la neige, ronflant comme une forge, la tête posée sur le baluchon qui lui servait de bagage. Il avait été nécessaire de le secouer pendant un bon moment avant de le tirer de son sommeil à relents de vin, et on avait dû, ensuite, essuyer sa colère et ses injures avant de pouvoir poursuivre.

Passait aussi, sous les paupières fermées, la vision inexplicable d'une femme, vêtue de bure, marchant comme une somnambule sur le bord de la route, en sens opposé à la litière, les yeux fixes, le visage vide, le port rigide, sans paraître rien voir, rien sentir, en dépit de la bise glaciale et de la boue gelée qu'elle foulait de ses pieds nus...

Mathilde brûlait de fièvre. Après la montée en rafale des frissons, elle était à présent la proie d'un incendie! Une migraine, rythmée comme une danse, tambourinait contre ses tempes, son cœur battait avec violence, ses yeux cuisaient, sa gorge était sèche...

— J'ai soif, dit-elle sans élever la voix, désespérant d'être entendue.

La porte s'ouvrit presque aussitôt. Florie entra, portant avec précaution un grand gobelet rempli jusqu'au bord.

— Buvez, ma mère. C'est une décoction de simples qui avait beaucoup soulagé Agnès, quand elle était si malade, l'hiver dernier.

Une odeur de plantes se répandait dans la pièce avec la buée dégagée par le liquide bouillant. Fortement édulcorée au miel, la tisane n'était pas désagréable à prendre. Mathilde vida le récipient. Une main fraîche se posa sur son front.

— Vous êtes en nage, maintenant.

— Une bonne suée est excellente pour guérir un rhume !

Elle tentait de sourire, mais les muscles de sa face bouffie et rougie ne répondaient plus comme elle l'aurait voulu à ses intentions.

Elle se mit à tousser.

— Je vais vous frictionner la poitrine avec un onguent aux aromates que j'ai également utilisé profitablement pour Agnès, l'an dernier.

— Je n'étais pas venue à Vençay pour vous donner un regain de soucis, Dieu sait ! mais, tout au contraire, pour vous aider à porter ceux qui vous pèsent aux épaules !

La jeune femme pencha vers celui de sa mère, confus et contrarié, un visage débordant de douceur.

— Votre présence, seule, m'est déjà un bien, assura-t-elle avec une ferme persuasion. M'occuper de vous, vous soigner, vous guérir, me détournera de mes ressassements, et m'aidera, plus que vous ne pouvez le croire, à retrouver mon équilibre.

Mathilde voulut poser une question, mais, la devançant, Florie mit un doigt sur ses lèvres.

— Cessez de vous agiter, ma mère. Ce n'est pas bon pour votre état. Nous sommes bien d'accord toutes deux sur la nécessité de vous guérir d'abord. Nous avons à y travailler chacune à notre manière. Vous, en vous laissant dorloter, moi en vous cajolant comme un petit enfant. Plus tard, quand vous serez gaillarde, nous parlerons de ce qui m'a poussée à vous envoyer cette folle lettre responsable de vos maux !

Mathilde ne se sentait plus la force de protester. Elle eut encore un pauvre sourire, ferma les yeux, s'abandonna.

Trois jours s'écoulèrent parmi les odeurs de sueur, de tisanes, de révulsifs et de sirops. Chaque soir, la fièvre montait de nouveau, embrumant l'esprit de la malade, affolant le cœur qui tressautait douloureusement entre les côtes, provoquant des sudations épuisantes.

— Mes soins sont inopérants, dit Florie à Suzanne, le matin du troisième jour. Je ne puis songer à requérir l'aide de notre sœur infirmière de Grandmont. Elle doit être débordée avec cette température glaciale. Il faut donc aller chercher le médecin de Tours qui a soigné mon père quand il était si mal en point chez les Hernaut. Envoie-moi Charles. Je vais lui expliquer ce qu'il aura à faire.

Le messager parti, il n'y eut plus qu'à attendre. Le temps passait. Mathilde toussait. Plongée dans un état apathique, sa conscience se diluait dans le vague.

En fin de matinée, Charles n'était pas revenu. Comme il était monté sur un cheval récemment acheté, Florie se demanda si la nouvelle monture avait le pied sûr. Par ces temps de gel, la chaussée menant vers Tours devait être glissante et un accident pouvait s'être produit.

L'homme de confiance ne revint que longtemps après le dîner. Le médecin indiqué avait fait une chute dans sa cour verglacée et gisait chez lui avec une jambe cassée. Il n'était pas question de le déplacer. Se souvenant sans peine de maître Brunel, il avait néanmoins consenti à indiquer le nom d'un de ses confrères habitant Montlouis, dont il vantait l'habileté.

En dépit du temps, Charles avait alors décidé de franchir les trois lieues qui le séparaient de Montlouis. Bien lui en avait pris. Il avait trouvé celui qu'il cherchait chez lui, en train de soigner plusieurs malades à domicile. Il avait accepté de venir à Vençay dès qu'il en aurait fini avec ses consultations.

— Comme mon cheval était fatigué après toutes ces allées et venues, il n'avançait plus guère et j'ai mis pas mal de temps à rentrer, conclut Charles. Notre homme ne saurait tarder à présent.

Il arriva en effet peu après. Âgé d'une quarantaine d'années, il conservait, malgré sa brillante robe et son bonnet de docteur, un aspect modeste, rempli de bonté, qui fit bonne impression à Florie. Portant avec une certaine gaucherie l'étroite et longue trousse où il avait mis ses remèdes, il n'avait pas l'air de songer à son apparence plus qu'aux symptômes dont on l'entretenait. Il écouta attentivement ce que la jeune femme avait à lui dire avant de s'informer s'il pouvait voir la malade.

Quand il fut près d'elle, il lui tâta le pouls avec méthode, lui regarda la langue, mira les urines mises de côté, et posa quelques questions sur la fréquence de la toux et les douleurs qu'elle éprouvait.

— J'ai beaucoup de patients qui présentent les mêmes troubles, dit-il à Florie. Cette congestion des humeurs pectorales est due, bien entendu, aux températures exceptionnellement basses que nous avons cet hiver. Je ne pense pas que le cas de votre mère soit plus alarmant que bien d'autres. Il faut, néanmoins, le prendre au sérieux. Faites-lui des cataplasmes tièdes à la farine de lin que vous renouvellerez deux fois par jour. Donnez-lui à boire une décoction de guimauve dans laquelle vous ajouterez une once du sirop de coquelicot que je vais vous laisser. N'en abusez pas, car, s'il est salutaire, il peut également, à trop haute dose, occasionner certains ennuis. Enfin, au moment des quintes, qu'elle absorbe quelques gorgées de vin d'aunée. Le soulagement sera immédiat.

On le sentait attentif et soucieux de bien se faire entendre.

— Je reviendrai demain.

Il revint plusieurs jours de suite, sans paraître se préoccuper de la neige qui s'était remise à tomber.

Il entrait, secouait son large manteau couvert de flocons, sortait de sa trousse un nouvel élixir préparé la veille, des pastilles adoucissantes, ou un onguent dont il avait trouvé la composition dans un recueil de médecine arabe.

L'état de Mathilde n'empirait pas, mais ne s'améliorait guère.

— Avant de venir, je suis passé ce matin à la basilique Saint-Martin, dit-il à Florie lors de sa quatrième visite, afin de prier notre thaumaturge de m'apporter son aide dans la guérison d'un de mes malades qui ne va pas fort. J'en ai profité pour ajouter une oraison à l'intention de votre mère.

— Grand merci, messire Laudereau. J'ai aussi fait prévenir ma sœur, qui est bénédictine à Tours, afin qu'elle demande à ses compagnes de joindre leurs supplications aux nôtres.

L'attention du médecin la touchait beaucoup. Sa sollicitude confirmait pleinement le jugement que, dès l'abord, elle avait porté sur lui. Contrairement à beaucoup de ses confrères, la science qu'on lui avait enseignée n'avait pas tué en lui les sentiments humains.

Quand il eut achevé de visiter Mathilde, la jeune femme lui offrit selon un rituel qui s'était imposé de lui-même, du vin chaud à la cannelle.

— Nous vous savons gré, messire, de venir jusqu'ici par cet affreux temps, dit-elle tandis qu'il buvait. C'est un long trajet et qui n'est pas sans risque.

— Bah! Ce genre d'embarras fait partie de ma profession, assura-t-il en souriant. J'en ai vu d'autres!

Il avait des yeux gris, à fleur de tête, un grand nez gourmand et bienveillant à la fois, des rides profondes sur un front dégarni.

— J'ai pour le moment plusieurs malades hors la ville, reprit-il en vidant son gobelet. Ils sont éparpillés un peu partout aux alentours et je passe plus de temps à courir de l'un à l'autre qu'à demeurer auprès de chacun d'eux.

Il se leva.

— Tel que vous me voyez, je vais à Saint-Pierre-des-Corps voir un homme qui s'est cassé le coude en tombant de charrette. Ensuite, avant de rentrer à Montlouis, je passerai à Thuisseau, qui est heureusement tout près.

Florie, qui se dirigeait vers la porte afin d'accompagner le médecin, se retourna vivement.

— Y aurait-il quelqu'un de souffrant là-bas ? questionna-t-elle avant d'avoir pris le temps de réfléchir.

— Oui et non. Le nouveau seigneur du lieu, qui est revenu de Palestine avec notre sire le roi, ne semble pas se plaire dans notre région. Son humeur s'en ressent. Il se plaint de terribles maux de tête et d'insomnies. Mes remèdes, hélas, ne lui procurent pas le soulagement désiré, aussi me mande-t-il souvent auprès de lui pour savoir ce que je pourrais lui proposer d'autre.

Il leva les épaules en s'enveloppant de son lourd manteau.

— Nous parlons beaucoup ensemble. Parfois, il me garde à souper. C'est un homme de grand savoir et de talent. Il lui arrive de composer des poèmes admirables, mais il n'est pas heureux.

— Pourquoi reste-t-il en Touraine s'il n'aime pas ce pays ?

— Je l'ignore. A vrai dire, je ne sais pas grand-chose de lui. Il me décrit avec précision les mœurs des infidèles, leurs cultes, les immenses difficultés que doit surmonter le royaume franc de Jérusalem pour durer, mais il ne fait jamais la moindre allusion à ses propres soucis. Par ailleurs, il s'intéresse également, à un point qui m'étonne, aux gens de par ici, à leurs façons d'être... j'avoue ne pas bien comprendre pourquoi.

— Vit-il seul ?

Le ton se voulait neutre. Il ne dut pas l'être, cependant, car messire Laudereau considéra un instant son interlocutrice du même regard observateur qu'il avait pour interroger Mathilde sur sa santé à chacune de ses visites.

— Il mène assez grand train et a nombre de serviteurs, mais ne semble avoir auprès de lui aucun être cher.

Florie n'osa plus poser de questions. Elle prit congé du médecin et retourna dans sa chambre.

Les flocons ne tombaient plus le lendemain matin, mais le froid, en revanche, s'était intensifié. On se tenait malaisément debout sur la neige gelée. Des larmes de glace pendaient des toits, un vent acéré coupait le souffle, transperçait la vallée de la Loire. Au loin, en provenance des profondeurs de la forêt qui cernait le domaine, on entendait les hurlements des loups.

— C'est un temps à ne pas mettre un chien dehors, remarqua Suzanne, tout en empilant des bûches sur les tisons et les cendres de la veille qui rougeoyaient encore. Les chemins doivent être aussi glissants que la surface de votre miroir d'étain poli. Le médecin ne viendra pas, ce jourd'hui.

— Nous verrons bien.

Florie préparait le lait chaud au miel qu'elle destinait à sa mère.

— Moi aussi, je voudrais en boire, dit Agnès, qui jouait à courir tout autour de la salle avec les deux levrettes.

— Pourquoi pas ? Il n'y a rien de plus sain.

La journée passa en besognes. Mathilde semblait aller un petit peu mieux. Elle avait moins de fièvre. En l'aidant à faire sa toilette, puis en l'assistant pour ses repas, sa fille put échanger quelques phrases avec elle.

Messire Laudereau ne vint pas. Nul ne passa sur la route dont on ne distinguait plus le tracé sous la chape blafarde qui recouvrait le sol. La campagne, les coteaux, la vallée majestueuse, les bois, tout était noir et blanc, blanc et noir, à l'infini. Le ciel inhospitalier ne laissait filtrer que fort peu de clarté. Bas et gris, il dégageait une telle sensation d'austérité qu'il semblait impossible que le soleil existât encore.

Pendant son léger souper, Mathilde s'enquit du temps qu'il faisait. Florie vit là un signe prometteur. Si sa mère recommençait à s'intéresser à ce qui se passait hors des courtines de son lit, on pouvait espérer.

Les jours suivants apportèrent des preuves qu'elle ne s'était pas trompée. L'amélioration se confirmait. Moins fiévreuse, moins prostrée, Mathilde, bien que très faible encore, n'était plus la proie des suées qui lui avaient été si pénibles. Elle toussait moins et recommençait à se nourrir sans répugnance.

— Quand votre médecin reviendra, il vous trouvera debout, si vous continuez comme vous voilà partie !

— J'ai une bonne nature, ma fille, et ce n'était pas mon heure !

Florie crut que le sourire grave de sa mère avait trait au passé tout proche, alors que c'était à l'avenir qu'elle faisait référence.

Vint le moment où la convalescente put poser les pieds par terre, se lever, vacillante, faire quelques pas au bras de sa fille. Elle demanda qu'on lui apportât une eau de senteur, qu'on la recoiffât autrement qu'avec le linge blanc qui entourait sa tête, enfin qu'on lui permît de recevoir Agnès, dont, depuis si longtemps, elle n'avait entendu la voix qu'au travers de sa porte.

Florie éprouvait un immense soulagement à constater le mieux-être qui se confirmait, mais ne jugeait pas encore venu le moment d'aborder avec Mathilde certains sujets qui la taraudaient cependant nuit et jour sans lui laisser de répit.

De la peur à la honte, de la confusion à la peine, à l'angoisse, puis de l'incertitude à une tremblante espérance, elle avait observé en elle la renaissance d'un attachement qui paraissait avoir survécu à ses crimes, à l'effondrement de son existence d'épouse, aux bourrasques d'une passion qui, en vérité, n'avait jamais entamé la part scellée de son cœur. Ce qu'elle avait vécu comme une plénitude, n'était que la surface agitée d'une eau dormante dont les profondeurs n'étaient point troublées. Enfouie sans qu'elle l'ait pressentie, au plus secret, subsistait une mince source qui avait suffi à assurer la survie d'une préférence qu'elle ne s'avouait pas.

Non sans trouble, elle découvrait que cette silencieuse fidélité à son premier amour avait franchi les bouleversements du second, comme certains fleuves, à ce qu'on lui avait conté, traversaient d'immenses lacs sans s'y perdre, pour en ressortir indemnes.

Bien que le temps restât glacial, messire Laudereau revint un matin visiter sa malade.

— Je me faisais du souci pour votre mère...

— Elle va mieux, Dieu merci! et va être fort heureuse de vous l'entendre confirmer.

Le médecin s'acquitta en conscience de ce qu'il avait à faire, mais Florie le jugea plus distant, moins affable qu'à l'ordinaire. Il reconnut que l'état de Mathilde ne présentait plus rien d'inquiétant et ne nécessitait, désormais, que des soins de routine. Après avoir prescrit la continuation des potions indiquées, puis leur arrêt progressif, il ne s'attarda pas, selon son habitude, à boire un peu de vin en bavardant, mais argua de ses nombreux patients, pour se préparer aussitôt à repartir.

— Puisque vous avez eu l'amabilité de vous déranger, messire, en venant jusqu'ici, puis-je vous demander un court instant de vous occuper de ma petite Agnès? Elle souffre de la gorge depuis quelques jours.

Il parut hésiter une seconde avant d'accepter et ne témoigna pas, durant l'examen qu'il fit subir à l'enfant, de sa bonne grâce coutumière.

— C'est une banale inflammation, dit-il ensuite. Sans gravité. Avez-vous des figues en réserve?

— Bien sûr. Parmi toutes les provisions que nous emmagasinons dans le cellier pour l'hiver, j'ai toujours beaucoup de fruits séchés.

— Bon. Ce n'est pas tout à fait aussi efficace que des figues fraîches, mais, cependant, faites-en bouillir assez longtemps une poignée dans du lait au miel. Quand elles seront ramollies, que votre fille les mâche lentement avant de les avaler. Elle cessera de se plaindre de la gorge.

— Jusqu'à présent, je lui ai administré des gargarismes à la guimauve qui ne semblent pas avoir été suffisants.

— Vous pouvez toujours les continuer en plus des figues, si vous le désirez.

Il observait Agnès avec une sorte de curiosité gênée qui intrigua Florie tout autant que son comportement précédent. Elle envoya l'enfant rejoindre Mathilde et se tourna vers le médecin.

— Vous vous êtes montré si dévoué à l'égard de ma mère, dit-elle alors, que je m'autorise de la bonne intelligence existant entre nous pour vous demander, messire, en quoi nous vous avons déplu?

— En rien, dame, en rien du tout.

Il était visible que, partagé entre des pensées contradictoires, son malaise s'amplifiait.

— Cette petite, reprit-il au bout d'un moment où il était demeuré debout devant le foyer à contempler les flammes, cette petite... quel âge a-t-elle donc exactement?

— Je serais bien incapable de vous citer le jour précis de sa naissance, messire. Nous supposons qu'elle a, maintenant, dans les cinq ans.

— Comment cela?

— C'est une enfant trouvée. Ne le saviez-vous pas?

— Nullement... mais, alors, tout est changé!

Le médecin paraissait prodigieusement soulagé. Une satisfaction soudaine déplissait son front, faisait renaître son bon sourire.

— Vous aviez raison, dame, de parler tout à l'heure de sympathie entre nous, reprit-il avec vivacité. C'est donc au nom de cette amitié récente, mais solide, que je vais vous donner les explications auxquelles vous avez droit.

Il retira une seconde fois son manteau, prit le siège que Florie approchait de l'âtre à son intention, s'y carra.

— Le gel n'est pas la seule cause de l'interruption de mes visites chez vous, commença-t-il. Je n'ai pas coutume de faire passer mon devoir après mon confort. Mon embarras à me retrouver devant vous ne venait pas tant du mauvais temps que de ce que je croyais savoir.

La jeune femme se contenta de lever les sourcils. Elle attendait.

— En vous quittant, l'autre jour, après un arrêt à Saint-Pierre-des-Corps, je me suis rendu à Thuisseau ainsi que je vous l'avais dit.

Quelque chose se recroquevilla dans la poitrine de Florie, s'y noua.

— Je fus reçu là-bas avec la bienveillance habituelle, et, au cours de la conversation, parlant des malades que j'avais visités dans la journée, j'en vins à citer votre mère.

— Mon Dieu!

— Oui. Je ne pensais pas, en nommant la famille Brunel, produire chez mon hôte un pareil effet. Il en fut bouleversé.

— Qu'a-t-il dit?

— Il m'a tout raconté. Son besoin de communication était irrépressible et il avait confiance en moi.

Un silence. On entendait, par-delà la cloison, une voix claire, celle d'Agnès, qui parlait à Mathilde dont les réponses n'étaient pas audibles, et, venus d'ailleurs, des bruits de vaisselle.

Sur les joues de Florie, coulaient à présent des larmes qu'elle ne cherchait pas à dissimuler.

— Vous savez donc pourquoi je vis seule ici et pourquoi celui qui reste toujours mon mari ne vous semblait pas heureux.

— Il a terriblement souffert.

— Où en est-il maintenant ?

— Quand il est revenu en France, il a d'abord songé à s'installer à Paris, pour attendre, il ne savait quoi. Les souvenirs qu'il y a rencontrés à chaque pas l'en ont vite chassé. Entre-temps, s'étant renseigné sur votre compte, il avait appris que vous habitiez la Touraine. C'est alors qu'il a décidé d'y venir, lui aussi.

— Pourquoi, Seigneur, pourquoi ?

— Parce que ce chevalier valeureux, cet homme couvert de gloire, ce combattant réputé pour son audace, est, au fond, un cœur fidèle, une âme sensible, qui n'a jamais pu se défaire des tendres sentiments qu'il éprouvait à votre endroit !

— Je n'osais pas l'espérer...

— Lui-même n'en était pas sûr. Il m'a dit avoir tout compris au moment où ses yeux se sont posés sur vous, à la basilique.

— Pourquoi, dans ces conditions, ce silence, ce vide ?

— Parce qu'il croyait, qu'il croit encore, que la petite fille qui vit à vos côtés est votre enfant. Votre fille, à vous et à l'autre !

— C'est de la folie ! Il aurait dû s'informer...

— Il n'a pas jugé utile de rien demander à personne après l'avoir vue en votre compagnie, le jour de l'Épiphanie, alors qu'il avait projeté de vous aborder en cette place, à cette heure, où il avait bien pensé que vous viendriez à Tours pour les festivités. Il trouve qu'Agnès vous ressemble, et m'a avoué avoir été au désespoir de lui sauver la vie !

— Comment peut-on s'abuser pareillement ?

— Il avait consenti une première fois à vous pardonner un passé de douleur auquel il se sentait enfin assez armé pour faire face, cette nouvelle découverte ne le lui permettait plus. Vous savoir mère de cette façon-là le révulsait par ce que cet état impliquait par ailleurs d'opiniâtreté dans l'esprit de trahison.

Florie se répéta cette dernière phrase et se sentit écrasée.

— Qu'allez-vous faire, à présent ?

— Retourner à Thuisseau, détromper celui qui s'y morfond, lui apporter les éclaircissements dont il a tant besoin et qu'il désespérait de recevoir un jour.

Florie esquissa un geste de protestation. Y renonça.

« On verra plus tard. Si je commence à élever de nouveaux obstacles dès l'amorce de nos retrouvailles, nous ne nous rejoindrons jamais. J'avouerai tout à Philippe, mais pas maintenant. Quand l'occasion s'en présentera. »

— Partez, partez vite, dit-elle pour s'interdire de donner corps à ses scrupules, pour se mettre devant le fait accompli, pour ne pas admettre sa lâcheté. Dites-lui bien que, moi aussi, en dépit de mes torts, je n'ai jamais cessé de considérer notre union comme indestructible, ni de songer affectueusement à lui !

Dès que messire Landereau s'en fut allé, Florie se rendit dans sa chambre, appela Suzanne afin qu'elle s'occupât d'Agnès, et se mit en devoir, une fois seule avec sa mère, de tout lui rapporter.

Elle parvenait à la fin de son récit, quand une rumeur, des bruits de pas, de voix, d'agitation, se firent entendre du côté du portail. Une petite troupe pénétrait chez la jeune femme qui s'en étonnait quand on frappa à sa porte.

— Que se passe-t-il ?

— C'est le médecin qui revient, dame. Il vous demande.

Messire Laudereau attendait en effet dans la salle.

— Je me suis permis de prendre, chère dame, une initiative dont j'espère que vous ne me blâmerez pas, dit-il dès qu'il vit Florie.

— De quoi s'agit-il ?

— Après vous avoir quittée, j'ai pris la route, bien décidé à me hâter le plus possible, lorsque j'ai vu sortir du chemin forestier situé derrière le mur qui clôt votre propriété un triste convoi. Sur un brancard improvisé de branchages, des paysans portaient un corps. Je me suis approché. Un homme y gisait. Mort.

— Mort ?

— Les paysans m'ont dit être sortis à plusieurs dans l'intention de faire une battue pour tenter de tuer quelques-uns des loups qui viennent, par ces temps de froidure, décimer leurs troupeaux de moutons et de chèvres. Ils en ont abattu un et s'en revenaient à travers bois, le portant sur une civière qu'ils avaient confectionnée avec des branches, quand leurs chiens ont découvert, non loin d'ici, un cavalier et son cheval étendus dans la neige, déjà raides et à demi dévorés par les loups.

Florie ne prononça pas une parole. Une évidence la transperça. « Mon Dieu ! Il est donc revenu ! Non, non, il ne faut pas que ce soit lui ! Je ne veux pas que ce soit lui ! »

— Où est-il ?

— J'ai cru bien faire en offrant aux paysans de le déposer dans votre grange qui était le bâtiment le plus proche.

— Vous avez bien fait.

Elle prenait le manteau que lui tendait Suzanne.

Dans la grange mal éclairée par la grisaille du dehors, des hommes faisaient cercle autour d'un corps recouvert d'une courtine. On l'avait posé à même le sol jonché de paille, sur le brancard où il avait d'abord été étendu à la place du loup, mais on avait ressenti le besoin de dissimuler l'état dans lequel les fauves l'avaient mis. Le bras gauche, raidi par la mort autant que par le froid, dépassait cependant de l'étoffe rouge. A l'annulaire de la main crispée comme dans une dernière lutte, un anneau d'or brillait.

« Je le savais ! Je le savais ! »

— Il s'est battu autant qu'il l'a pu contre la meute, dit un paysan. Il tenait encore un poignard taché de sang gelé et, un peu à l'écart, on a trouvé un gros mâle et une femelle percés de coups. Il a succombé sous le nombre... Faut dire que le froid et la faim les rendent mauvais à c'te heure !

Guillaume !

Florie se pencha, voulut soulever le tissu couleur de sang.

— Non, dame ! Il vaut mieux pas !

Charles, qui se tenait, sans qu'elle l'ait remarqué, auprès du cadavre, intervenait soudain. Elle comprit, rien qu'à ce cri, qu'il savait, qu'il était au fait, peut-être depuis longtemps... Qu'importerait maintenant ?

« Pourquoi es-tu revenu ? Pourquoi ? Voulais-tu te faire tuer devant ma porte ? Quel instinct te guidait ? »

« Que m'avais-tu dit, ce jour d'automne où nous nous sommes séparés ? : C'était ma vie que je vous donnais ! L'avez-vous jamais su ? »

Une marée suffocante de souvenirs la submergeait.

— On ne sait pas qui c'est, dit quelqu'un.

— Arrangé comme le voilà, il n'est plus reconnaissable !

— Que venait-il faire dans la forêt par un temps pareil ?

— On l'saura jamais.

Florie voulut s'arracher à la spirale de souffrance qui l'aspirait, la broyait. Levant les yeux, elle rencontra une seconde fois le regard de Charles.

— Occupe-toi de tout, lui dit-elle d'une voix qu'il ne reconnut pas. Préviens d'abord le curé de Vençay. Demande-lui...

Elle s'interrompit.

— Je sais quoi faire, dame. Laissez-nous. Retournez au chaud. Votre place n'est pas ici.

— Venez, répéta le médecin. Vous êtes sous le coup d'une émotion tout à fait naturelle en pareille circonstance, mais qui peut vous faire du mal. Venez.

Il lui prit le bras, l'entraîna.

Elle ne sentit rien du froid, se retrouva devant la haute cheminée de la salle.

— J'ai préparé un remontant pour vous, dame.

Suzanne lui tendait un gobelet. Elle aussi était donc au courant ! Pas un de ses domestiques ne devait ignorer ce qui s'était passé dans la tour du verger... Rien de tout cela n'avait plus d'importance...

Elle but le liquide épicé, frissonna, se retourna vers messire Laudereau.

— Si vous n'avez pas de malade urgent, demeurez, je vous en prie. Vous n'êtes plus pressé, car vous n'avez plus rien à faire à Thuisseau...

Par un étrange concours de circonstances, ce praticien qu'elle n'avait jamais vu quelques jours plus tôt devenait pour elle une sorte de confesseur, à tout le moins, un confident.

— Suivez-moi dans ma chambre, s'il vous plaît. Ma mère connaît tout de moi, c'est en sa présence que je veux vous entretenir.

... Longtemps plus tard, quand il sortit de la pièce, le médecin semblait accablé. Florie l'accompagnait.

— Vous direz à Philippe tout ce que vous venez d'apprendre, répéta-t-elle une dernière fois. Les événements me forcent à lui avouer ma rechute avant même qu'il ait connu la vérité sur l'adoption d'Agnès. C'est mieux ainsi. Entre nous, il n'y aura pas de nouveaux mensonges. Il jugera, il me condamnera, en toute connaissance de cause. Rien ne restera dans l'ombre.

C'était avec un étrange mélange de désespoir et d'exaltation qu'elle prenait la mesure de son malheur maintenant qu'elle avait tout perdu.

Elle referma la porte, demeura un moment immobile, glacée par la sensation vertigineuse de se tenir debout entre deux fantômes.

Un léger coup frappé à la porte la ramena à la réalité.

— Dame, dit Charles en entrant, il n'est plus dans la grange. On l'a transporté à la sacristie de l'église où il passera la nuit. Notre curé m'a chargé de vous informer qu'on l'enterrera demain, tôt le matin.

— Je te remercie.

— J'ai aussi pensé...

Ne sachant comment continuer, il tendit sa main ouverte. Sur la paume rugueuse brillait l'anneau d'or qu'il avait dû avoir beaucoup de mal à retirer des doigts raidis...

En fin de journée, le vent du nord, qui soufflait sans trêve depuis des semaines, vira soudain à l'ouest. Le temps se radoucit un peu, le dégel s'amorça.

Ce fut donc dans un bruit liquide d'égouttement, d'écoulement, de ruissellement, qu'eut lieu, le lendemain matin, la brève cérémonie d'inhumation.

Personne ne sachant qui était ce mort et les paysans qui l'avaient trouvé étant retournés à la chasse aux loups, Florie, Charles et Suzanne furent seuls à assister à la messe. C'était mieux ainsi. Si on avait découvert l'identité de Guillaume, on se serait souvenu de certaines étrangetés remarquées l'année précédente, on aurait établi des rapprochements, le scandale n'aurait pas été loin. Plus tard, on pourrait faire graver des initiales sur la pierre...

Dans l'humidité froide de l'église, Florie tremblait d'horreur, de peine, de désolation.

On prétend que notre fin nous ressemble, celle de Guillaume était sauvage et violente comme lui !

Tué en état de péché mortel !

La messe terminée, on se rendit au cimetière qui entourait l'église.

L'air était saturé d'humidité. Le dégel s'accentuait.

Quand la terre retomba en pelletées boueuses sur ce corps qu'elle avait connu si ardent, Florie sut que la part de folies, d'excès, d'iniquités, qui nous est concédée à l'aube de nos vies, était, en sa totalité, épuisée pour son compte personnel. Si elle voulait être sauvée, il ne lui était plus possible d'envisager autre chose qu'une existence sage, tournée vers la quête du bien. Lui était-il même encore permis d'aspirer à un regain de tendresse ?

VI

Le six avril de cette année 1255, le roi de France maria sa fille aînée, Isabelle, à Thibaud V, comte de Champagne et roi de Navarre.

Comme Louis IX aimait tendrement la princesse, il voulut que les fêtes fussent somptueuses, bien que, depuis son retour de Terre Sainte, une piété encore accrue le poussât à la plus extrême simplicité. Supprimant tout superflu, il avait considérablement réduit le train de son hôtel, les dépenses de sa maison, et jusqu'à sa propre garde-robe.

Ce furent, cependant, de belles noces.

Le cortège traversa une ville en liesse, parée de fleurs, de tapisseries, de draperies, de banderoles et d'oriflammes, où chacun participait à la joie de la famille royale.

La jeune épousée de quatorze ans, vêtue de drap d'or, couronnée de perles, était l'image même de la verte espérance.

Le peuple chantait, dansait, courait aux spectacles offerts sur les places, riait, buvait, s'amusait ferme.

Paris, vibrant de couleurs, de vivats, frémissait de plaisir sous un ciel printanier. Il ne faisait pas encore très chaud, mais on s'était bien couvert, et le vin distribué gratuitement et à profusion partout où l'on pouvait mettre en perce un tonneau, contribuait gaiement à réchauffer la foule.

Ce fut ce jour entre tous les jours que Djounia choisit pour accoucher.

Alors que Mathilde se préparait afin de se rendre à la cathédrale où maître Brunel avait obtenu de haute lutte deux bonnes places parmi celles qu'avait retenues la confrérie des orfèvres, Arnauld fit irruption dans la chambre de ses parents en annonçant que les douleurs de l'accouchement venaient de commencer

Il n'était plus question de quitter la maison et il ne restait qu'à changer de tenue. Étienne, maugréant, dut renoncer à emmener son épouse avec lui et ce fut Jeanne qui bénéficia de l'événement en se substituant à sa mère.

Dans l'aile du logis réservée au jeune couple, toutes les femmes présentes furent bientôt à pied d'œuvre et l'agitation à son comble. Un valet courut prévenir Charlotte. En attendant, on procéda aux dispositions habituelles. Tiberge la Béguine mit à chauffer des marmites d'eau, fit apporter par des servantes des bassines de cuivre, un baquet de bois, du linge en piles. Perrine, malgré les infirmités de l'âge, apparut, tenant avec dévotion les deux statues jumelles de sainte Britte et sainte Maure dont elle assurait qu'elles aidaient aux heureuses délivrances et préservaient des couches laborieuses. Djounia réclama le scapulaire, spécialement brodé à son intention en Égypte par sa mère, qui le lui avait envoyé quelque temps auparavant, et voulut qu'on le lui passât autour du cou. Mathilde fit brûler, près de la couche, une poudre composée de simples, de racine d'armoise et de fleurs séchées d'herbe de la Saint-Jean. C'était une coutume familiale à laquelle on ne manquait jamais pour conjurer le sort. Dans le même but, Maroie glissa dans la main de la future mère une tige de basilic.

Devant la cheminée, dont on avait avivé le feu, des chambrières dressèrent un étroit lit de toile sur lequel on transporta Djounia. Elle avait demandé à sa belle-mère que, contrairement à ce qui se faisait de façon courante, les voisines fussent tenues à l'écart. En revanche, elle désirait que ses servantes égyptiennes eussent toute latitude pour l'assister à leur manière. Bien entendu, ses souhaits avaient été exaucés, mais Arnauld avait néanmoins tenu à leur adjoindre sa tante, qui arriva comme on achevait les préparatifs.

Tout s'annonçait sous le meilleur jour. Les belles hanches rondes de la jeune femme laissaient espérer une délivrance sans complication. Ointe par des mains expertes de baumes mystérieux venus de son pays, massée par elles, Djounia ne paraissait pas souffrir trop durement.

— Poussez, ma mie, poussez ! répétait Charlotte. Il convient d'aider l'enfant qui est engagé. Si cela peut vous aider, criez, je vous en prie, criez, ne vous gênez en rien !

Que ce fût courage ou souci de sa dignité, l'épouse d'Arnauld serrait les dents sous les assauts de la douleur, mais se refusait à proférer la moindre plainte. On ne pouvait suivre la progression du travail qu'aux contractions de son visage qui reflétaient celles de sa chair.

— Il est temps de vous asseoir, ma mie, dit soudain Charlotte. Le moment approche.

Les deux servantes prirent chacune leur maîtresse sous un bras, la soulevèrent avec précaution, la mirent en position assise, tout en continuant à la soutenir. Mathilde, qui n'avait pas quitté le chevet de sa belle-fille pour lui lotionner les tempes avec une eau de senteur de sa composition, glissa sous les reins douloureux des oreillers de duvet, contre lesquels on appuya le dos mouillé de sueur.

En dépit de la volonté de silence qu'elle avait manifestée jusque-là, l'excès de souffrance arracha un gémissement irrépressible à Djounia. Une plainte rythmée lui succéda, qui se mua d'un coup en un hurlement de bête forcée.

Ce fut au moment même où les cloches de la capitale sonnaient à toute volée pour annoncer la fin de la cérémonie religieuse et la sortie des mariés royaux sur le parvis de Notre-Dame que l'enfant attendu fit son apparition.

— C'est un garçon !

Mathilde se signa, se pencha, le cœur serré, sur le petit être qui émergeait, gluant de sang, des entrailles de sa mère pour entrer dans ce monde. Quand elle se redressa, ses yeux brillaient de larmes.

— C'est un beau petit, ma fille. Vous pouvez en être fière !

Le fils désiré était là, bien vivant, bien membré, piaillant avec une vigueur que toutes les assistantes saluèrent comme un signe certain de santé. Ses cheveux noirs lui venaient de sa mère. Les larges yeux qu'il tenait ouverts en naissant étaient bleus comme une nuit d'été.

Redressée contre ses oreillers, Djounia, épuisée mais heureuse, contemplait son fils avec vénération.

Le cordon coupé, noué, Charlotte tendit à Mathilde le petit corps nu afin qu'elle le baignât avec l'aide des Égyptiennes qui n'en finissaient plus de s'exclamer dans leur langue. Après avoir longuement lavé avec un savon pétri de miel le nouveau-né, lui avoir mis dans chaque œil deux gouttes de vinaigre rosat, on le sécha, on le frotta d'une poudre parfumée à la guimauve, et sa grand-mère lui passa au cou un collier de grains d'ambre afin de le préserver des convulsions et des maux de ventre. Il ne restait plus qu'à l'emmailloter serré pour permettre aux petites jambes de demeurer droites et éviter que l'enfant ne se fît mal en s'agitant.

— Il pèse bien sept livres ! estima Tiberge d'un air entendu.

— Les garçons de la famille ont toujours été robustes ! confirma Perrine avec une componction remplie de vanité.

Tiberge approuva du chef.

Ce fut ainsi que le fils d'Arnauld reçut, au matin de sa vie, des deux plus anciennes et plus fidèles aides de la maison, l'indispensable investiture qui faisait de lui le plus jeune membre admis de sa lignée.

Charlotte qui avait, pendant ce temps-là, procédé à la toilette intime de l'accouchée, préparait près du feu une infusion d'alchémille ayant la propriété d'éviter les inflammations. Les deux Égyptiennes achevaient de rafraîchir, de recoiffer, de parfumer Djounia avant de la reporter entre les draps de toile fine, brodés pour la circonstance, qui paraient le grand lit conjugal.

— Buvez, mon enfant. Le goût en est agréable et l'effet excellent.

Après avoir vidé le gobelet où fumait le breuvage, la jeune femme s'adressa à Mathilde avec vivacité :

— Ne serait-il pas temps de prévenir Arnauld ?

— Si fait, j'y vais. Vous ne voulez toujours pas, ma fille, qu'on s'occupe de vous trouver une nourrice pour votre petit ?

— Non, non, ce n'est pas la peine ! Je m'en tiens à ce que j'ai dit : j'allaiterai moi-même mon enfant. Ce n'est sans doute la coutume ni en France ni dans mon pays, mais j'y suis absolument décidée.

Mathilde avait compris depuis longtemps que l'exquise urbanité de sa belle-fille pouvait, à l'occasion, masquer une fermeté passionnée. Elle n'insista donc pas.

— Comme vous voudrez, ma mie, je vais vous chercher tout de suite Arnauld, assura-t-elle avec entrain.

Elle n'eut pas à aller bien loin.

— Alors ?

— Vous voici pourvu d'un solide garçon, mon fils ! Votre femme et lui sont en parfait état.

Dans un élan de bonheur un peu gauche qui la ravit, Arnauld prit sa mère dans ses bras pour l'embrasser avec la même fougue que du temps où il était en bas âge et venait trouver refuge auprès d'elle.

— Je suis si content !

— Nous le sommes tous ! Étienne va pavoiser ! C'est un beau cadeau que vous nous faites là, savez-vous ? C'est également un riche présent de noces que vous offrez de la sorte à notre sire le roi pour le mariage de la princesse Isabelle : un sujet tout neuf !

— Cette coïncidence me paraît de bon augure.

— J'en suis persuadée.

— Puis-je pénétrer dans la chambre maintenant ?

— Bien sûr !

Dans la pièce où l'on brûlait des rameaux de sauge et de romarin pour chasser l'odeur de sang, assainir et parfumer l'air, Arnauld, un peu gêné par l'assemblée de femmes qui se tenait là, s'approcha du lit où trônait son épouse. Djounia tenait contre sa poitrine leur fils qui s'était endormi.

— Il est superbe, ma mie ! Soyez-en remerciée.

On aurait été en droit d'attendre d'un brillant esprit comme le sien une expression plus originale de satisfaction, mais la radieuse maladresse de tous les jeunes pères paralysait sa verve habituelle. Attendri, il se pencha au-dessus du tout-petit, le dévisagea un instant, tendit un doigt pour effleurer le menu crâne soyeux et doux, sourit, finit par embrasser la mère plutôt que l'enfant.

— Ce gros garçon ne vous a-t-il pas trop fait souffrir, ma sultane ? Quand j'ai entendu votre grand cri, j'en ai été tout retourné !

— C'est fini maintenant, Arnauld, c'est fini, n'en parlons plus.

Le mélange de grâce et de mystérieuse expérience qui émanait de l'accouchée impressionna Arnauld plus qu'il ne l'aurait imaginé.

— Comment allons-nous l'appeler ? dit-il pour résister à l'envie qui le tenait de la prendre dans ses bras.

Avant la naissance, ils en avaient beaucoup discuté, sans parvenir pour autant à se mettre d'accord. Djounia regrettait qu'on ne pût donner à son enfant un nom égyptien, mais admettait les nécessités du calendrier chrétien.

— Tandis que je me morfondais en attendant la venue de ce petit bonhomme, dit Arnauld, je crois avoir eu une idée. Puisqu'il est né le jour du mariage de demoiselle Isabelle avec le roi de Navarre, pourquoi ne pas lui faire porter le prénom de cet illustre seigneur ? Ce serait un assez bon parrainage, me semble-t-il.

— Thibaud ?

— Qu'en pensez-vous ?

— Ce n'est pas laid. Mais votre père ne sera-t-il pas déçu que son petit-fils ne se nomme pas Étienne ?

Mathilde, touchée de cette délicatesse, intervint.

— Non, non, ma fille, dit-elle. Nous n'avons pas coutume d'agir de la sorte. Beaucoup de gens le font, il est vrai, mais pas chez nous. Ce n'est pas commode. Personne ne trouvera à redire si vous appelez votre fils Thibaud, je puis vous l'assurer.

Venus de la rue, les chants et les rires de ceux qui avaient assisté aux noces royales franchissaient les murs, parvenaient jusqu'au chevet de la jeune accouchée. Le spectacle terminé à la cathédrale, la foule se répandait dans Paris pour continuer à se divertir.

Maître Brunel et Jeanne revinrent sur ces entrefaites. Étienne se montra enchanté. La future marraine s'émerveilla.

— Quelle journée ! dit-elle à Bertrand qui arrivait avec Laudine. Les noces de la princesse Isabelle auxquelles j'ai eu la chance de me rendre, la naissance d'un filleul tout neuf, et une lettre d'Italie reçue ce matin m'annonçant le retour de Bernard Fortier !

— Je croyais qu'il était rentré depuis des semaines !

— Il a été retardé, vers la fin de l'hiver, par l'état des routes de montagne et compte se trouver à Paris ces jours-ci, d'après ce qu'il me dit.

— Des trois événements en question, lequel vous semble le plus important, ma sœur ?

La jeune fille esquissa une révérence pleine d'impertinence.

— Devinez !

— Ce n'est guère difficile !

— Taisez-vous donc ! Vous ne savez rien !

En les voyant rire ensemble, Mathilde songea que ce jour marquait peut-être le début d'une période faste. Allait-on, enfin, chez elle, retrouver les simples joies d'une existence sans heurt excessif ? Un fils chez Arnauld, quatre enfants et une entente qui paraissait solide chez Bertrand, Clarence au port, Jeanne brillante d'espoir, Marie en paix avec elle-même, restait Florie...

Après l'affreux mois de février, Mathilde était demeurée jusqu'à la mi-mars à Vençay, autant pour achever de se rétablir que pour prodiguer sollicitude et compréhension à sa fille, qui en avait bien besoin. Écrasée par la fin cruelle de l'homme qui aurait tenu, jusqu'au bout, une place si singulière dans sa destinée, mais peut-être plus encore par la perte d'un espoir fort cher, la jeune femme, battue des vents comme un arbuste dans la tourmente, n'aurait sans doute pas résisté à l'acharnement du sort si sa mère ne l'avait pas soutenue. En la quittant, elle s'était inquiétée de savoir quand elles se reverraient.

— J'irai vous faire visite à Paris, après les couches de Djounia, afin d'admirer mon neveu ou ma nièce, avait dit Florie avec un pauvre sourire. Prévenez-moi de sa naissance, je partirai avec Agnès dès que je le pourrai.

Elles estimaient toutes deux, sans se l'avouer, qu'il était préférable de ne pas ranimer de trop amères réminiscences en conviant la jeune femme au baptême de l'enfant attendu.

« Je lui écrirai dans quelques jours, songea Mathilde. Il faudrait, en plus de la venue au monde de Thibaud, qu'une occasion s'offrît à nous de lui faire signe, de façon à ce qu'elle ait un autre sujet d'intérêt que ce petit qui va, douloureusement, lui en rappeler un autre ! »

Les événements se chargèrent d'exaucer ce souhait.

Une semaine ne s'était pas écoulée depuis le 6 avril, que maître Brunel reçut une lettre lui demandant s'il était d'humeur à recevoir un ami qui revenait de loin. C'était Bernard Fortier qui s'annonçait ainsi. Il fut invité à venir rendre visite à l'orfèvre le lendemain pour le souper.

Jeanne avait pris la nouvelle avec un calme apparent. Devinant l'inquiétude de ses parents, elle était bien décidée à ne pas leur laisser pressentir ce qu'elle attendait. Depuis qu'elle avait eu en main la missive où Bernard lui annonçait avec un mélange de solennité et de sous-entendus l'imminence de son retour, ses pensées n'avaient pas cessé de tourner autour d'une éventualité qui laissait le champ libre à toutes les suppositions, des plus aimables aux plus décevantes.

Quand on fit appeler les deux sœurs pour qu'elles viennent rejoindre les convives du souper, elles étaient prêtes.

Sur une cotte de fine soie blanche, Jeanne avait revêtu un surcot de samit turquoise apporté d'Égypte par Djounia. D'une grande souplesse, le tissu épousait les formes du jeune corps qui s'en parait. Une couronne de violettes blanches retenait sur son front sans ride sa chevelure nattée avec soin. Des bracelets d'argent, une chaîne d'un beau travail, supportant une croix, une bague de lapis-lazuli et une aumônière sarrasinoise brodée de perles, parachevaient une tenue dont le raffinement demeurait sans tapage. Par une habileté qui amusa Mathilde, Marie s'était également habillée avec recherche, en toile de soie lilas.

— Nous avons regretté que vous n'ayez pas pu assister au dîner de gésine offert en l'honneur des heureuses couches de notre belle-sœur, dit Jeanne en saluant l'invité de son père. Il faut espérer que le repas de ce soir compensera cette perte.

Le regard qui l'enveloppa était une réponse. Bernard avait subi une transformation qui tenait moins à un changement de ses traits ou de sa personne qu'à une assurance accrue dans son comportement. S'il n'avait jamais paru timide, on le sentait à présent sûr de lui.

Très brillant, le voyageur ne cessa de conter des anecdotes dont les habitants de Turin faisaient les frais. Amusant, spirituel, il sut éviter vulgarité et complaisance et mit tout le monde de son côté. Sollicités avec adresse, tous parlèrent ensuite de ce qu'ils avaient fait durant l'absence de leur hôte. Jeanne décrivit ses études, Marie expliqua comment procéder pour enluminer un manuscrit, Laudine donna des détails, que ses beaux-parents ne furent pas fâchés d'entendre, sur l'éducation qu'elle envisageait pour ses enfants. Maître Brunel et Bertrand s'intéressèrent à ce qu'on leur dévoila sur les modalités du commerce italien, et Mathilde fut ravie du présent que le jeune homme lui fit apporter à la fin du souper : une tapisserie représentant une scène de la Nativité.

« Il nous met tous dans son jeu, songea Étienne. Voyons la suite. »

Personne ne fut surpris quand Bernard demanda à l'orfèvre, juste avant de se retirer, s'il accepterait d'avoir avec lui un entretien le lendemain. Il était évident que l'attitude du drapier pendant cette soirée traduisait des visées très claires. On se quitta en se donnant rendez-vous dans la matinée.

— Eh bien ! ma fille, dit Étienne à Jeanne après le départ de leur convive, il me semble que voilà un garçon qui s'apprête à faire sans tarder figure ici de soupirant !

Bernard Fortier fut exact au rendez-vous. Arrivé rue des Bourdonnais au milieu de la matinée, il y trouva maître Brunel qui avait renoncé pour lui à son emploi du temps habituel, et l'attendait.

Après quelques phrases banales de politesse, le jeune homme entra dans le vif du sujet.

— Je suis parti pour l'Italie dans l'intention de mettre à l'épreuve un penchant qui, pour être fort, ne se différenciait pas encore, à mon avis, avec assez d'éclat, de ceux que j'avais éprouvés depuis que j'étais en âge de tomber amoureux... et Dieu sait que je n'y avais pas manqué !

Il parlait d'abondance, donnait des détails, décrivait ses états d'âme avec un rien de satisfaction. Assis en face de lui, Étienne, tout en l'écoutant, cherchait à se faire une opinion aussi lucide que possible sur l'homme qui aspirait à la main de Jeanne.

— Pendant les mois de séparation que je m'étais imposés, je m'efforçai de bien cerner les limites d'un amour qui n'avait d'abord été qu'une attirance, continuait Bernard. C'est pourquoi j'ai cru bon de m'en tenir à un silence absolu. Je pensais qu'une correspondance échangée avec votre trop séduisante fille m'eût entraîné plus vite que je ne le voulais sur les chemins de l'hyménée.

« Il parle comme un livre, songeait Étienne. Je n'arrive pas à définir la petite gêne que le déroulement de ses périodes sans surprise me procure. Pourvu qu'il ne soit pas dépourvu d'une certaine disposition naturelle à la sensibilité... »

— Je crois avoir bien fait de m'astreindre à ce temps probatoire, poursuivait Bernard. Il en est ressorti que je tenais beaucoup plus à votre Jeanne qu'à toutes les filles dont j'avais pu m'amouracher avant elle. Je ne pouvais plus douter de l'envie que j'avais de vivre à ses côtés.

Étienne écoutait distraitement les phrases balancées dont son interlocuteur devait se sentir assez fier. Au-delà d'un tel déluge verbal, que contenaient le cœur et l'esprit de ce garçon ? D'un autre, on eût pu penser que son discours n'était que draperies pour dissimuler une sournoise timidité. Pas de lui. Alors ? Tant de paroles ne pouvaient-elles, tout de même, masquer une anxiété véritable ? Une sorte de fuite oratoire ? Jeanne, certes, était bien jeune, mais, pour des témoins attentifs, il était aisé d'entrevoir chez elle les promesses d'une personnalité déjà riche, d'un caractère exigeant, avide d'absolu. L'homme qui se tenait là, à l'abri de sa barrière de mots, répondrait-il comme il conviendrait à l'attente d'une femme qui ne se contenterait pas d'apparences, si séduisantes fussent-elles ?

Intelligent, sachant susciter, puis retenir l'attention de ceux qui l'approchaient, ambitieux, actif, ce drapier devait posséder les talents requis pour s'assurer une bonne position, un avenir opulent, mais possédait-il les qualités essentielles capables de faire de lui un compagnon sûr, un mari fidèle, l'ami de toute une vie ?

En vérité, maître Brunel n'en savait rien.

— J'ai donc l'honneur de vous demander votre fille pour épouse, terminait le jeune homme.

Pour atténuer l'aspect officiel de sa formule, dont il eut soudain l'air de s'apercevoir, il partit de son grand rire joyeux.

— Par ma foi, je m'exprime comme un notaire ! s'exclama-t-il avec une bonne grâce qui réconforta maître Brunel. Ne m'en veuillez pas, je vous prie, de vous avoir assommé de mes discours, mais c'est de cette manière que je cache le mieux mon émotion !

C'était presque une réponse aux interrogations d'Étienne, ou, tout au moins, un commencement d'apaisement.

« J'aime mieux ce ton-là ! soupira celui-ci. S'il est capable de spontanéité, rien n'est perdu ! »

— Je me doutais bien un peu de ce que vous aviez à me confier, reconnut-il sans ambages. Votre demande m'honore, nous honore tous. Ma femme et moi éprouvons de la sympathie pour vous, vous n'êtes pas surpris, je pense, de me l'entendre dire. Par ailleurs, votre excellente réputation de drapier est venue jusqu'à moi. Notre fille ne semble pas vous considérer d'un trop mauvais œil, ce qui est important. Je suis donc dans les meilleures dispositions pour vous répondre dans un sens qui vous satisfasse. Mais le mariage est une grave affaire, un sacrement irrévocable. Il est donc prudent de s'entourer de toutes les précautions, de toutes les assurances possibles avant de s'y décider. Voici ce que je vous propose afin que Jeanne et vous appreniez à vous mieux connaître : faites à ma fille une cour discrète, rencontrez-la le plus souvent que vous le pourrez sans la compromettre, parlez ensemble, voyez si vos goûts, vos opinions, vos idées concordent. Ensuite, seulement, nous parlerons fiançailles.

Le jeune homme parut déçu.

— Je comprends vos scrupules, dit-il cependant. Ils nous assurent contre un entraînement qui ne serait fondé que sur une attirance passagère, mais pour bénéfiques qu'ils puissent être, je ne vous cache pas que je suis impatient de devenir l'époux de votre fille dont l'image me tourmente jusque dans mon sommeil ! Néanmoins, je m'incline devant votre souhait.

Mathilde et l'heureuse élue se virent conviées à venir rejoindre les deux hommes dans la salle où on les avait laissés en tête à tête. Maître Brunel résuma la situation en peu de mots.

— Bernard est donc autorisé par moi à vous faire sa cour, ma fille. Entretenez-vous beaucoup ensemble, abordez tous les sujets qui vous semblent importants, ne laissez rien dans l'ombre. Inventoriez vos cœurs et vos pensées pendant que vous en avez le loisir. C'est à présent qu'il faut le faire. Une fois mariés, il n'en sera plus temps !

Jeanne témoigna alors de cette personnalité que son père décelait en elle :

— Je suis doublement heureuse de ce que je viens d'apprendre, dit-elle. En premier, parce que je l'espérais, ensuite, parce que, moi aussi, j'estime préférable que nous apprenions à mieux nous familiariser l'un avec l'autre. Je ne suis pas bien sûre de mes aspirations qui ne sont, peut-être, que rêveries. Si j'ai pensé à vous, messire, pendant que vous vous trouviez en Italie, ce dont je ne me cache pas, était-ce parce que vous êtes établi dans mon cœur, ou à cause des romans que j'ai lus ? Ni vous ni moi ne pouvons donner à l'heure actuelle une réponse satisfaisante à cette question. Les semaines à venir vont mieux nous renseigner là-dessus que toutes les lettres que nous aurions pu échanger. N'êtes-vous point de cet avis ?

— Il ne me semble pas, pour mon propre compte, que l'expérience proposée par votre père puisse ajouter ou retrancher quoi que ce soit à des sentiments si vifs que leur intensité même ne me permet pas de les mettre en doute, répondit Bernard.

Sa déclaration, appuyée par un regard de feu, avait de quoi faire monter le sang aux joues d'une adolescente, fût-elle avertie.

— Néanmoins, continua-t-il, si, à l'exemple de maître Brunel, vous jugez souhaitable que nous nous y soumettions, je m'inclinerai, bien entendu, devant vos désirs. Je vais m'installer à Paris pour quelque temps et vous pouvez être assurée de me voir aussi souvent que vous le trouverez convenable.

Étienne frappa dans ses mains pour qu'on apportât la cervoise.

— Voilà une sage résolution, dit Arnauld à Mathilde qui s'était rendue chez son fils aîné afin de lui annoncer, ainsi qu'à Djounia, la nouvelle. Grâce à ce délai, nos tourtereaux auront le temps de voir plus clair en eux-mêmes, et nous pourrons, nous aussi, prendre les mesures du prétendant !

Mathilde se sentait soulagée, joyeuse.

— Vous ne devinerez jamais l'étonnante nouvelle que j'ai apprise hier, reprenait-il d'un air amusé. Par tous les saints, une nouvelle presque aussi admirable que la vôtre !

— S'agirait-il d'autres épousailles ?

— Ma foi, peu s'en faut ! Figurez-vous que j'ai rencontré Rutebeuf qui m'a annoncé comme un heureux événement qu'il venait de se mettre en ménage avec Gertrude !

— Le pauvre garçon !

— Il s'est laissé prendre dans les filets de cette pêcheuse d'hommes !

— Il est fou !

— C'est ce que je n'ai pas manqué de lui dire, mais ma remarque n'a pas été de son goût. Il m'a assuré le plus sérieusement du monde que son amie était femme d'esprit, qu'elle aimait la poésie, qu'elle le ferait travailler et lui serait de bon conseil.

— Elle lui fournira, c'est probable, assez de sujets de doléances pour lui inspirer des vers vengeurs contre les compagnes plus âgées que leurs conjoints.

— Allons, assez parlé de Gertrude, occupons-nous plutôt de Thibaud qui est tellement plus intéressant qu'elle !

Le dimanche suivant, le baptême de l'enfant eut lieu. Jeanne et Bertrand le portèrent sur les fonts baptismaux. Il y eut grande débauche de dragées et de menus cadeaux. Selon la coutume, Djounia n'assista pas à la cérémonie, mais attendit dans sa chambre, parée à ravir, les visites féminines qui ne se firent pas faute de défiler. On rit, but et mangea tout autant en compagnie de la jeune mère que dans la grande salle où un repas de fête réunit le reste de la famille.

Placée auprès de Bernard, Jeanne ne cessa de rire que pour rougir, d'échanger des remarques avec son voisin que pour lui décocher des flèches dont ils s'esclaffaient tous deux.

Décidément, ce mois d'avril en rappelait un autre. Comme lui, il paraissait rempli de promesses auxquelles on ne demandait qu'à ajouter foi, comme lui, il se parait des grâces ambiguës du printemps.

Florie avait accepté de venir à Paris avec Agnès aux alentours de Saint-Marc, vers la fin de ce même mois d'avril. On l'attendait.

Elle arriva par un jour de giboulées, fit la connaissance de Djounia, de Thibaud, et revit Arnauld pour la première fois depuis neuf ans. A cette époque, il l'avait reniée, rejetée vers les ténèbres extérieures. Se remémorant un passé si lourd, tous deux appréhendaient l'inévitable rencontre. Elle fut toute simple. Ils se dirigèrent l'un vers l'autre, s'embrassèrent, dirent en même temps : « Je suis fort aise de vous retrouver » et se prirent à rire. Ce rire effaça la faute de l'une, le souvenir de l'ostracisme de l'autre, et rétablit des relations qui, jadis, avaient été confiantes.

— Votre sœur est malheureuse, dit plus tard la jeune Égyptienne à son mari. Ses yeux m'ont fait peine.

Arnauld, finalement mis par Mathilde au courant de ce qui était advenu à Florie, n'avait pu le celer à Djounia.

— Philippe est revenu de la cour d'Angleterre où le roi l'avait envoyé en mission, remarqua-t-il d'un air songeur. Ne serait-ce pas le moment, pour moi, de me faire pardonner ma dureté en intervenant avant qu'il ne reparte ailleurs ? Il demeurera quelques jours à Paris, je le sais. Pourquoi n'irais-je pas lui rendre visite ? Nous nous entendions bien, naguère. Je suis sans doute le seul à pouvoir lui parler comme il convient... nous avons eu beaucoup d'expériences communes en Palestine... je crois savoir quoi lui dire.

Les fêtes du Mai commencèrent peu après.

Avec plusieurs de leurs amies, Jeanne et Marie partirent en forêt de Rouveray cueillir fleurs sauvages et rameaux verts. Robert le Bigre étant mort, ce furent deux valets qui furent chargés de les accompagner à travers bois. Ils les aidèrent également à rapporter les traditionnelles brassées de genêts, d'iris, de boutons d'or.

Occupée à broder dans le verger débordant de corolles, afin de profiter des douceurs d'un soleil printanier et de surveiller Agnès qui jouait dans l'herbe avec la fille aînée de Bertrand, Florie avait assisté au départ de ses sœurs. Rieuses et décoiffées, elle les vit revenir.

Neuf années plus tôt, elle faisait partie de ces filles de l'aube qui préparaient le Mai dans l'insouciance et le plaisir. La fête des temps clairs s'annonçait, alors, innocente et joyeuse pour la jeune épousée, encore mêlée aux vierges qui l'avaient acceptée dans leur bande candide... les goliards, Artus le Noir, Guillaume, enfin, avaient fait irruption dans ce monde où l'enfance se prolongeait. Ils l'avaient détruite, à tout jamais... Comment ne s'était-elle pas doutée, dès ce jour-là, des intentions de son sauveur d'un moment ? Il s'était trouvé là tellement à propos, juste pour prendre leur défense, sa défense, sans qu'elle ait songé, dans sa naïveté, à s'étonner de cette coïncidence. Depuis lors, Clarence lui avait dit que, tout de suite, elle avait deviné le secret qui brûlait le cœur et les sens du jeune pelletier.

Seigneur ! De la forêt de Rouveray à celle de Bréchenay, quel noir chemin parcouru !

— Quand nous serons grandes, nous aussi, irons-nous cueillir le Mai comme vos sœurs ?

Agnès, qui tenait par la main la jeune Blanche avec laquelle elle s'entendait fort bien, interrogeait sa mère adoptive, le regard brillant.

— Bien sûr... à condition que cela vous amuse, ma petite biche...

Les yeux rivés à son ouvrage, elle évoquait les étranges méandres qu'avait empruntés son destin, quand un pas entendu derrière elle la fit se retourner. Arnauld venait la rejoindre, comme jadis, quand ils s'entendaient si bien et se confiaient l'un à l'autre avec abandon...

— A vous voir, assise sagement sous ces cerisiers en fleurs, on dirait une enluminure de quelque récit ancien, remarqua le nouveau venu. Telle Pénélope, vous vous penchez avec application sur un de ces éternels travaux féminins qui vous servent si bien d'échappatoires !

Se trompait-elle ? N'y avait-il pas une allusion transparente dans ce rappel mythologique ? Elle joua le jeu :

— Je brode, en effet, mon frère, mais la comparaison s'arrête là. N'espérant aucun retour de voyageur, je n'ai pas à défaire la nuit ce que j'ai confectionné le jour.

Il prit place sur le banc, auprès d'elle.

— Êtes-vous bien sûre de n'avoir plus personne à attendre ?

Avant même que Florie ait pris pleinement conscience de ce que pouvait signifier une telle interrogation, son cœur se déchaîna.

— Vous avez vu Philippe ?

— Oui. Il est rentré d'Angleterre et se trouve à Paris.

— Puisque vous m'en parlez, c'est que vous l'avez interrogé. Que vous a-t-il répondu ?

— Que l'éloignement ne lui avait rien appris qu'il ne sût déjà.

— C'est-à-dire ?

— Qu'il vous faut être patiente et ne pas désespérer.

— Consent-il à me pardonner ?

— A la suite de ses dures expériences palestiniennes, il en est venu à vous absoudre, à ne plus vous garder rancune du mal infligé autrefois. Les anciennes blessures sont refermées. Hélas, le récit que le médecin de Montlouis lui a fait, de votre part, en a ouvert de nouvelles qui sont toujours à vif.

— Que compte-t-il faire ?

— S'éloigner de nouveau. Voyager. Essayer de discerner s'il peut vivre sans vous qui lui avez causé tant de souffrances, ou si, au contraire, et en dépit de ces souffrances, vous lui êtes encore indispensable.

Florie fixait ses mains ouvertes sur la broderie délaissée. Soudain, elle ne les distingua plus : ses yeux ruisselaient.

— Croyez-vous qu'il me reste quelques chances de le voir me revenir ?

— Je l'ignore. J'imagine qu'il vous aime en dépit de tout, mais que les déceptions, les outrages, la détresse, ont fait leur œuvre de sape dans un cœur qui, par nature, semble doué d'une indestructible faculté de constance. Votre époux doit faire partie de ceux, très rares, qui ne parviennent pas à se détacher de leur premier amour... Sur le blason rouge et noir qui est sien désormais, il devrait faire graver sa devise : Fidélité et Tendresse !

— Je ne suis digne ni de l'une, ni de l'autre !

— Il est vrai, Florie, que vous avez beaucoup erré, mais, à présent, votre mauvais génie n'est plus. Priez Dieu pour que le bon génie, que vos fautes n'ont peut-être pas complètement éloigné de vous, revienne pendant qu'il en est encore temps !

— Vous me laissez donc un mince espoir ?

— Vous-même, ma sœur, l'aimez-vous malgré ce qui s'est passé ?

— En toute honnêteté, Arnauld, je puis vous répondre que oui. J'ai retrouvé, dans un repli longtemps fermé de mon âme, des sentiments que je croyais perdus. Par-delà le fol entraînement qui m'a jetée dans les traverses que vous savez, une amitié méconnue avait survécu, en secret. Elle a resurgi, bien réelle.

Comme du temps qu'il était étudiant, Arnauld mordillait des brins d'herbe arrachés à une touffe qui poussait contre le banc. C'était, chez lui, signe de méditation.

— Ainsi donc, de façon assez étrange, votre mutuelle foi se sera montrée plus vivace que ce qui aurait dû, en bonne logique, la détruire... Si Philippe consent, un jour, à reprendre l'existence en commun avec vous, ce sera le triomphe de la tendresse sur la passion.

— Sans doute. Mais le voudra-t-il ?

VII

— Bernard, vous engagez-vous à prendre Jeanne pour épouse si l'Église y consent ?

— Je m'y engage.

— Jeanne, vous engagez-vous à prendre Bernard pour époux si l'Église y consent ?

— Je m'y engage.

— Vous voici donc tous deux fiancés devant Dieu.

Le chanoine Clutin bénit les jeunes gens agenouillés devant lui au pied de l'autel portatif, dressé rue des Bourdonnais, dans la cour de la maison, les releva, leur donna affectueusement l'accolade.

La foule des parents et amis rassemblés autour des fiancés quitta la chapelle provisoire en forme de tente, pour gagner le jardin. Les enfants auxquels la cérémonie avait paru longue, s'égaillèrent sous les branches.

Il faisait chaud. En dépit du vélum tendu au-dessus de la pelouse principale, le soleil de ce début de juillet entretenait sous la toile une touffeur qui exacerbait les parfums des bouquets qui décoraient les tables, ceux dont les invités s'étaient aspergés, les fumets de la nourriture exposée, et aussi les odeurs corporelles.

— Vous avez bien fait, ma mie, de fixer le mariage à l'automne. Il fera plus frais.

Yolande Ripault s'adressait à Mathilde avec la réserve nuancée de bonne volonté dont elle ne se départait jamais, même aux heures de fête.

— J'aurais cependant préféré que ces enfants fussent mariés avant la fin de l'été, mais Étienne doit s'absenter en août pour assister à la foire de Troyes, en Champagne. Bien que Bertrand se soit consacré à ce genre de manifestations, son père tient à se montrer aux plus importantes d'entre elles. Il ne nous est revenu de Provins qu'avant-hier !

— Tous ces voyages ne le fatiguent pas trop ?

— Il serait plus malade d'avoir à y renoncer que de s'y être rendu !

— Votre fille est bien belle, chère Mathilde. En tous points digne de vous !

Découvrant sans vergogne ses dents de lapin, et sans que son regard cessât de fureter à l'entour, Nicolas Ripault se livrait à son habituelle manie élogieuse.

— Ce Bernard sera un heureux homme !

Autour des futurs époux, on riait, on s'embrassait, on se congratulait.

— Voici donc les fiançailles que j'aurais eues si j'avais été en France, disait Djounia à Arnauld.

— Eh oui ! ma mie ! Nous n'avons cependant rien à regretter : les nôtres furent superbes !

Florie, qui avait décidé de rester à Paris jusqu'au mariage de sa sœur, parlait avec Charlotte.

— Puisque nous sommes les deux esseulées de la famille, unissons nos solitudes, ma tante !

— Unissons-les, ma nièce ! Je ne sais si vous êtes comme moi, mais je ne puis plus assister à des réunions comme celle-ci, sans me sentir fort éloignée de l'euphorie que chacun affiche en de telles circonstances. L'état de mon pauvre Girard fait pitié. Il sombre sans rémission dans un mutisme dont aucun de nos remèdes ne semble pouvoir venir à bout.

On n'ignorait pas que le mari de Charlotte ne sortirait jamais plus de l'Hôtel-Dieu où il végétait depuis des mois, muré dans une prostration dont rien, ni personne ne parvenait à l'extraire.

— Est-ce que je peux manger des gaufres ?

Agnès, interrompant ses jeux avec les autres enfants de la famille, se plantait devant sa mère adoptive, lui dédiait un sourire câlin.

— Demandez à Perrine de vous en donner une ou deux, mais pas davantage. Il y a quantité d'autres bonnes choses à se mettre sous la dent.

— Vos parents, il est vrai, n'ont pas lésiné sur les victuailles ! s'écria Bérengère Hernaut, venue de Tours avec son mari en l'honneur des fiançailles de son frère. Il y a de quoi nourrir toute une paroisse !

— La devise de notre mère a toujours été qu'il valait mieux en avoir trop que pas assez !

Recouvertes de nappes blanches, ornées de pièces d'orfèvrerie et de gerbes de fleurs, les tables disposées le long des trois côtés de la pelouse, croulaient sous les plats : brochets en galantine, gelée d'esturgeon, truites en croûte, pâtés d'anguilles, de perdreaux, de pigeons, de saumons, carpes grillées, avoisinaient avec des nourritures plus substantielles : canards en dodine, lièvres en civet, cochons de lait farcis, cygnes et paons rôtis puis reconstitués, quartiers de cerfs ou de sangliers à la sauce d'enfer, poulets froids au verjus, blanc-manger de chapons. Pour se rafraîchir la bouche, on avait prévu des salades parfumées au cerfeuil, au persil, à la marjolaine et aromatisées de vinaigres aux herbes diverses. Des fromages s'empilaient à un bout de table. En face d'eux, brioches, fouaces, tartes aux fruits, beignets, flans, échaudés, darioles, s'offraient aux amateurs de douceurs. Des corbeilles de cerises, de prunes, ou des coupes remplies d'amandes, de noisettes, de coriandre, de gingembre, de genièvre, de pâtes d'abricot et de coing, complétaient agréablement les mets offerts à l'appétit des hôtes fort nombreux qu'on avait conviés à venir se réjouir et se nourrir en compagnie des fiancés. Des drageoirs de cristal à monture d'argent ponctuaient l'ensemble.

Afin d'apaiser les soifs causées par tant d'épices et de condiments, des brocs, des pichets, des cruchons, contenaient les vins clairets, vermeils, gris ou paillets, qui provenaient des meilleurs crus de la région parisienne, de la cervoise, de l'hydromel.

Servantes et valets de la maison s'occupaient de servir les invités ou de leur présenter les plats.

— C'est une belle réception, admit maître Hernaut.

Il était à la fois impressionné par le foisonnement de tous ces aliments, un peu jaloux de l'aisance que tant de nourritures représentaient, et fier de voir la famille de sa femme s'allier à une telle opulence.

— Votre sœur ne sera pas malheureuse non plus à Blois, ne put-il s'empêcher d'affirmer en poussant son ventre en avant.

— Je n'en doute pas, messire. Il n'est que de la contempler pour être certain qu'elle se prépare au bonheur.

— Elle est radieuse ! reconnut Charlotte, qui se souvenait d'une mariée également épanouie qui s'en était allée, neuf ans plus tôt, vers un destin dont elle attendait merveille...

— Votre fille est venue me voir assez souvent depuis trois mois, disait pendant ce temps le chanoine à Mathilde. Elle a fait preuve de beaucoup de sérieux durant cette incertaine période de réflexion. Il semble maintenant qu'elle soit sûre de son fait.

— Je l'espère, mon oncle.

Elle sourit de loin à Étienne qui passait au bras de grand-mère Margue, exceptionnellement sortie de la vieille maison où les infirmités de l'âge la claquemuraient. Elle se déplaçait avec de plus en plus de peine. « Je fais trois pas dans un pot ! » gémissait-elle avec, cependant, un rien de moquerie à sa propre adresse.

— Mon oncle, reprit la femme de l'orfèvre un peu plus bas, je voudrais vous exposer en privé un cas de conscience qui se pose à moi. Pourrais-je aller vous voir sans tarder ?

— Quand vous voudrez, ma fille. Je suis à votre disposition.

— Je tâcherai de passer chez vous un jeudi, en sortant de l'Hôtel-Dieu où je vais, comme vous le savez, ce jour-là.

En quête de fraîcheur, les convives se répandaient dans le jardin. On transportait des écuelles et des gobelets pleins à ras bord, on s'installait à l'ombre, dans l'herbe, au pied des arbres, sur les bancs. On formait des groupes bavards d'où fusaient des rires, des exclamations provocantes, des appels, des refrains.

Groupés autour du petit bassin, des musiciens jouaient de la flûte, de la harpe, de la viole ou du luth, tour à tour.

Jeanne, plus accaparée jusque-là par ses parents, ses amis, qu'elle ne l'aurait souhaité, prit le bras de son fiancé. Se dirigea avec lui vers les arbres.

— Nous voici donc engagés l'un à l'autre, doux ami, dit-elle, misérieuse, mi-riante. Dans peu de temps plus rien ne nous séparera.

— Que ne sommes-nous déjà au jour des noces ! soupira le jeune homme en passant un bras autour des belles épaules voilées de soie. Vous ne pouvez savoir, ma mie, combien j'ai hâte d'être libre de vous aimer !

Il entraînait sa future femme à l'écart, dans l'ombre des bosquets.

— Il n'y a plus bien longtemps à attendre, Bernard !

Le visage qui se pencha sur le sien, pour l'embrasser avec une avidité qui ne lui déplaisait pas, ne lui était pas inconnu. Durant les semaines assez libres du Mai, puis pendant celles de juin, elle avait appris à déchiffrer sur les traits sensuels de son prétendant l'émoi que le désir y posait comme un masque d'affamé. Au contact de cette ardeur, sa réserve de fille plus sollicitée jusque-là par les joies de l'esprit que par celles de la chair, ce qu'on avait coutume de nommer, par ignorance, sa froideur, avait fondu comme neige au soleil.

A elle aussi, les semaines d'attente fixées par ses parents à une si désirable union semblaient difficiles à supporter.

— Septembre est le mois des fruits, murmurait la voix amoureuse à son oreille. Combien je me languis de cueillir ceux que vous me destinez !

— Bernard !

— Allons, allons, mes enfants, dit tout à coup auprès d'eux maître Brunel qui avait remarqué l'isolement du couple sous les branches complices. Par saint Jean ! vous n'êtes point encore mariés, que je sache, pour négliger vos parents afin de mieux roucouler ! Venez donc avec nous goûter d'un certain filet de chevreuil mariné dans du vin vieux dont on se pourlèche si bien qu'il ne vous en restera pas le plus petit morceau si vous tardez davantage !

L'orfèvre ramena avec lui vers les groupes qui se restauraient, et se tenant par la main comme il se devait, des fiancés penauds dont la fièvre ne lui avait pas échappé.

Il avait trop aimé, au début de leur mariage, la fougue volup-tueuse de Mathilde, il avait trop souffert, par la suite, de ne plus pouvoir y répondre, pour ne pas deviner les besoins de ses filles. Surtout de Jeanne qui ressemblait tant à sa mère. L'adolescente n'était pas, elle non plus, de celles dont les sens demeurent en paix aux approches de la tentation. Il fallait donc aviser.

La fête suivait son cours. Durant que les plus âgés s'attardaient à manger, les plus jeunes s'étaient mis à danser dans le verger, sous les ramures chargées de fruits encore verts. Les musiciens les y avaient précédés. Au cœur de l'après-midi d'été, farandoles, rondes, caroles, branles, se nouaient et se dénouaient au gré des rencontres. Les notes égrenées allaient se perdre au-delà des murs, dans les rues avoisinantes.

Grand-mère Margue, qu'on avait installée au pied d'un pommier sur un fauteuil bardé de coussins, contemplait cette agitation, avec, au fond de ses prunelles délavées, plus d'amusement que de regret.

Mathilde s'approchait en compagnie de plusieurs invitées qui s'installèrent à son exemple autour de la vieille femme.

— Je ne vous trouve pas bonne mine, ma fille, dit l'aïeule. Vous vous êtes trop fatiguée pour organiser ces fiançailles.

— C'est l'ombre qui me verdit le teint.

— Non pas. Vous êtes toute pâle.

— Ce n'est rien, ma mère. Je me reposerai cet automne, après le mariage de Jeanne, quand je n'aurai plus qu'une fille à la maison.

Combien étrange était le plaisir qu'elle éprouvait à bâtir ainsi des projets quand elle s'adressait aux autres, alors qu'elle demeurait persuadée de n'avoir plus que quelques semaines à vivre ! C'était comme une complicité mystique entre elle et la mort, entre Dieu et elle...

Arnauld et sa femme, Bertrand et la sienne, approchaient. Djou-nia portait Thibaud dans ses bras. Il émanait d'elle une ferveur joyeuse, un tendre rayonnement, qui la faisait ressembler à une brune madone.

— Voici votre arrière-arrière-petit-fils, dit Mathilde en les aperce-vant. Voyez comme il est beau.

Ainsi que des abeilles sur un pot de miel, les femmes présentes s'agglutinèrent autour de l'enfant. L'aïeule s'émouvait à nouveau.

De loin, Florie contemplait la scène. Ainsi qu'une lame, une tristesse aiguë la transperça. Au milieu de cette fête, elle ressentait, avec un atroce sentiment d'évidence, l'étendue de ce qu'elle avait perdu : son fils mort par sa faute, son amant tué par sa faute, son mari reparti par sa faute ! Quel bilan ! Que lui restait-il ? Sa famille, bien sûr, mais elle en était la brebis noire... Agnès, sans doute, son enfant de remplacement... de remplacement !

Un sanglot sec lui déchira la gorge. Elle s'enfuit vers la maison.

La cherchant un peu plus tard, afin de lui confier ses déboires conjugaux, Alix, qui supportait mal, elle aussi, depuis que Rémy la délaissait, la joie des autres, découvrit son amie dans la chambre qu'elle occupait avec Agnès. Recroquevillée sur son lit, elle n'était plus qu'une loque gémissante.

— Florie ! Pour l'amour de Dieu, répondez-moi ! Que vous arrive-t-il ?

Bâillonnée par ses spasmes nerveux, la jeune femme ne put d'abord lui répondre. Ce ne fut qu'après s'être calmée qu'elle se mit à parler, à tout dire.

Elles s'entretinrent longtemps.

Quand elles s'entendirent appeler de tous côtés, ce fut en se tenant par la taille qu'elles sortirent de leur repaire.

— Philippe vous reviendra, avait dit Alix.

— Rémy se lassera des filles de rencontre et vous le retrouverez, avait assuré Florie.

Ce n'étaient que des mots. Elles en étaient conscientes, mais elles l'étaient également du bien-être qu'ils leur avaient procuré.

La fête se prolongea plus tard que prévu.

Après avoir reconduit jusqu'au portail famille et amis, s'être occupés de la remise en ordre du jardin par leurs gens, Étienne et Mathilde, en se retrouvant dans leur chambre, échangèrent leurs opinions sur le déroulement de la journée.

— Si nous ne voulons pas avoir, l'an prochain, un nourrisson venu un peu hâtivement au monde, il nous faudra marier Jeanne et Bernard sans tarder, répéta maître Brunel à sa femme.

— J'y avais songé. Pourquoi ne pas avancer la date prévue pour leurs noces au jour de la Saint-Gilles, premier de septembre, qui tombe, cette année, un mardi ?

— La foire de Troyes ne prend fin que le huit, pour la nativité de la Sainte Vierge.

— Je le sais bien, mon ami, mais ne pouvez-vous, par exception, laisser Bertrand s'occuper de la fin des opérations d'achat et de vente ?

— Je le pourrais, bien sûr...

— Faites-le donc, je vous le demande. Tout comme vous, j'ai hâte de savoir notre fille en puissance de mari !

— Très bien. Vous savez, ma mie, que je suis incapable de rien vous refuser. Je m'arrangerai donc selon votre convenance.

— Grand merci, Étienne ! Je serai plus tranquille après ce mariage...

Elle s'interrompit, serra les lèvres sur son secret, posa une main sur le bras de son époux.

— Il faudra respecter cette date, quoi qu'il puisse advenir d'ici là, termina-t-elle.

Le lendemain, Mathilde se mit à l'œuvre. Avec Jeanne, ravie de voir avancé un événement qui lui était si cher, elle discuta tissu, broderies, parure. Elles décidèrent que la cotte de la mariée serait de soie cramoisie, le surcot de toile d'or brochée de fleurs. Sur son voile de gaze dorée, un cercle de métal précieux, ouvragé dans les ateliers paternels, couronnerait sa chevelure relevée en chignon sur la nuque.

— Je veux que vous soyez la plus belle, ma fille, et, pour y contribuer, je vais vous donner sans plus attendre certains de mes bijoux.

— Rien ne presse, ma mère !

— Oh que si ! Nous n'avons plus beaucoup de temps.

Jeanne prit Mathilde dans ses bras et l'embrassa avec fougue. La façon qu'elle avait à présent de rire aux éclats ressemblait à celle de Bernard. Depuis qu'elle était amoureuse, la jeune fille avait gagné en spontanéité.

S'il n'y avait pas eu à s'occuper d'expédier meubles et vaisselle à Blois où le futur couple logerait dans la maison tout installée que Bernard tenait de ses parents, entrés quelques années plus tôt et d'un commun accord, chacun de leur côté, au couvent, il fallait, en revanche, y envoyer le linge spécialement brodé pour le trousseau de la mariée, ses affaires personnelles, ses livres, sa garde-robe. Plusieurs coffres en tout. Après les noces, une fois les cadeaux offerts, selon la coutume, le jour suivant la fête, on verrait à faire parvenir chez eux ce que les jeunes époux auraient retenu.

Comme les Brunel connaissaient le ban et l'arrière-ban des orfèvres, drapiers et merciers de la capitale, sans parler de ceux qui viendraient de Touraine sur l'invitation de Bernard, il y avait une nombreuse assistance à prévoir.

On engagea des valets habitués à servir beaucoup de convives, on loua des tréteaux afin de dresser d'immenses tables en plein air pour le dîner de cérémonie et on espéra que le Seigneur permettrait qu'il fît beau temps le jour choisi.

Arnauld s'occupa, pour sa part, de dénicher les meilleurs jongleurs, les musiciens les plus réputés de Paris.

Sous prétexte de s'entendre avec le chanoine Clutin au sujet de la messe qui serait dite en grande pompe à Saint-Germain-de-l'Auxerrois, Mathilde trouva le temps, au milieu de l'effervescence de sa maisonnée, et non sans avoir secondé, comme elle avait coutume de le faire chaque jeudi, les sœurs de l'Hôtel-Dieu, de se rendre au cloître Notre-Dame.

Elle raconta les deux rêves qui l'avaient visitée l'hiver précédent, l'incitant à envisager sa fin comme prochaine.

— Vous savez que je ne redoute pas l'échéance, termina-t-elle, mais je tiens, avant tout, à me mettre en ordre vis-à-vis du Seigneur ! Comment dois-je procéder ?

Le chanoine l'avait écoutée sans l'interrompre.

— Il a été dit que nous ne saurions le jour ni l'heure, remarqua-t-il avec calme quand elle se fut tue. Ne croyez-vous pas, ma nièce, qu'il est présomptueux de votre part d'imaginer, à votre seul profit, une dérogation aux principes divins ?

— Dans chacun de ces songes, tout paraissait si précis, mon oncle, que je ne puis croire...

— Les prophètes, certains grands mystiques, ont été, parfois, il est vrai, favorisés de révélations particulières concernant leur avenir. En conscience, avez-vous le sentiment d'appartenir à leur sainte cohorte ?

Il souriait.

— Vous ne me prenez pas au sérieux, mon oncle !

— Pas en cette circonstance, Mathilde. Non, en vérité, je ne crois pas avoir à vous enfoncer dans une estimation qui me semble teintée d'un peu de crédulité.

— Je suis une si pauvre chrétienne, je me débats au milieu de tant d'imperfections et de faiblesses...

— Je ne suis pas si exigeant que vous à votre propre égard, ma fille. Il me semble que vous avez su accomplir votre devoir d'état, là où Dieu vous avait placée.

— J'ai tellement renâclé, si souvent protesté, apporté tant de mollesse et d'hésitation à me soumettre à Sa volonté ! Je voudrais aussi me préparer à une bonne mort.

— Une bonne mort n'est que l'aboutissement et comme le couronnement d'une bonne vie. C'est tout au long de nos jours que nous nous acheminons, chacun à notre manière, vers l'heure de vérité. Cessez de vous tourmenter, ma fille. Continuez, simplement, à faire votre tâche habituelle. Rien ne vous empêche, cependant, de venir me faire une confession plus approfondie avant la fête de l'Assomption de Notre-Dame-Marie. Vous communierez ensuite, comme chaque année, à la messe du lendemain matin. Pour le reste, croyez-moi, comportez-vous, ainsi que vous n'avez jamais manqué de le faire, dans le respect des autres et l'amour du Seigneur. Je ne pense pas qu'il vous soit demandé autre chose. C'est suffisance de notre part que de nous vouloir sans reproche. Nous ne le sommes jamais !

Au moment de quitter sa nièce, le chanoine s'inquiéta de Florie.

Au cours des entretiens qu'elle avait eus avec lui depuis son retour à Paris, la jeune femme lui avait narré la mort de Guillaume et ce qui s'en était suivi. Mathilde ne l'ignorait pas.

— Elle attend la décision de son mari, dit-elle, et se tourmente beaucoup. S'il refuse de se réconcilier avec elle, je ne sais ce qu'elle deviendra.

— Il faut prier pour qu'il lui pardonne. Je souhaite de toute mon âme que leur attachement mutuel surmonte ce dernier obstacle. Il en a déjà franchi bien d'autres !

Juillet écoulé, le mois d'août se mit à égrener, parmi les orages et les sautes brutales de température, ses jours contrastés.

Pour que le jardin fût à son avantage au moment de la cérémonie, le jardinier et ses aides avaient à s'employer : ils arrosaient, taillaient, arrachaient les mauvaises herbes, soignaient les fleurs, avec cette patience que la nature enseigne si parfaitement à ses servants.

Également talonnées par la minutie de leur ouvrage et la brièveté du temps imparti, les brodeuses qui confectionnaient, en y apportant le plus grand soin, le surcot de la mariée, ne chômaient pas non plus.

La coutume voulant que la maisonnée au complet fût vêtue de neuf en pareille circonstance, toutes les femmes de la famille se préoccupaient de leurs atours, de ceux de leurs enfants, des costumes de leurs serviteurs.

Une vieille dont c'était le métier avait été chargée d'aller, de porte en porte, faire les invitations à travers la ville.

A l'intérieur de la demeure, on récurait, fourbissait, astiquait.

Il n'y avait de pause que le soir, quand on profitait de la fraîcheur pour aller s'asseoir sous les tilleuls, afin de bavarder ou de s'adonner à des jeux de société.

Au centre de ce remue-ménage, Mathilde cherchait refuge auprès de Djounia et de Thibaud. Ils formaient tous deux un îlot de paix, de bonheur clos, dont ils étaient à la fois créateurs et bénéficiaires. A leur contact, on savourait une sérénité presque parfaite.

L'enfant, qui avait un peu plus de quatre mois, était délicieux. Dans un visage à la peau mate, il ouvrait sur le monde de larges yeux bleu foncé. Le ciel d'été, à l'heure émouvante où la nuit mêle son velours à la soie de l'azur, semblait s'y refléter. Vigoureux, observateur, gai, il avait toute la famille à ses pieds.

Djounia s'en occupait avec passion. S'étant refusée à attacher une nourrice au service de son fils, elle se consacrait à lui sans partage. Le nourrir, le laver, le parfumer, le bercer, jouer, rire, dormir avec lui, était son unique passe-temps. Elle apportait aux soins maternels les plus ordinaires une ferveur qui ravissait Arnauld.

Mathilde partageait cet émerveillement. Chaque soir, elle s'arrangeait pour passer un moment auprès de son petit-fils. Sa belle-fille l'accueillait d'un chaud sourire qui la ragaillardissait après les journées épuisantes où elle se partageait entre son labeur de la rue Quincampoix, les soins aux malades, aux pauvres, aux esseulés, qu'elle multipliait volontairement, et les soucis inhérents à la bonne organisation des noces.

Les jours coulaient. Août était déjà à demi passé quand, la veille de l'Assomption, elle retourna au cloître Notre-Dame pour se confesser à son oncle, ainsi qu'il le lui avait conseillé. Le lendemain, selon la coutume, elle communia avec les siens à Saint-Germain-de-l'Auxerrois. Toute sa famille, sauf Étienne et Bertrand, retenus à la foire de Troyes, assista ensuite aux manifestations religieuses de la journée et pria avec dévotion la sainte mère du Sauveur.

Le lendemain de cette fête chômée, Mathilde reprit son travail, et monta chez Djounia un peu plus tard que de coutume. Préoccupée par un surcroît de commandes à l'atelier, elle se sentait également oppressée par la touffeur ambiante. Il faisait fort lourd. Un nouvel orage se préparait. Des nuages de soufre et de plomb s'amoncelaient au-dessus des toits pointus de la ville qui suffoquait. L'air était chargé de sable qu'un vent torride soulevait en tourbillons. Il semblait à la femme de l'orfèvre que son surcot de soie hyacinthe lui collait à la peau. A l'avance, elle soupirait après le bain frais et parfumé qu'elle comptait prendre un peu plus avant dans la soirée.

— Par saint Jean, comme dirait Étienne, quelle chaleur ! Je suis positivement en eau !

— Asseyez-vous, reposez-vous, ma mère. Je vais vous faire apporter à boire.

Vêtue d'un ample caftan blanc qu'elle portait avec une aisance familière, la jeune Égyptienne, par sa grâce et l'aspect parfaitement soigné de toute sa personne, était, à elle seule, un rafraîchissement.

Mathilde crut, cependant, remarquer une certaine excitation, tout à fait inhabituelle, dans l'expression de sa bru.

Une servante apporta un broc de grès rempli d'une eau fraîchement tirée du puits, une cruche de lait d'amandes, et un gobelet d'argent.

— Pendant que vous vous désaltérerez, je vais vous apprendre une grande nouvelle.

— Vous m'intriguez.

— Florie est venue ici ce tantôt. Je ne l'ai jamais vue dans un état pareil ! Elle tenait à la main une lettre... une lettre de Philippe !

— Enfin !

— Comme si elle ne se fiait pas à ses yeux, comme si elle n'arrivait pas à y croire, elle m'a demandé de lui relire le message. Il lui dit qu'en dépit du temps et de ses efforts, il ne parvient pas à l'oublier, qu'il n'aurait jamais imaginé qu'un amour pût survivre à tant de secousses... qu'il se voit obligé de le constater, d'admettre qu'il n'a pas cessé de l'aimer.

— Dieu soit béni !

— Philippe lui fait également part de sa présence à Paris où il est revenu dans l'intention de la rencontrer le plus vite possible. Il assistera au mariage de Jeanne, afin que famille et amis soient informés de leur réconciliation.

— Je n'osais pas en espérer autant.

— Ils repartiront ensuite pour Thuisseau avec Agnès que Philippe accepte également de prendre chez lui.

La porte s'ouvrit comme si le vent d'orage la poussait. Florie, rayonnante, pénétra dans la pièce au moment où un long roulement de tonnerre éclatait à l'ouest.

— Ma mère ! Je suis si heureuse !

Une fois encore elle avait pleuré, mais ne se souciait pas d'essuyer les traces de son émotion.

Elle haletait comme si elle venait de loin... N'avait-elle pas, en vérité, parcouru, depuis neuf ans, un long chemin ?

— Philippe consent à m'accorder merci ! Peut-on être plus magnanime ? En toute connaissance de cause, malgré ce que je lui ai fait endurer, il veut bien oublier les années mauvaises pour ne plus se souvenir que de ce qui nous lie !

Là-bas, sous les branches de la forêt mortelle, l'ombre de Guillaume pouvait errer, se plaindre... à Paris, il était oublié...

— Vous voyez, mon enfant chéri, qu'il ne fallait pas perdre confiance.

Mathilde serrait contre elle une créature éperdue, qui tremblait, pleurait, souriait, tout à la fois.

— Ce jour de la Saint-Gilles sera doublement faste, dit-elle à mi-voix. Nos deux filles s'y retrouveront chacune au bras d'un époux.

Le tonnerre se déchaînait. Ses grondements se rapprochaient. A la suite d'un éclair plus violent, un craquement sec, fracassant, éclata. La foudre venait de tomber, toute proche.

Thibaud, réveillé, se mit à hurler. Djounia se précipita, prit son fils, le berça avec tendresse entre ses bras, tout en lui fredonnant à l'oreille, à bouche close, une complainte aux résonances inconnues, mystérieuses et sereines.

Mathilde et Florie songeaient ensemble à des projets inavoués... Charlotte avait averti sa nièce qu'elle ne pourrait plus, désormais, enfanter. Était-ce sûr ? L'avenir le dirait. La jeune femme se refusait à accueillir en ces heures de miséricorde la moindre ombre à la félicité bondissante qui l'habitait. Plus tard, on verrait, plus tard...

La pluie se calmait. Le feu du ciel s'éloignait. Les sursauts de l'orage s'estompaient dans le murmure liquide de l'averse qui lavait à grande eau la poussière et la sueur de la ville.

— Thibaud se rendort. Voulez-vous, ma mère, le tenir un peu avant qu'on ne le recouche ?

Mathilde prit avec précaution son petit-fils assoupi, serra contre elle le corps menu et tiède qui fleurait bon l'eau de senteur.

Dans un rayon du soleil déclinant, qui se faufila soudain entre les nuées en débandade, les trois femmes demeurèrent penchées sur le sommeil innocent.

Par la fenêtre ouverte on apercevait à présent des pans entiers de ciel bleu. Les oiseaux s'ébrouaient, se baignaient dans les flaques, se remettaient à chanter. L'ondée s'égouttait aux pentes des toits, aux branches des arbres. Le beau temps revenait sur un paysage propre, luisant, vernissé. Des odeurs de terre et de gazon mouillés, de feuillages, de plantes potagères, montaient du jardin.

— Comme l'embellie après le gros temps, la joie est revenue parmi nous, mes filles, constata Mathilde. J'en suis profondément heureuse !

Thibaud dormait en paix dans ses bras. Elle sourit d'aise, avant de se diriger, à pas attentifs, vers le berceau où elle déposa l'enfant, le borda, se redressa.

— Qu'il est beau ! dit-elle en se retournant vers Florie et Djounia. Beau comme...

Une douleur poignante lui coupa le souffle, lui lacéra la poitrine. Un étau d'angoisse lui écrasait le buste, lui enserrait les mâchoires. Elle vacilla, pensa : « Est-ce la fin ? Seigneur, je suis votre servante, mais n'ai pas terminé ma tâche... », perdit connaissance et serait tombée tout de son long, dans une coulée de soleil, si Florie ne s'était élancée pour la soutenir. Djounia aida sa belle-sœur à maintenir le corps à demi renversé contre le berceau, tête abandonnée, yeux clos, cernés de gris, narines pincées...

La syncope fut brève.

— Au nom du ciel, ma mère, que vous est-il arrivé ? Vous êtes blanche comme un linge !

— Ce n'est rien. Un vertige...

« Se taire. Ne pas faire mention de cette abominable déchirure au cœur, si soudaine. Éviter de les inquiéter, tous... et, surtout, surtout, Étienne ! »

— Il faut vous reposer, dit Djounia.

La souffrance se diluait, laissant derrière elle une immense fatigue, une impression de profonde meurtrissure.

— Promettez-moi de ne pas bouger, disait Florie après l'avoir aidée à s'allonger. Je vais vous envoyer Maroie et dire qu'on vous monte votre souper.

— Je serai très sage, ma chère fille, car je tiens à guérir rapidement. Il faut que je sois d'attaque pour le mariage de votre sœur.

Elle le fut. Au prix de ménagements qui coûtaient à sa nature active, elle se rétablit assez vite et put achever sans autre à-coup de s'occuper des derniers préparatifs indispensables.

Les deux semaines qui la séparaient encore des noces de Jeanne, coupées par la Saint-Louis, que tout le pays fêta avec son roi, passèrent sans qu'elle sût comment.

Le trente et un août, au soir, tout était prêt.

Après avoir pris un bain vespéral, autant pour se délasser que pour s'avancer en prévision de la presse du lendemain, Mathilde, accoudée à la fenêtre de sa chambre, observait, pendant que Maroie brossait et nattait ses cheveux pour la nuit, les allées et venues de sa maisonnée à travers la cour qu'éclairait le soleil couchant.

Il faisait presque frais. Les lourdes chaleurs de la canicule s'étaient éloignées. On respirait un air plus léger, à goût de miel. L'été mûrissait. Quelques nuages inoffensifs passaient dans le ciel dont la luminosité avait déjà on ne savait quoi d'automnal. Il ferait beau, le lendemain, pour les noces...

Rentré depuis la veille de Troyes, Étienne inspectait l'ordonnance des écuries qui devaient être irréprochables. Marie, au retour d'une visite rendue à Marc, le fils infirme des Ripault, qui oubliait son mal en composant une musique céleste, rencontrait son père, l'embrassait, se sauvait.

Philippe et Florie, la main dans la main, apparaissaient à leur tour, se retournaient, saluaient d'un geste Mathilde à sa croisée, s'en allaient. Ils regagnaient le logis provisoire loué par Philippe en attendant le départ pour Thuisseau. Encore secrètes, leurs retrouvailles seraient officielles dans quelques heures. Chacun saurait que l'époux trahi avait pardonné, que la vie reprenait racine dans leur foyer.

Bernard Fortier passait le portail de son pas vif. Un inconnu l'accompagnait.

— Tiens ! Voilà l'ami de Turin qui a été invité au mariage. On l'attendait, dit Maroie qui lorgnait, elle aussi, ce qui se passait en contrebas, sans cesser pour autant de manier avec dextérité le peigne et la brosse.

— Je l'avais oublié, celui-là !

— Il est plutôt bien de sa personne.

— Ces Italiens sont des pièges à filles !

Jeanne sortait de la salle, se dirigeait vers son fiancé. Le nouveau

venu se tournait vers elle. Éclairés par la lumière rasante du couchant, ses traits étaient parfaitement distincts.

— Il a l'air de trouver not' demoiselle à son goût, ce joli museau !

Était-ce parce que le jeune Piémontais était brun de peau, noir de
cheveux, et beau ? Ou parce qu'il dévisageait Jeanne avec insistance ? Mathilde ne put se défendre d'évoquer une autre rencontre
inattendue, un matin de noces... mais Bernard n'était pas Philippe,
et, surtout, l'étranger n'était pas Guillaume... Rien, jamais, ne
recommençait de la même manière, et il fallait se garder des assimi-
lations faciles... L'attention, pourtant, avec laquelle l'arrivant considérait la future épouse de son ami français pouvait donner à penser...

Mathilde se détourna. Une douleur venait de lui traverser la poitrine. Son pauvre cœur ! Tremblait-il à l'approche d'une nouvelle
crise ou s'agitait-il à cause d'une réminiscence ? Elle se contraignit à
respirer lentement, avec calme, s'assit au bout de son lit, rassura
Maroie d'un geste, attendit un peu. L'étau se desserrait.

Allons, ce ne serait pas encore pour cette fois ! L'été, d'ailleurs,
n'était pas fini et elle avait un rôle important à assumer jusqu'au lendemain soir. Il s'agissait de ne pas faiblir, de se tenir en main.
Ensuite... ensuite, elle s'en remettait à la grâce de Dieu !

Le Mesnil-le-Roi
Le 31 août 1977.

L'impression de ce livre
a été réalisée sur les presses
des Imprimeries Aubin
à Poitiers/Ligugé

Achevé d'imprimer le 20 janvier 1983
N° d'édition, 2121. — N° d'impression, L 15251
Dépôt légal, janvier 1983

Imprimé en France